唐浩 著

百年家國

中国社会科学出版社

图书在版编目（CIP）数据

百年家国 / 唐浩著 . —北京：中国社会科学出版社，2013.7

ISBN 978 - 7 - 5161 - 2880 - 0

Ⅰ.①百… Ⅱ.①唐… Ⅲ.①回忆录—中国—当代 Ⅳ.①I251

中国版本图书馆 CIP 数据核字（2013）第 144617 号

出 版 人	赵剑英
责任编辑	李炳青
责任校对	李小冰
责任印制	张汉林

出　　版	中国社会科学出版社	
社　　址	北京鼓楼西大街甲 158 号（邮编 100720）	
网　　址	http：//www.csspw.cn	
	中文域名：中国社科网	010—64070619
发 行 部	010—84083685	
门 市 部	010—84029450	
经　　销	新华书店及其他书店	
印　　刷	北京市大兴区新魏印刷厂	
装　　订	廊坊市广阳区广增装订厂	
版　　次	2013 年 7 月第 1 版	
印　　次	2013 年 7 月第 1 次印刷	
开　　本	710×1000　1/16	
印　　张	39	
插　　页	2	
字　　数	678 千字	
定　　价	68.00 元	

凡购买中国社会科学出版社图书，如有质量问题请与本社联系调换
电话：010—64009791
版权所有　侵权必究

献给我的父亲唐子清、母亲李玉玺

目 录

引子　从一幅油画说起 ………………………………………… (1)

一　庚子年 ………………………………………………………… (4)
二　碣石山下 ……………………………………………………… (18)
三　燕郊往事 ……………………………………………………… (27)
四　未名湖畔 ……………………………………………………… (42)
五　寿戏 …………………………………………………………… (54)
六　风满楼 ………………………………………………………… (67)
七　事变 …………………………………………………………… (84)
八　踏血行 ………………………………………………………… (92)
九　扶伤行 ………………………………………………………… (100)
十　风雨同舟 ……………………………………………………… (115)
十一　云谲鄂西 …………………………………………………… (125)
十二　雾锁嘉陵 …………………………………………………… (138)
十三　江擦胡同二十九号 ………………………………………… (160)
十四　栖凤楼小三条 ……………………………………………… (190)
十五　清爽街二号 ………………………………………………… (213)
十六　秋风吹遍了每一个村庄 …………………………………… (234)
十七　你见过雷公山的山顶吗 …………………………………… (256)
十八　归去来兮 …………………………………………………… (286)
十九　在广阔的天地里 …………………………………………… (304)
二十　我也是毛主席的红卫兵 …………………………………… (322)

1

二十一	公子还乡	(339)
二十二	一个流浪者的职业革命生涯	(353)
二十三	浸透秋雨的国旗	(373)
二十四	在狼群中间	(391)
二十五	深寒	(414)
二十六	迁安风物	(446)
二十七	在饥渴的洞穴里	(472)
二十八	回黄转绿	(495)
二十九	大地震	(513)
三十	回城的路	(539)
三十一	人到中年	(558)
三十二	昨天的故事有你也有我	(581)
三十三	生死相依我苦恋着你	(602)

参考书目 ·· (615)

后记 ·· (617)

引　子
从一幅油画说起

　　那幅油画早就没了。一九七六年唐山大地震的时候，被埋在了自家的废墟里。其实之后要想用心挖的话，还是能挖出来的。那是一幅绘在画布上的油彩很厚的油画，即便在瓦砾泥土中埋上半年，估计也烂不了。只是当时没有心情，人都顾不上了，谁还有心情顾一幅画呢！

　　我这一生中，值得后悔的事情确实不少，而将那幅油画遗弃在地震的废墟里，当算是其中最后悔的一件事情了。

　　那是一幅我太爷的肖像画，是迁安城东包关营的马荫轩先生在一九三三年春节期间为我太爷画的。马先生是我父亲在昌黎汇文中学念高中时的同班同学，后来就读于上海美专，主修油画。那年寒假回乡省亲时，父亲约他为太爷画了这幅肖像，因为是年五月即太爷的八十寿辰。

　　那是一幅很大的肖像画，从画像上看去，太爷该是一位很有些威严的冀东乡绅。两只苍老的手搭在腹间那钴蓝色的棉袍上，一双细长的眼睛里，藏着忧郁和冷漠，看上去，会让人产生一股因捉摸不透而深感敬畏的联想。

　　据老一辈说，我的祖上是两百多年前从山东黄县逃荒到冀东迁安的。迁安北倚燕山与青龙交界，南逾滦河与滦县为邻，东与卢龙隔青龙河相望，西接唐山进而京津地区。这里殷商时属孤竹国，战国时归燕国所辖，西汉称令支，至金代始定迁安。从迁安县志中可以查到，我的故乡唐庄是清代中期才形成的自然村，而周围东南西北的邻村，均建村于唐代或明代。也就是说，唐庄是我的祖辈用"加塞儿"的方式，在众多早已形成的自然村落间，硬挤出来的一个村庄，并最终拥有一片三千六百多亩的土地。

现今唐庄的人口约在一千六百人左右，其中百分之九十的村民姓唐。我们这一支家谱的辈分排序为"天开宗子桂，亨久绍家风"。我太爷讳"开"字辈，爷爷属"宗"字辈，我父亲是"子"字辈，我则应是"桂"字辈。只因我出生在外，父亲又随了新潮，所以取名的时候没按宗谱走。以至于后来回乡时，老一辈的叔伯仍有人固执地叫我"唐桂浩"，而不肯叫我"唐浩"。

我太爷叫唐开欣，清咸丰二年，即一八五二年生。太爷身下有四个儿子，我祖父是长子，我父亲为长房长孙。没分家之前，这个大家族始终在一起过。早已成家的四个爷爷，凡事听候太爷的调遣，四个奶奶则每天轮流烧火做饭，一个大家族的男女老少，再加上长工短工得几十口子人，开饭的时候，老院跨院熙熙攘攘，好不热闹。

太爷为人豪爽但略显张扬，因自幼受齐鲁民风的熏染，练得一身武功。只可惜当时用过的刀枪斧钺，早在一九五八年大炼钢铁时被送进了土高炉，多卷武经也因老屋后院东厢房一九六二年的那场大火而付之一炬了。只有太爷当年练功时用过的几方石担，因砌做老井的沿口仍保留至今。

那是用花岗岩雕成的长约一尺有四，高宽约九寸的石担，两侧各有一处半月形的凹槽，每方石担重约百五十斤。据说太爷当初竟能双手抠起石担，于腰身之间上下左右翻转，足可见太爷壮年时的膂力绝非一般。

说老人家略显张扬是有根据的。年轻时，太爷一直习练武学，并考取了童生。俟至壮年之时，自恃技艺成熟，于光绪二十二年，欲考生员。据说乡试那天，马箭、步箭、弓、刀、石各科演习下来，深得考官赏识，原本已功名在即。不料太爷却突发奇想，双手抱拳上前一步曰："大人，请准学生再献马上横刀一技，望大人赐教。"说罢，即让下人牵来一头大青骡子，手提一杆青龙偃月长刀，纵身上马直奔校场中央。

这意外的张扬，考官并没有反对，场上一片寂然，静候精彩。

那是一杆九十斤重的大刀，而太爷当年也已四十有余。只听太爷大喝一声，双腿夹紧大青骡子，仓啷啷将那大刀举过头顶。然渐次抡开之时，太爷忽觉腰间不妥，刚要收回长刀，那刀却凭惯性已抡向身后，太爷再想转身，那刀却不依不饶地将他带离鞍鞯，只听一声"不好"，太爷瞬间摔于马下，那杆铁铸的大刀重重砸在了太爷的后腰上，考场一片哗然。

这次功败垂成的武考，不仅让太爷失去了功名和面子，更让他从此落下了腰疾，并成为乡里乡亲街谈巷议的笑柄。然而，太爷立马横刀于校场中央的那一瞬间，却也赢得众多习武乡民的钦佩与赞许。

五年之后，大清废除了科举制度，又过了十年，大清换成了民国。太爷那双细长的眼睛里，从此多了些许忧郁与冷漠，一头乌黑的发辫被剪掉后，渐渐化作了银白，成了那幅油画中的模样。

一

庚 子 年

　　一九六六年八月，住在北京安定门外和平里中央乐团家属宿舍的人们，经常被楼里下水道堵塞搞得手忙脚乱。

　　"又堵了……"邻居们相互之间找㩟子，帮忙疏通厕所的排水系统。"不知道哪家又销赃呢。"大家都心知肚明，但嘴上却谁也不言语。

　　此间，住在八号楼一单元二楼三号的三舅、舅妈和望一姐，在几乎没有时间将家里珍藏了几十年的影集里的照片予以甄别的情况下，便开始赶在红卫兵到来之前，销毁这些"封资修"的证据了。他们先是在厨房里用火烧，但浓烟骤起，险象环生。还是三舅心细："撕吧，先把相片撕碎了，然后用抽水马桶冲下去。"

　　天刚放亮，住在楼上的小提琴家杨秉荪的夫人，就拎个㩟子跑来敲门了："望一呀，厕所的下水道是不是又堵了……"

　　那天晚上，在三舅家销毁的一千多幅照片中，有一张照片是最值得留下的。为此，母亲一直惋惜地说："你姥姥就留下了这么一张照片。"

　　那是一张六十六年前的老照片。因底版曝光有些过度，照片上的影像显得很淡，像蒙了一层致密的尘埃，一层光亮的薄雾。

　　照片上一位面色黝黑的中年妇女，紧蹙着双眉，站在一片纷乱的废墟里，一身灰色的长衫因污皱而显得狼藉。那妇人的目光里充满愁苦与绝望，与放在她身旁一口小棺材里的那张平静却毫无血色的女孩子的脸，形成强烈的反差。

我从小就不敢正视这张照片，因为母亲告诉过我们，照片中的那位妇人，就是我姥姥。而棺材里那个像白蜡雕塑的小姑娘，就是我大姨。这张照片是一位美国传教士给拍的。那是庚子年（一九〇〇）的夏天，姥姥全家在围困中的北京肃亲王府的院子里。

姥姥姓郭，京东香河县人。和旧中国大多数的妇女一样，姥姥根本就没有学名。嫁给姥爷后，人们本应叫她李郭氏，但姥爷却给姥姥起了个学名叫郭路德。在《圣经》旧约里，路德是一位非常贤德并能忍辱负重的女人。

我姥爷叫李文镕，字陶轩，祖籍北京。据老一辈人说，他们这一支李姓，是南唐后主李煜的嫡嗣后人。二十世纪五十年代，电影《一江春水向东流》重新上映时，母亲曾提到过这件事，我也因此学会了那首"问君能有几多愁，恰似一江春水向东流"的让人尽情伤感的词章。当然，这些都已无从考证了，但就我所熟悉的李氏血缘亲属当中，确实有众多在音律丹青方面颇具天赋的人，这可能真的要归功于当下大家所说的遗传基因了吧。

我太姥爷叫李永泰，字子安，曾是清廷銮驾库的一名武备。姥爷是他的长子。年轻时，姥爷就信奉基督教，并很快成为一名乡村布道人，活跃在京东通州香河一带。

自元代起，通州就是京杭大运河的一个最重要的码头。每年从三月开河到十一月封河，在不到九个月的通航时日里，这里竟能接送三万多艘从江南迤逦北上的大帆船。华东南及运河沿岸的地方官吏，通过漕运将每年上缴朝廷的银两、粮秣、木材、茶叶、丝绸、盐铁等大批物资运往京城，通州口岸一时间樯橹如梭，商贾云集，十分繁华。

然而，进入十九世纪中后期，随着清政府国力渐衰，加之江淮太平军及山东捻军的持续袭扰，内河漕运遭受空前打击。而洋人开办的近海航运公司，又使大批南方物资转运海上，一时间，通州一带数以万计靠运河维系生计的农民，就此断了粮草。而恰在此时，山东高密民众以"洋人筑路，断我龙脉"为由，用大炮轰击了修筑胶济铁路的德国人，将原本蛰伏于民间的满腔怒火直接引向各地教会与洋人，义和团练应运而生。消息传到通州，满街闲人即在城里筑起坛口，啸众起事仇教灭洋。俟至庚子年（一九〇〇）暮春时节，通州街头已到处张贴仙师降坛乩语曰："大难临头，只在今秋。白骨重重，血水横流。恶者难免，善者方留。但看铁马东西走，谁是谁非两罢休。"

几经波澜，通州一带的基督徒变得惶惶不可终日。

最先提出往北京逃的，是一位姓张的寡妇街坊。两年前丈夫去世后，张寡妇与五个儿子相依为命，生活举步维艰。而大凡这样的弱者，不久便都皈依了基督教，因为他们需要神的慰藉与护佑，祈盼万劫之后能升入天堂。

　　姥姥当时只有大舅大姨一对儿女，大舅七岁，大姨六岁，两年前出生的二舅于产后七天夭折，而当时姥姥又怀上了第四个孩子。面对大街上日渐蔓延的骚乱，性情温和的姥爷如坐针毡。他原本准备带家人与张寡妇母子一起进城躲躲，但因为当时有很多市井流言，说朝廷已被义和团蛊惑，决心招安团练共御外侮。如此看来，即便逃往京城，也凶多吉少。

　　然而，五月初二天还未亮，姥姥就被一场噩梦惊醒。她梦见姥爷让义和团捆了，披头散发地正往法场上拖。而天刚亮，那张寡妇就惶惶然跑来："嫂子，劝劝李牧师还是快进城躲躲吧，昨天晚上我做了个梦，梦见李先生让义和团砍了，那人头就挂在行宫外的旗杆上……"

　　望着两个妇人惊骇的眼睛，姥爷最终还是决定走。

　　出逃的时间定在农历五月初四的晚上。为了应付盘查，姥姥和张寡妇还认真地包了些粽子，煮了些鸡蛋。

　　"碰上义和团，就说进城到二弟家过节去。"姥爷心神不定地说。

　　姥爷的二弟住在北京东城灯市西口，我一直管他叫老姥爷。老姥爷是一个远近闻名的糊棚匠，不仅如此，他还会扎走马灯和孔明灯，他扎的蜈蚣风筝能带着许多小鼓，梆梆作响地扶摇直上。老姥爷的日子一直过得殷实，当时他并不信教。

　　端午节的早晨，三辆雇来的独轮车，载着两家的男女老少，经过一宿的跋涉，从齐化门进了北京城。面对一下子拥进来的这十多口子基督徒，老姥爷一下子就傻了。

　　"大哥，您可是要我命来了！没看见城外头贴出的告示吗？谁家有洋油、洋火、洋胰子、洋布的都得交出来，抗旨不遵的一律问斩。这不，前几天从五个进城的学生身上搜出一支铅笔来，人家不由分说就把那五个孩子全给砍了。你们可都是信洋教的人，人家都管你们叫'二毛子'，眼下朝廷就这么宠着义和团，人家进城扶清灭洋可是早晚的事。"

　　那时候义和团虽还没有大规模进城，但兵临城下的种种传言，早已让全城百姓坐卧不安了。老姥爷的一席话给刚迈进家门的这群惊弓之鸟，更平添了自投罗网的感觉。还是刚过门不久的老姥姥果断，当即提出："上贝满去，那儿信教的人多，我就不信义和团敢把那一院子的人都给砍了。"

庚子年后重建的北京基督教卫理公会亚斯立堂

老姥姥说的"贝满",指的是美国基督教会在北京开办的贝满女中,学校就坐落在离老姥爷家不远的公理会的院子里。

送走了这十来口子"二毛子",老姥姥惊魂未定地埋怨了一句:"造孽呀,好好过日子得了,拖家带口的信什么洋教啊!"

数年之后,老姥姥与老姥爷一起,也皈依了基督教。包括他们的众多子女,日后都成了这洋教的忠实信徒。

挤进贝满中学的院子里,姥爷一眼便看见一个满头灰发的外国女人,正操着一口略带山西口音的京腔,向满院子的中国难民,宣布校方的重要决定:鉴于事态日益严重,校方已无力保证众难民的人身安全,为慎重起见,全体难民即刻转移到位于哈达门大街孝顺胡同的亚斯立堂去。话音未落,人群中传出了哭声,那个外国女人再三祷告上帝,祈求这些苦难的人们一路走好。

亚斯立堂是美国基督教卫理公会设在北京的中心教堂,教堂的院子不大,但四周高墙环绕,就此隔断了市井的喧嚣,已经习惯于隐忍的教民们挤满教堂的各个角落,在这里听不见抱怨与哭泣,人们喃喃地祈祷,像一声声低沉而缱绻的叹息。

自农历五月十五起,义和团大部队从哈达门进城了。那一天,守卫亚斯立堂的美国兵显得很紧张,他们一直坚守在教堂门前筑起的工事里,一时间,拥堵在周遭的义和团民咒语如魔杀声震天。

"烧尽洋楼使馆!灭尽洋人教民!烧!杀!烧!杀!!"

"替天行道!保清灭洋!烧!杀!烧!杀!!"

教堂里鸦雀无声。大姨悄悄问姥姥:"谁在外头骂街呢?"

姥姥将大姨揽在怀里:"卖大力丸的,别怕。"

突然,无数残砖碎瓦像疾雨一样越过高墙砸在教堂的院子里,随之,教堂门前便爆发了激烈的枪声。

大姨惊骇地问姥姥:"外边怎么了?这么响。"

姥爷脸色苍白地说:"放炮竹呢,别怕。"

中午时分,枪声稀疏了。但在教堂钟楼上瞭望的人们,却被眼前的景象惊呆了。只见东城北部浓烟四起,火光冲天。在"革命无罪,造反有理"的潜台词的激励下,成千上万头扎赤巾,腰束红兜肚的晚清农民,在不到一个下午的时间里,便将京城中洋人教堂十八座、洋人开设的医院八所、施药局十二所及洋人的一百三十四座住宅焚烧殆尽。这标志着由一群自诩上通众神下应仙鬼，刀枪不入撒豆成兵的基层民众，主宰这座帝国京城的恐怖时代就此开始了。

几天后，义和团放火焚烧前门外的老德记西药房，因火势失控，大栅栏千余民宅陷于火海。"……计其所烧之地，凡天下各国，中华各省，金银珠宝、古玩玉器、绸缎绣衣、钟表玩物、饭庄茶楼、烟馆戏园无不毕集其中。京师之精华，尽在于此。今遭此奇灾，一旦而尽矣。"（摘自仲芳氏著《庚子记事》）

京城上空浓烟蔽日，到处弥漫着被火烧焦的气味，躲在教堂里的人们，越发明白了一个残酷的现实，可能真的要作一次生死了断了。

农历五月二十二，总理衙门给驻京的各国公使团下了最后通牒，限令所有在京的洋人，二十四小时之内全部撤出北京，由中国军队护送至天津乘船回国。消息传来，在亚斯立堂里避难的中国教民，如晴天霹雳，个个目瞪口呆。姥爷壮着胆子问了一句："那我们呢？"一个美国传教士抱歉地对他说："亲爱的姊妹们，我们实在不能照顾你们了，你们快想办法好自为之吧。"教民们顿时炸了锅。姥爷望着几个放声大哭的孩子，仰天长叹："小的们要跟我一起受难了……"

不料，第二天事态却出现了转机。早上，德国公使克林德前往总理衙门商讨撤退事宜时，在东单牌楼附近，被虎神营的士兵开枪打死了。血淋淋的尸首抬进亚斯立堂后，引起院子里的洋人一片哗然。随之公使团认为中国政府不能保障外国人的生命安全，拒绝撤退。同时决定，凡愿意到外国使馆区避难的中国教徒，务必于午后三点在礼拜堂门口集合一齐前往。人们喜出望外，姥爷苦笑着对姥姥和张寡妇说："看见了吧，主耶稣永远和我们同在……"

午后三点，一支奇特的队伍从亚斯立堂出发了。十几个外国人，抬着用白布包裹着的克林德尸体，走在队伍的最前面。一群外国妇女和孩子默默地跟在担架后面，二十几个手持来复枪的美国水兵，虎视眈眈地盯着每一个路口。在他们身后，上千名蓬头垢面的中国老弱男女，出现在北京盛夏耀眼的阳光里。姥姥一手牵着大舅，一手牵着张寡妇的三儿子。张寡妇背着一个抱着一个，走在她大儿子的身边。姥爷背着大姨，拉着张寡妇的另一个儿子，紧随其后。队伍从后沟胡同拐上崇文门大街的时候，人们看见不远的城墙上，站满了头戴红缨帽、身穿青马褂的九门提督崇礼的八旗兵。烈日下，旌旗漫卷，枪刺如林，一片杀气。姥爷心里一直在纳闷，自己做了半辈子大清的顺民，怎么一日之间竟和朝廷兵戎相见了。望着眼前这浓烟滚滚的城市街道，望着街口上拥堵着的那些或麻木，或同情，或幸灾乐祸的京城看客，善良宽厚的姥爷，忽然泪眼模糊了。"这还是在中国吗？这还是在大清帝国的都城吗？"四周只有一片噪耳的蝉鸣……

队伍进了交民巷东口，人们紧张的心情似乎松缓了许多，前来接应的法国、德国和日本使馆的武装人员，迅速与一路护送的美国水兵一起，封堵了这条国际小巷的路口。紧接着就有人宣布，外籍教会神职人员及其家属，去英国公使馆避难，其余所有的中国教民均去肃亲王府。

肃亲王府与当时的英国公使馆隔一条御河相望，说是御河，其实就是皇城外的一条较宽的排水沟。这套排水系统，于民国时期埋入地下，其上部分便是今天北京的正义路。

肃亲王府是京城里佐命殊勋的八大铁帽子王府之一，庚子年住在这里的是第十代肃亲王亲洋派善耆。这是一座很大的王公府邸，其间房屋院落影壁夹道之多令人惊诧。王府四周筑有高一丈有余的围墙，值此非常时期，肃亲王善耆及其眷属早已搬出这一是非之地，只剩一些家奴留守在王府西南一处绿阴覆盖的园林里。

当亚斯立堂难民来到这里时，王府里早已人满为患了。姥爷和所有青壮年教民被纠集到靠近王府大门的一处空地，在几个日本兵的指挥下，他们立刻被分成许多小队，编入负责自卫的战斗序列里。

在一间堆满农具及园林工具的厢房里，大汗淋漓的姥姥和张寡妇收拾出一片青砖地面，劳作之间，张寡妇才惊讶地知道，姥姥已有三个月的身孕了。

第一发炮弹就落在肃亲王府的花园里，炮弹是从长安街方向打来的，爆炸时声音很大，屋顶房笆上的土震落在糊棚上，发出很大的声响。"开始了……"张寡妇惊骇地睁大眼睛望着姥姥，姥姥紧抱着大姨，喃喃地应了一句："开始了。"

这是一次由甘肃提督董福祥所率的甘军，以及京城神机营、虎神营与进京义和团各路兵马的一次全力以赴的出击。一时间，东交民巷的外国使馆区及肃亲王府内，弹丸如雨；气浪遮天，山摇地动，火光四起。姥爷从一面断墙处向外望去，但见王府外的民房顶上，成千上万身穿红兜肚，头缠赤巾的义和团民，正手舞刀枪剑戟，随着震耳欲聋的爆炸声，山呼海啸般地欢呼和呐喊着："烧!! 杀!! 烧!! 杀!!"

姥爷仿佛看到了正在开启的地狱之门，他扛着沙袋，冒着枪林弹雨，毅然扑向断墙……

直到天亮时分，从防御工事里撤下来的姥爷，才在硝烟未散的王府大院里找到了惊魂未定的姥姥和孩子们。

"伤着了吗？"姥姥睁大眼睛问。

"没有。"姥爷喘着粗气："没伤着你们吧？"

"没有。"姥姥凄凉地指了指外头："前院一间厢房被炸塌了，死了好几个贝满的学生。"

三天之后，使馆区北侧的意大利及比利时使馆被清兵及义和团焚毁并攻占。与此同时，皇家翰林院及其所藏大批价值连城的善本典籍也被团民付之一炬。为确保尚未被焚的两座藏书楼不被团民火攻，进而殃及毗邻的英国公使馆，守卫使馆区的外国军人，命中国教民将残余的典籍，统统投入园内的荷花池中。

月亮升起的时候，翰林院的荷花池几乎被填满了，零落的残荷莲子与纷乱的古籍善本合葬一池，然藕香与书香却经日不散。

因肃王府里有大片草地，所以外国使团决定将使馆区近二百匹骡马集中放养在这里，以备充饥。身体有些肥胖的姥爷，遂被派往饲养。姥爷挺知足，因为姥爷见不得血腥。

饥馑很快就像可怕的瘟疫一样，笼罩在肃亲王府的难民之中，尤其那些可怜的孩子。大姨每天像一只小猫，偎在姥姥的怀里，六岁的孩子整日无声无息，姥姥见此状心如刀绞，她开始有种不祥的预感："妞子怕是要挺不住了。"她和姥爷哀求了几次，想让他给孩子弄点马肉来，可姥爷却无能为力。

每隔三五天，姥爷就要趁中午最热的时候，将十几匹骡马，顺着御河里现挖的一条壕沟，赶到英国公使馆去。时间长了，大家摸到了规律，清军和义和团大师兄们，一到中午就自找阴凉睡觉去了，所以光天化日之下，反倒能清净一个时辰。

大约有一千多外国人，在英国使馆里避难，这里的条件要远远好于肃亲王府。送去的骡马每天要屠宰两三匹，以供这些茹毛饮血的洋人食用。使馆里也有不少中国教民，他们抑或当武卫，抑或做苦力，全都汗流浃背，疲劳不堪。

一天，送毕骡马，姥爷见一双白人男女，人手一支来复枪，出现在使馆北围墙的防御工事里。那男人头戴一顶软木遮阳帽，身穿一套黄咔叽布短猎装，那女人一袭白色亚麻长衫裤，金发齐耳，目光里闪动着异样的激情。两人接近围墙后,便各自找到一处隐蔽下来。

围墙北,即早已成为一片废墟的翰林院,再往北,就是清军工事了。

突然,一个赤膊的清军,打着哈欠,出现在翰林院的废墟里。那人向四周张望了一下,就蹲了下去,一个脑袋露在断墙外,像是在出恭。只见那一身猎装的男人对金发齐耳的女人使了个眼色,那女人慢慢将脸贴向来复枪枪身。姥爷的心猛地揪了起来。

大暑正午的天空,好像一面被灼红的铜镜,无数蜻蜓无声地静止在空气中,时间也仿佛静止了一样。

回到肃亲王府,姥爷的眼前一直有一个猝然消失,打着赤膊的身影。姥爷始终没看清那个清兵的模样,但稍后跑出来拖尸的却是一个脸膛褐紫的老兵。当那一身猎装的男人扣动扳机的时候,老兵满脸血红地僵挺了片刻,才仰面倒下。身旁一个杀马的山东屠夫告诉姥爷,这对洋夫妻此前出使非洲时,最大的嗜好就是狩猎。

一九〇一年一月二日,美国《纽约太阳报》披露了这对洋人在使馆区被围期间的战绩。其中,丈夫 A. F. CHamot 日最高射杀纪录为五十四人,妻子日最高射杀纪录为十七人。在中华帝国的京城,在庚子盛夏那尸臭熏蒸的日子里,夫妻二人不动声色地共射杀中国军民七百人!!并从中体验到了"狩猎"的快感。

从英国使馆区回到肃亲王府,在王府正殿的废墟前,姥爷看见贝满中学那位满头灰发的外国女人,正与一大群身穿蓝布衫裤的女孩子们,坐在院子里唱《赞美诗》,歌声清纯得令人心颤。

敬求主爱　眷顾我灵　使我配享　完全安宁
新危蒙渡　新罪蒙恕　使我能依　所祷而行

一天黄昏后,姥爷从厢房的一个板柜底下,翻出一幅驴皮影来,那是一个滦州艺人雕刻的刀马旦。细长的眼睛,尖尖的鼻梁,高挑的眉梢,头盔上插着一对儿雉锦翎,全身披甲挂胄的十分英武。姥爷用木棍儿挑着逗大姨玩,大姨却偎在姥姥的怀里神情木然。姥爷叹口气,他突然对屋里的孩子们大声说:"都打起精神来!坐好了,看本大爷给你们来段儿驴皮影!"说着转身走出了厢房。

翰林院燃烧的火光,将厢房的纸窗映成一片橘红。

小大姐，小二姐，
　　你拉胡琴我打铁……

只见那色彩鲜艳的刀马旦，扭着腰身摆着双臂，从一侧摇曳的树影后闪了出来。

　　挣了钱，腰里掖，
　　买个蒲包儿瞧干爹，
　　干爹戴着红缨帽，
　　干儿穿着厚底儿鞋，
　　走一步，咯噔噔，
　　扎个蝴蝶鸭蛋青！

厢房里，大舅和张寡妇的孩子们咯咯地笑了。
只见那刀马旦给大家鞠了个躬，继续摆着双臂，尖着嗓子唱道：

　　平则门，拉大弓，
　　过去就是朝天宫。
　　朝天宫，写大字，
　　过去就是白塔寺。

张寡妇的大儿子情不自禁地接了下文：

　　白塔寺，挂红袍，
　　过去就是甘石桥。

厢房里的孩子们齐声接道：

　　甘石桥，跳三跳，
　　过去就是五显庙。
　　五显庙，摇葫芦，

14

过去就是四牌楼。

四牌楼东，四牌楼西，

四牌楼底下卖估衣……

大姨无力地仰起脸来问姥姥："妈，估衣是什么？"姥姥望着大姨，出了一身冷汗。

肃亲王府的树皮渐渐全被剥光了，张寡妇从厢房里翻出的那些不知名的花种，也都让大伙儿煮着吃光了。大姨开始昏睡。尽管那几天战事异常激烈，整个肃亲王府几乎被炮弹夷平，可大姨却一直昏睡着。

直到有一天早上，大姨身体凉了，大家才意识到妞子死了。

一位在亚斯立堂供职的美国牧师，在大姨下葬前特意赶来，拍下了本文开始时提到的那张照片。大姨被埋在了肃亲王府东南角的一片空旷的草地里，与之前二十多座新坟排在一起。肃亲王府从此又多了一处坟茔，一处天堂。

在负责保卫肃亲王府的日本及意大利士兵伤亡惨重的情况下，抵抗一个多月之后，公使团终于决定将全体中国教民及家属从肃亲王府撤到御河西岸了。当姥爷带着两家老小，随着人潮涌向英国使馆大门的时候，所有的人都意识到这两千多张饥饿的嘴，对这片弹丸之地来说，无疑是一场遮天蔽日的蝗灾。当然，防御能力无疑也增强了，从十六岁到四十岁的中国男人，每三十人编做一队，佩以臂章各司其职。人们加固工事警惕巡防，一遇战事便顽强反击。其间，不为信仰，不为国家，只为苟延残喘，只为活着。

姥爷仍然放马，但此时的骡马已不足当初的四分之一了。

流言像野火一样在难民营地蔓延，最初难民们关心的是朝廷对洋人的态度，但听说皇太后已颁诏对列强宣战，主战的庄亲王载勋、端郡王载漪率引义和团闯入紫禁城，捕杀宫中信教太监后，"二毛子"们的心情便像掉进万丈冰窖。绝望中的人们开始通过流言打探联军的消息了。先是听说联军已攻陷大沽口并到了廊坊，转而又听说廊坊兵败，杨村兵败，联军又退至天津，而此间保定、太原官府大批屠杀洋人的传闻，更让这里的人们魂飞魄散。当然也有让人糊涂的消息，农历六月二十四，太后老佛爷让人手持白旗往英国公使馆送去几车水菜和西瓜，以示悲悯。可七月初三，太后又以"勾通洋人，莠言乱政"之罪，将太常寺卿袁旭、吏部左侍郎许景澄斩首于菜市口，以示决绝。

疯了，不光太后疯了，朝廷疯了，连太庙里的老鸹都疯了。它们黑压压地盘旋在紫禁城的上空，肆无忌惮地干号着："杀！杀！"

农历七月十九，经过一整天未间歇的枪炮混战，入夜时情况更加危急。躲在英国使馆内的所有难民都被唤醒，并集中在一起。一时间从内城到宫墙一侧，围困使馆区的半月形火力网，似乎在倾其所有弹药做最后一击。震耳欲聋的轰鸣中，突然有人喊："快往天上瞧，那是什么？"大家抬头望去，只见东单上空有一盏红灯在暗夜中徐徐升起，姥爷知道那是一盏孔明灯，但几乎在同一时刻，从哈达门到广渠门到东四牌楼一线，无数盏红灯相继升空。不知谁低喝了一声："红灯照！"数月来，这个早已被妖魔化了的名字，立刻让人们陷入极大的恐慌，并由此联想到最后时刻的到来。

一位年长的天主教神甫站起身来高声吟诵起死亡弥撒，声音颤抖并愈显悲凉："一切都将结束了，从来不曾体验过的喜悦，将抹去你们脸上痛苦的泪光。在经历了地狱之火的历练及死亡山谷的漫长跋涉之后，上帝将在天堂那金色的大门前，张开双臂拥抱你们……"

人定时，枪声渐稀，只城北一隅的夜空中，一抹烧红的云后，滚过一阵沉闷的雷声。

此刻，紫禁城里一片惶然，身穿蓝布夏衫的慈禧在众太监的搀扶下，吃力地爬上澜公御乘，她看见身穿黑纱长衫的皇上愁眉紧锁，不禁轻蔑地哼了一声："德行！"皇后和阿哥们都到齐了，当澜公御乘出戒备森严的神武门的时候，坐在御乘里的老太太不禁鼻子一酸，潸然泪下。

从这一夜起，帝国京城内，仅未及出逃的官员和眷属随从以缢梁、投井、自焚、仰药而殉国者凡一千七百九十八人。

黎明，天空一片血红。从东城外传来了沉闷的炮声，联军到了。

在之后的日子里，决心报复以示惩戒的各国司令官"特许军队公开抢劫三日"。帝国京城再陷空前劫难之中。联军以搜捕义和团为名，肆意枪杀无辜民众，北京街头积尸如山血流成河。仅主战的庄王府一处，即杀团民及百姓一千七百余名。"……或单个或成堆的中国士兵的尸体，按习惯用一张破席子掩盖着，常常成为野狗的肉食。大池塘的死水中，人和兽的尸体在腐烂，并冒出腥臭……"（引自《庚子使馆被围记》普特南·威尔）

在恣意施暴的日子里，包括紫禁城、天坛、颐和园在内的几乎所有皇家苑禁均被无情劫掠。以下王公府邸商铺民宅更是倾巢之下无完卵可存。这些暴行在联军总司令瓦德西写给德国皇帝的报告中，已字句斟酌地有所表述："……所有中国此次所受损毁及抢劫之损失，其详数将永远不能查出，但为数必极重大无疑……"

这期间，一直滞留北京的姥爷得知，在八国联军的倾力围剿下，通州的义和团民已被全部肃清。此次动乱中，通州教会共有无辜教民一百三十人罹难。其中，男四十四人，女四十六人，儿童四十人。

寒露过后，姥爷终于拉扯着大难不死的两家老小，离开了满目疮痍的京城。此时姥姥的身孕已日渐沉重，回到通州后不久，她第四个孩子就早产了，也是个女孩，但生下来就夭折了。

在齐化门外不远的一片空地上，又一个惨烈的场面，让这些刚刚从硝烟中走来的人们再一次目睹血腥。一大群表情麻木的清兵押解着十几个背插草标捆绑结实的人犯，从上千围观的百姓中闪了出来。为首那个汉子的发辫已完全散开，于秋风中凌乱在他的眼前。一队荷枪实弹的德国兵站在不远的一处高坡上观摩，其中一个年轻军官手里拿着一串翡翠佛珠，不知在和同伴们谈论什么，引来一片笑声。

监斩官到了，那是一个五十多岁的矮胖子，从胸补和顶戴花翎上看得出，那应是一个四品武官。在他历数人犯杀人放火的罪行之后，兵弁们便将人犯一字按倒，那提刀的刽子手将一大碗白酒一饮而尽，大步来到为首的那个人犯前。

刑场上万籁俱寂。

姥姥和张寡妇慌忙将孩子们揽在怀里，人们屏住呼吸，引颈望去，只见那刽子手双手抱拳大喊一声："包涵了，大师兄！"披头散发的汉子在身首异处的瞬间，竟仰天大吼一声："狗鸡巴朝廷！"

一刀下去，从德国兵的队伍里，传来戏谑的口哨声。

九十九年后的初秋，我率大连电视台大型文献纪录片《大连百年》摄制组赶赴北京，在故宫和八达岭长城完成拍摄任务后，在国家第二档案馆里，见到了自鸦片战争至二十世纪初，西方列强强迫中国当局签署的近三十个不平等条约的原件副本，其中西方八国与清政府签订的《辛丑条约》亦在其中。

一个阳光耀眼的早晨，我们登上了景山公园的山顶，站在万春亭前放眼望去，气势恢宏的紫禁城犹如一幅古老的画卷，平铺在脚下的万里河山之上，而国家博物馆和人民大会堂的巍峨身影，则隐约在一片淡蓝色的雾霭里，遥远而又庄严。

二

碣石山下

  奶奶去世那年，父亲正在迁安东关公益合药店当学徒。那是一九二四年秋天，直奉两军大战冀东长城一线后，直军吴佩孚的第二路军横扫迁安奉军张学良、郭松龄部，并北出冷口，直逼张作霖的势力范围。然此时直军将领冯玉祥却突然倒戈，并发动北京政变，奉军趁势重入冷口，迁安的黎民百姓再遭战火，民不聊生。

  公益合药店在迁安县城，算是一家较大的药店，除中草药外，时下新药也有。除此之外，掌柜的在县城北街还开了一处公益合粮店，但突遇战乱，药店也罢，粮店也罢，无不备受两军欺扰，苦不堪言。

  父亲从小就跟一个长工学成了结巴，而且越来越严重，这让性格张扬、为人势利的爷爷，在众人面前显得很没面子，因此对父亲十分刻薄。渐渐长大之后，父亲日趋忧郁自闭，整天几乎像哑巴一样无声无息。父子之间的隔膜越来越大。

  奶奶去世的时候，十四岁的父亲刚刚高小毕业，爷爷即命父亲中止学业，同时托人在城里找到了公益合药店的大掌柜。

  按公益合药店的规矩，凡学徒者，必先去粮店当苦力，三年之后视之聪愚再做安排。可一生虚荣的爷爷，硬是求人将父亲直接收在了药店里，因为在他的眼里，药店要比粮店更体面一些。

  腊月里的一天，太爷进城赶集，顺便去了趟公益合药店。自光绪二十二年的那次乡试后，太爷就落下了腰疾，每年入冬时节尤其疼痛难忍。可太爷更惦念他的长孙，父亲从小就深得太爷的疼爱。

河北省昌黎汇文中学校长徐维廉

二十世纪三十年代的河北省昌黎汇文中学

太爷进店时，父亲正在药店后院给掌柜的孙子洗尿布。看着父亲一双小手冻得红肿，且手背布满血丝裂痕，太爷不禁凄然。再查父亲所记流水账目，字迹隽秀且条理清晰，老人更不禁慨然。

回村后，太爷便将爷爷喊来，痛斥一番。之后，经过一年悬梁刺股的努力，父亲终于顺利地考上了冀东一带有志学子趋之若鹜的昌黎汇文中学。

建安十二年，即公元二〇七年，曹操北伐乌桓兵过冀东时，曾于碣石山上留下过"东临碣石，以观沧海"的诗句。而碣石山下，便是京东古城昌黎。

一九二六年初秋，父亲从滦河古渡乘木船顺流而下，至滦县后，改乘京奉火车及至昌黎。几乎与他同时进校的一位西装笔挺的中年人，即昌黎汇文中学新任校长徐维廉。

在新生训话的时候，父亲一定没有想到，自己一生的荣辱沉浮，都将与这位严肃的师长紧密相连。

那是一次终生难忘的训话。自尊心极强的父亲，在入校第一天就遭遇了尴尬。在宣布点名后，徐维廉开始依次叫到初一新生的名字，并一一示以关注。同学们或以"到"相应，或以"有"相应，十分顺畅。更有时髦者用英文大呼"Im here!"徐维廉不动声色，目光依旧。

父亲很快就陷于慌乱之中，他一直拿不准自己是该喊"到"还是该喊"有"，他没有把握轮到自己时，究竟哪个字能喊得更利索点儿，他不愿意给这些新同学留下难堪的印象，他更不希望那位本来就不苟言笑的校长，对自己嗤之以鼻。

"唐子清！"

听到自己名字的时候，父亲骤然像被一颗子弹击中，浑身一阵痉挛，面色苍白而僵滞，下巴剧烈地颤抖，牙齿磕碰得"得得"乱响。一时间，所有师生的目光都集中在了他的嘴上。父亲痛苦地发出一声低吟，从牙缝中挤出一个破碎的"到"，便精疲力竭地瘫倒在那里。

站在父亲身后的一位新同学，不禁笑出声来。

徐维廉沉默了片刻："张师贤！"他竟能叫出发笑的那位同学的名字。

"你是哪里人？"

那同学脱口而出："城东留守营人。"

徐维廉平静地问他："这么说，你应该是这里的主人了。"

"主人？"那学生不禁困惑。

徐维廉提高声音依旧平静地说:"我查了一下这届新生的学籍表,知道诸位原籍大多并非本地。你们当中有人来自冀东,更有自京津、冀中、辽宁、山西慕名而至者,可谓五湖四海。今后,汇文就是一个大家庭,而昌黎本地的同学,更要尽地主之谊,待好远道而来的客人。记住了吗?"那位学生惭愧地低下了头。

张师贤与父亲从此结下生死之交,直到双双离世。

徐维廉,字万良,辽宁绥中人,一八九四年出生在一个贫苦的农民家庭里,早年就读北京汇文中学,之后,靠勤工俭学考入燕京大学,专修历史。一九一七年大学毕业后,留校任教。一九二二年,被教会保送到美国密执安大学深造,并以全A优异成绩考得历史教育学硕士学位。一九二五年学成回国后,徐维廉谢绝了东北大学的高薪礼聘,于一九二六年受美国基督教美以美会之托,出任昌黎汇文中学校长。

在开学之后不久,学校组织了一次秋游,地点即紧邻学校北侧的碣石山。

那是一个秋高气爽的周日,徐维廉带着全校师生来到碣石山上。放眼望去,但见云卷云舒,沧海桑田,师生无不感慨万千。张师贤兴奋地告诉校长,山下金色的稻海中,那片炊烟萦绕的村庄就是他的家乡四照各庄。马荫轩望着古刹中的壁画,连说后悔忘了带画板。更有一些好动的男同学,在董寿鹏的带领下,向主峰五峰山顶攀去。而此刻,唯有父亲却一直因语言障碍,显得孤独而索然。

在下山的路上,徐维廉很自然地与父亲走到一起。

"其实我小的时候,比你还口吃。"他说话的声音很低,低得像在自言自语。

父亲顿感惶然,他看了一眼校长,没有说话。

"后来我硬是给扳过来了,你信不信?"

父亲点了点头,依旧没有说话。

"你可以每天早晨到这山上走一走。你可以把山上这些大石头当作听众,读些诗文给它们听,一定要大声喊,让这里的石头都听得见。坚持这样试试,会好的。"

"谢谢校长。"父亲的回答流利得让自己吃惊。

从此之后,即便是风霜雨雪的日子里,每天凌晨后不久,人们都会听见汇文中学后山上,一个男孩子高声朗诵的声音。

"云行雨步，超越九江之皋。临观异同，心意怀游豫，不知当复何从。经过至我碣石，心惆怅我东海……"

一年之后的新生欢迎会上，父亲精彩的演讲，赢得全体师生一片掌声。散会后，徐校长对兴奋不已的父亲说："还可以再慢一些。"

徐维廉的社会交往是广泛的。在教育界，他不仅与倡导职业教育的黄炎培关系密切，而且与推广平民教育的陶行知、开创乡村教育的晏阳初都有接触。担任校长以后，徐维廉一直希望把昌黎汇文中学办成一个培养有用人才的新型学校。从民国时期绘制的平面图上可以看出，学校当时不仅有图书馆、科学实验楼，而且有大面积的农业试验场。在这里，农民即老师，学生即农民。他希望从汇文中学走出的学生，少一些四体不勤五谷不分的庸才，多一些质朴、诚实、勤劳、机敏的国家栋梁。

徐维廉是个典型的探索者。

汇文中学是一所教会学校，徐维廉又是由美国基督教会培养选拔出来的一校之长，但徐维廉对外国人的态度却不卑不亢。"拿外国人的钱为中国人办实事"是他的基本观点。在美留学期间的亲身经历让徐维廉刻骨铭心。他看见一些美国孩子在中国人身后高声追喊"Qing，Qing，Chinaman.（清，清，中国佬）"不禁心痛。因徐维廉一贯西服笔挺面色威严，一些美国人有时错把他当成日本人。但每逢此时，徐维廉便会正色地告知"我是中国人！"

在汇文期间，有一次，徐维廉带学生们去北戴河郊游，在一处处外国人的休憩区，在一块块用中文书写的侮辱华人的警示牌前，徐维廉语重心长地告诫学生："要记住这里发生的事情，要敢于担当国家振兴的重任。"

"九一八"事变之后，汇文中学迅速成立了救国委员会，抵制日货，安置东北流亡学生。热河沦陷后，日寇占领昌黎，徐维廉在每周的晨会上，仍坚持悬挂中国国旗，高唱中国国歌，恭读总理遗嘱。"七七"事变后，徐维廉愤然辞去校长职务，远走湘赣川渝，投身到民族解放的洪流之中。

徐维廉是一个典型的民族主义者。

父亲先后在汇文中学度过六个春夏秋冬。此间，爷爷除象征性地给了些补贴之外，所有学费及生活费，父亲皆以勤工俭学解决。徐维廉很欣赏父亲的做法，因为他本人就是靠自己的双手完成的学业。

父亲有个同胞兄弟叫唐子洵，小父亲十一岁。父亲去昌黎上学时，叔叔才五岁。对这个从小就没了娘的弟弟，父亲一直疼爱备至，兄弟情义笃深。这在乡间和后来社会交往的朋友之中有口皆碑。兄弟二人一生中演绎了许多令人掩泣的故事，待我之后慢慢道来。

父亲念初三的时候，爷爷续弦娶了石岩庄的范氏，谁也不曾想到，那范氏从娘家偷偷带来了鸦片和烟枪，爷爷也从此学会了抽大烟。

最先知道这个秘密的是四爷。那天一大早，他去爷爷屋里借皇历，太爷建昌营的一个朋友病了，太爷想让四爷帮他选个日子探望病人去。

四爷的鼻子尖，那天刚迈进爷爷的屋门，他就闻到了一股十分奇特的气味，这气味头年上秋往天津油坊送花生的时候，他就闻到过，那是陪邻村的表舅去大烟馆。四爷不抽大烟，但那味他却记住了。

四爷不光鼻子尖，人更奸。他没把这件事情告诉任何人，只是暗中观察，不露声色。但不久，一件意外的事情终于让他沉不住气了。那天，在老屋后的井沿上，叔叔用扁担勾住水桶，正在吃力地往上拔水。十冬腊月的天气，井沿上下挂满了冰凌，才刚八岁的叔叔忽然脚下一滑，竟连人带桶一同掉进水井里。幸亏四爷在附近壕坑里挖泥，听见响动，他赶紧和几个伙计连拉带拽把叔叔救上来。当众人把叔叔背到家里时，四爷竟然发现爷爷的屋门依旧紧关着。砸开门后，他看见爷爷和石岩庄那个姓范的女人，正慌乱将什么东西塞到炕上的被垛里，屋子里又弥漫着那股奇特的气味。

四爷一下子火了，他跳到院子里就扯着嗓子骂人了："孩子都不要了，你们两口子也太损了！别抽上那玩意儿，就什么都不管了。"

聚了一院子的男女老少，从四爷的骂声中很快听出了端倪。一贯犯混的二爷听说此事，赶来后更是怒不可遏："这日子过不下去了，一家几十口子再忙，也架不住养活两个抽大烟的。不过了！分家！分家！"他抢起小镐子，竟然把厢房里那口十二沿的大锅给砸了。

太爷一直正襟危坐在正房的火炕上，他微闭着眼睛，像是在打盹儿，雪白的胡须却不停地颤抖。直到院子里完全静下来后，太爷才低喝了一声："把老三找来。"

一向忠厚的三爷，当天中午就从野河峪姑奶奶家搬回一口十二沿的大铁锅来。当天晚上，老院正点开饭的时候，太爷让人把一直溜边儿的爷爷叫进屋里。太爷慢条斯理地吃饭，始终没抬头看一眼爷爷。爷爷站在炕边，额头浸出一层冷汗。

碗筷收下去之后，太爷忽然睁大那双细长的眼睛，直直地盯住爷爷："从今往后，你就搬过来住在我这儿，中不？"

"中。"爷爷低声应着。

"滚吧！"一声怒吼，将爷爷逐出了屋门。

从这一天起，爷爷就不得不每晚睡在太爷的屋里，石岩庄那范氏为此恨透了太爷。当然，大烟照例还是要抽的，范氏抽，爷爷也不曾断过，兄弟妯娌都心知肚明，家庭矛盾日渐深重。只因太爷压得稳，一家几十口子都还规矩，就连二爷也再不敢过分造次了。

叔叔就是在这种嘈杂声中渐渐长大了。在这个世界上，叔叔一直把父亲当作是自己唯一的亲人。他常一个人跑到村头，向远方张望。他希望有朝一日，哥哥能带他离开这座各揣心思钩心斗角的老院，他不想再见到继母那双发黄的眼睛。

高中二年级，爷爷不顾父亲的极力反对，为他订了婚事。那女人姓朱，县南关后人，过门时年方十九。

朱氏与我父亲的婚姻，从开始起就是一场悲剧。因为那时的父亲早已不是公益合药店的那个小结巴伙计了，而朱氏却从来没见过京奉线上的蒸汽机车，也没见过山海关前的惊涛骇浪。

自从成家之后，父亲即便是寒暑假日，也很少再回唐庄了。叔叔常问嫂子："我哥怎么还不回来呀？"朱氏摇摇头，眼睛里一丝幽怨，一片茫然。

此时的父亲在昌黎汇文已与徐维廉无话不谈。在父亲的眼里，徐校长就是自己的人生楷模。所以多年下来，无论从思想品质到性格气质，甚至包括生活习惯，父亲都深受徐维廉的影响，两人情同父子，让很多旁观者钦佩不已。

一九八四年，在我去沈阳拜访徐维廉的长子徐志远先生时，徐叔叔曾感概道："素心兄（父亲字素心）随我父亲多年，两人思维习性确实太像了。"

高中毕业的时候，父亲与张师贤等一批汇文学子，终以优异成绩考上了燕京、清华等知名学府，这是徐维廉执教六年来，值得欣慰的回报。离校前，大家曾相约今后无论走到哪里，都要以"新"字当头，激励自己，永不落伍。抗战期间，父亲在重庆创办的励新建设学园及后来在北京创办的新生学园，张师贤后来在天津创办的《新星报》，张肇珍在北京创办的新实书店等，都以"新"字言志，兑现了当年的诺言。

一九三二年九月十五日清晨，当父亲踌躇满志地迈进燕京大学校门的时候，街上卖报的小贩正大声呼喊着当天报纸的头条新闻，日本关东军司令官武藤信义与伪满洲国"总理"郑孝胥在长春签订了《日满协议书》，日本正式承认伪满洲国。

三
燕郊往事

二〇〇一年五月，我因大连电视台公共频道栏目包装及宣传片的事情，再一次出差到北京，与承接这项工程的英士达文化传播公司商讨改版方案。在听取了我们的意见之后，善于联络客户的艺术总监余龙先生问我，北京还有什么事情需要帮忙，他们将尽力为之。这一次，我没有推辞："如果方便的话，明天给我派辆车，我想去一趟姥姥家。"

汽车出建国门后，直接驶上京通快速公路，风驰电掣一路东行。这是我有生以来第一次去姥姥家，心情些许激动，些许静穆。从小就听母亲讲述的那些姥姥家的故事，像一幅幅陈旧的影像联翩飞过，跟我似乎十分疏远，又如此骨肉相连。

及近三河地界，我们就开始打听，得知富申庄早已易名复兴庄了，几经周折，汽车驶进一片碧绿的原野。在高大而浓密的杨柳之间，潮白河静静地流淌，正在灌浆的麦田显得殷实而丰饶，四周一片蝉鸣。当汽车正前方出现一片绿树掩映的村庄时，一个打扮入时的姑娘告诉司机，前面就是复兴庄。

这就是母亲的故乡。时值小满，人们都在地里忙碌着，村里一片安宁。

在一处农家开设的小卖店前，两位比我年长的老人正在纳凉，我走上前去试探着问："打听一下，富申庄里还有姓李的吗？"

一位老人抬头望着我："您找谁？我就姓李。"

我惊喜地问："您还记得很早以前这里曾住过一个叫李文镕的人吗？"

"李——文——镕？"老人困惑地望着我，摇了摇头。

"是啊，八十多年了……"这是我预料中的。

那老人好奇地问我："您是？……"

我认真地对他说："李文镕是我姥爷，我是他的外孙子。"

这是一个如此陌生的村庄，独自漫步在一片苍绿的树影里，我知道或许这些参天古树，才能对那些遥远的往事留有记忆。但正午无风，古树无言。

> 好大的西北风啊，
> 吹到一个村庄里。
> 看见人家的窗户，
> 一个个都关上了……

歌声从村庄里的一个小院子里传来，唱歌的是姥爷姥姥和他们的孩子们。

这是八十年前的一段往事。

姥爷的父亲叫李永泰，去世前一直在清廷的銮驾库里管理车马。姥爷常对孩子们开玩笑说："你们爷爷在京城里大小也是个官儿，和齐天大圣一样，那叫弼马温。"

不过太姥爷死得早，没留下什么遗产，唯一留下的，是他自己修订的这个家族后嗣家谱的辈分排序。太姥爷希望他的子孙世世康宁代代兴旺，所以一口气排出了二十八代，即"永文信望爱多昌，为义兴仁慕美常，天恩启化从容道，乐首清福定荣光"。

从太姥爷留下的家谱中不难看出，这位在皇宫里谋差的清末小官吏，时已将身心皈依了基督。因为《圣经》新约《哥明多前书》十三章三节最后说："信望爱这三件事，都是永存不朽的。而最伟大的，仍然是爱。"太姥爷能在家谱的字里行间如此巧妙地留下嘱托与期盼，其文采与智慧足以管中窥豹了。

姥爷是太姥爷的长子，一八六三年生。据母亲回忆，姥爷是一位心宽体胖、温和豁达的基督教乡村传道人。姥爷和姥姥一辈子生了十个儿女，但其中四个不幸夭折。一九二一年，因工作调动，姥爷家搬到距通州四十里旱路的燕郊镇，一家人便住在镇中央的教会里。

作者的三河县复兴（富申）庄寻故（二〇〇一年）

燕郊教会前后有三层院落，礼拜堂在前院，檐下有一溜四五十米的游廊。教会后院除了两间客房外，还有一个小学堂，一个三十多岁的老姑娘在那儿教书，人家都叫她袁先生。袁先生为人温和严谨，后来做了母亲和姨妈的启蒙老师。姥爷家就住在中间的院子里，在那里一家人度过了九年时光。

我大舅李信德长我母亲二十七岁。他很早就离开了姥爷姥姥去燕京大学读书，毕业后做了陇海铁路的煤斤司事。大舅天资聪慧，善于丹青，二十世纪三十年代曾在北平基督教青年会办过个人画展。因他早年离家，与母亲及其他弟妹年龄差距太大，所以大家一直对他敬而远之。

我二舅李信诚长我母亲九岁。当初燕郊教会的前院开了一个小药房，一为乡民治些头疼脑热的小病，二也为家里有些贴补。二舅一有空闲便去那里帮忙。他为人忠厚老实，平时沉默寡言。

三舅戏就多了。三舅李信征大我母亲五岁，大伙儿都管他叫"猴三儿"。在姥爷的孩子当中，他是最聪明的一个，也是最淘的一个。三舅从小爱动，攀缘本领极强。为了追一只鸡，他能隔着一条窄胡同，从姥爷家的房上，硬是蹿到一家杂货铺的房顶上，惹得杂货铺掌柜的站在当街喊："又是猴三儿吧，我们家的房顶都快让你踹漏了！"

对门那家杂货铺，养了七八只鸭子，每天一大早，杂货铺的那家媳妇就把鸭子轰到当街，让鸭子们沿街觅食，也省得家里为此搭些粮食。

不料渐渐地，鸭子们发现教会院子里，姥爷种的那些鲜嫩的瓜秧菜苗了。于是，刚从家里被轰到街上，鸭子们便会径直穿过当街，大摇大摆地挤进教会的院子里，急得姥姥轰也不是忍也不是。

一天，见姥姥外出办事了，三舅便躲在院门后面，待鸭们全都摇进院子之后，便"咣当"一声将大门关了。随后，在二舅、玉环姨的帮助下，那些鸭很快就束手就擒了。

三舅早有预谋，他抓来一只鸭子，用手将鸭嘴掰开到最大，然后用一根短秫秸秆将那鸭嘴结结实实地支起来。八只鸭子照此办理之后，嘎嘎乱叫的鸭子们顿时哑然无声了，每只鸭都像傻子一样，大张着嘴巴，惶然不知所措。

教会的院门重新被推开了，只见那些鸭们争抢着，大张着嘴巴悄然无声地夺路而逃。院子里，孩子们笑得跌坐在地上。

傍晚群鸭归巢的时候，当街传来杂货铺家媳妇的怒骂声："谁家这么缺德呀，让我们家鸭子饿了一天！"碰到这时候，姥爷总会同时跟着嚷：

"臭的，我今儿不打你，明儿不打你，后儿个不定打不打你！"这句话让母亲和姨舅们记了一辈子，也笑了一辈子。姥爷从来没打过孩子。

三舅从小就表现出音乐方面的天赋。在通州潞河中学上学时，他就能用二胡模仿小提琴，并说是"二胡西奏"。当时上映的还是无声电影，每当学校放电影时，三舅就坐在银幕后面用二胡配乐，同学们异常新奇。

当时北平基督教美以美会有一位美国牧师会拉小提琴，三舅得知后，对那个金发碧眼的美国人极尽逢迎取悦之能事。因为那牧师总是骑自行车到燕郊布道，所以，每逢礼拜天，三舅就早早地守在教会门口，一俟牧师风尘而至，立刻把他的自行车擦洗一番。后来，三舅不知听谁说，洋人自行车的内胎里，灌满了糖稀以防颠簸。于是在严寒的日子里，三舅总是将牧师的自行车扛到家里的火炕上，并用棉被覆盖。长此以往，牧师终于知道了，他弯着腰笑出了眼泪，并当即送了一把小提琴给三舅以资奖励。从此，三舅拥有了自己的第一把提琴。一年之后，在圣诞节的晚会上，三舅用小提琴演奏的《圣母颂》，让那位美国牧师目瞪口呆。

四舅李信宏是李家门里最窝囊的孩子。四舅生性愚钝，孤僻自负。高小毕业后就辍学在家，整天无所事事。小时候，因为他经常穿的那件灰布长衫上补了好几块补丁，三舅就送给他了一个雅号叫"方砖墁地"。

我母亲年少时叫李信昭，长大后别人总以为是个男人的名字，就改名李玉玺了。在姨妈的回忆录中，母亲是一个完美的人。

"姐姐比我大三岁。高鼻梁，大眼睛，长得很好看。在富育念书时，她是全校最漂亮、品德最好的学生。姐姐性格温顺，平日文质彬彬，她话不多，极有修养，从小就像一个小大人儿。母亲去世时我才六岁，姐姐成了我唯一可以依赖的人。"

姨妈出生的时候，姥爷五十五岁了。在姥爷的眼里，这老闺女是自己的眼珠子。姨妈从小叫李信明，母亲改名后，姥爷也一并为她改了名，叫李玉环。玉环姨天性泼辣，耿直刚强，一张小嘴成天说个不停，是个人见人爱的小丫头。

燕郊是一座有两千四百多年历史的古镇，春秋战国时期，北京一带便是燕国的都城，古镇遂以得名。唐宋以来，凭借京榆古道及潮白河码头，加之京杭漕运日益昌隆，这里人流如梭，帆樯如云，成为远近知晓的商贾重镇。清康熙年间，为便于皇族拜谒东陵，燕郊又大兴土木修建行宫，成为清朝历代皇帝东出京城的第一站驻跸之所。今天，燕郊镇上的行宫大街，

李玉蘅自傳

一九一五年我生於河北省香河縣，我父親是基督教公理會的傳教士，母親是一個樸實勤儉的鄉間女子，家庭生活費用全部依靠父親的薪金，那是個基督教的家庭，我有兩個哥哥，一個妹妹和兩個弟弟。回憶，二哥信誠在同仁醫院工作也有三十多年了，三哥信敬燕京大學畢業曾在中學當教員，四哥信義在抗戰時期在德方作教物佇選今尚無音訊妹妹在西北師範學院畢業現在服務於開封新生女中。

我在一週歲時就由父親把我奉獻基督教為教友，十三歲的時候母親去世，父親入少家庭人口多生活非常艱苦，我從小喜歡方讀書，一九三〇年在通縣富育女子中學畢業後，父親即送我考入保定福音書院附屬高級護士學校求學，一九三六年八月參加中華全國護士會第一次考試各科均及格，一九三七年上學期我已將護校所有學科學完，不久七七事變了，那時便隨着十來位同學離開保定想到大後方參加救亡工作，走到山西同行的同學就開始分散自尋工作機會，我投奔太谷銘賢學校的一位教員——我哥哥的朋友，由他介紹我到仁術醫院工作，在該院不久我的護校老師——陳扶筆約我隨他同到鄭州華美醫院工作，當年十一月間因為鄭州軍事

母亲的手迹

姥爷与他的孩子们在燕郊故居
（左起三舅、玉环姨、姥爷、四舅、二舅妈、二舅）

即当年金碧辉煌的行宫所在。

姥爷住在燕郊的那些年，古镇仍不失繁华，街面上隔日逢集，如潮如汐，让年幼的姨舅们好不兴奋。当然，最兴奋的莫过玉环姨了。每逢集日，教会门前就摆满了地摊，鲜菜蔬果日用百货应有尽有。早晨，地摊摆好不久，人们就会看见一个四五岁、梳着两条小辫的小姑娘，从教会的院子里跑出："收地方钱喽！收地方钱喽！"她从东头收到西头，只在教会墙外，绝不越界，而且从不多要，一个铜子儿或一个小酸梨即能打发。但谁想赖账可不行，有些小贩故意逗她："大都督，今儿个二叔还没开张呐。"玉环姨就会小嘴一撅："甭想赖账，待会儿我还过来。"惹得大家一片笑声。"大都督"的绰号是教会的门房老李给起的，玉环姨知道那是"尊称"后，欣然接受。

每逢集罢，玉环姨多少都会有些斩获，这时她会把铜子儿如数交给姥姥，锁在炕柜的小抽屉里，成为日后"放贷"的小金库。至于那些瓜果梨桃，就要看谁眼顺论功行赏了。为了能得到"犒劳"，二舅和三舅会尽量耐心地顺从"大都督"，哥儿两个通常用肩扛一根长棍子，让"大都督"攀爬上去，折跟头打把势，并边走边喊："卖小猪喽，卖小猪喽！"院子里充满了玉环姨银铃般的笑声。

玉环姨的耳朵特别尖，大家在屋里议论她时，总要把声音压得很低，像是一群地下工作者。尽管如此，正在院子里玩耍的玉环姨还会猛地站定大喊："谁又说我了？我听见了！"大家面面相觑，惹得小姑奶奶悻悻然撇嘴道："净背后说人。"

燕郊信基督教的人很多，这些人大都是附近的贫苦乡民。姥爷的收入却很微薄。每月二十几枚银元养活老少一大家子人，常有入不敷出的时候，这让掌管家务的姥姥时常捉襟见肘。姥姥常和一家也姓李的街坊来往，那家人也到教会做礼拜，因为贫穷，她家终年吃粗粮，邻居们叫她家"窝头李"。后来那家的大闺女嫁给了爱国将领冯玉祥，新中国成立后，经毛泽东的推荐，成为国家首任卫生部部长，她的名字叫李德全。

在母亲的回忆中，姥爷是一位极富生活情趣的人，在燕郊乡下时，姥爷曾喂养了十几箱蜜蜂。而且，在他的带领下，孩子们都十分熟练地掌握了养蜂的技术。姥爷常对孩子们说，蜜蜂是人类最好的先生，它们勤劳、团结、甘于奉献，它们平凡、执著、勇于进取，他勉励孩子们要用一生的时间学习蜜蜂的精神。

姥爷曾写过一首赞美蜜蜂的短歌，多少年之后，在母亲、二舅和三舅都满头银发的时候，谈起燕郊往事，他们仍会油然唱起这首烙在心灵上的儿歌。

嗡——
这是蜜蜂的诗歌，
黑黄的小身子，
它嗡嗡飞来了，
每天忙活忙活做工……

姥爷从小就钟情于音乐，无论是中国的工尺谱，还是西洋的五线谱，他都应用自如。他知道孩子们有这方面的天赋，所以搬到燕郊后不久，在姥爷的倡导下，一家人就组织了一个家庭小乐队。姥爷拉手风琴，二舅操胡琴，三舅拉小提琴，四舅打鼓，母亲吹口琴，玉环姨最小，专司小星子（一种金属打击乐器）执掌节奏。一时间，燕郊教会的院子里每晚都会传出《苏武牧羊》、《梅花三弄》的旋律，成为除祷告之外，孩子们另一项乐此不疲的功课。

每周做礼拜时，孩子们都要为教友们演奏几首乐曲。姥爷还经常赶一辆马车到乡下去布道，孩子们挤在车上一起前往。每进一个村庄后，姥爷就会喊一声："抄起家伙吧，孩子们！"一时乐声四起，招揽街上闲人。众人围定后，姥爷就会用他那洪亮的嗓音，劝导天下贫苦百姓忍辱前行。因为有上帝与你同在，因为——阿门。

布道结束后，一些善良的人会送些干粮给孩子们，孩子们没有意识到这是在乞讨，他们为自己的成就所感动。

这就是二十世纪上半叶中国基督教乡村传道人的生活缩影。他们乐观、清贫、隐忍、坦荡，像一架笨拙的木犁，在贫瘠干涸的大地上辛苦耕耘，从不停歇。

燕郊教会是美国基督教美以美会驻会创办的，一些驻京的美国牧师常到这里来布道。有一位叫 Miss Bao 的老姑娘与姥姥的关系特别好，教会的人都叫她包姑娘。一次包姑娘患重感冒，姥姥熬中药让她退了烧。病好之后，她甚至想做姥姥的干女儿。她给母亲和玉环姨分别起了个英文名字，母亲叫苏珊，玉环姨叫露西。那时包姑娘每天晚上都会坐在姥姥家的火炕上，感受中国家庭的温暖。一双蓝色的眼睛里，洋溢着幸福的光彩。

一到大雪封门的冬天，姥姥家的火炕就成了孩子们的乐园。吃过晚饭后，一家七口儿围坐炕上，好不热闹。借着煤油灯，三舅会用双手在墙上演绎出许多生动的灯影来，一会儿天鹅、兔子，一会儿狼狗、骆驼，栩栩如生。众兄妹忍不住一齐上阵，满墙的鸡鸣狗跳，让姥姥姥爷倍感安详。

为锻炼玉环姨，姥爷会在这时突然说："咦，我还有几块点心，落在前院小药房里了，环子胆儿最大，去取去。"玉环姨这时便会立刻多着胆子摸黑去前院，把姥爷故意放在黑暗中的点心取回来。这时姥爷总会带头鼓掌，欢迎得胜还朝的"大都督"，随后用孔融让梨的故事启发老闺女，玉环姨撅着小嘴，不情愿地将刚拿来的点心又分了出去。这样的事姥爷做过许多次，玉环姨从不畏缩，依旧勇往直前。

一天，窗外大雪纷扬，包姑娘在大家安静之后轻轻唱起歌来，那歌声充满对亲人的眷恋、思乡的情怀。

    好大的西北风啊，
    吹到一个村庄里。
    看见人家的窗户，
    一个个都关上了。
    大的大，小的小，
    围着火炉讲故事。
    推开门来走进去，
    它说我也讲一个。

听着歌声，一滴晶莹的泪水顺着姥爷的面颊流了下来，他偷偷抹了把脸对姥姥说："唉！包姑娘想家了……"

在那些多雪的冬日里，姥爷家的孩子们从包姑娘那里学会了大量的英文歌曲，其中包括教会的赞美诗，莫扎特、勃拉姆斯的摇篮曲，舒伯特、德里格的小夜曲，还有古诺、门德尔松、比肖普、克特劳和福斯特的创作歌曲，及大量优美的外国民歌。每天晚上，唱歌成了姥爷一家人的必修课，大家通常用二重唱甚至三重唱完成一首歌，母亲和包姑娘唱二部，三舅独自唱三部。

在母亲和姨舅们燕郊往事的回忆里，最让他们不能忘怀的，还是一年一度的圣诞节。六十年后，在玉环姨的回忆录里，真实地记录了当时的情景。

……爸和二哥早在一个多月前，就开始扎走马灯了。那些灯多是六角形，里面有一个立轴，轴下有一个转盘，轴上有一个用硬纸叠成的伞，在盘和伞之间是自己剪刻的人物故事，内容大多是耶稣降临伯利恒，三位博士自远方来，还有琳琅满目的圣诞树，拉雪橇的驯鹿，穿着红袍子的圣诞老人等，都是照着外国牧师送来的美国画报画的，鲜艳极了，也精致极了。

　　圣诞节那一天，在我家大过厅里挂满了走马灯，蜡烛一点上，五彩缤纷的人物就转了起来，好玩极了。

　　最高兴的事是全体教友聚在一起吃长寿面，孩子们一大早就欢天喜地喊着："过圣诞了！吃长寿面了！"我喊的调最高，因为我的嗓子最好。

　　说的长寿面，其实就是打卤面。过厅里砌了一个大灶，安上一口大铁锅，锅里的水咕嘟咕嘟开着，面条一锅一锅下着，下面条的厨师手拿两根两尺长的高粱秆儿，吆喝着给大家捞面。屋里暖融融的，每个人的脸都红扑扑的，充满了喜悦。

　　1924年春节将至。正当全家积极排练，准备正月里下乡演出的时候，北平美以美会的牧师视察了燕郊教会。那一天姥姥因过分操劳，起床稍晚了些，因迟到被一个北平来的美国牧师当众斥责。姥姥本来就是一个怯懦的人，自尊心又极强，面对如此不讲情面的辱骂，当即因脑溢血倒在姥爷的怀里，第二天一早便离开了人世。

　　姥姥走的时候，母亲九岁，玉环姨才六岁。丧事料理完后，姥爷和大舅商量，希望他能照料一个弟妹，大舅想了想，就把母亲带走了。

　　大舅这时已调到北平丰台火车站工作了，在他显得很阔绰的家里，母亲见到了大舅妈阮翠萍。

　　阮翠萍是一个凶悍的越南女人。对母亲的到来，她从一开始就明确表示了反感。在大舅家，母亲一天到晚拼命地干活，可大舅妈仍经常打骂她，甚至不给饱饭吃。母亲思念刚刚去世的姥姥，更思念远在燕郊的亲人。猝不及防地陷入这暴戾恣睢的环境里，九岁的母亲一下子就被阮翠萍吓傻了。她常常从梦中哭醒，她唯一能做的就是默默地祈祷上帝，饶恕自己的罪恶。

　　半年之后的一天，姥爷赶着马车去北平教会办事，顺便给母亲捎了些夏天穿的衣服。一进大舅家，姥爷便被眼前已是形销骨立的母亲惊呆了。

"病了吗，玉玺？"

"没有。"母亲委屈地望着姥爷。

"你……你在大哥这儿过得惯吗？"

"过得惯……"母亲胆怯地望着大舅妈不敢多言。

突然，姥爷发现母亲蓬乱的头发似乎少了一绺，他急着扒开来看，竟看见一小块鲜红的头皮。

"走！"姥爷拉着母亲就往外走。

"您就不再等会儿信德了？"阮翠萍追出来问。

姥爷没回头，他把母亲抱上马车，半天才吐出两个字："畜生！"

一九六六年夏天，我去北京报考中央工艺美术学院，在二舅家见到了前来讨钱的大舅和大舅妈。老两口当时已年近八十，身体依然硬朗。大舅家的大儿子不幸早逝，夫妻俩晚年十分凄凉。一辈子出手阔绰的阮翠萍，老来单靠大舅的退休金，生活显然难以维系。因此，北京城里的亲戚几乎被他们要遍了。不说借，直接要。时间长了，各家便如避瘟疫一样，生怕门外又喊："是我，阮翠萍！"

回到大连后，我把这些情况告诉了母亲，母亲很伤感，并责怪我说："你多少应该拿些钱给他们。"我却不以为然。

一九九一年母亲去世时，我遵照她生前的意愿，请来大连基督教玉光街教堂唱诗班的姊妹们，为母亲唱了她最喜爱的那首歌。这是母亲在大舅家受难时心里总在默唱的一首歌，也是母亲刻骨铭心的一首歌。

> 念故乡念故乡，故乡真可爱。
> 天甚清风甚凉，乡愁阵阵来。
> 故乡人今如何，常念念不忘。
> 在他乡一孤客，寂寞又凄凉。
> 我愿意回故乡，重返旧家园。
> 众亲友聚一堂，同享从前乐。

歌是不朽的，只要人们还有记忆，它就会像生命一样，生生不息，代代相传。

四

未名湖畔

　　二〇〇五年早春，我出差去了趟北京。当时大连电视台正在完成一部大型文献纪录片《血与火的记忆》，以纪念世界反法西斯暨抗日战争胜利六十周年。在中国电影资料馆，我们复制了一批十分珍贵的电影历史资料。

　　这期间，我先后拜访了从解放军总医院离休的徐维廉的女儿徐谒敏，以及住在宣武门外永安路的张师贤的遗孀邓珍一夫人。

　　在返回大连的前一天，我去了绿柳如烟的北京大学，在东方语言文学系的南侧，找到了学校的档案馆。我向工作人员说明了来意，希望能在这里找到父亲留下的一些印痕，尽管这已经是七十年前的历史碎片了。

　　一位四十多岁的女老师，在问清我父亲的姓名、所学专业及毕业年份后，转身走进存放档案的库房里。我当时很激动，好像即刻便能见到父亲一样，尽管他已于二十八年前离开了我们。

　　时间不长，那位女老师便从库房里走出来了，手里当真拿着一个很大的牛皮纸档案袋。我急着迎了上去，可那位女老师却十分遗憾地说："非常抱歉，您父亲的档案没了。"她从口袋里抽出一张仅有的薄纸，纸上分明写着"《卷内备考表》，案卷号XJ03121，整理唐子清（32140）档案，发现内无材料"。

　　我沮丧极了，就像即将见面的亲人竟转瞬从身边消失一样。那女老师无可奈何地解释了一番，无需赘言，这又是"文化大革命"的错。

　　就在我准备转身离开时，另一位工作人员突然说："您再等一等。"她返身上楼，不一会儿就回来了，手里拿着又一个同样的牛皮纸档案袋，并从里

父亲在燕京大学的总成绩表（该文件保存在北京大学档案馆）

姥爷李文镕（该照片现存于北京大学档案馆）

赵紫宸博士道鉴迳启者所拟章程与报名单，检验表并又孟催办手续，余赶急与撤委办分五声请当得四五日内言不日闯会表决办法故此迟恍多未上回音令弟懑暂签几日候接到办法复急赶办一切事校务事

专丐迳复

顺请

秋安

八月廿八　李文镕鞠躬

姥爷的手迹（该文件现存于北京大学档案馆）

三十年代初在燕京大学读书的父亲

面抽出一张灰绿色的十分陈旧的硬纸卡,那竟然是父亲在燕大学习期间的总成绩表。在照片栏里,二十二岁的父亲正目光凝重地望着我,好像在说:"我一猜就是你,我想你该来了。"

邓云乡先生在他那本《文化古城旧事》中,谈到燕京大学时是这样说的:"文化古城时期,在摩登仕女的心目中,清华是男士的'天之骄子',燕京更是'天之骄子'了……这时期的燕京大学,有最充足的外汇经费,有世界名望的第一流的学人教授,有风景优美,建筑华丽,湖光山色的校园,有语言到生活一切都美国化的环境,有最为昂贵的学杂费……是最特殊的,最洋气的,最神奇的——这里我不用'贵族化'一词,因为在我的师友中,包括最熟悉的朋友,不少都是燕京出身的并不是贵族化的人,也没有贵族化的习气。"

父亲就属于这一类的人。

云乡先生谈到的"文化古城时期",始于一九二八年,奉系军阀张作霖撤离北京,止于一九三七年"七七"事变这十年。由于民国政府迁往南京,中国的政治、经济、外交等中心随之南移,北平只剩下一大批教授、学者和文化人,只剩下多所知名学府及国家级公共文化设施,只剩下明清两朝五百多年留下的宫殿陵寝,以及一大群固守封建文化传统的老先生们,而如此浓厚的文化氛围,对中外文人学子来讲,仍具有极强的吸引力,古城文化日渐繁荣。

父亲就是这一时期,在燕京大学度过了他的大学时代。

头一年的学费,是太爷从自己的私房钱里拿出来的。知道父亲要进京上学,朱氏的心情很复杂。她虽然知道父亲一直在冷落自己,但还是从娘家拿来些许银元,并张罗着为父亲打点行装。

叔叔好奇地问父亲:"哥,北平远吗?"

父亲笑了笑:"听说不近,从滦县坐火车也得大半天才到。"

"火车跑得快吗?"

"快,像风一样。"

在未名湖畔的校园中,在同学的指点下,父亲见到了仰慕已久的著名作家许地山、周作人、郑振铎、俞平伯,女作家谢婉莹(冰心)、冯沅君,著名学者顾颉刚、陆侃如、刘廷芳、张东荪,还有语言学家郭绍虞,社会学家吴文藻,历史学家邓之城、洪煨莲、简又文、陈垣、钱穆,古文字学家容庚等等。

　　一天，在回宿舍的路上，迎面走来一位老者。此人身材高大，鹤发红颜，一身淡灰色的长衫迎风飘逸，很有大师风范，让所有在场的同学不禁肃然。大家同时向他致意，他微笑地向大家点头致谢，目光谦逊而慈祥。老人走过后，父亲急着问："他是谁？"同学们都说不认识。

　　"是校长蔡元培吗？"一个同学说。

　　"No，蔡先生我见过，比他瘦，戴眼镜。"

　　"刘半农？"

　　"得了吧，刘半农才多大岁数。"

　　张师贤从后面跑过来。"仰山，"父亲急着问："你是新闻系的，消息灵通，你知道刚才过去的那位是谁？"

　　张师贤回头望了望，哈哈大笑说："他呀，不认识吧，"他故作神秘地："这可是位大师。"

　　"谁？"大家不约而同地问。

　　"你们这些新青年，连报纸都不看，报上照片都登出来了。"他故意卖关子，压低声音："通州美以美会的牧师。"

　　"牧师？"父亲问。

　　"燕京大学社会学系新入学的研习生，李文镕。哈哈哈！"

　　"这么大岁数还来上学？"大家不禁长吁了一口气。

　　无论如何父亲也不会想到，刚才向他颔首致意的竟然是他未来的老丈人。

　　多少年之后，仰山伯伯还笑着对母亲说："大嫂，你没看见素心兄当时那模样呢，俯首肃立，毕恭毕敬，一副丑媳妇见公婆的模样，哈哈哈！"

　　然而，时局却越发动荡了。一九三二年十二月，日军第八师团用铁甲车炮击山海关，一九三三年元旦，日军又在临榆挑起事端，一月三日，山海关守军在伤亡逾半、求援不得的情况下被迫后撤，山海关失守。消息传来，燕大全校哗然。很多同学都知道父亲是迁安人，而迁安即在长城脚下，与山海关近在咫尺。

　　父亲当时住在图书馆北侧的男生宿舍，这是一座琉璃瓦屋顶的中国传统建筑。为省钱，父亲和许多同学一起住在宿舍的顶层。一群穷学生挤在一起，大家谈的全是忧国忧民的话题。一位经济学系的同学十分活跃，此人叫王汝梅，河北磁县人，他虽然与我父亲同届，都是一九三二年入校的，年龄却比父亲小三岁。

王汝梅对日本鬼子疾恶如仇而且讲究实干，他有丰富的想象力和组织能力。长城抗战后，他请燕大印刷所的工人们帮忙印了一本游击战术的小册子广为散发。更有甚者，有一次，他通过东北大学军训部，借来了一批步枪和手榴弹，并越过层层警戒，硬是将这批武器运到了燕京大学校园里。

一天晚上，他和学校抗日救国会的同学组织燕大学生搞了一次真枪实弹的军事演习。那天晚上，大家都很兴奋，同学们在学校西门挖了防空壕。一个同学爬上未名湖畔的水塔，用手电筒发出信号，顿时枪声大作（其实是在放鞭炮），一阵冲杀。及至深夜，同学们仍乐此不疲。

王汝梅最终还是肄业离校了。有人说他去了延安，还有人说他去了苏联。四十三年之后，他被任命为中华人民共和国国务院副总理兼外交部部长，他后来的名字叫黄华。

一九三三年，热河前线吃紧。燕大学生立刻组织救亡工作队急赴承德，希望说服汤毓麟将军，坚决抗战，不辱使命。父亲与燕大的昌黎汇文同学富寿介、孙德亮同车前往。一路上，大家高唱抗战歌曲，歌声此起彼伏。

到了承德，不想汤毓麟却以战事紧迫无力抽身之由，拒不接见他们。同学们遂奔走街头游行演讲，呼吁百姓支持抗战。一时承德古城群情激奋，抗战热情十分高涨。

不料，第二天一大早，一队军警便将学生们封堵在下榻的旅馆里。一名军官代表汤将军表示学生心意已领，请立即返城不得滞留。不由学生分辩，便武装押送全体请愿学生上了回京的汽车。望着拥堵在车前的承德市民，学生们站在车上痛哭失声。

四月的一天，时近黄昏时，新闻学系的张师贤，忽然兴奋地向父亲跑来："素心！素心！你看谁来了？"夕阳下，一个熟悉的身影从未名湖畔的一片松林后转出。

"校长！"父亲激动地跑上前去，一时不知说什么好。

徐维廉显得有些疲惫，他握住父亲的手，对身旁与他一起来的杨扶青先生说："瘦了，但还算精神。"

杨扶青笑着与父亲点了点头："昌黎汇文出来的，大都瘦了，但全都很精神。"大家都笑了。

杨扶青名永兴，字扶青，河北乐亭人。昌黎汇文中学的校董。一九〇七年在天津读书时，结识了同乡李大钊并成为挚友。杨扶青为人仗义忠厚坦诚，曾全力资助李大钊赴苏联，出席共产国际第五次代表大会。一九二七年，李大钊被奉系军阀张作霖逮捕后，他曾多方奔走营救。此次来北平，即受大钊夫人赵纫兰女士之托，与有关方面协商大钊遗骨迁坟之事。顺便陪徐维廉一道，探望正在燕京清华读书的昌黎学子。

太阳落山了，西山一带沉浸在一片橙红色的暖雾里。未名湖水光潋滟，远处传来了抗战的歌声。听说徐校长和扶老（大家对杨扶青的尊称）在这里，连清华的汇文校友都赶来了。谈到时局，大家对蒋介石的不抵抗政策十分不满，徐维廉心情格外沉痛地说，如此下去，日本人全面侵华将不可避免，但他同时强调："你们还是学生，是未来建设国家的栋梁，在校期间还是应以学习为重，不要因此荒疏学业。"

当天晚上，徐维廉、杨扶青如约拜会了燕京大学校长吴雷川。徐维廉让父亲随行，并嘱咐说："吴老的儿子让当局给杀了。这件事你不要多问就是了。"

吴雷川，字震春，浙江余杭人，光绪二十四年翰林，清末著名学者。民国初年入教育部任参事，后为常任次长。

吴雷川一九一五年接受基督教圣公会洗礼，二十年代后，其宗教思想发生转变，遂结合中国儒家传统，联系中国社会现实，开始致力于基督教与中国传统文化的沟通与融合，探索中国社会发展的道路，是中国近代著名的教育家和中国本色神学的开拓者。

吴老住在燕大西北的朗润园，这里曾是清皇室载涛亲王的私家园林。院子里林草繁茂，一座座西式洋楼掩映其间，和北邻燕大的燕东园一样，这里居住着许多燕京大学任教的教授与学者。

吴老住在朗润园一片水塘南岸的小院里，开门的是吴老家的男仆文子。徐维廉、杨扶青都是吴老多年的朋友，寒暄之后，徐维廉介绍父亲与吴老见面。在客厅里坐下来后，吴老首先关心昌黎的情况，徐维廉详细陈述了一个时期以来，冀东一带的复杂局势，吴老默默地听着，目光凝重而忧愤。提到李大钊迁坟一事，吴老感慨地说："守常（李大钊）我是熟悉的。一个北大的教授，只因信仰不同就被绞死，天下还有让人讲话的地方吗？"

告别的时候，徐维廉当着吴老对父亲说："吴老年迈，身旁又无更多亲人，你抽空要代我常过来看看。"父亲点头。

这之后，父亲渐渐成了吴家的常客。吴雷川也成了影响父亲一生的另一位恩师。

大学一年级临近期末的时候，父亲已身无分文了。张师贤知道后，倾囊相助。但余下的学业，父亲已无力完成了。在走投无路的情况下，父亲与吴雷川谈了，希望停学一年，回昌黎汇文任教筹集学费。吴雷川欣然答应了。

　　一九三三年夏天，父亲回到了昌黎汇文中学。临行前，张师贤将自己一套白西装送给父亲，并开玩笑地说："有钱时还我一件呢子大衣就行了。"

　　一九五七年春节，父亲带我回北京探望亲友的时候，仰山伯伯（我后来一直这样称呼张师贤）还对我说："你爸爸还欠我一件呢子大衣呢。"说罢放声大笑，那笑声爽朗而豁达，至今萦绕在我的耳畔。

五
寿　戏

一九三三年八月，黄河流域普降大雨，致使河水暴涨险象环生。终于，八月七日，河北长垣县决口。九日，河水涨至平汉铁路桥面，南北交通中断。十一日，山东东明、河南兰封、考城相继决堤。十七日，山东菏泽黄河大堤全面崩溃，滔天洪水涌入黄河故道，华东五省五十二县，千里之内尽成泽国。

这一天黄昏时分，在葡萄架下正看报的徐维廉，忽然听见长子徐志远兴奋地喊："爸，我子清大哥回来了！"徐维廉抬头望去，只见父亲满脸风尘地站在那里。

"校长，我回来了！"父亲来不及站稳，便给校长深深地鞠了一躬。

徐维廉仔细打量着父亲，红润的脸上，多了一副金丝镜，身上一袭白西装，不禁了然。他示意让父亲坐下。闻讯从屋里走出来的徐夫人笑着对父亲说："呦，看这子清，简直都认不出来了。"

"回唐庄了吗？"徐维廉问。

"没有。"父亲解开系在脖子上的领结："从北平直接回学校的，再过几天就开学了。"

徐维廉摇了摇头："再怎么忙，家还是要回的。古人说'立身行道，扬名于后世，以显父母，孝之终也'，不是没有道理的。"

父亲脸红了，徐夫人接过话茬来："看看你爷爷去，还有你兄弟。"父亲点了点头。

谈到燕京这一年，父亲兴奋起来，他代吴雷川问候徐维廉，他说是吴老帮他休学一年的。

一九三三年，父亲（前排右第二人）在昌黎汇文中学母校与他的同事们合影

提到回校的工作，徐维廉问父亲想做什么，父亲想了想说："到高中教语文，历史也行。"

徐维廉又摇了摇头："教书是要凭经验的，你虽然是燕京的学生，学的还是教育学，但你连教案都没做过，怎么能去高中教书育人呢？"

父亲十分尴尬："那，全听校长安排了。"

徐维廉认真地说："知道你回来，我就考虑了。你到附小去，从小学教起，同时兼作附小的生活指导，行不？"

这是父亲万万没有想到的，他愣愣地望着校长，半晌才迟疑地说："行……"

徐维廉看出了父亲的情绪，他为父亲又添了些茶："我知道你这次回汇文，是要筹款以便完成燕京的学业，所以平时可再留心一下学校的农业实验场。前不久我到定县晏阳初先生那里走了走，很有启发。汇文下一步究竟走哪条路，我目前正在考虑。"随后他指着茶几上的报纸感慨地说："所幸这场大水没有殃及冀中，否则晏先生多年的心血，怕是要付诸东流了。"

告辞的时候，父亲低声问徐维廉："校长，您看我这身西装，是不是有点别扭？"

徐维廉露出了少有的笑容："挺好，挺好的。燕京回来的学长，就是要给汇文师弟们做点样子。"他停了停说："只是要经常洗熨，不能邋遢，尤其是白西装。"

一九三三年暑假结束后，昌黎汇文中学附小的孩子们便发现，学校里来了一位新老师。他衣冠整洁，神情俊朗，步履迅疾，待人谦虚和蔼，做事严肃认真。孩子们既怕他又喜欢他，大一点的孩子背后议论说："简直又一个徐校长。"

秋凉的时候，爷爷来了。一进办公室，他就板着脸冲父亲说："怎么，考上大学，就连家门都不认了？"父亲自知理亏，连忙解释一番。爷爷往地上吐了口痰："你也不拍胸脯想想，没有你这个种地的爹，你能上得起大学？"

父亲这回沉不住气了，他盯住爷爷冷冷地说："从汇文到燕京，我统共花过你多少钱？"

"放屁！你这条命都是我给的，怎么，你还和我算起账来了？"

办公室的同事赶忙站起来劝解，其实大家都知道些内情。

57

爷爷这次是有事而来，原来明年农历五月二十三是太爷八十大寿，按照冀东乡俗，明年正月里是要把这寿事办完的。太爷前不久放出话来，说是要接戏班子唱大戏，而且连唱三天。爷爷这次来昌黎就是让父亲跟他回去，商量一下这戏怎么唱。

父亲一听就急了："眼下国难当头民不聊生，洪水滔天赤孥千里，你们竟还有心思唱大戏，也不怕让人戳脊梁骨。"他跪在爷爷面前："假如家里还有闲钱，就请我爷捐给唐庄学堂，盖几间新教室吧。古人说建国君民，教学为先，此乃重中之重，非一场大戏能比。"

爷爷最终没被父亲说服，临走前，他气哼哼地说："你也不回去看你媳妇一眼？"父亲无可奈何地摆了摆手："寒假再说吧。"

见父亲没跟爷爷回来，朱氏伤心不已，她独自躲在厢房里哭了半夜。第二天早上，叔叔问她为什么哭，她说："你哥不要咱们了。"

然而，戏还是要唱的。这一点，太爷的执拗让人觉得这老爷子是不是有点儿糊涂了。

其实太爷一点儿没糊涂，他的心思，只有野河峪的姑奶知道。姑奶是太爷的老闺女，嫁给邻村野河峪已多年了。父亲从小敬重姑奶，因为姑奶为人正直，办事决断，从不拖泥带水。

知道太爷的心思后，姑奶便托人从夏官营请了先生，先生说，明年是甲戌年，寿戏宜在正月初十之前唱完。于是便定下来从正月初七到初九连唱三天。先生还说，启于七星高照，止于九九归一，太爷便会因此长寿。

"一定要让子清回来。"太爷对准备再次赴昌黎的三爷说："就说我请他，不仅唱戏，还有其他的事情，他务必到场。"太爷没说是什么事情，大家心里直犯嘀咕。

三爷这一次是带着梅连春一起去的。梅连春虽说是家里的长工，但自幼与父亲一起长大，两人感情笃深。

这一次父亲妥协了，在家里所有的长辈中，他最在乎的就是三爷了。三爷忠厚老诚却不失精明。他平时不善言谈，但讲起道理来丝丝入扣，加之梅连春耐心规劝，父亲终于答应腊月二十七回唐庄。梅连春恐生枝节，连忙说："到时候我赶车来接你。"父亲摆了摆手："我说到必做，谁也不必再来了。"

徐维廉在得知此事后对父亲说："你是唐家的长房长孙，这样的事情不但要去做，而且要做好。农民的问题是几千年积淀下来的，你想逆行，谈何容易，弄不好会让乡里笑话的。"他拿出一张自己的名片说："地方上有事，你可以拿我的名片找迁安县的李子韩，他是那里的县长，我和他有一面之交。"

腊月二十七，父亲经滦州来到迁安县城。这时的迁安已与冀东各县脱离民国政府的实际管辖。在日本人的操纵下，汉奸殷如耕成立的冀东自治政府，让这里的百姓无所适从。看着沿街商铺里堆积的走私日货和三两日本浪人那放荡不羁的身影，父亲心情之沉重难以言表。

县政府的大院在正街十字路口的西侧，尽管已经是民国年间了，百姓仍管这里叫县衙门。父亲进院后说明来意，门房便示意父亲敲开了县长的房门。

上任不久的李子韩是河北吴桥人，父亲递上徐维廉的名片后，李县长即令下人端茶伺候，父亲遂表不安："今天见李县长，是有事劳烦您帮忙的。"李县长忙摆手说："维廉兄托办的事情，我岂能怠慢。唐先生尽管直说，在下定尽力而为。"

父亲将太爷唱戏的事情说罢，不无忧虑地道明来意，无非是眼下时局动荡，冀东一带常闻绑匪横行，然太爷祝寿族命难违，三天大戏又逢正月，方圆百十里乡邻亲友定会纷至唐庄，治安问题着实令人担忧。万一有人被绑，庄户人家实难担待，望县长能派些治安人员前去维持，所需费用自由太爷担负，等等。

李县长闻之沉思片刻便表示倾力相助。不过他也再三强调，眼下冀东一带日本浪人时常滋事寻衅，挑惹事端，望父亲遇事千万谨慎，万不可义气行事。他无可奈何地对父亲说："虽说身为一县之长，但在日本人眼里，我也不过是个牌位，唉，回头见到维廉兄，千万替我多说几句，为了养家糊口，我也是万不得已呀。"

暮色苍茫时分，父亲在通往唐庄的土路上，见到了站在那里等了一天的叔叔。

"哥！"叔叔兴奋地喊着，眼睛里含着激动的泪水。

望着叔叔苍白消瘦的脸，父亲心里突然觉得万分惭愧，一年多来，自己在燕京大学里书生意气，挥斥方遒，而故乡这可怜的同胞骨肉，却一直孤苦无援。望着叔叔，父亲毅然做出了一个让自己都感到吃惊的决定："子洵，这次哥是回来接你的。"

"上哪儿？"叔叔惊讶地看着父亲。

"跟哥闯天下去！"

叔叔惊呆了，他站在那里，浑身一激灵："哥，你说话算数？"

父亲决然地说："算数。"

叔叔"哇"的一声哭了。

进村之前，父亲叮嘱叔叔这事千万不要声张。

"哥，你又变卦了？"

"没有。你听话就是了。"父亲搂着叔叔的肩膀："子洵，就是要饭，哥这回也要把你带出去。"

"那我嫂子呢？"叔叔突然问。

父亲沉默了半响："她的事，你就别管了。"

听说春莹（父亲的乳名）回来了，一家人全都挤进太爷的屋子里，朱氏没有过来，她多抱了几捆柴，填进厢房的灶膛里，火光映在她脸上，像映在一口幽深的古井里。

爷爷抱着范氏刚生下不久的儿子挤进屋来："让你大哥看看，你三兄弟，叫三多。"

二爷在一旁撇了撇嘴："一多儿子二多福，三多麻将等着和，哈哈！都成你们家的了。"

四爷插嘴问父亲："春莹，燕京念得好好的，怎么又退回昌黎，教上书了？"

父亲瞥了爷爷一眼："眼下不少穷学生，念书的时候都不用爹妈的钱，自己挣钱养活自己，这叫勤工俭学。"

二爷阴阳怪气地笑了："是呀，再大的家产也搁不住造啊，就凭你爷爷，到老了，还养不起个上学的孙子，笑话。"

爷爷刚想瞪眼，只听坐在炕里的太爷用力咳了一声："中了，老娘们儿都回屋吧，你们哥儿几个留下。来，春莹上炕。"他让父亲坐在自己的身边，开始谈到了唱戏的事情。

三星打横的时候，全村的驴都叫了，远近呼应着，让父亲又回到了童年时代。爷爷和叔叔们都回屋了，太爷问父亲："你媳妇呢？我怎么一直没看见她？"父亲忙着为太爷焐被。太爷又说："你回屋吧，我自己来。"父亲却说："我就在这儿睡了。"太爷愣愣地看着父亲，半天没说话。

躺下吹灯后，祖孙俩一直沉默不语，很久，黑暗中传来太爷一声长叹："唉，你爹把你的媳妇说早了……"

说到唱戏,冀东一带唱的并不是京剧,而是一种叫"莲花落"的地方戏。因为这种戏大都是在野外搭起戏台来演,所以乡下人又叫它"野台子戏"。后来几经改进,就成了今天的评剧。

"莲花落"与京剧从行头和扮相都有相通之处,但其道白吐字没有京剧那么雅,也没有河北梆子那么糙,所以深受华北甚至东北一带的百姓所喜爱,连外国人都说它是"中国的歌剧"。历史上,冀东一带即是"莲花落"的发源地,及至二十世纪初,单迁安一县的"莲花落"戏班子,最多时竟达七十余家,成了"莲花落"的专业县。二十世纪二三十年代,最卖座的要数金鸽子班。他们北上哈尔滨、佳木斯、穆棱,一九三一年进北平大栅栏广聚德戏院演出,几乎场场爆满。

太爷此番唱戏原本就盯上了金鸽子班,不料爷爷进城打听后才知道,这一回人家飞得更远,竟去了俄国的海参崴。爷爷只得当下便和北孙班定了契约。接着又去卜官营,定了门海班。

定两个班子是爷爷自己临时做主的,他觉得没请来金鸽子班有点没面子,于是索性请两台戏班子唱对台戏。

太爷没埋怨他:"两个班子更好,让他们台上打擂,看谁更叫座。"

二爷在寺后张家棚铺一下子就定了八十桌的杯盘碗筷。张家棚铺是迁安全县久负盛名的租赁铺户,专营婚丧娶嫁、庙会搭台等大型活动的物资租赁业务。三十年代是张家棚铺的鼎盛时期,无论红轿蓝轿、棺罩孝衫、苇席餐具一应俱全,唱戏搭台的台板、台桩、杆绳,照明用的宫灯、汽灯、楼子玻璃灯等应有尽有。听说是唐庄的唐开欣唱寿戏,张家掌柜的答应只收两折的费用,其余全算是他孝敬老爷子了。

太爷得知后笑着说:"我一猜他就要不了多少钱,光绪十八年那会儿,张家棚铺欠我个人情。"

三爷那些天可忙坏了,他先打发人向所有该请的亲戚朋友都发了帖子,随后便让梅连春跟着他,沿唐庄北街挨门挨户帮人家收拾空房,搬柴烧炕,已备待客。那些天,堆放在后街壕坑边上像山一样的柴火垛,眼瞅着就下去了一大半。太爷走到那儿感慨地说了一句:"搬了,搬了,搬了,省心了。"

父亲一直住在太爷的屋里,这让太爷很焦虑。他让爷爷劝劝父亲,可爷爷扭头就走:"我劝不了他。"

农历甲戌年是父亲的本命年,朱氏事先为父亲做了一条红腰带,可父亲这样冷淡她，她也就没拿出来。

对于父亲，爷爷屋里的范氏一直敬而远之。起先她曾想讨好父亲，但父亲一直冷着脸子不理她。她知道叔叔一定会告她的状，但因父亲在，她只能将怨恨记在心里："看你哥走后，我怎么收拾你。"

父亲回来的第三天，朱氏就回娘家了。弄得一大家子人挺郁闷，直到开戏的头天后晌，朱氏才回来。晚上，一大家子刚准备开饭，那朱氏突然走进太爷的屋里说："爷，爹，各位叔都在，我想让他对着大伙儿说句明白话，这日子他还想过不？"

一屋子人顿时沉寂下来。父亲站在地上，脸上毫无表情。爷爷刚要发话，只听太爷干咳一声："春莹屋里的，我知道你心里憋闷，可你也知道，明天我唱戏，一唱三天，你们的事，现在提不是时候。自打过门来，我从来没说你一个不字，你要是还在乎我这张老脸，就先回去吃饭去，中不？"朱氏低头站了片刻，扭头就走了。

正月初五，在冀东乡下俗称"破五"，是接财神的日子。这一天，家家都不能用生米做饭，亲朋之间也不能走动，"年"在这里画了个句号。然而，对于太爷一家人来说，这一天却是紧张、兴奋而漫长的。在二爷的监督下，在离村庄不远的还乡河北岸高坡上，一座大戏台平地而起。唐庄北街几乎被席棚覆盖。从张家棚铺运来的杯盘碗筷堆满了跨院，一大群妯娌媳妇孙男娣女，老院跨院跑前跑后忙个不停。

刚过晌午，随着庄西传来一声响鞭，门海班的五挂大车率先进了村子。全村男女老少立刻围上前去，争着辨认谁是"水仙花"，谁是掌柜的门老板。不到一个时辰，北孙班的人马也到了。一时间人们呼喊着，"碧月珠"、"珍珠花"、"天下红"这些在当地百姓中如雷贯耳的艺名，整条北街像开了锅。

太爷一直坐在炕上。班头儿递上来折子后，太爷点了北孙班的《盗金砖》、《绿珠坠楼》、《保龙山》和《高成借嫂》，点了门海班的《桃花庵》、《呆子报》、《大赶船》和《夜审周子琴》。父亲对两个戏班子的老板说，考虑治安问题，不演夜戏，但酬金不变，两位老板连连道谢，表示一定卖力以报东家。

日头偏西时，一队地方警察风尘仆仆地出现在村口，他们个个荷枪实弹，煞是威风。父亲赶忙上前，与领头的握手寒暄，那人随身还带来了李子韩给太爷写的一幅寿幛。站在旁边的爷爷，一下子有点儿懵，他怎么也没想到，自己的儿子竟有这么大的章程，他立刻意识到，应尽快和他这个忤逆不孝的儿子缓和关系。所以当晚有人告诉他，村中央大槐树底下有人支起赌棚后，他赶紧跑过去压着嗓门冲人家说："时下禁赌，让当兵的抓住，谁脸上都不好看。"他心里最清楚，春莹为了劝他戒赌，曾和他翻过好几回脸。

人定后，四个爷爷和父亲回到太爷的屋里，太爷显得很激动："八十了，唱一台戏。"他独自喝了一小盅贯头山老酒，摇了摇头："一是要告诉乡里，我唐开欣这一辈子虽然没取得什么功名，也没落下什么骂名。二是告诉你们，这一大家几十口子，一口锅里吃了这么多年，你们的爹我也算是尽力了。"说到这里，老人的话音有些颤："庄稼人向来以务农为本分，今后你们还要好自为之呀。"他抹了把脸，转过身去："都回屋吧，回吧。"

四个爷爷面面相觑推门出屋，只二爷嘟囔了一句："大正月里，我听咱爹这些话，怎么有点瘆得慌呀。"

开戏的那一天，太爷并没有去听戏。包官营的马荫轩来了，他是父亲特意请来给太爷画像的。马荫轩是父亲昌黎汇文的同班同学，高中毕业后，考上了上海美术专科学校学习油画，眼下正值寒假在家，就让父亲叫来了。马荫轩用自行车带来不少"行头"，他把画架支在太爷的正屋里，让老爷子坐在靠板柜的一张老榆木的太师椅上。这些天，太爷有些疲惫，但他仍将一头银色的长发，整整齐齐地梳向耳后，让三奶找出那件钴蓝色的棉袍穿在身上，坐下后不久，他便心平气和了。

父亲一直坐在一旁，望着与自己隔辈的这位老人。他记得小时候太爷曾经说过，嘉庆年间山东大旱，太爷的太爷家满门几近饿绝。只兄弟俩挑着一副扁担，顺着通往关外的黄尘土路，逃荒到了迁安。那时的迁安地广人稀，在还乡河边上，兄弟俩看中了一片荒地，一打听，地都有主，只是无人耕种，便决定卖身种地，留在了这里。当时只庄西头的高坎上有一处残垣断壁和一个倾斜的石臼，听人家说，那是高丽人留下的，唐王征东时把高丽人赶走了，这里也就撂荒了。

二百多年过去了，唐庄现已是迁安城东一座远近知晓的大村落，而太爷也到了耄耋之年。望着眼前这位忽然变得如此陌生的老人，父亲终于明白太爷为什么执意要唱寿戏了。八十岁了，他要让四邻乡里都知道，他唐开欣一家老少几十口子人，今天仍如此和睦富足。他要让他的儿孙都记住，这个大家族永远是一个牢不可破的整体。

一阵琴声鼓板，伴着高亢婉转的戏腔从村北的还乡河边传来。父亲鼻子一酸，眼前的太爷变得模糊了。

三天大戏之后的第二天晚上，吃过饭后，太爷把老院上下的男女老少都招呼到他屋里，女人们挤不进来，就都站在堂屋。朱氏一直站在当院不进来，三奶拉她，她也没给三奶面子。

太爷坐在炕里眼睛微闭着，像是一直在等谁。少时，院子里传来野河峪石老胥的声音。石老胥是姑奶的公公，一向与太爷交情笃深，是老院最受敬重的亲戚。跟他一起来的，还有庄上学堂里教书的李先生。两人挤进屋后，石老胥大声抱歉说："来晚了，让大伙儿久等了。"屋子里立刻鸦雀无声，几乎连大一点的孩子都知道，老爷子要分家了。

石老胥和李先生在炕里坐定后，太爷睁开了眼睛："今天分家。"他环顾一下自己的儿孙，声音虚弱地说："该说的，那天晚上都说了，现在我说怎么个分法。"他顺手从被窝垛里抽出一个账本来："春莹，给大伙儿念吧。"

这是一本太爷用小楷书写的分家清单，它记录了几代人辛苦积攒的全部家产，包括土地、房屋、车马、农具、织机、存粮，甚至包括院子前后的树木，圈里喂养的猪羊，林林总总，分得清清楚楚。

太爷一生长于经营，豪爽仗义，在庄里很有威望。太爷一向善待雇工，平日早午两顿饭，太爷与四个儿子及所有长短雇工先吃，油水也大一些。待下地干活的人吃罢，女人和孩子才能靠前儿。这个规矩几十年不变，因此雇工们都肯卖力气，家庭收入自然好于别人家。及至分家前，太爷共有土地二百五十亩，在唐庄首屈一指。而如何将这二百五十亩地公平分摊，让只靠土地养家糊口的四个爷爷顿时屏住了呼吸。

太爷把所有的土地按平原坡地、好地薄地、旱地水浇地，运筹分成五个等份，一份五十亩。

父亲念到这里，太爷开始说话了："这些年来，我和你们哥儿四个一样，也是起早贪黑没时没响，所以和你们一样，这五十亩地该是我的养老地。另外，春莹自上大学后，他爹就再没给他寄过钱。如今，他不得不回昌黎教书，这传到外人的耳朵里，就和抽我嘴巴一样。所以，我要从这五十亩养老地里，抽出春莹念书的学费钱，也算积点功德，对得起祖宗。"

父亲没作声，其他人也沉默不语。

"这么分中不？"太爷声音不大地问。

四个爷爷仍默不作声。太爷瞥了大伙儿一眼："今天亲家和学堂先生都来了，从明天起，你们兄弟四人就要自起炉灶，各奔前程了，有话现在说不晚，待会儿白纸黑字一按手印，就没人再听你们放屁了。"

二爷终于忍不住了："爹，你这么大岁数了，留这五十亩养老地，是自个儿找人种，还是跟我们谁伙着种？"

太爷反问他："你说呢？"

二爷拧了一下眉头："我知道还问你？"

太爷看着四个儿子都睁大眼睛想知答案，便对石老胥笑了："我就知道，我这五十亩养老地让他们闹心。"他回过头来对四个儿子说："我一辈子做事，从未违背常伦，这五十亩养老地，我跟老大伙在一起种，谁还有话吗？"

爷爷刚想说同意，却被三个弟弟的眼神逼住了。屋子里死一般地静，还是石老胥打破了沉默："没话了？李先生，写！"

第二天，在散伙饭上，四个爷爷都喝多了，他们有的哭有的笑，各自的酸甜苦辣溢于言表。

朱氏一直再没有发话，几天来家族发生的巨变，让她一时拿不准自己该怎么办。她把给父亲做的那条红腰带交给了三奶，让三奶转交给父亲。三奶交给父亲时说："本命年，邪气重，这可是你媳妇的一片好心。"父亲却说："我这个人自小犯邪，系什么都白费。"三奶捅了一下父亲的脑门："你呀，咋这么拗。"

临回昌黎的头一天，在太爷屋里，父亲把爷爷和叔叔同时找来了。

"明天我就要回去了，我这次要把子洵带走。"

太爷和爷爷都惊呆了。叔叔站在那里，嘴唇一直在抖。

爷爷困惑地问父亲："带子洵走？上哪儿去？"父亲说："先上汇文念书去。"太爷问："你上秋不是回燕京吗？"父亲说："走一步算一步吧，无论如何，子洵不能总在家里洗尿布。"父亲的话让爷爷很没面子，他望着太爷，不知如何是好。太爷却问："子洵，能像你哥那样，混出个人样儿来吗？"叔叔憋红了脸，大声地说："能！"

范氏听说叔叔要跟父亲去昌黎，高兴得差点儿从炕上蹦起来。打从过年不到半个月，范氏就沉浸在意想不到的满足之中。分家时自己当家的得了两份土地，虽说这之中还有一半归太爷所有，但老人已是风烛残年，分明来日无多了。如今最让她记恨的父亲，又带走了与她那三多儿子分家产的叔叔。"谁说本命年不好。"她得意地对爷爷说:"今年就是我的本命年。"

春天来到的时候,爷爷常抱着他的老儿子三多,站在老院门楼前晒太阳。每当有人从身边走过,他都会冲人家说:"看见了吧,我们家三多可是个有福之人,他哥在外头当大官,我们在家里等着,就是等老爷。"

从此以后,"等老爷"的外号就传开了。三叔直到死,也没能摆脱这"等老爷"的阴影。

分家的第二年秋天,我太爷就过世了。丧事办得极其简单。父亲借奔丧之机,与朱氏了断了夫妻关系。不过朱氏大闹一场后,却没有回娘家,她始终执意住在爷爷家里。直到十四年后土地改革,朱氏才被当作地主的浮财,分给了北街西头一个无地的光棍儿。

"文化大革命"时,我和母亲、小妹随父亲被红卫兵遣送原籍务农。那年冬天为了盖房,我去邻县卢龙的潘庄赶集,在柴市附近,遇到一个卖松木椽子的老人。那是一个硬朗干瘦,牙齿焦黄不齐,一看就知道是抽了一辈子旱烟的人。他的独轮车上捆了二十多根松木椽子,六棱见线,笔杆条直,十分地道,价钱也实在,我很快便和他成交了。

钱货两清后,他忽然问我:"你不是本地人吧?"

"我是迁安城东唐庄的。"我答。

"唐庄早些年有个叫唐开欣的,你听说过吗?"他问。

"唐开欣是我太爷,我是他的长房重孙子。"我答。

"哎哟!"老人一拍大腿,立刻说起甲戌年初的那台大戏。一时间,锣鼓齐鸣,丝竹骤起,但见宫灯水袖,武生花旦,刀枪剑戟,军警青衣,寿幛席棚,大块炖肉,一并涌来……

告辞时,老人终于平和下来:"唱戏那一年,没等完秋,我二叔就带我参加了樊永春领导的京东游击队。我娘不让我去,说是我本命年。我没听。眼瞅着快熬到正月了,没承想队伍在青山口还是让汉奸队给围住了。我这手就是让炮弹给炸残了,没法儿打枪了,人也都散了,我就回家了。"

说着,他伸出右手,食指果然只剩了半截。

六
风 满 楼

母亲和玉环姨第一次见到她们的继母，是在北平东四五条一座幽静的四合院里。一九三一年春天，姥爷在这里租了间正房，续了一位后姥姥，叫王慕昭。

王慕昭是八旗贵族出身的一位格格，因姊妹中排四，所以都叫她四姑娘。只因清廷倒台，民国政府取消了前清遗老的俸禄，家道就此中落。当时四姑娘正值花样年华，却因高攀不起又低嫁不就，就这样把婚事一拖再拖，直拖到父母双亡，家财罄尽，她成了一个四十多岁的老格格。惶惑之时，四姑娘进了灯市口公理会的教堂，想听听耶稣基督怎么说。一位热心的教友便给她介绍了已在通州教会传道的姥爷，这门亲事随后便成了。于是，姥爷便开始往返于北平通州之间。一方面仍要照顾还在通州的母亲和玉环姨，一方面开始与四格格锅碗瓢盆地过起了日子。

那年初夏，正在通州富育女中附小教书的母亲，带着还在上学的玉环姨，进城觐见她们的继母。进门后，拐过影壁墙，看见一位微胖的中年妇女，正站在四合院中间的丝瓜架下，用小笊篱从一个硕大的鱼缸里，往外捞一条死金鱼。"咪咪咪"，她大声唤着，一只狸猫应声从墙头蹿下，将那死鱼叼走。

望着母亲和玉环姨，姥姥（我们后来一直这样叫她）显得很豁然："瞧瞧这姐儿俩，活像两朵墙根下的白芍药。"母亲这才闻见满院子散发着的芍药香。

"知道你们来，我寻思了半天，也趆摸不出什么像样儿的东西来。"说着，她从屋里拿出两方新手帕："这还是那年三贝勒家的老闺女送我的。英国货，真丝的，收着吧。"

姥爷笑着在一旁说："收下吧。"母亲和玉环姨高兴地收下了。

后姥姥是一个过日子十分讲究的人，她曾对我说过，前清做姑娘时，她梳的是"两把儿头"。她总喜欢在高高的发髻里，掖进一个盛着清水的小瓷瓶，瓷瓶里插上一朵茉莉花。那花终日清香不败，只是脖子不能乱晃，总得挺着，时间长了，腰板儿也就习惯挺直了。

后姥姥这辈子没有生育过儿女，这让她不得不十分在乎姥爷家的姨舅们，因为她很清楚，只有善待这些今后能为她养老送终的李家兄妹，自己才不至于像很多前清八旗遗老那样饿毙街头。所以婚后第二年，这王慕昭便把自己的名字改了，从姥爷姓，改成了李慕昭。

母亲一九二九年在通州富育女中毕业后，考虑姥爷供养困难，便到富育女中附小当了教员。一九三四年，母亲考入河北保定福音医院高级护士学校，开始了她的人生征程。

一九三四年的八月底，北平前门火车站人头攒动的站台上，一个背着铺盖，拎着小藤箱的年轻姑娘，一边用目光搜寻着每节车厢的牌号，一边安慰着身边为她送行的小姑娘。与此同时，另一股人浪迎面涌来，一个年轻潇洒的青年学生，拉着身旁一个睁大眼睛四顾不暇的毛头小子，挤在出站的人流里。将要离开北平的姑娘就是我母亲，刚刚下车的小伙子就是我父亲。他们擦肩而过，谁都没想到日后的缘分。

回到燕大的第二天，父亲就领着叔叔，去了位于西山的香山慈幼院。在院长的客厅里，父亲见到了神态端宁的熊希龄。

熊希龄，字秉三，湖南凤凰人。清翰林院庶吉士，清末民初致力于宪政革新的著名学者，民国后做过国务总理。一九一七年直隶顺天大水，淹一百零八县，饥民遍野，哭号震天。熊希龄奉命督办水灾善后，沿途所见万分悲悯。遂与当时还存在的前清内务府交涉，将位于西山的前朝行宫静宜园拨出，改办香山慈幼院，专收灾民遗孤和弃儿。由于该院环境幽雅，师资雄厚，教学严谨，一些北平甚至外地的达官显赫也纷纷托关系将子女送进门来。一时间，这座孤儿堂竟成了众人瞩目的基础教育名校。

自我介绍之后，父亲恭敬地将吴雷川昨晚连夜写的一封信，交给熊希龄。在信中，吴老谈到了父亲，也谈到了叔叔，他希望香山慈幼院能给叔叔一张书桌、一只饭碗，他说这兄弟二人，将来都会是国家的有用之才。

三舅、母亲与玉环姨合影

北京东四五条胡同

父亲与叔叔在颐和园（一九三五年）

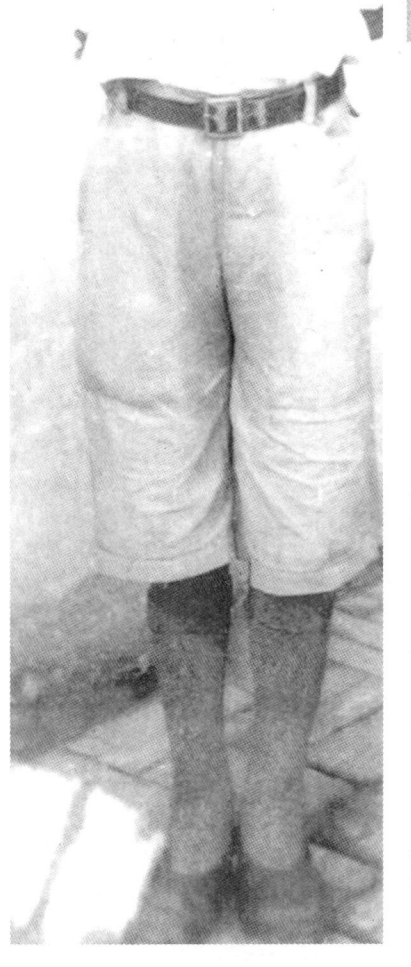

在香山慈幼院读书期间的子洵叔叔

熊希龄迟疑地站起身来，他忽然对父亲说："外面很热，是吗？"父亲说是。他又坐了回去，示意父亲也坐下："我原来创建香山慈幼院，旨在收养教化那些无家可归的孤儿，没承想近年来，一些其他子弟也纷至沓来，把个孤儿院搞成四不像了。"

父亲一直诚恳地望着他。

"这唐子洵的生父继母都在，嫡兄你又在燕京读书，与我招生要求相去甚远。当然，震春（吴雷川字）兄手书字字情真意切，让我为难呀。"

他忽然问父亲："喝茶吗？"

父亲赶忙摇头："家父浑浑噩噩，继母万般刁难，我虽在燕大读书，却一直勤工俭学，实在无力提携同胞骨肉，望院长再破例一次。"

熊希龄站起身来，父亲随之起立。

"这件事，容我再和下面商量一下，我会把结果告诉吴老的。"

父亲无奈，但显然不能再求，便随熊希龄走出客厅。

屋外骄阳似火。忽然，熊希龄看见院子中央站着一个素不相识的男孩子，只见他双脚合拢，挺胸抬头，汗水浸透衣衫，目光却炯炯有神，不禁一愣："你是？……"

"唐子洵！"叔叔大声回答。

熊希龄回头问父亲："是你让他一直站在这里？"

父亲点头，目光低垂。

熊希龄大为感慨："留下吧。"一句话，父亲潸然泪下。

后来提到这件事情，熊希龄还苦笑着对吴雷川说："我就怕遇见程门立雪的苦孩子。"吴老含笑不语。

不久，吴老让父亲住进了吴宅。父亲利用每天的课余时间，除了给吴老的孙子补习英文外，还帮男仆文子收拾这里的房间小院，料理吴老的起居。

一九三五年初夏的一天，吃过晚饭后，吴老回到书房，一直默默地坐在那里，父亲要给他把台灯点亮，他摇了摇头说："你忙去吧，我想安静一会儿。"

这一天，北平全城舆论哗然。因为前一天下午，民国政府代表何应钦在北平居仁堂约见日本代表高桥时，面告民国政府已全面答应日方的要求，即河北省党部即日撤销，中国军队调离河北全境，并将明令取缔一切抗日团体，禁止一切抗日言论。华北大门最终还是向日本人敞开了。

燕京大学鼎沸了，以张兆麟、王汝梅、陈翰伯、龚普生、黄敬为首的一批爱国学生，日夜于校内校外奔走呼号，所到之处群情激奋，万众相随。

然而，渐渐地，张师贤发现这些职业抗日的学生领袖们，对来自昌黎汇文、通州潞河和北平贝满等教会中学的同学，大都较为疏远，他们在一起议事时，总格外回避这些人。这一点，父亲体会更深。一直住在吴老家的父亲，常让一些同学敬而远之，父亲感到了孤独。

"他们当中有共产党，"张师贤对父亲说："他们信不过咱们。"

第一次听说共产党，还是在昌黎汇文读初二的时候。那一年蒋介石在上海发动清党，报纸上常见到大幅共产党员人头落地的照片。父亲问徐维廉共产党是什么人，徐维廉沉思片刻说："是些理想主义者。"

父亲再问："理想主义者至于砍头吗？"徐维廉说："他们的理想动摇了现行的国家制度。"父亲无话再问了。

姥爷的身体越发胖了。在完成燕京大学两年的进修后，他一如既往地往返于北平通州之间。通州教会要比燕郊教会大得多，庚子年教堂曾被义和团焚毁，重修后礼拜堂变大了。站在钟楼上向西看，姥爷常说："要拿个望远镜来，备不住看得见广渠门的城楼子。"

姥爷一家人，向来不太关心政治。即便是被人欺侮，按姥爷的话说"别人打了你左脸，你就应准备右脸让他打。"随遇而安逆来顺受，一直是这个家庭所有成员共同遵守的法则。他们的国家民族意识比较淡漠，即便是山雨欲来风满楼的一九三五年，三舅和玉环姨照样要去什刹海泛舟，母亲课余时间照样要钻到礼堂角落的钢琴旁练琴，大舅照样画他的夕阳、古道、瘦马，华北大地的逐渐沦陷，他们似乎无动于衷。

叔叔自从进了香山慈幼院，便像一只鸟儿飞上了蓝天。只是每天晚上夜深人静的时候，他总会想念哥哥，像所有刚来这里的孩子想家一样。他问过年龄大的同学，燕京大学在哪儿？同学告诉他，就在海淀，离香山并不远。

一个星期天，父亲刚到图书馆坐下，外面就有人喊："唐子清，有人在西大门找你。"父亲很奇怪，他在北平的熟人不多，而且从来没有人找到学校来。他赶紧朝西大门跑去，远远就看见叔叔站在门前又蹦又跳地喊："哥！快拿钱来！"跑到门口一看，一个拉洋车的等得有点儿不耐烦了："您快点吧，我还得拉活儿呢。"原来叔叔想父亲，又怕走丢了，就从香山慈幼院门口喊了一辆人力车，他说："上燕京大学找我哥去，到那儿，我哥给你钱。"

多少年之后，叔叔曾笑着回忆说："你爸常带我到燕京大学校门外的小馆里吃饭，而且坐下来就问我，子洵，想吃什么？说！哥有钱。我就说想吃炖肉，你爸就会说，别，炖肉太腻。我说想吃鱼，你爸就会说，别，鱼太腥。我说想吃螃蟹，你爸就会说，别，螃蟹没肉。到最后，我想吃的一样没点，还是听你爸的，点了一盘雪里蕻炖豆腐。"说到这儿，叔叔笑得像个孩子，眼里却闪着泪光。

十月，峦烟散尽，香山渐红。一个秋高气爽的周日，父亲携叔叔与张师贤、高名凯、江顺成等十几个燕京同学登上了香炉峰。放眼望去，万山红遍，层林尽染，同学们迎风鹤立，感慨万端。上山时，张师贤还逗叔叔："子洵，在香山慈幼院看好哪个女同学了？明天大哥为你提亲去！"惹得大伙儿一片笑声。但此刻，面对一片血红的群山，张师贤不禁肃然。

老夫聊发少年狂，左牵黄，右擎苍，锦帽貂裘，千骑卷平冈。为报倾城随太守，亲射虎，看孙郎。酒酣胸胆尚开张，鬓微霜，又何妨！持节云中，何日遣冯唐？会挽雕弓如满月，西北望，射天狼。

以往，张师贤每每慷慨诗词，同学们总要齐声喝彩，而此刻，大家却久久无言。

每当寒暑假的时候，母亲总会回东四五条小住，这是玉环姨最高兴的时候。有一回，姥姥拿出两个厚厚的本子给母亲看，都是姥爷闲来自己写的东西，一本是《庚子蒙难记》，写的是庚子年逃难的事，一本是《火星人》，竟是一部异想天开的科幻小说。在这篇小说里，姥爷笔下的火星人和人类一样相亲相爱，他们能飞上天空，潜入海底，他们之间用歌声对话，用音乐抒发情感。在那里，没有弱肉强食的欺凌，没有战争、饥饿和病痛。看着看着，母亲摇头笑了："爸，您写的哪儿是火星呀，您写的其实就是天堂。"姥爷点着头对姥姥说："瞧，还是玉玺看明白了。"

就在这一年，日本人在把热河和冀东二十二县攫取之后，其华北驻屯军已完成自山海关、唐山、天津直至丰台一线对北平的包围态势，日本驻华北特务机关，进而威逼利诱察哈尔省主席、国民革命军第二十九军军长宋哲元策动华北五省（冀鲁晋察绥）自治，妄图把华北地区和平演变成第二个满洲国。在南京方面不予正面答复的情况下，为防止日军的直接入侵，宋哲元将军最终要动摇了。北平街头顿时风传"宋哲元要宣布成立华北独立政府了"。

在让人左右开弓打了无数个耳光之后，北平的学生们最先不干了。一时间，燕京大学西门的围墙上，贴满了大字标语"华北之大，已经安放不下一张平静的书桌了"。

一九三五年十二月八日正值农历大雪，下午，校园里的同学们相互串联群情激奋，"明天进城请愿去！"人们忙碌着起草宣言，印刷传单，气氛与十月革命前夜的斯摩尔尼宫极为相似。父亲找到了负责纠察队的学生领袖。

"你行吗？"那个同学问父亲。

"行！我有自行车。"父亲激动地说。那人把一个印着"纠察"二字的黄袖标交给父亲："无论遇到什么事情，决不后退！"

一九三五年十二月九日，一个载入中华民族史册的日子。清晨，天空一片阴霾，天未大亮，燕京大学的请愿队伍就出发了。临行前，父亲将头天晚上写好的十几张明信片，分发给平时最要好的几位同学留作纪念。一九六四年，当时在辽宁省教育学院任教的毕醒贤到我家做客时，还对我说："你父亲给我的那张明信片上写的是'今天既出燕大校门，就没有想到再回来，顺致抗日民族先锋队的敬礼'。"可见父亲当时义无反顾的决心。

"起来，不愿做奴隶的人们，把我们的血肉铸成我们新的长城……"歌声响彻京西原野，惊醒了还在睡梦中的人们。父亲骑着吴雷川孙子的自行车，前后串联着。他发现这次游行的组织工作相当周密，学生会主席张兆麟及王汝梅一直镇定地走在队伍当中，不时有些同学跑过来与他们交流几句，很快又跑开。父亲心里很清楚，他们是这次游行的组织者，父亲从心里佩服他们。

游行队伍还没到西直门，路旁围观的群众就有人喊："进不了城了，宋哲元把西直门关了。"

果然，在离西直门不远的高粱桥一带，警察设下了三道警戒线严阵以待。同学们立刻围上前去与其交涉，一些人趁机越过了防线，警察随之与学生们发生了冲突。冲突之中，张兆麟被几个警察拖进了西直门外的警察署。王汝梅急了："同学们，把张兆麟抢回来！"一大群义愤填膺的同学冲进警署，硬是把张兆麟给抢了回来。

不久，清华大学的队伍也顺着平绥铁路浩浩荡荡赶来了，紧跟着，北大农学院和城外其他院校的同学们也都来了。一位清华大学的女生凭借自己身体瘦小，硬是从西直门紧闭的城门缝隙下钻了进去，打算里应外合，但立刻被城门里的军警抓住，关了起来。城外的学生口号声震耳，大家索性在城外的空地上，临时召开了群众大会。人们控诉日军侵占东北的暴行，抨击国民政府的不抵抗政策，反对成立冀察政务会议，大家高呼"打倒日本帝国主义"、"反对华北五省自治"、"停止内战，一致抗日"等口号。当一个外校的男生突然高喊"打倒卖国求荣的国民党反动政府"时，父亲并没有感到意外，虽然规定的口号中没有这一条，但父亲很清楚，游行队伍中一定有共产党。徐校长说过，共产党就是想动摇现行的国家制度，但父亲认为在抗日救国的原则问题上，共产党肯定是对的。

这一天进城游行的目的，原本是与内城各院校的同学一起进中南海面见何应钦，由燕京大学代表北平学联向他递交请愿书。但直到下午，燕京和清华的学生们仍滞留在西直门外，不得进城，同时听说阜成门、复兴门、西便门也都城门紧闭，如临大敌。

下午三点，何应钦把北平社会局局长雷季尚派来了。他趴在门缝后面，细声细气地向各院校代表表示，诸位的要求，何部长已全部领悟了，他让同学们赶快回校，天黑出现治安问题更不好收拾，等等。疲惫不堪的同学们望着张兆麟与清华大学组织者姚依林，他们商量后宣布：从第二天起，全市罢课，以示抗议。

十二月十六日，当听说北平当局不顾全国人民的抗议，仍将于这一天成立冀察自治政府的时候，北平的爱国学生再一次走上街头。

据父亲回忆，那天飘着小雪，天特别冷。接受上一次的教训，这一次燕京和清华大学的同学们，先是分散向西便门集中，然后硬是将西便门的铁锁冲断了，拥进外城，并顺着后河沿儿一路小跑地向宣武门方向集结。父亲特别兴奋，他一路骑着自行车走在队伍的最前头，一些闻讯赶来的市民向游行队伍使劲鼓掌。当宣武门城楼已经在视线中的时候，一群早已埋伏在街口两侧的军警，猛地冲了出来，他们挥舞铁锹、棍棒甚至大刀，一下子将学生的队伍冲散了。父亲还没来得及刹车，就被一个高大的穿着黑色皮衣的家伙，用铁锹劈下车来，左手的虎口顿时皮开肉绽，血流如注。

"不许警察打学生！"围观的市民大声呼喊着，后面的同学奋不顾身地冲了过来，一时间，殴打、怒骂、尖叫、哭喊、棍棒、鲜血、传单、呻吟，杂乱成一团。父亲脸色煞白，当他在江顺成的搀扶下，终于来到人山人海的前门广场时，他觉得自己是一名壮士。张师贤跑过来吃惊地问："兔崽子，让他们打成这样？"父亲喘着粗气，冲着站在不远处的军警喊："呸，有本事你们打日本鬼子去！"

这一天，什刹海溜冰场上游人寥落，一阵罡风吹过，冰面上细雪纷扬，古城迷蒙在一片灰白色的雪雾里。

圣诞节过后不久，有一天吃罢晚饭，姥爷便说累了，漱洗过后，姥爷就先躺下了，不久鼾声大作。姥姥收拾一下房间，也躺下了。过了一会儿，她发现姥爷的鼾声息了，她试图给姥爷翻个身，却发现姥爷已经死了，静静的，十分安详。

姥爷走后，没有留下任何遗产。他一生清贫，无怨无悔，他把一切都献给了他的信仰，希望人间大爱长存。

每次放假回家，母亲总会和三舅、玉环姨到二舅家去坐坐。二舅结婚后一直住在马匹厂，这里地处内城东南角，离他上班的同仁医院不远。二舅妈生了我二表姐后，身体一直不好，大夫说是肺痨，经常咳嗽吃药。

二舅家斜对过儿就是盔甲厂。庚子年，那里埋了不少被义和团杀死的外国人。后来，坟迁走了，就地盖了几套花园洋房，街坊都说那楼里闹鬼。

头年秋天，鬼楼里搬来一对年轻的外国人。出于礼貌，早出晚归碰见时，二舅就会用英语和他们打招呼。

转过年来初夏的一天，吃完晚饭后，二舅妈又咳嗽不止。家里没药了，二舅赶紧去同仁医院开药。为了二舅妈的病，二舅一直很忧虑，但既然是肺痨，谁也没有办法。

二舅从医院回来的时候已经很晚了，走到家门口时，他看见从盔甲厂过来三辆洋车，那对儿外国年轻人坐在车上，随车还拉了不少箱子和行李。

"Good evening。"在昏暗的路灯下，二舅和他们打招呼，那男的笑着挥了挥手："Good bed。"

药吃下去后，二舅妈的咳嗽缓和了。二舅说："对门儿鬼楼那两口子，像是搬走了。"二舅妈说："不能吧，哪有深更半夜搬家的，又不是贼。"

第二天早上上班时，二舅看到那女的还在胡同里遛狗，而那男的却一直没再露面。这期间，二舅妈告诉二舅，听街坊说，那男的是个新闻记者，备不住是出差了。

姥爷去世后，三舅、母亲和玉环姨摄于通州教会（一九三五年）

九月初的一天，一位陌生的年轻人给那女人捎来一封信，信中用隐语写道："几个星期前，我平安地抵达这里，开始生物科学的考察工作。生活条件差，食物简单，还有臭虫。我为美国国立博物馆搜集到了跳蚤、蚂蚁、蚊子、虱子、苍蝇的标本……各方面的事情都令人兴奋，但最令人激动的是和年轻有为的科学家见面交谈……他们看来都异常乐观，情绪振奋。他们为了发现一个新的科学的世界进行着艰苦的劳动，犹如学童们去参加一场足球赛。

我希望你在此地分享我的快乐……你若来此，能够进行多么热烈的谈话和讨论呀！空气中闪烁着智慧的火花，但也有讨厌的臭虫和不卫生……"

三个月后，那男的回来了，脸晒得蜕了皮，通红的，神情却格外焕然。

第二年十月，伦敦戈兰茨公司出版了一本书，让全世界的目光开始注意到了中国西北黄土高原深处，那个由毛泽东领导的共产党政权。书名即《红星照耀中国》。作者是美国《纽约太阳报》和《伦敦每日先驱报》的特约通讯员，他的名字叫埃德加·斯诺。

寒假结束后，燕京大学就组织教育学系的应届毕业生去了河北定县。当时，晏阳初先生在那里开展的乡村实验和平民教育工作，已搞了近十年，引起国内许多社会学家、教育家和乡村工作者的关注。

自二十世纪二十年代初严慎修首创山西晋祠十三村自治起，至抗战爆发前夕，国内较著名的乡村实验建设机构多达五十余处。其中有以省为单位的实验区，如山西与广西；有以村为单位的，如河北翟城；有以合作组织为基本形式的华洋义赈会；有以自卫为前提的山东邹平；甚至还有以倡导基督精神为宗旨的贵州黎平，等等。其中由晏阳初开创的河北定县乡村实验区，更以历时长久规模宏大引起国内各界广泛关注，其研究工作在中国乃至世界乡建历史上，都是空前未有的壮举。

乡村建设运动并非偶然的产物。它的产生，完全由民族自觉和文化自觉所推迫而生。乡村建设运动是当时具有爱国思想的进步人士，以改良主义的方式，寻求救国道路的一种难能可贵的尝试。

定县地处冀中，属保定地区。平汉铁路从县内穿过，是华北地区一个极普通的县治。一九二六年，平教总会开始在定县设立办事处，将其翟城附近以东亭为经济中心的六十二个村庄，划为第一乡村社会区，开始实施乡村实验运动，这项运动的发起者就是晏阳初先生。

晏阳初原名兴复，字阳初，四川巴中人。早年留学美国，获博士学位。一九二三年晏阳初组建中华平民教育促进会总会，先后在华北各地开展义务扫盲活动。一九二六年，遂将平民教育的重点转向农村。在推进乡村教育的过程中，晏阳初始终强调"民为邦本，本固邦宁"这一箴言，以铲除"愚、贫、弱、私"四大劣根，来提高大多数农民的"四力"，即"智识力、生产力、强健力与团结力"。

一九二九年，晏阳初携妻儿迁居定县，随同的工作人员与家眷也效仿而至。一时间，定县人心思变，气象焕然。在推进乡村教育的同时，平教会对定县全县实施了大规模深入的社会调查，其中包括社会调查、农村工业调查、人口调查、土地分配调查、集市调查、家庭卫生调查、农民生活费调查等多项专题调查。定县的社会经济脉搏，平教会了如指掌。

同在这一时期，小晏阳初三岁的毛泽东，于故乡湖南，也进行了一次为期三十二天的社会调查。他风餐露宿，深入田间农舍，用阶级分析的方法，完成了那篇被后人视作经典的《湖南农民运动考察报告》。

晏阳初在定县创办平民学校和农村合作组织，推广良种实验和科学种田，设立农民合作银行，创建农村医药卫生及妇婴保健制度，倡导良好的卫生习惯，并着手县政改造工作。

毛泽东却不然，他将中国社会按财产划分出阶级，并号召被压迫阶级用暴力手段推翻不平等的社会制度。同时，以武装割据为保护，完成共产党人的政治主张及乡村体系的彻底革命。

晏阳初始终回避了一个毛泽东认为是最根本的问题，即土地所有制问题。

晏阳初是一个令人尊敬的理想主义者。

在定县四个月的实习中，农民出身的父亲，被定县的模式深深吸引，他开始反思几年来燕京大学教授们的高谈阔论，他发现教授们只认识了中国社会最根本的问题是农民问题，却拿不出具体解决问题的办法。在宿舍里，大家激烈地讨论着，很多人都认为，定县只是一个县，中国太大了，要做的事情太多了，如此效仿，谈何容易。父亲却不以为然，他说只要中国更多的知识分子都动起来，联络社会贤达一起来做，中国农村会逐渐改观的。带班实习的廖泰初先生盯着父亲问："这么说，毕业后，你打算到晏先生这儿谋职了？"父亲却说："一个定县实验区毕竟太少了，我要回昌黎汇文去，在昌黎甚至滦榆地区再搞一个实验区，大家要都是能这样去做，改造中国是有希望的。"廖先生欣慰地点了点头。

然而，一九三七年的定县实验区，是它十年为之奋斗的鼎盛时期，也是它落日西沉的最后岁月。

六月下旬，回到北平后，父亲便一头钻进闷热的图书馆，开始整理他的实习报告。

此刻，北平南郊，日本华北驻屯军驻丰台第一联队的士兵正顶着炎炎烈日，在永定河南岸，构筑了无数条纵横交错的战壕，平射炮的瞄准镜，已锁定了卢沟桥北端的宛平县城。

原野一片沉寂，战争一触即发。

七
事　变

　　一九九三年夏天，应日本北九州伊万里市政府的邀请，我随大连电视台技术考察团，第一次访问日本。

　　飞机从大连国际机场起飞后，径直朝着东南方向，在一万二千公尺的黄海上空飞行。舷窗外，天高云淡，晴空万里。坐在我身旁的几位日本中年男女，一直在眉飞色舞地交谈着。他们相互传递和翻阅着一本介绍中国秀美山川的画册，我知道，他们是在赞美中国。

　　然而，对于即将出访的日本，我此刻的心情却比他们要复杂得多。虽然我早就向往京都、奈良、镰仓的宫殿、园林、寺院，札幌、关东、熊本的火山、飞瀑与温泉，但今天，当我即将踏上这个与我们一衣带水的国度的时候，内心却少了些兴奋与激动，多了些回忆与思考。

　　遥远的天边，现出一片云遮雾绕的陆地，空乘人员通过广播提醒大家，九州地区已进入梅雨季节。

　　同样潮湿而闷热的季节，时间退回到一九三七年那个阴暗的早晨。位于北平内城东南一隅的马匹厂，就在东便门的城墙根儿下。这里背静且略显荒疏，所以每天清晨到来的时候，这里显得分外恬静与安宁。

　　二舅醒来后，发现二舅妈正挺着大肚子，在昏暗的屋里摸索着。

　　"找什么呢？"二舅疲倦地问。

　　"蒲扇。"二舅妈喘息着："一大早就闷得喘不过气来。"

　　二舅妈做姑娘的时候，就得了肺结核。嫁给二舅后，相隔两年，生了俩

母亲、玉环姨与陈桂菊于一九三七年七月摄于北海公园

闺女，这就是我的望晨姐和望星姐。如今，眼瞅着老三又要降生，久病缠身的二舅妈，成天忧心忡忡，而二舅快有点招架不住了。

"我待会儿就去东四五条，把玉环找来，反正她也放假了。"

二舅妈摇了摇头："唉，这孩子真不该要……"

玉环姨已经是贝满中学高三的学生了。学校放假后，她几乎天天都到附近的月牙胡同，去陪英贞姐说话。英贞姐叫杨英贞，当时就读于燕京大学护育系，是一个非常漂亮的现代女子。因为都是通州老乡，都是基督徒，又都是贝满女中的校友，所以，两个人像亲姐妹一样无话不谈。玉环姨在给母亲的信中，不止一次提到过英贞姐。她还告诉母亲，三舅一直在追求英贞姐，英贞姐也很欣赏三舅的才艺，可两人在一块儿的时候，英贞姐总是有点盛气凌人，这让一向备受女同学追逐的三舅，时常感到有些抑郁。

三舅燕京大学音乐系毕业后，通过教会的关系分到育英中学。前几天三舅到二舅家串门儿时，谈到想在学校附近租处房子，三舅不想在姥姥家挤了。毕竟是后妈。

今天是七月八号，掐指算来离二舅妈的预产期不到一个月了。

从马匹厂出来，顺着船板胡同一上崇文门大街，二舅就感到周围的气氛有些异常。他发现人们聚在街口路边，正不安地议论着什么。很快，一个报童稚嫩的声音让二舅顿感悚然。

"看报了！看报了！日本人在卢沟桥打起来了！"

一张号外的大字标题跃于眼前："卢沟桥昨夜炮声，日军攻打宛平城！"

二舅觉得脑子有点儿乱。虽说已过了而立之年，早已习惯了顺应同仁医院一丝不苟的森严秩序，习惯了承受拖家带口的生活重负，但性格懦弱的二舅却从未经历过战争。

二舅怕打仗。

两年前，日本当局以华北自治为借口，迫使国民政府的军队退出华北，改由地方实力派宋哲元率其二十九军进驻平津一带维持治安。宋哲元及二十九军遂即成为日军侵占平津的最大障碍。为担当起华北地区的防务重任，同时维持自己在这一地区的生存，宋哲元不得不一再用推诿拖延的谈判手段与日本人艰难周旋。

一进东四五条姥姥家大门，二舅就低声喊："打起来了！打起来了！"

正在院子里漱口的玉环姨，满嘴白沫地急着问："谁和谁打起来了？

大清早儿的。"

"日本人在卢沟桥和二十九军打起来了，满大街的人都在抢号外呢。"

"嘿！兔崽子。"睡眼惺忪的三舅从屋里探出身来："这小日本还真没完没了了！"

玉环姨将满嘴的漱口水使劲儿一吐："中国人有的是，和他们打呀！"

"打什么打。"姥姥从厨房端出一锅小米粥。"信诚，跟这儿吃点儿吧，你媳妇儿身子怎么样了？"

三舅哭笑不得："都什么时候了，您就知道吃吃吃。"

姥姥却不以为然："什么时候也得先吃了饭再说。当初八国联军进北京的时候，太后皇上都跑了，可回头来两边一说和，割点儿地，赔点儿款，不也就结了。放心吧，打不起来。"

众人听了面面相觑。

从面相上说，姥姥真不是凡人。姥姥的脑门儿正中有一颗溜圆的大瘩子，像佛爷一样。姥姥一生关心政治，也善于评价时局，但历史证明，这一次她判断错了。因为这一次，日本人压根儿就没按照当年八国联军的游戏规则出牌。

母亲是七月十一日从保定回北平的。考虑华北时局突变，保定福音医院附属高级护士学校决定提前进入暑假。

母亲是一九三四年考入这所学校的。按中华全国护士会规定，学生在校学习期间，必须通过两次国家考试，方能获得护士执照。母亲一九三六年通过了第一次考试，而毕业前的最后一次考试，校方决定暑假结束后再作安排。

"七七"事变之后的头几天，人们并没感到事态的严重程度，不久，报纸上说：宋哲元又和日本人谈上了。西城一些街道旁的临时工事也相继拆除了。城里又恢复了往日的慵懒和淡定。这期间，母亲除抓紧复习功课外，还抽出时间邀富育女中的闺中好友龚荣桂、陈桂菊一起，逛了趟景山北海，回了趟通州母校。

在得知父亲即将毕业的消息后，徐维廉即亲自从昌黎汇文赶来，并以家长的身份，出席了父亲的毕业典礼。其间还登门拜访了吴雷川，感谢他多年来对父亲的关照。

那天晚上，在吴老的寓所，燕京大学文学院的周学章院长，教育学系的教授朱有光先生等均在座，并畅所欲言。大家从华北时局谈起，最终又谈回到乡村建设的话题上。中国的知识分子，无论如何也想不到，日本人此间挑起的军事冲突，最终竟蔓延成一场让中国人献出三千万无辜生命的持久战争。

叔叔一直陪父亲坐在吴老客厅的角落里。上午，在燕京大学的毕业典礼上，当身穿学士服的父亲，从燕大校务长司徒雷登手里接过毕业证书的时候，叔叔激动得差点儿哭了。此间，叔叔在香山慈幼院已读完高小，即将赴通州潞河中学继续初中学业。想起父亲即将离开北平，叔叔感到万般依恋与孤独。

交谈中，徐维廉描述的昌黎汇文中学长远规划，引起了在座教授们的极大兴趣。按照徐维廉开展"大昌汇运动"的想法，私立昌黎汇文中学到三十年代末将发展建设成一所包括中等教育在内的高等学府。即把汇文中学扩建成"津东地区最有价值的"汇文大学。在此基础上，徐维廉倡导以学校为中心，成立城乡教育联络网，以利于巩固和发展乡村教育事业。为此，汇文必须尽快建立起一支高水平的教学教研队伍，使教学水平在原有基础上有很大提升。

谈到这里，周学章院长十分感慨："在教育学系这一期的毕业生当中，唐子清确实是位难得的人才。这样的学生回到昌黎汇文去，一定会辅佐徐校长，完成滦榆地区乡村建设及大昌汇的宏图伟业。"

一旁的美籍教授高厚德操着略显生硬的汉语笑着对徐维廉说："校长，想知道教育学系的同学给 Mr. Tang 起了个什么外号吗？"

徐维廉不解。

"BS（神经病）。"高厚德哈哈大笑。

一向不苟言笑的徐维廉也不禁笑出声来。坐在那里一直沉默的吴雷川回头望了满脸通红的父亲一眼："我就得意子清这神经病般的执著与认真。"

这天晚上，周学章院长的兴致很高。他谈到近年来，美国洛克菲勒基金会一直在华推广实施的"华北计划"，即由基金会协调并提供费用，敦促和帮助华北地区的知名学府及民间社团相互合作，共同推动这一地区乡村建设运动。其中晏阳初的平教会负责农村改造工作及平民文学，清华大学负责工程，南开大学负责经济与行政，协和医学院负责社会卫生，金陵大学负责农业，而燕京大学恰恰负责乡村教育。

"好好干吧！子清。争取尽快拿到基金会的奖学金。到时候，燕京欢迎你回来继续深造。燕京大学会给你这个 BS 提供更广阔的实验平台。"说到这里，周学章侧过身去对徐维廉半开玩笑地说："一旦如此，徐校长可要放人呀，哈哈……"

天边传来一阵沉闷的炮轰，客厅里顿时一片寂然。

七月中旬，北平城内骤然紧张起来。城门戒严了，与城外的联系中断了。西城的很多十字路口，又重新挖起战壕筑起街垒。市井间盛传大战在即的流言。

七月十八日，几乎所有报纸都在头版头条登载了蒋介石在庐山发表的所谓"最后时刻"的讲话："如果战端一开，那就是地无分南北，人无分老幼，无论何人，皆有守土抗战之责任，皆应抱定牺牲一切之决心……"

燕京大学的校园里传出群情激奋的抗战歌声："大刀向鬼子们的头上砍去……"

面对国家的召唤，父亲执意即刻南下参加抗战，而徐维廉却严肃地重复着两年前在"一·二九"运动中他劝学生的那句话："中国不缺拿枪的人。中国缺的是拿笔的人。日本人不可能总这样张狂下去，中国的事情还得中国人自己去解决。"

七月二十日，父亲随徐维廉登上东去昌黎的火车，在接近昌黎的滦县车站，他们乘坐的火车被临时停靠在待避线内。不久，一列长长的满载日本关东军作战部队和重炮、坦克的特别军列，从山海关方向一路驶来，呼啸着向北平扑去。从七月七日战争打响以来，十五天内，日军通过北宁铁路，在不到一周的时间里，向北平周边增援的部队已逾十万。华北地区的日军人数远远超过了宋哲元的二十九军，平津危在旦夕。

七月二十五日，战斗首先从廊坊打响。二十六日午后，广安门前爆发了激烈的枪战。二十七日凌晨，日军向通州发起攻击。二十八日凌晨，在四十架敌机的狂轰滥炸之后，日军从南苑方向向北平发起潮水般的总攻。一时间，天崩地裂，血肉横飞，坊间百姓翘首鹄望，惶惶不可终日。直至翌日清晨炮声渐息。传来二十九军副军长佟麟阁、一三二师师长赵登禹及以下数千官兵壮烈殉国的消息。宋哲元遂率残部撤往保定。

当二舅疲惫不堪地从同仁医院躺满伤兵的走廊里挤出楼外的时候，眼前的场景让他惊呆了。数不清残破的尸体，摆放在楼前的院子里，硝烟燎焦的灰军装上，凝结着一片片触目惊心的猩红。

为炫耀武力，八月八日，占领北平的日军举行了隆重的入城式。这一天，北平全城戒严，东四五条的人们挤在胡同口朝东四牌楼望去，只见一支草黄色的机械化部队,在摩托车的引导下,顺着猪市口大街一路西行。战车引擎的轰鸣足可以让人感受到铁蹄的残忍与无情。站在人群中的三舅,望着刺刀丛林上懒懒飘扬的太阳旗,泪眼模糊了。姥姥却不以为然,她撇了撇嘴:"两国压根儿就没宣战,凭什么说打就打起来了。"

当天晚上,北平全城死一般的沉寂。亥时,从马匹厂方向传出一阵新生婴儿的啼哭,声音孱弱但无所顾忌。

母亲和玉环姨都是平生第一次亲历女人的分娩。母亲虽然脸色苍白,双手颤抖,却一直配合助产士忙碌着,表现得职业而镇定。玉环姨显然被吓坏了,直到屋子里重新恢复了平静,她才凑上前来,握住二舅妈冰凉的手,嘤嘤地哭了。

"二嫂,给闺女起名了吗?"母亲小心地抱着襁褓中的婴儿问二舅妈。

"你二哥说了,无论生男生女,孩子都叫望光。"

八年之后,古城北平始得光复。

八
踏 血 行

一九三七年八月下旬的前门火车站前，挤满了神色惊慌汗流浃背的人们。一辆满载荷枪实弹的日本兵的卡车，停在不远的街道中央。人们远远地斜乜着他们，像在斜乜着一群伸着舌头的狼狗。

母亲和玉环姨拖着沉重的行李，好不容易在钟楼南侧，找到了站在烈日下打着一把阳伞的大舅。

"买着票了吗？大哥。"母亲急着问。

"好家伙。"大舅用白手帕擦了擦额头的汗水，从绸衫口袋里掏出一张去保定的车票："幸亏我认识前门站财务科的人，往南走的车票，一个礼拜前就卖完了。"说着，他用下巴向街道中央扬了扬："都让这帮小日本闹的。"

挤上火车之后，母亲已经筋疲力尽了。

"回家去吧，玉环……"她眼巴巴看着玉环姨孤零零地站在车窗前，却想不出一句安慰她的话。

发车铃响了，在火车启动的那一瞬间，玉环姨突然预感到，这次与母亲的离别，非同以往。她不知道这场战争的漩涡将会把母亲卷向何处。她紧跑几步，死死抓住母亲伸出车窗的手。

"姐……"

火车提速了，为了还能拉住母亲的手，玉环姨拼命地向前跑，向前跑……

终于，强大的蒸汽机车，将两只紧握在一起的骨肉同胞的手，艰难地分开了。

"姐……"玉环姨坐在地上,撕心裂肺地大哭起来。

四十四年后,当母亲与玉环姨再次见面的时候,两位白发老人竟一时相拥无言,良久,良久……

保定福音医院是一座由美国基督教长老会出资创办的医院。在二十世纪三十年代,曾是中国华北京津地区最著名的医院之一。一九〇四年建院时为男女两院,男院称思罗医院,女院为思侯医院,一九三六年两院合并始称保定福音医院,由美国人柯维廉任院长。

福音医院位于保定西关小集后街。当母亲拖着行李走进院子的时候,学校楼前已聚集了不少刚刚返校的同学。同学们再次团聚大有如隔三秋的感慨。一位假期去杭州探亲的同学,惊魂未定地讲起日本军人在淞沪会战中残杀无辜百姓的暴行。同学们听罢,无不瞠目结舌,义愤填膺。

说话间,陈扶峰护士长从二楼一个班级的窗口探出身来:"姑娘们,安静。请都到这里来,有事要和大家谈。"同学们立刻朝楼上拥去。

"该考试了,你复习的怎么样?"母亲随口问身旁一位从张家口返校的同学。

"我根本就不可能复习,我家房顶都让鬼子的炮弹轰塌了,我没死就算捡了条命。"

陈护士长站在教室门口迎接大家。站在她旁边的,是福音医院主管护士学校的慕副院长,一个严厉的美国老姑娘。

大家一下子安静下来。

慕院长首先代表学校,向一个多月来饱受战争惊扰的同学们致以慰问。很快,她就谈到了大家都关心的毕业考试问题。她说,暑假期间,学校曾多次设法和南京方面的中华全国护士会取得联系,希望尽快安排学生们的毕业考试。但因战事趋紧,商讨未果。考虑当此之时,国家急需医护人员,而学生长期滞留学校,亦非上策。故校方经反复研究,决定即日遣散毕业班全体学生,并鼓励大家用自己学成的医护专业技能,与全国军民共赴国难。话音刚落,教室里一片哗然。

"慕院长,大家寒窗苦读三年,难道最后连一纸毕业文凭都拿不到吗?"一位同学终于站了起来。

"慕院长,即便上前线去,谁能承认我们的护士资格呢?"

那个美国老姑娘脸色沉郁了。一阵质问过后,她清了清嗓子,几乎一字一顿地说："请大家放心，学校会泣血承诺确保诸位的在校学历。而真正需要民众承认的，不是你们的护士资格，而是你们对自己国家和民族的忠诚。"

教室里一片肃然。

母亲一直没说话，因为离开北平前，三舅曾给母亲写了一封信，收信人是三舅潞河中学的同班同学，现在山西太谷铭贤中学任教的刘先生。三舅嘱咐母亲，假如毕业后不愿回沦陷后的北平，可求刘先生帮忙，去山西太谷仁术医院工作。三舅还告诉母亲，听刘先生说，仁术医院旁边就是公理会教堂，而且那里的唱诗班，已经可以分声部诵唱赞美诗了。这对一直沉醉于多声部合唱的母亲来说，当然有极大的诱惑力。所以，当学校宣布全体学生遣散的时候，母亲已决定与十几位同学结伴去山西了。

对于太谷这一个月的经历，母亲后来很少谈及。我只知道，那位刘先生后来因苦恋母亲而大病一场，母亲也被他纠缠得哭笑不得。

保定护士学校的陈扶峰护士长，在得知母亲的困境后来信说，希望母亲去郑州华美医院，陈护士长目前正在那里工作。一九三七年秋，母亲又一次孤身一人，挤上了南下的难民车。

今天的年轻人，已无法想象抗战期间挤难民车逃亡的惊骇和惨烈。在石家庄火车站，当一列从北平南下的火车在站台旁还未停稳的时候，早已守候在这里的成千上万的难民，潮水般漫上车来。车厢里早已被塞得令人窒息，蜂拥的人们像一群饿猫瞬间便爬满车顶。其间哭爹喊娘呼儿唤女的哀号，犹如喧嚣的风暴，久久不能平息。

母亲是幸运的，就在列车启动的最后时刻，她扔掉手里的皮箱，硬是在两节车厢之间的露天过道上，抓到一个能将身体悬挂起来的扶手。

"危险！掉下去就轧死了！"一个男人一把拉住母亲，脚下的铁轨枕木开始慢慢地向后退去。

这是一次惊心动魄的旅程。母亲一直双手抓住铁栏杆，脸朝里地挂在露天过道上。

"这儿比里头强，里面像个蒸笼，晕过去不少人了。"把母亲拉上来的那个男人俯下身来说。

一个老太太问母亲："姑娘，你这是往哪儿走？"

"郑州。您呢？"

老人茫然地摇了摇头："说不好，跟大伙儿一块儿往前走吧。"

这时的火车早已彻底失去了大工业时代的勃勃风采，它更像一条叮满蚂蟥的长蛇，在华北大平原开始收获的原野上艰难地爬行。而那些没能挤上火车的难民，更像潮水一样，顺着平汉铁路徒步向南蔓延。他们拖家带口步履艰难，当火车从身边经过时，他们大都站在那里，望着沉重不堪的一车难民，脸上流露出悲悯与无奈的苦涩。

当列车接近邢台的时候，趴在车顶的难民最先看到一大队骑兵，出现在列车行进的右后方。

"鬼子的骑兵!!"一时间，车厢内外一阵惊恐。

马队掀起黄尘，像箭一样从火车右侧袭来。行走在铁路右侧的难民，惊叫着四散逃去。挂在车厢外腿脚灵活的难民，开始悄悄跳下列车，钻进铁路一旁尚未收割的高粱地里。而车厢里的人们只能在马蹄的喧腾声中屏住呼吸。

马队渐渐逼近了，甚至听到了战马的嘶鸣及喘息声。突然，车顶上一个眼尖的小伙子霍地站了起来："妈了个巴子，是咱们的骑兵，哈哈！灰军装！是咱们的骑兵！"

火车上下所有的人顿时长吁了一口气，挤在母亲胸前的一个胖女人抹了把脸上的冷汗，用津腔骂了起来："臭当兵的！有本事打小日本去，往后撤得比火车都快，缺八辈德了。"

火车时行时停地走了一夜。天亮不久，在接近新乡的时候，真正的惨剧发生了。

最早发现敌机的还是车顶上的人们。一阵骚乱之后，只见两架双翼飞机迎着火车从铁路东南方向斜插过来，从列车上方一掠而过，车上的人们顿时惊出一身冷汗。

"操你祖宗的！"一个粗壮的东北庄稼汉冲着飞机远去的方向大骂起来。但灾难远没有结束。车顶上一直盯着飞机去向的人们突然发现，两架敌机在火车后方的天空中，画了两道优美的弧线之后，顺着列车行进的方向，从后面超低空俯冲过来。

"哒哒哒哒！哒哒哒哒！"两股被机关枪掀起的烟浪，像闪电一样追上了缓慢行进的列车，一场肆无忌惮的屠杀刹那间从天而降。

"哒哒哒哒！哒哒哒哒！"面对敌机扫射，趴在车顶上的人们争相不顾死活地往车下跳，车厢里的人们更相互践踏着拼命往车窗外爬，火车里外一片惨叫……

母亲像一下子掉进地狱里，她顿时感到"天空像书一样被卷起，太阳变得像黑毛布般的黑暗,月亮变成血红,天空中的星星纷纷陨落,好像未成熟的无花果被狂风一扫而落……"(《圣经·启示录》第六章)

抗战时期的郑州,已经是中原地区的通都大邑了。保定石家庄相继沦陷之后,大批华北难民都要经过这里向西南漂泊,所以车站附近流民乞丐成群,让人寸步难行。

陈护士长搀着母亲艰难地挤出站前广场,在很远的一个街口,叫到一辆三轮车,直到这时,母亲的心情才算平静下来。但陈护士长的一句话,又让母亲深感不安。

"郑州近来霍乱大流行,已经死了不少人了。"陈护士长提醒母亲:"吃东西一定要注意,眼下对这种可怕的传染病,几乎毫无办法。"

华美医院是一家有美国教会背景的医院,院长艾义梅是一位美国医学博士。他中文说得不错,就是河南口音太重,听起来有些滑稽。

艾义梅是一个十分严厉的外科医生,医院上下事无巨细都要亲力亲为,医生护士们都很怕他。母亲是在手术室外的走廊里见到艾义梅的,他刚做完一例截肢手术,被截肢的是一个乡下女人。

艾义梅听完陈护士长向他介绍了母亲的情况后,摘下眼镜,用一块纱布擦着镜片上的汗迹:"在手术室干过吗?"

"没有。"母亲有些紧张。

"没有,没有。"艾义梅显得有些急躁。但——

"Sorry,"他突然意识到自己有些失礼:"这不怪你们,因为连我都没想到会发生战争。"他冲着母亲微笑着:"怕传染病吗?"

母亲鼓足勇气摇了摇头:"不怕。"

艾义梅满意地点了点头:"Miss Chen,你们一起去传染病房,好吗?"

"好!"陈护士长和母亲答应了。

"记住,要时刻准备到手术室来。"走出几步后,艾义梅回过头来大声说:"因为那里更需要你们。"陈护士长和母亲点了点头。

传染病房设在院子的一个角落里,母亲从窗外就听到病房里患者的呻吟。这里又是一处人间地狱。尽管戴着口罩,但一进走廊,母亲还是闻到一股浓烈的来苏水味。病房里挤满了眼窝凹陷,形容枯槁的霍乱病患者。见护士进来,一个躺在地上面色蜡黄的老人便绝望地哀求:"给我点卤水吧,护士,我不想活了……"

母亲正想扶起他,一个小护理员踉踉跄跄地冲母亲走来:"护士小姐,我……"她突然扭过头去，大口呕吐起来。母亲慌了："大夫！大夫！"那小护理员蹲在地上呜呜地哭了。

"没有办法。"传染病房的老护士长绝望地摇着头："霍乱流行以来，医院已有四个医护人员倒下了。没有任何特效药，为了缓解腹泻，我们只能用民间土方，给患者口服白陶土。"

"白陶土？"母亲惊讶地问。

"对。一种做陶瓷的白土。"

"给患者吃土？！"母亲大骇。

一九三八年元旦过后不久，在得知国际援华机构已将一批治疗霍乱的药品运至武汉后，艾义梅院长立即雇了一辆卡车赶往湖北。八天之后，运药的卡车历尽千难万险，终于从汉口返回郑州。它带来了医院急缺的药品，同时捎回一个从南京死里逃生的郑州商人。很快，日军在南京屠城时犯下的令人发指的暴行，便在华美医院迅速传开，一股强烈的恐日情绪，无形之中像瘟疫一样在人们心头蔓延。

从一九三七年九月到一九三八年一月，在侵华日军的疯狂进攻下，大同、保定、德州、石家庄、包头、太原、济南、合肥、南京及华北华东地区大片国土相继沦陷。一九三八年二月初，日本华北派遣军开始向豫北地区的南乐、清丰、濮阳一线推进，国军甫经接火即弃阵而逃。二月十四日，日军向道清铁路沿线发起全面进攻。同时，派几十架飞机轰炸了郑州。十七日，第一战区司令长官程潜为保黄河防线，命工兵炸毁了黄河大铁桥。

郑州命悬一线。

母亲和陈扶峰护士长就是在这种情况下离开了郑州华美医院。由于当时中原一带的难民势如洪水，难民车已无法开通，母亲和陈护士长于是横下心来，随着大批逃难的人群，顺着平汉铁路开始徒步向南跋涉。

二月下旬，中原一带已进入春季，母亲因在石家庄火车站扔掉皮箱，所以身边几乎没有一件换洗的衣服。姥爷给母亲做的那件斜纹人字呢大衣，一直穿在身上，大衣的后背早已被层层汗渍染成灰白。

"浑身都臭了。"母亲的意志开始遭遇前所未有的挑战。她感到一种从未有过的绝望和沮丧，一切充满苦楚与艰难。

十几天之后，在河南明港，母亲和陈护士长被一个部队后方医院收留。两个人都被安排做伤兵术后护理工作。

当时的后方医院条件极其恶劣，不但急需的药品奇缺，就连包扎伤口的纱布绷带也少得可怜。人们不得不从死人身上解下绷带，洗去血污后重新再用。伤兵更可怕，尤其是那些被截肢的伤兵，严重的心理变态让他们动辄打骂医护人员。一个右腿膝盖以下被截肢的下级军官，在痛殴一位给他送饭的护理员之后，架着双拐投河自尽了。

母亲几乎每天都生活在心惊胆战之中。

一个月之后，母亲所在的后方医院奉命南撤，很多尚未治愈的伤兵从此流落街头。这些伤兵与大批无家可归的难童一起，成为战时大后方人道主义危机中的两大突出问题。

几天之后，在湖南衡阳，母亲所在的后方医院与其他几个救护队合并，组成了衡阳第八陆军医院。与此同时，母亲与陈护士长终于在衡阳城南门外易家坪，找到了美国基督教长老会为背景的衡阳仁济医院。

那是一个星期天的上午，当心力交瘁的母亲循着唱诗班的歌声，走进医院附近的一座基督教堂时，内心的激动让她浑身颤抖。望着祈祷台前的十字架雕像，母亲再也控制不住自己，竟放声痛哭起来。

　　……天使从天上下来，手里拿着无底深渊的钥匙和鞭子。它捉住那条戾龙，把它扔进了无底深渊……

牧师纯净平和的祈祷声渐渐远去，坐在角落里的母亲沉沉地睡着了……

一周之后，母亲穿着洁白的隔离服，站在了衡阳仁济医院的手术台前，在这里，母亲第一次担当起外科手术护士的工作，并真正目睹了战争的残暴和惨烈。

第一次遭遇空袭是在母亲到仁济医院之后不久。那天早晨，母亲刚换完隔离服，准备进手术室，突然听到离医院不远处传来几声枪响。

"警报！"院子里有人在喊："快撤！警报响了！"

母亲一时不知所措，一个叫老安的美国医生一边脱掉隔离服一边对母亲大喊："Let's go, miss Li! （快点走，李小姐！）"

母亲跑出楼后，发现停在院子里的一辆福特车已经发动了。

"快！大家挤一挤！快上车！"母亲和五六个手术室同事刚刚挤上汽车，老安猛踩油门，汽车像一头疯牛一样冲出医院。

这辆福特汽车是仁济医院为确保战时救死扶伤的工作效率，特批给手术室的。为了免遭日机轰炸,汽车棚顶铺着一面美国国旗。

驶出南门后,挤在车里的人们,便紧张地搜听着天上那由远而近的轰鸣。很快,周围的空气便像开水一样沸腾起来。

汽车猛地拐到一棵高大的樟树下。老安推开车门,就势跃进车下的草丛里:"快下车!"

"摘掉眼镜!反光!注意反光!"

"趴下!快趴下!"

"胸口别紧贴在地上!"人们相互大声地警告着。

母亲的牙齿在咯咯地打架,她趴在草丛中,始终盯着身旁不远处那个美国医生,只见他一直仰面躺在那里监视着天空:"一架,两架,三架,四架……My god!(我的天啊!)"他突然翻回身来,抱住脑袋:"注意,投弹了!"随着一阵从天而至的呼啸,身后的衡阳城瞬间变成一片火海。

福特汽车返回市区的时候,眼前的情景让母亲惊呆了:烈火和浓烟吞噬着一条条街道,到处是残肢断臂和内脏血浆。在离医院二百米的一片废墟前,汽车无法行进了。

"下车!"只见老安纵身跳下车疾步飞奔:"谁也不许回宿舍!"他第一个冲进楼顶覆盖着红十字旗的仁济医院。

接下来便是排山倒海般手术。止血,清创,截肢,清创,开胸,止血,止血,开颅,截肢,开胸、开颅,截肢……

一个和母亲年龄相仿的姑娘被抬上手术台时已奄奄一息,她绝望地望着周围的医生和护士,声音微弱得像一缕游丝:"……我想回家……法库……法……"一双睁大的眼睛渐渐失去了光泽……

浑身是血的老安悲愤地将手里的手术刀摔在地上:"Son of bitch!(狗娘养的!)"他颓然跌坐在一旁的椅子上,歇斯底里地号哭起来:"Son of bitch!Japanese bastard!(狗娘养的!日本杂种!)"

抗战期间,衡阳是湖南省遭受日机轰炸最惨烈的城市。从一九三八年二月至一九四四年八月,这座位于湖南中部的小城,就遭日机狂轰滥炸了一千七百零三架次之多。据母亲回忆,一九三九年四月六日,日本轰炸机向万寿宫、太子码头、南正街、铁炉门、东华门、司前街、北平街、下长街等处投下大量燃烧弹,致使全城一片火海,百姓死伤近万。

衡阳是一座宁死不屈的城市。而母亲,也在这场旷日持久的血与火的洗礼中,渐渐成长起来。

九
扶 伤 行

"七七"事变之后，日本当局在华北地区很快实行了强制治安政策。在"华北自治"时期，尽管日本人早已占领了昌黎，徐维廉却始终坚持在每星期的全校周会上升中国国旗，唱中国国歌，背诵先总理孙中山先生的遗嘱。但中日战争全面爆发后，日本当局严厉限制了这一切。为此，徐维廉一连几天坐在自家的书房里生闷气，父亲去探望他，他也沉默不语。对于"大昌汇运动"徐维廉已经只字不提了。父亲深知值此多事之秋，徐校长对昌黎汇文中学的所有梦想，都已化作泡影。

立冬过后的一天下午，父亲陪徐校长从贵贞学校办事回来，刚进院子，就见教务主任年世珍气急败坏地跑来："出事了！校长。初中二班的张林芳让日本宪兵抓走了！"

"张林芳？！"徐维廉睁大眼睛："那个扎着辫子的小女生？"

"是啊，来了三个日本兵，不由分说就从教室里把人带走了。"

"凭什么抓人？"父亲急着问。

年世珍双手一摊："不知道，也没人敢问。"

徐维廉的脸色陡然变得铁青，他沉思了片刻，问："文先生在吗？"

"在。"年世珍急忙回答。

"叫他来。"

说着，徐维廉转身面对父亲，语气却一下子和缓下来："你师母近来偶感风寒，还需子清多多照料。"

父亲心头一惊："校长，您准备……"

徐维廉长吐一口气:"去宪兵队要人。"

"校长您……"

徐维廉斩钉截铁地说:"身为一校之长,我必须对我的学生负责。"

"校长,是不是先弄清原委,再想办法?"

"没必要。一个十几岁的女孩子,上课期间,让三个日本宪兵从教室抓走。仅此一点,就已应了那'是可忍,孰不可忍'的古训。"

"那让我跟您一起去!"父亲大声地说。

"你去没用。"徐维廉盯着父亲的眼睛说:"弄不好,可能更麻烦。"

年世珍和文安思跑来了。

文安思是一位美国牧师,一九二八年来华后,一直在汇文中学任财务管理兼体育教员。

"Sir, would you like to accompany me to the Japanese military police battalion?(文先生,有胆量陪我去一趟日本宪兵队吗?)"徐维廉面无表情地问。

文安思伸了伸舌头:"My pleasure, sir, even it's hell.(很高兴,即便是下地狱,我也愿随您一同前往。)"

徐维廉点了点头,他转过身来对父亲说:"晚饭后,我若还不回来,再告诉你师母。记住了吗?"

父亲点了点头,他知道,此时此刻,在校长面前,其他所有的话已多余。

眼瞅着徐维廉和文安思疾步走出校门,父亲从心里为他们捏了一把汗。

接下来便是漫长的等待。当父亲从学校走廊里经过时,看见所有教室里的师生都静静地坐在那里,整个校园鸦雀无声。

黄昏时下起了小雪。当徐维廉与文安思陪着张林芳出现在卫理前街街口的时候,一直守在门前的年世珍和父亲才把提到嗓子眼儿的那颗心放了下来。由于受到惊吓,张林芳的神情有些恍惚。徐维廉吩咐年世珍马上把孩子送回家去,让她父母陪陪她。转而问父亲:"你师母知道我去宪兵队了吗?"

"还没告诉她呢。"

徐维廉拍了拍父亲的肩:"这就对了。"说着他握住文安思的手:"谢谢你。"

101

文安思摇了摇头："不。你才是一个了不起的中国人。"

事后才知道，张林芳之所以被抓，是因为日本特务机关在检查邮局往来信件时，发现一封上海来信中，写了一些"有辱皇军的话"，而收信人正是张林芳。

当天晚上，汇文中学校董杨扶青便闻讯从乐亭赶到昌黎。在听完营救张林芳的经过后，杨扶青非常感慨："漂亮！"他拍了一下大腿笑着对父亲说："子清，你知道校长为什么不带你去宪兵队吗？"

"知道。"父亲感激地望着徐维廉："校长担心一旦闹翻了，日本人日后会找我麻烦。"

"那又为什么带文安思去呢？"

父亲不解。

徐维廉认真地解释："首先，我必须带一个证人去。这个人又必须公允客观，文安思是最合适的人选。再之，文安思是美国人，而且汇文中学有美国教会的背景，日本人不敢轻易因此挑起外交事端。所以，文先生跟我去是安全的。"

"听见了吧？"杨扶青狡黠地说："这就叫四两拨千斤，三十六计里都没有这一招。哈哈哈哈……"

那天晚上，徐维廉和杨扶青谈了很久。

寒假期间，父亲终于接到燕京大学教育学系助理兼乡村教育实验区主任干事的调聘公函，徐维廉同时接到周学章院长的亲笔来信，希望徐校长支持燕大的乡村教育工作。

在徐维廉家，校长平静地对父亲说："这是你最好的一条出路，也是我这些天来最牵挂的事情。因为对于我来说，下一步起码没有什么牵挂了。"

父亲困惑了："校长，您？……"

徐维廉站在窗前，望着窗外的鹅毛大雪："古人云：尧之都，舜之壤，禹之封，于中应有，一个半个耻臣戎。我心已定，素心君尽可放心去吧。"

父亲惊讶地望着徐维廉，十二年了，这是徐校长第一次称父亲的字。

"你已经长大成人了，今后长路坎坷，望你好自为之。"

父亲听罢，泪如雨下。

一九三八年初，徐维廉请文安思出任昌黎汇文中学校长，年世珍负责学校行政事务。自己则以"精神欠佳，告假休养"为托词，偕夫人及三个子女离开昌黎，从此辗转于湘鄂川黔大后方，投身到了民族解放的洪流中。

回到燕京后，父亲的第一件事就是拜访吴雷川先生。虽然才半年不见，但吴老明显消瘦许多，昔日红润的面庞也苍白了许多。吴老告诉父亲，除燕京辅仁两所有美国背景的学校外，北大、清华、朝阳、北师大等高等学府，均被日本占领当局关闭了，日本人想开始从精神文化层面上灭亡中国。

谈话间，几位社会学系的学生求见吴老。待客人离开后，父亲见吴雷川独自坐在书房里，很久无声无息。父亲将文子沏好的一杯清茶端进书房，吴雷川坐起身来："替我研墨吧。"声音显得格外喑哑。

墨研好了，父亲找来一张宣纸铺在案头，吴雷川站起身来，从笔架上选了一支狼毫湖笔。

"吴文藻谢婉莹夫妇近日将远走云南，学生们求我给两位先生写点什么，写什么呢？"老人喃喃像在问父亲，又像在问自己。他迟疑良久，终于俯下身去恭而敬之地落下笔来。

"无用武，尚有中原万里！胡郁郁今犹居此？驹隙光阴容易过，恐河清不为愁之俟。闻吾语，当奋起。青山搔首人间世，叹年来兴亡，吊遍残山剩水！如此乾坤须整顿，应有异人间起，君与我安知非是？漫说大言成事少，彼当年刘季犹斯耳，旁观论，一笑置。"

书罢，吴雷川将毛笔轻轻搁在砚端，长叹一声："又走了两位好先生。"

依照洛克菲勒基金会制定的"华北计划"，燕京大学教育学系在北平西郊靠近蓝靛厂的冉村，建起了自己的乡村教育实验区。冉村距燕京十华里左右，分东西两个自然村。燕大教育学系在村里开办了一座农民学校，白天供学龄儿童读书，晚间教成人识字。学校同时为燕京大学乡村建设试验中心，但具体工作尚未开展。

父亲此次回燕大，就是着手推动冉村实验区的各项工作，包括修缮校舍，动员社会捐赠教学器具，组织医药卫生培训班，筹备成立农友会等日常事务性工作。每天琐事不断，但成效甚微。时间长了，父亲始觉冉村所有的工作都像是在演戏。这与他在定县平教会实习时所看到的相去甚远。二〇〇八年，我在北京大学图书馆，找到了民国二十八年出版的《燕京新闻》，其中一篇《冉村见闻录》里这样写道：

……到了开会的时候，唐子清君十分热心，十分努力，舌灼唇焦地大声疾呼。后面的农民注意力不太集中，小学生呆傻地望着我们的西服眼镜，更奇怪的是洋人高厚德先生说中国话，实际说的是什么，恐怕他们懂的很少，会场秩序后来必得唐君弹压。所以我们可以知道乡村教育是如何重大而困难的工作了……最后唐君说：现在干这些事情，有人以为有意义，有人以为没意义，我是赞成后一种的。

一九三九年五月五日，为祝贺冉村农民学校首批学员毕业及冉村农民学友会成立，在朗润园周学章院长家，举办了一次燕大教授与冉村农民的联欢会。那天晚上，周院长家的院子里张灯结彩，楼前挂了一条横幅，上书"建设模范村，大家齐下手"十个大字。

天刚擦黑儿，教育学系的高厚德博士、朱有光、江顺成、蔡得纯、许梦瀛、廖泰初老师及十几位应邀前来的外宾很早就来到了会场。为表示尊重，所有教授都西装革履，有的甚至带来了夫人。

百十位冉村的男女村民，拘束而呆滞地坐在指定的位置上东张西望，他们当中因为有些人要参加演出，所以脸上都涂抹了很重的红白脂粉，看上去有些滑稽。

演出还算是成功的，农民们表演了父亲帮他们编排的街头剧，诉说不识字给农民带来的尴尬和痛苦。几个汉子还捏着嗓子吼了一段冀东影调戏。先生们还和农民一起登台，合唱了几首中外歌曲。

当初，在选定曲目时，父亲曾提议演唱《长城谣》和《五月的鲜花》，被周学章断然否定了："千万不要惹翻日本人，否则，不光冉村实验区办不下去了，村民更会遭遇不测，后果不堪设想。"

"云儿飘在海空，鱼儿藏在水中，早晨太阳里晒渔网，迎面吹过大海风……"歌声响起时，疲惫不堪的父亲颓然坐在角落里的凳子上，一旁的江顺成递给父亲一支烟："快歇会儿吧，无论如何这台戏总算是唱下来了。"父亲深吸了一口烟，一时百感交集。

这天晚上，汉奸汪精卫在日本政府特派专使的策划下，从河内潜回上海。

这天晚上，国民革命军第二十九军军长陈安宝，在南昌战役中以身殉国。

星期天一早，文子就为吴雷川备好了公文包和手杖。父亲今天准备和吴老一起进城，父亲想买一双球鞋，吴老依旧去北海。北平沦陷以来，吴雷川除燕京校园外，很少出行。唯北海松坡图书馆，是他唯一可去读书的地方。遇到钟爱的古籍善本，吴老有时会在那里住上几天，聊以消遣。

　　当时的燕京大学，有一部可乘三十余人的黄色校车，吴老每次进城，从不向学校要专车，而是与其他老师一起乘校车前往。

　　初夏的京西原野，微风和煦，满目葱茏，望着车窗外碧绿的麦田，吴雷川喃喃地说："这麦子该灌浆了。"

　　行至西直门，校车突然被人拦住了。只见城门前设满路障，一群全副武装的日本兵吆喝着，命令车上所有的人统统下车检查，车上顿时一阵骚乱。一位年轻老师压低声音说："准是西山的八路又下来了，小鬼子害怕了。"

　　"查什么查，这是燕京大学的校车，拉的都是燕大的老师。"一位中文系的老师打算和下面交涉。

　　"放什么屁！别给脸不要脸！赶紧滚下来！快！"一个瘦翻译尖着嗓子大声呵斥道。

　　父亲咬着牙站起身来，他看了一眼身旁的吴雷川，但见一身布衣布履的吴老，神情庄重，望之俨然。

　　"吴老，您？……"

　　吴雷川声音很低："下去吧，子清。"

　　"您？……"父亲有些焦虑。

　　"不要管我，我决不下车！"这句话是从吴老的牙缝里挤出来的，而父亲听起来，却如洪钟大吕般震耳。

　　"怎么回事？聋啊？！"那个狗仗人势的瘦翻译发现父亲和吴老依旧在车上，气急败坏地扑了过来："赶紧滚下来！听见没有？！"几个日本兵哗地举起上着刺刀的步枪哇哩哇啦地狂喊起来。

　　不知是什么力量让父亲一下子镇静下来，他一步一步走下校车，目光直盯着那个青筋暴涨的瘦翻译："你告诉日本人，坐在车上的，是燕京大学校长吴雷川先生！"

　　"校长算个屁，死人也得给我抬下来！"

　　几个日本兵与父亲撕扯着要冲上去。

　　突然，一个日本军官喝止了他的部下。他目光冷峻地询问翻译，瘦翻译立刻向他说了阵日语。那军官听罢沉思片刻，将瘦翻译轻蔑地推开，径直走到校车前，四周的空气似乎凝成一条极细的丝线。而此刻的吴雷川却仪态肖然，神情平和，一双手紧挂着那把紫檀手杖，双眼平静地目视前方。

接下来的事情令在场所有的人都没有想到，只见那日本军官军靴一磕仰起下巴，给吴雷川敬了一个标准的军礼："让您受惊了，请多多原谅。"他向拦在车前的日本兵挥了挥手，瘦翻译立刻扯着嗓子："放行！"

父亲身体一晃，霎时大汗淋漓。

一九三九年七月，徐维廉的妹妹徐美丽在吴雷川家找到父亲。徐美丽给父亲带来徐校长一封亲笔信，同时跟父亲谈了一年多来，校长在大后方所做的工作。

一九三八年长沙大火之后，徐维廉偕夫人子女辗转来到衡阳。满街流散的伤兵，给徐维廉留下了深刻的印象。曾经在抗日前线与强敌苦战，终而负伤后失去战斗能力的将士们，如今像狗一样被遗弃在异乡客土。他们返乡无路，前途茫然，很多人甚至得不到微薄的救济，只得沿街乞讨。面对如此下场，许多伤兵在光天化日之下，抢劫商铺，殴打行人，以泄心头之恨。伤兵问题成了当时相当棘手的社会问题。

不久，徐维廉开始联络已到南方参加抗日救亡工作的杨扶青、石志仁等，发起了一个旨在吸引社会各界目光，关怀和帮助这一无助群体的"伤兵之友"运动。

抗战爆发以来，以支援抗战为宗旨的爱国群众运动此起彼伏。诸如文化劳军运动、募捐寒衣运动、节约献金运动，等等，而"伤兵之友"运动正是这些民众爱国行动中最具代表性的运动之一，它不仅唤起了包括海外华人在内的全体国民的拥军爱国热情，激发了民众"天下兴亡，匹夫有责"的主人翁意识，更增长了抗战军人的使命感和荣誉感。

徐维廉盼望父亲尽快南下，协助他把"伤兵之友"运动推向全国。

不久，在宋美龄的提议下，"伤兵之友"运动被国民政府纳入其新生活运动隶属之下，成为战时家喻户晓的国家行为。日前读张紫葛先生所著《在宋美龄身边的日子》一书，其中提及"伤兵之友"运动的最初构想者为宋美龄的说法，值得商榷。

一九三九年七月，父亲在吴雷川、周学章的帮助下，终以"燕京大学战地工作者"的身份，带薪离开燕大。临行前，吴老将一块瑞士怀表赠与父亲，并语重心长地说："想了很长时间，还是送你一块表吧。这怀表随我多年，时刻提醒着我人生苦短若白驹过隙。表上拴着的这条线绳，是我用故乡

一九三九年,父亲在桂林与徐维廉重逢
(前排右一为徐维廉,右三为徐美丽;后排右三为父亲,右四为孙德亮)

汉口基督女青年会战时服务团成员与父亲重逢于桂林(一九四〇年)

钱塘的灰丝线亲手编系的，望你带在身边，佑你远行。"说着，老人的眼睛湿润了："我已年将垂暮，不胜身体力行，儿时就熟诵过的陆游的那首诗，想不到竟成了今天千头万绪的别言。"

吴老转过身去，望着朗润园中一泓映着月光的池水，目光低垂，语音苍凉："死去元知万事空，但悲不见九州同。王师北定中原日，家祭无忘告乃翁。"

一九四四年吴雷川于北平溘然长逝，终年七十四岁。

父亲和徐美丽是一九三九年七月离开北平的。因江汉一带战事趋紧，两人不得不改从天津乘船，经上海、广州、香港及越南的海防、河内，于是年八月中旬从镇南关过境，进入广西。

徐美丽是徐维廉的嫡妹，长父亲十一岁，之前一直在北平协和医院护理部工作，所以大家都叫她徐护士。此次南下，徐护士是受贵阳中国红十字救护总队之邀前往的。在桂林，父亲见到了两年未见的徐维廉，在他的安排下，父亲很快就以"伤兵之友"总社巡视员的身份从柳州直接北上桂东湘西一带，视察那里伤兵分布情况及生存状况。

刚从沦陷区进入大后方的父亲，当时的心情是可以理解的。望着阳光下迎风舒展的国旗，听着同仇敌忾的抗日歌声，望着一队队开赴抗日前线的国军战士，父亲踌躇满志，热情高涨。但随着工作的深入，父亲开始被所到之处见到的许多真实情景震惊了。在沅陵，父亲看见大批南昌战役留下的伤兵，像饿鬼一样流散在城乡街头及水陆码头。他们大都身上长满疥疮，甚至伤口爬满蛆虫。更有些倒在路边奄奄一息的伤兵，血染的军装上缝着肮脏的布条，布条上写着自己的姓名及故乡的地址……

二十四日，父亲始到邵阳。当晚，邵阳县政府出面即为父亲接风洗尘。

在邵阳最体面的一家饭店里，父亲一推门，就被眼前的场面激怒了。但见邵阳县长、县党部书记长、地方驻军的长官、商会会长、盐帮老大等一群所谓地方名流，足足坐了两大桌。

"来来来，"县长满脸堆笑，"诸位认识一下，这位就是燕京大学乡村教育实验区主任干事，重庆'伤兵之友'运动特派员唐子清先生。"

吃客们立刻纷纷递上名片："唐先生如此年轻有为，今后邵阳的事情还需多多关照。"

父亲一直站在那里，待众人落座后，父亲终于说话了："鄙人乃一介书生，刚刚步入社会，尚不知官场习俗和地方上的规矩，说起话来，难免逆耳，望在座诸君多多包涵。"之后，父亲以他一路的所见所闻，痛斥地方官员无视伤兵悲惨境遇，国难当头贪污腐败的丑行。在座官员无不如坐针毡，万分尴尬。

父亲自斟一杯白酒持于手中："子清此行，实为千万伤兵的死活而来，实望地方贤达高抬贵手，用你们的真情实意帮帮这些血将流尽的兄弟们。在此，我将这杯酒敬与为国捐躯的所有英灵，为那些死在敌人面前的，也为那些死在国人面前的。"

说罢，父亲将酒撒于地上，拂袖而去。

第二天，在邵阳基督教军人服务队建队仪式上，父亲又慷慨陈词，历数抗战以来，因国家与军队重大决策的失误，给民族及百姓带来的苦难与耻辱。坐在主席台上的地方官员，无不面色铁青，引颈悚然。

几天之后，父亲接到徐维廉从重庆发来的急电，命其火速离开邵阳前往重庆。事后得知，父亲湘桂之行所发表的言论，惹怒了许多地方的军政官员。其中宝庆警备司令岳森、国民党邵阳县党部书记长刘长娥和军医署驻湘办事处主任蔡善德，竟以"异党嫌疑罪"联名上书中央，建议查办。

这年冬天，蒋介石在重庆曾家岩单独召见徐维廉，询问有关"伤兵之友"运动进展事宜。当徐维廉谈到一些地方军政官员漠视伤兵生死贪污腐败成风时，蒋介石的脸色变得阴郁了，他突然问道："徐校长，听说'伤兵之友'社里有共产党，是真的吗？"徐维廉心头一惊，面对蒋介石的质问，徐维廉当即表示不知道，但心里却感到十分压抑与寒凉。

"伤兵之友"运动被政府接管后，徐维廉被委任为总干事兼服务人员训练班主任，并对上级负责。父亲则被总社任命为服务人员训练班副主任，负责招募及培训战地服务人员。

当时受训的服务人员大多是来自成都各大院校，自愿参加抗战工作的爱国学生，还有一部分从武汉撤退下来的年龄稍微大一些的保育生（难童）。

"伤兵之友"的服务工作十分具体，其间体现了徐维廉一贯的工作作风，即强调实效反对空谈。服务人员培训班要指导服务人员学会四种服务技能，即（一）灭虱治疥；（二）特别营养；（三）洗衣缝补；（四）供给开水（先要学会搭老虎灶）。

培训结束后，父亲亲自将一批批服务人员安置在长江沿岸的长寿、涪陵、丰都、忠县、万县、云阳一带的伤兵驻地，"伤兵之友"运动就此在全国范围内掀起了一个新高潮。截止到一九四四年，全国各地共创建分社一百四十一处，拥军扶伤蔚然成风。

一九三九年秋，杨扶青在桂林自己创办的中华营造厂请客。席间，徐维廉在杨扶青的引荐下，与到会的周恩来亲切交谈。当徐维廉向周恩来提出，计划把"伤兵之友"服务项目开展到延安时，周恩来很高兴，他向徐维廉索要了有关"伤兵之友"的宣传材料，并答应送转延安参考。不久，《新华日报》发表了题为《热烈参加"伤兵之友"运动》的社论，予以支持和表扬。

返回重庆后，徐维廉感慨地对父亲说："周先生为人谦和，心胸坦荡，思维敏捷。看来共产党里也有十分优秀的人才。"

在"伤兵之友"总社期间，父亲结识了一位肝胆相照的朋友祁子晋，我一直叫他祁伯伯。

祁子晋，字云山，山西太原人。一九三三年昌黎汇文中学毕业后，考取中央政法大学。一九三七年大学毕业后，曾回山西协助阎锡山政府推行土地村有制的土地改革计划。太原失陷后，祁子晋新婚不久的妻子被日军残杀，祁遂毅然南下抗日，并在"伤兵之友"总社负责《残不废》杂志的出版发行工作。

祁子晋个头不高，性格内向，说起话来慢条斯理，做起事来脚踏实地。他与父亲性格相悖，但志向相同，两人一张一弛，刚柔相济，很快成为徐维廉的左膀右臂。为纪念亡妻，祁子晋曾多年鳏居，不思再娶。直到三十年之后，方在重庆续弦。当然这些都是后话。

一九四〇年四月的一天。刚上班，父亲和祁子晋就被徐维廉叫到办公室："马上准备一下，刚接军医署的电话，三位夫人一小时之后视察'伤兵之友'社及总医院。你俩立刻到院里看看，尽量将外来人员清出院外。但谁也不要走漏消息。"他看了一下手表："九点半，通知所有能腾出手的工作人员到院前集合。"徐维廉的脸上露出少有的红晕。

四十年代初，"伤兵之友"社与其总医院第五陆军医院同在歌乐山合署办公。将近十点的时候，在军警的严密护卫下，三位夫人款款走下车来，人群中爆发出经久不息的掌声。

陪同视察的国防部军医署的一位官员，像仪仗队的教官一样涨红着脸，扯着嗓子向大家介绍这些尊贵的来宾。

"这位是国母！"他脚跟一磕，一个标准军礼。

"这位是蒋夫人！"他脚跟一磕，又一个标准军礼。

"这位是孔夫人！"他脚跟一磕，再一个标准军礼。

父亲觉得挺滑稽，却也一直在鼓掌。

宋美玲优雅且平易近人。在视察过程中，她一直将自己置于不可替代的核心位置，对伤兵嘘寒问暖，体贴入微。宋庆玲美丽且举止端宁，视察过程中她一直寡言少语。较之两位妹妹，行政院长兼财政部长孔祥熙的夫人宋霭玲却多了些雍容，少了些清雅。然三位夫人常用客家话细语轻声，很难看出她们之间有什么芥蒂。

徐维廉却一直被一群目中无人的陪同人员排挤在圈外。

"伤兵之友"运动自从被国民政府收纳之后，组织上层发生了很大的变化。在孔祥熙、宋美玲、陈立夫、谷正纲、黄仁霖等进入"伤兵之友"领导层之后，一些将领的夫人及社会名流也相继介入，徐维廉等人遂被逐渐架空了。

到一九四〇年七月底，父亲燕京大学战地工作者的身份已满一年了。按当初的约定，燕京大学停发了他的工资，父亲一度陷入困境。

重新回燕大教书，是父亲最大的夙愿。但一年来大后方的抗战经历，早已让他心如奔马，重回沦陷后的北平已断不可能。然而，继续留在"伤兵之友"总社，前途也开始变得扑朔迷离。父亲不仅接受不了总社内部一些同仁莫名其妙的怀疑和排挤，更看不惯社会上弥漫着的整日空谈的官场作风。他经常独自一人徘徊在嘉陵江边，任风雨吹淋，痛苦万分。几个月下来，一头浓密的黑发竟脱成秃顶，成了后来人们说的列宁模样。

十

风雨同舟

一九六六年九月,母亲珍藏的一本纪念册,被红卫兵抄走了。

那是一本比手掌稍大一些的装帧精美的纪念册,墨绿色薄羊皮的封面,里面的纸张是彩色的,粉红、浅绿、淡黄……很有少女气息。

纪念册里的第一页,是一幅手绘的钢笔画。一个一身戎装戴着钢盔的短发姑娘,左臂缠着红十字袖章,右手高擎着一个放光的十字架,身后无数战机在天空翱翔,那姑娘神情激奋地大声呼唤着,钢笔画下方一行有力的美术字:"前进!姑娘们!光明就在眼前!"

翻到这一页时,母亲总会感慨地说:"这是我护理过的第一位空军飞行员,也是基督徒,江苏人,一九四〇年战死在川东。"

纪念册里还有一张让人感叹的画作:古老的城墙上盘踞着一条巨大的蟒蛇,那蟒蛇的脑袋是一个张着血盆大口的日本军人,城墙上沾满鲜血,城墙脚下是一堆堆白骨骷髅。这幅画的画工极细,城墙上的每一块青砖,蟒蛇的鳞片皮纹都以工笔完成。在城墙上方烈火升腾的天空中,写着一段诗文,至今我仍记忆犹新:"城头盘桓着吃人的蛇蟒,城下流淌着同胞的血浆,记住金陵,记住南京,让我们携手奋进,力扼敌狂!"

翻到这一页时,母亲会沉静地说:"他原来是打算报考上海美专的,'七七'事变之后,他投考了空军学校。抗战期间,他打掉过三架日本飞机,听说后来去了台湾。"

纪念册里还有一幅表现空战的钢笔画:一架中国战机横展双翼掠过长空,另一架日本战机拖着熊熊火焰栽向大地。大地上,山峦、江河、帆

115

影、宝塔、寺庙、农家，一片和平的景象。这幅画的下方是一行流畅的外文签名。

翻到这一页时，母亲会微笑着说："这是一位苏联空军飞行员，莫斯科人，手风琴拉得特别好，还会唱《桑塔露琪亚》。后来回国了，他说等战争结束后，还会到中国来……"

在这本纪念册里，先后有二十多位中国和苏联的空军飞行员给母亲留下了他们的绘画、诗歌、《圣经》摘录及一生平安的祝福。当然也有依稀的情殇及淡如青烟的爱慕。其中有一个人的留言就表露得很明白，一架战机从两颗心中穿过，一行诗文如金蛇狂舞酣畅淋漓："从来夸有龙泉剑，试割相思得断无。"

在衡阳的日子里，母亲先后护理过许多因与敌机长空搏杀而负伤的飞行员。可以想象，母亲的美丽端庄，一定会给这些"天之骄子"留下十分美好的印象。而自抗战爆发以来，一直苦于漂泊的母亲，也必然会从心里期盼，尽早找到自己情感的港湾。直至母亲垂暮之年，在我问及她这一时期的情感历程时，她坦言了自己当年的心曲："当时的确很矛盾，那么多优秀的年轻人追求过我，医院里也有不少女护士嫁给了这些飞行员，可后来他们的丈夫大多战死了。为此，她们整日惶恐，苦不堪言。所以，是天父怜爱和眷顾我，才让我了却了那么多的纠缠和哀伤。"

母亲是个很现实的人。

一九四〇年十月，一直在衡阳仁济医院手术室工作的母亲，终于收到保定护士学校辗转捎来的口信，通知所有一九三七年的毕业生，尽量向贵阳图云关中国红十字会救护总队靠拢，学校将择机在那里完成这届学生的毕业考试。这消息让母亲兴奋不已。

离开衡阳的头一天晚上，母亲与陈护士长彻夜难眠，因手术室护士长的工作无法脱身，陈扶峰难以再陪母亲继续同行。望着这个与自己浴血漂泊了整整三年的师长，母亲泪如雨下。

一九四〇年七月，在翻过湘西的武陵群山，经过漫长的艰苦跋涉之后，母亲只身来到贵阳。在图云关中国红十字会救护总队，终于与保定护士学校的同学们重逢了。尽管大家才分别三年，但见面之后，彼此都有一种恍若隔世的感觉，因为她们当中的绝大多数人，这期间都经历了九死一生的战火考验，经历了抵抗与屈服之间的庄严抉择。

"你们是保定福音医院附属高级护士学校自建校以来最优秀的一班毕

作者在贵阳图云关国际援华医疗队纪念碑前留影（二〇一〇年）

业生，你们用南丁格尔的牺牲精神为学校赢得了荣誉，谢谢你们!"当校方派来的老师向这些姑娘们深深鞠躬致谢的时候，教室里哭声一片。

图云关东南距贵阳五里之遥，为湘黔古道上的一个关隘。从油榨街一路南行，随着地势的不断升高，沿途逶迤排列开二十多座刻工精美的石雕牌坊，远远看去颇为壮观。其中一座"万里封侯"石坊，高大巍峨，气度不凡，一看便知当属朝廷赐予的殊荣。依次通过石雕牌坊，林木开始繁茂，俄而松杉樟檀遮天蔽日，但闻溪水飞瀑空山鸟语，让人疑似仙境，心旷神怡。

在中国人民浴血抗战的岁月里，中国红十字会救护总队就驻扎在贵阳图云关的密林深处，并在这里指挥和协调着全国各战区一百多个医疗队、手术队的一线救护工作。这里是抗战期间国民政府正面战场最重要的后方医疗救护中心。

救护总队是一个民间性质的战时医疗救护机构。战争期间，许多沦陷区的医护工作者，怀着满腔的抗日救国热情，从五湖四海辗转来到这里。他们的政治观点不同，宗教信仰不同，社会背景更有很大差异，但所有来到这里的人，在工作和生活条件极其艰苦的情况下，都毫无怨言地勤奋工作，为中华民族的解放事业贡献着自己的力量。

救护总队还先后接纳了近三十名外籍医生参加战地救护工作。这些来自德国、奥地利、波兰、罗马尼亚、保加利亚、苏联及英国的著名医生，在中国人民最艰难的日子里，不远万里，舍生取义，其国际主义精神可与白求恩、柯棣华同入史册。

保定护士学校的同学来到图云关后，便被安排在预备大队。在这里，母亲认识了担任护士长的徐美丽。据后来徐护士回忆："见到玉玺的第一眼，我就预感到她应该是子清的爱人。"

一九四〇年八月，在得知父亲踯躅重庆的消息后，昌黎汇文校友、燕京大学同学孙德亮来信，约父亲去贵阳避暑散心。抗战以来，孙德亮一直跟随杨扶青奔走于西南地区，此时任中国工业合作协会贵阳事务所主任。

八月的贵阳，比起重庆虽少了些燥热，但父亲郁闷的心情却一直难以解脱。一天，孙德亮及其同事约父亲一起夜游黔灵山，登及山巅，站在宏福寺前，父亲回想自己一年多来在大后方的坎坷经历，不禁百感交集："……三十功名尘与土，八千里路云和月，莫等闲，白了少年头，空悲切……"

夜空死寂,从宏福寺的庭院里,传来深沉的木鱼声……

初到贵阳时,父亲只答应孙德亮在此小住几天聊以修心。但一个人的出现,却让父亲在这座群山环抱的小城流连忘返,并从此影响了他一生的命运——父亲在这里结识了母亲。

在得知父亲抵黔后,一年来一直在图云关中国红十字会救护总队工作的徐美丽十分高兴。她当即和父亲约定,星期天,在贵阳一家北方人开的饭店款待父亲。电话里,徐护士略显神秘地对父亲说:"到时候,我还会带去一个人。"

"什么人?"父亲奇怪地问。

"你不认识。嘻嘻,到时候你就知道了。"

父亲预感到将要发生的事情。"唉!两袖清风,一事无成,子清今日如此模样,看来要在徐护士面前丢人了。"父亲烦躁地对孙德亮说。

星期天的上午,父亲跟孙德亮一起准时来到那家饭店,在楼上靠近窗前的一张桌子旁刚刚落座,便见徐护士与一位细高身材的姑娘走上楼梯。

"你爸当时穿了一件皱巴巴的白衬衫,一条灰色咔叽布短裤,人虽然还算顺眼,但胡子拉碴,显得十分落魄。"

父亲的变化,确实让徐护士大吃一惊:"怎么了?子清。怎么连胡子都不刮一刮?"

父亲苦笑地低着头:"不刮了,我嫌麻烦。"

徐护士面带愠色,她瞪了父亲一眼,话到嘴边却咽了回去。

"真的,头一回见面,你爸真没给我留下什么好印象。他一直心事重重地坐在那里抽烟,甚至扭过头去向窗外张望。幸亏有你孙伯伯在,大家才勉强把那顿饭吃完。"

走出饭店,徐美丽再也忍不住了,她突然转身盯住父亲冷冷地问:"吴老的那块怀表,还带在身上吗?"

父亲困惑地点了点头。

"这么失魂落魄的,我还以为你把它给丢了……"说完,徐护士挽起母亲,头也不回地走了。

父亲面红耳赤地站在那里,像一个做错事的孩子。

一个星期之后的一天,父亲突然独自造访图云关。

"那天刚吃完晚饭,有人就跑来对我说:'李玉玺,有一位先生正在院子里找你呢。'我一猜就是你爸,心里一时慌得要命,因为我真的还没想好，应该怎么应付这件事情。可推开宿舍门一看，你爸简直像换了一个人似的站在院子里。那天他穿了一件崭新的白府绸衬衫，一条烫得笔挺的雪白的长裤，戴了一顶亚麻编织的淡黄色的平顶礼帽。他见我出来后，竟然像老熟人一样迎了过来。'看报了吗？'他扬了扬手里拿着的一张报纸：'德国飞机越海轰炸伦敦了。'说着，他把报纸递给我：'晚上还有课吗？'我一时不知该说什么好。

'徐护士长知道你来吗？'我问他。

'不知道。'他摇了摇头：'我是专程过来看你的，现配的眼镜，现刮的胡子。'

这时我才注意到，他确实戴了一副新眼镜，那种当时最流行的金丝镜。你爸摘下眼镜有些不好意思地说：'要不是等这副眼镜，我前几天就来了。'

说话间，他语气突然变得很温暖：'德亮劝我，不要错过这次和你交往的机会……'

我生怕有人听见我们的谈话，赶紧答应和他出去走走。"

那天黄昏后，父亲和母亲沿着那条绿阴覆盖的山路，一直走到熄灯号响。一路上，二十多座苍劲浑古的石牌坊，在月光的辉映下，见证了他们的第一次约会。

一个半月之后，当父亲重新回到重庆时，刚从上海返渝的徐维廉发现，在父亲身上，已少了些少年的意气与张狂，多了些成年人的镇定与责任。

一九三七年十二月南京失陷之后，国民政府的核心机关曾一度撤到武汉。一九三八年十月武汉失守，中央政府不得不再迁"陪都"重庆，而湖北省直机关也从武汉迁至鄂西恩施。

恩施位于长江巫峡之南的崇山峻岭之间，为鄂西通往川湘两省的要冲。一九四〇年六月宜昌失守之后，为确保峡江防线及重庆的安全，蒋介石重新组建第六战区，遂派心腹陈诚为第六战区司令长官兼湖北省主席，其指挥中心即在恩施。

陈诚是国民政府中一位力求务实的军政官员，在其任内，他不仅有效地节制了第三、四、九战区，以确保重庆安全，同时，积极促进恩施及鄂西地区的地方建设。尤其重点利用武汉撤往恩施的学生资源，于西南各地网罗师资大兴教育。这不仅解决了大批流亡学生的升学就业问题，更为恩施乃至湖北培养和储备了大量人才。而为陈诚具体操办这件事的便是张伯谨先生。

张伯谨，名吉堂，河北行唐人。早年就学于燕京大学教育学系，之后在美国加州大学获教育学博士学位。回国后任中央政治委员会教育专门委员，国防最高委员会教育专门委员，湖北省教育厅厅长。

张伯谨到任后，先后在恩施创办了包括湖北省教育学院、湖北农学院、湖北省立医学院及湖北省立工学院在内的多所高等学府。同时，有计划地将从武汉撤下的三十多所省立中等教育学校，分别安排在施鹤八县。一时间，以恩施为中心的鄂西群山之中，大中小学星罗棋布，学者名流云集，其盛况在抗战最艰苦的岁月里堪称奇迹。

一九四〇年九月，在从贵阳返回重庆的当天晚上，徐维廉就安排父亲与张伯谨见面了。为加强湖北省教育厅的组织领导力量，张伯谨一直住在重庆，多方奔走，发现和物色各方人才。此次与父亲会面，大有相见恨晚之感。谈到兴奋之处，连一向苟于言谈的徐维廉都为之动容："伯谨兄所做的努力，于湖北乃至全国都是一件功不可没的好事情。子清当应随之前往，以助张厅长一臂之力。"

张伯谨是一个说话很随和的人："子清的情况，徐校长已和我谈过，很好。当然脾气也要改一改，不要因一些琐事耽误前程。好在你我徐校长都是河北老乡，所以今后更要互相担待，共赴宦海。"

听到"宦海"一词，父亲又有些沉不住气了："厅长，我去湖北只想教书育人，千万不要安排学生做教书之外的事情。一年多来，我深知自己的优劣长短，仕宦之途于我来说实在寸步难行。望张厅长见谅。"

张伯谨听罢大笑："维廉兄，看来子清的确让官场上的三老四少给吓坏了。只'宦海'二字，就让他联想到了惊涛骇浪。哈哈哈……"

谈话期间，父亲向两位前辈谈到了此去贵阳与母亲相恋之事，张伯谨甚是高兴，当即答应母亲去恩施后的工作由他负责安排。父亲听罢，深表谢意。分手时，徐维廉握住张伯谨的手感慨万分："子清一向忠诚笃实，办事执著认真。无奈随我多年却难有建树，如此下去，我实在担心误其前程。今晚见伯谨兄亲和豁达，湖北之事又轰轰烈烈，子清从此就跟你去了，望伯谨兄相机鞭策，鼎力提携。"

张伯谨爽然大笑："放心，放心……"

在回家的路上，徐维廉怅然地对父亲说："鄂西一带，冬天时有冻雪，还需多带些衣被，以备御寒。"父亲默然。

几天之后，父亲与新近招聘的封子虞、高其冰、李维新等人，与张伯谨一道登上了东去的江轮……

一九四〇年十一月，初到恩施的父亲与高其冰一起，被任命为湖北省教育厅督学。不久，教育厅通知父亲去省政府参加一个公教人员训导会议，会期三天。

在公教人员训导会议期间，省主席陈诚作了主旨发言。他谈到了地方干部的培养和国民党基层组织的建设问题。其间，他再三强调："政府公教人员说到底就是民众的公仆，民众养活了你，你就要率先垂范，事事想在民众的前面，做在民众的前面，走在民众的前面。"谈到这里，陈诚突然提高语调，郑重地向参加训导会的全体公教人员宣布："从今天起，在座的省直机关公教人员，皆为我党党员，我就是诸位加入中国国民党的入党介绍人。"大家全体起立，报以热烈的掌声。

抗战期间，国民党为扩大组织笼络人心，常用这种所谓集体入党的形式，突击发展党员。其间既不考虑被发展对象的实际政治信仰，也不考量对方的德才水平，致使党员成分鱼龙混杂，完全失去了作为一个执政党所必须遵守的最高原则。

但从此父亲的档案里就有了一个无法回避的事实，其"政治面貌"一栏不再是空白。一个更加严重的现实，让后来许多查阅过父亲档案的人面对"陈诚"二字，瞠目结舌。也让父亲在一个相当长的历史时期，即便浑身是嘴，也很难说清个中令人啼笑皆非的荒唐。

一九四一年四月，母亲在徐美丽的陪同下，搭乘救护总队重庆运输站运送药械的卡车，从贵阳抵达重庆。不久，父母便结婚了。从当时留下的照片上看，父亲那天穿了一套黑色的中山装，而母亲穿的那一件洒满白色芍药花的玫红色的短袖旗袍，一直保存到一九六六年深秋。当然，那件旗袍也好，那张婚礼照片也好，后来都注定被红卫兵毁掉了。这一切只能深藏在记忆中：照片上父母沉静的目光，旗袍上那淡淡的樟脑气息……

徐美丽抗战胜利后，一直在昌黎汇文中学工作。一九七六年在唐山大地震中不幸罹难，终年七十七岁。

一九四一年四月末的一天，雨雾迷蒙。在重庆朝天门码头，徐维廉夫妇、徐美丽、祁子晋、孙德亮等几位挚友打着雨伞，送新婚不久的父母登上东去的江船。同船前往湖北的,除了亲自来渝为父母证婚的张伯谨之外,还有刚从成都金陵大学招聘过来的留美农学博士管泽良及夫人歌唱家喻宜萱,以及喻宜萱的好友作曲家江定仙先生。

"在船上,我们很快就成了朋友。"母亲后来回忆说:"因为你爸一向关注乡村建设问题,而管先生又是一位很有思想的农业专家,我和喻宜萱、江定仙更有说不完的音乐话题,所以大家一见如故,无话不谈。"

江船驶过神女峰时,已是第二天的黄昏。母亲站在船尾,望着渐渐远去的一川烟雨,四年来颠沛流离的疲惫,像雾一样慢慢地消散了……

十一
云谲鄂西

二〇〇三年深秋，我曾有机会从重庆乘江轮去武汉。船过巫峡与西陵峡之间的神农溪附近时，在船行右侧落差很大的江岸上，现出一个不大的码头。层层石阶沿地势向上攀升，石阶左右，两部缆车从码头沿轨道直上，与衔接公路的一片狭窄的台地相连，台地之后盘错着一座宁静的小城。船上的广播告诉人们，这里便是巴东。

一九四一年四月，母亲随父亲一行从巴东上岸，登上一辆张伯谨事先安排好的省政府的卡车，开始沿公路在千山万壑间穿行。一路上，大批第六战区的战斗部队及车马辎重迎面而来，父亲告诉母亲，自一九四〇年六月宜昌失守之后，长江三峡已成为抵御日军进犯重庆的最后防线。母亲心里明白，这里离前线已经不远了。

张伯谨此去重庆是为两件事情，其一是亲自接管泽良夫妇去恩施，并任命管先生为湖北农学院院长，主持工作，喻宜萱受聘湖北省教育学院音乐系主任兼湖北农学院艺术指导。其二是以领导的身份出席父母的婚礼，以示重视，并广泛联谊徐维廉圈子里的人。父亲最初一心想请徐校长作证婚人，但徐维廉考虑再三，最终说服父亲主动请张伯谨证婚，张伯谨欣然答应。

回到恩施后，张伯谨即任命父亲为湖北省教育学院秘书兼总务主任，母亲为教育学院院医，新家即安置在城东南五峰山上湖北省教育学院附近的农舍里。之前，张伯谨已派人将那间房子打扫干净了。

父亲对张伯谨这次的人事安排有些失望。事前他曾多次表示希望到教育学院教学第一线任教，一则摆脱行政事务避免人事纠葛，二来以此积累教学经验，一俟抗战胜利，仍想回燕京大学教书。无奈张伯谨再三解释说，要把父亲这样可靠的人，安排在负责学校后勤财务的重要岗位上："学校目前正在扩建，钱财物资均需有人把握，让你在这个位置上是出于我对你的信任。至于战后的事情，我肯定回燕大替你周旋。好在抗战之前，我还在燕大教育学系做过兼课教授，他们不会不给我张伯谨这个面子。"张伯谨语气坚定地劝父亲。

五峰山位于山城东南清江的对岸，由五座山丘延绵而成。其山势虽然不高，但山巅上那座建于道光年间的古塔，却能让人环梯而上俯瞰全城，故常有闲人到此玩耍。母亲很喜欢这里，这里虽不及图云关山高林密，但登高远眺，见湍急的清江从城中蜿蜒流过，周围山峦叠翠、田畴斑斓，似一幅土家女人精心编织的土花被面，铺展在鄂西苍茫的群山之间。

父母被安排在一座连排的农舍里，土坯墙，黑瓦顶。由于当地人用惯了桐油灯照明，所以屋子里早被熏得乌黑。

抗战期间，恩施的生活十分清苦。武汉失守之后，由于湖北省政府西迁恩施，其家属、学校也随之迁来。原来不大的山城，一时间人满为患，物价飞涨，物资奇缺。面对这一严峻形势，陈诚先后制定了一系列有效的战时经济政策。其中，在湖北省银行的支持下，成立的平价物品供应处，掌管协调必要物资的生产流通与分配，有效地保障了市民的最低生活需求。

恩施是一座土家族、苗族等二十多个少数民族聚集的山城。来到这里不久，母亲便和喻宜萱相约，去响板溪逛了一回土家人的女儿会。

那是土家族一年一度男女相亲的盛大集市。这一天，土家族的姑娘们盛装结伴前往，每个人的手里都象征性地拿一件或刺绣或竹编的土产。小伙子们则清一色背个空背篓，在集市中穿睨。遇见看中的姑娘，小伙子便会凑上前去，对姑娘手中的土产讨价还价。姑娘如哄抬物价，小伙子便自知没趣讪讪离去。偶有姑娘相中了对方，那女子便会压低物价以示好感。之后两人即离开集市，消失在附近的树林里，树林里歌声四起，让人浮想联翩。

喻宜萱与管先生住在金子坝湖北农学院附近。喻宜萱每天要到五峰山教育学院上班，之间的十五里山路可谓艰难。所以上班后不久，张伯谨便用公款雇了一顶轿子早晚接送，喻宜萱这才既免除了劳顿之苦，又保障了人身安全。

抬轿子的两个鄂西汉子，均四十来岁。他们身材不高，肤色黝红，蓝布缠头，一身皂衣，显得十分剽悍。喻宜萱常笑着称他们为"保镖"。两位"保镖"自从知道喻先生身份之后，常在路上显示自己的山歌天赋。他们一前一后，一唱一和，坐在轿子里的喻宜萱悠哉游哉，好不惬意。

"正月里是新春那咿哟喂，妹娃儿去拜年那喂，金那银儿锁，银那银儿锁，阳雀叫哇抱着恩那哥哇，抱着恩那哥……"这是一首流传在恩施地区的《龙船调》，唱到这里时，前面的轿夫会大声喊道："……妹娃儿要过河，是哪个来推我嘛？"后面的轿夫立刻回应道："我就来推你嘛。"歌声再起："艄公你把船板那，妹娃儿你请上船，喔活喂呀佐，将妹娃儿推过河哟喂……"

湖北省教育学院设有数理、国文、英语、体育、音乐、乡村教育等八个科系。其中，乡村教育为四年制，培养乡村建设专门人才。当时，教育厅与教育学院合署办公，在厅长张伯谨的努力下，湖北省教育学院先后聘请国内不少知名学者教授，并很快跻身大后方教育战线之前列，张伯谨则成了战时教育界当之无愧的风云人物。

四十年代初期，湖北省教育学院的教学工作由院长陈友松先生主持。陈院长与张伯谨是留美时的同窗，他为人正直，苦心孤诣于教育事业，是一位德高望重的教育家。由于当时办学条件艰苦，教材奇缺。陈院长常于课余时间，坐在教室中间，选一位笔记较全的学生大声朗读，陈院长再认真加以归纳，抄在墙上供人核对。在他身体力行的推动下，学生学习热情高涨，学术氛围空前浓厚。

父亲接任总务主任期间，正是教育学院大兴土木圈地扩建的阶段。一天，一位负责校园扩建工程的工头跑来找到父亲，称一位老宅居民拒绝搬迁，父亲听罢立刻赶到工地，见那家老汉正情绪激动地坐在自家水井旁，见父亲来了，便操着一口浓烈的鄂西土语诉起苦来。

原来，这家老宅只住着他和老伴儿二人，老伴儿脚有残疾行动不便，老汉有严重哮喘，已无力应对日间劳作。老宅院子里有一口祖传的古井，用起水来还算方便。老汉声言只要把这口老井迁到新宅的房檐下，他立刻搬家，决不食言。

"刁民！"张伯谨还没听完父亲的汇报，便勃然大怒了："纯粹是敲诈！

你马上回去告诉他,明天晚饭之前,他若执意放赖,我派保安团将他强行押走!"

父亲有些为难:"厅长,据我后来了解,这家老汉身下有三女一男,唯一的儿子已于去年五月在宜昌战死……"

"少拿这个吓我!"张伯谨没等父亲说完,便愤然喊道:"抗战以来,国军战死的将士多了,若家属都这样胡搅蛮缠,今后的事情就不能再干下去了。你去告诉他,明晚之前如不搬走,我饶不了他。"

走出张伯谨办公室,父亲感到十分为难,老汉提出的迁井条件虽然荒唐,但这家人又确实有实际困难。况且,对烈士家属的态度一旦失控,势必造成不良的社会影响。思前想后,他决定自己做主,想些妥善解决的办法。

父亲再一次来到老汉家。

"我刚到现场看过了,在离你新宅不远的山坡上,有一口水井,我马上派人从那里用毛竹架一条水管,通到你家房前。行不?"父亲问老汉。

那老汉使劲地摇头:"不行,我走不到那口井去。"

"我每天派人到那口井边替你提水。行不?"

"不行,天长日久,我信不过你们。"老汉依旧摇头,嘴里衔着的水烟袋在噜噜地响。

父亲干脆坐下来,点了支烟,耐心地和那老汉谈到校园规划,谈到下一代的教育问题,谈到了抗战胜利后国家的发展。他把当年乡村建设的很多设想,都和老汉讲了。

"我没的娃子了,还教育个屁!"老汉嘴唇颤抖着,眼睛里闪着泪光。

那天晚上回家后,父亲一直很焦虑。

"你和他提到硬顶下去,张厅长会派保安团来收拾他吗?"母亲关切地问。

"没有,那样的话,我说不出口。"父亲感慨地说:"我对伤兵太了解了,更何况他儿子连尸骨都没留下,他再怎样过分,都可以理解。"

"但问题迟早是要解决的呀!"母亲也很着急。

第二天下班前,父亲被张伯谨叫到办公室:"你告诉那个湖北佬,晚饭前必须迁出去了吗?"

"没有,我觉得这样做不太合适。"父亲硬着头皮解释。

"子清啊子清,你说起话来一贯偏执,做起事来怎么如此感情用事呢?

难道你真要逼我让保安团下手吗？"

"张厅长，不能让保安团出面。一旦矛盾激化，对学校是不利的。"

"那好。"张伯谨遂发命令："让体育专修班的学生立刻到这里集合。我就不信，咱们对付不了他这个无赖。"

那天黄昏后，教育学院的部分学生与那老汉及其族人，发生了一场短兵相接的械斗。张伯谨最终不得已，还是找来保安团，平息了这场冲突。但不久，省政府就派下人来，指出学校处理此事欠妥，并责令学校追加了老汉家的拆迁费用。

拆迁事件让张伯谨很没面子，也让父亲与张伯谨之间因此产生了芥蒂。

一九四一年夏天，为迎接美国空军志愿队的到来，第六战区及湖北省政府开始在恩施扩建机场。一时间，川湘鄂边区十万民工会战恩施。经过一年多的人挖肩扛的努力，终于在北门外建成一条能起降 P—40 型作战飞机的航空跑道。是年八月，美国退役空军上尉陈纳德组建的空军志愿队在昆明成立，这便是后来在中国抗战中屡建奇功的"飞虎队"。

不久，"飞虎队"的战机开始频繁利用恩施机场，对日军实施空中打击，第六战区的御敌攻略开始从峡江防线扩展到南中国的半壁江山。

在恩施的日子里，父亲对管泽良先生所从事的事业产生了浓厚的兴趣。

这年秋天的一个周日，管先生让喻宜萱请父母和江定仙先生到他家做客。在金子坝他们那间简陋的居所，管先生用一桌丰盛的饭菜款待了客人。

"都是我们自己种的。"管先生颇有些得意地说："我向来主张农学院的学生要学行兼一，手脑并用。既要有科学的头脑，又要有农夫的身手。所以我们开荒种地，养猪喂鸡，既贴补了师生们的生活，又让学生实践了所学的知识，勤读力耕，利己达人嘛。哈哈哈……"

管先生还告诉父亲，农学院的师生已着手对恩施县全境进行农业普查，对一百户农家进行了社会调查。他们测绘了恩施、宣恩、建始等县的土壤分布图，采集了各种土壤标本，同时他们还收集了鄂西地区一百四十多种主要作物，调查了恩施地区的森林资源。

说到这里，喻宜萱插话："这些天来，他又盯上西流水的荒山荒地了。"

"我有一个想法。"管泽良兴奋地继续说："在西流水搞一个垦殖场，我估算过，只要天公作美，一年下来，起码能解决农学院全体师生的口粮问题。"

听着管泽良先生对农学院前景的展望，父亲心里仿佛打翻五味瓶一般。从昌黎汇文时起，父亲就痴心于乡村建设事业，在燕京大学苦读的专业也是乡村教育。但转眼人到中年了，当初所有的梦想，如今都化作泡影。半生的苦苦追求，却成了碌碌无为的空忙。在回家的路上，父亲始终一言不发，母亲不知何故，只能默默地跟在后面。

那天晚上，父亲只和母亲说了一句话："我真想和张厅长谈谈，我想调到农学院去，从头做起……"母亲没说话，她开始意识到，在父亲的心里，唯一不可撼动的便是改造农村的使命感。

在父母一生的心路历程中，母亲始终处于弱势。当然，这并不影响母亲心里那片属于自己的天地。在母亲的心灵空间里，没有高山飞瀑，没有雷电流云，一直充满着温暖的阳光，那里有碧草芳菲的原野，清澈见底的溪流，有一望无际成熟的麦田，有一群群驯服的羔羊，有教堂的尖顶，有唱诗班天籁般的歌声。我至今才真正读懂母亲的心，时常感到刻骨铭心的惭愧与怀念。

一九四一年十二月七日清晨，日本联合舰队成功偷袭了美军驻珍珠港基地的太平洋舰队。美日两国进入战争状态。

十二月八日，一队荷枪实弹的日本兵闯进通州潞河中学，他们将正在上早自习的学生们赶到操场，并宣布学校已被当局查封，全体师生必须立刻遣散离校，不服从者严惩不贷。

正在潞河中学念高一的叔叔，一时不知所措了。

"子洵，你往哪儿去？"一个叫娄钊昆的同学挤过来低声问叔叔。

叔叔摇了摇头："我想到南方找我哥去。"

"嘘！"娄钊昆急忙止住叔叔："先跟我回北平住几天再说。"他拉着叔叔："我家有地方住，快，赶紧捆行李去。"

当天下午，叔叔即随娄钊昆回到了北平。那一天，北平下了入冬以来的第一场雪。叔叔的心情和古城的街巷一样，一片苍凉。

当天晚上，叔叔便拿着地址，找到了东四五条姥姥家。

早在春天，叔叔就从父亲自恩施寄来的书信中，得知了父母结婚的消息，母亲随信还写了些叮嘱叔叔用功读书的话，同时将东四五条的地址告诉他了。母亲在信中说，如果叔叔遇到困难，可到东四五条找玉环姨帮忙。尽管如此，敲门的时候，叔叔仍有些惴惴不安。

"谁呀？这么晚了还敲门？"姥姥谨慎地将门打开。

叔叔赶忙迎上前来："我叫唐子洵，李玉玺是我嫂子。"

姥姥赶忙招呼着："哟，快进来。快，玉环！"她回头往屋里喊："子洵来了！"

玉环姨闪身从屋里出来："是子洵吗？我姐来信早就提到过你，本来还想去潞河看看你呢！"

叔叔心里一阵温暖。

交谈中，叔叔得知，就在这一天，北平所有的有美国背景的大中院校，全部遭到日本占领当局的查封。燕京大学校务长司徒雷登已被日本宪兵抓进监狱。

"我想上南方找我哥去。"当玉环姨问到叔叔今后的打算时，叔叔决然地说。

"你不要命了。"姥姥不屑地摇了摇头："那可不是去趟颐和园、八大处，那是湖北！要经过多少战口儿，你知道吗？"

"我绕道走。"叔叔想解释。

"绕？"姥姥把手一挥："黄河以南，天都打红了，你想从哪儿绕？除非你会地遁，有彻地鼠韩彰的本事。"

叔叔不再辩解了。

这一年的冬天，叔叔是在北平度过的。由于娄钊昆家里宽敞，父母又和善，所以叔叔便暂住他家，并时常与一些潞河中学的同学接触。这期间，叔叔也成了东四五条的常客。玉环姨长叔叔三岁，两人姐弟相称，无话不谈。

一九四二年三月，日本占领当局将潞河中学改名河北省立通县中学重新开课。但不久，同学之间就暗中盛传，原潞河校方将在西安复课。一时间，大家异常兴奋，纷纷秘密串联，准备南下。

当时，敌占区的青年学生想去大后方是很困难的。潞河中学的校长陈昌佑，经过反复研究和实地考察，暗中组织了一条经河南商丘取道安徽亳州、界首，再辗转入河南，经洛阳去西安的秘密交通线。为此，还在亳州设立了中转学校。一时间，许多不甘做亡国奴的潞河中学的学生，纷纷告别家乡父老挺身南下，越过烽火连天的前线，追寻故校继续求学。

抗战期间，沦陷区的大批学校南下西迁，成为世界战争史上一大罕见的民间壮举，彰显了中国读书人"君子不为苟存"的民族气节和爱国精神。

一九四二年初秋，在西安尊德女中附小的教室里，潞河中学终于重新复课了。当来自沦陷区的同学们，放声唱起"大刀向鬼子们的头上砍去"的时候，叔叔却被墙上的一张中国地图吸引了。他发现从西安一直朝南走，便是长江，过了长江，便是湖北恩施。叔叔万万没想到，三年来朝思暮想的哥哥，从地图上看已近在咫尺。

当天晚上，叔叔便偷偷溜出了学校。但从此，便与所有的亲友同学失去了联系。

父亲是从玉环姨的来信中，知道叔叔与几位同学一起南下了，之后便再没有了叔叔的消息。这期间，父亲曾设法与西安潞河中学取得联系，得到的消息是叔叔早已离开学校，去向不明。父亲心如刀绞，陷入深深的自责之中。

一九四二年底，第六战区司令长官陈诚，在省教育厅长张伯谨的陪同下，对教育学院进行了为期数天的调研活动。对于陈诚此次来校视察，张伯谨极其重视，他命父亲负责陈诚来校视察期间所有的接待工作。无论如何，对父亲一丝不苟的工作态度，张伯谨是绝对放心的。

一个阴暗的早晨，陈诚在副官和众多卫兵的簇拥下，由张伯谨陪同来到教育学院，在五峰山口，陈诚被高高耸立的一座石牌楼所吸引。但见十二个尺方颜体大字，镌刻在灰褐色的花岗石上。

"'养天地之正气，法古今之完人。'好！这是谁的墨宝？"陈诚问。

"写得不好，还望陈长官赐教。"面对这位蒋介石最器重的封疆大吏，陈院长显得有些拘谨。

在介绍教职员时，身材矮小的陈诚握着喻宜萱的手说："替我问候管院长，改天我去农学院看他。"喻宜萱笑着点点头："谢谢陈长官。"

"省厅督学、教育学院总务主任唐子清。"张伯谨向陈诚介绍父亲："燕京大学教育学系的留校生。"

陈诚紧握住父亲的手，目光冷峻地问："我先后拨给教育学院了多少钱？"

父亲脱口而出："省府今年拨款六十万法币，明年计划拨款三百万法币。"

陈诚点头对张伯谨："国难当头，百废待兴。鄂西穷乡僻壤，财政捉襟见肘。但尽管如此，吉堂兄所需教育经费，我陈诚从来尽力满足，不敢耽搁。"说着陈诚再次握住父亲的手："要用好这笔中华民族复兴的经费。拜托了。"

父亲心头一热，两眼倏地模糊了。

一九四三年正月初四，姐姐出生了。那一天，恩施下了一场快雪。黄昏时，从五峰山上向下望去，但见光风霁月，烟雪初停，躺在窗边的母亲虚弱地说："这闺女就叫唐桂雪吧。"

母亲知道，按唐氏家族辈分排序，我们这一代应该是"桂"字。但父亲却不然："两个字，就叫唐棣吧。"父亲认真地说。

唐棣，又称棠棣。是一种中国古代传说中的植物，素有兄弟情谊之喻。四十年代初，郭沫若先生创作的五幕话剧《棠棣之花》，在大后方上演时，曾引起过很大的轰动。故父亲为长女取名"唐棣"，实意为缅怀胞弟并铭记全民抗战的岁月。

冬去春来，油菜花开的时候，鄂西山地浓妆淡抹分外妖娆。每当黄昏时分，父亲经常独自站在五峰山上向远处眺望，遇到这种情况，母亲总会尽量让爱哭的姐姐安静下来。母亲知道，父亲的心一直在流泪。

恩施近郊山区常有土狼出没，人们谈到的土狼应该就是"豺"。棕红色的，体形比狼稍小，常以群袭的方式劫掠牲畜，甚至伤害乡人。

四月上旬的一天，吃罢晚饭后，母亲抱着姐姐坐在院子里休息。父亲点着艾草，在屋里熏蚊虫，四周静极了，只远处的密林里，偶尔传来几声土狼的号叫，令人不禁悚然。

隐约之间，母亲似乎听到了另一种声音，她仔细分辨着，姐姐却雷也似的大哭起来。"别哭，别哭。"母亲站起身来，用奶头堵上姐姐的嘴。终于，她听见从五峰山靠近清江的崖畔下，传来一声声模糊的呼喊："哦……哦……"

母亲有点害怕了："素心！素心！你快出来！"父亲不知出了什么事，他噌地从屋子里钻出来。

"你听——山下。"

"哥……哥……"

父亲仔细分辨着，他突然浑身一激灵："子洵来了！"

"子洵?!"母亲一时惊讶万分："快！快点上火把！"

父亲双手颤抖着将火把点燃："子洵！子洵！哥在这儿呐！子洵……"

133

他连滚带爬地消失在陡崖深处。

"他们哥俩儿是紧紧抱着爬上山崖的。你叔叔当时已经成了半傻子，他蓬头垢面，骨瘦如柴，浑身泥水，惨不忍睹。"多少年过去后，每当提起这件事情，母亲还是不忍多说。

至今，我也不太清楚叔叔自那一年初秋离开西安，直到第二年春天才找到恩施，这期间五个多月所经历的事情。我只知道叔叔离开西安潞河中学后不久，便被沿途设卡的宪兵以"偷逃延安"之嫌，抓到所谓的"青年训练营"（即集中营）里。但叔叔始终没向任何人讲过，他在那里所遭遇的磨难。几个月之后，当叔叔重新恢复自由时，好端端的一个少年，竟成了一个失魂落魄的傻子。我无法想象，就这样一个一路乞讨的傻子，叔叔是怎样爬过秦岭渡过汉江，又怎样翻过大巴山渡过了长江。

那一天，当历尽千难万险的叔叔找到恩施时，已是黄昏之后。他听不懂湖北人的土话，但他依稀认定，教育学院就在清江对岸的五峰山上。他不可能再等到明天的渡船，便纵身跃入了湍急的清江……

之后一段很长的时间里，叔叔一直神志模糊，他总是一个人躲在屋子的角落里，不敢见生人。睡梦中他常常会惊醒，嘴里不停地喊："饶了我吧，饶了我吧……"终于，在一个大雨滂沱的黄昏，他竟然一个人跑到房后，用水果刀刺穿了肚子。

叔叔疯了。

自叔叔精神失常后，母亲就一直陪伴在叔叔身边，她为叔叔治好了浑身的疥疮，治好了自戕的伤口，她为叔叔尽量多做些有油水的饭菜，并经常和他谈心。谈东四五条的玉环姨，谈潞河中学的同学们，谈香山的红叶，谈老家的长城。母亲同时提醒父亲，当着叔叔的面，千万不要对母亲甚至对姐姐流露出关心和疼爱："过去你身边就有子洵一个人，现在你身边又多了我们娘俩儿，千万别让子洵的心里感到失落，这样他会绝望，他还会自杀。"

在母亲无微不至的抚慰下，叔叔的意识逐渐清晰了。他成天抱着姐姐在院子里跑，他开始像孩子一样重新认识了这个世界，认识了这个让他一生敬重的嫂娘。

犹太人有一句谚语："上帝不能无处不在，因此它创造了母亲。"

在叔叔初到恩施的日子里，父亲在工作中也遇到了让他相当棘手的麻烦。当时教育学院正面临扩建，作为总务主任，父亲每天要核收大量的基建材料，查验财务部门的收支账目，并到现场监督施工。

一天，一个负责采购木材的人，拿一张验货单让父亲签字。父亲跑到货场，发现验货单上的那一批木材，根本就没有进来，父亲当即拒绝签字。不料第二天刚上班，张伯谨就派人把父亲叫到他的办公室。一进门，张伯谨就关心地问起叔叔的事来。

"听说子洵拿刀把肚子捅了，怎么搞的嘛？"

"不碍事了，幸亏他嫂子发现得早，血流了不少，好在没扎到要害之处，谢谢厅长还惦着。"父亲应酬着。

"唉，这笔账说到底还要算到日本人头上，战争一天不结束，百姓一天得不到安生啊。"张伯谨敷衍了些套话。说着，他将写字台上的一张单据推到父亲眼前："你先把这个单子签了，回头到食堂拿点腊肉去给子洵补补，我和伙头儿都关照了，你也别不好意思，都是河北老乡嘛。哈哈……"

父亲仔细看过，正是昨天那张没签的验货单，不禁有些紧张："厅长，这个验货单不能签。"

"为什么？"张伯谨双眉一挑。

"我昨天下午去现场看了，这批木料根本没到货。"

"这些下边的人呐，着什么急嘛。"他埋怨了几句，转而笑着对父亲说："不过，你还是先签了吧，眼看月底了，财务那边正催着下账呢。"

"厅长……"父亲刚要解释，见张伯谨将手一挥："听我说，这件事由我亲自去催他们，你只管签字，怎么样？"张伯谨盯着父亲问。

父亲的倔脾气上来了："厅长，学校扩建之初，你就交代过我，事必认真，不徇私情。我近来发现，基建材料在账目上出现许多问题……"

"什么问题？"张伯谨拧起眉头。

"验收单和实际到货不符。"父亲坦言。

张伯谨有些气急败坏了："子清，字可都是你签的，出了问题可要拿你是问。"

"正因为如此，我才不敢在这张单据上签字。"父亲正言。

"唐子清呀唐子清，徐维廉把你介绍给我的时候，可说了不少你的好话，没想到如今你给我添了这么多麻烦。看来，我是用错人了。"

父亲有些恼怒了："厅长，我会尽力查办，绝不姑息……"

"算了吧。"张伯谨突然板下脸来："你把这张单据签了，我可以既往不咎，你不要坏了昨天的事，又误了今天的事。听明白了吗？"

父亲终于明白了，他盯着张伯谨："假如我不签呢？"

张伯谨勃然："放肆！唐子清，你还想一错再错吗？"

父亲霍地拿起写字台上的电话，递向张伯谨："请厅长现在就给陈主席打电话，我唐子清顶天立地，寸步不离，听候处分！"

张伯谨被父亲的举动惊呆了，他慌忙抢过电话："坐，坐下，子清，坐下消消气，何必这样呢？当然，我刚才的态度也欠冷静，这不都是为了学校的工作嘛。"只见他面色苍白一头冷汗："不签就算了，算了，你回吧。"

父亲转身愤然离去。

陈诚主政湖北工作以来，素以严刑峻法对付贪污分子。几年之内，先后将宜昌城防兼警备司令蔡继伦、监利县长黄向荣、宜昌县长武长青、省粮政局恩施办事处主任陈国良等贪污官员法办，并处以极刑。一时间，湖北全省军政上下谈贪色变，大多官员不敢再越雷池一步了。

当天中午，父亲回家吃饭的时候，见叔叔正在院子里垒鸡窝。

"哥，张厅长派勤务兵给咱家拎来两瓶香油。"

父亲一听就火了，他冲进屋去对母亲喊："谁让你收的？！嘴就这么馋吗？"

母亲感到挺委屈："那勤务兵说，是张厅长的一片心意，让给子洵加点油水。"

"放屁！"父亲一屁股坐在那里："你记住，以后张伯谨哪怕送座金山来，也让他怎么拿来怎么拿回去。我唐子清穷得起，但死不起！"说罢，返身朝外走去。

下午，那个勤务兵悄悄溜到家里，十分为难地对母亲说："对不起，唐太太，厅长让我把那两瓶香油拿回去。"

母亲赶紧问："厅长生气了吧？"

"脸都气白了。"

没过几天，父亲被调离教育学院。临走的时候，在校门口遇到了等在那里的喻宜萱。

"我家先生和厅里不止一次地提到，想调唐先生去农学院协助工作，可……"喻宜萱无奈地摇了摇头。

父亲苦笑着："看来是子清与农学院缘分不到啊。"

父亲的新单位是正在筹建中的湖北省立工学院。两个月之后，父亲愤然辞职，携家离开了恩施。

船离巴东的时候，江上起雾了，面对雾中河滩上一队步履沉重的纤夫的身影，父亲双目凝视，长久无言。

抗战胜利后，喻宜萱随管泽良回武汉继续从事音乐教育工作。由江定仙编曲，喻宜萱首唱的《康定情歌》，成为华人世界代代传唱的民歌经典。二十世纪六十年代初，喻先生出任中央音乐学院副院长兼声乐系主任，成为现代中国声乐教育事业的奠基人之一。

一九六四年春节，姐姐唐棣与妹妹唐宛回北京探亲时，曾登门拜访过喻先生。当喻宜萱听说唐宛就读于沈阳音乐学院附中时，感慨地说："你母亲要是有你这样的学习机会，一定会成为一名优秀的女高音歌唱家。"

解放战争期间，张伯谨出任北平市副市长。一九四九年随国民政府撤退台湾，并先后出任台湾中央教育部次长、台湾驻日本国公使等职。

二〇〇四年，张伯谨的儿子美国加州大学教授张以涵先生，以其父的名义在故乡石家庄学院正定分院设立了张伯谨奖学金，旨在资助无力筹措学费的贫困学生完成学业。首届获得资助的大学生共八名，他们是马明明、张晓芝、王哲、于伟、陈存朝、焦静蕾、张鑫淼、王翠翠……

十二

雾锁嘉陵

　　退休前两年即二〇〇三年十一月，我曾去成都参加了第七届四川国际电视节。会期结束后，便独自一人，乘长途汽车沿成渝高速公路一路南下了。
　　这是我期待已久的一次旅程。时值中秋，车窗外高大的桉树，碧绿的芭蕉，果实累累的橘林和刚刚收获的红苕，似一幅展不尽的长轴画卷，将我引向我的出生地——重庆。
　　在人声喧嚣的重庆长途客运站的站前广场，当出租司机问我去哪里时，我试探着问："有一个叫牛角沱的地方吗？"
　　"有的，离上清寺不远嘛。"说话间，他已将汽车开进这座迷宫般的山城里。
　　我真没想到重庆如此恢宏。虽然其间还依稀能找到母亲曾经讲述过的黑瓦灰墙的老街，但从山谷间拔地而起的高楼大厦，早已填平了山城的条条沟壑。纵横交错的高架桥、快轨电车与无数跨越两江的索道桥梁，将这座西南著名的通衢大邑，紧密编织在长江与嘉陵江之间这片富饶的大地上，雄浑而厚重。
　　入夜，雷鸣电闪伴着滂沱大雨，将山城沉浸在一团诡异的昏暗里。宾馆的走廊上，传来服务员之间不安的对话："这天气是怎么搞的嘛，都立冬了，还有这样大的雷雨。"
　　我一个人默默地站在窗前，望着雨幕中嘉陵江对岸依稀的灯火，不禁潸然。因为我心里知道，是父母在天之灵知我寻到这里，知我依旧如此刻骨铭心地思念着他们。

前排徐维廉（右三）及杨扶青（右四）与昌黎汇文中学校友合影
（后排左一为祁子晋，左三为张仰山）

一九四三年三月底的一个黄昏,当父亲带着全家人从恩施回到重庆时,正赶上徐维廉当晚要为从桂林远道而来的杨扶青接风洗尘,所以舟车劳顿数日的一家人,稍稍喘了口气,便随徐校长去了位于沙坪坝的一家饭店。

"狼狈极了。"母亲后来回忆说:"一家四口儿蓬头垢面的,和逃难的流民差不多。徐校长刚把你姐抱过去,你姐就尿了校长一裤子,弄得老爷子哭笑不得。"

这是嘉陵江边一家较大的饭店。在饭店门口,父亲见到了分别四年的老友张师贤和他的夫人、美丽却面容憔悴的邓辰一。

燕大毕业后,张师贤即赴浙江省财政厅就职,并在那里与湖南湘乡女子邓辰一结为伉俪。随着战事迫近,不久,张师贤便携夫人退到桂林,在市政府农本局工作。其间,与正在桂林创办中华营造厂的杨扶青频繁接触。此次即随扶老一起调重庆中国工业合作协会工作。

抗战爆发后,杨扶青即投身大后方,为抗日救亡在西南一带奔波操劳。一九三八年,扶老与国际友人路易·艾黎及埃德加·斯诺夫妇结识,开始致力于中国工业合作协会的工作。工业合作社运动,是一个指导和组织失业工人及难民生产自救而兴起的一支独特的经济力量,曾为抗日救亡作出过重大贡献。日前,杨扶青应召从桂林来到重庆,出任中国工业合作协会副总干事,同时负责该协会下属培黎学校的校务工作。

席间,杨扶青对即将就任的培黎学校寄予很大的希望。

"职业教育!"杨扶青精神矍铄地望着徐维廉:"和当初咱们在昌黎汇文所设想的教学方向有很大的相似之处。那就是通过职业教育,让无业者有业,让有业者乐业。也就是说,职业教育不光教人以职业技能,还要教人以职业精神。"

杨扶青即将就任的培黎学校,是一所颇具规模的职业教育学校,学校附设机器厂、毛纺厂、造纸厂、瓷器厂、皮革厂等教学工厂。新中国成立后,培黎学校培养的专业技术工人,大多成为西南及东北地区一些重要企业的工程技术骨干。

徐维廉始终坐在那里倾听。父亲知道,校长此刻的心情很复杂。

南下以来,徐维廉一直为抗日救亡奔走呼号,但实因性格刚直孤傲,且不懂政治,几年下来,难成大业。而杨扶青却不同,扶老为人谦和刚柔相济,又能融会贯通广交朋友。抗战期间,他不仅善于与国民政府的大小官员上下周旋,又不畏与包括周恩来、董必武在内的中共高层广泛接触。

在他的身边，不仅团结了像黄炎培、李公朴、闻一多等一大批致力抗战的民主人士，还与许多国际友人保持密切的交往。除此之外，在资金上，杨扶青有自己较雄厚的资本储备。这比起两袖清风动辄需求外援的徐维廉来说，要踏实得多，也自主得多。

祁子晋拿着一本新出版的《残不废》杂志匆匆赶来。他见过父亲母亲之后，便低声请徐校长到走廊里议事去了。

稍后，徐校长回到房间向大家解释："云山去社会局了，杂志出了点问题，让人家揪辫子了。"

杨扶青撇了撇嘴："那些混账东西，成天无事生非制造摩擦，照此下去，早晚有一天得让人家揪下台。"

父亲第一次听扶老谈及政治，父亲很清楚，这里的"人家"指的就是共产党。

草草吃了几口饭之后，母亲一直抱着姐姐，与子淘叔叔坐在房间的角落里。姐姐动辄哭闹，让母亲感到很尴尬。

"来，仰山伯伯抱抱。"张师贤回过身去大声地说。

"不行，这孩子谁也不跟。"母亲赶忙笑着谢绝了。

张师贤站起身来迎了过去："丫头不哭，让仰山伯伯抱抱。"说着便从母亲怀里接过姐姐，姐姐竟然不哭了。她睁着一双大眼睛，惊奇地望着眼前这张通红的大脸，小手轻轻扬起，抓住了仰山伯伯鼻梁上的金丝边眼镜，大家都笑了。

张师贤抱着姐姐在屋子里踱了几步："不好意思。流离四年，烽烟万里。今与素心兄重逢陪都，即席口占一首七律，大家见笑了。"

夜幕四合的嘉陵江上，传来悠长的汽笛声。张师贤沉思片刻，便朗声脱口成诗一首：

> 襆被分程出故京，相期不负寸心盟。
> 四年我已成皮骨，一笑君还旧性情。
> 乍睹娇娃惊玉雪，却从阿母识聪明。
> 山城今夜闻春鸟，无复嘤鸣求友声。

"好！"众人一片赞许。姐姐在仰山伯伯的怀里竟然睡着了。

当晚离席的时候，张师贤、邓辰一便邀父母到他家寄住："挤一挤热闹嘛。"张师贤拍着叔叔的肩膀："这叫共赴国难,懂吗?"

叔叔点了点头。

七年之后,叔叔娶了张师贤的胞妹张淑云,但唐张两家的故事还远没有结束。

一九四三年,随着国民政府及华东地区工业企业的西迁,重庆的城市人口已暴增了四倍。随着清晨的到来,两江夹峙的这座山城,每天都沉浸在一片雷鸣般的喧嚣中。其中最为壮观的一道风景,便是成千上万由挑夫组成的苦力队伍。

重庆挑夫由来已久。由于地处群山之中,街道跌宕错落,靠一根竹棒两条麻绳帮人挑抬重物的营生日渐红火。这些被当地人称作"棒棒"的苦力,大多来自四川乡下。他们头缠一条白布,身着一件蓝衫,三五成群流散在码头、车站、市场及高高的台阶下,如乞丐一样追逐行人讨要生意。每每目睹其状,父母无不为之悲悯。

六十年过去了。今天,当我走出宾馆时,仍惊讶地看到,为数众多的"棒棒军"依旧活跃在山城的市井坊间。宾馆服务生告诉我,"棒棒"不仅吃苦耐劳,更诚实可靠,无论客人托付什么东西,只要交给他们,价钱再低也绝对放心,极少发生物品损坏和丢失的事情。

从宾馆门前,我搭了一辆出租车去董家溪。

出租司机问我:"去董家溪哪里?"

我张了张嘴:"先走吧,到那里再说。"

出租司机困惑地望了我一眼:"是第一回来重庆吧?"

我点了点头。

出租车风驰电掣地驶过嘉陵江大桥后不久,司机便说:"这一片就是董家溪了,你还要往哪里走?"

我迟疑了。眼前的董家溪已失去了我想象中的所有痕迹:一人多高的拔茅草,一片盘根错节的苦竹林,狭窄的台阶,几间破旧的茅草房。一切早已不复存在了。

但既然那片荒芜的土地归了保育院,如今,便仍有继续归属教育单位使用的可能。

"董家溪有学校吗?"我问。

"有,渝州大学嘛。"司机脱口而出。

"去渝州大学。"我从来相信自己的判断。

那是一个星期天。学校的大门口停着几辆大巴士,一些教职员工正在蹬车,看样子是准备去郊游。

"劳驾,打听一下,渝州大学的前身是不是与一个战时保育院有关系?"尽管我找了一位当中最年长的教师,但我心里很清楚,他也不可能知道那些遥远的往事。

我开始失望了,我真希望父亲此刻能从校园的一个角落里探出身来:"傻小子,我在这儿呢。"

走出校门后,我慢慢沿着高高的院墙向北走去。深秋的阳光洒在肩上,让人感到一阵温暖。忽然,在道路的右侧,我看到了母亲曾经说过的那条狭窄的磨得发亮的青石台阶,我看到了台阶两侧护拥着黑瓦灰墙的陈旧建筑,我看到了一群坐在树阴下摆龙门阵的老人们。

"保育院?就在渝州大学里嘛。"一位干瘦的老人将手一挥:"你可晓得,那保育院可是中央直属第十一分院哩。"

我问那老人高寿了,老人将食指一弯:"九十了。哈哈哈!"

一九四三年春末,经徐维廉推荐,应中国战时儿童保育会之聘,从恩施返回重庆的父亲,在嘉陵江北岸的一片拔茅草丛里,开始营建中国战时儿童保育会总会直属第十一保育院。那一年,父亲三十三岁。

抗战爆发以来,中国人民遭受了几千年来最为惨烈的种族屠戮。仅据一九三八年六月上海文化界国际宣传委员会公布的一项统计表明,开战一年以来,日军对中国十六个省二百五十七座城市,实施了两千四百七十二次狂轰滥炸。而随之发生的南京屠城、黄河决堤、长沙大火等震惊中外的战争悲剧,更让中华民族付出了空前惨痛的代价。一九三八年九月,《大公报》惊呼:"中国七千万儿童在十个月内被日寇直接杀害的在十万人以上,被掳掠的达十五万人以上,流离失所的在四十万人以上。"著名教育家陶行知先生对此曾做过估计,他说在全国,需要保育的儿童竟达两千万人以上!拯救难童成了中华民族于危难之中急需解决的一个十分紧迫的问题。

一九三八年三月十日,经过三个多月的酝酿筹备,一个全国性的抗日救亡团体在武汉正式诞生了。在庆祝中国战时儿童保育会成立典礼上,宋美龄发表了"谨为难童请命"的演说。不久,孙中山先生的遗孀宋庆龄女士更明确地指出:"我们已发现了一座桥梁,可以沟通环境、种族、宗教和

作者在励新建设学园旧址与渝州大学学生合影（二〇〇三年）

政党之间的分歧，这座桥梁就是儿童——我们的儿童。"

中国战时儿童保育会成立后，一批将生死置之度外的杰出女性，便在保育委员会主任曹孟君的带领下，深入炮火连天的台儿庄战区，展开了一场惊天地泣鬼神的救孤行动。不久，由保育委员会副主任唐国桢和宣传委员会委员徐镜平率领的另一支前线抢救队，也深入豫北战区搜救难童。随着战事的推进，在继续于战区抢救难童的同时，保育总会又指挥几万名无家可归的孩子，开始了举世无双的难童大迁徙。同时，相继在重庆及川桂湘粤黔赣浙闽香港及陕甘宁边区，建立了长期收容难童的保育院。其中直属第十一保育分院就坐落在今天渝州大学的校园里。

再次走进渝州大学时，我的心情已经与方才截然不同了。穿过宽阔的校区，在一座题为"史迪威图书馆"幽静的后院里，我靠近一个石桌坐了下来。

周围一片浓绿，唯石墙上攀附的一种叫不出名的藤蔓已略显金黄。三三两两的学子，坐在阳光或树阴下安静地读书，无数秋虫组成的和声，让人听起来如此缠绵。我长久地坐在那里，仿佛在等待着与什么人会面。

许久，一个操着西北口音的小伙子，很有礼貌地凑了过来："老先生，您是在这里等什么人吧？"他望着我，眼睛里充满了好奇。

"不。"我摇了摇头："我是沿着前辈的足迹寻到这里来的，我只想在这里歇一歇。"

直到这时，我才豁然意识到，水绕山环不远万里，我今天终于来到这里的目的，其实只是为了坐下歇一歇。

之后，我和那小伙子谈到了这里曾经创办的战时儿童保育院，谈到了直属第十一分院的院长唐子清先生。

"我能和您照一张相吗？"那小伙子显然被我刚才讲的故事感染了："还有，还有我的女朋友。"他指了指一直坐在邻桌聆听我们谈话的女孩子。我微笑着点了点头，思绪却早已行走在六十年前这片紫褐色的土地上了。

一九四三年暮春的一天，父亲与战时儿童保育会总会研训科科长田贵銮女士一起，从临江门码头乘木船北渡嘉陵江，在刘家台渡口登岸后不久，便听到从一片没人高的拔茅草后，传来了孩子们的歌声。

我们离开了爸爸，我们离开了妈妈。
　　我们失掉了土地，我们失掉了老家，
　　我们的大敌人
　　就是日本帝国主义和它的军阀。
　　我们要打倒它！要打倒它！
　　打倒它！才可以回老家。
　　打倒它！才可以看见爸爸妈妈。
　　打倒它！才可以建立新中华！

　　循着歌声，父亲随田贵銮女士一起，走进了第十一分院简陋的校园。
　　一九四二年，保育总会将所属保育院男女保育生分院之后，直十一分院定为男童院，同时总会计划将重庆地区各保育院中的大龄男孩集中在这里，一则便于管理，二则着意探索大龄保育生的出路问题。
　　当父亲面对一张张尚未成熟的男孩子们的脸，问他们长大后打算做什么的时候，男孩子们几乎异口同声地喊道："当兵去！打鬼子！"父亲心里顿时一热。
　　田贵銮女士走后，父亲的思绪开始飞快地跃动起来。他想到了徐维廉对昌黎汇文中学的教改设想，想到了晏阳初的平教会在定县实验区的成功实践，想到了管泽良生机勃勃的湖北农学院，想到了杨扶青目前正致力探索的培黎学校的办学道路。一个崭新的直十一分院的教改办学方向，逐渐明晰地呈现在父亲面前。他一连几天与部分教员及保育生交谈，并逐步完善了自己的设想。
　　一个多月之后，保育总会总干事长熊芷女士，在她的办公室里接见了父亲。
　　"你就是直十一分院的唐子清？"熊芷面无表情地问父亲。
　　"是。"父亲感到有些森然。
　　"很好。"熊芷将身子往后一靠："你提出的改造直十一分院的计划我看了，很有些创造性，不愧是燕京大学教育学系的高才生。"
　　父亲不好意思地笑了："毕业多年了，始终没有机会更好地报效国家，十分惭愧。"
　　熊芷与父亲兴奋地讨论了许多教学改革的细节。告辞的时候，熊芷像无意间突然问父亲："唐院长是共产党员吗？"

父亲一下子愣了，他突然感到了紧张："不——是。"

"这就好。"熊芷似乎很在意："直十一分院的孩子们年龄一天天大了，社会上的事情逐渐将会影响他们，唐院长要时刻警惕共产党对保育院的渗透，抵制异党的蛊惑与赤色宣传。抗战期间，虽然大家都在谈国共合作，但一旦抗战胜利，国共之间仍会存在很大变数。"熊芷将父亲一直送到门口："当然，刚才我说的这些话，只是个人之见，实望唐院长好自为之。"

走出熊芷的办公室，父亲觉得有些莫名其妙的沮丧。当然，以中国人的人情世故而言，父亲原本真可以在寒暄的时候，和熊芷谈到她父亲熊希龄先生，进而谈到熊院长对叔叔的帮助，对熊先生于六年前驾鹤西去深表缅怀等。但父亲永远不会这样做，因为父亲和徐维廉一样，不懂政治。

在接下来的日子里，父亲一直为保育院的拓展计划四处奔波，很少回家。此间，母亲与辰一阿姨相处的十分投缘。辰一阿姨虽体弱多病却乐观率直，说起话来语速很快，做起事来却慢条斯理。辰一阿姨信奉佛教，常与母亲讨论佛教与基督教之间的差异，结论无非皆与人为善无可厚非。母亲一直托人为叔叔继续高中学业想方设法，无奈叔叔执意要参加工作，上学的事便拖了下来。

每天吃晚饭的时候，是两家人最快乐的时候，也是仰山伯伯口若悬河的时候。他会从一碗清炒辣子谈起，谈到日军在常德施放毒气，谈到印第安人见血封喉的克敌技巧，谈到新近出版的米切尔的长篇小说《飘》，谈到京剧名伶程砚秋在北平被日军逮捕，谈到北平市民开始配给"混合面"苦不堪言，谈到共产党正在陕北开展的大生产运动，谈到国军李仙洲部进攻八路军冀鲁豫根据地，谈到中缅印战区美军司令史迪威将军建议美国总统军援中共，改组国民党，谈到缅甸少女用铜项圈压长脖子的陋习，谈到中国的三寸金莲和日本的男女混浴……一顿饭下来，大家都有饕餮大餐之感，至于吃了什么，已可忽略不计了。

八月二十三日，重庆经历了抗战以来的最后一次空袭。这一次，敌机共投弹一百五十一枚，然而，经历五年半战火锤炼的陪都百姓，早已习惯并能泰然应对了。许多防空洞的门边都贴着这样的对联："见机而作，入土为安。"其"机"指飞机也，"入土"即钻防空洞。字里行间透着四川人的幽默机敏与坚韧。

空袭警报解除后，在回家的路上，辰一阿姨突然大口大口地吐起血来，这让母亲万分惊恐。她立刻截了一辆人力车，和叔叔一起将辰一阿姨送进医院。诊断结果让所有人都倒吸了一口凉气，辰一阿姨的肺结核已是晚期了。

为了避免传染，第二天，父亲便在牛角沱附近租了间房子。这里离上清寺仰山伯伯家不远，父亲说这样彼此好有个照应。

牛角沱新租的房子，在一处湖南茶商的百年老宅里。四面跨游廊的两层小楼，围合成一片潮湿的天井。十六七户从外省流亡到此的公教人员及其家属，每天东甜西酸南腔北调地搅在一起，挤并快乐着。

从搬进来的那天起，母亲就和楼下一家来自保定的中年夫妇认识了。那家先生姓张，在《扫荡报》当编辑，太太姓刘，在保定时曾当过小学教员。夫妻两人都是天主教徒，但母亲与他们交流起来并无障碍。张家夫妇结婚多年至今没有孩子，因此，张太太特别喜欢姐姐，成天"妞子，妞子"地亲个没够。

经过一夏天的努力，从教改论证到筹集捐款，从征地拓荒到新建校舍工房，及至一九四三年初秋，一座占地由原先的四点一五亩拓展至八十六亩的新型职业培训学校已见雏形。这期间，母亲也几乎天天抱着姐姐随父亲一起渡江到董家溪去。在她的努力下，在一处破败的农舍里，母亲替孩子们办起了简陋的校医室。她帮助孩子们消除了虱子、疥癣两大顽疾，她还经常到宿舍里探望那些生病的孩子，时间长了，孩子们都亲切地叫她"唐妈妈"。

由于长时间处于营养不良状态，和其他保育院一样，直属第十一保育院的许多保育生都患上了夜盲症。每天黄昏时分，随着天色渐暗，校园里变得一团死寂，看着这些孩子常常相互搀扶着去厕所，母亲看着心疼却无能为力。

这一年冬天，母亲听楼下的张太太说，她保定的一个亲戚在磁器口的一家烤鸭店杀鸭，便托张太太帮忙，先后搞了许多鸭肝。与此同时，父亲请徐维廉从美国教会援华会那里搞来不少红颜色的维他命药丸。一九四四年春天，当董家溪的孩子们用汗水将一片拔毛草地改造成一个初见规模的保育院校园时，即便在夜晚，坐在操场上的孩子们，也能清晰地望见嘉陵江对岸的万家灯火了。

一天傍晚，当几个孩子送父亲来到嘉陵江渡口的时候，一个稍大些的湖南籍男孩轻轻地问父亲："唐院长，您是共产党吗？"父亲感到十分意外："你说呢？"那男孩狡黠地笑了："像……"

望着落日如金的一江春水，父亲心潮起伏，久久无言。

不久，在听取了徐维廉、杨扶青的建议之后，父亲向保育总会提出，将直属十一分院改名为励新建设学园，并得到总会的同意。之所以叫"励新"，是因为当年在昌黎汇文中学毕业时，同学们曾相约今后无论走到哪里，都要以"新"字当头激励自己。父亲以"励新建设学园"当做半生追求终成的正果，并以此兑现了十一年前自己的诺言。

励新建设学园是一所以半工半读形式实行职业技术培训的教育机构。鉴于当时的办学条件，改组后，学校分农业、建筑及事务管理三个专业。教材在专业教材的基础上，结合自身条件自编自选成两大系列。父亲自建校之初，便明示自己的办学宗旨，即"认识社会，改造社会，了解自然，征服自然"。他勉励学生要"以民众的资格来做学生，以学生的态度去做民众"。在教学中，父亲一直强调要着力培养学生"造变成正"的思维能力，即造物、变物、成事、正事。训练学生的"六能"技巧，即能想、能做、能说、能写、能能、能合。

为补充学校教学经费，改善学生及教职员工生活条件，父亲号召全校师生开荒种地养猪喂鸡，并明确提出"自力更生，丰衣足食"的行动口号，以激励全体师生殚精竭虑共克时艰。

父亲不懂政治。

一九四四年二月姐姐断奶后，母亲即应聘到中国战时服务委员会两路镇新兵服务站做医护工作，姐姐就请张太太照料。父亲曾几次劝母亲不必如此操劳，母亲却执意上班不做家庭妇女。在这个问题上，父亲始终拗不过母亲。

一九四四年初夏，时任国民政府军事委员会副委员长的冯玉祥将军，托夫人李德全女士给励新建设学园写了一幅"好善乐施"的中堂。不久，孔子第七十七世嫡孙衍圣公孔德成先生，在视察励新建设学园之后欣然命笔："山河龙战能无痛，风雨鸡鸣要有人。"

孔德成的对联是用小篆完成的，因其恰值风华正茂、血气方刚之季，故笔锋遒劲一气呵成。从我记事时起，这副对联就一直挂在家里，无论是北平的江擦胡同二十九号还是大连的清爽街二号。

一九六六年九月，红卫兵第一次来我家抄家时，这副对联连同许多最珍贵的家庭档案一起被劫掠了，包括当年励新建设学园留下的教改方案及所有的自编教材。父亲一直十分珍惜这段历史，因为从接手直属第十一保育分院起，父亲就已意识到，自己终于找到了可以为之奋斗终生的事业。他曾对母亲认真地说："即便抗战胜利了，我们也大可不必回北平了，就在励新建设学园，就在嘉陵江畔，我们足可以成就一番大事业。你说呢？"

母亲沉思后说："就随你吧。"

父亲深感欣慰。

自"八·二三"空袭后，辰一阿姨一直在病中。母亲经常去看她，只是不再抱姐姐去了。

病中的辰一阿姨十分思念远在湖南的父母，思念与自己分别多年的妹妹珍一。

"湘乡有个石碑寺，就在城关附近。那大殿里有一座好高的千手观音，慈眉善目的。每次和妹妹去那里，我都要上一炷香，静静地站一个时辰……"

说到这里，辰一阿姨疲惫地闭上眼睛，母亲望着她苍白的脸，慈眉善目得像一尊观音。

转过年来春分刚过，辰一阿姨就去世了。临死前，仰山伯伯哭着答应她，抗战胜利后，一定将她的骨殖带回湖南老家去。辰一阿姨听罢，舒了最后长长的一口气……

一九四四年十二月二日，贵州独山失守，重庆背后顿伏杀机。一时间市井惶然，人心不稳，自抗战以来国人一直坚定的必胜信念，在大后方开始动摇了。中国人民的这场民族解放战争，在经历近八年的浴血苦战之后，进入了黎明前的黑暗时期。

就在父亲为励新建设学园日夜操劳，学校各方工作蒸蒸日上的时候，一九四五年三月的一天下午，保育会总干事熊芷陪一位叫杜宾·思克的美国慈善家访问了励新建设学园。杜宾·思克耐心倾听了父亲对学校的介绍，并不时提出问题请父亲解答。熊芷则站在一旁保持缄默。

视察结束后，熊芷通知父亲明天到她那里，有些事情需要商量。之后便与杜宾·思克回去了。

第二天，在熊芷的办公室，父亲听到了保育总会一个让他无论如何难以接受的决定，励新建设学园将接受杜宾·思克的捐助，同时易名思克职业学校，由杜宾·思克任校长，父亲从即日起被保育总会解聘了。

父亲没有做任何争辩。在他毅然离开熊芷办公室的时候，熊芷却从背后叫住了他。

"唐先生，你知不知道，'自力更生，丰衣足食'是延安中共提出的口号？"

"知道!!"父亲将门一摔，愤然离去。

萧墙起衅，功败垂成。接下来的几天里，父亲一直将自己关在家里发脾气摔东西，人像疯了一样难以自持，母亲和叔叔无法劝解。直到有一天徐维廉和祁子晋闻讯赶来，父亲才失声痛哭一场，恢复了常态。

"我早料到会是这个结果。"徐维廉无不惋惜地说："他们是一群政客，他们根本没有把中国人的教育问题切切实实地放在心底。这正是一个国家的悲哀，一个民族的悲哀。"

父亲失业了。家里立刻拮据起来，父亲几次让叔叔拿着写好的借条，去仰山伯伯那里借钱，叔叔感到自尊心受到很大的伤害。

此间，仰山伯伯也因辰一阿姨的去世，一直借酒浇愁放浪形骸。

> 大雾沉霾惨不收，徒从釜底望星楼。
> 杯停幸有山灵动，蜡尽犹防野鼠偷。
> 是处沙场闻鬼泣，周遭丘壑许仙游。
> 清溪碧海成孤往，虎跳龙拿正未休。

在仰山伯伯的诗存里，这一时期的同类诗作有许多。字里行间透着苦闷、孤独与悲凉。

为了养家糊口，失业后的父亲经徐维廉介绍，在重庆荣誉军人生产事业委员会谋到一个闲职。这是一个与基督教会及"伤兵之友"运动有人事经费关联的社会团体，但大多员工作风懒散，整日无所事事，父亲苦恼之极，家里的气氛也沉闷极了。这时，谁也没有注意过叔叔，只是每天晚饭坐在一起时，母亲偶尔问些冷热而已。

一天黄昏后，一家人正要吃晚饭，仰山伯伯拎着瓶泸州大曲上楼了

"我一猜就能赶上饭口。嫂子，这儿有块东坡肉，切了下酒。"说着，又从随手带来的篮子里掏出几只松花蛋，一包涪陵榨菜："子洵，拿几个盘子来，大哥今天和你们打平伙。"

叔叔高兴地忙活起来。

五月的重庆，天气已闷成蒸笼。几杯白酒下肚，仰山伯伯便把衬衫一

脱打起了赤膊，父亲随之仿效，唯叔叔仍着一件蓝衫，尽管后背已浸透了汗水。

"子洵呀，那件衣裳是租来的吧？"仰山伯伯问。

怀有身孕的母亲也在一旁："脱了吧，子洵，那衣裳也该洗洗了。"

叔叔嘿嘿一笑："不热，我怕蚊子。"

这一回，仰山伯伯在意了，他将手中的酒杯放在桌上，笑容从脸上消失了："子洵，告诉大哥，今天下午你在临江门码头忙活什么呢？"

叔叔一愣，父亲与母亲也抬头盯住叔叔。

"我，我没去临江门码头。"叔叔显然在撒谎。

"怎么回事？"父亲望着仰山伯伯："子洵他？……"

仰山伯伯站起身来走到叔叔背后，他用双手按了按叔叔的肩膀，叔叔哎呀一声："别碰……"

仰山伯伯叹了口气："子洵呀子洵，虽然你已长大成人，可当挑夫做棒棒，对你来说，实在太勉为其难了。"

"什么？！"父母大骇："子洵，你……"

母亲一把扯开叔叔的衣襟，只见叔叔原本瘦弱的双肩已红肿不堪。

"子洵……"父亲低吟一声，身体顺势从凳子上滑落下来，扑通一声跪在了地上："哥对不起你呀……"

"哥……"叔叔抢着跪在父亲面前，兄弟二人泪如雨下。

"我知道家里困难，可待在家里帮不上忙，当棒棒是为了挣点钱，好给我嫂子多买些鸡蛋……"

站在一旁的母亲痛哭失声。

十三天之后，一九四五年五月二十二日。黎明时分，从牛角沱那座湖南茶商的百年老宅里，传出一阵婴儿的啼哭，一个新的生命来到了人间。

当助产士将这个男婴洗净并包裹好，放在母亲怀里的时候，母亲喃喃地说："不知这孩子一生中又将经历些什么事情。愿主保佑这个多灾多难的国家，保佑我们的孩子吧。"

"阿门……"一直帮助产士在一旁忙碌的张太太低声应道。

那个接受母亲祝福的男婴，就是我。

希特勒的第三帝国覆灭之后，全世界的目光都集中在了亚洲，集中在负隅顽抗的日本法西斯身上。人们坚信结束这场战争已指日可待，重庆的街头巷尾甚至打出了迎接抗战胜利的巨幅标语，饱受八年战火摧残的中国人，无不喜形于色精神焕然。

八月里的一天，吃罢晚饭后，父亲冒雨赶到徐维廉寄居的广州酒家。师生二人，从抗战胜利后昌黎汇文中学的未来谈起，谈到了多年不曾提及的"大昌汇运动"，谈到了半工半读的职业教育，谈到了冀东地区的乡村建设远景。

凌晨时分，父亲才回到家中。他看见躺在床上的母亲还没有睡，正拿着一把蒲扇轻轻地为我和姐姐扇凉。姐姐右手的拇指裹在嘴里，那小嘴不时嗫两下，让人忍俊不禁。

父亲轻轻躺下，母亲回手将灯关了。黑暗中，她听见父亲精神盎然地说了一句："天快亮了。"

此刻，在南太平洋提尼安岛美军空军基地，先后有三架B-29重型轰炸机从珊瑚跑道上相继起飞，向日本列岛飞去。八点十五分，日本广岛被原子弹瞬间夷为平地……

二〇〇四年七月，应日本金泽电视台邀请，我随大连电视台新闻采访组第二次访问日本。

金泽是本州中部地区一座濒临日本海的幽静小城，同时也是一座建城四百年来从未遭受过战争戕害的城市。

采访组抵达金泽的当天晚上，金泽电视台台长北实先生在浅野川河畔一家典型的日本餐馆里，设宴款待了我们。北实先生是一位性格爽朗的日本老人。他告诉我们，金泽人永远不能忘记，第二次世界大战结束之前，是中国的建筑学家梁思成教授向美国政府呼吁，尽量保护包括京都、奈良、金泽在内的日本历史文化名城，金泽才免遭美国飞机的狂轰滥炸。

席间，北实先生可能见我已两鬓霜染，便问我："唐先生今年高寿了？"

"五十九岁，我是一九四五年出生的。"我说。

"哈哈。"北实先生晃着脑袋："咱们同岁。我也是一九四五年生人。"他饶有兴趣地问我："唐先生是几月生的？"

"五月二十二日。"我想搞清楚，我和他到底谁比谁大："北实先生呢？"

北实先生突然耸了耸肩又摇了摇头，他有些为难地避开众人向我凑来，用右手食指在左手掌上写下"八·十五"。

我会心地笑了。

一九四五年八月十五日下午，当人们从收音机里得知日本政府宣布无条件投降的消息后，整个山城沸腾了。许多上班的公教人员都提前赶回了家，牛角沱小楼上下，人们喜极成悲酣畅淋漓。

　　仰山伯伯很快就赶过来了："我攒了好几年了，就等这一天呢。"说话间，他从篮子里拎出一挂长鞭："子洵，点着！"

　　鞭炮从天井一直炸响到二楼，鞭炮声中，仰山伯伯仰天长啸："剑外忽传收蓟北，初闻涕泪满衣衫。却看妻子愁何在，漫卷诗书喜欲狂……辰一呀，跟我回家吧！抗战胜利啦……"趴在楼栏边，仰山伯伯放声痛哭……

　　入夜，父亲站在后窗前，凝望着嘉陵江北岸董家溪方向腾空而起的焰火，眼睛里闪着晶莹的泪光。

　　抗战胜利后，思克职业学校易名重庆市立思克农业职业学校。一九五八年更名四川省重庆农业机械化学校。二〇〇二年与绵阳教育学院合并，组建四川职业技术学院。校址迁至遂宁，成为一所国家级重点中等专科学校。

　　二〇〇三年岁末，一次偶然的机会，我得知孔德成先生依然健在。大陆解放后，先生去了台湾。曾经任台湾考试院院长，总统府资政等公职，目前在台湾大学颐养天年。

　　"能在互联网上与孔公联系吗？"我问儿子。

　　"没有他的网址。但不妨可以通过台湾大学中文系，让他们帮忙联系一下。"儿子说。

　　很快，儿子便与台湾大学中文系系主任叶国良先生联系上了，同时希望叶先生能转达我对孔公的问候。

　　不久，叶先生发来了E-mail，他说，他已向孔公转达了我的问候，无奈孔公年事已高，坦言对于六十年前的往事已记不清了。

　　当天晚上，我给孔公写了封长信，信中谈到了许多我所知道的重庆往事，我希望能够激起这位耄耋老人的记忆，让他从历史的长河中找到父亲那片远去的帆影。

　　春节假期结束后第一天上班，儿子就从电视台收发室取回一件来自台北的特快专递，我激动地打开后，一副长长的对联赫然呈现在眼前。

　　　　山河龙战能无痛，风雨鸡鸣要有人。

唐子清先生抗戰時毅起傷兵之家活人無算復去重慶組織勵志榮譽收養難童凡職業技術烽火弦歌仁人禮哀曾奉題詩誌之欽慕慶亂以來罕見矣今蒙福書並附記其始末以應

山河龍戰蒼黎痛

風雨雞鳴樹喬人

唐常世諱遠道寄書之諾 癸未冬 孔德成

孔德诚先生远道寄书（二〇〇四年）

对联侧题:"唐子清先生,抗战时发起伤兵之家(友),活人无算。复在重庆组织励新学园,收养难童,教以职业技术。烽火弦歌,仁人襟裹,曾奉题兹语,以志钦慕。丧乱以来,早已失去。今兹补书,并附记其始末,以应唐浩世讲远道寄书之请。癸未冬,孔德成。"(标点、括号内"友"字系作者所加)

较之六十年前所题的那副对联,先生今天的笔力已略显屠瘦,然落墨顺遂委婉,更有金石古意,细细品来,意味深长。

我让儿子当即通过互联网向孔公致谢,并表示有机会去台湾,定当面聆听前辈教诲。

二〇一一年十月,为商讨电视剧《良家妇女》合作事宜,台湾电视制作人刘世范先生来大连,与我退休后继续供职的大连天歌传媒影视公司会晤。闲聊中谈到了孔德成先生。

"哎呀!孔公过世了。"说着,刘世范从公文包里掏出一份当天从台北机场带来的《中国时报》,"孔氏嫡孙孔德成先生昨日仙逝"赫然于头版重要位置。

我食言了……

十三
江擦胡同二十九号

老北平内城靠近城墙根儿的市井巷陌，大都有些零乱。这些地方的胡同纷杂，长短交错，更有斜街、死胡同、义地、垃圾场掺杂其中，破败了帝国故都正南正北的严整格局。所以，提到城墙根儿下，老北平们大多从心底有些疏远。像现今的南四环、南五环一样，不太受人待见。

然而，对于崇文门内东侧的这片城墙根儿下来说，老北平们却要另眼相看了。

以东西走向的苏州胡同、镇江胡同、船板胡同、江擦胡同，及南北走向的马匹厂、沟沿头、鲜鱼巷、八宝胡同围合起来的这片街区，从清朝中后期起，便与渐成规模的外国驻华使团驻地东交民巷结为近邻。其间，只隔一条不宽的崇文门大街。一些主要为外交使团服务的诸如面包房、西餐厅、牛奶房、鲜花店，进而大清电报局等，于坊间应运而生。

缘于近水楼台，俟至二十世纪初叶，美国基督教卫理公会的中心教堂亚斯立堂、美以美会为背景的汇文大学堂（燕京大学之前身）、汇文神学院、慕贞女中、同仁医院、妇婴医院及各国使馆，都在这一街区拥有了自己的房产地产。几十年下来，绿阴掩映的胡同深处，人们常能看到一些高墙围拢大门四合的院落里，一栋栋造型别致的花园洋楼，在京城一片瓦灰色的屋脊之上，散发着千姿百态的异国风情。江擦胡同二十九号，就是其中的一处宅邸，也是我记忆中的第一个家。

一九四五年八月十五日，日本宣布无条件投降后，国内时局及陪都重庆的市井社会，像一个飞快旋转的万花筒，一下子令人眼花缭乱了。八年劫

抗战胜利后,从重庆北上返乡的徐维廉一行
(中间一排穿风衣者为徐维廉,后排左一为徐夫人,左二为徐美丽,右一祁子晋)

记忆中的江擦胡同二十九号（作者绘于二〇一〇年）

难，自外省来渝的几十万流民，于狂喜之后，随之掀起了一股汹涌的返乡浪潮。一时间，牛角沱小楼的邻居们，每天都以"北归"为中心话题，但几个月下来，却仍无一户走出这座秋雾渐浓的山城。

这期间，父亲的精力却一直不在这里。自抗战胜利后，父亲紧随徐维廉，为继续战前励志投身乡村建设事业，寻找经济支持。

一九四五年十二月，在徐维廉的倾力斡旋下，一个由华北各基督教会联合组建的华北国际救济委员会在北平成立了。该会的宗旨在于帮助中国医治战争创伤，恢复民生经济。徐维廉为副主席，父亲则被委任为执行干事，负责所有日常具体工作。因该会成立后，急需派员向冀中地区发放救济物资，故徐维廉找到已被国府委派为华北水产物资接收专员的杨扶青，为父亲设法搞到了一张飞往北平的机票。

徐校长的这一决定，让母亲感到非常委屈。因为当时姐姐刚三岁，我才八个月。且蜀道艰难，兵荒马乱。

"你哥真够狠心的。"母亲对叔叔说。

临行前的头一天晚上，徐维廉设家宴为杨扶青和父亲饯行。席间，杨扶青谈到了前不久见到的毛泽东。

"湖南湘潭人。口音很重，但话不多。他一直面带微笑，敬酒时总是习惯用眼睛盯住对方，像有什么话要对你说。"

十月八日，在张治中将军受蒋介石委托，宴请来渝参加国共和谈的毛泽东时，作为社会贤达，杨扶青应邀出席了那次酒会。

"千万不要小觑这位毛先生。还记得《新民晚报》上个月发表的那首《沁园春·雪》吗？"仰山伯伯朗声背诵起："……惜秦皇汉武，略输文采，唐宗宋祖，稍逊风骚，一代天骄，成吉思汗，只识弯弓射大雕，俱往矣，数风流人物，还看今朝。"

仰山伯伯痛快地干下一杯白酒，摇了摇头："气派未免太大了。以我对蒋公的了解，国共之间兵戎相见，看来只是迟早的事情。"

众人一片哗然。

正当大家畅谈畅饮时，坐在主座的徐维廉站起身来，大家顿时静了下来。

"一个阶段以来，我与扶老、素心为日后在冀东地区重振乡村建设大业做了许多设想。无奈久雨初停，国家元气大伤，凭我们自己的力量，看来只能是一纸空谈。所以，我十分珍惜此次华北国际救济委员会的援助。

希望素心此去赴任，为与其建立长期合作打好基础，也为日后冀东地区重启乡建大业，为国家的复兴尽心尽力。"

说到这里，徐维廉转过身去对坐在角落里的母亲郑重地举起酒杯："玉玺，我敬你一杯。"

"校长，您……"母亲一下子愣了。

徐维廉声音喑哑地对母亲说："八年了，历尽血火流离的玉玺，本应与孩子随素心一道荣归故里。但扶老争取再三，实在难以如愿。这些年来，我虽很少顾及左右，但玉玺的贤德与隐忍，我皆看在眼里……"

未等徐维廉说完，母亲早已泪如雨下。她举起一杯红酒一饮而尽："校长放心，我会把子洵和两个孩子带回北平的……"

一九四六年一月中旬，姐姐和我在母亲和仰山伯伯的护持下，随国民政府交通部的一个卡车车队，终于从重庆启程北上了。车上的一个木匣子里，盛着辰一阿姨的骨殖，仰山伯伯兑现了他在辰一阿姨弥留时所许下的诺言。

按出发前设计好的北上路线，我们拟经广元出川，取道西安、太原返回北平。但一路下来，因不断传出平绥、同蒲、平汉一线此起彼伏的内战消息，车队出川后不得不南折陕西汉中、安康入湖北，经襄樊、武汉至南京，再经安徽、江苏一路东行。经过万里跋涉，终于在一个半月之后，方才抵达上海。而我因一路腹泻，至上海时已奄奄一息。幸亏仰山伯伯托人找来一位儿科老医生，经过一周调养，略有好转。及至秦皇岛码头，父亲从母亲怀里接过我时，只剩了一副皮包骨头。

一九四六年早春，当乡下的小贩，挑着一担唧唧喧鸣的鸡雏，进城沿街叫卖的时候，母亲带着我们回到了阔别八年的北平。

东四五条的姥姥两鬓过早地花白了。

"知道什么是混合面吗？"姥姥愤愤地把嘴一撇："小日本把荞麦、白薯干、高粱、棒子面、豆腐渣、杂豆面搅和在一块儿，就叫混合面。谁家做顿大米饭吃，让日本人知道，就得进大狱。为了造炮弹，日本兵把庙里的铜佛铜钟，最后把老百姓家的铜盆都抢去了。看着没有，我愣是用这只破瓦盆洗了两年的老脸！"

从姥姥那里得知，太平洋战争爆发后，日本占领当局撤销了北平各大学的英语专业。正在北师大英语系读大三的玉环姨，在教授凌子平、赵丽莲的劝说下，于一九四三年辗转陕西城固，找到了北师大的后方学校继续

仰山伯伯与珍一阿姨（一九四六年）

学业。一九四四年大学毕业后，玉环姨与同班同学马庆凯结婚。婚后两人远走甘肃武威，开始了她半个世纪的教师生涯。

二舅妈早已过世了。二舅一人带着三个孩子，生活得特别艰难。

"听说最近教会里有人正张罗着给你二哥续填房呢。"姥姥认真地说："我见过那姑娘。山西人，是个教员。挺好的。"

"结过婚吗？"母亲关心地问。

"没有。三十多岁了，还是个大姑娘。"

第二天一大早，三舅和三舅妈杨英贞就闻讯赶到东四五条。一进院子，三舅就竖起大拇指对母亲喊道："大英雄呀！玉玺，你一天亡国奴都没当过，你可是咱们李家门的大英雄呀！"

母亲和杨英贞早在通州教会时就认识，只是没想到今天竟成了姑嫂。三舅妈的母亲十二岁沦为孤儿，是一位美国宣教士领养大的。所以三舅妈从小即受西方教育，说一口流利的英语。一九四〇年燕京大学护育系毕业后，与三舅结为伉俪。时下在北平医院主持护理部工作。

几天之后，叔叔即回通州潞河中学，继续他的高三学业。又过了几天，我们搬进了江擦胡同二十九号。华北国际救济委员会和"伤兵之友"社，亦在此宅。

江擦胡同二十九号，是一座欧洲折中主义建筑风格的大宅邸。包括半地下室在内的三层紫顶灰楼，隐现在一片高大乔木的绿阴里，显得格外静谧与肃穆。高高的围墙，隔断了从胡同里传来的市井喧嚣，一扇坐南朝北的大红门，显示出当年房主人的气度与尊严。

江擦胡同二十九号，是我孩提时代留下最初记忆的地方。春天，满院子沁人心脾的丁香气息；夏天，茂密的爬墙虎将整栋楼房染成碧绿；秋天，院子一侧的角落里，两棵加拿大枫赤红如火；冬天，楼房向阳处那一大丛依旧青翠的修竹，都成为一些独特的印迹，为童年的回忆留下清晰的索引。

值得回忆的，还有孩提时的伙伴儿小和尚。小和尚长我一岁，其父侯惠祥，是《残不废》杂志社的会计，侯叔叔一家住在大红门一侧的平房里。每天从早到晚，我和小和尚楼上楼下前院后院尽情玩耍，无忧无虑得近乎浑噩。

四岁那一年，前院东侧的空地，运来一批两米多长的木板。为了快些风干，木工张宪珍师傅，便将这些木板呈井字形搭撂起来，我和小和尚终于找到了"巢"。我们不知疲倦地攀上爬下，钻进钻出，这里成了我们藏身其间窥伺世界的有利地段之地。

一天，正在"巢"里瞭望的小和尚突然发现，不远处的一棵老杏树上，不知何时平添了一个莲蓬状的马蜂窝，嗡嗡作响地像一个发动机。

"把它捅下来！"他当即神勇地决定。

"大马蜂会蜇人的。"我有些迟疑。

"捅完了，咱们往玻璃房里跑。"小和尚运筹帷幄，早有安排。

他所说的玻璃房，是一间半圆形通体玻璃门窗的小花房，这里离那棵老杏树只五六米远，应该是我们逃逸的最佳避难所。

很快，我们便找来一根长竹竿，并以战斗的姿态悄悄潜到那棵大树下。我举了举竹竿，发觉有些短。小和尚便义无反顾地蹲下身子，双手抱住大树："你踩我肩上。快！"

我吃力地爬到他肩上，他慢慢站起身来。

头顶那"发动机"的声音越发清晰了。

小和尚的脸憋得通红："我喊一二三，你就捅！"我双脚顿时抖了起来。

四周静极了，只头上传来一阵阵马蜂的低吼。

"一，二，三！"

我横下心来，奋力将竹竿向上捅去……

"轰！！"刹那间，群蜂像闪电一般从天而降，我和小和尚立刻被卷进一团灼人的毒火里。

"跑！"小和尚抱着脑袋首先冲向玻璃房，我拼命扑打着随之逃去。但更加不幸的事情还是发生了，由于事前疏于侦察，那花房的玻璃门竟然锁着！！

这一战的后果是可想而知的。要不是张木匠闻声赶到拔刀相助，我和小和尚差一点儿就以身殉职了。

江擦胡同二十九号的东邻养了一条大狗叫"雷子"，平日里我们只能听见从高墙那边传来的犬吠，却从未见到那狗的身影。

也是四岁那一年的夏天，一连几天的暴雨将二十九号与邻院之间的高墙冲倒了。雨停之后，从楼里被释放出来的我和小和尚几乎同时发现了雷子。

那是一条高大的纯种德国黑贝狼狗，只见它蹲在邻院石墙的缺口处，正虎视眈眈地朝我们窥望者。我和小和尚的头发根顿时立了起来。

"别跑。"小和尚显得很镇定,他朝地上扫了一眼,十分有经验地对我轻轻嘱咐道:"待会儿听我口令,假装蹲下捡石头,那狗看咱一猫腰,准就回头跑了。"

我真不知道小和尚的这些实战经验是如何积累下来的,但我对小和尚的英明果断却深信不疑。

"预备……"小和尚斜睨着雷子,轻轻下达了命令。那狗远远地盯住我们。

"猫腰!"

我和小和尚猛地低下身来。只听见一声闷雷般的咆哮,那德国大狼狗像一道黑色的闪电,从残垣断壁上一跃掠过,直朝我们袭来。我与小和尚大骇,回头朝楼里拼命逃去。

在楼道入口处,我决然与小和尚分道扬镳了。当我朝二楼狼狈逃窜的时候,听见通往地下室的楼梯上,传来小和尚的惨叫和雷子愤怒的吼声……

从此,小和尚的右腿上就多了两排犬齿的印痕,小和尚童年的回忆中更多了些悲壮的色彩。

江擦胡同二十九号的后院,是一片蒿草丛生的荒园。那里幅员辽阔,周围筑有高墙,高墙外便应是钓饵胡同的院落了。

盛夏时打开后门向里望去,但见荒草近乎人高(我当时不足三尺),一股被阳光蒸熟的草叶泥土的热气扑面而来。在这片遮天蔽日的草丛里,我和小和尚发现了许多闻所未闻的趣事。这里有会飞的金龟子、七星瓢虫;有蠢笨的屎壳郎和背着小房子的蜗牛;有恐怖的蚰蜒和蜈蚣;有机灵的蚂蚱、会叫的蛐蛐、青面獠牙的天牛;有红色的蜻蜓、黄色的粉蝶、绿色的螳螂、黑色的伏天儿,甚至我们还惊讶地发现过一条小花蛇,这一切都是在盛夏的阳光下发现的。

而黄昏后,当后院荒草里忽明忽暗地飘起点点幽绿色的光亮时,站在二楼窗前的我,就会神秘地对姐姐说:"张木匠说了,那是萤火虫打的小灯笼。"至于萤火虫究竟是什么样子,我却不曾见过,因为一到晚上,我便断了去后院的念头。张木匠曾压低声音对我说过:"天黑以后,那院子里有鬼。"

我第一次见到鬼,却是在白天,在江擦胡同二十九号昏暗的楼梯上。

那一天，我手里捏着一只刚刚捉到的蜻蜓，从后院大汗淋漓地跑进楼里，一个素白的身影顺着楼梯飘下来。就在我抬头望去的一瞬间，一张红发蓝眼苍白的"鬼脸"，让我悚然魂飞魄散，那只蜻蜓也就趁机死里逃生了。

从楼梯上下来的客人，中文名字叫沈慕生，是一位在华北国际救济委员会工作的加拿大牧师。他给父亲送来一份关于华北地区一九四八年小麦生长的调查报告，希望父亲尽快将其翻译成中文。

当时国际援华机构的救济物资发放工作是有严格程序的。这期间，不仅要做到发放对象准确，发放规模适度，更要严防中国地方官员虚报谎报中饱私囊的贪腐行为。所以许多调查及审核工作，委员会需亲力亲为。而正是这一亲力亲为，竟成了日后父亲被定为历史反革命分子的罪状之一："……曾两次为美帝牧师沈慕生，翻译过调查我华北地区农产品产量等情况……"

尽管当时内战的硝烟已在全国范围内蔓延，华北国际救济委员会的救济物资，仍坚持不分政治地域、一视同仁的发放原则。但令父亲困惑不解的是，所有计划向解放区运送的救济物资（主要是小麦），均被当地民主政府拒绝。联想到一九四七年五月十八日，解放军冀东军区独立第十旅首次攻打昌黎时，从火车站及城内缴获走成堆的粮食和战略物资，而为配合那次昌黎战役，冀东各县六千多名武装起来的老百姓，将北宁铁路山海关至滦县段一夜之间掀翻多处。这一切让父亲开始感悟到了共产党的尊严与自信，因为它有能力凭借人民的力量，夺取它所需要的一切，它不需要施舍。

那年五月中旬，恰逢汇文中学老校友云集昌黎，参加母校校庆活动。这是抗战八年后老同学的首聚，所以父亲带母亲、姐姐与我一起去了。

我那时才两岁，对于昌黎之役，却留下些许挥之不掉的记忆。一个是凌晨战斗打响之后，母亲抱着我和许多校友及眷属，躲在汇文中学的一处半地下室里，盯着缠着绑腿的持枪战士，顺着我们藏身的窗前悄无声息地跃进潜行。再一个就是天亮后，人们发现学校附近一间平房的山墙，被染成一片刺眼的猩红。几个青年学生爬上房后大声喊道："房上死了两个当兵的，还有一挺机关枪！"

时疏时密的枪声，令人窒息的地下室，草黄色的绑腿，一条条疾行拖带的步枪，凝结在山墙上的鲜血，成了我一生当中最初的记忆。

一九四七年五月,在昌黎汇文中学校园内
(左一为徐维廉,左四为祁子晋,左五为母亲,中间学步者是作者)

江擦胡同二十九号，是昌黎汇文中学及燕京大学老校友常来聚会的地方。其中抗战期间南下的患难弟兄，更常在这里回忆颠沛流离的战争岁月。记得父亲在院子的一个喷水池里，用太湖石修了一座假山，在靠近水面的一片石阶上，安放了几个陶制的小房子。父亲曾深情地对来访客人说："这就是董家溪，这就是我的励新建设学园。"

抗战胜利后，仰山伯伯被国民政府委任到南京中央设计院工作。这期间，他去了湖南湘乡，拜见了从未谋面的岳父岳母。而正是这次省亲，辰一阿姨的妹妹珍一阿姨，便很快被这位风流倜傥注重情义的姐夫所吸引。不久，仰山伯伯再次与邓家女儿喜结良缘，一时在朋友之中传为佳话。

一九四七年初，仰山伯伯辞去南京的工作，在天津创办了自己的报纸《新星报》。这份自由主义立场的报纸一经出版，其发行量便很快达到四万份，对天津国民党的官方报纸《天津日报》及《益世报》，形成了很大的挑战。

一九四七年五月三十一日，在驶往美国纽约的邮轮上，三舅妈杨英贞坐在阳光明媚的舷窗前，从皮包里掏出前不久一家三口在王府井中国照相馆留下的那张合影。一年来，经卫生署反复遴选，三舅妈终以优异成绩，获联合国卫生组织颁发的助学金，并促成此次赴美国克利夫兰大学进修公共卫生学及护理教育学的机会。

邮轮在浩瀚的印度洋上破浪西行，站在甲板上，一位美国绅士与三舅妈谈起了中国的前途。

"那里发生的一切，都是不正常的，是违反上帝意愿的。中国和平的最大障碍，在于国共两党相互压倒对方的心理。"那位绅士耸了耸肩："而国民党的强力集团，又笃信武力结束共产党是解决中国问题的唯一办法。更令人遗憾的是，美国政府的巨额援助，使他们变得有恃无恐。"说着，他指了指自己的脑袋："在这个问题上，美国人的脑袋生病了。"

当邮船驶进纽约湾，自由女神雕像从船舷一侧掠过的时候，那位年老的美国绅士握住三舅妈的手，热情地说："Welcome to America！（美国欢迎你!）"

在徐维廉的全力推动下，一九四七年五月，由华北国际救济委员会拨款支持的滦榆区地方建设协进会，终于在昌黎成立了。徐维廉任驻会常务理事，父亲任总干事，驻北平负责向教会方面争取款物。

滦榆区地方建设协进会是徐维廉乡村建设思想的再一次实践。协进会以昌黎汇文中学为基地,以东起山海关(即榆关),西至滦县的冀东五县为实验区,试行农业机械培训,农作物新品种推广,贷款凿井扩大水浇地及妇孺保健工作。以"寓建设于救济"的办会宗旨,促进乡村社会的改良进程。

但随着解放区的迅猛扩大,及至是年年底,一场中国历史上最彻底的土地改革运动,如暴风骤雨般横扫冀东干涸的大地,成立仅半年的滦榆区地方建设协进会的所有努力,顷刻之间灰飞烟灭。

庄稼人对一些特殊的年份,有他们自己的纪年方法。他们把一九四七年称作是"耍大缸那年"、把一九四八年称作是"大上台那年"。因为一九四七年九月,共产党颁布了《中国土地法大纲》,庄稼人取的是"法大纲"的谐音,而"大上台"则指新解放区的扩军运动。

对于父亲来说,土地改革并不是一个新话题。从他在燕京大学主修乡村建设这一课题时起,"土地改革"一词就时常见诸学者教授的讲堂上。自先总理孙中山提出"建立民国,平均地权"的建国方略之后,多少年来,无数华夏有识之士,无不关注土地所有制问题。因为作为一个传统的农业大国,土地即意味着民众的生存与国家的发展。

然而,真正面对由共产党领导的土地改革运动时,父亲的心情是复杂的。

一九四七年底,三爷的儿子唐子藩与另一位父亲的远房族弟唐子舜,到北平跑单帮,期间找到了江擦胡同二十九号。交谈中,父亲得知,爷爷已在故乡的土改运动中,被划为富农,成为共产党的斗争对象。一直赖在家里的朱氏,与村中五六个地主富农家的年轻寡妇或尚未出嫁的老闺女,在土改斗争中被分配给贫雇农家做了媳妇,富裕中农被扩大成斗争对象,个别有民愤的地主分子,被贫农团活活打死,等等。

毛泽东曾告诫人们"革命不是请客吃饭",但父亲却从感情上接受不了这种"一个阶级推翻另一个阶级的暴力的行动"。他请唐子舜将唐庄土改过程中的过激行为整理出来,寄给了仰山伯伯,希望见报予以批评。

不久,仰山伯伯将这纸材料退回了。在回信中,仰山伯伯劝父亲冷静,同时提醒父亲,切莫因一时感情用事而激化了唐庄的家族之争。

这件事情虽然到此为止了,但全国解放后,父亲还是在面对组织的反省中,主动交代了自己对土改的错误认识。但在父亲被定性历史反革命分子的依据中,"……**1947年,唐指示其族弟唐子舜搜集农村土改情况,企**

图登报等问题属实……"成为又一铁证。

江擦胡同二十九号的门楼中央,有两扇沉重的大红门。一尺多高的厚门槛,需两个壮汉合力方能卸下。而一旦有人去卸门槛了,我便会兴奋地站在那里,望着父亲驾驶一辆吉普车缓缓开出大门。

门外的世界对我来说是新奇而险恶的。保姆张妈曾不止一次警告过我:"别出去啊!街上有拍花子的!"据大人们说,拍花子的都是些白胡子老头,只要他在小孩头上拍上一掌,那小孩就会像傻子一样跟着他走,直到被卖给练杂耍的乡下人。

尽管如此,当春天来到古城的时候,大红门外也确实充满了生机。卖小金鱼儿的,卖芍药花的,卖蛤蟆骨朵儿的,那一声声悠长婉转的叫卖,实在让人难以无动于衷。

北京人管小蝌蚪叫蛤蟆骨朵儿,解放前,由于缺乏卫生常识,一些人误认为让小孩吞下活蝌蚪可以败火。故年年开春,胡同里常有些乡下人,挑着两只大木盆沿街叫卖,木盆的清水里,黑压压挤满了欢快的蛤蟆骨朵儿。

我那时很愿意用"然后"这个词。

"张妈,那蛤蟆骨朵儿喝到肚子里,然后再到哪儿去了呢?"我百思不得其解。

"哪儿也不去了。然后就变成一群小蛤蟆呆在肚子里了。"张妈认真地告诉我,同样也用了"然后"这个词。

我觉得很可怕,我发誓绝不喝蛤蟆骨朵儿。

一九四八年早春,当北平遭遇第一场浮尘天气的时候,东单大地东北角的空地上,每天拥挤着成百上千投机金融黑市的人们。

"买了卖了!卖了买了!"

"买了卖了!卖了买了!"

叫卖声与手中掂响的银元像群蝇一样在耳畔鼓噪,市民的口粮随之实行配给了。紧接着,米价带动所有物价如脱缰野马一日几涨。去买粮食的张木匠,常沮丧地对母亲抱怨:"唐太太,还是您亲自到粮店去看看吧,这粮价涨得连撒谎都跟不上了。"

一天,姥姥到江擦胡同二十九号来串门,没想到一进大门,老太太就在院子里喊:"完喽,完喽!老蒋这条大船,眼瞅着就要沉底喽。"

原来姥姥从东四五条坐洋车到江擦胡同后,拉洋车要的车费比往日竟多出好几倍。姥姥不干了："干嘛呀？大清早上的，要砸杠子呀?！"

不想那拉洋车的直作揖："老太太，眼下我累死干一天，也挣不出二斤杂合面来，一家子七八张嘴，全靠我卖点力气养活着呢。"

"真活不下去了。"姥姥断言："照这么下去，不出半年，这世道不变才怪呢！"

姥姥真是个活神仙。说这句话的时候，辽沈战役还没开打呢，可十个月之后，北平便和平解放了。

中秋节那一天，仰山伯伯约父亲和祁伯伯到什刹海喝莲子粥，姐姐和我都去了。那天晚上月朗风清，什刹海周边赏月的市民人头攒动，空气中弥漫着浓郁的荷叶与莲子的清香。人们忘却了世间的纷扰，远处甚至传来一阵西皮流水的琴声。

突然，湖边所有的路灯都暗了，周围的人们顿时紧张起来。黑暗中不知谁低声喊道："戒严了！宪兵又要抓人了！"只见一排排戴着钢盔的军警，从湖边的西侧向这里涌来。父亲一把将我抱起来："快走！"

仰山伯伯则不忘戏谑地对珍一阿姨说："嗨，早知道这样，还不如待在家里，数我那些金圆券了。"

一九四八年，在杨扶青的提携下，仰山伯伯被增补为国民政府的国大代表。不久便有传言，说国府打算委仰山伯伯出任黑龙江省省长，只因黑龙江地界一直被共产党所占，所以任命迟迟未能下达。

十二月初的一个下午，徐维廉到江擦胡同二十九号，与父亲商讨有关华北国际救济委员会的事情。天黑后，大家在一起共进晚餐。江擦胡同二十九号的餐厅，在二楼西侧一个很讲究的大房间里。因为厨房在地下室，厨师要将做好的饭菜放在一个托盘上，之后用力摇一个手柄，四根绳索便顺着一个直上直下的通道，将托盘平稳地升到二楼餐厅的窗口前。

每逢徐维廉在这里用餐，都坐在长餐桌的主位。那天因为停电，餐桌上点燃了三支蜡烛。大家分别落座后，母亲照例开始做饭前祷告。

"感谢上帝赐我一餐……"

蓦然，从远处传来了巨大的爆炸声，我扔掉筷子蹭地一下扑到母亲的怀里。大人们纷纷站了起来，徐维廉与父亲走到窗前向外望去，只见西南漆黑的夜空中，飘浮着一团暗红色的云翳。

"南苑飞机场。"徐维廉镇定地说："看来共产党要断傅作义的后路了。"

十二月中旬的一天，叔叔从天津回来了。一进院子他就大声喊："快去看呐，东单大地落了好几架大飞机！"说着，他就招呼着把姐姐、小和尚和我找到一起："走，跟叔叔看大飞机去。"

叔叔潞河中学高中毕业后，仰山伯伯就让他进了《新星报》社。两年来一直常驻天津，平日很少回来。

从江擦胡同到东单大地并不远，出了苏州胡同西口，迎面便看见两架深灰色的军用飞机，正停落在荒凉的东单大地上。这里说的东单大地，原来就是东单路口西南方向一片开阔的荒地。它北起东长安街，南至同仁医院，东临崇文门大街，西傍大华街。多年来，这里除经常堆积些城市垃圾外，一直无人问津，成了北平东城浮尘天气的策源地。

南苑机场被解放军占领后，为维持空中运输这条生命线，傅作义竟将这里临时辟做简易机场，一时间引擎轰鸣黄沙四起。凡从一旁经过的路人，无不摇头替当局绝望。

十二月下旬，在十分平静的一场大规模的军事部署之后，北平终于被包围了。母亲和张妈、侯婶连夜将江擦胡同二十九号小楼上下所有的门窗玻璃都贴上米字形的纸条，以防炮轰时碎玻璃伤人。

"轰炸时，无论趴在哪里，都不要把胸口紧贴在地上，因为炸弹爆炸时，大地震荡得很厉害，容易把内脏震坏了。"母亲不时向女人们传授抗战时所总结出来的经验。

围城后不久，二舅和二舅妈就赶到江擦胡同二十九号，他们诚恳地希望母亲带孩子们到马匹厂去住。

"听说共产党的大炮，把城里的很多目标都算好了，你们这儿属美国教会的房产，万一打起来，一颗炮弹就轰平了。"二舅不无担心地说。

"放心吧，二哥。"母亲平静地说："没听说吗？傅作义一直在跟共产党谈着呢。素心说了，既然他肯谈，他就不敢再打了，剩下的就是讨价还价了。"

二舅和新二舅妈是一九四六年结婚的。眼下他们又有了一个女儿，叫望霞。

圣诞节到来的时候，一九四八年冬的第一场雪，静静覆盖了这座帝国古都。自从回到北平后，母亲每逢周日必到后沟胡同的亚斯立堂去做礼拜，两年来风雨无阻。

四十八年前，为免遭义和团的捕杀，姥爷曾带全家人在这座教堂里避难。而兵临城下的今天，当全家人走进教会大门的时候，整个教堂内外已被虔诚的教徒挤得水泄不通。听不清牧师的布道，但每个人的心里都在默默地祈祷，为了自己和挚爱亲人的生存，为了这座历史辉煌的文化古城。

由于东单大地飞机起降的能力有限，这一年年底，傅作义命他的守城部队，将天坛公园内的四百多棵珍惜古柏伐掉，又修了一个简易机场。一时间，北平城内一些党国官员、富商及其眷属纷纷拥向机场，希望抢在城破之前逃离北平。

年底的一天，一位身穿呢子大衣的年轻人，风风火火地走进江擦胡同二十九号，来人即叔叔潞河中学的好朋友娄钊昆。一九四一年，潞河中学被日本占领当局查封后，娄家曾照顾过叔叔。抗战胜利后，父亲曾和叔叔去过娄家登门致谢，因此与娄钊昆有了一面之交。

性格爽朗的娄钊昆开门见山地说明来意。据他说，他在协和医学院念书时，与一位白小姐自由恋爱，不料家中极力反对，并又包办了一门亲事。此来求父亲，无论如何要帮忙买到三张去上海的飞机票，其中两张为娄白二人，另一张则为一个生死之交的朋友。

父亲为难了。当此围城之际，许多达官显贵都把身家性命寄托在一张小小的机票上，而今娄钊昆只因男女之事前来求助，在父亲看来，大有趁势起哄之嫌。然，既滴水之恩当涌泉相报，父亲也便没有回绝，只答应尽力设法，如此而已。

没想到，数天之后，华北国际救济委员会当真为父亲搞到了三张购买机票的凭证。娄钊昆拿到后，千恩万谢，喜出望外。

离开北平前，娄钊昆又将一位叫钱禹年的年轻人介绍给父亲。娄说，钱禹年是他在协和医学院的老同学，抗战期间曾在天津参加过抗日团体。

"拜托了，子清大哥。以后有困难，我这些生死弟兄们还免不了要麻烦大哥呀，都是抗日的同志嘛。哈哈哈……"

谁也不曾想到，心直口快的娄钊昆，居然向父亲隐瞒了他真实的政治身份——国防部保密局成员。

在父亲定性历史反革命分子的决定中，"……**北平解放前夕，唐子清资助军统特务分子娄钊昆等人逃离北平。**"便顺理成章地成了又一条无法解脱的罪状。

同样是年轻人，这期间，正在燕京医学院读大一的徐维廉的女儿徐碣敏，却秘密加入了共产党的外围组织——民主青年联盟（py）。北平围城期间，徐碣敏一直活跃在北京师范大学的校园里，向那里的师生们宣传和解释共产党的城市政策。

值得一提的是，在新旧政权交替的日子里，徐维廉和他的弟子们，全都义无反顾地留下了。就当时他们所处的社会地位及所交往的社会关系而言，他们当中的绝大多数人，都有条件脱离共产党的军事占领。而缘于相当深厚的美国教会的背景，他们当中的一些人更有取道香港前往国外的机会。但在一个喷薄欲出的新民主主义的新中国面前，他们都毫无顾忌地留下了。因为他们企盼共产党带领中国走向复兴和光明，他们是一批集体人格激进而正直的爱国者。

不久前的一天，台湾著名电视制作人，电视剧《包青天》的编剧和包公的扮演者金超群先生来大连。与天歌传媒的同仁们，商讨电视剧《包青天》第二季的合作事宜。此前，因该剧第一季的完满合作，我们已成了无话不谈的老朋友。

谈话期间，金超群谈到了他的家族往事。

金超群的父亲，祖籍北京。一九四九年由陆军临时改为海军，并于当年入夏时，奉命随舰离开青岛，经汕头撤往台湾基隆。当时金超群的母亲已身怀六甲。青岛码头上遍地遗弃的行李细软，港湾里漂浮着落水者的死尸，成了老夫人终生挥之不去的大陆记忆。

从海军退役后，金老先生以公职人员的身份被安置在"反攻复国"的第一线——"中国大陆灾民救济总会"。在这里，他一直勤恳工作到退休。

一九八九年深秋，因拍摄琼瑶女士的一部戏，刚刚脱掉国军中校军装的金超群，第一次踏上祖国的土地。

"走出机舱，望着航站楼上'北京'那两个大字，我的双腿立刻就软了。我颤颤地走下舷梯，当双脚终于踏到停机坪上时，我真想跪下来，亲吻这片故乡的热土。"

一九九四年，在老父去世的前一年，金超群终于带老人家回来了。在青岛，他们探望了一直留在大陆的姑姑，并到爷爷的坟前，添了些新土，烧了几炷檀香。老人家让儿子退了从青岛飞往北京的头等舱机票，改乘火车前往。他说："我要在祖国的大地上走一走……"

一九四九年元旦过后不久，从平西延庆县探亲回来的张木匠，在江擦胡同二十九号的院子里，教我们一群孩子唱他刚从老家学来的一首歌。

> 我们是投弹手，
> 战斗里头逞英豪。
> 炮一响就冲向前，
> 蒋匪军你哪里逃。
> ——冲呀！

歌声越过灰色的高墙，在古城一隅的上空回荡。站在二楼阳台上的徐维廉，万分感慨地对父亲说："四面楚歌呀，傅将军总该低头了。"

一九四九年一月最后一天的正午时分，随着钟鼓楼上的洪钟大吕一片喧鸣，解放军华北野战军一二一师三六三团的战士们，在莫文骅将军的率领下，接管了西直门、德胜门和复兴门的城防。遵照日前傅作义与解放军平津前线指挥部达成的协议，北平和平解放了。

立春的头一天，即一九四九年二月三日上午十点，一支强大而陌生的军队，从永定门进入北平。那一天风沙特别大，父亲和叔叔带着一群孩子们，在东交民巷东口的崇文门大街上，目睹了这一庄严时刻。当包括坦克车、装甲车、日式战防炮、美式榴弹炮、加农炮等各种重型机械化车辆通过东交民巷的时候，这条一百多年来一直被人们视为西方列强特权领地的古老街道，在浩荡春风中一片肃然。

一个年轻人爬上正在行进的坦克车，用粉笔在炮塔上奋笔疾书了三个醒目的大字，我问父亲他在写什么，姐姐抢着告诉我："天——亮——了。"

几天之后，"天亮了"这三个字的含义，在江擦胡同二十九号的深宅大院里，得到了一个意想不到的诠释。

那天上午，正在二楼阳台上吹肥皂泡的我，竟然看见一个要饭的花子，出现在这座静谧而肃穆的院子里。他就像一块巨大的岩石，投进一潭宁静的古井里，小楼上下所有的人都惊呆了。

那是一个老人，他穿了一件十分褴褛的灰棉袍，赤裸的脚上拖着两只烂胶鞋，头上戴着一顶肮脏的旧毡帽，手里拽着一根黢黑的打狗棍，绛紫色干瘦的脸上，一双模糊的眼睛饱含仇恨地望着眼前的一切。

那天父亲不在家，母亲闻讯后，急忙赶到二楼阳台上。

"快！盛饭去！多搁点菜！快！"母亲压低声音对张妈喊。

不一会儿，张妈端着一大碗拌着肉丁炒雪里蕻的高粱米粥跑出楼来，懦懦地递给那乞讨的老人。

老人迟疑地接过碗去，院子里所有的人都默默地盯着他，只见他站在那里，勉强喝了一口，竟噗地一声吐了出来，他猛地扬起手来，狠狠将碗摔在了地上。

"馊了！这饭馊了！！"

一院子的人全都倒吸了一口凉气，那可是早晨刚剩下的饭菜呀，况且这还是早春。

我从来没见母亲这样慌过，只见她急着对下面喊："侯婶，快！快给钱！"

侯婶慌忙伸手从大衣襟里掏出一把零钱递了过去。

老人接过零钱后，长嘘了一口气。他恶狠狠地朝母亲瞪了一眼，迟疑了片刻，才慢腾腾地转身朝大门走去。

望着他的背影，一院子的男女老少个个呆若木鸡。只张木匠朝地上狠狠地吐了口唾沫。

听到声音，走到大红门前的老要饭花子，猛地转过身来，他激动地喘着粗气，黢黑的打狗棍咚咚地戳在地上。半响，他用力仰起头来，从喉咙里发出一声颤抖的怒吼。

"天——亮——了！！"

一群鸽子拖着哨音，在古城上空逶迤盘旋。从高墙外的胡同深处，传来收破烂老太太咏叹般的吆喝声："有破烂我买，有烂纸我买……"

北平解放前夕，华北国际救济委员会的工作就已基本停滞了，父亲十分忧虑自己的前途。他越发清醒地认识到，共产党对美帝国主义的态度与立场，他更想在新政权的庇护下做自己热爱的工作。他开始酝酿成立一个职业培训机构，像董家溪的励新建设学园一样，教化更多的年轻人掌握赖以生存的职业技能。

不久，昌黎汇文中学的老校友张肇珍在东单开了家新实书店。《新星报》被天津军管会停刊后，仰山伯伯又在东城八面槽开了家十月出版社。大家都在忙着重新设计自己的发展方向，当然，更要找到一个体面的养家糊口的生计。徐维廉回昌黎汇文中学继续当校长去了，一切改良主义的梦想均已渐行渐远了。

二月中旬的一天上午，刚刚吃过早饭，父亲从二楼无意间看见江擦胡同二十九号的院子里，不知什么时候，已站满了荷枪实弹的军人。父亲赶紧跑下楼去，迎面走来一个满脸络腮胡子的军人。"你叫唐子清吗？"那人的脸上一点表情也没有。

"是，我是这里的负责人。"父亲赶忙答道。

"我们是东城区军事管制委员会的，奉命对华北国际救济委员会进行检查。"说着，在他的示意下，一个小战士飞步跑上台阶，守在了门厅一角的电话机旁。

父亲抬了抬手："检查吧，我的办公室在二楼。"

那络腮胡子回头对战士们大声喊道："所有房间都要查到。听见了没有？"

"听见了！"战士们立刻向四下散去。

天气还很冷，络腮胡子让我们都回到楼里去，包括前院侯叔叔一家人。大家屏住呼吸地坐在一楼一个大房间里，房间里静得出奇。

检查在有序地进行着。这时，听见有人在走廊里嘟囔着："排长，房间太多了，是不是查封几间？"

"没有指示。"络腮胡子低声说。原来他是个排长。

时间长了，我觉得很烦闷："妈，我想出去玩。"母亲用眼睛狠狠地瞪了我一下，我开始意识到这些军人与我们可能是对立的。

突然，一个战士从楼梯上跑了下来："报告，二楼西侧房间里发现一个秘密通道。"

在场所有的人无不震惊了。只见那排长噌地从怀里掏出了驳壳枪："带我上去！"

楼梯上一阵急促的脚步声，有人在大声地喊："把手电拿来！"留在一楼的战士全都把枪从身后拽到胸前。一时间，小楼上下大有剑拔弩张的情势。

父亲很快就释然了，他悄悄对母亲说："就是那个送饭的餐口。他们没见过。"

不一会儿，排长下来了，他面色铁青地问："二楼的秘密通道是怎么回事？"

父亲赶忙解释，同时让厨师下到厨房进行了一番示范。不久，从厨房里传出了一片笑声。

"哎呀，看把那些美帝国主义资本家懒的。"排长悻悻地从地下室走上来："连端碗汤都懒得爬楼。呸！"

一九四九年夏，我们在江擦胡同二十九号
（前排左起：父亲，张木匠，小和尚，小二，母亲和我）

妇女生活践习所成立后，江擦胡同二十九号后院，
成了学员们课间休息的场所

一九四九年冬，一家人摄于江擦胡同二十九号

临走的时候,那排长的脸上依旧毫无表情。但他们没查封一个房间,没损坏一件物品,只是把父亲办公室里的几份文件拿走了。

军人撤走之后,父亲感到有些困惑。自从那个老乞丐闹了一回江擦胡同二十九号之后,父亲曾再三叮嘱院子里的人,平时一定要插好大门,以防骚扰。遇到陌生人来访,一定要先通报一声。

"谁给他们开的门?"父亲追究起院子里的人。

"我。"只见张木匠盯住父亲,神情坦然地说。

父亲张了张嘴,却没说出话来。

燕子回来了。当江擦胡同二十九号的屋檐下又传来燕子的呢喃时,父亲筹办的妇女生活践习所开学了。这是他一生中个人奋斗史的绝唱。

妇女生活践习所是重庆励新建设学园在北平的一个翻版。该所以妇女解放为宗旨,计划以江擦胡同二十九号为办学基地,招收贫苦青年妇女和失学的女学生。学园设缝纫、地理模型制造等生产技术教学,并附有中文打字等辅导教学活动,首期学员近三十名。

妇女生活践习所于一九四九年三月正式开学了。一时间,沉寂了多年的江擦胡同二十九号一下子就热闹起来了。父亲将一台新买的收音机搁在二楼的阳台上,每天用最大的音量向院子里播放人民广播电台的声音。于是《解放区的天是明朗的天》、《东方红》等当时流行的革命歌曲响遍了院子的每一个角落。

三月二十五日,北平军事管制委员会颁布了社会团体管理法规,法规中提到,为防止反革命分子的破坏活动,保护人民的民主权利,所有社会团体必须重新注册登记,包括提交组织者的名单,说明该组织的活动宗旨、政治信仰与其他团体的联系及资金来源。父亲随即为妇女生活践习所的继续生存开始多方奔走。

为了更形象直观地介绍妇女生活践习所的教学氛围,父亲请来专业摄影师,拍了许多学员们学习和生活的照片。从这些照片上,人们不难发现,教室的墙壁上贴着《在毛泽东的旗帜下前进》的宣传画,贴着《团结就是力量》的歌谱,悬挂着苏联画家格拉西莫夫的那幅油画名作《列宁在苏维埃政府的阳台上》。父亲希望北平市民主妇联能够接纳妇女生活践习所,成为政府行为的一部分,最起码能够承认他办学的合法性。但民主妇联却迟迟不予答复,父亲为此很焦虑。

一九四九年四月二十四日,从广播里人们得知,中国人民解放军已于

187

昨日占领南京。六月中旬，新的政治协商会议筹备会在北平召开，一个新中国的雏形正在隆重地孕育之中。

一九四九年的夏天，江擦胡同二十九号后院变得无比辽阔。大人们将那里的蒿草全部铲除后，成了妇女生活践习所学员们课间活动的操场。父亲从北平汇文中学请来昌黎校友董寿鹏教女学员们做体操，院子里不断传出年轻女人们难以掩饰的欢笑声。

一天，三舅领着望一姐来了。一个阶段以来，三舅一直为签证忙碌着，因为他准备带望一姐去美国了。

那一天，他一见到母亲就兴奋地说："下来了，签证下来了。"

母亲问他什么时候走，三舅高兴地说："就等英贞的来信了。英贞前些日子去了趟加拿大，等回到克利夫兰后，我们就该动身了。"

三舅这次来，是打算把一些带不走的家具和钢琴寄存在江擦胡同二十九号。

"要是我不回来，这些东西就归你们了。"三舅说。

"不想回来了吗？三哥。"母亲睁大眼睛问。

"再说吧。"三舅望着母亲，兄妹二人沉默了。

八月二十四日深夜，我的大妹妹降生了。因为北平古称宛平，所以父亲为她取名为唐宛。

一九四九年十月一日，父亲带着妇女生活践习所的全体学员，在长安街的东单路口，迎接了中华人民共和国的诞生。那天下午风沙很大，践习所的女学员们轮流抱着我，挤在成千上万的市民中间。远处，东单大地上排满了准备接受检阅的战车和炮队。在东单街口附近，一支骑兵方队整齐地排列在步兵方队的后面，几百匹清一色的枣红战马打着响鼻，马蹄声似一阵轻柔的细雨，洒在长安街难得清洁的路面上。

下午三点，从附近高悬的扩音器里传来一个洪亮的声音，街道两旁拥挤着的人们无不全神贯注地倾听着。那是毛泽东的声音，他在向全世界宣告：中华人民共和国中央人民政府成立了！中国人民从此站起来了！

一九五〇年三月，由于江擦胡同二十九号宅邸被人民政府收回，妇女生活践习所旋即宣布解散了。我们被限期搬出了这座生活了四年的谜一样的院落。

再过一个多月，丁香花就要开了。到那时，江擦胡同二十九号的院子里又将弥漫在一片浓郁的香泽中。那气息有些沉香的味道，只能意会，难以言传。

　　一九五九年，在北京火车站大规模的建设中，江擦胡同二十九号终于连胡同一起被拆除了。
　　今天，当我站在北京火车站站前广场西南一隅川流不息的人群之中时，我似乎又闻到一股丁香的气息，尽管已如此遥远，像在一片大海的对岸，但我却分明闻到了它。那气息依旧有些沉香的味道，只能意会，难以言传……

十四

栖凤楼小三条

胜利的旗帜哗啦啦地飘,
亿万人民呼声地动山摇。
毛泽东、斯大林,
像太阳在天空照。
红旗在前面飘,
全世界走向路一条。
争取人民民主,
争取持久和平,
全世界人民心一条。

一九五〇年三月,当我们从江擦胡同搬到栖凤楼的时候,栖凤楼胡同西口宁郡王府的院子里,每天从早到晚广播里都响着这充满豪情的旋律。

栖凤楼小三条七号,躲在一条很短的死胡同里。这是一个不成四合的小院落。前后两层正房几乎拥挤在一起,房东住前院,我们则租下了后院的北屋。

"十一个半榻榻米,我量过。"房东老太太,一个高颧骨的小脚女人对母亲说:"够你们一家住的。孩子小,不占地方。"

母亲把妹妹刚放到床上,她就哇的一声哭了。

从江擦胡同二十九号搬出来时,我们只带了一个柳条箱,一个小书柜。这是父母结婚十年来的全部家当,我们几乎成了彻底的无产者。

父亲当时的心情很不好,我和姐姐都很怕他。他常常一个人闷坐在屋子里吸烟,食指和中指被熏得焦黄。

为维持家里的日常开支,母亲很快应私立北京协和医学院之邀,参加了该院组织的特聘护士会的工作。

由于妹妹当时才七个月,母亲便去东四五条找来了姥姥。也就是从栖凤楼开始,特立独行的姥姥终于决定与我们一家人相依为命了。老人先后带大了我们姐弟四人,直到一九六〇年在大连去世。

应该说,从江擦胡同二十九号搬到栖凤楼小三条,对于我们一家人来说,实可谓从天上掉到了地下。但对于一个五岁的傻小子来说,我当时非但没有感到困窘,反而对周围所有的事物感到十分新鲜,尤其对死胡同尽头的那个大杂院,更充满了好奇与开发精神,像当初对江擦胡同二十九号那生机勃勃的后院。

这是一个老北京市井深处常见的大杂院,七八户人家挤在一个不成规矩的院落里,每天从早到晚鸡鸣狗跳的十分热闹。

但几天之后,在一个宁静的下午,大杂院的那群孩子们就给我了一个十分难堪的下马威。

那天中午吃完饭后,百无聊赖的我便溜到院子的门楼前。我一眼就看见,大杂院的那群孩子,正撅着屁股围在胡同一个背阴的旮旯里,全神贯注地忙碌着。我很想过去看个究竟,但新来乍到的又觉不妥,便远远站在门边盯着他们。

不一会儿,大功似乎告成了,只见那群孩子兴奋地直起身来,开始四下踅摸着,眼睛里充满了欢愉的神情。

突然,一个大一点的孩子发现了我:"小孩儿,过来。"他十分友善地向我招了招手:"过来,这儿有好东西!"

我迟疑地望着他们。

"过来!过来!"围在那里的孩子们一起朝我发出了邀请,我心存戒备地朝他们走去。

孩子们闪开了一条道,只见在他们中间的地上,有一个圆锥状的小土堆。不用说,这就是他们刚刚告竣的杰作。

"小孩儿,挖!里头有双袜子。"

"新的,挖出来就归你了。"耳边一片怂恿的声音,真诚而恳切。

我绝不是因为贪婪,只是充满了好奇。我不知道胡同里的孩子们,居

191

然还有如此深奥的秘密。于是，我蹲下了。

孩子们立刻安静下来了。

我慢慢将一双小手，插进那松软的土堆里。土堆是凉爽的，因为刚过了春分。

但，我很快就知道错了。我猛地将手从土堆里抽出，两只小手上竟沾满了稀屎！！我哇的一声哭了。紧围在身边的那群孩子，立刻呼啸着，像风一样消失在大杂院的门洞里。

母亲知道这件事后，有意让我认识了胡同西口的那家邻居。他家有一个男孩叫王致和，比我大四岁，个子高高的，既敦厚又勇敢。要是哪家孩子在远处喊他一声："王致和，臭豆腐！"他就会跺着脚，吓得那孩子抱头鼠窜。但王致和从来没打过人。

不久，祁伯伯的母亲从太原搬到北京了，老太太最初就住在我家。一个多月之后，原来住在大杂院里的一家意大利人回国了，祁奶奶便搬了过去。从此，我就成了大杂院的常客。那些当初让我吃过苦头的大杂院的小主人们也便自然成了朋友。

大杂院的孩子王是一个小名叫老虎的男孩子，而老虎他妈则是一位典型的北京社会底层泼辣刁蛮的中年妇女。老虎他妈生下五男二女，个个生性顽劣，大杂院里终日喧嚣几无半刻安宁。唯祁奶奶能闹中取静，每日焚香诵经，自取清逸。

与小三条七号正对门的，是一个整齐的蛮子门楼，常有两个年龄相仿的女孩子，站在那里向外张望。两个女孩贤淑而恬静，像一幅工笔仕女图。多少年后，那优雅的样子仍时常浮现在我的记忆里。

母亲上班后，很快便被派往巴基斯坦大使馆。因为刚刚赴任不久的大使先生的小女儿患了肺炎。

特聘护士会，是北京市卫生局责成协和医学院组织的，一个由高级护士组成的特别护理机构，其护理对象是住在北京的国内知名人士，包括外国驻华机构的工作人员及其家属。工资和待遇自然不菲。

按照巴基斯坦大使馆的规定，母亲上下班是需要车接车送的。无奈小三条的胡同太窄，那辆宽大的福特牌轿车拐不进来，所以司机才不得不将汽车停在栖凤楼的主街上等候母亲。

一九五〇年七月的一天，母亲回来得很晚。一进门她就兴奋地说："从明天开始，我要去中央人民医院护理徐悲鸿先生了。"

二十世纪五十年代的父亲与母亲

父亲在华北人民革命大学期间留影

北京东城区北极阁胡同，是作者每天上学的必经之路

缺席紀錄表

月份	日數
二月 事病	
三月 事病	
四月 事病	2
五月 事病	11
六月 事病	

各科成績紀錄表

科目	成績	科目	成績	評語	備註
作業	75	美術	65	記憶力弱、不活潑。	
音樂	75	數學	65		
遊戲	70	文字			
故事	未考	衛生	90		
兒歌	80	品格	85		
常識	72	習慣	85		
出席日數		缺席日數	13日		
校長蓋章		教員蓋章			

八十分以上為甲 七十分以上為乙 六十分以上為丙 而以上為及格 丁為不及格

鑑定評語

一、學習情況　　学習有進步

二、生活習慣　　不守紀律

三、對人態度　　对同学和气

四、服務精神　　愛勞動

五、其他

作者幼稚园及小学一年级的鉴定与评语

我简直不敢相信自己的耳朵,因为我知道徐悲鸿是当时最有名的大画家。头一年夏天,父亲曾带我去太庙,参观了一个规模很大的美术展览。在《奔马图》、《风雨鸡鸣》、《漓江春雨》及《田横五百士》等绘画巨作前,我记下了徐悲鸿的名字。

徐先生是因脑溢血住进中央人民医院的。消息传到中南海,周恩来总理立即指示北京有关单位,一定要派最好的医生和护士,做好徐悲鸿先生的医疗护理工作。在选拔护士时,北京特聘护士会提到了母亲。在对巴基斯坦驻华大使女儿的护理工作中,母亲得到了很高的评价。

于是,母亲被紧急派到了徐悲鸿先生的身边。

从那一天起,只要母亲一下班,我就要刨根问底地问到关于徐先生的所有事情。四个多月下来,我对徐悲鸿先生的病情发展以及生活琐事几乎了如指掌。

因为血压高,医生严格控制徐悲鸿食盐的摄入量。所以厨师在为徐先生做菜时是不许放盐的,而是把事先用天平称好的食盐,包在一个小纸包里,饭菜端上来后,由护士将少得可怜的食盐洒在菜里。时间长了,徐悲鸿先生再也忍不住了。

"不吃了。"他生气地将筷子一摔,母亲和徐夫人只得好言相劝。

母亲也谈到了徐悲鸿的夫人廖静文女士。她说,廖先生很年轻,长得很端庄,就是胆子有点小。晚上去公共卫生间,她常求母亲陪她一起去。她说自从徐先生得病后,她最怕一个人呆在黑暗里。她显得有些脆弱,曾经一个人躲在护士房间里流泪。

抗战期间,徐悲鸿和廖静文到过重庆和贵阳。这些共同的经历,使母亲和徐悲鸿夫妇之间,又多了许多消磨时间的话题。大家一起谈重庆的过桥抄手和熨斗糕,贵阳的花溪和甲秀楼。

一天午睡醒来后,徐先生的精神特别好,母亲就站在他的床前,问起了多日来一直想问的一个问题。

"徐先生,想请教您,我儿子想要学画画,应该从哪一步开始?"

"孩子多大了?"徐先生笑着问。

"五周岁了。"母亲答。

徐先生靠在枕头边:"还小呢,不过,如果他感兴趣的话,可以先从临摹学起。"

"临摹?"母亲不好意思地问。

"就是照着《芥子园画谱》、《晚笑堂画谱》或者小人书画。"徐先生认真地说:"开始画不好,可以把书贴在窗户上,像描红一样照着描。时间长了,手能掌握画笔了,就可以画写生了。"

"写生?"母亲又有些困惑。

"写生就是照着实物实景画了。"徐先生指着茶几上的水杯:"一开始可以画水杯,画茶壶,画收音机。时间长了,就可以到外面去了,画房子,画街道,画山水。这些画好了,他就有绘画基础了,他就可以对着镜子画自己了。当然,这一切需要持之以恒地刻苦训练,还有天赋,天赋很重要。"

"妈,什么叫天赋呀?"我问母亲。

"天赋就是看你是不是从心里想学画画。"母亲解释说。

"太难了。"我摇了摇头,母亲失望地叹了口气。

朝鲜战争爆发后,在街道的组织下,姥姥常带我到栖凤楼街口的宁郡王府里去开会。

宁郡王府是大清康熙皇帝四孙子弘晈的宅邸。新中国成立初期,这里一直是地方政府召开群众大会的地方。在这些大会上,市民们了解了朝鲜半岛的军事形势,了解了国民经济恢复时期的建设成就,了解了政务院颁布的第一部法律《婚姻法》,了解了"苏联的今天就是我们的明天"这句口号将意味着什么。那时全社会都沉浸在解放之初的兴奋与喜悦里,一扫之前沉闷颓丧的精神状态。而且,几乎在一夜之间,灰色的中山装和列宁装成了男女市民最时尚的制服。而胸前别一枚中苏友好协会会员的证章,更让人感到自豪与政治身份的高级。

一九五一年二月,穿一身灰制服戴一顶灰色解放帽的父亲,在政府的安排下,走进华北人民革命大学政治研究院,开始了近十个月的思想改造学习。而就从这个月起,新中国成立以来的第一场群众运动在全国范围内展开了,这就是镇压反革命运动。

一天下午,母亲带着姐姐和我从二舅家回来。刚进胡同口,就看见胡同里围了不少人。走到近前才发现,街坊们竟围在我们住的七号门楼前,小声议论着。

母亲紧跑了两步。

"出事了!你们家的房东出事了!"王致和他妈贴着母亲的耳朵说:"警察正在院子里挖呐。"

"挖什么?"母亲好奇地问。

"枪呗。好几条大枪呀,都拿油毡纸包着,刚从你们前院挖出来。"王致和他妈虎着脸说。

母亲没敢带我和姐姐进院子,可我却等不及了:"妈,我想撒尿。"其实我是想进院子里看看那几条大枪。

"憋一会儿不行吗?"母亲问。

"憋不住了。"我故作内急状。

母亲无奈,她轻轻地敲了敲门,一个警察将门打开。

"干什么?"那警察脸上没有任何表情。

"同志,孩子小,憋不住了。"母亲为难地说。

"怎么回事?"一个干部模样的人走了过来。

"我是这里的房客,住在后院,孩子想上厕所,憋不住了。"母亲赶忙解释。

那干部瞅了瞅我:"进来吧。"母亲领着我和姐姐赶忙挤进门去。

院子里站满了警察,两条大枪排放在前院自来水槽旁边一个刚挖出的大坑旁。穿着一身黑棉袍的房东老太太的儿子,脸色蜡黄地站在那里,两个警察正在用绳子捆他。

不久,从玉环姨的来信中得知,姨夫马庆凯因历史反革命罪被逮捕了。一九五一年八月,被安徽省临泉县人民法院判处无期徒刑。一个月后,经皖北人民法院阜阳分院复核,改判有期徒刑十年。

一九八七年二月,在历尽长达三十二年的监禁和刑满释放继续被管制的岁月之后,在经过三十六年不懈上诉之后,姨夫终于接到了安徽省阜阳地区中级人民法院的终审判决书。

> 原判认定马庆凯解放前在任职期间贪污勒索。解放后倒卖土地,分散浮财破坏土改。参加革命工作后包庇反革命等罪行。经查均非事实,应予否定。据此判决对马庆凯宣告无罪。本判决为终审判决。不准上诉。

这一判决结果虽然来得太迟了,但毕竟还姨夫了一个清白。

一九五一年秋,我上学了。学校就在北极阁胡同北口的新开路上。新开路小学是一所晚清时代的老学堂。学校大门是一座宽敞的广亮门楼,院子分两进,前院是一处很大的四合院,后院则是一排悬着木楼梯的后罩楼。

我的班主任叫鲜桂娴，是一个头发灰白的老教师。应该承认，从上小学一年级起，我就不是一个自觉用功读书的好学生。这样的学习态度一直延续到高中，延续到我最终走向社会。但与此同时，我又是一个有礼貌和良好生活习惯的好孩子。所以，凡是教过我的老师，对我大都分为两种截然不同的态度。鲜桂娴应该就是欣赏我那类老师中的第一人。

二十世纪五十年代初，新开路小学还是半日制，一年级新生的上课时间是每天下午一点，这对于时间概念仍处在蒙昧时期的我来说，如何掌握从栖凤楼小三条到新开路小学这段不足三百米的行程时刻，却是一个难题。

那时我们家没有钟表，我也不会看表。

每天上学前，我都要背着书包跑到大杂院祁奶奶家。

"祁奶奶，几点了？"

"十二点五十了。"祁奶奶看着柜上那台古老的座钟大声告诉我。

"表快表慢？"我也搞不清楚自己为什么一定要确认这个问题，而且每天我都要在这个问题上伤透脑筋。

"表慢。"祁奶奶如实道来。

"表慢？"我开始苦心琢磨了："表慢，那就无需太着急了。表慢，就可以慢点走了。"于是我放松心情，沿着小三条拐进黄兽医胡同，再拐到北极阁胡同，如此慢慢朝北晃去。结果是可想而知的。

当然，除了经常迟到，我也有创第一个到校的光荣纪录。

一天吃罢午饭，我又稀里糊涂跑到大杂院祁奶奶家。

"祁奶奶，几点了？"

"十二点十五了。"

"表快表慢呀？"我依旧要确认这个问题。

"表快！"

"快？！"我像兔子一样一溜烟狂奔到新开路小学门口，但见正午之下门可罗雀，我惊喜万分却无处炫耀，直至午时三刻，同学们进校，我才站在校门向大家郑重声明："我今天是第一个到校的。"

当然事情远没有结束。当同学们排好队走进教室的时候，我突然发现自己竟然把书包落在家里了。我拼命朝家里跑去，身后传来那催命般的上课铃声。

混沌得令人哭笑不得，是我启蒙时代的唯一记忆。

在我一直珍藏的家庭档案里，有两份我最早接受启蒙教育时期的原始文件。一份是四岁时，私立北平汇文第一小学附设幼稚园小班的《评语及各科成绩纪录表》。另一份是六岁时，北京东城区新开路小学一年级的《鉴定评语及学业成绩表》。两份文件相距整两年，但可以看得出，就操行而言，我的进步还是显而易见的。因为两年来我已经从一个"欠活泼，记忆力弱"的傻小子，蜕变成一个"学习有进步，不守纪律，对同学和气及爱劳动"的一年级小学生了。而就学业而言，算术已从当初的65分，进步到学期成绩95分。国语从当初的75分，进步到学期成绩82分。唱歌和图画也都有较大的长进。在全班47名同学当中名列甲等第27名。当然，这样的名次，对于今天许多学生家长来说，已经无颜见江东父老了。但当时我的父母，却从未因此感到事态有多么严重。

华北人民革命大学是一个思想改造的地方。学员大都是旧政府的官员及解放前的公教人员。北平市的原市长何思源就与父亲同在一个学员班。在这里，学员们不仅要学习毛泽东的《新民主主义论》、《别了，司徒雷登》等著作，学习《人民日报》社论及某些政策法规，最主要的一条，是要交代自己（包括检举别人）在解放前所有与共产党的主张相悖的思想及行为。学员们在华北人民革命大学学习期间，平日是住校的，只周六回来。一个阶段下来，父亲的心情明显好起来，每次回来，他都会认真地查看我和姐姐的作业，听我和姐姐给他唱那些新学会的歌曲，要是有好的故事片，他还会与全家人一起去看电影，这在以往是难以想象的。

栖凤楼西口附近有三家电影院，其中有长安街上的美其电影院和平安电影院（后来改作青艺和儿艺），还有崇文门大街上的大华电影院。当时正是新旧时代交替的时候，所以一些解放前出品的故事片仍在放映，像《万家灯火》、《春风秋雨》、《八千里路云和月》等，我们还看过新中国成立后电影工作者创作的《中华儿女》、《白毛女》、《新儿女英雄传》和《钢铁战士》。

五十年代初，苏联电影开始进入中国。记得我们曾经看过一部反映年轻一代走上革命道路的苏联电影《马克辛的青年时代》。从电影院出来后，在华灯初上的大街上，我一路高声朗诵着电影中的那句台词："前进吧，马克辛！前进！你要知道，你是彼得堡的布尔什维克！"惹来路人许多诧异的目光。

一九五一年夏天的一个周日，父亲到王府井新华书店去买书，从书店出来后，意外地与李文光迎头相遇了。但出乎意料的是，李文光看见父亲后，竟瞬间侧过头去，转身消失在大街上的人流里。父亲陷入了极其复杂的困惑之中。

消失的李文光是通过钱禹年认识父亲的,据说也是燕大的同学,他曾去过几次江擦胡同二十九号,而且不管父亲当时有多忙,他每次去,都会无所事事地坐上许久。

"沉屁股。"连母亲都有点烦他了。

最后一次来是一九五〇年开春的一天。那一次他是来求父亲的。他说自己租的房子到期了,一些家具器皿一时无处搁置,打算托父亲找间空房暂时寄存一下。父亲怕他死磨,便答应将那些东西存放在东堂子胡同五十二号,华北国际救济委员会北平区分会的一间闲房里。之后,李文光便不再登门做客了。

一九五〇年夏天,父亲因华北国际救济委员会财产移交事宜,到东堂子胡同五十二号去核实情况。在那里,父亲见到李文光存放的家具器皿仍堆放在房间的角落里。他无意中拉开一个五斗橱的抽屉,不禁倒吸了一口凉气,一支手枪竟赫然出现在抽屉里。

父亲立刻紧张起来,他派张木匠找来李文光,指着那支手枪质问他:"这是怎么回事?"

"嗨,我以为是什么事呢,您真有点大惊小怪了。"李文光毫不在乎地把枪在手里掂了掂:"我常玩这个,真的,起码可以防身。"

解放前,一些富家子弟拥有枪支自然无可厚非。但时逢新中国成立之初,军管会关于上交武器的通告早已发布了,更何况父亲对李文光的背景毫不知情。于是,他断然让李文光尽快将存放在这里的所有物品统统搬走,借口是人民政府近日即将收回华北国际救济委员会的全部房产。李文光没做任何解释,他痛快地答应了。

从此,李文光就再没登过江擦胡同二十九号的门。

"可走了。"母亲喘了口气说:"一坐就是大半天儿,真让人冷不得热不得。"

几个月来,华北革命人民大学的思想改造,已经使父亲开始具备了一定的政治嗅觉。王府井大街上奇怪的邂逅,让父亲深感不安。从李文光街头的有意回避,联想到五斗橱里的那支手枪,父亲当晚辗转反侧难以入眠。回到华北革大后,父亲便以书面形式,向组织检举了他对李文光的怀疑。娄钊昆、钱禹年、李文光的军统特务案,就此浮出水面。

但一九六五年,在父亲被定性历史反革命分子的决定中,"……**为特务钱禹年、李文光匿藏匪用物资。**"却成了又一条有口难辩的罪证。

一九五一年秋，叔叔和婶母从天津来北京为父亲送行

唐浩:

從以前你給我來的信,寫的很好。為什麼很久不給我再寫信了?爸爸希望你兩個星期給爸爸來一面信,因為爸爸實在喜歡看你的信。姐姐上次來信說:"老師說小弟弟很用功學習"。爸爸非常高興,爸爸給你寄去的像片知道收到了嗎?你覺得"好孩子"中那個孩子半月刊你都收到了嗎?你會寫出來告訴爸爸嗎?從前你的算術學得很好,現在是不是更好了?從前在書中看過一句話:"友愛、大方、誠摯",我以為很好,請媽媽給你講講什麼意思,你們能不能作到?爸爸很好。祝

唐浩進步、

爸爸 三月八日在本連寫

父亲写给我的信（一九五二年三月）

新开路小学的校门外，每天都有几个摆地摊的，卖些笔墨纸砚、描红、橡皮等文具。这些地摊还捎带着卖些吃的东西，像春天的青杏儿、夏天的桑葚儿、秋天的大赤包儿、冬天的酸枣面儿等，对女孩子来说十分诱人。

当然，最吸引我的还是卖画的。

那是一种和田字格本一般大的单页淡彩印刷品，内容大多是姑苏夜泊、寒江独钓、华山松岩、三潭印月等山水小品，不知什么时候，我开始被这些图画所吸引。

不久，在我的书包里，已积攒了几十张这样的画页。我将其视为珍宝，每天从早到晚爱不释手。

渐渐地，我变得安静下来了。我想起了徐悲鸿先生说过的话，每天放学回家后，我都要花上大量的时间临摹这些优美的画页，一张一张的很有成就感。

终于，姥姥也被我感染了。她用笔刀削好了所有的彩色铅笔，然后伏在桌前，在画纸上十分娴熟地勾勒出一朵朵盛开的牡丹，飞舞的蝴蝶，活泼的金鱼，还有奇异的佛手和丰硕的石榴。这些都是姥姥做姑娘时和画师学的。那时她梳着光亮的两把头，发髻里掖着一个盛着清水的琉璃瓶，里面插着一枝香气袭人的茉莉花。

十二月初，华北人民革命大学政治研究院第三期学员即将结业。此时，大连港务局毛达恂局长不失时机地通过交通部有关部门，向华北人民革命大学申请调派职工教育方面的专业人才。经过筛选，从结业学员中选出八人远赴大连，父亲即为其中一名。

听到这一消息后，新婚不久的叔叔和婶母立刻从天津赶来了。叔叔自山东齐鲁医学院毕业后，刚刚分配到天津铁路医院检验科。婶母张淑云天津护士学校毕业后，去了水阁医院。叔叔和婶母是一九四八年在仰山伯伯的新星报社认识的，一九五〇年于山东济南完婚。

叔叔婶母来北京的第二天晚上，由父亲做东，在王府井东来顺饭庄请仰山伯伯、珍一阿姨及祁伯伯一起吃了顿饭。

仰山伯伯那天喝醉了。他满脸通红地举起酒杯，摇摇晃晃地站起身来。"我与素心兄自昌黎汇文起至今二十余年，可谓同恶相助，同好相留，同欲相进，同利相死。其间，平津云烟，巴蜀烽燧，赴汤蹈火，在所不辞。虽不曾煌煌大业，却也为国为民鞠躬尽瘁了。"说着他打了个趔趄，跌坐在椅子上。

"肝胆一古剑，波涛两浮萍矣……"仰山伯伯嘤嘤地哭了。

不久前，十月出版社宣告破产了。当初计划翻译出版的外文书籍，成书后，均得不到新闻出版机关的出版书号。在贷款逾期债主盈门的情况下，倒闭是在所难免的。为了支撑生计，珍一阿姨走出家门，在一家供销社做了售货员。仰山伯伯经杨扶青推荐，为北京市东城区工商联收用。这一年父亲四十一岁，仰山伯伯三十九岁。

一九五一年十二月十七日，父亲一行八人从前门火车站，乘火车远赴东北了。按大连港事前的安排，家属需暂缓离京。因为这期间大连方面还需做大量的后续工作，为家属联系接收单位，为这些来自首都北京的专业人才，安排住房等必要的生活准备，等等。

当父亲乘坐的列车伴着志愿军战歌的旋律，缓缓驶离前门火车站站台的时候，母亲的心中油然生出一丝悲壮。这不是为父亲的远行，也不是为那迎面扑来的陌生，多少年之后，母亲才意识到，这悲壮源于人们义无反顾地奔赴，源于那时代洪流中的孤独。

父亲去大连后，我们之间的交流只能通过书信往来了。父亲逢周日必给我们发一封信，九个月下来，从未耽搁。

父亲是一个做起事来一丝不苟的人，包括对日常生活的许多细节，他做起来都十分认真，譬如写信封。

父亲写信封是很讲究的。邮票贴的位置也十分标准。平常写给母亲的信封上，台头自然是"李玉玺女士收"，而写给我的信封上，台头必写"唐浩小朋友收"。开始回信时，我总愿意在信封上写"唐子清父亲大人亲启"，以表尊敬。父亲却及时纠正了我，他来信说："信封是写给邮递员看的，你这样写，我便成邮递员的父亲大人了。"这些细小的生活习惯，父亲从很早就注意培养我们，现在想来终生受用。

父亲给我和姐姐写信，字总是写得很大且十分工整，从不连笔。字里行间像是与我们面对面的谈话，十分亲切。至今我还保存一封一九五二年早春，父亲写给我的一封信。

  唐浩：从前你给我来的信，写的很好。为什么很久不给我再写信了？爸爸希望你两个星期给爸爸来一回信，因为爸爸实在喜欢看你的信。姐姐上次来信说："老师说小弟弟很用功学习。"爸爸非常高兴！爸爸给你寄去的相片和《好孩子》半月刊，你都收到了吗？你觉得《好孩子》中那（哪）个孩子最好？你会写出来告诉爸爸吗？从前你的算术学得很好，现在是不是更好了？我从前在书中看过一句话："友爱、大方、慷慨、诚挚。"我以为很好。请妈妈给你讲讲什么意思。你们能不能作（做）到？爸爸很好。祝唐浩进步！爸爸　三月二十八日清早在大连写

一九五二年，栖凤楼小三条七号的母亲和她的孩子们，是在平静的企盼中度过的。

这一年夏天，仰山伯伯带来了一个让人心痛的消息，"三反"运动中，在昌黎汇文中学全体师生对"大贪污犯徐维廉"的批判会上，徐爷爷的二儿子徐志方激动之下跳上讲台，当众打了徐爷爷一记耳光！对于将尊严视为生命的徐爷爷来说，这一掌几乎是致命的。

年底，私立昌黎汇文中学正式由人民政府接收，徐爷爷黯然离开了昌黎。

直到第二年十月，徐爷爷的贪污问题方才得以澄清。之后，通过杨扶青的举荐，周恩来办公室出面将徐爷爷安排在中华医学会主办的中华医学杂志社，做了一名普通的外文编辑。至此，冀东地区一代赫赫有名的开明绅士，终于在云卷云舒近三十年之后怅然沉寂下来了。

一九五二年十月十九日，母亲、姥姥携我们姐弟三人，从天津赤峰道码头登上了海盛号客轮。叔叔和婶母一直把我们送到栈桥的入口处。

"一路平安！"叔叔站在码头上一直挥着手，直到轮船烟囱里的黑烟将天津码头远远地遮去……

站在船头的甲板上，我奇怪地问母亲："妈，大海不是蔚蓝色的吗？"母亲裹着风衣耐心地说："现在还没有到大海，这里只是海河，所以是黄色的。"

"什么时候咱们能看到大海呀？"

母亲望着轮船行驶的前方："大概不远了。"

下午，河面渐渐开阔了，但水的颜色还是黄色。天空中传来了阵阵鸥鸣，人们闻到了海的气息。

黄昏到来之前，风浪开始大了。母亲将我和姐姐叫进船舱，我很早就睡了。睡梦中，我又见到了小三条的王致和，他对我说："我抽空带你上香山去，我妈说，山里的秋叶又红了……"

第二天一大早，当我推开舱门走上前甲板时，立刻被眼前浩瀚的海洋震撼了。阳光下，湛蓝的海水卷着雪白的浪花，撞击着海盛号客轮的船首。呼

啸的海风将飞扬的泡沫吹成水雾，在船舷一侧化作道道稍纵即逝的彩虹。天空和海洋向四周无限伸展，秋云投下巨大的云影，在海面上飞快地掠过，让甲板上的人们感到阵阵温暖，阵阵寒凉。

　　中午过后，遥远的海平线上，出现一道黛紫色的山峦。我一头钻进船舱，在漫长狭窄的走廊里奔跑呼喊着："我看见陆地了！"

　　"于是，上帝对诺亚说：你和妻子儿女都可以走出方舟了。你要把和你同在方舟里的所有的飞禽、走兽及一切爬行的生物都带出来，让它们在大地上繁衍生息吧。"（圣经·创世记·第八章）

　　轮船绕过一片峭壁形成的海岬，我们见到了一座城市。

十五
清爽街二号

二〇〇八年八月八日晚,北京国家体育场。在二〇〇八名表演者雷鸣般的击缶声中,在"……德不孤,必有邻。礼之用,和为贵。"那排山倒海的吟咏之后,一个稚嫩的女孩子的歌声从天籁深处油然飘来。

五星红旗迎风飘扬,
胜利歌声多么响亮。
歌唱我们亲爱的祖国,
从今走向繁荣富强……

五十六个身穿民族盛装的孩子,脸上含着灿烂的微笑,在全世界目光的注视下,拥举着一面鲜红的国旗,信步走进第二十九届国际奥林匹克运动会的主会场。

……越过高山,越过平原,
跨过奔腾的黄河长江。
宽广美丽的土地,
是我们亲爱的家乡。
英雄的人民站起来了,
我们团结友爱,坚强如钢……

热泪模糊了我的双眼，我激动得难以自持……

当海盛轮靠近大连码头时，最早映入人们眼帘的，便是站在客运站二楼露天长廊上全副武装的苏联军人。他们左臂缠着绣有俄文标识的红袖章，牵着狼狗，用俄语大声吆喝着。一个苏联军官矜持地站在检票口，父亲从他身后探出身来："妞子！小弟！小妹！爸爸在这儿呐。"和在北京分别时判若两人的父亲，精神焕然地从母亲怀里接过妹妹，妹妹惊恐地望着他，不知如何是好。

走出富丽堂皇的候船大厅和栈桥长廊，在高高的台阶下，停着一辆俄罗斯四轮马车。马车夫见我们走下台阶，忙迎上来帮助拿行李。父亲对我们说，这样的老式马车现在已经不多了。他指了指与客运站只一道之隔的一座巍峨的欧式建筑："这就是港务局大楼，职工学校在六楼。"

马车徐徐驶过港湾桥，拐上一条宽阔的街道。父亲骑着自行车缓缓跟在马车一侧，为我们当向导。

"这条大街叫斯大林路，路口的那座灰色的建筑是日本殖民时期的期货交易所，前面那座尖顶建筑就是大连海关。"

驭马打着响鼻，在宽阔的街道上信马由缰地走着，车夫懒洋洋地坐在前面的座位上。座位后面的车厢里，一个古老的铜踩铃，在阳光下显得锃光瓦亮。父亲让我踩了踩那铜铃，随着一阵悦耳的铃声，驭马立刻仰起头加快了脚步。

从码头向西走出很远了，我们还没遇见几个行人。和人头攒动的北京相比，这座东方的海滨城市显得格外宁静，甚至近乎萧条。

细碎的马蹄声散落在深秋的街道上。在一个辽阔的广场周边，耸立着十座风格各异的欧式建筑，那高大的穹顶、挺拔的罗马石柱、哥特式的尖顶、巴洛克式的扶壁柱引起了我们极大的兴趣。大连的公共建筑如此高大且很现代，较之北京低矮的灰色楼宇，让人感到既新奇又气派。

"原来大连是这个样子，好像到了一座欧洲城市。"母亲感慨地自言自语，父亲的脸上露出欣慰的微笑。

清爽街二号是一座折中主义风格的典雅建筑，当年叫"南山寮"，是殖民时代大连满铁高级雇员的单身公寓。

沿着花岗岩石阶走进大楼，一个高大对称的门厅大堂显示了当年业主们毋庸置疑的身份。大厅两旁延伸的走廊与环形楼梯，更让人仿佛置身于一艘宽阔的邮船上。地上铺就的朱红色麻胶地板，突出了工业时代港航业

大连，明泽湖畔的清爽街二号（该照片现存大连城建档案馆）

一九五三年春，一家人摄于明泽湖畔的明泽公园

的风格与特点。门厅中间两根粗大的石柱下，环绕着一圈圆形木椅，让人联想到驿站的小憩，联想到小憩之后的继续远行。

我家住在二楼东侧的一一三号。这是一套三居室的套间，另外配一间厨房一间门厅。在厨房里，母亲和姥姥终于见到了父亲在信中几次提到过的大连煤气。对于北京人来说，大连厨房的现代化程度，实可谓世界水平了。

"用完后一定要把这两道开关都关好，否则是会煤气中毒的。"父亲一再叮嘱大家。

五十年代初，清爽街二号大楼里的住户，基本都是解放后从华东及长江沿线的港口城市统一抽调而来的知识分子。其中绝大多数为港航专业的技术干部，所以上海和江浙人占很大一部分，他们当中有港监人员、船长、引水员、港口高级调度员、理货员，等等。

住在我们对门的刘奶奶，是一位虔诚的天主教徒，也是这座楼里上海人的精神领袖。刘奶奶已过耳顺之年，她身材瘦小白发红颜，平日深居简出不苟言笑。那些叽叽喳喳的上海女邻们，只要一迈进刘奶奶的家门，就会立刻安静下来。她们与刘奶奶之间的谈话极富音乐感，遗憾的是，我连一句都听不懂。

刘叔叔是大连港的一位中年工程师，三十五六的人了，依旧孑然一身。他为人谦和温文尔雅，对刘奶奶言听计从，令人钦慕。母亲曾想把医院的小吴大夫介绍给刘叔叔，但因小吴大夫是大连本地人，这让刘奶奶很不放心，她与刘叔叔说了许多极富音乐感的话，之后，刘叔叔不好意思地回绝了。

刘奶奶的隔壁是一位姓杨的年轻工程师，也是上海人。杨叔叔娶了一个大连媳妇，那媳妇个子高高的，打扮得很时髦。平日里她尽量学着上海话，假装上海人。但实因语言模仿能力太差，常常丑态百出。在刘奶奶的圈子里，这个假上海女人永远得不到认可。

清爽街二号楼前，便是波光潋滟的明泽湖。这湖虽不及什刹海大，却也夏天可以划船，冬天可以溜冰，是大连市内唯一的一片湖水。

明泽湖西岸有一座殖民时代遗留下来的儿童游园。公园里有一个小露天剧场，一个伞状大棚下的旋转木马厅，两个兼做小卖店的木结构亭阁，还有一些儿童体育及游戏设施。

在明泽湖与公园之间，是一条沿湖铺就的柏油路。深秋时节，两旁高大的银杏树一片金黄，犹如俄国画家列维坦笔下色彩浓郁的油画。

住进清爽街二号后不久，我和姐姐就重新上学了。姐姐去了明泽湖东岸的桂林小学念四年级，我则去了明泽湖北岸的枫林小学念二年级。大连是中国沿海地区最年轻的一座城市，至一九五三年，城市开埠仍不足六十年。其间曾被沙皇俄国统治了七年，之后又被日本殖民者占领了四十年。在老大连人日常生活的词汇中，经常夹杂着个别日语及俄语词汇。俄国人，尤其是日本人的生活习性甚至包括思维方式，都不同程度地影响着与这座城市一同成长的人们。

新中国成立后的首都北京对于大连人来说，几乎是远在天边的圣地。即便是成年人，去过北京的也微乎其微。所以对于我这样一个从首都北京转来的新同学，二年级三班的同学们感到十分仰慕。一到课间，我身边就围满了好奇的同学们，大家对北京无限向往，对北京发生的所有事情都非常感兴趣。

"你见过毛主席吗？"

"你家离天安门有多远？"

"你爸参加过长征吗？"

"北京的冬天也下雪吗？"

我无时不沉浸在从未体验过的公众崇拜之中。

枫林小学二年级三班的班主任叫刘文超，是一个年近半百的老教师。她平日嗓门很大，同学们都很怕她。一天下午自习的时候，刘老师终于敲了敲黑板："都把头抬起来。"大家赶忙坐好。

"同学们，大家都知道，最近我们班从北京转来一位新同学。"

同学们的目光一下子全都转向我。

"下面欢迎唐浩同学，给大家讲一讲北京，好不好？"

"好！！"教室里爆发出一片掌声。

"讲什么呢？"我故作为难地问老师。

"讲什么都行！"同学们急不可耐了。

"那我就讲讲今年国庆节，天安门广场的阅兵典礼吧。"

"好！！"

于是，我就从朱总司令检阅时坐的那辆美式吉普车讲起了。

"……那辆吉普车的轱辘是白色的，朱总司令戴着的手套也是白色的。聂荣臻将军的汽车跟在朱总司令汽车的后面，两辆车开得很慢，就从我和姐姐的眼前开过去了。在东单路口，有一个解放军军官向吉普车刷地摆了一个手势，两辆吉普车就向西拐上长安街了……"

宣传画《我们热爱和平》

姐弟四人摄于一九五四年夏天

"然后就是三军仪仗队，然后就是步兵、海军、骑兵和空军方队。然后就是坦克车，然后就是炮车，然后就是高射炮车，然后就是喷气式战斗机，然后就是高射炮咣咣齐射，然后就是敌机被纷纷击落，然后就是冲啊缴枪不杀，然后就是红旗插到了上甘岭上……"

同学们睁大眼睛，顺理成章地被我带到了炮火纷飞的朝鲜战场。坐在一旁的刘文超老师眯着眼睛，一直在评估着这个二年级小学生的想象力与表现力。

母亲到大连后，由旅大市结核防治院安排了她的工作。她每天从中山广场乘坐四路有轨电车在斯大林广场下车，医院就在市政府旁边。因为是传染病性质的医院。所以父亲从一开始就明令孩子们不许去。

母亲在结核防治院的工作一直很顺利，但尽管如此，对于这座海滨城市，她曾经在很长一段时间里找不到归属感。由于联系不到教会，母亲从精神上失去了慰藉。由于听不到乡音，母亲对这座城市一直存有排斥感。这种感觉是老北京基督徒特有的气质，对错与否无可厚非。

父亲十分关注孩子们的成长。他不但自己常年订阅《新观察》、《北京文艺》和英文版的《北京周刊》之外，还给我们订了许多杂志报纸，像《人民画报》、《儿童时代》、《连环画报》、《小朋友》，等等。当时只有在较大图书馆的阅览室里，人们才会看到《人民画报》，一元钱一本的价钱，对于一般的工薪家庭来说，简直近于奢侈。但父亲则不这样认为："只要能让更多的人看到它，并通过它了解中国，就算再贵点也是值得的。"父亲是这样和母亲解释的。

所以每年一进腊月，父亲就会将一年攒下来的《人民画报》，寄到老家唐庄三爷那里去。那时村子里闭塞得很，而图文并茂的《人民画报》，确实为乡下人打开一扇浏览大千世界的窗口。

一九五二年深秋，离故乡唐庄不算远的遵化县，出了一个王国藩。他领导全村二十三户贫农，成立了一个"穷棒子"社，并依靠全社农民的艰苦奋斗，使社员收入得到了提高。毛泽东听说后说："我看这就是我们整个国家的形象。难道六万万穷棒子，不能在几十年内通过自己的努力，变成一个社会主义的又富又强的国家吗？"

从一九五二年冬天开始，唐庄也成立了农业初级社。庄稼人把土地重新整合到社里，"社员"这个词从此代替"农民"近三十年。

一九五二年夏天，摄影师阙文拍摄的一幅摄影作品，印刷成了一幅风行一时的宣传画,张贴在城乡的各个角落,出现在志愿军司令部的前线指挥所里。

第二年初夏的一天,我和妹妹唐宛正在明泽公园里玩。忽然,一个中年妇女睁大眼睛吃惊地问我们:"你们是从哪儿来的?"

"北京。"我自豪地说。

"天呐。"那女人简直不敢相信自己的眼睛:"你们是宣传画里的那两个孩子吗?"

"当然。那幅画叫《我们热爱和平》。"我不假思索地吹起牛来。

"快来看呐!他们确实是那两个孩子!"那女人一把抓住我,转身向周围大声喊着。

我一下子懵了。面对远近围拢上来的人们,我拉起唐宛拼命钻出了重围。

在之后的一个很长的时间里,我简直不敢贸然进入明泽公园了。因为我心里很清楚,揭穿这种幼稚的谎言,对大人们来说实在是一件轻而易举的事情。

我们的活动范围开始延伸到南山脚下了。老大连人常说的南山大庙,就在人迹荒疏的气象台山下。那是一座十分典型的和式园林,殖民时代是日本京都西本愿寺的大连别院。高大漆黑的鸟居,伫立在别院阴森的入口处,在鸟居之后左侧的草地上,安放着一门巨大的俄国岸防加农炮,这应该是日俄战争时期日本帝国的战利品。虽然炮口已被炸断,但沉重的钢铁,仍隐隐透着一股山呼海啸近代战争的粗野。

大连别院里有一座黑色的仿唐寺院,一座同样黑色的藏经楼,一些花岗岩雕刻的石幢,一座汉白玉的纳骨祠。这一切都隐藏在一片黑沉沉的柏阴之下,即便光天化日,也常常令人悚然。一些调皮的男孩子,更会无端地尖嚎一声:"鬼来了!"惊得同伴夺路逃散。

从现在的角度看,二十世纪五十年代人们的生活水平应该是相当清贫的。但因当时社会分配差距不大,市民中间贫富差异很小,所以人们的心态大都十分平和。

清爽街二号楼下有一个供销社,因为当初是海港职工集资创办的,所以大家一直叫它"海港合作社"。

海港合作社是一家飘散着酱油陈醋气味的不大的商场,但从鱼肉鲜蔬到烟酒茶糖,从日用百货到文化用品应有尽有,这里成了清爽街二号及附近居民几乎每天都要光顾的商品供应及社交场所。实行供给制之后，供销社门前的告示板上经常贴些公告，提醒人们什么票证开始供应什么东西了。时间长了，海港合作社在人们生活中具备了其他公共场所难以取代的位置。那些满脸疲惫的售货员和街坊邻居熟得像一家人。

每年进腊月后不久，海港合作社便会在一夜之间用细绳挂起无数新上市的年画来，将原本不大的商场，笼罩在一团浓郁的节日氛围里。人们仰着脸，摩肩接踵地徜徉在《八仙过海》、《三英战吕布》、《盗仙草》、《武松打虎》等栩栩如生的古代神话和民间传说里，柴米油盐等人间烟火之事，在年终岁尾似乎变得微不足道了。

那时的干群关系十分融洽。人们经常看到大连港务局的书记王伟和新中国成立前夕两航起义的有功之臣副局长郑道济，与大家一起排队买年货。大家彼此寒暄着，每个人的脸上都洋溢着幸福的光彩。

王伟书记的儿子小名叫毛毛，和我年龄相仿。毛毛常邀我去他家玩，王书记家的陈设十分简陋，在他家呆得时间长了，我甚至感到有些荒凉。

在清爽街二号的小伙伴里，与我结下终生情谊的当属朱嘉禾了。嘉禾小我半岁，也是随父亲工作调动从北京来大连的。嘉禾家有一本纸页发黄的《北平童谣》，我和他常抢着翻阅那本小册子，并大声争嚷着，沉浸在对故城的回忆之中。

  麻子麻，上树爬，
  狗又咬，人又拿，
  吓得麻子呲着牙。
  麻鞭子，麻板子，
  专打麻子屁眼子。

一九五三年盛夏时节，小妹唐华出生了。唐华小我八岁，是父母最小的一个孩子。

唐华出生的第二天，即一九五三年七月二十七日深夜十点整，朝鲜半岛的枪炮声终于沉寂下来了。

一九五三年是第一个五年计划开始的头一年。之前，在三年的国民经济恢复时期，中国人民以非常忘我的劳动热情，完成了诸如成渝铁路、陇海铁路、治理淮河、荆江分洪等众多工农业基础设施工程项目。结束了恶性通货膨胀和物价飞涨的局面，社会经济结构发生了巨大的变化，确立了社会主义国营经济的主导地位。

回想五十年代初叶的那段时光，经常有一个同样的情景不断在记忆深处浮现：一群无忧无虑的孩子们，在雨过天晴的明泽湖畔追逐嬉闹着，孩子们一边奔跑，一边趁机摇晃着路边的小柳树，后面赶来的孩子，沐浴在柳树抖落的雨水中，发出意外的尖叫和银铃般的笑声……

半个多世纪过去了。春天，当我再次漫步在明泽湖畔的柳阴下时，柔曼的柳条在和煦的阳光下舒缓地伸展着，白色的柳絮像一团团轻薄的雾气，从高大的垂柳间散发出来，将早已破败的清爽街二号，笼罩在儿时鲜活的记忆里……

我进一步认识自己的父亲，是在那洒满太阳雨的五十年代。

父亲对他的职工业余教育事业是全身心投入的。初到大连港时，他只是一位普通的语文教师，负责扫盲和低年级语文教学工作。学员是码头上的一线工人，其中大多数人都是殖民时代城市最底层的劳苦民众。

随着扫盲工作的逐步完成，大连港职工业余学校不久就成立了初中班，甚至中专班和大专班。一九五八年，在"大跃进"的岁月里，学校改名大连港红专学校。父亲则被升任教务主任，负责日常的教学工作。这期间，学校相继开设了港口管理及中文本科专业，学员全脱产，毕业时颁国家教育部承认的本科学历。

那时父亲经常奔走于大连海运学院、大连工学院、辽宁师范学院等高校之间，聘请那些专业对口的大学教授到红专学校兼职任课，自己则主动承担了大学中文教学的文学基本分类课程。每天披星戴月，辛勤而快乐。

父亲的治学态度是严谨的。同时，在多年的教学实践中，他也逐渐形成了自己一套具有独特魅力的教学方法。在语文教学中，为了提高学员们对作家及作品的感性认知，他经常让我用整开图画纸依照《晚笑堂画传》，为他临摹荀子、墨子、司马迁、屈原的画像。同时，以《芥子园画谱》为素材，创作了许多首古典诗词的诗意图。他向学员们推荐大连话剧团当时正在公演的话剧《钗头凤》。他还向学员们介绍古典诗词传统的吟咏形式，等等。

一九八三年，我在大连市文联召开的一次业余作者座谈会上，认识了一位大连港的业余作者。当他知道唐子清是我父亲时，曾十分感慨地谈起父亲的一件往事。

父亲的剪报索引

一九六三年，他在大连港水运专科学校读书时，父亲曾是该校的教务主任。一天下午，听说老师们都到局里开会去了，他便与班里的另一个男生，在自习时间偷着跑到大走廊的一张乒乓球台前，打起球来。

那一年，庄则栋、李富荣、张燮林刚刚囊括了第二十七届世界乒乓球锦标赛男子单打前三名，并蝉联了男子团体世界冠军。全国城乡正掀起一股乒乓热潮。所以，当父亲出现在他们身边时，两个大汗淋漓的小伙子竟一无所知。

出人意料的是，父亲并没有批评他们。他十分平静地走到乒乓球台中间，分别向两位呆若木鸡的学生，深深地各鞠一躬，便默然离去了。两位学生深感惭愧，并将这件小事牢记了一生。

一九八〇年父亲的历史问题平反后，我曾去过大连港务管理局，办理相关善后事宜。

在门卫室，头发花白的老门卫在问清我的来意后，感慨地说："无论刮风下雨，每天早晨最先走进港务局大楼的，就是你父亲。可一晃十四五年了，再没有见到他……"

在财务处，一位老会计默不作声地将父亲补发的工资全部核定之后，十分认真地将钱点好，装在一个牛皮纸信封里递出窗口。

"你是唐子清的儿子吗？"

我点了点头。

"唐老师可还健在？"他望着我。

我摇了摇头。

他也摇了摇头："可惜啊……"

一一三号是一个套间公寓。父亲、母亲与唐宛、唐华住在里屋，我和姐姐、姥姥住在中间屋，外屋是一个餐厅兼起居室。每天晚饭时，一家人围坐在一起，天南海北地高谈阔论其乐融融。父亲在去世前，曾不止一次地说过，清爽街二号十三年的时光，是他一生中最稳定最充实的岁月。

在父亲的鞭策与监督下，唐家姐弟在这期间养成了许多良好的生活习惯，这些习惯渗透于我们的进退揖让，饮食起居之中，成了唐家独特的家风。

父亲对每一个家庭成员的着装仪表要求十分严格的。我家的许多衣服，都是由铁路医院正门对面，一位姓栾的女裁缝量身定做的。父亲并不拘泥于程式化的制服，我们姐弟四人的衣服许多由他亲手设计，他为我和姐姐设计的学生夏装，为唐宛设计的墨绿色泡泡纱裙裤，放在今天也毫不逊色。

那时的衣料大多是纯棉和毛料的，所以全家人的衣裤都需熨好后再穿，不能含糊。父亲很在乎手绢、雨伞、头巾、鞋帽等细处，他的手绢从来是熨好再用，而雨伞则更讲究，绝不用坏伞。

"不要粗糙地对待生活。"这是父亲常说的一句话。

父亲从不挑食，但对每天晚饭时餐具的摆放，却格外挑剔。那时我家有几套餐具，母亲炒菜时，偶尔会将不是一套的盘子混在一起用。遇到这种情况，父亲总会皱起眉头，母亲再忙，也不得不将菜肴重新装盘。每逢这时，母亲都会暗自生气，我们也会从心里替母亲鸣不平。

最整齐和有条理是父亲要求我们必须做到的。他经常强调所有的东西都要放在最合适的地方，所以我家的所有物品都有它们固定的位置。父亲常说："与人方便，自己方便。"十几年来雷打不动。

在日常生活中，父亲十分注意公共意识及自律能力的培养。他要求我们严格遵守时间，不许穿睡衣走出家门，公共场所要有礼貌，懂谦让，不喧哗，要善待下人。

遇到闲暇，父亲也会带一家人去位于职工街的国际海员俱乐部度周末。那是一个隶属于大连港的涉外机构，有很多中外文杂志的阅览室、小影院、理发厅等供外国船员休息的服务场所。大连港的知识分子们，偶尔也会光顾这里聊以自慰。

每逢去海员俱乐部前，父亲都要格外审视孩子们的穿戴，同时嘱咐我们，在外国人面前，要有礼貌，要挺起胸来。

父亲一生爱竹，这和他品格高洁、待人谦和的道德素养是密不可分的。在父亲的书桌上，一直放着一个龙泉窑的梅子青束竹笔筒，那是北平解放前夕，父亲在东单旧货市场上淘来的。在那段兵荒马乱的日子里，父亲还从汇文校友孙德亮那里，求得一幅郑板桥咏竹对联：

　　未出土时先有节，
　　到凌云处仍虚心。

父亲平时除吸烟外，读书和收集剪报成了他唯一感兴趣的事情。他经常把报纸上一些他认为有用的文章剪下来，分门别类地粘贴在过期的《红旗》

杂志里。时间长了，他收集的剪报竟成了一部内容丰富的百科全书。我就是通过这些整理好的剪报，才认识了诸如刘白羽、杨朔、秦牧、季羡林、宗璞等散文大师，认识了建筑学家梁思成、数学家华罗庚、地质学家李四光和空气动力学家钱学森，了解了包括拓扑学、人工合成胰岛素和晶体管计算机等陌生而神秘的未来世界。

当然，小学时代对我影响最大的课外读物还是小人书。因为从小崇拜英雄，同时喜好绘画，所以那时我对小人书几近痴迷。

为了买小人书，我学会了撒谎，甚至学会了从母亲的口袋里偷些零钱（整钱却从不敢拿）。而偷着买来的小人书，不得不藏在父亲的书柜底下。时间长了，书柜下面让我塞得满满的。所幸的是，由于我保密工作做得好，这一切父母竟全然不知。

一九五四年八月二十二日，北京百万市民在天安门广场集会，发出了"我们一定要解放台湾"的豪迈誓言，两岸关系骤然紧张起来。单从当年十一月份的大事件中，人们便会感受到山雨欲来风满楼的险恶态势。

十一月八日，美国战机分六批五十架次侵入浙江南部海域。十一月十一日，福建公安部门破获九起美蒋特务案，二十四人被判死刑、无期或有期徒刑。十一月十四日，解放军海军在浙江以东海面，击沉台湾太平号驱逐舰。十一月十八日及以后两天，解放军空军先后轮番轰炸了盘踞在披山岛、渔山列岛的国军阵地。一时间，台湾海峡波高浪急，全国军民同仇敌忾。而恰在这个月，我表演了一出万分荒唐的恶作剧。

十一月四日做完作业后，我又开始百无聊赖了。那是一个阴暗的星期四的下午，后天周六，父亲又答应带我们去海员俱乐部了。上次在那里看了苏联电影《母亲》，那是一部根据高尔基的同名小说改编的黑白故事片。我突然想起，母亲尼洛夫娜在圣彼得堡街头的群众集会上，散发革命传单时慷慨激昂的演讲。于是，我开始激动起来，我尽量模仿尼洛夫娜的语调，大声朗诵起电影里的精彩台词来。

"……我的儿子的话，是工人阶级的纯洁的话，是不能收买的灵魂所说出的话，你们可以看到，他的勇气是不能被收买的！"

在布尔什维克革命豪情的激励下，我觉得自己应该做些什么了，写传单，对，写传单！我随手找来两张小纸条，开始用"金不换"慢慢在砚台里研起墨来。

"写什么呢？"我在认真地拿捏着，写"毛主席万岁，共产党万岁？"这哪儿有一点尼洛夫娜的造反气派。那么……

墨研好了，很快，两张不大的纸片上，写满了字迹幼稚，内容却十分"反动"的文字，落款都是"国民党大官宣"。

我走到窗前向下看，大街上秋风萧瑟行人寂寥。于是，在尼洛夫娜"不幸的人们……"潜台词的激励下，我将那两张"传单"，毅然抛向窗外。

两张轻薄的纸片，很快便融入楼下飞舞的秋叶里，没有任何人理会，更没有产生预期中的"尼洛夫娜效应"。在不见棺材不落泪的魔鬼的诅咒下，我终于决定咎由自取了。

"尹安政，快来！"我将身子探到窗外，对正在明泽湖边玩耍的一个同班同学大喊。他家住在一楼，他姐姐是父亲非常得意的学生。

尹安政跑过来了："什么事儿？"

我指着窗下那堆随风旋转的秋叶，压低声音："有特务！"

"什么？"尹安政没听清："你大点声说！"

"那儿有两张反动传单，是特务刚刚撒下的，不信你找。"说这话时，我已开始意识到其间潜在的险恶，便立刻将窗户关好，躲进屋里。

母亲下班后不久，派出所的老刘气喘吁吁地来到我家。老刘是枫林派出所的一位经常与街道妇女打交道的胖警察，老刘有严重的哮喘病，一入秋，更整日气喘吁吁的，给人一种十分敬业的感觉。

"你叫唐浩吗？"他一眼就认出了我。

"……"

"跟我去趟派出所吧。"老刘面无表情地说。"你也跟着去一趟吧。"他抬头对母亲说："天黑了，小孩儿自己去不安全。"

母亲立刻意识到我惹麻烦了："快说，怎么回事？"她有些气急败坏。

"我不知道呀。"我深知大难临头了，但却尽量装作没事人儿的样子。

"妈，小弟下午干什么去了？"母亲转而问姥姥。

"没干什么呀。"姥姥也感到很困惑，因为案发时她正与小妹在里屋睡觉呢。

枫林派出所在明泽湖南岸，由于天气寒凉，加之内心紧张，待我走进派出所大门的时候，早已口舌僵直浑身筛糠了。

我被带到走廊尽头的一间小屋里，母亲则被留在了大门边的长椅上。

"你叫唐浩吗？"一个从未见过的中年人笑着问我，他穿了一套深灰色的中山装，戴着一顶深灰色的前进帽。

"便衣。"我立刻确定了他的身份，目光迅速在小屋里扫了一下，还好，没见到一件刑具。只有那塌眼窝的派出所所长，拿着笔和纸，坐在我对面的小桌旁，脸上毫无表情。

"知道为什么叫你来吗？"那中年人依旧笑着问我，态度十分诚恳。

"不知道。"我决心打死也不说。

"你知道'国民党大官宣'是什么意思吗？"那中年人突然问我。

"宣，就是说的意思。'国民党大官宣'就是国民党大官说的意思。"我觉得问题太简单。

"那国民党大官说什么了？！"中年人的语气骤然变得咄咄逼人，一双细长的眼睛像两把阿拉伯人用过的弯刀。

"说！！"一直坐在他身后的派出所所长低吼了一声。

"那不是我写的……"我轻而易举地掉进了大人们布好的逻辑陷阱里。

审讯进行了不到一个小时，其中漫长的时间在于启发我交代出我的"组织关系"，即谁让我写的。我心里很清楚，在这个问题上，决不能再信口开河了。十四年之后，在群众专政指挥部的刑讯室里，我也能做到这一点，那就是没有的事情，打死我也不敢撒谎，因为撒谎的后果比死还可怕。

我在所有的笔录上按了手印，鲜红的清晰的一个九岁男孩的食指的指纹，散落在国共两党长期斗争的历史卷宗里。

十天之后，在所有班级都派代表参加的枫林小学的一次集会上，那个戴着前进帽的中年人，代表中山区人委教育科向全校师生通报了发生在十一月四日下午的那起"反革命事件"的全过程，宣布了"对唐浩问题的处理决定——记大过一次"。

我不知道"记大过一次"的处罚意味着什么，但听起来似乎比警告或开除都要柔和得多。

我那时的班主任已不是刘文超老师了。新来的李淑兰老师是一位从师范学校刚刚毕业不久的年轻老师。她的家族一定有色目人的血统，所以头发和瞳孔都黄黄的。李老师远比刘老师厉害得多。

"唐浩！你想不想好了！四年级三班的集体荣誉，这回算让你彻底丢尽了！！"我想起了周立波的《暴风骤雨》，我觉得这一成语用得如此贴切。

"小祖宗，再看下去，你该发动世界大战了。"母亲把书柜底下所有的小人书都翻出来了："你以为我和你爸都傻呀？"

父亲反而有意淡化了这件事情："看书没有错，关键是不要再搞恶作剧了。"

　　直到父亲去世后，母亲才告诉我，因为我九岁时制造的那起"政治事件"，父亲在之后的历次政治运动中，都不得不用阶级分析的方法，深刻剖析自己"反动的阶级本性"，以及对子女成长所造成的巨大影响。当然，这一切父亲在我们面前是只字不提，因为他十分清楚，儿童时代是人生成长过程中一个至关重要的历史时期，心理上的创伤一旦形成，他的儿子便极有可能变成另外一个人。一个卑微胆怯懦弱不堪的人，一个有强烈负罪感的人，甚至可能成为一个因心理阴暗而仇视社会的人。

　　父亲在全力保护着自己的儿子。

　　一九五五年四月，遵照中苏两国领导人多年磋商而达成的协议，苏联军队从旅大地区全部撤离了。四月十五日午夜，中国人民解放军第三兵团正式接管了这一地区的沿海防务。至此，从一八九五年《中日马关条约》将辽东半岛割让日本起整整六十年，这片宽广美丽的土地上，一直存在的外国军事力量，终于彻底消失了。无论是帝国主义的，还是社会主义的。

　　一九五五年五月末的一天，班主任李淑兰老师把我叫到教研室，李老师那时怀孕了，她挺着大肚子严肃地对我说："这一阶段，你表现得还不错，学习也知道用功了，上课也没有小动作了，体育课也有进步了，总而言之，你已经达到了少先队员的标准。"

　　我的心在怦怦地乱跳，脸腾地一下子红了。

　　"经过中队委员会讨论，报学校大队委员会批准，同意你加入中国少年先锋队的请求，我在这里向你表示祝贺。"

　　我当时不敢看李老师一眼。

　　"谢谢老师！"我深深地给她鞠了一躬。

　　一九五五年六月一日，我入队了。头天下午，在父亲的一再提醒下，我从大队辅导员那里买了一条绸质的红领巾（其他同学们都是布质的）。那天晚上，父亲一丝不苟地用熨斗将崭新的绸子红领巾熨得溜平。我接过那条温热的红领巾时，竟激动得语无伦次。

　　"我是中国少年先锋队队员，我在队旗下宣誓，我决心遵守队章，在党和毛主席的领导下做个好队员。准备着，为实现共产主义的伟大理想而奋斗。时刻准备着！"

　　这是我一生牢牢铭记的誓言，也是我高举右手，面对组织的旗帜，朗声宣读过的唯一一次誓言。在经历了近六十年的沧桑坎坷之后，我更加珍惜这个誓言，因为对于我来说，它意味着信任、理解与宽容。

一九五六年秋季开学后不久，在全国掀起的推广普通话的热潮中，操一口纯正北京话的我，又赢得了枫林小学全校师生的瞩目，成为学习和推广普通话的标兵。那一年我十一岁，嗓音清澈得像一支山间溪畔的芦笛。

在大海的深处，水是那么的蓝，像最美丽的矢车菊花瓣。同时又那么的清，像最明亮的玻璃。然而，海水是很深很深的，深得任何铁锚都达不到底。要想从海底一直上升到水面，必须有许多许多教堂尖塔，一个接一个地连起来才成。海底的人们就住在这下面……

我最爱背诵的，就是安徒生童话《海的女儿》的开篇。

十六

秋风吹遍了每一个村庄

二○○九年十月初的一天，接到朱嘉禾的电话，他前一天与夫人一起开车从北京来大连，看望姐姐朱珠和弟弟嘉明。明天准备再从大连开车去庄河，探望妹妹朱姗。电话里，我嘱咐他高速公路上一定要小心慢行，六十四五的人了，长途驾驶是容易出差错的。

朱嘉禾开的是一辆冰岛灰色的标致四○七款进口轿车，这已经是他开过的第四辆车了。第一辆是一九九七年买的国产富康车，五年之后换了一辆爱丽舍，第三辆是帕萨特。嘉禾从小就喜欢汽车，早在五十年前，他就能纸上谈兵地"启动"一辆苏联嘎斯车了。

朱嘉禾的父亲朱公颖，三十年代北平师范大学历史学系毕业，解放前是北平广播电台的一位播音员兼编辑。一九五二年，由华北人民革命大学分配到大连港职工业余学校做教员，和父亲成了同事。朱伯伯处事中庸，为人随和，说话做事不紧不慢，与父亲的风格截然不同。

朱嘉禾的爷爷奶奶父亲母亲均为京剧票友，嘉禾自幼便情衷于音乐，从京胡、二胡到扬琴、手风琴无不通晓。记得有一回我去他家玩，刚敲开门，嘉禾就扬起唢呐，冲着我一阵呜哩哇啦地狂吹，把我吹得目瞪口呆。

一九五七年春节，清爽街二号大楼里格外热闹。大年初一上午，身着一袭紫黑色天鹅绒长袍的刘奶奶，套一件银灰色对襟开司米毛线的外套，坐在客厅的沙发上，开始接受邻居们的拜贺。

一九五七年，子洵叔叔
来大连探望我们

一九五八年读初中二年级的我（中间）与同学合影

那年春节，女人们显得分外时尚，对门儿杨工的媳妇烫了一头大波浪，李政他妈擦了胭脂抹了口红，连平素从不着意打扮的母亲，也特意从秋林公司买了一枚人造水晶的别针，别在旗袍的领口处。朱妈妈过来拜年，临走前甚至连声挥手道："Goodbye, Bye bye!"这久违的道别，惹来大家一阵轻松的感叹。一九五七年的这个春天，清爽街二号的知识分子们都觉得很释然。

正月初三，父亲带我回京津省亲了，这是父亲六年来第一次回北京。为此他提前在栾裁缝那里，做了一件呢子大衣。

新中国成立以后，父亲一直保存着一块苏格兰呢料。那是一九四八年春，因有机会取道美国去丹麦考察乡村教育，父亲特意从瑞蚨祥买的一块质地很好的薄呢料子。孔雀蓝、黑、灰三种颜色的方格，既沉稳又悦目。无奈，当年在出国健康检查时，灰指甲病耽搁了父亲的行程，这块呢料也就压在箱底，一直没有成衣。

那一天，当父亲把这块呢料铺在栾裁缝台案上的时候，只见那女人眼前一亮："哎哟，多少年没见过这样好的料子了。"之后，她喃喃地问父亲："想拿它当面儿吗？"父亲肯定地点了点头。栾裁缝迟疑了，只见她盯了父亲一眼，用手轻轻地抚摸着那块呢料："唐先生。"她突然改用了"先生"这一沉寂了多年的称谓，"这确实是块上好的苏格兰格呢，但当下不同以往，我劝您还是把它当里子吧，外面随便再罩一层面儿，不然的话，穿出去，心里不踏实。"说着，她嫣然一笑："我多嘴了，主意还是您定。"

十天之后，对着穿衣镜，栾裁缝将那件鼠灰色哔叽大衣替父亲穿在了身上。掀开衣襟，父亲看见了那沉默在暗处的苏格兰格呢。

当祈年殿宝蓝色的穹顶，远远地从车窗左侧掠过的时候，我突然有一丝故地重游的伤感，那一年我才十二岁，但当时心里的滋味却分明记下了。

我们到北京的第二天，便去什刹海拜访了徐维廉。徐爷爷当时借住在朋友张重一家。

那是一个寒冷阴暗的上午，徐爷爷住在一个四合院的上屋。掀起厚棉帘推开房门，屋子里显得十分温暖。铁皮火炉上一把铜水壶始终呲呲冒着的蒸汽，一盆结满果实的金橘摆放在房屋中央的灰砖地上，看上去雍容而淡泊。

父亲与徐爷爷几乎谈了一整天，师生二人一壶清茶，六年离索，满腹衷肠，至于谈的是什么，我不得而知。徐爷爷将我安排在里屋他的卧室里，那里有成摞的外文杂志，还有一盒进口的巧克力糖。

这是父亲与徐维廉的最后一次见面，半年之后，在反右斗争中，徐爷爷被划为右派分子。九年之后,在"文化大革命"即将爆发的一九六六年初夏,徐爷爷与中华医学会的毕华德医生在昆明湖划船时,不慎溺水身亡,终年七十四岁。

在仰山伯伯那里,我们听说杨扶青后来的一些事情。

新中国成立后,扶老被周恩来聘为政务院参事室参事。其间由他草拟的一份《发展中华人民共和国水产意见书》,引起了周总理及政务院有关领导的高度重视。在他的一再请求下,年近花甲的扶老于一九五〇年出京,出任河北省人民政府委员,负责河北省水产部门的工作。在他的关心和支持下,昌黎县水产部门于一九五八年建起了河北省第一个水产养殖基地,这是当年扶老与徐爷爷在滦榆地区乡村建设宏伟蓝图中的一个梦想,也是这位共和国第一代老水产一生的夙愿。

二舅家依然住在马匹厂。

"江擦胡同二十九号已经拆了。"二舅惋惜地对父亲说:"听说要修北京新火车站,把鲜鱼巷以东直到建国门一带全都拆平了。"

三舅妈从美国归来后,即与三舅租下了东总布胡同一套中西合璧的房子。总布胡同是北京东城一个文化人集中的街区,建筑学家梁思成和林徽因夫妇、美国汉学家费正清、经济学家马寅初、画家董希文、作家赵树理、严文井等都曾经在这里住过。

望一姐当时在贝满中学读初三了。她带我去了先农坛游泳馆,她说下次再到北京来,她还会带我去龙坛跳伞塔看她跳伞。望一姐有一枚伞形纪念章,那是她第一次跳伞获得的。

离开北京前,父亲挤出时间带我去了趟王府井。在盛锡福帽店,父亲买了一顶铁灰色灯芯绒面的水獭皮帽子。这顶帽子他戴了二十年,直到一九七七年去世。

一九五七年夏天,我考入大连市第九初级中学,和往年不一样的是,那一年新学期开学推迟了一个月,因为全市中小学老师正与全国人民一道,掀起了一场声势浩大的反右斗争。这场由毛泽东《关于正确处理人民内部矛盾的问题》一文引发的全社会大讨论,促成了帮助执政党整顿工作作风的群众运动,进而最终骤变成一场反击右派分子向党猖狂进攻的反右斗争。在我的周围,一大批平日敢说实话的知识分子,一夜之间几乎全被打成右派分子,中国著名的教育家、社会活动家徐维廉,谢绝再三挽留、从美国学成归来的三舅妈杨英贞,史良女士的机要秘书、朱嘉禾的母亲王萍,与父亲一起从北京来大连支教的蔡阳冰、蒋承璬、杨荷亭，等等，一瞬间都在人们的政治视野中消失了。他们当中有的被关进了监狱，有的被置于群众监督之下人格扫地，知识分子从此风光不再，噤若寒蝉，剩下的便只有"社会主义国家人民地位高"的歌声了。

三舅妈杨英贞学生时代就是一个爱国的热血青年。在听说中华人民共和国即将建国的一九四九年初秋，三舅妈谢绝了克利夫兰大学的再三挽留，在历经大西洋、印度洋的惊涛骇浪之后，终于在这一年的十月一日凌晨赶到天津塘沽港，并当即乘车赶往北京，与三舅和望一姐一起，参加了开国大典当夜的天安门广场火炬游行。

回国后的三舅妈，被安排在北京人民医院任门诊部主任。她工作认真，办事果断，很快便扭转了院内工作长期散漫无序的状态，但同时，也因为她严厉的工作作风、一丝不苟的职业性格，也得罪了一些同事和领导。

反右斗争之后，三舅妈被褫夺了原来的职位，下放到街道卫生院，成了一名地段医生。从此，三舅妈的干练便荡然无存了，剩下的只有随和的微笑和那张依旧美丽的面庞。

然而，就在这一时期，三舅却在事业上步入了自己的黄金时代。新中国成立后，三舅受聘于北京师范大学，成为这所学校音乐系的副教授。

这期间，他参考许多国外的资料，研制了中国第一套包括二十多种乐器在内的儿童节奏器，并在东总布胡同派出所的协助下，组织了一个业余儿童节奏乐队，受到社会的关注和一致好评，并最终在全国小学推广普及。不久，三舅被调到北京乐器厂乐器研究所任总工程师，成了当时国内屈指可数的乐器制作高级工程师。

一九五八年，三舅主持研制了中国第一台竖琴。中央音乐学院随之成立了德国竖琴专家班，首批学员中的于培雪成了后来望一姐的竖琴专业老师。望一姐高中毕业之后，成为中国第二代竖琴演奏家。

从一九四九年到一九五七年，父亲已先后经历了镇反运动、三反五反运动、肃反运动、反右斗争等四次大规模的政治运动。值得庆幸的是，除了据悉是"内部控制使用"外，父亲的政治身份一直未改变过。这期间，在填写个人档案时，我便越来越有胆量，在家庭出身一栏里堂而皇之地填上"革命干部"四个大字，并以此为荣。

在我的记忆里，父亲曾两次申请加入中国共产党，但对于一个"内控人员"来说，这当然是件令人啼笑皆非的事情。

全国解放以来,父亲在与一些领导干部的接触中,总有一种难以言传的感觉,他们之间并没有语言障碍,但却很难进行推心置腹的交流,他非常在乎组织上对自己的了解与评价,然而他又不得不强迫自己去与那些面无表情的冷漠与漫不经心的敷衍去周旋。值得庆幸的是,十几年来,父亲在与广大教师及学生们的接触中,得到了应有的尊重与敬意,在这里当然要提到他的两位同事,一位是大连港红专学校的党支部书记程子美,一位是学校负责总务工作的老师薛连成。

程子美是工人出身的党的基层干部,调到学校之后,他十分敬重父亲的人品与治学态度,时间长了,两个人相见恨晚,无话不谈。在程子美主持学校工作期间,父亲的魄力与才智得以充分发挥,学校上下群策群力,学生们的学习氛围十分浓厚。一九五九年,大连港红专学校与长江航运局红专学校被交通部授予全系统职工教育的两面红旗,程子美为此进京,出席了全国文教卫生系统群英大会。

薛连成是普通的红专学校老师,年龄与父亲相仿。薛老师平日沉默寡言,甚至有些懦弱,但他对工作极端负责,对是非曲直了然在心,时间长了,自然成了父亲的挚友。薛老师家庭负担很重,家境较之贫寒,父亲曾以衣被票证相济,两人君子之交常在无言之中。

薛老师十分欣赏父亲的硬笔书法,时间长了,竟练就了与父亲极其相似的书法风格,清新隽秀如走龙蛇,劲健婉约赋予韵律,实可谓字如其人。

我们初一六班的班主任王玉瑞老师,是一个年龄与母亲相仿身材矮小的女人,河南信阳人。她小时候在老家曾裹过脚,后来虽然放大了,但走起路来仍有些跛,给人以未老先衰的感觉。王老师的丈夫据说也是一个教育工作者,反右斗争之后被捕入狱,后来病殁狱中。王老师从此与独生女儿相依为命,沉默而坚强地活着。

刚上初中不久,学校就开始筹备庆祝苏联十月革命四十周年的诗歌朗诵比赛。一天,王玉瑞老师把我叫到历史教研室,她拿出一张《人民日报》,指着副刊上郭沫若新近发表的一首长诗对我说:"我和班委们商量了,大家都一致推举你,代表班级参加全校的诗歌朗诵比赛。怎么样?"

对于王老师和同学们对我的信任,我确实万分感激,但三年前那次"政治打击"的阴影,始终缠绕在我内心深处,尤其是作为一名新生,出现在大庭广众面前,我总觉得有无数锐利的目光,会立刻认出我来:"嘿,就是他,这小子写过反动传单!"

听不到，但我却感觉得到。

"老师，还是让别人干吧，我担心背不下来，会影响全班集体荣誉的。"

王老师并没有在意："诗是长了一些，可我找了半天，也找不到更合适的诗歌了。"

我沮丧极了，但又不得不硬着头皮，背诵起那首其实我并不喜欢的长诗来。

> 第一个人造地球卫星，
> 日日夜夜在绕着地球旋转，
> 它不断地发出讯号，
> 十月革命四十周年纪念，
> 已经迫近在转瞬之间……

十一月七日，从中午到傍晚，全校按年级分别在大礼堂举行了三场诗歌朗诵大会。姐姐的那首高尔基的《海燕》获初三年级一等奖，我则获初一年级一等奖。这个评奖结果让大连第九初级中学的目光立刻投向我和姐姐，也为我第二年的华丽转身拉开了序幕。

上初中后，由于学校有自己的图书室，我便更有机会如鱼得水遨游在书的海洋里。父亲书柜底下的那些小人书，逐渐淡出了我的视野。

记得在一次语文课上，正在讲课的刘老师，突然合上书本对全班同学说："请同学们都注意一下唐浩。"我一时有点儿懵，当所有同学的目光全集中在我脸上时，刘老师不无欣赏地说："在我的课堂上，唐浩同学从来都是这样神情专注地听课。我希望所有的同学都能像唐浩同学一样，喜欢语文课。"

我不好意思地低下了头。

教地理的雷老师是一位来自北京的中年女老师。在她的课堂上，我经常神游万里。由于我读了太多介绍世界各地的书刊杂志，所以，初中的地理课程，远远满足不了我的兴趣。

记得一次期末考试，我早早就交了考卷并一个人在操场上炫耀。下课铃声响了，面对那么多找我对答案的同学，我心里充满了不屑与虚荣。

突然，一个女生问我了一道大题，我深感匪夷所思。

一分钟之后，我万分沮丧地闯进地理教研室："雷老师，最后那道大题我真的会答。只是，只是没看见题……"

雷老师哭笑不得地瞪了我一眼："活该！"

在初中的老师里，还有一个人是应该提到的，那就是美术老师吴兰英。吴老师是哈尔滨人，年龄与我母亲相仿。丈夫于反右斗争中病殁狱中。

初一上半学期，吴老师就发现了我的美术天赋，并让我参加了学校美术小组。那时正值"大跃进"年代，学校担负了许多社会上的美术宣传工作。每次任务下来，吴老师总是与同学们一起，背着画板，扛着梯子，深入到社区的街头巷尾，画壁画、写大字、办板报等，事无巨细，亲力亲为。

吴老师是一位忠诚于美术教育事业的好先生。在她的培育下，大连第九初级中学，先后有许多同学考入中央美术学院附中等上级学校。唯独我，最终辜负了吴老师的期望。

吴老师无子嗣，但吴老师身边却有一大批朝气蓬勃的年轻人。记得当时班上有一位男同学，自小就厌倦美术课，对吴老师也不够尊重，绘画成绩自然很差。但吴老师发现他字写得好，最终还是说服他参加了学校的美术小组。在吴老师的耐心帮教下，那位同学后来终于练就一手漂亮的美术字，并因此终身受益匪浅。

一九五八年五月，学校突然宣布停课三天，全体师生去海港东部作业区打麻雀，同学们无不欢呼雀跃，胜似年节。《中共中央国务院关于除四害讲卫生》的指示是二月十二日下达的，通知强调，力争在十年或更短的时间内，将"四害"彻底消除。而消灭麻雀，则成了此次运动最荒唐的一个亮点。

五月七日，旅大市围剿麻雀总指挥部，发布了向麻雀展开总攻击的动员令。决定从五月九日起至十一日，用三天时间动员全民统一行动，在全市范围内向麻雀展开总攻击。动员令言明："全体战斗人员，每天从上午五点到九点，下午四点到七点半，按时进入阵地，其他时间可留二分之一或三分之一的人继续战斗，保证不让麻雀喘息，晚八点到十点，由突击队进行搜捕掏堵。"

九日，成千上万兴奋异常的各界男女，从清晨起便奔赴全市三百六十四个作战区域。据《旅大日报》记载，当天大连师范专科学校和大连水产学校共备红旗四百面，轰杆七百根，草人六十九个，手电筒一百一十一个，鞭炮四万多响，梆子一千多个。一时间，锣鼓喧天，鞭炮齐鸣，红旗招展，人山人海，那场面可以说是相当的壮观。

一九五八年是一个因无休止的社会活动而经常停课的年代，人们为"十五年赶上和超过英国"而停课游行，为雨后春笋般兴起的人民公社而停课欢呼，为万炮齐轰金门马祖而停课示威，为一千零七十万吨钢而停课加油，为与工农相结合而停课勤工俭学，为"工业抗旱运动"而停课收缴废钢铁。一夜之间，全国城乡街道两旁几乎所有的墙壁上，都被涂绘了"工农业卫星上天，帝国主义夹着尾巴逃跑了"的街头壁画，每个人都沉浸在一种亢奋的激情里。

人民公社成立以后，故乡唐庄很快也办起了公共食堂。在公社经常组织各庄参观评比的全力推动下，唐庄的公共食堂办得有声有色。负责做饭的大师傅们使出看家本领，一日三餐馒头花卷豆包大饼，包子饺子油条炸糕，十天不重样地吃，生产小队更八仙过海各显其能，连平日难见的大米小豆干饭，都端上餐桌敞开吃了。菜就更不用说了，各队成天杀猪宰羊，社员家猪圈里的肥猪，只要够分量，拖出来就放血。一到吃饭的时候，全村男女老少像当年土改吃大户一样，不知从哪儿都钻了出来拥向食堂，在高音喇叭传出的"社员都是向阳花"的令人欢愉的旋律中，每个社员都吃得红光满面。

南街的李长顺，编了一段顺口溜："生产队呀真不离，社员成天开大席。人民公社真不赖，多大的家当也敢败。"中国人无法自控了，人们高唱着"一条大道在眼前"的革命歌曲，开始一路向左斜去。

因为在去年的诗歌朗诵比赛中，我已崭露头角，中山区少先队大队委员会的辅导员们很快就发现了我。

一九五八年初夏，我以中山区祝贺团团长的身份出席了旅大市首届少先队员代表大会。在大连少年先锋队的历史上，那是一次空前的盛会。

头天晚上，父亲亲自持熨斗为我熨好了白衬衫蓝裤子，熨平了绸子红领巾。母亲从秋林公司给我买了双白色高腰回力球鞋和一双白色棉线袜。

开会的那天早上，临出门时，父亲又将一大坨凡士林油抹在我的头发上，黏糊糊的，用梳子梳成油光锃亮的小分头。

"再少喷点香水……"父亲追着我喊，我夺路而逃了。

> 我们新中国的儿童，
> 我们新少年的先锋。
> 团结起来继承我们的父兄，
> 不怕艰难，不怕担子重……

迈着鼓乐齐鸣的节拍，在星星火炬旗帜的引导下，我率领一百二十名手持鲜花的少先队员，走进人民文化俱乐部灯火辉煌的大礼堂。

不久，我又以大会主席的身份，主持了中山区少先队员代表大会，主持了少先号渔船下水仪式等大型活动。中山区少先队的大队辅导员曲老师对我的工作十分满意，她笑着对身旁的老师说："唐浩比十六中徐衍国的声音要脆多了，也标准多了。"

一九八五年，我刚调到大连电视台工作不久，一天中午吃过饭后，一位电视剧部的同事，指着迎面走来的一个中年人："不认识吧，这位就是大名鼎鼎的徐衍国同志，当年广播电台的著名播音员。"我赶忙走上前去与他握手。四年之后，我被他调到国际部，成了其麾下的一名电视编导。

在九中与我同届的同学里，有一位品学兼优的学校大队学习委员叫滕毓素。滕毓素与我是小学同班同学，初中时我在六班，她在五班，五班的班主任李钦芝便是我们班的代数老师。

滕毓素一直是一位活跃的少先队社会活动的组织者，但由于我的出山，滕毓素旋即被冷落了。作为她的班主任，一贯争强好胜的李钦芝老师当然很不舒服。

李老师可不是一般人，一九五九年作为辽宁省的先进人物，她曾经出席过在北京人民大会堂召开的全国群英会。所以心生羡慕嫉妒恨的李钦芝老师，经常在她的课堂上对我实施定向突袭，让我在大庭广众之下颜面扫地，愚不可及。长此下去，上代数课对于我来说，真可谓如履薄冰，我的数学成绩从此一蹶不振。

一九五八年秋季开学后不久，姐姐被辽宁体工队女子排球队选中了。那一年姐姐十五岁，身高已达一米七五。辽宁女排的张指导在全省各高中选人时，一眼就相中了她。

父亲开始是不同意的，在父亲看来，接受高等教育是我们姐弟四人必须完成的起码学历，但架不住张指导的耐心开导，他从毛主席"发展体育运动，增强人民体质"的题词，讲到辽宁女排在全国取得的上佳名次，讲到了听从祖国召唤为国增光的重大意义等。

"唐棣可以去一年，最多两年。但大学还是要读的。"父亲最终还是有条件的同意了。

姐姐去沈阳后，一家人留影（一九五九年）

母亲去沈阳体育学院体工队探望姐姐时的合影（一九六〇年）

在新疆生产建设兵团的张念旳（后排左二）

姐姐去沈阳后,我和唐宛都轻松了许多。姐姐从小性格就很强势,由于身患甲状腺亢进,平日性格急躁,父母不在身边时,对弟弟妹妹的管束十分严厉,所以我和唐宛都特别怵她。

自打搬到清爽街二号后,姥姥越发感到寂寞了。平日里,她只有和我能说说话,谈她过去的风光岁月,谈她熟悉的南侠展雄飞、锦毛鼠白玉堂、黑妖狐智化,谈黄天霸、窦尔敦、朱光祖,谈水泊梁山的一百单八将。姥姥没读过《红楼梦》,这和她家道中落的经历不无关系。姥姥偶尔也白描几幅花鸟鱼虫聊以自慰。而对于绘画的热情,我却远不及栖凤楼小三条时代了。虽然美术老师吴兰英对我寄予了很大的希望,但我却心猿意马,偶尔画上两笔,兴趣不大。

一九五八初冬,大连第九初级中学深入大连造船厂,进行了为期四十天的勤工俭学。我开始被分配在小五金车间学钳工,不久,又被调到翻砂车间,与砂模和钢水打交道。在那个喧闹的车间里,我接触了第一线的产业工人,了解了翻砂铸造的全过程。

一天中午吃罢饭后,我约几个同学到船台去瞻仰那艘即将下水的"跃进号"万吨巨轮。这是我国建造的第一艘万吨远洋货轮,排水量达二点二十一万吨。

那一天风和日丽。乳白色、豆绿色与深绿色相间的巨大船体,在阳光下显得格外光鲜。工人们正吊在船首,精心绘制两条腾飞的巨龙。从船台周围的高音喇叭里,传来一阵阵激动人心的歌声。

> 五年计划看三年,
> 苦战三年看头年,
> 赶上那个英国用不了十五年。
> 嗨嗬,嗨嗬,嗨嗬!
> 十五年,十五年,嘿嘿,十五年……

随意间,一位同学发现在船台下的一个角落里,几个造船工人正在用木方和三合板,钉制一个巨大的椭圆形的轮船烟囱。我们好奇地凑上前去。

"别过来!"工人们发现了我们:"离开这儿!"他们挥手示意,表情都很严肃。我和同学们灰溜溜地跑回了车间。

一周之后,在六亿人民地动山摇的欢呼声中,"跃进号"万吨巨轮顺利下水了。在三合板做成的高大的烟囱周围，飞过许多彩色气球和绸带，以假乱真得天衣无缝。

在"大跃进"的年代里，为了培养年轻人的劳动热情，许多中学都办起了自己的校办工厂。大连九中自然不会例外。

一九五八年冬天，学校与西岗区北京街一家生产电器开关的胶木工厂联合办学。同学们与一线工人一起实行三班倒，即早班七点至午后三点，中班午后三点至深夜十一点，晚班深夜十一点至第二天早上七点。

我们参与勤工俭学的是压力车间，那是一个会让人立刻联想到画家门采尔笔下欧洲工业革命初期常见的半手工作坊。昏暗的灯光、蒸汽与火焰、瓦斯和橡胶混合在一起的令人窒息的气味、简单的重复劳动与机器的轰鸣。

那时，大连市内的公共交通还很落后，夜晚十一点下班时，大家便不顾一切地往北京街的有轨电车站跑，因为如若赶不上末班车，便只能深更半夜地徒步回家了。当时我们还都是些十二三岁的孩子，况且又是隆冬。

我这辈子有两大心理疾病，至今难以克服。一是恐高，二便是惧怕黑暗。所以只要上中班，我就会暗暗地盯住一个人，尤其是与夜班同学交接班时，我更会寸步不离地跟定她，她叫张念劬，一个比我大两岁的高个子女生。

听说张念劬是个孤儿，与姐姐、姐夫相依为命。他们是南京人，在五十年代，有许多这样似乎充满了故事却谁也无法细问的家庭。张念劬身材高挑，性格泼辣，在车间里，她会把两条大辫子盘在脑后，活脱一个圣彼得堡兵工厂的妇女代表。

下夜班的时候，她总是摘掉套袖抄起饭盒，风风火火地冲出厂门。我不敢怠慢，死死地跟在她身后，否则她会突然放慢脚步，注意窃听，而一旦发现身后真的没有动静了，她便会猛地转过身来："唐浩，你又死哪儿去了?!"

当然，这样的疏忽绝不可再有第二次，因为张念劬的脾气，我是领教过的，那简直比"狼来了"还可怕。

每天半夜，张念劬会把我一直送到清爽街二号侧门的楼梯口，然后一个人站在大街上，不停地对楼上喊："到家了没有？"

在黑暗的楼道里，我边爬楼梯边大声答应着："没有……"

"到家了没有？"

"没有……"

"还没到家，你这个死鬼！"

"……到了……"

午夜的大街上，留下她细碎的脚步声。

张念劬姐姐家在清爽街二号北楼，离我家二百米左右。

初中毕业前不久，张念劬随姐姐姐夫离开了大连，之后，我们便失去了联系。

一九六六年初秋，我意外地接到一封发自新疆生产建设兵团尼勒克一个农场的来信，随信寄来的照片上，张念劬站在几个女拖拉机手中间，正微笑地望着我。在她们脚下，是一片深沉的沃土，在她们身后，是白雪皑皑的天山。

照片后面有一行潦草的题字："你还认识我吗？张念劬，一九六六年八月。"

一九五八年，大炼钢铁在全国范围里成为工农商学兵重中之重的首要任务，故乡唐庄的青壮劳力都以连队的形式，抽调到东起彭店子西至迁安县城的滦河北岸。在那里，土高炉林立，炉火昼夜通明，从全县收缴来的各种与钢铁有关的器物，被砸碎后，重新回炉。一时间，滦河一线浓烟滚滚，壮观而繁荣。

秋收到来的时候，村子里的强壮劳动力仍披星戴月地苦战在滦河北岸炉火熊熊的土高炉前，留守村子的老少妇孺，便不得不放弃用镐头起白薯的传统方式，由几个妇女拽着一张木犁，将垄里的白薯硬是耥了出来，而没耥出来的便只能赶上一群猪，任其拱食了。由于牲畜和车辆都被人民公社调去炼钢铁了，村里老幼一时无奈，只能将起出的白薯堆在地里，用土埋上，听之任之了。

一九六〇年春天，当成群的灰鹤又一次鸣叫着飞离故乡大地的时候，乡亲们才发现，埋在地里的白薯全烂了。田间地头到处散发着醉人的酒香，庄稼人开始意识到问题严重了。

一九五九年暑假前不久，德意志民主共和国（东德）驻华使馆工作人员子女组成的董存瑞班访问大连。这是大连市政府自新中国成立以来接待过的为数不多的外国少年儿童友好团体。因为是一次关系重大的涉外活动，作为联欢会的主持人，我先后被几位有关方面的负责人约见，回答了包括家庭出身在内的许多十分严肃的问题。我一直很奇怪的是，他们为什么不去核查一下我的档案呢？而且，在后来的历次运动中，我那个可怕的"前科"竟然始终无人提及，这对"百密而无一疏"的那个特殊年代来说，堪称奇迹。

直到几十年后我才知道，在枫林小学为我填写的个人档案里，关于一九五四年的那件事情竟只字未提！枫林小学当时的校长叫王作声，在学生面前，他是一个不苟言笑的冷淡的人。

与德国小朋友的联欢会，是在七七街当年的中苏友好俱乐部里举行的。头一天晚上，父亲用英语为我当翻译，并亲自指导我如何划分段落，平抑语速。

"不要大声喊，你不是作报告，要尽量显得平和一些，友善一些。"父亲嘱咐我。

民主德国的少先队员佩戴的领巾是天蓝色的，像他们那一双双天蓝色的眼睛。一位梳着一头金黄色马尾辫的小姑娘，引起了大家的注意。她用生涩的中文为大家演唱了一首《歌唱二小放牛郎》。

> ……
> 秋风吹遍了每一个村庄，
> 把这个动人的故事传扬，
> 每一个村庄都含着眼泪，
> 歌唱着二小放牛郎。

泪水从她凹陷的眼窝溢出，我深深地记住了那双天蓝色的眼睛。

一九八九年十月中旬，当秋风又一次吹遍每一个村庄的时候，我随大连电视台新闻采访团访问了联邦德国（西德）。在汉堡、不来梅、杜塞尔多夫，在科隆、特里尔、美茵茨，面对迎面匆匆走来的这些陌生的德意志人，我曾竭力寻找过那一头金黄色的发辫，那一双天蓝色的眼睛。虽然我十分清楚这里是联邦德国，我知道这里与民主德国是两个截然不同的世界。但在我们即将结束那次采访的时候，柏林墙，这道横亘在欧洲中央的"铁幕"，终于被推倒了。

十一月九日晚上，从滚动播出的电视新闻里，人们看到成千上万的东柏林人，像潮水一样漫过勃兰登堡哨所，涌向西柏林的大街小巷。我努力搜寻着，却在电视里看到了无数双天蓝色溢满泪水的眼睛。

临回国前，在法兰克福歌德的故居，我记下了这位狂飙突进运动文学巨匠的一句名言："人们通过自己的智慧，将人类划分出一个又一个的界限，

作者在德国特里尔马克思故居前（一九八九年）

后来又因为爱，而把这些界限一个一个地推倒。"

在大连，从一九五九年秋实施的城市居民口粮压缩的政策，直到一九六〇年夏天才逐渐显出了它的压力。之后，随着市场上几乎所有商品都出现了紧缺，人们已感觉到生活开始日渐艰难。那时母亲每次发工资时，都要到青泥洼桥的南货商店，买些高价的香肠熟肉等解馋的食品，高干特供的烟酒，也开始出现在商店的柜台里。

谁都说不好朱嘉禾是从什么时候起又迷上小提琴的，在这之前，他曾迷上过开汽车。他不仅通晓了汽车动力学的基本原理，而且还了解了汽车从发动到挂挡、到转向、到刹车倒车的全过程。他曾爬上一辆路旁停靠的苏联嘎斯车，绘声绘色地向我倾诉他对汽车的理解与钟情。但当朱嘉禾终于用小提琴将作曲家萨拉萨蒂的《流浪者之歌》演奏下来的时候，眼睛里流露的喜悦还是难以掩饰的。

几天之后的一个黄昏，在明泽湖畔的银杏树下，我试探着问嘉禾："长大了，你想干什么？"

"当工程师。"嘉禾不假思索地说："设计国产高级轿车。"

我不以为然地摇了摇头。

从一九六〇年春天起，姥姥就出现了老年痴呆的倾向。当时大家都在忙，没有更多的理会她。进入秋天，老人的病情日渐加重了，她逐渐失去了生活自理的能力，开始由我们照顾她了。

九月十日黄昏前，躺在床上的姥姥突然喊我，我却没有马上过去。只听见她独自在那里喃喃地说："三贝勒家的老闺女和我约好了，晚上到湖广会馆听谭老板唱戏去。"

"几点呀？"我故意在一旁大声地逗她。

"六点半……"

不久，她便睡了。十八点三十分，姥姥离开了人世。

十七
你见过雷公山的山顶吗

一九六〇年八月的一天，大连第九初级中学初三毕业班的同学们，按事先通知的时间来到学校，这是初中三年的最后一次同学聚会。今天，王玉瑞老师将向全班同学宣布上级学校的录取结果。

结果出乎全体同学的意料，全班五十多名同学，只有九人被二十高中录取，其余四十多名全部分配到中等专科学校和技工学校。

谁都解释不了这一反常的结果，因为以往初中毕业后，最起码也应该有近二分之一的学生被高中录取。

面对同学们的惊讶与质疑，班主任老师竟无言以对。当然，作为一名一九三二年入党的老共产党员，王玉瑞心里应该预感到，国家出事了。

半个月之后，中共中央决定再次压低城乡居民的口粮及食用油标准。《人民日报》更在社论中号召全党全民大种瓜菜、大晒干菜、大腌咸菜。共和国进入了建国以来最为严峻的困难时期。

我被大连工业专科学校建筑数力系民用建筑专业录取，这对我来说，从心里还保留了一线尊严。因为六十年代，大连工专是一所全市最有名的中等专科学校，而且与九中只一街之隔。比起那些从此即将奔赴沈阳、西安、锦州等外地的同学，我算是不幸中的万幸了。

朱嘉禾被分配到位于金县的大连电力学校。在他家里，他一边拉着京胡一边对我说："我从小就怕电，我连安个灯泡都不敢。"

对于录取结果，父亲没有过多的评论，他很快从杂志和剪报里，为我找出好几篇梁思成关于建筑及城市规划的文章。他鼓励我中专毕业后，继续报

二十世纪六十年代初的父亲与母亲

考这所学校的大专甚至本科。父亲最终还是希望我无论如何都应该接受高等教育。

大连工业专科学校民用建筑专业六零届的新生们，是在学校召开的全校师生下乡动员大会之后逐渐认识的，因为新生到校不到十天，我们便下乡了。

一列闷罐车，载着全校近两千名师生，于初秋的一个深夜从大连火车站出发了。因为是临时调配的专列，所以在沈大铁路上时而待避时而缓行，直到第二天天亮后许久，我们才抵达复县松树车站。

这是我有生以来的第一次下乡。当我走进四平大队一家房东为我们腾出的那间厢房时，一股潮湿霉变的气味让人仿佛钻进阴冷的地窖里。当天晚上，我便被无数兴奋的跳蚤彻底蹂躏了。

当同学们把我送进公社卫生所时，连那位六十多岁的老大夫都惊呆了："你感染得很厉害呀。"他问我打过青霉素没有，我说好像打过。于是，他就给我扎了一支青霉素。之后，他用碘酒在我如火如荼的屁股上抹着，嘴里还叼着一根细长的烟袋（所有的医疗处置程序几乎都是错误的）。

四平松树一带是辽南地区著名的苹果之乡，也是苹果外贸出口的生产基地。由于村庄里的青壮年社员都被调到兴修水利的工地上去了，大连工专支农民兵团此次的任务，就是帮助社员在上冻之前将苹果从树上摘下来，再将出口的苹果按规格选出，装进柳条编制的笼筐里。

应该承认这是一件美差，因为从出工的第一天起，生产队的一个三十多岁的妇女队长，就操着浓重的复州方言，向我们交代了人民公社的优惠政策："敞开儿吃，拣大的，挑红的。"

四平的苹果以国光为主，也有红玉、黄元帅、倭巾、印度等，口味不一样，色彩也一目了然。在所有的农活里，摘苹果应该是一件最惬意的事情。每天从早到晚，同学们就像一群猴子一样，散踞在丰收的苹果树林里，果园深处经常传来少男少女那青涩的歌声。

"九九那个艳阳天来哟，十八岁的哥哥呀坐在小河边……"

看来中专真是一个与初中大不一样的地方。

可好景不长，由于学校不久就发现了我在美术方面的特长，所以很快就把我调到直属连队，与另外几位老师和同学一起负责壁画宣传工作。

我们每天骑着自行车，活跃在四平公社所辖的村庄街道上，将一幅幅巨大的歌颂总路线、大跃进、人民公社三面红旗的壁画留在刚刚粉刷完的白墙上。由于围观的老乡很多，这期间，我第一次感受到美术给自己带来的荣誉感和成就感。可以想象，当一群大姑娘小媳妇挤在你身后，不加掩饰地用笑声和俏皮话设法尽量引起你注意的时候，作为一个十五六岁情窦乍开的小伙子，自然会有云中雾里的感觉。

一天，在民兵团总部的驻地，我无意间听见学校的侯书记与四平公社一位领导的谈话。原来，侯书记希望公社能为学生们安排一次"阶级斗争教育课"，而公社的那位领导则当即表态："你放心侯书记，同学们回城之前，俺肯定安排一次万人批斗会。"

半个月之后，在我们回城的头天上午，四平公社的男女社员和大连工业专科学校支农民兵团的全体师生，在大府台村召开了一次万人批斗大会。一些地富分子被押到台前，将脑袋深深地埋到胯下。台上，几个贫农代表泣不成声地控诉了自己曾遭遇过的阶级压迫，倾诉心里的阶级仇恨。

在雷鸣般的口号声中，一个富农子弟被押到台前，人们愤怒声讨他"挖社会主义墙角"的滔天罪行，在如山的铁证面前（半筐苹果），那个年轻人脸色苍白，汗如雨下。

两天之后，民兵团的两千多名师生终于班师回城了。坦白地说，几乎每个人的背囊行李里都藏下了尽可能多的苹果，而我却因为如在云中如在梦里，竟错过了这次大规模盗窃集体财产的机会。

回到大连后不久，在一次全校大会上，校党委杨书记传达了学生口粮再下调两斤的新的粮食配给政策。在那次集会上，同学们第一次听到了"低标准，瓜菜代"这个没有底线的新词汇。中国的老百姓开始进入一个长达三年的饥馑岁月。

工专学校的食堂，在世纪街《大连日报》印刷厂附近，这里距学校五百米左右，是一间只有餐桌没有坐椅的十分空旷的大饭堂。学生在这里就餐全凭饭票，每月每天的早午晚餐分得很清楚。其中早饭大致相同，一碗米汤，半个馒头，一小碟咸菜。午餐每周都有菜谱提前告知，午餐主食为一个馒头（很少吃米饭），一个炖菜（除白菜、萝卜、辣椒外，其他蔬菜绝少见到），菜里少见油腥。周六中午偶尔有炸鱼，遇到这时，同学们上午课间就会提及，中午下课铃声一响，大家就一路呼啸着朝食堂狂奔。而一旦去晚了，炸鱼卖完了，排在后面的同学就会痛心疾首。

有一次，班里一位从庄河来的杨学敏同学，在排到窗口前的最后时刻，发觉炸鱼几近卖光了，情急之下，加之五百米长途奔袭，杨学敏竟当场晕倒在窗口前。食堂大师傅一时慌了手脚，忙从其他窗口抢来一条炸鱼，大家千呼万唤，杨学敏方才嘘出一口气，缓了过来。

杨学敏是一个学习刻苦的农村学生，他父亲是一位乡村代课老师，家境十分清贫。杨学敏最大的愿望就是有朝一日经济独立后，要给他母亲把病治好，他母亲的肝不好，当时他妹妹来信说，已经出现腹水了。

大连工业专科学校离清爽街二号很近。严冬到来的时候，因学生宿舍几乎滴水成冰，在我的再三恳请下，学校破例同意我走读。每天晚九点自习课后回到家里，母亲总要留些稀粥咸菜，让我吃罢再睡，为此我深感不安。因为每天晚饭剩下的那口饭菜，就是母亲第二天中午要带的午饭，我多吃一口，母亲第二天中午就要少吃一口。

就是在这样的艰苦岁月里，我的身高从初中毕业时的一米六八长到了现在的一米八二。

那一年寒假，母亲医院的陶岚大夫，送给母亲一张白菜票。星期天一清早，母亲就和我拎着麻袋，来到三八广场那家指定的商店里。在商店的后院，有一个像重磅炸弹炸成的大土坑，坑里满是黑色的泥浆。商店一位售货员递给我一根长把儿铁钩子说："捞吧，捞满一麻袋就不用称了。"

我和母亲惊诧不已，顺着一条结满盐渍的泥泞的土阶，我下到散发着咸臭气味的泥浆前。

"都是好白菜，上秋时腌在这里的。"那售货员说着，朝土坑里吐了口痰："拿回去好好泡泡吧，比咸菜都咸。"

我将铁钩子伸进泥浆里，感觉到似乎勾到些什么，我使劲儿向外拖，一棵像咸鱼一样的白菜帮子被拖到脚下。

"妈，还要吗？"我简直有些恶心了。

"要！"母亲坚决地说："陶岚阿姨说了，她丈夫单位费了不少周折，才和这家商店联系上的。"

陶岚阿姨的丈夫在市公安局工作，那时公安局的权力要比工商局和税务局大得多。

寒假的时候，孙继海从北京回来了。孙继海是初三时从外校转到我们班的同学，他性格内向，为人忠厚朴实，很少与同学沟通交流。我和孙继海都是九中美术小组的成员，孙继海画得不如我，但他却非常痴迷于美术。一九六〇年夏天，就在大家都被毕业分配搞得一头雾水的时候，孙继海竟然被中央美术学院附中录取了。消息传来，让我既羡慕又嫉妒。如今孙继海从北京放假回来了，在我们家的桌子和床上，铺满了半年来他在美院附中所完成的习作，我不禁被震撼了。从石膏素描到肖像素描，从人物速写到风光写生，在我面前，那简直就是一个美术展览会。我洗耳恭听他对美术的感悟，对色彩和光的理解，对人体的陶醉，对质感的追求。

那个假期，孙继海几乎天天到我家来，我们还冒着刺骨的寒风，去鲁迅公园画动物速写。总而言之，一九六〇年的寒假，是孙继海的一把火，让我重新燃起了对美术的向往。我对自己不听美术老师吴兰英的劝导追悔不已，吴老师曾经说过："单从条件而言，唐浩在美术上的天赋要超过孙继海。"

父亲对孙继海的成长也十分感慨，他曾不止一次地对孙继海说："经济上有困难，尽管和我们说，我会帮助你的。"

孙继海一直打算附中毕业后，报考中央美院的雕塑系。但他毕业的那一年，恰逢美院本科压缩招生，孙继海只能服从分配，去了上海科教电影制片厂。

就在这一年寒假，一直待在家里没去大连电力学校报到的朱嘉禾，在音乐方面也找到了知音。经朋友介绍，春节期间，嘉禾见到了沈阳音乐学院弦乐系一位大连籍的关老师。这位年轻的老师答应，每年寒暑假期间回大连探亲时指导嘉禾拉琴，成了朱嘉禾提琴方面第一位指导老师。

春节期间，姐姐从沈阳回来了。姐姐从小就是一个非常顾家的人，为了这次探亲，她想尽办法攒了许多面包、点心和糖，甚至连运动队发给女排队员补身体的大豆磷脂，她都带回来了。为此父亲很生气，因为父亲知道，多年稳坐全国女排冠军宝座的辽宁女排，是姑娘们用汗水换来的。

姐姐结实了，也爱和我们交流了，她常用"这些孩子"来称呼我和妹妹们，大家都觉得姐姐像大人。

一九六一年春节前夕，国家放开了高价糖果糕点的供应，但物价高得令人咋舌。中国开始进入一个严重的通货膨胀时期。对于领导干部，国家也相应规定了细粮、副食品、烟酒茶糖的供应标准。这不仅终于让老百姓看到了干群之间的差距，也为走后门及投机倒把埋下了隐患。

为适应困难时期国家整体的应急部署，全国高等院校及中等专业学校自一九六一年春季开学后不久，开始压缩编制。首先被明令压缩的就是农村籍的同学。消息传来，杨学敏整日惶恐不安，直至学校令其退学的通知递到他手里时，这个刻苦用功、试图用知识改变人生命运的同学，终于疯了……

从今天披露的有关方面调查统计数字得知，在三年困难时期，全国八百四十五所高等院校被撤销了四百所，两千七百二十四所中等专业学校被撤销了一千二百六十五所，先后有三十四万教职员工、四十五万农村籍学生被迫离校还乡，同时仅一九六一年全国便有两千六百万城乡居民迁往农村。中国处在新中国成立以来最为严峻的历史时期。

一到每月二十五日借粮的那一天，粮站门前便排起了长长的队伍。粮站规定每月二十五日可以买下个月的粮食，政府希望居民能在这种寅吃卯粮的努力中，感受到国家力所能及的关怀。

一天，母亲单位发了一张餐券，那是一张去西岗市场附近一家饭馆吃饭的凭证。母亲激动不已，她从家里拿了两个空饭盒，并附嘱唐宛说："晚饭不用着急做了，等我下班回来再说吧。"

自从姥姥去世后，唐宛就自觉担起了每天晚上做饭的家务。唐宛那年才十岁，晚上做饭时，她因个子矮，只能站在小板凳上切菜、和面。父亲很欣赏唐宛的勤劳，父亲最疼的就是唐宛。

下班前，母亲便匆匆赶到了那家饭馆。屋子里寒气逼人，一个粗壮的女服务员接过母亲手里的餐券，面无表情地说："饭盒。"母亲边掏饭盒边忙着问："都有什么菜？"

"鱼松炒韭菜。"那壮女冷冷地说。

"还有什么？"母亲试探地问。

"韭菜炒鱼松。"那壮女皱了皱眉头。

那天晚上，母亲用那一勺鱼松炒韭菜煮了一锅面糊。连走廊里都能闻到香喷喷的馆子味儿。

一九六一年的春天，人们可以在粮站买到加工好的橡子叶面儿了。那是由柞树叶磨成的粉，闻上去有一股山野的气息。橡子叶面儿要在水里泡很长时间，并反复换水，直到把那酱油般的颜色泡尽，方可与全麦粉一比一地掺在一起蒸馒头。那馒头是赭色的，散发着一股奇怪的土腥味。报纸上说这叫增量法，但时间长了，浮肿便开始蔓延了。

全家人最先开始浮肿的便是父亲，严重的时候，他双脚肿得只能穿布鞋。每天晚上吃饭时，母亲总希望父亲多吃点有营养的东西，哪怕是一小片肉。但父亲会立刻将那片肉夹到唐华的碗里，唐华会随手将那片肉夹到母亲的碗里，母亲当即便会把那片肉夹到唐宛的碗里，当唐宛准备将那片肉夹给我时，父亲便会将筷子往桌上一拍："别下棋了！"搞得大家都很郁闷。

"下棋"是我们家困难时期一句常用的术语，也成了这个家庭日后共赴国难的精神财富。

这期间，除了世纪街的学校食堂之外，大连工业专科学校对我来说，已失去了任何意义。试想一下，当一位女教师因饥饿晕倒在讲台上的时候，同学们谁还能安下心来继续读工程力学呢。

在那些饥饿的日子里，换饭票成了大家唯一感兴趣的事情。当时，为了防止同学们在饭票上动手脚，学校每个月发给学生的饭票都将日期及早午晚餐标得十分醒目。但为了感受一下吃饱饭的滋味，许多同学开始将两顿甚至三顿饭，通过相互交换饭票而攒在一块儿吃。这样虽可以饱撑一顿，但其他那一两顿便只能硬挺着不吃了。当然，一些家在大连的同学，便常用这种办法，将周日的饭票换成平日吃，周日则回家蹭一顿。谁家的父母不惦记孩子呀。

于是，我决定为家里攒饭票了。一九六一年初夏，我先后在半个月的时间里，与同学换了十张五月二十一日的午餐饭票，因为五月二十二日星期一，是我十六岁生日，我要给全家人一个惊喜。

半个月攒十张午餐票，是要付出极大忍耐力的。中午，当同学们风一样地刮向学校食堂的时候，我只能坐在教室里喝开水。当然，看着钱包里又多了一张五月二十一日的午餐票，我心里充满了成就感。

五月二十一日终于盼到了，那是个星期天。快到中午时我悄悄对母亲说："中午您就别做饭了，我从学校食堂打点儿来。"

母亲一时没听明白，我顺手抄起一口盖的铝锅冲出家门。

当食堂那位戴着老花镜的大师傅接过十张午餐票时，他瞅了我一眼："都晌午了，他们还没起床？"说着，将十舀子茄子青椒炖粉条倒在我锅里。

"您再给点肉吧。"我谦卑地向他点了点头。他顺手舀了一片肉。"就你老实，替他们跑腿。"说着，他捡了十个白面馒头，放在我倒置的锅盖上。

"别摔着！"他嘱咐道。我将一条白毛巾盖在馒头上，端起铝锅便冲出了食堂。

那是一个阳光灿烂的初夏的正午，街上行人很少，胸前的馒头散发着纯正小麦的香气。我刚才注意到了，在这口铝锅里，最起码也会有八片肉，这是何等的壮举呀。我兴奋得难以自持，竟想起了牛虻在刑场上中枪后那段精彩的台词："赶快呀！你们这些野蛮人，赶快呀！看在上帝的分上，赶紧把这件事干完吧，这怎么叫人受得了啊！"我端着铝锅在小街上暴走。

突然，一个脚步声引起了我的注意。那是一双小号皮鞋在柏油路面上留下的脚步声，那声音从学校食堂门前就一直跟在我身后不远的地方，现在依旧跟在我身后。我突然紧张起来,我想起了学校最近在学生食堂贴出的公告:任何同学不许相互换取饭票,一旦查出,将严惩不贷。

我继续往前走,胸前继续散发着纯正小麦的熟香。

"看在上帝的分上,赶紧把这件事干完吧!"我始终不敢回头。

前面就是九中门前的那个十字路口,往左拐去学校宿舍,往前直行便是清爽街二号。

"你们这些野蛮人!"我咬了咬牙,径直朝前走去。

"站住!"身后传来一声厉喝。

只听那小号皮鞋声紧走了几步,班主任初老师一闪身出现在我面前,我几乎要崩溃了。

初老师是马列主义教研室的一位年轻的女教师,梳一头短发,平日和同学接触不多,偶尔到班里走一趟,那严厉的目光也会绕梁三日。

"你上哪儿去?"阳光下,初老师眯着眼睛望着我,眉宇间多了一个"川"字。

"回家。"我顿时心如死灰。

初老师愣住了,她没想到我竟如此坦诚。

"不知道学校有规定吗?"她咄咄逼人地问我。

"知道。"我不想和她再纠缠下去。

"知道?知道你还这么干!"初老师显然要发脾气了。

"明天我过生日,我想让我爸妈吃顿饱饭。"我眼睛里含着泪。

长时间的沉默。周围的空气像被高度压缩在一个巨大的一触即碎的玻璃器皿里。

"这是几份午饭?"初老师的声音一下子变得喑哑了。

"十份。"我盯着手里的馒头。

"怎么攒的?"

"饿着……"

初老师猛地转过身去,她背着我站了片刻,随后低下头并急着朝学校跑去了。

"注意身体……"远处传来初老师含泪的叮咛。

暑假前,大连工业专科学校的老校长吴运铎同志到东北视察工作期间,曾在学校礼堂为全校师生作了一次精彩的报告,题目依旧是《把一切献给党》。

265

秋季开学后不久，我因两科缺考而留级了。由于下一届民用建筑专业被撤销了，我不得不留级到无机化学专业，而这一切又无法告诉父母，日子便只能这样一天一天地熬着。

在父亲的极力干预下，姐姐终于告别了效力两年的辽宁女排，回到大连第二中学，继续她的高中学业。姐姐学习刻苦不甘人后，两年的专业体育生涯，将她锻炼成一个十分成熟的人。这期间，家里的许多事情她都开始过问，她与母亲之间无话不谈，成了母亲最贴心的一个朋友。

一九六二年早春二月，大连工业专科学校再次下乡支农，地点在庄河花园口。

距上一次四平支农仅仅不到一年半，但辽南地区的乡下已令人惨不忍睹了。我们进驻的小村庄坐落在一处海边的山坳里，这是一个毫无生气的村庄。在我们到来之前，村里的鸡鸭猪狗已全被杀光了，只一头垂死的黄牛成天躺在一面向阳的坡地上。生产队长告诉我们，现在不能杀，等开春种地的时候再杀了，让大家吃饱后，好有劲儿种地。

在村庄北面的一处坟地里，停放着五六口白皮棺材和朱红色的旧板柜。村民们告诉我们，那些都是去年冬天饿死的人。乡亲们盼着大地早些时候解冻，也好有力气挖个墓穴，让亡故者早些入土为安。

在村子里一条萧条的土路上，人们经常能看见一个疯疯癫癫的年轻人，他蓬头垢面衣着褴褛，嘴里呐呐自语疑似魔怔。一个老太太对我们说："可怜那小子一家好几口人，不到一年的工夫，就剩下他一个了。让谁摊上，谁都得疯啊。"

这次下乡支农，学校说得很明确，就是让我们来当牲口的。因为村子里的牛马全都死光了，我们这次下来的唯一任务，就是将海边及沟汊河滩的废土秽物收集起来，充当肥料，用车送到地里。我们二十几名同学分成两组，上午一组拉车，一组休息，下午另一组拉车，换人休息。每组一天拉两趟，这对我们来说，已经是仁至义尽了。

我们的给养全部是学校自备的。学校食堂用全麦粉烤制的长面包从大连运来，同学们一日三餐将几只面包切成碎块儿，与咸白菜一道，放在大锅里熬成面糊，大家一人一碗，分而食之。

我们吃饭的地方，在远离村庄的一个山坡上的孤屋里。即使是这样，每天中午吃饭的时候，那孤屋的门外，还要挤满从村子里不远前来观光的乡亲们。一些面黄肌瘦的孩子，甚至不顾大人的责骂，挤进屋子就围在锅前看着我们吃饭，那悲惨的场景让我随时想起都会心痛至极。

十天之后，我们离开了那个毫无生气的小村庄。在徒步赶往城子坦火车站的路上，在阳光刺眼的碧流河荒凉的河岸上，无数新坟令人触目惊心。

一九六二年暮春时节，一天，正在班上的父亲看见局党委宣传部长与局机关党委办公室主任，一起来到教务主任室，便忙着迎了上去。

"坐，坐，坐。"宣传部长显得很客气，随后坐在了父亲的身边："局党委办公室刚刚接到一个电话，唐主任过去的一位老朋友，在大连视察工作期间，点着名儿地想见见您。"

"您说的是哪一位？"父亲困惑地望着他们。

"杨扶青。"部长尊敬地道出大名。

"原来是扶老。"父亲感到很意外。

"哎，人家现在是国家水产部副部长呦。"宣传部长对父亲殷勤地说："杨部长说了，你们可是三十多年的老朋友了。他还说唐主任会开汽车？"

"那都是过去的事了。"父亲笑着说。

"好。"宣传部长站了起来，脸色也变得严肃了些："唐主任，咱们就按杨部长说的办。他现在非常想见到您，而且，部长希望今天下午，您能亲自开车陪他浏览一下大连的市容。杨部长视察工作的大连水产公司，连一辆像样的轿车都没有，接电话的局党委办公室主任当即答应，由港务局出一辆轿车，大力支援。"

能见到扶老，这让父亲感到一阵惊喜。而扶老用这种惊天动地的办法与父亲会面，更让父亲体味到了这位患难与共的忘年交的良苦用心。

"杨部长那里有什么需要，唐主任尽管告诉我们。这个接待工作，我们一定要配合好。"宣传部长临走前再三表示诚意。

当父亲把大连港机关党委的那辆崭新的伏尔加牌轿车开到大连宾馆时，穿一身浅灰色中山装的扶老，早已等在那里了。

"没吓着你吧？"扶老钻进车来的第一句话便引得两人笑出了眼泪。多年没听见扶老这浓重的乐亭乡音了，豁达而幽默，大度又不失狡黠。父亲由衷地佩服扶老，这也是徐校长不及扶老的根本之处。

第二天是周日。扶老谢绝了接待单位的安排，提出要去清爽街二号见见母亲。

那天一大早，全家就忙起来了。屋子里收拾得格外干净，连玻璃都重新擦了一遍。唯有中午如何款待扶老，成了母亲万分为难的事情。

"要不和邻居借几张肉票?"母亲问父亲。

"不必了,扶老最不愿意看到的,便是粉饰。"

按照父亲的安排,上午九点,我来到杨爷爷下榻的大连宾馆。

大连宾馆是当时大连一家最好的国宾馆。周恩来、朱德、宋庆龄来大连视察时,都住在这里。在服务员的引导下,我走进二楼杨爷爷下榻的房间。

"首长,您的客人来了。"服务员微笑着轻轻地说。

"是糖馒头吗?"站在窗前的杨爷爷转过身来,我高兴地点了点头。没想到杨爷爷还记得,那是在江擦胡同二十九号时,大家给我起的外号。

"哎呀,怎么这么高了。"杨爷爷仔细端详着我:"简直成糖葫芦了。哈哈哈……"

服务人员把两条鲳鱼拎来。

"拎着。"杨爷爷让我接过鱼:"今天早上,水产公司派人刚送来的。"杨爷爷看服务员退了,便向我眨了眨眼睛:"是我冲他们要的。"说着,他拎起一个手袋随我下楼了。

从大连宾馆到清爽街二号,只不到二十分钟的路程。我边走边向杨爷爷介绍,殖民时期旅大地区的历史沿革。当我们走到铁路医院北墙外一处缓坡上的时候,远远的,停靠在造船厂码头的那艘灰色的万吨巨轮,便清晰地进入了我们的视野。

"杨爷爷,那就是咱们建造的'跃进号'万吨巨轮,从五八年下水后,一直就没有开走。"

杨爷爷站住了,他神情黯然地向那里望了许久。

"国家遇到困难了,这船难以起航呀……"他喃喃地说。

听说杨爷爷到了,一家人都拥到走廊里。

"玉玺呀,快帮我把这几件脏衣服洗了。"母亲忙接过杨爷爷随手递来的手袋,一家人感到十分温暖。

吃饭的时候,大家自然谈到了眼下的灾情。我也向杨爷爷谈到了花园口及碧流河两岸的见闻,餐桌上的气氛变得黯然了。

"听说,毛主席近来也很少吃肉了。"杨爷爷直直地看着大家。

"为什么呢?高干不是都有特供吗?"我奇怪地问。

杨爷爷目光低垂,半晌才说:"主席是吃不下去呀……"

一九六二年,对于大连地区来说,应该是三年困难时期的谷底了。这一年,从春天开始,人们就把一切可以塞进嘴里的东西都吃光了。包括柳芽、

全家人的最后一张合影（一九六二年春节）

作者自画像（绘于一九六二年）

榆钱儿、槐花、桑叶及所有野菜，人们拼命地把微薄的工资节省下来，去黑市买高价粮票及其他票证，人们离不开黑市，而黑市又无所不能。

一天晚饭后，父亲和母亲商量："托人想想办法吧。"他为难地拿出一封信来："校长来信说，想吃海米了。"

"想吃海米?!"母亲深感不可理喻地望着父亲："老爷子是不是疯了？那得多少钱呐。"

"这可是校长头一回向我开口，无论如何，我无法回绝。"父亲坚定地说。

母亲沉默了。

星期天的上午，我陪父亲去胜利桥邮局，给徐爷爷寄去了三两大海米。在办理邮寄的过程中，父亲一直沉默着，我却从心底里钦佩父亲尊师如父的做人准则。

这一年夏天，大连港务局为了保障为数不多的知识分子能够继续正常工作，决定对全局一定级别的高级知识分子分批实行"软禁"，地点就设在港湾桥附近的水运专科学校的礼堂里。局机关在那里添置了许多可供人们席地而卧的草垫子。被"软禁"人员自带行李及洗漱用具，"软禁"期间的一日三餐，由局里免费提供。除主食基本保证外，局机关又千方百计通过包括黑市的各种渠道，采购来一批鱼肉蔬菜及豆油食糖，同时，还通过交通部搞到一些大豆磷脂，借以强化"软禁"人员虚弱的体质。父亲便是首批被"软禁"的人员之一。

然而，就在父亲"软禁"结束后不久，我却大难临头了。

随着这一学年的结束，我因上一年留级，加上这一年三科缺考，已被学校勒令退学了。对于这个早晚会出现的结果，我真的无法向一直对我寄予无限厚望的父母解释。

但父亲终究还是知道了。

整整两天，父亲躺在家里拒绝饮食。在最初一阵歇斯底里的发泄之后，父亲很快便沉默下来了。这沉默让我如坐针毡，这沉默让我不寒而栗，因为透过这沉默，我似乎看到了父亲对我"哀莫过于心死"的悲凉。我从心里担心父亲会从此放弃我，因为我深知自己已走投无路了。

在我一生中，曾犯过许多错误。但就父亲看来，六十年代初，我在大连工业专科学校的屡屡失败及瞒报军情，该是唯一一件让他至死难以原谅的事情。

第三天清晨，父亲一如既往地按时上班了。在他写字台的右手处，放了一封写给我的信。他鼓励我跌倒后一定要自己爬起来，同时，他希望我能从实际出发，为自己的前途规划好一条出路。

从这一天起，我和父亲的交流，便常用这种书面的形式，在他写字台的右手处完成。我们之间，从此很少对话，遇到问题，他会留些文字在那里，我则将自己的想法写下来，在睡觉前悄悄放在那里。除此之外，父子之间便很少面对面了。这当然是父亲对我弥天大错的惩罚，也开启了我们父子之间另一种更加切实的思想交流。

在之后一年多的时间里，父亲每天将一篇他选好的古文，留在写字台的右手处。他要求我必须当天将其熟读，并写出心得。如今，半个世纪过去了，我仍如此感谢父亲当时的良苦用心，他让我明理思过，并终身受益。

几天之后，父亲带我去了市群众艺术馆的业余美术学校。在那里，父亲将我介绍给了负责美术基础教育的赵仁庆老师。谈话之间我才知道，此间，父亲已经和赵老师交流多次了。

赵仁庆老师毕业于鲁迅美术学院美术理论系，是一位说起话来轻声细语的年轻人。他的素描功底十分扎实，是一位典型的学院派美术教育工作者。刚到艺校时，我只能在初级班学画，但不久，赵老师便同意让我除周一、三、五晚课继续初级班学习外，周二、四、六可参加高级班听课。时间长了，赵老师竟放心地把美术教室的钥匙交给了我。我更有条件全天待在画室里了，因为我是一个无职无业的社会青年。

六十年代初，大连市群众艺术馆曾经是一个非常活跃的群众业余文艺团体，这里吸纳了一大批热爱群众艺术活动推广的画家、音乐家、舞蹈家和曲艺工作者。他们当中的唐宝山、宋宝山、姜建章、朱纯一等画家，在全国美术界都曾显赫一时，并培养出一大批的业余美术工作者。在这种环境的熏陶下，我的基础绘画水平，在很短的一段时间里，得到了本质上的提高。赵仁庆老师就曾对父亲说过："唐浩素描水平提高之快，让我实在感到有些意外。"

父亲依旧与我很少交流，我每天将当天完成的速写和素描，依旧放在他写字台的右手处，包括那一篇篇逐渐深奥的古文心得。

一九六二年夏天，在我每天都去艺术馆"上班"的时候，一个繁荣的角落，开始强烈地吸引我，那就是位于西岗大同街的博爱市场。

最初是赵仁庆老师建议我去的："那里人多，什么形象的人都有，星期天你可以去那里画人物速写。"

博爱市场是殖民时代遗留下来的一处专营旧货的露天市场。大连人又多称其为"破烂市场"。三年困难时期，在所有国营商店日趋萧条的情况下，这里却异军突起，并很快形成一处占地辽阔的星期天跳蚤市场。

每逢周日，从清晨开始，为饥饿所迫不得不将家中旧物拿到这里卖掉的人们，便从全市各地，汇入这一社区的空地和街巷。大家就地设摊，叫卖声起，吸引那些猎奇搜寻的闲客，更吸引那些从山东跨海而来的投机者和农民。因为截至一九六二年夏天，山东灾情已趋于稳定，而日用百货却仍异常紧缺。

这是一个让人寸步难行的民俗陈列馆。从旧服装、旧家具器皿、古旧书籍、英文打字机、八毫米电影放映机、显微镜、罗盘、照相机、旧钟表玉器，到文房四宝、陶瓷、佛像、青铜器，应有尽有。我的一位朋友，用十块钱就从这里淘到一方宋砚，而艺术馆的一位老师，则用二十块钱从一个老妇人那里，淘到一对儿大清嘉庆年间的五彩花鸟纹瓶。

更有甚者，一天，在博爱市场对面的大街上，几个操着新金口音的汉子将两麻袋沉重的"破烂"，从一辆大车上卸下来。

"什么货？"立刻四周便围满了人。

"飞机。"只见一个汉子解开麻袋口的绳子，众人纷纷押长脖子向里望去。

"咳，废铁！"一个围观者无聊地说。

"啥废铁，这就是头年上冬前打下的那架P2-V。"一个绛色脸堂的汉子诡异地说："全是好铝啊，美国飞机上的。"

这些汉子没撒谎，从一块块扭曲的形状上看，这应该是飞机残骸的一些碎片。

"囫囵个的飞机让北京拉走了，这些是乡亲们从土里一点一点抠出来的。那飞机上一共有十三个特务，有一个还是女的。"

"你这是想卖啊？"一旁有人问。

"听说大连有换搪瓷盆的，俺想换点儿盆，大锅也行。头两年村里炼钢铁，锅都让人家薅去了。"

"这儿哪有换盆儿的呀，你找错地方了。"人们讪笑着，散了。

徜徉在如此令人目不暇接的旧货市场里，一种由买方市场继而转换到卖方市场的冲动不禁油然而生。我和母亲谈了，我决定用家里的旧货换些钱来，再到黑市买些粮票贴补家用。母亲勉强答应了。

　　第一次出摊时，我只带了几件旧服装及一些书刊杂志。

　　当我挎着装满旧货的草篮，第一次以卖破烂的身份挤进人头攒动的博爱市场的时候，以往那轻松猎奇的心境，竟荡然无存了。心怦怦地乱跳，脸也在发烧，我感到前所未有的卑微，我没有勇气去战胜骨血深处蕴藏着的自尊与虚荣。

　　三个山东老客从一旁拉住我肩上的草篮："大兄弟，有货出手吗？"

　　我几乎愤怒地对他喊道："拉什么！我也是刚买的。"

　　我决定逃了。

　　"这不是海港大楼的唐浩吗？"突然我听见身旁有人喊我。低头一看，原来是清爽街二号对面一个食杂店掌柜的老刘。

　　老刘和媳妇都是山东高密人，五十年代就在明泽公园门口开了个食杂店，楼里的人们都把那里叫老刘小铺。老刘两口子为人厚道，办事机敏，时间长了，对清爽街二号各家的事情了如指掌。母亲曾带老刘媳妇到医院里看过病，那女人肺不好，一到冬天胸口就闷得慌。

　　"你来这里干什么？"老刘的身前摆了一个不小的地摊儿。

　　"我……"我挤到他身边蹲了下来："我也拿了些东西，想卖。"我终于鼓足勇气，悄悄地告诉他了，因为老刘毕竟是自家人。

　　"卖呗。"老刘大声吆喝着："都过来瞧啊过来看，又有新货上来了！"说着，他将我肩上的篮子一把接过去，哗地一下倒在自己的地摊儿上。

　　"书不值钱。"他十分在行地对我说："这件夹克不错，最起码能卖二十。"说着他站起身来，拎着姐姐刚穿过一季的咖啡色灯芯绒夹克："看这一件啊！全新的女式夹克！博爱市场就这么一件！秋天结婚时的嫁妆！冬天回娘家的脸面！"

　　"多少钱？这件。"一位山东老客挤了过来。

　　"五十！"老刘恬不知耻地顺口应道："便宜，二十五斤地瓜干钱！"

　　那山东老客一把将夹克抢到手中："再便宜点儿，我买了。"

　　老刘脖子一梗："我的哥啊，谁像我老刘这么实在啊，你到秋林公司看看去，同样这件衣裳，不要你五十斤地瓜干钱算我白说。"

　　那山东老客还在犹豫，另一位山东大嫂扯着嗓子对老刘喊："还有吗？掌柜的！"

　　只见那山东老客慌忙从裤腰带里掏出一卷子钱："我买了。五十，我买了。"

一场精彩的交易竟然在三分钟之内搞定。老刘坐下身来将五十块钱塞给我："藏好了，这儿贼多。"说罢，他狠狠地回过头去吐了口痰："操，卖赔了。"

我真不知道该说什么好："老刘叔，这件夹克是前年买的，当时只花了二十三块钱。"我已经太知足了。

"那是什么时候。"说着老刘卷了一袋烟："眼下钱毛，那件衣裳卖赔了。"他仍为自己的失手懊悔不已。

那一天，老刘共为我挣了小七十块钱。不仅如此，当一个戴眼镜的中年人和我为那本深蓝色封面的《神秘岛》讲价时，我竟然也学会扯着嗓子讨价还价了："别没数了大哥，这可是一版一印的精装本，印数才五千呐。两块钱还贵？一斤地瓜干钱。"

回家的路上，蹬着三轮车的老刘问我："唐老师的腿，还肿吗？"

"还肿。"

"唉，熬吧……"他叹了口气，说。

那天晚上，我没交出一张速写，也没完成《左传·阴饴甥对秦伯》一文的读后感，但父亲却没有责怪我。

从那之后，每逢星期天，我便与老刘一起共赴破烂市场。哪怕他因故去不了，我也能自如地游弋在那人山人海的市场上了。这期间我遇见过同学，甚至遇见过初中时的老师，大家都谈天说地互不惊扰，如此而已。

一九六二年八月下旬的一天深夜，我听见父亲在与母亲商量一件事。原来，听学校薛连成老师讲，他山东老家夏粮终于有了个好收成，乡下的饥荒已经过去了。薛老师的老伴准备近期和女儿一起回山东娘家背粮去，薛老师希望程子美老师的老伴与我姐姐跟着他老伴一起去。如今，程子美的老伴答应了，可姐姐却因高考通知书即将下发而不便离城。

"我去！"我猛地冲向外屋："我到山东背粮去！"

父亲不动声色地望着我，母亲在一旁摇了摇头："别看你个子不矮，可你哪有一点儿力气啊。"

"能背多少背多少啊。"我执意要去，父母最终还是答应了。

第二天晚上，薛大妈和程婶都来了。

"拿钱没用。庄稼人拿钱也买不到东西。"薛大妈慢条斯理地说："我和老薛商量了，咱们就买些日用品吧。锅碗瓢盆什么的，乡下就缺铁锅，可到日用品商店看了，大连也买不着铁锅。"

"旧衣裳行不？"程婶问。

"行。旧衣裳、旧鞋子什么的，只要还能穿，庄稼人不嫌弃。"

"薛大姐，程大姐。"客人临走前，母亲拉着薛大妈的手，眼睛湿润了："唐浩虽说个子不矮，可这几年折腾的，只剩下一张皮了。这一路下来，不知会给两位大姐添多少麻烦，你们就当是自己的孩子，替我多担待了。"

八月二十三日，我们启程了。我背了一张小炕桌，一口十四寸的小铁锅，一摞粗瓷饭碗。这些都是母亲托一位患者从日杂商店新买来的。父亲说了一件旧衣服也不要带，要尊重人家，同时也要自重。

薛老师老伴的娘家在山东莱阳县城东的石水头村。从莱阳火车站下车后，沿一条不宽的土路，我们就上路了。

"二十里地。"薛大妈望着远处的群山，眼睛里闪着兴奋的光："趟过莱阳河一直朝东走，天黑前无论如何也到家了。"

土路上有许多驮煤的独轮车与我们同行。那些推车的汉子一个个汗流浃背，沉重的独轮车在干燥的土路上压出一道道尘烟飘散的车辙。四周的田野静谧而祥和。

"哎呀妈呀！"突然，程婶怪叹一声，背过脸去，一屁股坐在了路旁的土坎子上。

"咋了？"薛大妈慌忙问。

"你往前瞅。"程婶沮丧地说："这可咋整。"

我赶忙向前望去，哈哈，只见一条大河横在前方，上百辆独轮车停在一片空荡的河滩上。那些推车的汉子们脱得精光，他们四个人结成一伙，一声号子，将一辆煤车猛地担在肩上，然后大声吆喝着，一步一步向对岸趟去。

薛大妈只看了一眼，便一把将女儿拽到怀里，扑腾一下坐在了地上。薛大妈的女儿叫爱玉，那一年才十二岁。

"等吧。"薛大妈无可奈何地说，她瞅了瞅太阳，摇了摇头。

河滩上精赤白条的汉子们，显然注意到了这边的几位妇人。

"哈哈！过来吧！我们四个爷们儿抬一个！一闭眼就过河啦！"

"等不起啊，这一拨过去了下一拨又过来了！都是大光腚！都等着抬老娘们儿呐！哈哈哈……"

"臭流氓！"程婶朝身后吐了口唾沫。

我始终站在那里向河边望着："薛大妈，咱们再找个地方下河吧。"

莱阳县石水头村的"老姨"家（作者绘于一九六二年）

"没听人家说吗,近怕鬼远怕水,生来乍到的,咱谁知道哪儿深哪儿浅啊。"

太阳渐渐偏西了,从车站方向仍不断有人推着煤车朝河边赶。

"不行。"薛大妈翻身站起来:"爱玉,别往那边瞅。"她一边警告着女儿一边对我说:"走,唐浩,咱娘儿几个从上头过。"

身后传来那群臭老爷们儿狼嚎一样的嬉笑怒骂声:"越往上水越深,别走啊,爷儿们在这儿等你半天了!"

我选了一处河面最宽的地方下水,那河面比刚才那渡口宽了一倍,水流也舒缓了许多。娘儿几个相互搀扶着顺利地登上了对岸。

黄昏前,我们终于走进了石水头村。当耳畔响起一片亲昵而又浓重的胶东乡音时,薛大妈紧紧拉住我的手:"到家了,孩子……"

石水头村是薛大妈的娘家妈家,所以凡是闻讯赶来的乡亲,我只管男的喊舅,女的喊姨便不会错了。辈分小的人,自然先喊我表兄。人来人往的,好不热闹。

"看把这孩子饿的。"每来一个乡亲,薛大妈都要将我推上台前展示一番,招来一片同情和叹息。那一年我十七岁,身高一米八二,体重不足一百斤。

"明天我就给你炖肉吃。"老姨心疼地望着我:"这回非把你撑窜稀了不解。"说着,她拍着腿大笑不止。

我们从大连背来的东西,在薛大妈的安排下,很快就被分光了。老姨留下了我背来的所有东西:"回大连时,你能背多少就背多少,从这儿去莱阳,让你老姨夫推车送。"老姨将手插到褥子下摸了摸:"炕烧得还行,虽说还没出伏,可睡凉炕还是会作病的。"

我们在石水头村住了四天。

石水头村是一个很别致的小山村,由青石板铺就的崎岖的村街,青石垒就的一处处宅院,村庄里跌宕流淌的溪水,村后那浓密高大的香椿树,让人仿佛置身于一幅皴法古拙的水墨画里。

我从老姨家背走了七十多斤的玉米、地瓜干和一小面袋的小米。其实我还能再多背一些,只是来的时候粮食口袋带少了。

老姨夫用一辆独轮车将我们送到莱阳车站。但火车抵达烟台时,我却因一时用力过猛扭坏了腰,而且扭得很重,成了纠缠我一生的顽疾。

烟台码头客运站几乎被大连到山东背粮的人挤满了。薛大妈和程婶使出散打格斗的招数，才在那个不大的候船厅的一个角落里，为我打拼出一片狭窄的空地来。角落里散发着浓烈的尿臊味，躺在粮食口袋上，我心里感到一阵阵难以忍受的悲凉。我痛恨自己一事无成，一个大小伙子，关键口上竟需要妇孺的帮助和保护。薛大妈和程婶更深感不安："这回去怎么和你爸妈交代啊。"薛大妈急得直落泪。

程婶和小爱玉一直倒着班地站在排队的人群里。售票口经常因有人加塞儿而大打出手。两天两夜之后，在我们终于登上回大连的客轮时，我的腰几乎像断了一样。

第二天上午，在大连港客运码头上，前来接船的父亲告诉我，姐姐考上了辽宁财经学院，唐宛考上了沈阳音乐学院附中。

当父亲和姐姐、唐宛，从薛大妈和程婶手里接过玉米、地瓜干和小米的时候，我心里竟倏然飘过一句悲壮的台词："请组织上收下吧。这是我最后的一笔党费。"

一九六二年盛夏，天津的子洵叔叔因自行车肇事而引起自发气胸，住了两个月的医院。在医院里，他一直挂念着我们。因为很多人都在议论，大连的粮食及副食品供应情况十分糟糕。出院后不久，叔叔就踏上了来大连的火车。

我从山东背回的梦幻般的粮食，强烈地刺激了姐姐。姐姐从小不甘落后，如今既然已被大学录取，更激发了她顽强的进取精神。不日，她便卷起家中所剩不多的所有陈旧衣物，独自一人，乘火车向盘锦地区闯去。那一年，姐姐十九岁，身高一米七五。

姐姐是一个特别执拗的人，她的执拗在常人看来甚至有些傻。有一次，辽宁女排去外地打比赛，前两局辽宁队的比分落后了，在第三局仍开局不利的情况下，替补席上的姐姐终于坐不住了，在没有任何人通知她上场的情况下，她竟突然摩拳擦掌地冲进比赛场，体育馆内一片哗然，裁判立刻终止了比赛，同时对辽宁队提出警告。但值得姐姐得意的是，那场球最终还是赢了。张指导在赛后总结会上没有批评姐姐，而在不久进行的另一场比赛中，安排姐姐首发上场了。

在火车上，姐姐就听身旁的人说，牛庄附近粮食好换，大家还说，离铁道越远，粮食越好换。所以，从海城前的一个四等小站下车后，姐姐就头也不回地一直朝西走去。

凭着在辽宁体工队近两年的超强度体能训练，姐姐硬是从当年张作霖的地盘里换回了四十五斤玉米。在她的再三央求下，一位大嫂还搭给姐姐了几只活河蟹。但当她负重徒步近四十多里，再次来到车站的时候，站在人山人海的返程站台上，姐姐一时懵了。成百上千到乡下背粮食的城里人，滞留在这个四等小站里。一天两宿之后，当又一列慢车缓缓进站的时候，姐姐终于绝望了。

二十五年前，母亲在石家庄火车站就曾经这样绝望过。姐姐背着粮袋在离火车稍远的人群外漫无目的地走着，她真希望列车晚些发车，让这些被饥饿将要折磨疯了的人们，哪怕爬上车顶。但她看见所有的车窗都死死地关着，她知道车里的乘客正在顽强地抵御着他们。此刻，执拗的姐姐已下定了决心，跟在这列火车后面，用几天的时间走回大连去。

当叔叔乘坐的火车接近海城地区时，眼前的情景让他惊骇了。每到一个小站，都有无数背粮食的男女老少像潮水一样地冲击着列车，叔叔越发为远在大连的兄嫂及孩子们担心，他知道虽然每次来信，哥哥都说全家平安，但叔叔已预感到哥哥一家人正在饥饿中挣扎。

突然，在车下的人潮后面，叔叔发现了一个熟悉的面孔，那是他在湖北恩施成天背在后背上的那个妞子，是江撩胡同二十九号院子里，那个大声欢笑奔跑的妞子，是唐家第一个考上大学的妞子。

叔叔猛地站起身来："帮帮我，帮帮我。"他语无伦次地向周围的人们喊："大伙儿帮帮我，把车窗打开！快！"

一路上与叔叔已结成旅伴的身旁的乘客，不知发生了什么事情。

"求求你们！把车窗打开！"叔叔一下子狂躁起来："我侄女在外头！我亲侄女在外头！！"

一些不怕死的城里人已经躺在火车头前的轨道上了。姐姐重新振作起精神，开始向列车靠近。

突然，她听见一个熟悉的声音："妞子！"

姐姐一惊。

"妞子！！"她看见在不远的一扇打开的车窗里，五六个陌生人正齐声呼喊着她的乳名。

姐姐的脑子一时有些乱，但她蓦然看见车窗下面叔叔那张苍白的脸。

"叔叔……"姐姐的眼前一下子模糊了。

当一九六二年暑热散尽的时候，我们终于战胜了饥馑。这一年的八月十五，是全家人两年来最兴奋的日子。唐宛特意从沈阳赶回来，参加了母亲精心准备的仲秋晚宴。

半个月前，母亲就开始操办了。她从南货商店用高价买来了熟肉制品、大虾糖、月饼、水果酒。又用我从山东带回的小米，托人换了些猪肉。养在厨房里的一只鸡也杀了，母亲一直说春节时再杀，可这一回她却对父亲说："杀了吧，孩子们都是功臣，该庆贺一下了。"

在三年困难时期，这一家人和衷共济，个个都是功臣。

在全家人热烈的掌声中，唐宛在饭桌前，为大家唱了她在沈阳音乐学院学会的一首新歌。

哎——你见过雷公山的山顶吗？
共产党的恩情比它还高。
你见过清水江的江水吗？
毛主席的恩情比它还长……

这是一首流传在贵州东南地区的苗族飞歌，虽然歌词已由原生态的情歌改编成颂歌，但那婉转起伏的旋律却立刻将母亲带回了云贵高原那绵绵的群山之中。二十年了，当年母亲跟定父亲从图云关的深山老林里，顺着那条千年古道走出贵州的时候，母亲并没有意识到，那一座座高大巍峨的石牌坊将意味着什么。今天，当她坐在那里，重新沉浸在这首苗族飞歌里的时候，望着微醉的丈夫，望着俨然成为一位家庭主妇的大女儿，望着歌声与目光一样清纯的二女儿，望着在艰苦的岁月里，也开始学会谦让并从此尊为一生美德的小女儿，望着命运多舛却富于幻想的儿子，母亲满意地倦了……

在这一章结束之前，我还想提一下，一九六二年早春我与大连工业专科学校的同学一起下乡的，那个坟地里停放着五六口白皮棺材的小村庄。

随着岁月的流逝，我早已忘记了那村庄的名字。我只记得那里离花园口不到二里地，正是一八九四年日本第二军登陆的地方。那次登陆后不久，日军一路烧杀劫掠，最终攻陷旅顺口，制造了震惊世界的旅顺屠城事件。

二〇〇四年，由庄河市政府投资兴建的大连花园口工业园区正式启动。园区重点发展新材料、汽车及零部件、工业电子、食品加工及家具制造五大产业。二〇一〇年，花园口已建成工业园区十五平方公里，国民生产总值突破两百亿元，其中战略性新兴产业的增加值达五十亿元。成为大连国际性城市的重要组团之一。

如今，在花园口一处高高的海岬上，一尊巨大的花岗岩纪念碑，依然向前来凭吊的人们，讲述着甲午年间熔铸在这里的帝国耻辱。而对于二十世纪六十年代初的那场严重的灾难，就连最新版本的《庄河县志》，也只有如下简短的记载："一九六一年，群众食粮问题仍然严重，全县外流人口一万二千九百一十人。"数字之精准，令人叹为观止。

十八
归去来兮

从一九六二年入秋时起,母亲便几次将我的绘画习作,寄给徐悲鸿的遗孀廖静文夫人,希望她给予指点。因为我已下定决心,一九六三年夏天报考中央美术学院附中。

一九六三年六月初,我如期来到北京。在三舅家住下后的第二天上午,按照廖女士信中的地址,在北京火车站东侧的东受禄胡同,我找到了徐悲鸿纪念馆。

那是一个很大的中式四合院,在工作人员的引导下,我来到院子一侧的一扇小门前。门旁钉着一块"参观者止步"的小木牌,推门进去,一栋白色的现代建筑掩映在花木繁茂的院落里。

女佣是一位很安静的中年人:"廖先生知道您今天来,她让您先坐下等一等,她很快就回来了。"

那是一个显得有些拥挤的大客厅。迎面的墙壁上挂着一幅徐悲鸿先生手书的对联:"生不知死,乐以忘忧。"房间的一个角落里有一尊牧人驭马的铜雕,那显然是一件外国艺术家赠给徐先生的礼品。客厅的一侧兼做餐厅,阳光从窗外洒进来,餐桌上一束鲜花怒放着,散发着淡淡的香气。

院子里传来人声,廖先生回来了。

廖静文是一位风韵典雅的中年女人,她肤色皙白脸色红润,大概是刚从阳光下走进屋来,她显得有些疲倦。

"是大连来的客人吧?"廖先生笑着问我。

"我叫唐浩,李玉玺是我母亲。"我十分局促地向她致意。

"你妈妈还好吗？"廖先生十分平易近人："先生去世之后，中央美院曾安排我去大连疗养，我知道你们在大连，但没有联络方式。从一九五五年到一九五六年，我在大连住过一年多呢。"

坐下来后，廖先生和我说："你的那些习作，我都转给美院附中的老师看了。基础很不错，所以教务处的陈主任同意你来北京参加考试。"

这些我都从廖先生的信里知道了。

"你现在就去附中，找陈主任，他知道这件事情。先报上名，考试大概还需等几天。"

我站起身来。

"你住在哪里了？"廖先生问我。我说住在三舅家。

"还好，东总布胡同离这儿不算远，美院附中在隆福寺。"廖先生详细地告诉我怎么走。

从徐悲鸿纪念馆走出来，我激动得难以自持。三年来，尽管我给父母添了天大的麻烦，但我终于依照自己的意愿，向我期盼已久的美术学院接近了。我有足够的把握考上中央美院附中，因为连孙继海都肯定地说，这一回我将留在北京了。

陈主任是一位戴眼镜的南方人，在看完我填写的履历之后，他皱起了眉头。

"你初中毕业之后，念过中专？"

"念过。在大连工业专科学校。"

"几年？"

"两年。"

"哎呀，廖先生没和我谈过这些。"陈主任为难地向我解释："按国家教育部规定，凡接受过中等教育的学生，就不能再读中专了。美院附中和大连工业专科学校一样，同样是中等专业学校。看来，你没有资格报考附中了。"

这是我万万没有想到的结果。那一瞬间，我大脑里竟一片空白。没有再解释的余地，更没有再争取的可能。我气急败坏地赶回廖先生那里。廖先生也通过电话与陈主任交涉了很长时间，但最终还是沮丧地挂了电话。

"我真没想到，他们还有这些规定。"廖先生有些赧然："再准备一年吧，明年再来考美院本科吧。"她十分惋惜地安慰我。

轮船在一片漆黑的渤海里夜航，我独自一人伫立在海风呼啸的甲板上，高高的船舷下，一条灰白的航迹伸向黑暗里，望着头顶那迷乱的星空，我开始有些惶然了。十八岁了，当我面对这个告别少年时代的庄严时刻，我终于发现，自己竟是一个彻底的失败者。任性自负和不踏实，让我深陷困境。

"这三年等于买了一个教训。"父亲在他写字台的右手处，给我留下了一封长信："……一切从头再来吧，从高一开始，老老实实地修完基础教育，不要再胡思乱想了，天上掉不下馅饼来。"

在这封信的下面，是他让我再次熟读的荀子的《劝学篇》，并对以下的篇章做了圈点。

……不积跬步，无以至千里；不积小流，无以成江海。骐骥一跃，不能十步。驽马十驾，功在不舍。锲而舍之，朽木不折。锲而不舍，金石可镂。蚓无爪牙之利，筋骨之强，上食埃土，下饮黄泉，用心一也。

于是，一九六三年秋季入学的时候，我和朱嘉禾一起考进了民办大连海群中学。

三年困难时期，由于大批中等教育学校下马，大量学龄青年失学、辍学，给社会形成了巨大的压力。为缓解这一压力，一些有良知的教育工作者孤军奋战，承担起了让这些失学青年重新走进校门的重任，民办中学应运而生。民办中学的身份虽入不了国家教育的正册，却也让这些游荡在社会上的年轻人，有一处权宜去所。至于今后的出路，便只能听天由命了。

海群中学，是一所由大连水运专科学校校长伊树志牵头创办，由大连港务局资助的民办中学。学校分初中部和高中部。分班之后，我在高一一班，朱嘉禾在高一二班。

在我们入学后不久，全社会开始利用强大的舆论工具，强调"以阶级斗争为纲，打退资本主义势力和封建势力的进攻，是全党全民在今后漫长历史时期的工作重点"。几乎在同时，《人民日报》就苏共中央《公开信》，先后发表了九篇评论员文章，中苏两党之间的论战，终于白热化了。中国与东西方两个超级大国，同时开始了长期的对峙。

一九六四年早春，嘉禾家出事了。在朱妈妈的右派帽子刚刚摘掉后不久，朱伯伯因历史问题，被定性历史反革命分子，并被市政协清退，下放到长春路副食品商店调味部，成了一个五味杂陈的售货员。

嘉禾是在一次放学的路上，和我谈起这件事的。嘉禾素来不关心政治，但这一次他却忧心忡忡："这样一来，我就成了四类分子子弟了，以这种家庭出身报考上级学校，看来是一点希望也没有了。"

考进海群中学后，我和嘉禾都明确了自己的奋斗目标，高中毕业之后，我要冲刺中央工艺美术学院，而嘉禾则报考中央音乐学院作曲系。

比起其他正规高中来，海群中学是一所弥漫着自由主义情调的年轻人的庇护所。民办中学的师资来源，自然鱼龙混杂。其间，有教育界的前朝元老，有在五十年代因口无遮拦而马失前蹄的年轻人，有在博爱市场与我一样练过摊儿的失学青年等。其中有的老师与同学之间只两三岁之差，并最终成了朋友。

就学生成分而言，海群中学更毫无原则地招纳了许多正规高中不可容忍的阶级异己分子的子女，及曾在社会上有过非凡经历的社会青年。由于都曾经有过失学的经历，所以海群中学的学生年龄，要比正规中学偏高，社会阅历也复杂得多。

在这所不太讲政治的学校里，当然也必有另类。高二上半年，新来的一位姓杨的班主任就曾在同学中设立秘密监察组，并无时无刻地监视全班同学（包括学生干部）的一言一行。

监察组据说有六七个人，都是从班级里那些最不显山露水的同学中精心筛选出来的。他们只与杨老师单线联系，彼此之间仍可互相监督。监察组一经宣布组建，全班同学即刻噤若寒蝉，人人自危。

杨老师平日目光犀利，一头自然卷曲的头发精力充沛地耸立在头顶。直到今天，当年监察组的成员仍是一个谜。他们就这样长期潜伏着，成为海群中学高二一班同学们回忆中的一个悬念。

海群中学和海港俱乐部只一箭之遥，作为一个大型国有企业下属的文化宣传机构，当时的海港俱乐部不仅拥有一个半专业的文化演出团体，更有一座颇具规模的图书馆。俱乐部主任王斋是父亲的老朋友，从他那里，我搞到两张借书卡，并在两年的时间里，阅读了大量有关文学、地理、历史、建筑、国际关系、战争文化的书籍。应该承认，这种阅读对我是有帮助的。我的作文，经常被当成范文，从初一传到高三，而推动这一传播的，便是我高中语文课任王传珍老师。

王传珍长我四岁，是一位谈吐儒雅的年轻人。困难时期他被迫辍学，曾以卖冰棍养家糊口。作为一名文学青年，王传珍很早就在报刊上发表过散文，因此备受同学们的尊敬。二十年之后，在大连《海燕》文学月刊编辑部，王传珍成了我的责任编辑。又过了五年，在大连电视台电视剧部，我和王传珍最终成了同事。

当然，真正影响我文学审美取向的，应该还是鲁迅先生。

最先接触鲁迅先生的是他的《一件小事》。随后，在海港俱乐部的阅览室里，我一口气读完了先生所有的小说和散文，并就此沉浸在作家笔下江南岁暮那清冷潮湿的季节里。长此下去，我学会了沉默，习惯了孤独，开始了思考。

……时候既然是深冬，渐近故乡时，天气又阴晦了，冷风吹进船舱中，呜呜的响，从篷隙向外一望，苍黄的天底下，远近横着几个萧条的荒村，没有一些活气，我的心禁不住悲凉起来了。阿！这不是我二十年来时时记得的故乡？（《故乡》）

……倒塌的亭子边还有一株山茶树，从晴绿的密叶里显出十几朵红花来，赫赫的在雪中明得如火，愤怒而傲慢，如蔑视游人的甘心于远行。我这时又忽地想到这里积雪的滋润，著物不去，晶莹有光，不比朔雪的粉一般干，大风一吹，便飞得满空如烟雾……（《在酒楼上》）

鲁迅的笔下，为我们塑造了一大批包括农民在内的中国底层社会的边缘人物，先生给予他们无限同情与悲悯的同时，也深刻地剖析了在封建社会几千年的重压下，留在他们身上那些丑陋的印痕。

……我躺着，听船底潺潺的水声，知道我在走我的路。我想：我竟与闰土隔绝到这地步了，但我们的后辈还是一气，宏儿不是正在想念水生么。我希望他们不再象我，又大家隔膜起来……然而我又不愿意他们因为要一气，都如我的辛苦展转而生活，也不愿意他们都如闰土的辛苦麻木而生活，也不愿意都如别人的辛苦恣睢而生活。他们应该有新的生活，为我们所未经生活过的……（《故乡》）

鲁迅先生的态度，深深地影响了我，这影响延续至今，成为我世界观的一部分。

因为是一所民办中学，所以，海群中学的教学条件是很差的。大连港东部作业区一处空置多年的仓库权做教室，而学生课间活动，便只能分散在港湾广场的大街上了。

一天课间操时，朱嘉禾对我说："听说了没有？昨天下午，我们班一个女生在街上掏包，让警察抓住了。"

"女生？谁呀？"我好奇地问，一边按照广播操的节拍做转身运动。

"前边穿粉红色条绒的那个女生，看见没有？"

我向前望去，心里突然感到莫大的惊诧与困惑，原因很简单，自打走进海群中学，那女生就一直在我的视野里。

"怎么可能呢？"我在为她辩护。

"嗨，知人知面不知心呀。"嘉禾开始做伸展运动了，他做课间操时很认真，而我却无端地沮丧起来。

那是一个看上去十分完美的女高中生。之后不久，她家也搬到清爽街二号了，但我们之间仍形同路人。这也是六十年代初叶，大多清高自负的男女高中生所共同拥有的一种性格——孤傲且矜持。

一天，在放学回家的路上，嘉禾又和我谈到了小提琴演奏家帕格尼尼。嘉禾那时的提琴已炉火纯青，他拉琴的姿势非常潇洒，他常把提琴拎到学校去，利用午休时间，给大伙儿来一段《流浪者之歌》。

我发现那个女生，正在前面不远处独自回家。

"说实话，无论如何我也不相信，她会是个小偷。"我打断了朱嘉禾的"琴声"。

"谁呀？"嘉禾莫名其妙地问。

"前面那位。"我用下巴向前指了指。

"小偷？"朱嘉禾一凛："谁说的？"

"你说的。"我提醒他："上次做课间操时，你不是告诉我说，她掏包让警察逮着了吗？"

朱嘉禾在努力地回忆着。

"那时她穿一件粉红色的条绒上衣。"我进一步提醒他。

"嗨！！"嘉禾大笑起来："错啦！天呐！我是说另一个……"

那两年，女孩子当中流行穿条绒上衣，而其中最靓的色彩，便是粉红了。在海群中学，穿粉红色条绒上衣的女生，起码也有二十个。

"她是海港医院毛大夫的闺女。你怎么搞的？"嘉禾认为是我脑子出了问题。

毛大夫我认识，是海港医院著名的儿科专家。父亲和他很熟，那是一个慈祥和蔼的哈尔滨人。

我的心里一下子释然了。之后不久,在清爽街二号,我便主动与她搭讪了。

高中二年级开学不久,开始分文理科班了,高二一班被定为文科班,朱嘉禾和毛大夫的女儿便都转到我们班了。高二一班的班主任是英语老师李贤强,在新同学转班点名的时候,我才知道她叫毛宁。

"good morning, good name."李老师望着她,风趣地点了点头。

随着困难时期的逐渐远去,中国人的革命浪漫激情很快又被重新点燃。与以往不同的是,自一九六三年之后,一种浸染了西部牛仔色彩的新的生活方式,出现在城市知识青年的面前。在"到祖国最需要的地方去"的党的召唤下,边疆、北大荒、生产建设兵团、青年垦荒突击队,一时间成了一代青年追求浪漫与自由生活的一种遐想。诗人贺敬之的那首《在西去列车的窗口》更让多少富于幻想的年轻人如醉如痴。

在九曲黄河的上游,
在西去列车的窗口,
是大西北一个平静的夏夜,
是高原上月在中天的时候……

一九六五年早春三月,在我高二下半学期开学后不久,一次突然召开的全校动员大会,让海群中学全体同学沉浸在群情亢奋的震荡之中。

一位中山区委教育科的徐科长,用诗情画意般的描述,为同学们展现了一幅色彩浓郁的山水长卷,一个与江西共产主义劳动大学相媲美的光荣与梦想。

徐科长始终面带着微笑。突然,我发现了那笑容如此熟悉,我确信这是一个曾经与我打过交道的人。

"……在庄河南尖公社,我们将点燃篝火,驱散早春的寒意。用拖拉机的轰鸣,唤醒沉睡多年的荒凉的海滩……"

他始终微笑着的眼睛,像两把阿拉伯人的弯刀,我终于认出他了。十一年前,在枫林派出所那间狭窄的审讯室里,在枫林小学召开的处理大会上,我最怕面对的就是这个人。

这是一次策划已久的重大事件,中山区人委教育科将本着自愿的原则,组织一百名初高中在校学生,到农村广阔天地建功立业。

二十年之后，在中山区政协大楼徐茂纯的办公室里，这位即将退休的老人吸着烟，与我谈到了当年组织民办中学在校学生上山下乡的真实背景。

一九六五年，中山区所属五所民办中学的首届毕业生即将毕业。作为行政主管部门，中山区人委教育科深知，国家对民办中学的歧视政策，将严重制约这些毕业生的升学和就业，进而动摇民办中学继续生存的基础。这些事情不能跟学生讲，只能拿出一个两全其美的办法，既解决毕业生对城市社会的压力，又让这一解决过程充满革命的浪漫主义和西部牛仔般的诱惑。于是，一个阳谋便在"广阔天地大有作为"的熊熊篝火中酝酿而生了。

动员大会像一颗多彩的炸弹，在海群中学引起轩然大波。从那一天起，一连多少天，学校已无法正常上课了。同学们从早到晚，都沉浸在异常兴奋的状态下。只有班主任李贤强却每天一如既往地走上讲台坚持上课，在他的课堂上，同学们体味到了一丝悲凉。

"你决定了吗？"我问朱嘉禾。

"决定了。"嘉禾决断地说："徐科长不是说了吗，这次下去的人，一切都按现役军人对待。看来，我只能用这种办法脱胎换骨了，不然的话，以我现在的家庭出身，音乐学院肯定是考不上的。"

站在高高的港湾桥上，望着眼前这个从小就不关心政治的忠实朋友，我突然从心里涌起一阵敬畏感。

"你呢？"嘉禾望着我问。

"我……"我支吾了。

"唐伯伯肯定不会同意你走。"嘉禾苦笑着："分手吧，到时候常写信……"

我陷入痛苦的抉择之中。

海群中学发生的事情，父亲在第一时间就知道了，但他只字不提。我和母亲谈了这件事情，我告诉母亲，朱嘉禾决定下去了。

"嘉禾吃得了乡下的苦吗？"母亲担心地说。

报名的日子到了，一个出乎意料的名字，出现在自愿下乡的名单当中，平日里一声不响的毛宁竟然报名了。消息一经证实，高二一班的同学无不哗然。

当天晚上，我便和父亲摊牌了。父亲听罢呆住了片刻，便转身进了他的房间。第二天凌晨时分，他在写字台的右手处，留了一篇《谷梁传》中的《虞师晋师灭夏阳》就离开家了。但直到今天，我也没读过这篇文章。因为那天到校后,我便径直去了上山下乡报名处。

直到今天,我也没有认真反思过,自己当时报名下乡时的根本原因是什么。是厌倦读书了,还是对另一种自由浪漫生活方式的向往;是因为年轻人内心深处的情感憧憬,还是缘于一腔壮怀激烈的豪情;是虚荣心,还是自尊心;是逃避责任,还是准备承担责任;是被徐茂纯骗下去了,还是被自己骗下去了。也许这一切因素都存在,但当白纸黑字将下乡申请表填完之后,我却突然感到要去的地方竟如此遥远。

朱嘉禾与我报名下乡的消息,在海群中学引起了很大的震动。因为平素我们俩在同学的心目当中是清高孤傲的,同时也是才华出众的。对于那些已经报名的同学来说,嘉禾与我的加盟,无疑是一个很大的鼓舞和安慰,而对于那些尚未报名的同学来说,更是一个颇具说服力的诱惑与挑战。

我开始收获了那么多来自同学的尊敬与鼓励。一个小礼物,一本纪念册,甚至还有一些支离破碎的眷恋与依依惜别的伤感。

毛宁开始主动地与我说话了:"准备好了吗?"

"准备好了……"我心里有一股难以言传的温暖。

在这之后的几天里,我与父亲的博弈到了关键时刻。由于海群中学与父亲的单位同属大连港务局教育系统,所以,父亲不便出面干涉我走"自身革命化的道路"。而我又拒绝了与父亲的交流,摆出一副鱼死网破的架势来。父亲终于落泪了,多少年之后,母亲曾告诉过我,因为我的问题,父亲只落过那一次泪。

我开始整理行装,耳畔回荡着一个进行曲的旋律。

> 到农村去,到边疆去,
> 到祖国最需要的地方去。
> 到农村去,到边疆去,
> 到革命最艰苦的地方去……

出发的日子越来越近了。父亲显然陷入深深的痛苦之中,他渴望与我交流,他希望我应该知道户口一经转出城市,对于这个家庭将意味着什么。但我不会给父亲这个机会,我深知,一旦在父亲对面坐下来,我会立刻被父亲解剖得体无完肤。他会说,你是一个懦弱的、不负责任的逃兵,你不仅对自己不负责任,对父母和家庭乃至对唐氏家族,你都放弃了责任。我知道,父亲所有要说的话都是正确的，但我实在太累了，我选择了逃避，因为我无法改变自己失败的命运。

海群中学响应祖国号召的热情，出乎组织者的意料。报名结束时，高二一班六十二名同学当中，决定要求自愿下乡的竟达九人。他们是：王有林、龙启文、申家盛、刘方大、王永刚、杨可盈（女）、毛宁（女）、朱嘉禾和我。在中山区人委教育科的这次大胆的"教学实践"中，全区共有一百零一名同学报名下乡，超出原计划一百人的最高任务额。

当徐茂春再次来到海群中学的时候，脸上洋溢着胜利者的光彩。我一直装作没认出来他，我们之间相处得很好。

四月二十一日凌晨，睡梦中我突然感到身旁有人坐了下来，睁开眼睛，我发现竟然是父亲。

"醒了吗？"他问我。

我揉了揉眼睛，不得不坐了起来。

"到外屋坐一会儿吧。"父亲的语气像是一个朋友。

我不得不穿好衣服，来到一家人吃饭的外屋。看来这将是一场决战。我偷着瞥了一眼父亲，只见他苍白的脸上，眼窝深陷，鬓边的白发，更让人感到一缕刻骨铭心的自责。

父亲从里屋拿出了一本书，那是昨天下午，海群中学的沈怀祖老师赠给我的一本图片集《中国学生的光荣传统》，看来父亲已查看了我的行囊。

父亲把书慢慢地翻到十二页，在一幅"燕京大学学生队伍在进城途中"的照片下，一行铅字跃然于纸上"华北之大，已经安放不下一张平静的书桌了！"父亲开始指着一幅幅发黄的历史照片，和我详细讲述了二十九年前，自己亲历"一二·九"爱国学生运动的全过程。

合上那本画册时，天已渐渐亮了。

父亲显得有些疲惫："你今年已经二十岁了。"他用眼睛盯着我："已经是一个能够独立做主的年轻人了，今后的路还很长，但你应该时刻有一种责任感。大到对国家对社会负责，小到对家庭对自己负责，只要记住这一点，无论在哪里，你都会成为一个有用的人。倘能如此，你便走你自己选择的路吧。"

站在一旁的母亲哭了。不知什么时候，母亲就一直站在那里，她哭得很伤心，父亲也没有劝她，我内心深处开始强烈谴责自己：你这个自私的逃兵！

一九六五年四月二十三日是我终生难忘的日子，也是改变我人生轨迹的一个值得牢记的历史时刻。在站前广场的全市欢送大会结束之后，由五辆解放牌卡车组成的车队，在震天动地的锣鼓与欢呼声中离开了城市。命运注定了从这一时刻开始，我将以一个农民的身份，度过我青年时代的全部时光。直到十四年之后，我才重新在大连的户籍登记簿上，注册上了自己的姓名。

三十年之后的一九九五年春节期间，几位当年知青点的同学在刘家仁家聚会，谈话间不知是谁提了一句："老唐，今年是咱们下乡三十周年呀，你在电视台工作，把同学们组织一下，拍个电视片，该多有意义呀！"

谈话的内容立刻转向三十年前的四月二十三日，那是我们下乡的日子，而下乡的日子，也是每一个中国知青终生难忘的日子。

半个月后，当一直在同学之间负责组联工作的卢云霞，把知青点一百位同学的名单及联系方式打成表格递到我面前时，我知道这件事情是一定要做的了。

一九九五年四月二十日黄昏到来之前，在中山广场附近的千品府酒店，上山下乡三十周年纪念日的前夜，七十多名老同学相聚一堂了。那一幕幕激动人心的场景，让年轻的摄像师们始料不及。

毛宁来了。一晃二十七年了，毛宁苍老了许多，声音也喑哑了许多。这些年来我一直没有见过她，虽然生活在同一个城市里，但既然彼此知道都还活着，知道都成家立业了，就行了。

"朱嘉禾能来吗？"毛宁问我。

"他正从北京往大连赶呢，四点半的飞机。"我说。

那一年我五十周岁，之后完成的这部长纪录片的名字叫《归去来兮》，那是一篇令人深思的青春的记忆。

为完成这次拍摄任务，台里调给了我两辆中巴车。加上陈毓藻、刘家仁从单位调来的两辆轿车，一辆商务车，一路浩荡前行。

我请来的三个摄像师，分别安置在两辆中巴和一辆商务车上，主摄像周万鹏是我忠实的朋友，时任大连电视台文艺部编导，另一位摄像师是我从总工会请来的曲嘉钟，也是一位拍摄纪录片的高手，第三位摄像师由一个新到国际部不久的年轻人担当，我让他参与这项工作，是想让他捕捉一些年轻人感兴趣的情景与细节。

三十年前的今天，车队在尘土飞扬的公路上颠簸奔驰，公路两旁的高地上，时而隐现的高射炮阵地，为我将要前往的这个地区增添一抹边疆的色彩。一些初中的女同学，一路上，兴奋地数着路边大树上的乌鸦巢，大家的心情，像是一次下乡演出，更像是一次早春的郊游。但谁也不曾意识到，他们当中，有人将从此终生厮守乡村，甚至化为一座没有墓碑的荒坟，一抔略带碱味的泥土。

三十年后的朱嘉禾，有些发福了，这个已经是少将军衔的军旅著名作曲家，一身戎装，更显一身儒将气质，他说起话来，仍慢条斯理，唱起歌来却充满激情。在朱嘉禾的带领下，老同学们一路高歌，像一群出征的战士，更像一群凯旋的将军。

　　迎着晨风迎着朝阳，爬山过水到边疆。
　　伟大祖国天高地广，中华儿女志在四方。
　　哪里最艰苦，就在哪里锻炼成长。
　　哪里最困难，就在哪里百炼成钢……

三十年前，当车队驶进南尖公社大谭大队的时候，十七岁的葛松远竟哭着爬下了汽车。在他的想象中，农村应该是另一番景象，像电影《我们村里的年轻人》、《李双双》一样，像一台热闹的文武大戏。然而，眼前的情景却让他惊愕了，陈旧的村庄，衣衫近乎褴褛的村民，一张张古铜色爬满皱纹的面孔，一双双木然且困惑的眼睛。

三十年后的今天，车队刚刚停稳，四位至今仍留守在南尖的女同学，便争相呼喊着，从人群中扑了过来。三十年的岁月，已将四朵花儿一样的城市少女，改造成了四个满脸沧桑的农妇，女同学们哭喊着，紧紧抱成一团。
　　与我一起来的十五岁的儿子，被眼前的场景震撼了。我突然有些后悔，我不知道，这样的重逢，从心理上会给留守在这里的老同学带来多大的伤害。
　　石山农场的于书记来了，这位战争期间出生入死的老兵，穿了一件褪了色的军装，戴了一顶洗得发白的旧军帽。快八十的人了，走起路来依然保持着军人的姿态。朱嘉禾紧走两步迎上前去，两代军人互相敬了一个标准的军礼。

三十年前，南尖公社为欢迎我们的到来，在公社所在地兴隆岗，组织召开了规模盛大的联欢会。

那是一个温暖的春夜。在公社驻地前的空地上，当地基干民兵早早就用汽油桶和宽木板，搭起一个简易戏台。天黑后不久，几盏大汽灯把舞台照得雪亮。几个调皮的男孩子，跳到台上，相互追逐着骂着脏话，惹得一个脸上涂满铅粉的年轻人冲上台前，将这些无法无天的调皮鬼踢下台来，台下一片哭骂声。

附近十里八村的男女老少早就赶来了。站在会场周围的小伙子们，故意嬉笑怒骂地闹出声音来引起我们的注意，两个结实的小伙子，甚至搂在一起摔起跤来，活像两头这个时节在野地里发情的小牛犊子。隐身暗处的大姑娘小媳妇，更是目光精烁地望着眼前这新鲜的一切，无论是城里的男人，还是城里的女人。她们悄声议论着，那声音，像无数春蚕在啃食桑叶，听不清，但听得见。

在十分仓促的商议之后，知青们也准备了自己的节目。这其中，包括朱嘉禾的小提琴独奏《流浪者之歌》，我在无法推脱的情况下，答应朗诵贺敬之的那首新诗《在西去列车的窗口》。

晚会即将开始的时候，从后台钻出两三个化了妆的小伙子，跑到同学当中借了几副眼镜。不久，晚会就开始了，在公社党委宋书记、团委王书记、贫下中农代表、少先队员代表发言之后，卢云霞代表我们全体知识青年，向南尖公社的父老乡亲庄严承诺："我们要铁心务农一辈子，誓把青春和生命中的全部力量，奉献给南尖公社的山山水水。"台下的掌声并不热烈，农民不习惯鼓掌。

演出开始了。随着古板的节奏，当八个浓妆艳抹的青年男女，踏着原始的步伐，从舞台两侧蹦上前台时，坐在台下的同学们，无不笑得前仰后合。只见台上的每个人，在脂粉厚重的脸上，不知为什么，都用墨汁画了一副眼镜，这一拍案惊奇的造型创意，带来了无与伦比的闹剧效果，那几个自以为聪明的小伙子，尽管用借来的眼镜，免去了画镜的工序，但眼前一片混沌的他们，更因此乱了脚步而丑态百出。天呐，我终于明白了，在乡下人的心中，戴眼镜的人就是文明的人，而文明的人就是美丽的人，我深知他们对城市文明的渴望和崇拜，但心底却油然泛起一丝苦涩。

演出在强烈的城乡差异中进行。突然，从兴隆岗的西北方向，两个黄色信号弹腾空而起，会场上顿时骚动起来。

"特务！有特务！"四周的人群中传来一片惊怪声。

演出被迫中断，一位身材粗壮的公社干部，闯到台前大声呼喊着集结他的部下。很快，二十多个持枪基干民兵便集合完毕，并立刻离开会场向黑暗中扑去。

几个初二的女同学，被这突如其来的骚乱吓哭了。

"不碍事，闺女。"站在旁边的一个大婶忙着安慰她们："俺们这儿离南朝鲜（今韩国）近，常有特务过来捣乱，那信号弹是提前埋好的，人早就跑了。"

一脸严肃的宋书记走上戏台，他向大连知青介绍了这里的对敌斗争形势，他告诉我们，刚才带民兵去搜山的那个公社武装部部长，两年前，就亲手抓住过两个从海上登陆的美蒋特务分子。

一轮明月高悬在广袤的夜空中，木耳山似一头灰色的巨兽，横卧在坦荡的平原之上。远处起伏的丘陵，将大地和天空融在一起，空气中饱含着泥土的芳香。走在回村的路上，望着眼前这月光下的原野，我兴奋地意识到，这真是一片神奇的土地。

三十年后的今天，在一阵雷鸣电闪之后，雨终于停了。灯光师和录音师，开始紧张地忙碌起来，在靠近大坝的空地上，制片部门已堆起了一大堆柴草。

这是三十年后的又一次联欢会，听说我们回来了，当地的乡亲们，从天刚擦黑儿就聚集在了这里。尽管下了一下午的雨，但就连土桥子、木耳山、徐屯、喜鹊沟的乡亲们也都赶来了。

当篝火熊熊燃起的时候，我发现火光之下，同学们的两鬓几乎全都霜染了。这应该是一次对逝去岁月的安慰演出，也是一次对青春年华的庄严祭奠。

于书记、李场长和当年与我们一起战天斗地的石山农场的老社员们都来了。

"今年春旱，从开春就没下过雨，这不，你们回来了，连老天爷都哭了。"高个子李场长拍着我的肩膀，我望着他，久久说不出话来。

朱嘉禾昂扬坚定的手风琴，拉响了晚会的序幕。

到农村去，到边疆去，

299

到祖国最需要的地方去。
　　到农村去，到边疆去，
　　到革命最艰苦的地方去。
　　祖国啊祖国，养育着我们的祖国，
　　要用我们的双手，把你建设得更富强……

　　三十年前的歌声，重新回荡在石山脚下这片刚刚解冻的原野上，每个人都在回忆和反思，当年的上山下乡运动，在我们这一代的人生历程中，究竟留下了什么。我们当然会想到信仰和责任，我们会想到忠诚和誓言，我们会想到奉献与牺牲。我们想到的，都是我们今天已经或正在失去的最宝贵的东西，它比生命都宝贵，因为它是我们的灵魂。

　　当全体男同学再一次唱起三十年前朱嘉禾创作的那首军旅队列歌曲时，于书记激动地站起身来为我们打拍子。

　　刀拔出鞘，枪握在手，
　　走走走去战三九。
　　刀砍狂风断，枪打雪花抖。
　　手劈冰河河让路，
　　脚踏雪山山低头。
　　爬冰卧雪杀声喊，
　　三九天里春雷吼……

　　没有一个人忘记这久违的旋律，尽管岁月已整整流失了三十年。

　　歌声轻轻荡漾在黄昏的水面上，
　　暮色中的工厂已发出闪光。
　　列车飞快地奔驰，车窗里灯火辉煌，
　　山楂树下两青年在把我盼望……

　　嘉禾、唐宛和我用三重唱，唱起了五十年代成长起来的这一代人，心中最浪漫的歌。

　　听说我要拍这部片子，作为当年营口市的老知青、我爱人郑淑玲和妹妹唐宛，都不由分说地挤进这支寻找历史的队伍里。

该刘家仁表演节目了，篝火旁的人一下子静了下来。

刘家仁和我是一个宿舍的战友。他会吹单簧管，所以当年农场的领导，就派他每天负责吹起床号。即便是寒冬腊月，每天，刘家仁都是第一个起床，站在空荡荡的农场大院里，用他清脆的号音，迎接每一个黎明。

刘家仁走到篝火旁，向在场所有的人深深地鞠了一躬："我用一首歌，表达我此刻的心情。"在篝火的映衬下，家仁的眼睛里闪着晶莹的泪光。

> 有过多少往事，仿佛就在昨天，
> 有过多少朋友，仿佛就在身边。
> 也曾心意沉沉，相逢是苦是甜。
> 如今举杯祝愿，好人一生平安。
> 谁能与我同醉，相知年年岁岁，
> 咫尺天涯皆有缘，此情温暖人间。

刘家仁是一个心事很重的人，这首歌，想来在他心里已唱了很久。我们这一代人，经历的事情太多，藏在心里的歌也太多。遇到身旁又燃起了篝火，心里的这些歌，就会像解冻的山溪，就会像峡谷间的激流，就会像奔腾的江河，就会像辽阔的海洋。

临睡前，我和三位摄像师开一个短会。我嘱咐大家明天早晨务必早些起床，而且，我告诉主摄像周万鹏，一定要盯紧刘家仁。因为据我判断，家仁明天一早可能独自上山。

晨雾尚未褪尽的时候，刘家仁果真拿着一束康乃馨独自上山了。同学们闻讯后，也都默默地跟出村来，每个人的胸前，都戴着一朵白花，那是女同学们连夜扎成的。

村庄西边不远，有一座不高的孤山，因为山上乱石嶙峋，所以村民称它为石山。二十一年前，郭翠英死后就埋葬在石山的南坡上，郭翠英也是我们的同学，是刘家仁的结发妻子。

一九七〇年，刘家仁和郭翠英结婚后，他们的新家，就安置在石山农场的宿舍里。郭翠英是一位乐观爽快的大连女孩，婚后一年，他们有了自己的儿子，乳名叫冬冬。这是我们全体知青的第一个孩子，也成了大家新的情感寄托和希望。

一九七四年，在一次大咯血之后，身染重病的郭翠英与世长辞了。那一年她二十六岁，冬冬才三岁，刚会叫妈妈。

站在郭翠英的墓旁向下望去，当年我们拦海筑坝、垦荒开辟的一千五百亩水稻田正在春灌。苍莽的木耳山，倒映在方田晶莹的水面上。向西望去，波涛起伏的黄海，被一大片新开辟的养虾池，拦在遥远的天边，像一幅泼墨而就的画卷。

按计划我们分成四组，走访了已在南尖成家立业的四位女同学。她们当中，鲁翠娥的家境一直很好，儿子大学毕业后，刚刚在乡里参加了工作，做了多年市人大代表的鲁翠娥说："我挺知足的。除了看不见你们，我这里什么也不缺。"

王善华的丈夫出海了，孩子也早在大连参加工作了。

"我这儿有菜地、有果园、有自己喂的鸡鸭和肥猪。老头子出海打鱼虽然辛苦些，但新鲜的鱼虾，这些年从来没断过。"

在叶兰英家走访时，正遇见她的大女儿燕子从庄河回来探望母亲。叶兰英的丈夫很能干，结婚二十多年，一直像掌上明珠一样疼着她，护着她。

在知青点时，郭响云的嗓子特别好，朱嘉禾曾让她和刘树仁对唱《北风那个吹》，无奈郭响云唱歌走调，可惜那清纯如水的嗓子了。

郭响云的家境显得贫困多了。丈夫身体一直不好，做家里地里的重活都很艰难。在她家里，我们看到了贫困，看到了农村与城市的巨大差异。

在木耳山青年点，毛宁见到了当年房东的儿媳妇，那是一个敦厚善良的女人。她对我们说，那些年，毛宁太孤独了。青年点的同学都选调回城了，最后只剩下毛宁一个人。"可毛宁这孩子就是能坚持。"房东的儿媳妇说："多少人给她保媒提亲，可她从来不往心里去。晚上太闷了，她一个人躲在油灯下画了那么多画。"

说着她拉着毛宁的手："现在还画吗？"毛宁笑了："我哪里会画画啊，那都是实在没事儿干，打发时间呢。"

两天多的采访，让我的摄像师们变得沉默了。他们每天从早到晚，将摄像机扛在肩上，曲嘉钟更眼含热泪地对我说："唐老师，谢谢你，给我这样一个重新认识人生的机会。"

两天之后，我们准备回城了，临走前，在石山农场老社员的家里，孙桐生的媳妇熬了一大锅香喷喷的苞米馇子粥。可饭端上来，大家都吃不下去。我问孙桐生媳妇有酒吗？那女人回头从里屋拎出两瓶凤城老窖来，大家全都喝醉了……

回城后，朱嘉禾很快在他母亲家，为我写了五段音乐，并用MIDI制作完成。但一连几个月，我却没敢再看一眼素材带。我知道，尽管在片子里，人们会感受到三十年前一代青年的革命激情，了解到那么多可歌可泣感人的故事，但我已深深体会到，这绝不只是一部电视纪录片的创作过程。就像我今天完成这部家族史记一样，这不是在写作，而是在跋涉。

深秋时节，纪录片终于进入后期合成阶段，朱嘉禾创作的五段音乐，非常准确地诠释和烘托出《归去来兮》的主题，为全篇平添了坚定且深沉的艺术感染力。但片尾的音乐，却真把我难住了。包括朱嘉禾所创作的所有旋律，都难以将片尾推向高潮。我给唐宛打电话，希望她能替我想想办法，但随之又都被我一一推翻了。在作品完成的最后一刻，我不得不让音乐编辑鲍丹停止了工作。

一天早晨，一个突然的冲动在我脑海中闪过，我把这一灵感打电话告诉唐宛，唐宛在电话里哭了。

上班后，我急忙跑进机房："鲍丹，快！片尾的音乐找到了！"

鲍丹赶忙打开录音设备，找到了片尾音乐的那个剪辑点。

国际部的同事们闻讯都赶到了机房，大家都十分关心这个作品的创作成果。

片尾音乐是从中巴车发动的那一刻开始的。石山的村民们，紧紧簇拥在汽车下，拉住车上同学们的手不放。四个继续留守在南尖的女同学，跟在车后一路追着喊着，车上车下泪雨滂沱……

哭声和相互呼唤的同期声，被渐渐隐去。一支像水银一样清纯的童声合唱旋律，由弱渐强缓缓升起……

> 让我们荡起双桨，
> 小船儿推开波浪。
> 海面倒映着美丽的白塔，
> 四周环绕着绿树红墙……

我默默地坐在视频监视器前，身后一片低沉的啜泣声……

十九

在广阔的天地里

　　庄河是旅大地区东北方向最偏远的一个县，南尖公社是庄河县东北方向最偏远的一个乡，这里与丹东市的东沟县相接，天气晴朗的时候，远远地能望见大孤山。

　　南尖是一个半岛。这里三面濒临黄海，一面伸向东北腹地，是旅大地区的东北边陲。二十世纪六十年代，更是中国东北地区的海防前哨。

　　我们下去的一百零一名同学，被安置在木耳山周围四个自然村落里。我们高二的同学去了木耳山良种示范场。高三的一部分同学，被安置在东甸子。初二最小的同学，被安置在离海边最远的土桥子。而部分高三及全部初三同学被安置在石山农场。

　　木耳山南北相贯。因战备所需，山体已被掏空，军用载重炮车可以从山下直驶大山腹部。

　　六十年代，南尖地区是沈阳部队反登陆作战的一个演习场。每年深秋庄稼收获之后，常有成师成团的步兵及装甲部队，在肃杀的原野上纵深队形一路南进，向海岸实施反登陆预案。一时间，木耳山下金戈铁马征尘蔽日，颇为壮观。

　　木耳山青年点不到二十个同学中，原海群中学高二的同学占了大半。进点之后，男同学住在一处富农家的三间厢房里，女同学则住在村庄中央一座面对菜地的三间正房里，生活便这样开始了。

　　对于我们这些从小在城市长大的年轻人来说，农村生活是完全陌生的。我们下去的时候，正赶上南尖地区的春耕大忙季节。同学们从进村的第三天

木耳山良种示范场场部

起，就和当地社员一道下地了。木耳山示范场的农作物以玉米和地瓜为主。我们下地的第一天，就赶上生产队栽地瓜秧。男同学自然被分配到挑水的行列里。

扁担和水筲是向社员家借的。借我水筲的那家大嫂一再叮嘱我："一次少挑点儿，当心把腰扭了。"

水塘离地瓜地不到半里远，但从把扁担挑在肩上的那一刻起，男同学们就像被施了魔法一样，前仰后合地不以人的意志为转移了。连自诩为短跑冠军的刘方大，也被两只水筲戏弄得浑身泥水狼狈不堪。与步履如飞的当地社员相比，我们简直就像是一群被人戏耍的小丑。男同学的自尊心受到了喜剧般的挑战。

为了挽回面子，田间休息的时候，刘方大执意提出要和生产队一个短小精悍的汉子比摔跤。结果又被那汉子摔得晕头转向颜面扫地。

"他不按照正规的跤法接招。没劲！"坐在地上的刘方大狠狠吐了口唾沫，不服气地喘着粗气。

出工后不几天，示范场就重新安排我和王永刚放猪了。王永刚是男生中最矮的一个，我虽然最高，却是体质最弱的一个。王队长说劳动锻炼要慢慢来，他把示范场的六只新金猪交给我们饲养，其中两只纯种公猪，是示范场的一笔宝贵财富。

新金猪是辽南本地猪与英国巴克夏猪杂交而生的一代良种猪，因为南尖公社像这样血统纯正的种猪只有这两头，常有十里八村的社员赶着发情的母猪前来这里配种。每逢这时，女同学便涨红着脸躲得很远，而男同学则睁大眼睛拥挤在一起，心跳加快地接受了哺乳动物的基础性教育。

木耳山青年点的男女同学搭配基本上为一比一。当初组织下乡的中山区人委，早就高瞻远瞩地考虑到了这一点。一群二十刚出头的青年男女，要在这陌生的乡村长期生存下去（当时知青上山下乡还没有"回城安置"这一政策。要知道，我们每一个同学都是在铁心务农一辈子的生死状上签过字的），恋爱婚姻的问题，势必会像木耳山上雨后的蘑菇一样随时萌生。学生时代这些当然是禁止的，但一夜之间学生的身份变了，恋爱婚姻自然也成了鼓励长期安家落户的一种感召力。

在这种宽松氛围的孕育之下，起码在男同学之间，可以自由抒发自己的内心世界了。被大家称为老夫子的王有林，从他带来的一个木制小书箱里，翻出的一本新文艺出版社出版的《爱情诗》，成了男生宿舍争相饕餮的精神食粮。

那是一本小开本的小册子，作者是苏联抒情诗人斯切潘·施企巴乔夫。

每天晚上收工后，百无聊赖的男同学便会抢过那本《爱情诗》，就着青烟袅袅的油灯，翻到自己最喜欢的那一首，高声朗诵起来。

  风忽徐忽疾地吹来，
  把一绺秀发吹开，
  把衣服紧紧地贴住，
  那少女的大腿和胸怀。
  ……

龙启文最喜欢这一首。

  ……
  我们俩坐在月下，互相依偎。
  枫树斜斜的疏影愈来愈长。
  月亮匆忙赶路：整个地球上只有它一个，
  它一个照着所有热恋的情人。

申家盛最喜欢这一首。
我最爱读的那首短诗在七十二页，那是一首无名诗。

  解开我自己爱情的回忆，
  有一点叫我无以自解，
  你曾经是我不相识的外人，
  那时我对你什么也不了解。
  无论经历多少时日，
  无论走过多少街区，
  我要一次次感谢那些道路，
  是它们引导我与你相遇。

每当同学们朗诵这些优美的爱情诗句时，朱嘉禾都会站在院子里，演奏那首《海滨吟诗》。嘉禾告诉我们,这是作曲家秦咏诚独自漫步南海之滨时,写给远在北方恋人的一首提琴曲。可惜的是,四十多年过去了,我再没听到过《海滨吟诗》那动人的旋律。

天气渐渐地热了。木耳山东坡的柞树林里吹来的山风,饱含着令人昏倦的百草芳香。站在木耳山顶向北望去,石山农场的同学和社员们正在插秧。我和王永刚大声呼喊着,山下的同学随之抬起身来向我们招手。环顾脚下,南尖大地云蒸霞蔚气象万千。

一天傍晚放猪回来刚刚把猪圈好,王永刚就发现一只细长的小动物,瞬间钻进食堂前一个废弃的地瓜炕洞里。

"哎!哎!大耗子!"王永刚追了两步,铁匠李师傅从铁匠炉后闪出身来:"看走眼了吧,一准是只黄鼠狼。"

"黄鼠狼?!"我惊诧地问。

这里说的地瓜炕,是东北农村早春时节用来培育地瓜秧苗的苗床。在平地挖好的烟道上,覆盖一层石板,石板上铺就厚厚的一层沙子便于育秧。炕口处有一个灶眼,升起火来,提高苗床的地温。随着地瓜栽植已近尾声,食堂前的地瓜炕已经废弃了,可谁都没想到就在这人来车往的示范场的院子里,竟钻进一只黄鼠狼。

恰在这时,下地回来的同学们进院了。

"黄鼠狼!"我兴奋地喊了起来。

"在哪儿?"刘功敏和于凤德问我。

"钻到地瓜炕洞里了。"我大声地喊。

刘功敏立刻振起了精神。他跑到食堂里找来一支手电筒:"看我的!"说着,他撅着屁股趴在地瓜炕洞前向里照着。于凤德找来一把铁锹:"捅!拿铁锹捅出来!"

猛然间,趴在炕洞口的刘功敏急着撤回身来,他脸色变得惨白,抖着下巴,声音颤颤地跪在那里:"天哪!满炕洞全是黄鼠狼,起、起码几十只!全瞪着小黑眼睛,吓死我了!"

西部牛仔的激情一下子让院子里的同学们异常兴奋起来。来复枪当然找不到了,但几乎在第一时间里,每一个同学都抄起了各自的家伙,扫帚、木耙、铁锹、棍棒,连平日最文静的孙文丽和于美艳,手里也拿着炉钩子和小煤铲进入了战争状态。

"别管它们!"铁匠李师傅大声制止我们:"伤它干什么?黄鼠狼伤不

得的。"

刘功敏不屑地瞥了李铁匠一眼:"开玩笑!这都什么时代了,还有迷信黄鼠狼的。"

"火攻!"一直在一旁观战的王有林想出了一个好办法。于凤德随之寻来一把柴草,倒上煤油,跑进了李铁匠的铁匠炉:"点着,点着。"

"别到我这儿来!"李铁匠急了,他抄起长烟袋,摆出一副誓死捍卫的架势。

"别理他。"刘功敏顺手将一盒火柴扔给于凤德。

"守好院门,一网打尽!看我的!"他鼓足勇气,毅然将熊熊燃烧的柴草投进地瓜炕洞里……

一切都是瞬间发生的,随着一片尖细的哀号,似一团急骤卷起的旋风,无数黑褐色的黄鼠狼像一股喷涌的魔泉,自地瓜炕洞勃然喷出。刹那间,满院子惊鼠乱窜,同学们更鬼哭狼嚎,人鼠一阵昏天暗地的厮混之后,像一阵妖风吹过,院子里竟陡然沉寂下来了。

此刻人们才发现,几乎所有的同学都已魂飞魄散地逃到周边的墙头上,而战场上却未留下哪怕一只受了伤的黄鼠狼。

浓烈的狐臭气味久久萦绕在示范场部的院子里。

"伤天理呀!"李铁匠吐了口恶气悻悻地骂道。

不久,想家像瘟疫一样在知青点同学间蔓延。那种痛苦只可意会难以言传。繁重的体力劳动,更加重了思乡的苦楚,每个人都被折磨得疲惫不堪。

最先从女生宿舍里传来的歌声,预兆着这场瘟疫已难以控制,女同学开始宣泄了。

娘的眼泪似水淌,点点洒在儿的心上。
满腹的话儿不知从何讲,含着眼泪叫亲娘。
娘啊——

先是一个人唱,继而一屋子的人都唱了起来。先是一个哭,继而一屋子人都哭了起来。

村民们交头接耳相互传递着:"挺不住了,这群孩子们。"

农村生活对于我来说,最大的折磨,不是惆怅难挨的思乡之情,而是江湖上人称"蚤"的一种完全变态的嗜血动物。此虫小过芝麻,弹跳能力却极强（弹跳高度超过身高三百五十倍）。入夜，当你拖着疲惫不堪的身子钻进被窝后，你很快就会因它们的存在而兴奋不已，你会感到浑身热痒并伴着阵阵恐怖。你用手电往被窝里照去，天呐！你立刻就会被眼前正在进行的一场豪门盛宴所震撼。数不清的跳蚤在手电光的辉映下上蹿下跳兴奋无比，伴着血腥，你会听见它们得意的歌声。

……啊哈！
那宫廷里的人们，
从皇后到宫女，
被咬得浑身痛痒，
人人都受不了了。
哈哈！
但没人敢动它。
啊哈！哈哈哈哈哈……（摘自《跳蚤之歌》，歌德词，穆索尔斯基曲）

时间一长，知青们开始注意到，每天下午四点半，都会有一辆黄白两色的长途汽车，准时从木耳山经过驶向兴隆岗。这是从庄河县城开来的长途客运班车。兴隆岗是这条线路的终点站，司机和乘务员都是兴隆岗人，晚上他们各自回家，第二天六点半，班车再从兴隆岗返回，经过木耳山、石山农场、栗子房西去庄河。这是南尖公社与外界相连的唯一一条公交线路，也是大连方向的必经之路。

每天清晨，当长途汽车经过这里时，青年点的同学都会站在公路旁，直到车后的黄尘从视野中消散。男女同学相互之间的依存也正是从这一时期开始了。

下乡之后同学们才发现，农村没有周日公休的概念，这对于我们这些城里人来说，是难以接受的。所以，每逢周日，知青点的同学仍会利用午休的时间，晒晒被褥，整理一下内务，时间长了也成了一个周期性的惯例。

女生宿舍前的菜地中央，有一口压水井。我们洗衣服，通常要到那里去。一个炎热的中午，我正在井边压水，毛宁出现在菜地里。毛宁是一个说话极少的人，相处这么长时间了，我甚至感到她身上有一股拒人于千里之外的孤傲，所以平日里我与她也很少交流。

毛宁把一盆衣服放在井沿旁。

"压满水后,你回去午休吧。"毛宁说。

"我自己能洗。"我有些惶然,一时不知所措。

"回去吧,别忘了晚上到我这儿取衣服。"

我只好离开菜地了。

从这一天起,生活似乎有了企盼。我盼着周日的到来,因为从这一天起,每逢周日的中午,毛宁大都会在压水井旁遇见我,我从内心祈祷上帝在周日赐给我一个好天气。

但大凡这个时期的小伙子,智商都低得出奇。盛夏季节的一个周日,还是中午吃完饭后,我又拣了几件脏衣服来到压水井前。

那一天出奇地闷热,我压满一盆水,开始蹲在那里装模作样地洗起衣服来。毛宁一直没有出现,我朝女生宿舍瞥了一眼,窗子里,我看见几张女生的脸。我开始纳闷了,中午吃饭时我还看见她了,难道是什么地方出了差错?难道我什么地方得罪了她?

"唐浩,你也不抬头看看。"杨可盈站在女生宿舍门口,冲着我大声喊:"眼瞅着大雨就下来了,你洗完衣服往哪儿晾啊?"

我这才注意到,潮湿的凉风已从身后吹来,雨云已漫过木耳山的山顶,一场暴雨即将到来。我一时尴尬极了。从女同学的宿舍里,传来不屑的笑声,我端起一盆脏衣服狼狈地逃了。

七天之后,在压水井旁,毛宁笑着埋怨我:"你傻呀,洗衣服也不看看天。"心里有种从未感受过的温暖。

当方田里的水稻由碧绿转为金黄的时候,一九六五年中秋节到了。这天下午四点半,从庄河方向开来的长途客车,终于在木耳山站停下了。同学们惊喜地发现,中山区人委教育科的徐茂纯科长和大连海群中学的教务主任刘泽巨,竟然大包小卷地走下车来。

"徐科长来啦!刘主任来啦!"同学们将他俩紧紧地围住,一时激动地说不出话来。大家立刻决定,今晚在木耳山示范场召开一个欢迎会。消息很快传到了其他青年点,黄昏过后,木耳山东坡的场院里,已挤满了兴奋的同学们。

在一片热烈的掌声和欢呼声中,徐茂纯讲话了。他首先代表中山区人委,代表各民办中学的全体师生,代表所有同学的家长向我们表示敬意。他说中山区人委的领导同志托他为同学们带来了一百零一块月饼,并祝大家仲秋快乐。

徐茂纯是个非常聪明的人。他在讲话中没有任何官话套话，他像一个慈祥的长辈，让大家多提意见多提建议。他勉励带队老师多做服务性工作，多了解知青的生活及心理需求。最后他向与会的同学们深鞠一躬，再次表示了自己的敬意。

同学们心满意足了，连平日最爱发牢骚的同学，此刻也如痴如醉。大家争相登场，用豪放的歌声和疯狂的舞姿，宣泄半年来积压在心底的忧郁。

徐茂纯和刘泽巨一直默默地坐在阴暗的角落里。

那天晚上，在木耳山示范场的办公室里，徐茂纯、刘泽巨与几位带队老师，和公社负责知青的领导长谈到第二天凌晨。他们谈到了许多知青集体急需解决和调整的问题，并研究决定将因水土不服皮肤一直溃烂的杨可盈撤回大连继续学业。

第二天上午，徐茂纯把我和朱嘉禾留了下来。

"准备把你们俩调到石山农场青年点去，怎么样？"徐茂纯开门见山地通知我俩。

"去吧。"朱嘉禾当即答应了。可我却一时感到很突然。

徐茂纯望着我笑了："东台知青点因地势太低，居住条件太差，长此下去，同学们是要得病的。所以，经过研究，我们准备将东台点撤了。把那里的高三同学全部向石山农场集中，并全力把石山农场知青点，打造成全省先进知青集体。调你们俩去石山，就是要充分发挥你们俩的文艺特长。希望你们调到石山后，尽快将那里的文艺宣传工作组织起来。"徐茂纯郑重地对我们说："临来时，区委的主要领导对我说，春节期间，市里要看你们的汇报演出呢。"

受宠之下，我无话可说了。

徐茂纯显然对木耳山的情况了如指掌，他拍了拍我的肩："不远。石山离木耳山只六里地，这边有心思，多跑两趟不就结了。"

我的脸腾地一下红了。

"收拾一下吧，下午石山农场就派大车来接你们。"徐茂纯走出男生宿舍来到院子里。我终于忍不住了："徐科长，我能报名上山下乡，你不觉得奇怪吗？"

"不奇怪。你从小就是这样的性格。"徐茂纯不动声色地说："假如你不报名，那就怪了。"

我恍然大悟，十一年前审问我的那个"便衣"，从一开始就认出我了。

"感情的事，不能急。"徐茂纯一边走，一边仿佛心不在焉地说："古人说得好，好事多磨。懂吗？"我点了点头。

送走徐茂纯，朱嘉禾一头雾水地问我："你和徐科长说什么呢？你们俩从前认识呀？"

"不认识。"我心里一片透亮。真没想到，十一年前我的预审员，十一年后，竟成了第一个与我谈起如何处理个人情感问题的长辈。

深秋时节，接到母亲的一封来信。信中说，家中近来发生了一些变故。首先是要搬家了，大连港房产科考虑，当时姐姐、唐宛和我的户口已不在大连，决定让我们搬出清爽街二号，搬到位于寺儿沟的海港职工一个新的住宅区里。另一件事情就是父亲住院了。由于再也忍不了鼻息肉的折磨，父亲终于请了病假并做了手术。

接到来信后，我一时很着急。第二天，我就向农场请了假。第三天黄昏时分，我便赶回大连了。

清爽街二号家里的房门已被贴上了封条，对门刘叔叔告诉我，上个星期天，父母就搬走了。杨工的媳妇站在走廊里，用一种异样的目光盯着我，我似乎感到家里发生了什么更大的事情。

按照刘叔叔告诉我的地址，天黑之后，在寺儿沟南面的山坡上，我终于找到港十七号家属楼。

母亲感到很意外，她没想到我会赶回来。母亲显得憔悴了许多，苍白的脸上挂着一丝焦虑与无奈。

"我爸呢？"我急着问母亲。

"还没出院呢。手术后没控制好炎症，前几天一直烧得很厉害。"

我急着想去医院，可母亲说海港医院管理很严，明天上午十点才是探视时间。

寺儿沟海港职工宿舍，是一片六十年代初兴建的简易宿舍楼，住在这里的绝大多数，是作业区的一线工人及其家属。殖民时代，寺儿沟是大连最典型的贫民窟，新中国成立后，在一个很长的历史时期，这里一直是阶级教育现身说法的地方。就像北京的龙须沟、天津的三条石。

当天晚上，在吃过母亲为我现做的打卤面之后，母亲告诉我，父亲出事了。在不久前结束的四清运动后期，父亲被定为历史反革命分子。同时被学校清退，下放到位于金县毛茔子的海港农场，当了一名农工。工资也下调了一半。

这一切酷似天塌地陷，我一下子被惊呆了。

"凭什么，凭什么啊？"我几乎歇斯底里地喊了起来。

"嘘！"母亲急着制止我，她压低声音："这里不是清爽街二号，这里的邻居都有监督你爸的义务，千万别再让他们找出新的麻烦来。"

我泪水一下子涌了出来。我了解父亲，我知道他是一个光明磊落的人，一个对国家对人民无限忠诚的人，一个对党无比信赖的人。但谁又会听你去辩解呢。新中国成立十五年了，我们目睹了多少亲朋好友相继被划入反革命阵营，但当同样的噩运降到自己头上的时候，我们才真正体验到了什么叫蒙受不白之冤。

第二天在病房里，我见到了面容憔悴的父亲。当父亲伸过手来紧紧握住我的手的时候，我强忍着泪水，向他轻轻地摇了摇头……

中午，在医院的走廊里，我意外地见到了毛大夫。

"唐浩回来了。"毛大夫温和地对我说："唐主任术后恢复得不太好，不过你不必担心，目前烧已经退了，不久就能出院了。"

毛大夫显然知道父亲出事了："让唐主任把心放宽些，身体是革命的本钱。"他说话的声音极低，神情却十分坦然。

我没向组织上隐瞒家里的变故，在回到农场的当天晚上，我就把父亲的事情向于书记讲清了。

"我最初是让国民党抓的兵，和共产党打了好几年仗，后来被俘了，参加了解放军，这才走上了革命道路。"于书记语重心长地说："只有从思想上与家庭划清界限，自己的路还要自己去走。"

话虽这样说，但从此之后，我的家庭出身，一夜之间由"革命干部"变成了"伪官吏"，成了红色种姓时代的贱民。

父亲对"伪官吏"这顶帽子感到莫大的污辱。因为抗战八年的父亲，不能容忍将自己与汪伪汉奸搅在一起。为此，他曾提出过严正申诉，但面对那些盛气凌人的无知者来说，其结论只能是"抗拒改造，企图翻案"。

一九六五年十月底，石山农场的新址，在方田北侧的石山脚下落成了。前后两大排新盖的玻璃窗草房，从远处看气派得很。前排是十三间男女生宿舍，后排是农场场部、大食堂、会议室和库房。中间的大院子里，拖拉机、大马车进进出出十分热闹。

重新组合的石山农场，很快就成了大连知青的核心集体。这个由高三和初三同学组成的知青点，不久便显示了它顽强的战斗力、荣辱与共的凝聚力和丰富多彩的生命力。

石山青年点的点长，是高三的王惠传。这是一个说起话来轻声细语、性格内向甚至有些懦弱的年轻人。无论从哪一方面讲，这种类型的人，在二十世纪六十年代中叶，都是很难进入领导视野的。但由于人缘好，王惠传在同学当中享有很高的威望。在青年点的成长建设中，他虽然没起到指点江山叱咤风云的旗帜般的作用，但因为他的沉默寡言，让大家懂得了理性思考，因为他的和顺知理，让大家懂得了精诚团结。

一九六五年底，在沈阳召开的全省知青工作表彰大会上，石山农场知青点，被评为全省先进知青集体。一枚大奖章戴在一位初三女生丰腴的胸前，那女生后来嫁给了军宣队的一位排长，那排长受处分后，带她回辽西朝阳了。

在春节回城汇报演出时，很多大连人都听说了我们的故事。母亲看了我们的那次汇报演出，当母亲把演出的盛况讲给父亲之后，父亲深有感触地说："城市青年上山下乡，看来是一条值得研究的好事情。应该把它纳入教育改革的范畴里，而不应该只停留在民政事业的范畴里。"

大年初一的上午，毛宁到我家来拜年了。那一天，她穿了一件浅灰色粗芝麻呢的短大衣，这是她在农村不曾穿过的。母亲很热情地接待了毛宁，她嗔怪我应该早点去毛家，看望一下毛宁的父母。

毛宁走后，父亲一直没说话。晚饭后，父亲和我谈到了年轻人择偶的三个标准，即一健康，二聪慧，三明理。"你早晚要面对这样的事情，但不要太着急。"父亲语重心长地说："你今年才二十一岁，今后的路还长着呢。"

返回南尖前，我曾向父母提到，想让家里为我买一台幻灯机。我谈了农村业余文化生活的贫瘠，我希望用幻灯的形式代替很少见到的电影，我希望用自己的美术特长，为当地农民做更多的事情。

父亲十分支持我的想法，但母亲却露出难色："一台幻灯机得多少钱啊？"我当即表示，这笔钱算是我向父母借的。年底分红时，我一定能还上。

当然，一九六五年分红时，全体大连知青没分到一分钱。那时农场的工分低得可怜，辛苦一年下来，挣不上口粮钱是理所当然的事。

不久，母亲为我买的幻灯机，由北京幻灯营业所寄到了石山农场。于书记知道后，决定成立石山农场幻灯小组。他认真地对我说："有什么困难就提出来，农场一定会全力支持你。"

母亲寄来的幻灯机是汽电两用的,也就是说,在没有电的地区,可以用汽灯作为光源。当时的南尖公社,除兴隆岗公社驻地外,其他村庄都没通电,所以汽灯就成了这台幻灯机的唯一光源。为了解决这一关键问题,于书记同意让我出差,去东沟县大孤山镇买汽灯。

那一天清晨,我独自一人乘长途汽车到栗子房,并从那里转车,于中午时分到了大孤山镇。我跑遍了大孤山镇,最终还是没买到汽灯。我决定去丹东了。在设法与石山农场取得联系并得到同意之后,当天黄昏时,我乘车赶到了丹东。

商店都关门了,我只能等第二天商店开门。站在鸭绿江边,望着江对岸寥落的灯光,不知为什么,我心情竟莫名地有些惆怅。

正是早春三月,天空是阴郁的,界河岸边的垂柳像雾一样一片鹅黄,小街旁一棵繁花如雪的梨树,像一个端庄的少女,站在寂寥的巷子里。我走进一家不大的电影院,坐在久违了的放映厅里,一时感到很孤独。

身后飘来淡淡的来苏水的气味,几个穿着时尚的青年男女坐在那里,低声谈论着刚刚做完的一台手术。他们有争执但又如此平和。我的前排,坐下一对儿年迈的老人,他们相互依偎着轻声细语,声音像微风在一片白桦林中穿行。我突然体味到一股强烈的懊悔,开始刻骨铭心地思念被我失落的那座城市。

汽灯买回来了。农场又为我们做了一幅两米多长的幕布,同时把盖房时剩下的所有玻璃,都依照幻灯片的尺寸割成了上百块小玻璃。我开始画幻灯片了。

我用钢笔画草图,晾干后再用小号木刻刀精刻的办法赶制出几套幻灯片来。其中有爱民模范王杰,有学习毛主席著作积极分子廖初江、封福生、黄祖示,有贫农兄弟吕传良,等等。在人物绘画上,我十分喜爱画家贺友直的绘画风格,他的那一套《山乡巨变》连环画,成了这一时期我须臾不离的创作摹本。

石山农场幻灯小组开始下乡了。每天黄昏的时候,在刘家仁的带领下,我和朱嘉禾、葛松远、高贵锡、宋胜武及一大群伴唱的女同学一路欢歌地深入到大谭、协成、徐屯、喜鹊沟和四家子,村民们闻讯后,像看电影一样挤满了小学操场或村中央广场。高贵锡和宋胜武负责维持秩序,葛松远已能熟练地对付汽灯了,卢云霞负责朗诵解说词,换幻灯片的任务由我来担当,朱嘉禾则拉着提琴和伴唱的女生们一起,唱起了忧伤的主题歌。

天上布满星，月牙儿亮晶晶，
　　生产队里开大会，诉苦把冤伸……

　　这是一个煽动阶级仇恨的悲惨故事。观众们，二十世纪六十年代中叶的男女社员们，竟能在这样的幻灯演出中，潸然泪下泣不成声。

　　农村生活是十分艰苦的。在石山农场创办的头一年里，五十多名大连知青与当地社员一道，硬是在木耳山与石山之间的一片辽阔的滩涂上拦海筑坝垦荒造田，建成了南尖公社最大的一片水稻生产基地。

　　早春时节，当疲劳一天的同学们都已熟睡的时候，水渠后的方田里仍能看见一辆东方红五十四型履带式拖拉机，在茫茫黑夜里引擎轰鸣地奔驰着。高三同学刘树仁把这辆拖拉机当做自己最知心的朋友，高贵锡是他的助手。他们每天孤军作战，棉工作服上经常落满晚霜，浸透夜雾。

　　桃花水汛期到来的时候，在一次天文大潮的夹击下，拦海大坝溃坝了。那一天，当石山农场的张队长气急败坏地跑进农场报警时，于书记的眼睛立刻红了。没有紧急集合，没有战斗动员，几乎在同一时刻，全体同学和驻场社员便像疾风一样赶到了溃坝现场。

　　潮水顺着大坝外的泄洪渠漫过了方田西南的一段大坝，并从那里撕开了缺口。最先赶到缺口处的葛松远，在毫无其他办法的情况下，毅然跳进洪流里，接着许多同学都跳了下去，但在激流的冲击下，没有一个人能接近溃口。早春时节的海水像冰水一样刺骨，加上情况紧急，所以同学们的牙齿都抖得咯咯响。

　　"别跳了！"望着不断溃塌的决口，于书记的脸色变得非常难看，他大声喊着："没有用！"他知道，此刻已无力回天。于书记沮丧地站在大坝上："撤了吧，只能等落潮后再来打桩加固了。"

　　突然，溃坝前拉开了革命英雄主义的大幕。在鲁翠娥、卢云霞、臧永花的带领下，几十个女同学一齐扑到被海水漫过的大坝上。她们浑身是泥，双腿浸泡在冰冷的海水里，随着潮水的涌动，发出一阵阵的惊叫声。幸亏此刻退潮了，泄洪渠水渐渐地退了下去，回头再看大坝，人和坝早已融在一起。只听见于书记冲着张队长大声喊着："让食堂多烧点姜汤，我们家还有二斤红糖，都拿去，快！"

　　那一次桃花汛，石山农场损失了上百亩水稻田。入冬后，同学们重新从土桥子挑来黄土，改良过水方田的土质，同时将大坝加高加厚。

石山农场的水稻属碱性土壤生长的大米，在大连地区属品质上好的优质稻米。而三十年前的那次抗洪，使很多女同学落下了终身难以摆脱的病痛。

二十世纪六十年代，大连东北沿海地区一直处在紧张的准战备状态之下。除了每年秋后的反登陆演习，即便是平日里，备战工作也毫不松懈。夜晚，人们经常能看到在黑岛和南尖上空，当无数探照灯光交织在一起的时候，四面八方的高射曳光弹，在夜空中织起的一道道美丽的火网。

那时，庄河沿海一带经常处于封海状态，封海期间，任何人不许到海边赶海，更不许从海滩上捡拾物品。但还是有人为此付出了代价。

一天，大谭一个村民便被一个色彩鲜艳的小塑料瓶炸断了双腿，那塑料瓶是不久前他从海滩拾来的。刘家仁和同学们用担架将那个村民抬到了兴隆岗，回来时，身上沾满了猩红的血迹。

同学们都学会了使用七点六二毫米半自动步枪，而且进行了实弹射击。我共打了三枪，其中两枪脱靶，一枪十环！

那真是一个激情燃烧的岁月。

插秧的时候，毛宁到农场来了。这一次，她是以赤脚医生的身份来的。一个阶段以来，辽南地区流行霍乱，地方政府正全力组织社员接种疫苗。考虑石山农场人员集中，公社决定调毛宁到这里来，与石山农场的赤脚医生刘双喜一起，在石山农场、土桥子及大谭为知青及当地社员接种疫苗。那天中午，我在食堂见到了她。

"能在农场待几天？"我装作不太在乎地问。

"三天吧。"她一边吃饭一边说："关键要看你们配不配合了。"毛宁很少开这样的玩笑。

在之后的两天里，我真想再找机会和她多说说话，可这样的机会并不太多。我开始动员宿舍里的刘家仁、葛松远和曹德胜把男生四号宿舍收拾得窗明几净，我甚至从水渠边采来一大束野花插在一个玻璃瓶里。

葛松远无可奈何地说："我的哥呀，歇会儿吧，这屋再收拾，该成女生宿舍了。"

刘家仁坐在那里，瞅着我直笑。

第二天吃罢晚饭后，男同学又像往常一样，百无聊赖地聚在院子里的大车旁等待着太阳落山。毛宁从院子西边走来了，她径直走到我面前："唐浩，我来这儿两天了，你也不请我到你宿舍看看去。"

我慌忙从那辆大车上跳下来。

"请请请。"葛松远故作殷勤地在前面引路："从昨天起,我大哥就忙着收拾宿舍了,还逼着我把臭袜子全洗了。"

刘家仁从身后踹了他一脚。

"不是吗?"小葛不服地说:"连你都觉得大哥臭美得有点儿过分。"

我脸涨得通红。

进宿舍后,毛宁并没有坐下:"哎呀!真比女生宿舍收拾得都干净。"她摇了摇头:"唐浩啊,我服你了。"说着,她瞥了我一眼,我尴尬极了。

忽然,她看见我的画夹了:"还有空儿画画吗?"

我点了点头:"还画。"

"真可惜啊,原来还以为能和你学学绘画,可你一走,老师没了。"毛宁认真地说。

"听说毛宁来了?"朱嘉禾风风火火地出现在身后:"我还没打预防针呢。"

嘉禾这几天一直在庄河文化馆学习,那里组织了一个辽南地方戏曲学习班。

"什么时候回木耳山?"我抓紧时间问毛宁。

"明天晚饭后。"毛宁简单地说了一句,就喊着朱嘉禾出门了。

第二天黄昏时分,男同学一如既往地聚在院子东头的几辆大车上等待日落,宋胜武和王重铭突然提议要摔跤,大伙儿起着哄,却一直没有摔起来。

我真想抽空去女宿舍看看,但又无法脱身。

突然,张立艾从女生宿舍跑了过来:"唐浩,毛宁大姐让你过去一趟。"

"干什么?"我装模作样地问她。

"毛宁大姐要回木耳山了……"张立艾吞吞吐吐地说。

"让她早点走吧,待会儿天该黑了。"

我都不知道我说了什么,我只知道,作为一个男子汉,就应该是这样一种态度。

张立艾悻悻然转身回去了。

"你傻呀?"刘家仁狠狠地瞪了我一眼。

"怎么了?"我其实也知道失礼了。

"赶紧送送去。"刘家仁急了:"还不快点儿。"

我从大车上跳下来,一溜烟跑进了女生宿舍。

也不知道张立艾是怎么回来说的,等我钻进女生宿舍时,看见满脸沉郁的毛宁正站在炕前捆行李。几个初三女生躲在一旁不敢出声,见我进屋后,张立艾狠狠瞪了我一眼:"还不快点帮忙。"

我赶紧从毛宁手里接过绳子:"我来吧。"毛宁不情愿地交给了我。

从宿舍前的水渠到木耳山下的喜鹊沟,有一道笔直的大坝,这是去木耳山的一条捷径。登上大坝后,毛宁一直在前面匆匆地走着,我扛着她的行李跟在她身后,我知道,这一回毛宁真的生气了。

太阳西沉的海面上,现出一道贝壳色的暮霭,成群的海鸥鸣叫着舒展着修长的翅膀,在辽阔的天海之间,像诗一样地翱翔。木耳山山坳里的小村庄,已沉浸在一片青灰色的炊烟里。

"你回去吧。"走下大坝后,毛宁好不容易冒出一句话来,她从我的肩上接过行李,瞪了我一眼,扭头便走上了公路。直到这时,我才希望身后的这道大坝应该再长一些,再长一些……

二十

我也是毛主席的红卫兵

一九六六年四月末,在我们下乡一周年的日子里,从大连传来了一个令人兴奋的消息。经过交涉,市里有关部门同意南尖插队的高中同学,可以应届高中毕业生的身份,参加当年的升学考试。而艺术院校的专业考试日期,将提前在六月上旬进行。消息传来,我和朱嘉禾都在第一时间报了名。

因为家庭出身已沦为阶级敌人,更何况还要参加文化课考试,所以我和嘉禾对这种诱惑的结果都心知肚明。但一年来风餐露宿的农村生活,已让我们深感疲惫与厌倦了。而包括父母在内所有的人都知道,这两个大连知青需要休息一个阶段了。

尽管如此,父亲还是为我请来了大连水运专科学校的校长伊树志,帮我补习数学。伊树志是海群中学的创始人,也是一九五二年与父亲一起从北京来大连支教的教育工作者。

在中央工艺美术学院的申请报告书上,我在家庭出身一栏里填写了"伪官吏",在父亲政治面貌一栏中,填写了"历史反革命分子"。

在中共旅大市中山区区办中学支部委员会对我的评语栏里,有这样一段文字:"该生积极响应党的上山下乡号召,到农村去安家落户。在劳动中吃苦耐劳,能坚持参加各种农业生产劳动,并用自己劳动收入买了一部幻灯机,配合当前的政治学习,宣传王杰、焦裕禄等英雄事迹。该生敢于大胆暴露思想,不隐瞒自己的观点。对家庭问题有一定认识。"

南尖公社党政领导同下乡青年一周年合影（一九六六年）

作者与朱嘉禾摄于石山农场青年点前（一九六六年）

这是带队老师董文良对我一年农村生活的评语。去年冬天，因为他粗暴的工作作风，我曾在石山农场的食堂里和他吵过一架。但关键的时候，他却没有报复我。

五月三十一日黄昏时，我和嘉禾登上了大连至北京的特快列车。朱嘉禾拎着一把小提琴，我背了一个大画夹，拎了一个小画箱。

行前的晚上，母亲曾提醒我，必要的时候，可以再去东裱褙胡同，找找廖静文先生。可父亲却摇了摇头："不必再麻烦徐夫人了。凭自己的实力往前闯吧。"父亲显然十分清楚，此去北京，只是让儿子休一个长假而已。

"近来北京有些乱，平日尽量呆在三舅家看电视，少上街。"

三舅家的电视是苏联进口的。一九六三年去北京时，那台电视刚买来不久。望一姐曾嘱咐我，不要把手伸到电视后面去，后面是高压区，有危险。

六月一日清晨，进入山海关的火车在冀东大地上飞驰，车窗外辽阔富饶的大地，沐浴在初夏耀眼的阳光里。

七点，从列车的广播里，人们听到了北京大学聂元梓的那张后来被毛泽东称为"全国第一张马列主义的大字报"。同时，《人民日报》发表了重要社论《横扫一切牛鬼蛇神》。

那时候广播电台播音员的语调是咄咄逼人的。那时候的评论文章中有大量的反问，听起来让人大有是可忍孰不可忍的悲壮感。

在各种政治运动从未停歇的那个年代，几篇充满火药味的社论，很难再引起人们的严重关切了。任何一个中国人都无法预见到，一场新中国成立以来史无前例的浩劫，正悄然逼近刚从困难时期走过来的中国。

到北京的当天下午，我和嘉禾先后去了中央工艺美术学院和中央音乐学院，得到的消息是一样的，学校目前尚未接到教育部启动招生工作的通知。

在等待报名的日子里，六月的北京变得狂躁起来。一时间，各种政治谣言小道消息充斥市井。

"彭真完了！"

"北京市委垮了！"

"吴晗家让一帮孩子给抄了！"

街头流传的儿歌依旧充满童稚和纯真："一根藤，仨癞瓜，邓拓吴晗廖沫沙。他们反对社会主义，坚决坚决消灭他。"

北京躁动了。历史上对政治一贯保持高度敏感和社会责任感的京城百姓，开始成群结队地拥向位于台基厂的中共北京市委。每天从早到晚，市委的几百名工作人员就像合唱团一样，冒着暑热站在楼前高高的台阶上。从各地赶来支持中央清算市委主要领导的民众队伍，群情激奋首尾相接地从市委"合唱团"前经过，每支队伍都会对着麦克发表一通警世恒言。几十个高音喇叭，将这条平日里格外静谧的小街彻底惊翻了。

在游行的人群中，不乏一些以家庭为单位的狂热分子。他们扶老携幼，跟着漫长的队伍挨到市委"合唱队"前，对着麦克风大声疾呼："长期以来，压在北京人民头上的乌云终于被吹开了！"我感到百思不得其解。

我和嘉禾连着几天在台基厂看热闹，和我一起去的还有二舅家我的表弟李望同。中午，我们就一起去二舅家吃饭。二舅家几年前搬到孝顺胡同了，这里离台基厂只隔着一个同仁医院。

六月的北京，天已经很热了。一天中午在二舅家，我见到了多年没有见过的大舅和大舅妈。

记得那一天大舅穿了一身白府绸裤褂，大舅妈穿了一件旧香云纱夏衫。大舅妈的嗓音已经发颤了："你妈还恨我不？"她扬着脸问我："回去告诉你妈，我阮翠萍现在跟要饭的差不多了。"

大舅一直懦懦地坐在那里，一台电扇在他面前不停地吹着。

几天之后，望同表弟陪我去了一趟人山人海的北京大学。挤在大汗淋漓的人群与铺天盖地的大字报里，我拜读了贴在北大食堂东墙上的，那张针对北大校领导的火药味极浓的大字报。但老实说，假如没有毛泽东的御批，我实在看不出其间的精辟之处。

一个群众组织的名字，开始出现在人们的交谈中。那名字的本身，充满了革命浪漫主义色彩。和十月革命的"赤卫队"一样，"红卫兵"的出现，立刻引起了全社会的瞩目，而他们提出的"敢想、敢说、敢做、敢闯、敢革命，一句话，敢造反"。更让长期以来对党内官僚主义、教条主义产生反感的人们心中一亮。庚子年时帝国京城埋下的火种，终于在六十六年后死灰复燃了。北京的天平，在那个炎热的夏天开始急速向"左"倾斜了。

一个星期之后，当我和朱嘉禾再次来到中央工艺美术学院的时候，招生办的门前，已贴出了《关于开展无产阶级文化大革命艺术院校招生暂停的通知》。再去中央音乐学院，同样的通知告诉我们，党中央这一回要动真格儿的了。

一开始，谁也不知道，之所以掀起这场"文化大革命"究竟是为了什么。最初，人们以为是因为吴晗的那一出新编历史剧《海瑞罢官》。报纸上说了，那是一部替反党分子彭德怀翻案的黑戏。后来又揭发出了《燕山夜话》，那是由发表在《北京晚报》上的一些随笔汇编而成的杂文集。据说这一切都是由一只幕后黑手操纵的，那黑后台又是谁呢？在"舍得一身剐，敢把皇帝拉下马"的战斗口号的激励下，人们似乎得到了一个惊天的启示，那就是要反朝廷了。红卫兵很快彻悟到了"斗垮党内走资本主义道路当权派"的全部含义，红卫兵开始行动了。

半个月之后，我和朱嘉禾重新回到了石山农场。我们没有丝毫的失败感，因为大家都知道，"无产阶级文化大革命"开始了。

一九六六年的盛夏，大连知青送走了一直与我们生活在一起的带队老师们。一年来，他们不仅帮我们补习了在学校没有完成的课程，协调了知青与当地公社的关系。更重要的是，由于他们的存在，让我们时刻能感受到知青与城市之间，依然存在着的一条血脉相通的纽带。然而，随着最后一名带队老师的撤走，这条纽带彻底断了。

新的负责管理知青工作的公社民政助理姓周，是一位十分干练的复员军人。周助理上任伊始就将大连知青视为管制对象，而且几个回合下来，他便把重点打击的目标，放在了李天祐和我的头上。出身资本家的李天祐平日里爱在背后发泄牢骚，而我则因刚直耿介，早已让他久闻大名了。

周助理是第一个教导我如何做一个合格的四类分子子弟的人，在为期半个月的下乡一周年思想总结过程中，深谙兵法的他，以极大的热情将一百名大连知青乐此不疲地玩弄于其权略之中。半个月之后，我在石山农场已彻底沦为被改造对象，周助理很得意，因为他确信唐浩这回应该知深浅了。

一九六六年盛夏的红八月，对于北京来说实可谓天翻地覆慨而慷了一回。八月五日，《人民日报》发表了毛泽东的《炮打司令部——我的一张大字报》。八月八日，中共中央通过《关于开展无产阶级文化大革命的决定》。八月十八日，身穿军装的毛泽东在天安门上检阅了一百万各界群众和红卫兵。林彪通过麦克风向广场上躁动的人们呼吁，打倒一切牛鬼蛇神！

毛泽东八月十八日检阅红卫兵的消息，通过无线电现场直播，当天上午便传到了南尖公社。那一天，大连知青的思想总结工作刚刚结束，在周助理的组织下，全体大连知青停工一天，去大圈海滩接受一次爱国主义教育。一九〇四年日俄战争期间，部分日军便是从这里登陆的。

当排着整齐队伍高唱革命歌曲的知青们从公社驻地经过的时候，立刻被高音喇叭里北京的实况转播吸引了，队伍不得不停了下来。周助理是一个很乖巧的农村基层干部，他当即决定，全体知青在公社大院里列队集合，收听北京的实况转播。同学们却随之躁动了，在北京的鼓舞下，梳辫子的女同学跑到附近的商店借来几把剪刀，瞬间将所有的辫子齐刷刷地剪掉了。在中国人的心中，民国初年的剪辫子运动，应该是国人对革命态度的最直接的表述，头发剪得越短，革命的决心越大。

在自我革命的过程中，女同学发现，商店里那位始终瞪着一双大眼睛的女售货员，仍留着一双长长的发辫。于是，一群人拿着剪刀拥了上去，不料那女售货员却断然不从，革命与不革命之间，险些发生肢体冲突。

"造反啦！造反啦！！"同学们在公社的院子里兴奋地欢呼着，躲在办公室里的机关干部面面相觑，不知所措。

"怎么搞的！？"公社书记狠狠地瞪了周助理一眼。

可惜的是，那天我因脚气犯了，故意请假没有去。此刻，我正独自一人躺在宿舍里，院子里的高音喇叭已喧闹了多时，却并没引起我的注意。快到中午的时候，在去厕所的路上我才知道，毛主席站在天安门城楼上，向全国的红卫兵发出了"革命无罪，造反有理"的最高指示。北京沸腾了，全中国沸腾了，万众一心，同仇敌忾，向资产阶级当权派发动总攻击的时刻来到了。

我忘了撒尿，返身跑回宿舍找出一张大红纸，我也开始写大字报了。

那是一篇顺口溜形式的大字报。可能因为是O型血，我自幼便从灵魂深处接受了革命的熏陶，我欣赏它的慷慨激越，我欣赏它的不畏强权，我欣赏它忠诚的血色浪漫，我欣赏对崇高理想的誓死追求。

大字报的落款是"红卫兵"，我把它贴在了食堂的大门旁。

同学们终于回来了。当群情躁动的同学们拥进石山农场大院的时候，没有人理会我写的那张大字报，更没有人会去搭理我。刘家仁、卢云霞、王重铭等一群初三的同学，连夜去栗子房中学，搞来了红卫兵袖章的样板。第二天清晨，当太阳升起的时候，石山农场便早已是红卫兵的天下了。

我当然没有资格参加到红卫兵的组织里。不仅如此，一夜之间，从每个人的左臂上，人们更泾渭分明地将农场的阶级阵营分清了。鲜红的红卫兵袖章佩戴在工农出身的同学的胳膊上，他们神采奕奕，气宇轩昂。

出工的时候，场部前只为数不多的二十几个同学站在那里，他们目光惶惑，神色黯然。于书记走出办公室，他扫了一眼空荡荡的院子："扯淡！"

刘树仁拎着一个沾满油污的工具箱，爬到他那辆东方红五十四型履带拖拉机上，他一边擦着驾驶室玻璃窗上的泥巴，一边不平地嘟囔着："我们也是人，凭什么？我也是毛主席的红卫兵。"

像六十六年前一样，北京城又一次失控了。成千上万胳膊上缠着红袖标的红卫兵冲上街头扑向坊间，一件件骇人听闻的打砸抢烧杀的暴行，发生在光天化日下的共和国京城。无数庙宇、教堂和百年老店被毁于一旦，无数学者、教授和文化名人遭批斗毒打。由高干子弟组成的"首都红卫兵西城纠察队"，在北京六中后院的墙上，用人血和红漆，涂写了六个可怕的大字："红色恐怖万岁！"

就在这年八月，大学即将毕业的姐姐，与辽宁财经学院的同学们一起，于月底前赶到北京。当时全国已经开始大串联了，所有的交通工具几乎全部被造反的人们所控制，包括北京至莫斯科的国际列车，在海拉尔国境线上也被红卫兵占领。他们在车厢上用俄文写满了反修标语："打倒苏联现代修正主义集团！打倒勃列日涅夫！"

八月三十一日，挤在天安门广场人山人海的缝隙里，高举毛主席语录的姐姐，眼含热泪地接受了伟大领袖毛主席的检阅。

在北京返回大连的火车上，姐姐却目睹了一幕惨剧。七八个男女红卫兵，将一个中年妇女的双手，吊在车厢的行李架上，那女人耷拉着脑袋，站在硬席椅子上无声无息。汗水和尿水将那条肮脏的裤子，紧紧贴在她的腿上，两个不大的孩子，浑身发抖地挤在她的脚下。孩子的哭声像小猫在哀泣。

一个扎着两只小辫的女红卫兵，抡着一条武装带，不断抽打那女人的脸："我让你再跑，地主阶级的狗崽子……"那女红卫兵的音色好极了，胸腔共鸣极具声乐天赋。姐姐和同学们冷冷地看着她。

九月三日吃罢晚饭后不久，大连港水运专科学校的红卫兵敲开了港一十七我家的门，那一天是周六，父亲刚从海港农场赶回家。

这是我家经历的第二次抄查，第一次是北平解放后不久，抄的是江擦胡同二十九号。

连那盆万年青都被红卫兵倒扣在地上了。在港一十七这样简陋的职工宿舍里，只有这大花盆里，才能藏匿下一支勃朗宁手枪。

九月三日的抄家，抄走了许多对这个家庭来说极其珍贵的历史照片，包括冯玉祥将军的一幅中堂、孔德成先生的一副对联及大量的家庭及个人档案。值得欣慰的是，整个抄家过程是在一片无声无息中进行的，父亲曾代理过水运专科学校的教务主任，学生们知道父亲的为人。

九月的大连，在短短一周时间里，已剧烈地倾斜了。伴着高音喇叭的喧嚣，大街上不断出现游街的车队，造反的人们押着单位的"走资本主义道路当权派"、"反动学术权威"于街头示众。路人们拥挤在车队周围，欣赏着那一张张失去血色的脸。每一个游街者的脖子上，都挂着一个沉重的牌子，上面书写着他的罪恶。被游街的女人们往往是观众瞩目的一个亮点，为此，兴奋的红卫兵会将那些女人的头发从中间剃掉一半，为了表现"无产阶级革命派"的革命精神，红卫兵还会找些破鞋串在一起，挂在她们的脖子上。力图从道德上羞辱这些无法辩解的妇人。

在市委书记胡明和市长许西同志相继被押上游街车队的情况下，市民的根本人权更被施暴者彻底地践踏了。

石山农场刘双喜的父亲，大连中医医院的老院长便是在这暴乱的九月里，在游街车队行驶到胜利桥上的时候，不堪羞辱，纵身从汽车上跳下，随后翻身越过桥栏，摔死在铁道纵横的路基上。

在狂躁的九月里，父亲因一直在农场劳动，避开了游斗的风潮，这期间父亲很少回家了，母亲劝他说，此去农场倒不一定是什么坏事，母亲知道，父亲是一个自尊心极强的人，倘若遭遇这样的凌辱，后果是不堪设想的。

我和父亲这一阶段常有书信往来。一次，父亲在给我的来信中写了一段小诗。"心满事，衣满尘，收工路上思远人，传达喊老唐，儿书抵万金。"

我从心里怀念清爽街二号那段平静的岁月，我无限挂念自己的父亲。

九月二十日，我借故请假回了大连。家里经过一次抄家，小妹唐华每天都提心吊胆地待在家里不敢出门。那一年她小学刚毕业，而上级学校的招生工作却迟迟没有进行。

唐华音乐天赋很强。小学毕业前已被沈阳音乐学院附中录取。担任招生工作的包满华老师是唐宛的师姐，曾到清爽街二号做过客。包老师很欣赏唐华,她肯定地说,只要努力,唐华一定能成为一名优秀的大提琴手。

但唐华的命运,从一九六六年九月起将被彻底改变。那一年,她刚满十三岁。

九月二十三日,也就是我回大连后的第二天中午,母亲突然提前从单位赶回家了。一进门,她就气急败坏地说:"要赶咱们下乡了,单位找我谈话了。"

那天上午,结核医院一位女书记,把母亲找到办公室:"你爱人单位来人了,大连港已准备将你们全家遣送河北原籍,你要理解这场革命的群众运动,尽快将手里的工作交代一下,至于你的个人问题,医院决定按提前退休处理。"

"假如我不退呢?"母亲如五雷轰顶,她打断了女书记的谈话。

"你不退对你是不利的,我们会让辽宁财经学院的群众组织,做你女儿的工作,一旦如此,后果是不堪设想的。"那女人冷冷地说,话语间暗含杀机。

母亲的脑子里一片空白。

当天下午,一身风尘的父亲背着行李也赶回家了。进门后,他从母亲的眼睛里便明白了一切。

"我被单位处理了。"说着,他放下行李朝厨房走去。

"上午单位就通知我了。"母亲望着父亲,再也无话可说。

父亲从水龙头里接了一杯凉水一口气喝光。接着便是长时间的沉默,一家四口人就这样默默地坐着,直到屋子里渐渐地暗了。

黎明到来之前,躺在床上,我听见父母在厨房里的谈话。

"离婚吧。"父亲平静地说:"只有这样,他们才能放了你和唐华。"

"……"

"唐浩由我负责,唐华由你负责,唐棣和唐宛眼看就要毕业了,她们的事情我会提前安排好的……"

"……"

"离婚吧。"

"子清。"母亲终于说话了:"记得《圣经》里有这样一句话:求你阻拦我,不要让我明知故犯,不要让罪恶胜过我。唯有这样,我才能脱离罪恶,成为无过的人。这些年来,我一直按照上帝的旨意来告诫自己,因为

331

早晚有一天，我是要面对上帝的。"

长时间的沉默。

"难为你了，玉玺……"又一次，我听见父亲嘤嘤地哭了。

面对家庭突然深陷的灾难，母亲很快便平静下来。她开始有条不紊地清理着家里的东西，她将姐姐和唐宛的衣物整理出来，把要带走的和决定丢下的东西，一件件分清。不久，姐姐和唐宛都回来了，在一次晚饭后，父亲开始与我们谈到了今后的事情。

"我从此没有工资了。"父亲尽量平静地说："唐棣和唐宛虽然都将毕业了，但考虑到眼下这难以预料的局面，估计你们暂时在经济上都难以自立。因为妈妈还有一部分退休金，所以今后唐宛的生活费我们将继续负责。我已写信给沈阳的徐叔叔了（徐维廉的长子徐志远），从下个月开始，徐叔叔每月给唐棣寄十元钱，权作生活费，实在不够，我们将为你贴补。"父亲望着自己的两个女儿，语重心长地说："从今往后，你们两个就是爸爸妈妈唯一能留在城里的孩子了，你们一定要好自为之，在城里把脚跟站稳。"

父亲那一天的脸色很不好，他一直在拼命地吸烟，屋子里飘浮着青色的云霭。

"从现在看，这场运动的前景实在难以预测。为防备万一，你们三个都记一下几位亲友的通讯地址。"

我们慌忙找来纸笔，静听父亲几乎一字一顿地将徐叔叔在沈阳的地址，祁伯伯在重庆的地址，以及仰山伯伯和二舅在北京的地址记好。

"一旦失散了，就分别与这些亲友联系。我和他们几十年风雨同舟，即便当中有人也遭不幸，我想，总还会有人幸免于难的。"

从父亲的话语中，我已清醒地意识到，我们面临的将是一场战争般的劫难。

"爸，我跟你们一块回老家种地去。"我终于把两天来自己一直在考虑的想法跟父亲说了。

"你？"父亲愣愣地望着我。

"我决定跟您一起回老家种地了。"我望着父亲郑重地说："你们走后，我立刻去南尖办理转户手续，顶多三四天，我就去唐庄了。不管怎样，我还是应该和爸妈在一起，这个家，无论如何不能分得太碎了。"

"不能分得太碎了。"父亲喃喃地重复我的话，他突然精神一振："好，

姐弟分别留念（一九六六年九月）

一九九七年，姐弟四人在清爽街二号门前留影。距上次分别整三十一年矣

我的母亲和父亲（一九六六年九月二十六日）

一块儿回去，一切都再从唐庄开始，你们还年轻，你们的路还长着呢。"望着我，母亲宽慰地点了点头。

唐宛回沈阳前，我们兄妹四人在天津街的大连摄影社留下一张合影。照片上留下了一行文字："分别留念。"

三十一年后，我们姐弟四人又拍了一张合影，那是在清爽街二号楼前拍的，也是我们姐弟四人几十年来唯一的一次团聚。

一九六六年九月二十六日，是这个家庭与这座城市诀别的日子。

下午三点，我们离开了港一十七家属宿舍。没有和任何人告别，也没有任何人出来送行，我们默默地走下五楼，父亲挽着母亲，谁也没有再回头。

在父亲的提议下，父亲和母亲在大连摄影社留了一张合影，这是父母结婚二十六年来的第一张合影，也是他们厮守一生留下的唯一一张合影。那一年父亲五十六岁，母亲五十一岁。

今天，当这张照片再次摆上案头的时候，父亲、母亲那坚毅的目光，依然默默地注视着我。

在站前广场指定的地点，我们见到了负责押送父亲遣返原籍的几个红卫兵。他们都是大连水运专科学校的学生，每个人的脸都很阴沉。

由于后天就是国庆节，所以大连火车站的站前广场上，人山人海地挤满了要去北京串联的红卫兵。人们希望此去能得到伟大领袖毛主席的接见，每个人的脸上，都洋溢着朝圣般的喜悦与庄严。

在解放军战士的维持下，成千上万的红卫兵小将高举着红宝书，用齐声的呐喊控制着混乱的步伐，向火车站的地下甬道拥去："下定决心，不怕牺牲，排除万难，去争取胜利！"

蓦地，一抹强烈的不安从姐姐的脸上闪过，她和母亲低声交谈了几句，便鼓足勇气朝那几个负责押送的红卫兵走去。

"同学，我想和你们商量一件事。"

"什么事？"为首的那个红卫兵，摆出一副拒人于千里之外的架势。

"你们能不能把红卫兵袖标摘下来？"姐姐贸然地说。

"什么？！"只见他顿时瞪起眼来："你还想干什么？"

姐姐连忙向他解释。她把不久前在北京到大连的火车上所见的那悲惨的事情讲给他们听。

"今天的火车上，一定坐满了红卫兵，一旦他们知道我爸妈是被押送的四类分子，谁也说不准将会发生什么样的事情。求求你们了，大姐求你们了。"

那几个红卫兵迟疑了。只见他们背过身去低声商量一阵，便当真把胳膊上的红袖标悄悄摘下了。

"上车吧。"说着，他们将两个较沉的行李扛在肩上，我听见姐姐长舒了一口气。

在人性泯灭的那个黑暗的年代，我记住了这几个人性未泯的红卫兵。

送走父母和唐华之后，姐姐回学校了。我独自一人回到了港—十七那间空荡荡的房子。明天，我将返回南尖办理户口迁移手续，这是我在大连的最后一个夜晚。

厨房里的那只铝锅里，还有半锅中午剩下的饺子汤，一个盘子里，还有十几个没吃完的饺子。父亲临行前把其他所有用过的餐具都洗得干干净净，摞在碗橱里。就连那块抹布，也洗好后晾在水龙头旁的橱架上。我再也忍不住，任泪水打湿胸前的衣襟。

有人在敲门，一位我并不熟悉的邻居探进头来："走了吗？唐主任。"

我点了点头。

"没事吧？孩子。"那大婶盯着我问。

"没事。"

"你？……"那大婶不解地。

"我明天早上回庄河办户口。"我说。

"那就早点儿休息吧。唉……"说着，她又转过身来："晚饭吃了吗？"她关切地问我。

我点了点头。

在人情如纸的那个黑暗的年代，我记住了这个人情似火的邻居大婶。

第二天一大早，我就离开了这座令人心碎的城市。

长途汽车在庄河的大地上蜿蜒行驶，峥嵘的雨云像山一样从天边升起。色彩浓郁的秋天即将过去了。

当天傍晚，朱嘉禾陪我去了木耳山。在山脚下的小场院里，我见到了毛宁。

毛宁和几个妇女一起，坐在金黄色的玉米堆里剥玉米。见我走进场院，她仿佛没太留意。待到我在她身旁坐下，她才和我打了声招呼。

"我明天就要走了。"坐了很长时间，我才鼓足勇气说。

"听说了。"她没有停下手里的活儿。

小场院在木耳山的东坡上，从这里可以看见山坡下的那块生产队的菜地，那眼孤独的压水井。

"明天几点走？"毛宁依旧在干活。

"七点。坐小客先到栗子房，然后转车去丹东，沈阳，滦县……"我的心一直在颤抖，我知道，这只是一个不曾开始的爱情故事。

"还能回来吗？"她低着头问我。

我不敢看她，摇了摇头。

"保重……"声音低得像一声叹息。

第二天，当我和嘉禾扛着行李走出石山农场的时候，从兴隆岗开来的小公共汽车，已拖着尘烟出现在木耳山下的大坝前了。

"别跑了，来不及了。"朱嘉禾气喘吁吁地说。

"来得及。它还得拐一个大弯呢。"我不愿意在这里再多呆片刻，因为对于我来说，南尖已经是一块难以言传的伤心之地了。

我们和小公共汽车几乎同时进站。朱嘉禾将行李帮我扔上车时，脸上挂着泪水。

"保重……"

车门关了，汽车开上了村庄后的那座小石桥。一切都将结束了，望着渐渐远去的木耳山，我心里像刀割一样难受。

"坐下吧。"我听见一个熟悉的声音。赫然，我发现毛宁就坐在我身旁，她显然是从前站木耳山上的车。

"你？……"这一瞬间掀翻了我心里的五味瓶。

毛宁却平静地解释说："我去栗子房办点事……"

车上的人不多，我坐了下来，紧紧坐在毛宁身边，但彼此却再也没有什么话了。

二十分钟之后，栗子房站到了，她和我一起下了车。在车站旁的一棵高高的白杨树下，我们依旧无话可说。我的心已彻底冻结了，我真希望这一时刻尽快结束。

一辆从庄河开来的长途汽车，拖着滚滚的尘烟出现在栗子房西街的坡路上。毛宁替我搬起了行李。

黄尘与长途汽车一起扑进了车站，分别的时刻终于到了。

"一路保重……"毛宁帮我将行李推上车时，满脸挂着泪水。

一片黄尘遮住了车后的一切。许久，当烟尘消散的时候，我看见远远地，在那棵高高的白杨树下，站着一个粉红色的孤独的身影……

二十一
公子还乡

一九六六年九月的最后一天,一辆从滦县开往迁安的长途汽车,在滦河爪村渡口前停下了。车上的乘客挤下车来,争抢着拥上一条泊靠在渡口的平底大木船。待我和唐宛相互搀扶着最终挤上木船后,三位艄公便吆喝着,将三根长长的竹篙插到岸边的鹅卵石滩上。

渡船离开了河岸。站在船头向北望去,在一片平坦的原野的尽头,延绵不断的群山像一道黛紫色的屏障,横亘在故乡的大地上。夕阳下,古老的万里长城,犹如一条时隐时现的金蛇,自东向西跌宕在群山的峰谷之间。向东望去,一座锥形孤山远远耸立在下游对岸的台地上,山顶上的一座古塔,在落日的余晖中熠熠生辉。

"哥,老家快到了。"唐宛惶惑地望着我。

我点了点头。

这就是我的故乡,这就是父亲出生和长大成人的地方。我曾多少次想象过故乡迁安的模样,但今天真的走近它时,心情却无限的忧惧。

在沈阳转车时,唐宛就决定跟我一起回老家了。当大连的家顷刻之间灰飞烟灭的时候,唐宛便像一个断了线的风筝,她无时不刻地惦念着父母,她希望尽快见到故乡的那个家。因为那将是一片让她继续生根的泥土,一座遮风避雨的石崖。

从渡口对岸重新登上一辆长途汽车后不久,我们见到了黄昏中的迁安县城。

"哥,咱们上哪儿去?"走出荒凉的公共汽车站,唐宛困惑地望着我。

"别怕。"我尽量安慰她:"咱们找唐桂瑞大哥去。"

"你认识他吗?"唐宛问我。

"不认识。但找到迁安高中,就能找到他。"

唐桂瑞是三爷的长房长孙。师专毕业后,一直在迁安高中当教员。由于工作出色,几年前被升任迁安高中的教务主任。这些年来一直与父亲有书信往来。

很快,我们就找到了灯火通明的迁安高中,但从踏进校园的那一瞬间,我就惊恐地意识到,我们自投罗网了。

在传达室,几个学生模样的年轻人问清我们的来历后,从校园深处便跑来一大群戴着红袖标的人。一个身穿草绿色旧军装头领式的人,从人群后挤了过来。

"你是唐桂瑞啥人?"他操着冀东那别样的口音,脸色阴沉地问我,手里攥着一条结实的军用皮带。

"唐桂瑞是我三爷的孙子,我是他的叔伯兄弟。"我慌忙解释说。

"你是干啥的?"他盯着我问。

"我……"我立刻意识到,此时绝不能实话实说。

"我们回老家探亲,天晚了,想找唐桂瑞帮我们找个旅店住下,明天再走。"

"她是谁?"那头领指着一直躲在我身后的唐宛。

"她是我妹妹。"我急忙解释。

"你们从哪儿来?"那头领摆出一副宁可错杀一千,绝不放过一个的架势。

"我们从大连来。"我开始梳理自己的思路:"明天国庆节放假,我和妹妹想回老家玩几天。"

"你什么出身?"他突然问我。

"革命干部。"我把脖子一扬:"我爸在大连港军运处工作,你们可以打电话调查,我爸单位晚上也有值班的。"

这几句话,让挤在传达室里剑拔弩张的红卫兵们一下子松弛下来。

"大连我去过。"那头领人物掏出一盒烟来递给我一支,我慌忙摆了摆手:"不会,我不会。"

"我叔家的二姐,带我去过老虎滩公园。"他把手里的皮带束在腰上:"不瞒你说,唐桂瑞已经被我们专政了。他是迁安县教育系统典型的走资

340

派,你们可得和他划清界限啊。"

我早已料到是这个结果,唐宛脸色苍白地望着我。

"还晕车吗?"我给她使了个眼色。

"晕。"唐宛颤颤地说。

"你们赶紧找个店住下吧。"那头领回头对几个女红卫兵说:"赶紧的,带他们找个店住下。"

我和唐宛走出迁安高中校园的时候,我的秋衣已完全湿透了。

"哥,要是他们万一给海港军运处打电话,今天晚上,咱们可就死定了。"住进旅店之后,唐宛惊魂未定地说。

"军运处的电话属部队专线,凭他们传达室的那部手摇电话,我料定他们也不会自讨没趣。"

话虽这么说,可我心里还是像刚从刑场上被人拖回来一样,狂跳不止。

第二天天刚亮,我们就离开小旅店了。那是一九六六年十月一日,即共和国十七周年的国庆日了。但此刻的迁安古城,仍沉浸在一片清冷的晨雾里。街上显得很萧条,街道两旁大都是上百年的灰砖老瓦房。整个县城显得低沉且荒寂。

父亲曾说过,从县城向东走,过了胡各庄、半坡营、李官营就是故乡唐庄了。这几个村庄均相隔五华里,唐庄距县城二十华里。

半坡营在一个漫长的沙坡台地上。从半坡营再向东走,原野变得格外辽阔而平坦。向北望去,海一样的燕山山脉自东向西延绵逶迤,山峦之上的长城烽燧参差错落、清晰可见,巍峨的秋云从燕山深处向平原上空涌来,巨大的云影在田畴河流间缓慢地移动着,让人感到一阵温暖,一阵苍凉。大地正值收获季节,色彩浓郁而斑斓。

这就是我的家族世代繁衍生息的故乡。走过李官营,在一位拾粪老人的指引下,远远地,我看到了那一片绿阴覆盖下的村庄。正在地里收获的男男女女,睁着惶惑的眼睛望着我和唐宛,我知道,这些陌生的庄稼人,就是与我骨肉相连的父老乡亲。

村庄在一片土坎子下面,顺着一条青石板铺就的斜坡,我们走进了唐庄。一个黑脸膛的男孩子站在路边,我走上前去向他打听三爷家的住处。

"唐宗合在北街东头住。"那男孩子指着村庄里一棵高大的老槐树:"过了大槐树,路北不远就是唐宗合家。"他站在那里望着我:"你是他家啥人？"

"唐宗合是我三爷。"我向他道谢。

"你是唐子清我大爷家的吧？"他直直地问我。

"是。"我有些紧张，我不知道父母被遣返回乡后，这里已发生了什么事情。

"我该叫你大叔啊。"他忽然笑着对我说。他的牙齿很整洁，笑容里透着一股机灵劲。

"我带你去。"说着，他便跟在我身边："大队把你们家分到我们队了。就住在唐子廷的车门房里。"

"你叫什么名字？"我问他。

"我叫立春。我爷和你爹是一个太爷的孙子。"说着，他冲着站在北街上的几个村妇大声喊："大奶呀，你们家来客啦！"

那几个妇人立刻转过身来望着我们，一个大眼睛的中年妇女忽然兴奋地朝院子里喊："他大妈，快出来，他大哥来家了！"

"妈！"唐宛抢先朝前跑去。我看见唐华从一座门楼里探出头来："二姐……"紧接着，母亲也出现在门楼里。

仅仅四天未见，母亲显得很疲惫。但她却一直微笑着，让我从心里感到无比的宽慰与温暖。

"回来了，回来了。"她高兴地望着我和唐宛，眼睛里闪着晶莹的泪光。

"大公子回来了。"随着一声吆喝，一个脸色红润的四十多岁的男人从门楼里走了出来。

"这是你四叔唐子玉。"母亲赶忙介绍说："这几天多亏了你四叔和四婶，初来乍到的，给人家添了不少麻烦。"

四叔一直在笑，那笑容里透着一丝狡黠。

"回来好，回来就对了。"他望着我感慨地说："你小时候，我还带你上街买过糖葫芦呢。忘了吧？"他嘿嘿讪笑着："那时候你们住在江擦胡同二十九号，你爸成天开个吉普车，威风。"说着，他长吁了一口气："唉，真是三十年河东三十年河西啊。"

唐子玉和父亲是一个爷爷的孙子，他们从小就按大排行论长幼。父亲最大，二爷家的唐子连排二，三爷家的唐子藩排三，二爷家的次子唐子玉排四，子洵叔叔排五，四爷家的唐子余排六。父亲继母生下的唐子波，因为从小在大家族中受排斥，所以没有再续上排行。

母亲走出来的这个门楼，就是太爷唐开欣当年亲手营建的老院。这是一座看起来十分殷实的冀东老宅。在正房东屋，母亲带我和唐宛，见到了已近垂暮之年的三爷和三奶。坐在炕上的三爷，眼睛已昏黄黯淡了，他懦懦地望着我："在家住些时日吧，认认庄里的叔叔婶子。早晚还是要回去的。不碍事。"

唐桂瑞家的大嫂子听说我们去了迁安高中，赶紧凑上前来打听她丈夫的消息。唐桂瑞的父亲唐子藩三叔更狠狠地骂道："王八蛋操的！一群活牲口。连县长都敢捆，真是要翻天了。"他朝地上吐了口痰："呸！活腻了，小杂种们活腻了。"三婶赶紧在一旁劝："小点儿声喊吧，我看你是活腻了。"

屋子里的人越聚越多了，男男女女的一时竟难以分清长幼尊卑来。六叔唐子余也来了，在他身后，跟着一群结结实实的小伙子。六叔有五个儿子，见面后称兄道弟的甚是温暖。

"回家来躲几天清净，挺好的。"六叔望着我："要不然的话，哪儿有机会回趟老家啊。"

我感到心里很安然，这种安然是多少年来不曾感受到的。因为直到今天，我才知道，我们竟然还有这么多血缘至亲。他们世代生活在故乡的青天黄土之间，你可以不去理会他们，而他们却一直关注着你。

父亲回来了。唐桂金赶着大车，帮父亲从夏官营买来了炕席、水缸、风匣、铁锅等一大堆农村生活必需品。几天没见，父亲显得精神了许多，动作也敏捷了许多。他给三爷带回一包茶叶，给三奶买了些日常药品。我看到，一向威严的父亲，在三爷、三奶面前却毕恭毕敬的。我感受到了家族那种难以割舍的凝聚力。

父母回到唐庄后，大队及贫农协会从家族亲疏考虑，决定将我们分到北街的唐庄一队，并从唐子廷家征来一间车门房，让我们暂时住下。唐子廷家与三爷住的老院只一墙之隔。上午进村时，那个大眼睛的中年妇女，就是唐子廷家的大婶。

两天来母亲已经和唐子廷大婶处得很熟了。大婶是一位热情大度快言快语的冀东妇女，子廷大叔长年在外教书，大婶一个妇道人家拉扯五个儿女，家里家外十分不易。唐子廷大叔虽然出身地主，但这些年来凭大婶不卑不亢上下周旋，在庄里始终让人高看一等。

所谓车门房，其实就是唐子廷家老院临街临门的一处平房。这是当年长工住的地方。子廷大婶和孩子们住在正房，我们两家一个院子前后住了六年，直到一九七三年我们在沙沟南盖起了新房。这期间，我们与大婶家冷暖相通、休戚与共结下了深厚的情谊。

当天吃过晚饭后，挤在三爷家温暖的火炕上，父亲与三叔、四叔、六叔谈起了故乡的往事，母亲与几位婶子们则算计着过冬所需的柴米油盐。我依偎在三爷的身边，几天来心力交瘁的疲惫渐渐地缓释了。

当天很晚的时候，父亲带我去了唐子连二叔家。

唐子连与唐子玉是二爷的儿子，当初分家时，二爷家也分了五十亩地。但二爷生性乖戾，又染上赌博恶习，家境很快就败落了。二爷死后，唐子连与唐子玉不得不去关外闯荡，待土改时，自然因祸得福成了贫农。

站在二叔的面前，我发觉他一直在笑，那笑中含着难以言传的冷刻，让人感到他在侮辱我。

"你过去要回唐庄来，你是大公子，是块金疙瘩。现如今你回来了，连块土疙瘩都不如。"我没想到二叔竟如此绝情："往后，你知道我是你二叔就行了。我这个家，你尽量少来。"

父亲坐在那里一直沉默不语。临走时，父亲只说了一句："记住二叔说的话。"

我从此记住了二叔的教诲，更记住了二叔的那张幸灾乐祸的脸。

回到唐庄的第二天，父亲让我跟他去了老坟。

那是一个无风的早晨，父亲避开村庄里那些疑惑的目光，带我顺着村南一道弯曲的沙沟，绕过学堂后面的一个小操场，来到一面平缓的坡地前。四周静极了，一夜的寒露让路旁开始收获的田野如水洗般清冷而沉郁。

父亲急匆匆的脚步停下了。一片长满荒草的土坟，静卧在三五株枝干苍劲的古松下。父亲远远地站定了，他深吸了一口气，声音喑哑地对着那片坟地说："……春莹回来了，春莹带唐浩回来了，春莹没做过一件对不起祖宗的事……"

这是我第一次拜谒家族宗墓。一个多月后，这片二百几十年来，为几代族人营造起来的墓地，便在破"四旧"群众运动逐渐向农村深入的呼啸声中，被一夜之间突然疯魔了的人们彻底夷平了。

唐庄是一座一千六百多口人的大村庄。全村分北街东头、大槐树下、南街和上坡四片自然村坊。人民公社成立后，划成十个生产小队。北街东头的唐庄一队，绝大多数都是没出五服的族人。唯队长唐贵与大家无血缘关系。据说，他们祖上原本是李官营的一支汤姓，迁至唐庄后，因担心遭受歧视，遂改汤姓为唐，成了唐氏家族中的一支另类。

唐贵很早就患上了白内障。他戴着一副深度近视镜，面无表情地望着我："你们城里人忒不讲究，唐浩是你叫的吗？你应该叫唐桂浩。知道不？"

唐贵辈分大，我应该叫他太爷。

第一天下地的时候，我就认出了那个叫立春的孩子。他爸叫唐桂林，是唐庄一队的副队长。唐桂林办事精明，为人仗义，在村子里有很高的威望。而立春，却是一个远近闻名的调皮鬼。

立春从小喜欢看书，他年纪虽然不大，但《三国演义》、《水浒传》、《东周列国志》、《隋唐演义》无不通晓。小学毕业后因厌倦课堂辍学回家，早早地就面朝黄土背朝天了。在之后十二年的故乡生活中，立春逐渐成了我最重要的谈话对手和两肋插刀的朋友。应该承认，没有立春，我很难想象自己能熬过这漫长的四千三百多个黄昏和深夜。

我们刚回到故乡的时候，"文化大革命"的震荡还没有波及远离城市的唐庄。尽管县城里也发生过学生造反的血腥个案，但传到乡下，早已成了大逆不道的反叛行为。所以，对于父亲的遭遇，绝大多数的乡亲们从心里感到困惑和同情，对于全家被遣返原籍，人们更觉得不可理喻。

从小和父亲一起长大的梅连春，至今还是个老光棍。土地改革前，梅连春曾多年在我家做长工，他少年失聪，又不识字，对于世间发生的事情应该并不太清楚。自从我们搬到车门房后，梅连春就经常坐在我们窗前的石台阶上，一个人独自抽闷烟。遇到这时，父亲就会凑上前去，坐在梅连春身边，梅连春手把手地教父亲用烟纸卷纸烟，两个人没有任何对话，一切尽在不言中。

以这种流放的形式发配原籍，对父亲来说应该是一种最严厉的惩罚了，而株连到妻子儿女，更让父亲有一种深重的负罪感。母亲却毫无怨言地接受了这一切，在之后十二年的艰苦岁月里，母亲始终以一种超乎常人想象的隐忍，将家庭的重担稳稳地扛在肩上。即便在山穷水尽弹尽粮绝的时候，她也从不放弃生存下去的信念。在漫长的秋夜里，母亲会一个人坐在厨房的灶台前，默默地祈祷："主啊，你忘记我要到什么时候呢？难道是永远吗？主我的上帝，请你回答我，求你赐我亮光，免得我在沉睡中死去……"

值得父亲和母亲欣慰的是,他们的小女儿唐华,竟如此从容地适应了农村的生活。

回乡那一年,唐华小学刚毕业。父亲原以为即便是回乡了,唐华仍可以在迁安继续她的初中学业。从唐桂瑞以往的书信中,父亲知道,迁安的中学教育一直搞得很出色。而当年昌黎汇文中学,不也是县城中的一座中学吗?然而,父亲万万没有想到,一场"文化大革命"竟让整个中国的教育体系彻底瘫痪了。没有一点儿学校复课的消息,中国仿佛进入了一个无需教育的时代。

一直厮守在父母膝下的唐华很快与唐庄一队及叔伯家的姐妹融合在了一起。更让人没有想到的是,从参加劳动的第一天起,唐华就凭其聪明能干,博得了所有婶子大娘的交口称赞。在同年龄的女孩子当中,唐华很快便在各方面显示了她突出的优势来,她很快学会了烧火做饭,养蚕种棉,学会了纺线织布,学会了养鸡喂猪,甚至学会了以农民的思维去接人待物,学会了以乡下人的价值观去判断周围的是非曲直。在强大而无情的社会现实面前,唐华承认自己是弱者。但从另一个角度来看,唐华又是生活中的一个强者。在唐华的身上,集中体现了中国妇女几乎所有的美德,而正是由于她们的存在,中国才能从几千年的长途跋涉中走到今天。

当然,唐华始终没有忘记自己的出身。正因如此,她不得不用一生的时光,去承受其他人难以理解的心底的苦楚。

天渐渐地冷了,几乎听不到任何外面的消息,庄稼人一如既往地黎明即起,洒扫庭除,但从姐姐和唐宛的来信中,我们已经知道,此刻的中国早已天下大乱了。

一九六六年十月三十日,北京十名中学生越过国界,开始在越南支援世界革命了。一九六六年十一月十日,北京师范大学红卫兵,在山东曲阜开始彻底砸毁孔庙了。同日,上海几千名工人造反队员在市郊安亭车站卧轨闹事,致使沪宁铁路中断三十小时。一九六六年十二月二十五日,清华大学红卫兵在北京街头及天安门广场游行,率先提出打倒刘少奇打倒邓小平。

初冬的一天,大队突然派人到生产队找我,原来近来各村都先后进入了"文化大革命"状态,唐庄也不能落后。从即日起,我将与唐子余六叔家的唐桂本大哥结成一组,要在最短的时间里,把村庄里主要街道的墙壁用石灰水涂白，再写上支持"文化大革命"的大字标语。

唐桂本是一个极易接近的本家兄长，他谈吐温和，待人宽厚，在唐庄同辈人中是一个礼乐通达的文化名人。唐桂本自幼深谙乡俗，对冀东地区的红白礼数了如指掌。他不但识简谱，甚至精通古人的五音乐律，他收集了很多用工尺谱谱就的唢呐古曲，是四里八乡一位出色的民间艺人。对于莲花落、京东大鼓或滦州皮影，唐桂本都能随口唱来并道出个中典故，每天和他在一起，像是沉浸在一部色彩浓郁的地方典籍之中。

写大字的颜料是红土，这种土从哪里挖，桂本大哥很清楚。挖出来的红土要用水泡成泥浆，其间还要掺上少许的鱼鳔胶，这样写出的字，即便日后风吹雨打也不至于被冲掉。

在和唐桂本写大字的日子里，大哥向我介绍了唐庄及家族的历史，介绍了庄里几大家族盘根错节的复杂关系。从唐桂本这里，我看到了儒家思想在中国农村强大的支撑力和难以动摇的深远影响。

在树木逐渐凋零的季节里，唐庄被大字标语打扮得焕然一新。我们和其他村庄不一样，在我的建议下，我们将百姓家的院墙全部涂白，而其他村庄只涂了中间一段。我们写的标语全都是顶天立地的大字，透过收获后的田野，人们从几里地外就会看见，唐庄一片洁白的院落墙壁上，那朱红色的大字标语："伟大的领袖，伟大的导师，伟大的统帅，伟大的舵手毛主席万岁万岁万万岁！"

大队干部对我们的工作十分满意，他们已意识到，这个从大连回来的高中毕业生，对大队来说将是一个可以利用的人。

但，形势很快就发生了变化。

秋收结束后不久，随着公社召开几次批判刘少奇邓小平的万人大会，各村的批斗会也如火如荼地在乡间效仿了。各村自有批不完的斗争对象，其中地主富农分子，便是新中国成立后十七年来一群得心应手的被批判者。而如今，由于父亲的遣返，唐庄更有了新的阶级斗争内容。所幸的是，考虑到北街东头家族势力的影响，对父亲的批斗始终没有出大格。

但随着运动的不断深入，唐庄的父老乡亲们都开始意识到，父亲的罪孽是深重的。在大是大非面前，以往几乎所有关心照顾过我们的人，都像躲避瘟疫一样远离了我们。只有上院的唐子廷大婶依然故我地硬挺着，大婶是一个要面子的人。

一天，在北街老院门口，一个邻村卖豆腐的中年人问父亲："你不是唐庄人吧？从哪儿来的？"

站在门楼前，八十多岁的二奶瞥了当街一眼，颤颤地凑过去神秘兮兮地："他是国民党大特务！戴帽子的……"

父亲淡然一笑，朗声说道："我叫唐子清。从小就在这老院里长大的。这位是我亲二婶。我们是一家人。"说罢即扬长而去，把二奶搞了个大红脸。

村里的治保主任要求父亲和其他被管制的地富分子们，都要在外衣右边的胸口处，缝一块白布，用毛笔将自己的姓名及政治身份写在那块白布上。这种管制的办法，类似中国古代犯人脸上的刺青，与盖世太保要求犹太人亮明身份的办法同出一辙。

当然，比起其他村庄来，唐庄的阶级斗争却始终没有激化。原因不外乎，村庄里几大家族在暗中博弈的过程中，始终能保持在一个势均力敌的状态下。只有一个从北京遣送还乡的唐学海，却吃了不少苦头。

唐学海的父亲号称"昆先生"，解放前是村里民愤较大的一个讼棍。而唐学海家族又无力替他周旋。所以每逢批斗时，这个从年轻时就离家出走的老实人，便成了唐庄贫下中农集中横扫的唯一对象了。

当一九六六年冬天的第一场雪落在冀东大地的时候，我开始体验到了作为四类分子子弟应该连带接受的惩戒。治保主任通过扬声器要求四类分子子弟随其接受管制的父亲一起，到村庄的主要街道义务除雪。

那一天，父亲一直沉默不语。唐庄一二队的四类分子及其子弟，负责北街大槐树以东的除雪工作。六叔唐子余与他的几个儿子也默默地出现在扫雪的行列里。土改时，六叔最初被定为上中农，后来由于工作积极，他被选为村里的青年团书记，因此得罪了另一家族的人。在随后的清查过程中，由上中农改定为富农，从而沦为阶级敌人。

我们扫到老院门前时，唐子玉四叔和二奶一直揣着手站在门楼里看光景。

"瑞雪兆丰年呐。"四叔望着阴郁的天空阴阳怪气地说。

几个月下来，在唐庄逐渐森严的氛围里，我几乎被窒息了。而且，一直以来，栗子房公路边高大的白杨树下那个孤独的粉红色的身影，几乎无时无刻地在我眼前晃动，我深陷在难以自拔的懊悔之中。

辽宁财经学院徒步长征串联队于塔山纪念碑前（第二排右二是姐姐）

"当初错了。"母亲从一开始就后悔了："当初你不该随我们回唐庄。"母亲一直希望我能保住知识青年的身份，这个身份在一九六六年是一种荣誉的象征。而如今我随父母回乡后，身份竟降成了被遣返还乡的回乡青年，这样的身份几乎与四类分子等同。

在几乎绝望的日子里，我给毛宁写了封长信。在信中我诉说了自己的苦闷，回忆了木耳山知青集体的温暖。尽管我十分清楚，这一切如马前泼水已无法复收了。

在给毛宁写信的同时，我还给石山农场的王重铭写了封信。

王重铭是石山农场的初三同学，也是石山青年集体中我一直看重的一个朋友。王重铭的生父早逝，母亲带他改嫁后，王重铭对继父难以接受，时间长了，少年时代的王重铭便多次离家出走浪迹天涯。为了生存，他与小偷扒手结成团伙并多次被公安机关收容教养。直到最后一次在武汉失手后，才写下血书重新做人。王重铭做事干练，足智多谋，在我心里，他是一个唯一可以放心托付的人。

我写信让王重铭为我想想办法，再这样下去，我真的快疯了。

一九六六年圣诞节的上午，大队派人把我找去了。一进门，大队长唐明臣就将一份电报递给我。

这封电报是公社刚才转过来的，上面的电文是："陈官营公社唐庄大队唐浩，见电后，速回区人委报到，户口及粮食关系一并转回南尖，返程车票回来后报销。"发电人是大连南尖农校红卫兵指挥部。

在红卫兵运动方兴未艾的"文化大革命"初期，对于交通和信息十分闭塞的唐庄来说，这封电报犹如一道锦衣卫下发的奉旨文书，别说大队了，就是公社也绝不敢怠慢，我又一次要逃了。这一次，父母和唐华都希望我能尽快离开这里，因为谁都知道，唐庄是一个死胡同。

唐子廷大婶知道我要回大连后，后悔地对母亲说："早知道这样，当初就不该添置那么多东西了。"她以为这一切很快就会结束了。"到时候，没准儿我到大连看你们去。"母亲听了摇了摇头，因为母亲知道，炼狱的岁月才刚刚开始。

一九六六年的最后一天，接到姐姐从山海关发来的一封信，信中说，她随辽宁财经学院一支徒步长征串联队，已从大连走到山海关。

徒步长征串联是一九六六年冬天红卫兵运动的又一创举。很多有志气的青年，举着红旗背着行囊，风餐露宿地在祖国的万里河山之间，寻找着共产主义接班人的成就感。

　　一九六七年一月四日上午,我和姐姐是在山海关站前广场的毛主席塑像前告别的。那是一支因一氧化碳中毒后在山海关刚刚休整过的长征串联队。他们在毛主席塑像前合影留念,在街头闲人的注视下招摇过市。

　　"你放心走吧,春节我回唐庄过年去。"姐姐对我喊。

　　　　钟山风雨起苍黄,
　　　　百万雄师过大江。
　　　　虎踞龙盘今胜夕,
　　　　天翻地覆慨而慷……

　　歌声响起来了,十三个大学生手捧着毛主席像,举着鲜红的旗帜,一路高歌向西走去。

　　我背起简单的行囊,登上了北去大连的火车。

二十二
一个流浪者的职业革命生涯

　　有些事情，不亲历是很难以说清的。还有些事情，即便亲历了，也难以说清。

　　全家遣返后，我回南尖转户口时，几乎所有的同学都像避瘟疫一样躲着我。连最仗义的宋胜武，也只在宿舍走廊里偷着和我握了握手："下地了，不去车站送你了……"

　　结果，整个石山农场，只朱嘉禾一个人送我去了车站。

　　三个月之后，当我背着行李，走进中山区人委那座折中主义欧式建筑的办公楼时，心情是忐忑不安的。虽然招我回大连的那封电报，是以南尖农校红卫兵指挥部的名义发来的，但个中暗度陈仓的伎俩，显然只是王重铭信手拈来的一个闹剧。

　　"唐浩大哥回来了！"葛松远第一个发现我了。他从楼梯上兴奋地跑下来，紧紧握住我的手。几乎在同一时间，我就被同学们围得喘不过气来。

　　"你怎么知道我们造反回城了？"

　　"你怎么找到这儿来的？"同学们惊喜地拉着我。

　　王重铭从人群后挤了过来，他握住我的手，狡黠地挤了挤眼："怎么样？好使吧？"我们心照不宣地笑了。

　　真是有一肚子说不完的话。晚上，在斯大林路一家小饭馆里，几个男同学坐在一起，谈起了彼此这三个多月的经历。

　　原来，自我离开南尖后不久，在王重铭、谷兆林等人的鼓动下，以石山农场为首的同学们，就正式成立了大连南尖农校红卫兵指挥部，并公然提出了回城闹革命的造反要求。一年半的农村生活，终于让这些曾在铁心务农一辈子的生死文书上签过字的革命青年，决心造反了。

"我们是被骗下乡的！"同学们开始胡搅蛮缠了。而且看上去又如此顺情合理，因为造反本身不就是胡搅蛮缠嘛！

以刘功敏为首的木耳山青年点，却一直在观望。尽管秋收还没有结束，但那里的同学们再也打不起精神下地了，只是他们没有提出回城闹革命。

石山农场的大连知青们终于倾巢回城了。一个月之后，刘功敏与木耳山的同学们也一窝蜂似的跟了回来。他们自己成立了一个红卫兵战斗队，毛宁就在这支队伍里。

我回城的第二天，在走廊里，木耳山的同学刘方大和我谈到了一件让我没有想到的事情。刘方大说，我从唐庄给毛宁写的那封信，毛宁收到了。她在看完之后，主动将信交给了木耳山知青点的点长刘功敏。我从心里感到一阵悲凉。

朱嘉禾一直在家里练琴，嘉禾对政治不感兴趣。朱伯伯和朱妈妈一直像蚯蚓一样生活在城市的角落里。

"千万别跟着瞎胡闹。"朱妈妈再三嘱咐我。

回城后的第三天，我与王重铭、宋胜武、高贵锡、葛松远等几位同学便去了庄河。南尖农校红卫兵指挥部回城后，便在庄河设立了一个联络站，负责庄河联络站的谷兆林来电话说，那里的形势需要大连方面增援了。

一九六六年夏天，在北京刚刚发起红卫兵运动的日子里，庄河高中一名叫张开的学生，便在家乡首先举义，矛头直指庄河县委县政府的主要领导。然而，在"文化大革命"初始阶段，大多数中国人对这种造反十分反感的情况下，县里很快就以扰乱社会治安罪拘捕了张开。当然，随着运动的深入，张开的问题很快又被翻了过来。但一直耿耿于怀的张开还是找到我们，希望南尖农校红卫兵指挥部为其出口恶气。

在了解到这一案例之后，谷兆林立刻意识到，这应该是庄河县委压制革命群众运动，企图破坏无产阶级"文化大革命"的典型案例。在研究了张开事件的始末之后，王重铭当即决定，在庄河县召开一次声势浩大的张开事件平反大会，并以此为契机，揭开庄河县委阶级斗争盖子。

然而，在张开事件平反大会的组织过程中，我发现一些县委县政府的基层干部，也经常溜到我们这里来，他们当中一直有人在影响着王重铭。为此，我曾提醒重铭当心被这些人利用。我总感觉这些人心怀叵测，而后来事实证明我的判断是正确的。

几天之内的角色转变，实在是充满戏剧性，让我感到难以适应。因为不久前，我还和村子里的被管制分子在贫下中农的监督下，在唐庄北街扫雪。几天之后，我便以南尖农校红卫兵指挥部重要成员的身份，参与导演一个事件。在这一事件中，我们要让庄河县委县政府的主要领导威风扫地。

在庄河所有事物处理的过程中，王重铭都希望我和他一起去。他知道我的辩论口才，也欣赏我对事物的判断能力。他给了我一件棉军大衣，一个毛泽东主义红卫兵的红袖标。我把那袖标揣在军大衣兜里，平日却不怎么戴。因为我深知，凭我的家庭出身，是不配佩戴红卫兵袖标的。

一月中旬的一天，张开平反大会召开的头天晚上，在南尖农校驻庄河联络站，张开事件平反委员会讨论到很晚。委员会成员大都是县城里各机关造反派的头头，一些城府很深的中年干部。在他们当中，有人正在利用我们，利用张开事件达到他们的个人目的，而那个回乡青年张开，也越来越让大家感到过于狂傲了。

那一天，我从外边回来，看见张开坐在联络站的一张桌子上，跷着二郎腿，正在向联络站的女同学炫耀自己的造反经历。我一进门就火了。

"张开，你下来！"我厉声呵斥他。张开慌忙从桌上跳了下来。

"讲究点。这桌子是让你坐的吗？"我一点没给他留面子。张开自知没趣，赶紧溜走了。

"听着，张开不是什么英雄，以后谁也别给他好脸子。"张开走后，我板着面孔向在场的女同学表明自己的态度。我当然知道，她们当中一定会有人心里不舒服。"他算老几呀？敢在这里教训我们。"可我无法掩饰自己，我从小就没有学会掩饰。

在张开事件平反大会上，来自庄河各界的造反派组织，愤怒声讨了庄河县委县政府主要领导，在"文化大革命"初期企图压制革命小将的滔天罪行。会场上群情激奋，庄河县人民广播电台做了现场直播。幸亏我们提前找了一个替罪羊，即张开故乡一个教训过张开的生产小队长，我们要求县司法机关立刻将其绳之以法。县公安局的马局长在万般无奈的情况下，同意将其当场收押。

平反大会结束后,马局长找到我们:"你们给我出了个难题呀。"他为难地说。

"你看着办吧。"我无奈地对他说:"不把张队长抓起来,县里主要领导肯定是过不了关的。"我向马局长解释。

马局长是一个颇有些军人气质的老干部。他身材颀长,谈吐谦和,给我们留下了很好的印象。由于不符合法律程序,马局长没有把那个生产队长押进公安局看守所,只是让他暂时在公安局传答室里躲了两天,不久,便放了。

在处理张开事件的过程中,南尖农校红卫兵指挥部在庄河县造反组织面前,暴露了"保皇派"的真实身份,许多以造反为己任的极"左"分子,开始对我们表示失望,甚至含有敌意。但从另一个角度看,在张开事件处理过程中,南尖农校红卫兵指挥部因其出色的组织能力和解决问题的妥协立场,赢得了更多温和造反派的拥护。

一九六七年一月二十四日,一辆解放牌大卡车,风尘仆仆地开进南尖农校红卫兵指挥部驻庄河联络站的大院。王惠传、张德威、衣秉阳等一干人马跳下车来。

"走,回南尖办户口去!"

"中山区人委答应把咱们户口转回城了。"

一时间,同学们都很振奋,像一年半前下乡时一样。联络站的同学们纷纷爬上汽车,直指南尖兴隆岗。

曾享誉全市的南尖知青集体,在"文化大革命"高潮到来的时候,在革命造反的旗帜下,从农村返回城市了。这在当时看来,实在是一件不可思议的、逆历史潮流而动的荒唐之举。在徐茂纯等中山区人委教育科的主要领导都已被赶下台的日子里,我们自己把自己放在了一个万分尴尬的位置上。

一月下旬,在全国造反派夺权的"一月风暴"里,庄河县的许多群众造反组织,纷纷找到南尖农校红卫兵指挥部,希望得到我们的支持。

一月二十六日入夜,经过一下午的紧张讨论和各方面关系的平衡,一个以庄河县委县政府基层群众组织为主要成员,联合县直属各委办局的群众造反组织组成的"庄河县革命委员会",在南尖农校红卫兵指挥部的共同参与下,宣布正式夺取原县委县政府的权力。那一夜,整个庄河县城处在高度亢奋的状态之下,县委县政府机关昼夜灯火通明,人们找到了十月革命的感觉。

深夜，一个县委机关参与夺权的中年干部，突然闯进南尖农校红卫兵指挥部。

"不好了，县政府的李秘书长，把政府机关所有部门的公章印鉴都卷跑了。"

说话间，屋子里挤进不少闻讯赶来的造反派，大家都感到事态的严重性。

"现在几点？"王重铭边问边披上大衣。

"二十三点零七分。"那中年干部看着手表。

"来得及。"王重铭回头对我说："给张友山打电话，要车去城子坦。"

我拨通了副县长张友山的电话。

"真没有车。"张副县长在电话那头都快哭了："我绝对支持你们夺权的革命行动，但，车都派出去了，我手里现在真的一辆车也没有了。"

王重铭不耐烦了，他抢过电话压低声音："张县长，十分钟后，我到大门口去等车。晚来一分钟，你后果自负。"

不到十分钟，一辆英吉普亮着耀眼的车灯，拐进县党校大院。司机老侯从车窗里探出身来："还让人活不？我三天三夜没合眼了。"他大声抱怨着："催命啊？深更半夜的。"

说话的这个老侯可不是一般的战士。他根红苗正，年轻时参加过抗美援朝，是个从枪林弹雨中走过来的老司机。

王重铭笑着把半盒迎春牌香烟塞给他："不好意思，上回城子坦。"

那时候，庄河还没通火车。从庄河西去一百二十公里的城子坦，每天凌晨一点，有一趟发往大连的客运列车。李秘书长既然携公章逃往市里，那城子坦应该是他的必经之路。

嘴角上的烟头闪着微弱的光，昏暗的吉普车里，不时传来老侯痛苦的低吟声。这些天来，痔疮一直折磨着他。

"三天三宿没合眼了，这哪儿是造反呀，这纯粹是活遭罪呀！要不是看在张县长的面子上，就是八抬大轿请我也不来。"老侯吐掉嘴里的烟蒂："张县长是个老实人，欺负老实人伤天理。"

王重铭不出声儿了。

吉普车在新近维修过的战备公路上颠簸疾驶。坐在后面，我清楚地看见，老侯的脑袋，开始不止一次地向前垂去。

"别打盹呀，老侯！"我大声提醒他注意安全！老侯痛苦地嘟囔着："这真比强渡汉江还惨呀！有酒吗？"

王重铭无可奈何地摇了摇头："明天，明天我请你喝酒。喝醉了，我给你请假睡它半天。"但，老侯终于挺不住。在一条笔直的路段上，老侯咬了咬牙："你们替我盯住了……"话没说完，便一头扑在了方向盘上。

我的脑袋骤然涨大了："老侯！老侯！！"

王重铭摆了摆手："让他睡会儿吧，盯着点儿前头。"我浑身不禁抖了起来。

风在耳畔呼啸着，无人驾驶的吉普车疾驶在没有月光的暗夜里。我突然感到这真是件愚蠢之极的事情，为了那几枚已被废弃的地方政府的公章，我们竟壮烈到让子弹朝自己飞。这实在是一件令人匪夷所思的荒谬！

"把车停下来吧。"我几乎在求他了："让老侯眯一会儿再走。"

"不行。"王重铭断然反对："赶不上火车，让人跑了，咱回去没法儿交代。"

鼾声从方向盘下传出来，那声音听起来令人毛骨悚然！

突然，一直目不转睛紧盯前方的王重铭，猛地推了老侯一把："醒醒！"老侯呼地抬起头来，那飞驶的英吉普已从斜刺里冲上湖里河桥的桥头。

"不好！！"老侯将方向盘拼命朝右侧打去。吉普车发出一阵怪叫，像飞蛇一样在大桥上左右乱窜……

直到下了桥，老侯才将吉普车刹住："差一点儿出了仁烈士。"他点上一根烟，抹了把额头上的冷汗。

回来的路上，老侯精神多了："老李呀，拿这么多公章，你想上市里找谁去？"

李秘书长抖抖地坐在他身后："找、找市政府去。"

老侯哈哈大笑："眼下全中国的地方政府都垮了，你脑袋让驴踢了吧？"

夺权后的那些天，庄河市面上是平静的。因为对立派势力太弱，夺权出现了一边倒的局面。所以，在宣布夺权之后，人们突然发现无所事事了。谁也不明白夺取政权后该做些什么，这种局面持续了很长时间，庄河县处在完全瘫痪的状态下。只是前一阶段时常活跃在人们视野中的一些造反派的头头，终于在县革命委员会的主席台上纷纷找到了自己的位置，让人看上去总觉得很别扭。

二月初，南尖农校红卫兵指挥部决定撤回大连了。因为作为曾经参与庄河一月夺权的我们，此刻已清醒地意识到，所谓夺权，就是让一些十分阴暗的人物，有机会一夜之间窜到台前。这种夺权，只满足了这些跳梁小丑在政治上的个人野心，而对于庄河全县的地方建设，根本起不到任何推动作用。

"替他们忙活，咱犯不上。"王重铭从此退出群众运动，成为一个冷眼旁观的自由主义者。

从庄河回到大连后，我便一直住在中山区人委教育科的办公室里。那时教育科的工作早已瘫痪了，我和张德威从礼堂拖来四条长椅子，对成两张床，又从教育科办公室搬来两张桌子、几把椅子。为了不给教育科留下一个乌合之众的口实，我们要求全体同学每天九点准时到校，大家不但一本正经地组织学习，甚至还主动提出帮助区工商科负责维持市场秩序。我们这样做无非是给区教育科施加压力，力争早日解决我们的工作分配问题。

当然，在全国经济处于几乎完全瘫痪的状态下，以一个城市行政区的力量解决一百多名学生的工作分配问题，显然是不可能的。而在当时的政策环境下，农村回流城市的本身就已经犯了大忌。为了能争取到留在城里的合法地位，我们曾去省城上访，结果当然是不了了之。

从沈阳上访回来的路上，我们顺便游了趟千山。早春时节，但见一座座被红卫兵洗劫的千年古刹，已成断壁残垣，龙泉寺藏经阁也被掘地三尺，被遗弃的经卷如残雪般飘零在东北第一山的山涧野壑里。放眼望去，心情格外寥落。

从我回大连后，父亲就给祁伯伯写信，求他每月给我寄十元钱生活费。新中国成立后，祁伯伯被调离北京，一直鳏居重庆。父亲与他时常通信，但直到去世，父亲也再没与祁伯伯见过面。

每月十八日，我都会准时接到祁伯伯发自重庆青年路九十四号的十元钱汇款，这是我一个月的生活费。我那时每天中午和晚上，在中山区人委食堂吃饭。早饭就不吃了，只有这样，这十元钱才能勉强维持到下个月祁伯伯发饷。

户口从南尖转回大连后，我因家里已被销户，只能把户口暂时落在朱嘉禾家。朱妈妈为此特别叮嘱我："千万别跟人家瞎跑，咱们的身份不同其他人，只能低着头过日子。"

春天来了。华灯初上的时候，我常独自一人徜徉在斯大林路这条当年大连最宽阔的大街上。一九五二年秋天，刚刚从码头下船的我们，就是乘一辆古老的四轮马车从这条大街驶过，驶向清爽街二号的。那时车上坐着姥姥、母亲、姐姐、唐宛和我。如今，马车早已不见了，姥姥也去世了，姐姐和唐宛天各一方，而父母和唐华竟然被发配到远在天边的故乡，接受贫下中农的监督改造。

路灯下，身后的影子被拖得很长，我深知自己在这座城市中的位置。望着街道两旁那一扇扇散发出温暖灯光的窗子，我心里充满了难以名状的凄凉，我多么希望身旁能有一个愿意听我倾诉的人。两年无家可归的城市流浪生活，在我内心深处留下了刻骨铭心的记忆。直到今天，我仍摆脱不了咀嚼孤独的习惯，在阴冷潮湿的季节里，我仍渴望身边有一个愿意听我倾诉的人。

很长时间没见到毛宁了。户口回城后，她很少参加同学们组织的学习，即便偶尔来了，也与几个不爱说话的高中女生远远地躲在角落里。不知为什么，从我回归集体之后，毛宁一直在回避我，两个人即便街头偶遇，也形同陌路。朱嘉禾很奇怪："你在老家给她写的那封信里，还说了些不该说的话吗？"

"没有呀。"

"那她为什么要把那封信交给刘功敏呢？"

我百思不得其解。

"她一定担心有些人胡乱猜想，她想尽量让大家知道，她与你之间是清白的，她是无辜的。"

我知道嘉禾的分析是对的。我知道，在强大的社会现实面前，毛宁胆怯了。

就在这年的春天，初中时代的班主任王玉瑞老师，被暴虐的红卫兵拖上街头。王老师三十年代初在河南老家加入共产党，不久被捕入狱，在狱中，十七岁的王玉瑞与其他被捕的年轻人一起，集体登报脱党，这成了她必须用余生偿还罪孽的铁证。

一九六七年四月下旬，我回了趟唐庄。由于此次还乡自己的身份与上一次不一样了，所以，我始终没有随生产队下地，因为我已经不是唐庄一队的社员了。

在开封与玉环姨、马纪平合影（一九六七年）

动乱中的开封街头（作者绘于一九六七年）

"唐浩大叔，你那红卫兵袖标为啥是毛泽东主义红卫兵呀？"立春问我。

"这是因为和毛泽东思想红卫兵有所区别。思想兵是极左的一派，我们和他们的观点不一致。"我说。

玉环姨连来了几封信，希望我能去开封住些日子。考虑到我总待在家里影响不好，父亲决定让我到玉环姨家认认亲。因为除了母亲之外，我们家的任何一个人都没见过玉环姨，尽管我们经常通信，尽管我们都知道和子洵叔叔一样，玉环姨是我们最亲的亲人。

一九六七年五月七日，黄昏后不久，当我走出开封火车站时，立刻被站前广场上纷乱的人群所震悚。一辆辆满载男女的卡车，在不大的广场上挑衅似的穿行。车上手执棍棒的人们不时拼命呼喊着派系间互相攻击的口号，广场上的人们不时地相互对骂，难分难解，与广场周围小贩豫剧道白一样的叫卖声，三轮车夫粗鲁的吆喝声交织在一起，中原这片沃土烫得让人窒息。

玉环姨家住在双龙巷九号。推开一扇广亮门楼的大红门，迈过一道高门槛，我走进一处安静的大四合院里。玉环姨和奶奶正在月台上纳凉，玉环姨和我想象中的差异很大，她身材消瘦，嗓音喑哑，一头灰白的短发看上去显得很苍老。对于我的到来，玉环姨惊喜万分。因为对玉环姨来说，我应该是新中国成立以后，唯一一个来自娘家的亲戚。

当天晚上，我与玉环姨谈到很晚。奶奶始终安静地坐在一旁为我们添茶。作为玉环姨的婆婆，自从儿子银铛入狱后，老人便一直与儿媳相依为命。几十年来，风雨同舟，出生入死。在老人和玉环姨身上，你能看到中国节烈妇女最值得尊崇的隐忍与尊严。

表妹马纪平是我到开封第三天请假回家的。高中毕业后，由于家庭出身的关系，纪平表妹无法继续学业，遂于一九六六年自愿报名下乡了。马纪平小我一岁，是一个热情爽朗的姑娘。从她走进双龙巷九号院子的那一刻起，你就会听到她与邻居们热情的对话及率直开朗的笑声。高兴时，这个身材高大的表妹还会认真地清理一下嗓子，用纯正的河南方言为你唱一段豫剧或河南梆子。我从心里钦佩在开封双龙巷九号正房里蜗居的这三位至亲，她们的功德将永远被镌刻在家族的青史上。

双龙巷是开封古城一条很有名的街巷，之所以被称之双龙，实因宋太祖赵匡胤与其弟晋王赵光义皆出生于此。双龙巷长约千米，小街两侧灰砖高墙，门楼庄重气派，尽显宋代达官显贵之气度。每逢雨夜，家家门楼里便会挤满沿街乞讨避雨的流民。乞丐，成了二十世纪六十年代《清明上河图》中一道难以忽略的风景。

在开封的日子里，我独自乘火车去了趟兰考。"文化大革命"前夕，县委书记的好榜样焦裕禄同志的感人事迹，让兰考一夜出名。我计划去兰考，是因为我自幼就有一种崇拜英雄的情结。玉环姨也希望我去兰考看一看："那是一个相当贫困的地区，你应该到那里走一走。"

开封火车站的站台上，挤满了陇海铁路沿线农村流向城市的乞丐。时值小满季节，中原一带的小麦开始收获了。从徐州、商丘至兰考一带的地方政府，每年在这个季节，都要派出大批基层干部，深入开封、郑州、洛阳等城市，收容自春节后便一直在城里沿街乞讨的贫苦农民返乡夏收。

一位手持扬声器的中年干部，汗流浃背地大声召唤着要回兰考的乡亲们："火车进站后，千万不要拥挤，要往后站。大家都不要着急。人全上车后，火车才能开。谁也落不下。"

从洛阳开来的一列慢车缓缓地进站了。在这些地方干部的努力下，流民们在登车的过程中，秩序井然得令人出乎意料。

这几乎是一趟流民专列。每到一个小站，这些地方干部便提前用扬声器大声通报着站名，并扶老携幼地将流民们送下火车。

这是一幕让我终身难以忘怀的情景。只见一位筋疲力尽的地方干部，向依依不舍的流民们大声地劝说着："夏收了，千万别再出来乱跑了。眼下城里乱得很，咱们都是庄稼人，种地是咱们的本分呀！"

火车重新启动时，站台上的许多流民纷纷转回身来，向送他们回家的地方干部挥手致意。

站在这位可敬的不知名的地方干部身旁，望着他黄瘦的脸庞，我从心里升起一股崇高的敬意。在一九六七年那动荡的岁月里，正是这些默默无闻的地方基层干部，以他们的身体力行努力维护着中国共产党在人民群众中的威信与声誉。是一批优秀的人民公仆，是一群忠诚的中国共产党党员。

在开封的日子里，纪平表妹陪我去了龙亭、大相国寺，去了铁塔和禹王台，玉环姨还抽出空来，陪我在一家很有名的饭店吃了黄河大鲤鱼。那些天来玉环姨每天需要去学校参加运动，只有晚饭后她才会抽出时间来与我长谈，玉环姨是个十分坚强的女人，谈起那些让人难以承受的往事，她竟没有落过一次泪，因为玉环姨早已清楚，只有心冷似铁才能应对生活。

一个月后，我离开了开封。十个月之后，玉环姨在清理阶级队伍的运动中，以莫须有的罪名被开封八中造反派的学生们暴虐摧残了长达一年半之久，那些豆蔻年华的少女，那些风华正茂的少男们用钉了钉子的木棒抽她，直到把木棒抽断。他们把她吊在单杠上，用匕首割她的耳朵，逼着她在大雨中爬行。他们给她上电刑，直到将人彻底击昏。他们逼她喝下一大碗人屎，同时逼她吞下一根蛔虫。他们……罄竹难书！！

整整十六个月，玉环姨被他们彻底打聋了，打傻了。这个早就放弃了基督教信仰的玉环姨，在一次电刑之后，竟记起了多少年前自己曾记下的《圣经》中的一句话："众人都喜爱恶行的时候，恶人就横行无忌了。"（《圣经》诗篇十二至十八）

再次回到大连时已是盛夏。在武汉事件的波及下，早已日渐激化的派性斗争，瞬间便转化成全市规模的武装冲突。一时间，大连三大群众组织纷纷将全市为数不多的高层建筑抢到手里，并建起了戒备森严的武卫点，每个武卫点都有重兵防守并在楼顶安上高音喇叭，开始了从早到晚喋喋不休的对骂。

大凡经过"文化大革命"的人，对于当时无产阶级内部的派性斗争，都会留下深刻的记忆。这记忆最初酷似俄罗斯巡回展览画派的现实主义作品，充满了血与火的激情和剑拔弩张的戏剧性。后来，随着时间的推移，这记忆幻化成了十九世纪印象派的光影与色彩的主观感受，变成了模糊不定的红黄蓝白的点彩。随着时间的进一步推移，这记忆最终定格在集表现派、抽象派、野兽派、立体派及未来派于一体的二十世纪现代派作品之上。充满了非理性和传统束缚的另一种下意识的荒诞。

派性斗争是中国那段非常时期的非常产物。其间充满了后人无法理喻的愚顽、狭隘与冷酷。派性最初起于造反与保皇之争，继而延伸到权力之争，最终延伸到军队介入之后的宠幸之争。

派性斗争的形式最初只局限于不同观点的辩论，像法国资产阶级大革命中雅各宾派内部的理论纷争。继而升级到枪林弹雨的"文攻武卫"阶段，又升级到"枪杆子里面出政权"的真理实践阶段。这期间，每次武斗都会出现一个令人啼笑皆非的场面，即进攻的一方高呼"下定决心，不怕牺牲，排除万难，去争取胜利"的毛主席语录杀掩过去。而抵抗的一方也会高呼着"下定决心，不怕牺牲，排除万难，去争取胜利"的毛主席语录宁死不屈。双方在下死手的那一瞬间，高呼的最后口号竟惊人地相似："毛主席万岁！"

八月二十四日，一支毛泽东思想文艺宣传队，在大连通往旅顺的黄泥川隧道口，遭到另一派的武装伏击，制造了多人伤亡的"八·二四"事件。

几天之后，一门从兵工厂拖出来的山炮，轰击了白山路边的大连卫校武卫点。

南尖农校红卫兵指挥部，在一系列的武装冲突中，观点上发生了变化，但尽管如此，我们依旧坚持文斗，并开始出版了我们自己油印的报纸《向北京》。

应该承认，《向北京》的出版其实只是我的个人行为，因为实事求是地说，这份报纸无论从编辑、撰稿，到插图、排版、印刷，几乎都是我一人所为。我当时为此投入了极大的创作热情，我把每一期报纸都看成是自己文艺创作的实践，报纸质量在当时遮天蔽日的造反小报中间鹤立鸡群。每期出版后，我便和王重铭、刘家仁、葛松远一起拿到商业区的大街上叫卖，挣点小钱后，哥儿几个就到小饭店里大醉一番，酣畅淋漓。

这个时期，酗酒成了我的一大嗜好。和那个年代许多青年人一样，我无法排遣积郁在心底的彷徨与苦闷，在拼命闹"革命"的同时，精神颓废到了极点。一次酩酊大醉之后，我躺在中山区人委楼前的人行道上，任同学拖拉不肯进楼。恍惚中，我看见毛宁裹在几位高中女生中间，从我身边挤过，我顿时心如刀绞。我十分清楚，在这沸腾的城市里，自己只是一个令人鄙视的流浪者。我从心里渴望有人理解我，理解我拼命革命的初衷，理解我流浪中的孤独。

一九六七年八月十三日，从大连港传来一件令中国人民无法忍受的"反华暴行"，一艘名为"斯维尔斯克号"的苏联货船上的一名船员，公然将一枚毛主席像章吐上唾沫后抛到大海里。消息一经传出，整个城市被激怒了。三派对立的群众组织，一时竟同仇敌忾一致对外。数不清的各派广播车高呼"打倒勃列日涅夫反华集团"的口号，从全市各地云集海港码头。

海面上，无数拖船纷纷从各港区赶来声援。成千上万的各派成员挥舞着红旗，从陆地到海上将"斯维尔斯克号"包围得水泄不通。人们轻而易举地越过了边防人员布下的警戒线，顺着舷梯拥到那艘货船的甲板上，甲板上人声鼎沸，混乱不堪，各派广播车通过高音喇叭，不时宣读着全国各派造反组织的通电声援。那个闯下滔天大祸的苏联船员早就躲进船舱里，只有十多个船员及其家属，被怒不可遏的革命群众，团团包围在前甲板上，包围者和被包围者就这样一直对峙着。

突然，人们听到了歌声。当人们发现那歌声竟然是从这些面如土色的苏联船员中传来时，所有的人竟一时不知所措了。

"起来，饥寒交迫的奴隶，起来，全世界受苦的人，满腔的热血已经沸腾，要为真理而斗争……"

码头上义愤填膺的抗议者们被这歌声激怒了。成千上万的革命群众挥舞着拳头，用同样的歌声，压倒对方猖狂的挑衅。

"……这是最后的斗争，团结起来到明天，英特纳雄耐尔就一定要实现。"

那真是一个"四海翻腾云水怒，五洲震荡风雷激"的年代。在亚洲，美国已深陷在越南战场的泥潭里难以自拔。在欧洲，苏联和华沙条约国的坦克开进正在变革的捷克斯洛伐克，年轻的布拉格市民，在《伏尔塔瓦》旋律的激励下，举着自制的炸药冲向占领军的T—55坦克。在美国，人权运动领袖马丁·路德·金在孟菲斯街头演讲时被极端种族分子杀害。在中美洲，墨西哥政府为办好第十九届奥林匹克运动会，竟对持不同政见的大学生大开杀戒。在巴黎，年轻的法国人用垃圾桶在街道上筑起街垒与警察对峙。城市的围墙上到处涂鸦着："越做爱，越想革命。越革命，越想做爱"的激进标语。在拉丁美洲，职业革命家切·格瓦拉面对死亡时平静地说："革命是不朽的！"

这一时期，朱嘉禾一直活跃在大专院校红卫兵指挥部的"毛泽东思想宣传队"里。隆冬时分，那支规模庞大的宣传队已将一场名为《第三里程碑》的大型音乐舞蹈排练完成。

春节前的一天，这支一百多人的毛泽东思想文艺宣传队，在斯大林广场东侧的公安俱乐部排练结束后，顺着中山路，列队向位于一二九街的驻地走去。一辆早已埋伏在松山街的解放牌卡车启动后，迎着这支宣传队疾驶而来。

显然，解放牌卡车启动晚了，司机拼命加大油门，早已埋伏在车厢里的武斗人员，瞬间抄起各自的AK—47自动步枪，在宣传队员即将走进大楼的最后一刻，那辆满载杀手的卡车也冲到驻地楼前。

"哒哒哒哒……"随着一片震耳欲聋的扫射声，走在队伍最后的宣传队员屁滚尿流地窜进楼里。那辆卡车风也似的向西疾驶而去。从楼里闻风冲出的武斗人员，只能悻悻地将无数发子弹扫向空中。

当天晚上，嘉禾见到我时仍心有余悸："我身后的台阶被子弹打得嘎嘎直响，幸亏我憋了泡尿，紧走了几步，要不非让他们打死不可。"

春天来到了滨城，在经历了大连东部地区几场恶战之后，在全市人民期盼和平、安宁的强大舆论面前，大连市军事管制委员会开始强制收缴三派手中的武器，武斗事件因此逐渐平息下来。在早春时节潮湿寒冷的海风里，更多的市民开始沉浸在"三忠于，四无限"的领袖崇拜之中，围绕"忠"字的各种图案，出现在市井家庭的各个角落。与此同时，人们用红油漆几乎将所有高大建筑物的外面彻底涂红，并工整地涂上大字标语："将无产阶级文化大革命进行到底"。这是一次用千百吨红白油漆完成的"红海洋"运动。站在山色渐青的南山顶上眺望这座城市，但见满目楼红柳绿，令人焕然。

然而，习惯了军事游戏的男人们，对于即将逝去的战争岁月却留恋万分。一年多"军阀"割据的生存状态，让他们当中的首领级人物，从心底里感到了权力欲望的满足与叱咤风云的快感。因此，一旦听不到枪炮声，肩上横跨的AK—47只能藏在大衣里，他们难免生发出一种寿终正寝般的绝望。

就是在这种绝望的情绪里，一九六八年四月三日的上午，一支由二十几个青年男女组成的敢死队，假称我们这一派辽宁省毛泽东思想宣传队员，混过戒备森严的门岗，登上了上海路和天津街交叉路口的大连饭店七楼。他们迅速从大提琴箱、手风琴箱及圆号、巴松、小提琴盒子里取出大量的自动步枪及手榴弹、子弹，并在七楼楼顶升起了"八·二四复仇军"的军旗。

这是一次策划大胆、实施果断且极富想象力的战略行动，直到七楼的楼道里传来一片桌椅板凳堆堵的喧杂之后，正在楼里开会的人们才大梦初醒。更让人感到耻辱的是，大连饭店一直是我们这一派安全系数最高的一个武卫点，而眼下正在楼里召开的是我们这一派第二届全市政工会议。

于是，一场争夺七楼的战斗随之打响了。

当我和王重铭、张德威、葛松远、刘家仁闻讯赶到天津街时，原本不宽的街道已被前来观战的市民，堵塞得水泄不通。一阵激烈的枪声之后，从七楼北侧的窗口冒出了滚滚浓烟。待我们贴着墙根儿，挤到上海路路口的时候，这座殖民时期日本人留下来的标志性建筑，已变成一片火海。

大连饭店的七楼，原本是一个高大豪华的舞厅。清一色的橡木地板上涂了厚厚的一层地板蜡，烈焰在这样的空间里得以尽情舒展。一瞬间，七楼顶部覆盖的铜板，便像纸片一样被火焰卷向天空。大火烤得街上的行人不得不背过脸去。街道对面几家商店的职工，慌忙爬上房顶，忙着用一桶桶凉水为已经烤得发软的油毡纸房顶降温。

枪声停止了。大火在烧透后平息了。人们仿佛闻到了一股烤鹅的气息。现场显得出奇的安静。

"烧死了！一个也不剩了。"大家肯定地说。为此，我们这一派的基本群众，感到这一仗打得很神勇。

从附近对立派的高音喇叭里传来了急切的呼唤声。

"八·二四复仇军的战友们，请你们注意。请你们立刻向一处集中，等待救援。请你们立刻向一处集中，等待救援。"

挤在上海路上看热闹的市民们，不禁幸灾乐祸地笑了："收尸来吧，早被烧焦了，朋友。"

但突然，人们发现在七楼西南角一间水泥建筑的窗口，闪出一个人影。只见他正在用旗语与附近高楼上的武卫点联系——很显然，上面还有活人！

原来七楼西南角的那间水泥建筑，是这家饭店当年专供法国大餐饲养鹅鸭的鹅房。那一天，恰逢强劲的西南风，大火燃起后，冲天的火浪自鹅房门前燃起，很快便被强风压向东北，而躲在那座钢筋水泥建筑的全部武斗人员，除一人战死外，全都不可思议地侥幸逃生。

成千上万站在现场观战的市民们，无不为此战之精彩流连忘返。但谁也不曾想到，一个更为周密的军事行动早已布置完毕并开始付诸实施。

"咚咚咚！咚咚咚！咚咚咚！"随着一阵爆响，饭店南邻的大连电信局的灰墙上，霎时激起一片灰色的烟尘。一辆由解放牌卡车改装的装甲运兵车不知何时出现在那条小街的西口。炮塔上的12.7机关炮，吐着火舌，向大连饭店楼下缓缓驶来。顿时，现场观战的市民哭爹喊娘、连滚带爬地向上海路拥来。

"快往北看！"不知谁低喊了一声。

只见又一辆装甲运兵车，出现在上海路北的胜利桥方向。它沉默着一路驶来，宽阔的大街上立刻空无一人。

第三辆装甲运兵车是从中山广场包抄过来的。它直接驶向大连饭店正门前，炮塔上那挺12.7机关炮的炮口，直指用沙袋围起的饭店大门。

最壮烈的时刻到来了。当二十几个身穿黑色工作服棉袄的男女敢死队员，背着自动步枪，依次出现在七楼外墙的排水管道上的时候，人群中爆发出了兴奋的欢呼声。我突然意识到，我们这一派已日薄西山了。

"四·三"事件让各派"军阀"同时意识到重新武装的重要性，而我们这一派，却因一号头领在大连饭店一役中阵亡而陷入群龙无首的状态。与此相反，我们的对立派却不仅通过这一事件，从大连警备区的院子里，将早已被军管会查封的土坦克重新开上大街，其军事上的优势很快超过了我们。为了夺取更多的武器，我们这一派又于四月二十八日凌晨，铤而走险地偷袭了青泥洼桥附近的一个驻军机关，结果反被军队来了一次血腥的伏击。至此，持续近两年的城市武装割据的态势，终于因我们这一派的彻底失败而偃旗息鼓了。

一九六八年的夏天，随着各省、市、自治区革命委员会的相继成立，举国上下对领袖的个人崇拜已达到登峰造极的地步。在荒诞得几近无聊的日子里，大连迎来了一个全民狂欢的季节。每天从华灯初上开始，各派的毛泽东思想文艺宣传队员便早早来到事先搭好的舞台上，这些舞台鳞次栉比地散落在从友好广场到青泥洼桥一公里长的中山路上。一时间，强大的音响，震耳欲聋的旋律，舞台上铿锵有力的表演，舞台下如痴如醉的万民随舞，让刚从战火硝烟中走过的市民重新感受到伟大领袖毛主席的英明与社会主义祖国的强大。

"敬爱的毛主席，我们心中的红太阳……"

"北京的金山上光芒照四方……"

"我们心中的太阳，照得山河一片红……"

"我们是毛主席的红卫兵，从草原来到天安门……"

一时间成为全民闻歌起舞的主旋律，成为风行一时的"忠"字舞的基本曲目。

每天晚上，南尖农校的小伙子们都要相约前往，从这个舞台前挤到下一个舞台前。这时的派性已不重要了，能够把人长时间留住的，只有女宣传队员的舞姿与风采了。当然，这一季节的流氓滋事活动也十分猖獗，人们经常能看见，成群结队的男孩子们，因争风吃醋而拔刀相向，更有猥琐下作之人横行市井，令人望而生畏。

当时各宣传队每晚的压轴好戏，都是那段《亚非拉人民要解放》。原因很简单，表演这个舞蹈时，演员们要身穿亚非拉各国民族服装，即便袒胸露背，也无人惊怪。舞蹈的旋律也一反"忠"字舞的人偶般的机械与呆板，充满了激情、性感和原始的狂野。每逢前奏音乐响起，附近舞台下的群众便会一下子汇聚在亚非拉各国人民的脚下，人们翘臀甩胯，顿足击掌，昏倦而想入非非。

  亚非拉人民要解放，
  反帝怒火高万丈。
  再不能忍受压迫做奴隶，
  誓把美国帝国主义彻底埋葬……

  清队开始了，这一运动的全称是清理和整顿阶级队伍，是天下大乱之后，一次报复性的铁血肃正，也是"文化大革命"从初期步入中期的一次灾难性的群众运动。
  一天清晨，我和张德威急着出去办事，刚出中山区人委的办公楼，便见从邻近的大连自来水公司的楼上跳下一个人来。待我赶上前去，看清那是一个五十多岁的壮年人，他脸朝下地趴在人行步道上，身体无力地伸展开来，脸下一汪血浆渐渐摊开。因为只穿了一件白色的短袖线衣，一条短裤，所以浑身上下累累伤痕清晰可见。
  楼上的专政队员闻讯跑下楼来。
  "呸！自绝于人民的现行反革命分子。"几个人骂着，像扯一条死狗一样，将那人的尸体抬进自来水公司大楼。
  "啧啧，那是被打得活不起了，才跳的楼。"一个围观的妇女摇头叹息地说。
  空中掠过一阵鸽哨声，人们的生活依然平静地继续着。
  几乎就在同一时刻，在从上海开往南昌的一列火车上，表姐李望一挤在拥堵不堪的车厢里，目光正紧张地搜寻着。
  昨天下午，三舅从北京打电话到杭州，告诉望一姐，三舅妈专案组的人，计划明天将三舅妈从北京押往江西监督改造。电话里，三舅再三叮嘱望一姐，即便能见到三舅妈，也千万要克制自己，不要给三舅妈带来麻烦。
  两年前，一直在中央乐团学员班的望一姐，被杭州乐团借调，而从北京通往江西的火车正途经杭州。望一姐匆忙向团里请假，并从杭州火车站挤上了开往江西的这列火车。

三舅妈的问题从一九六八年年底开始骤然升级了。在一次审讯中，专案人员突然提出一个令人毛骨悚然的问题："一九四九年，你为什么非要在开国大典这一天从美国赶回北京？你是受谁的指派潜回大陆的？说出你企图破坏开国大典的全部罪行。"

三舅妈惊愕地望着专案人员，欲哭无泪，有口难言。

列车驶出杭州站后，望一姐就从最后一节车厢开始，挤在人群中往前搜寻。她不敢错过任何一个角落，两年多母女没见面了，她很难想象母亲今天会是什么模样。

挤过五六节车厢后，在一个堆满竹篓的过道旁，望一姐突然被一双熟悉的眼睛惊呆了。在她面前，一个面容憔悴满头白发的老妇人，正蜷缩在一群乡下人的脚下，在她对面，坐着三个表情冰冷的中年人。望一姐的泪水夺眶而出。此刻她有千言万语想与母亲倾诉，但三舅妈却向她轻轻地摇了摇头。她看见母亲将右手放在胸前，食指与拇指相对，其他三个手指渐渐伸开。她知道母亲在安慰自己，安慰女儿那颗苦楚不堪的心灵。母女二人就这样默默地对视着，直到列车驶进嘉兴车站，望一姐才不得不挥泪与母亲诀别。

几乎就在同一时刻，在河南开封第八中学，玉环姨被几个花季少女带进刑讯室。

"是谁向你下达特务指令的？说！！"

玉环姨摇了摇头："我不是美蒋特务。"

十根雪亮的大头针，依次钉进玉环姨的十根指尖里。为首的那个女孩子望着玉环姨狞笑着问："英语，自作自受怎么说？"

几近昏迷的玉环姨声音微弱地回答她："You shall pay for what you have done.（你会得到报应的。）"

十年后，听说那女孩子真的疯了。在古城开封乍暖还寒的日子里，人们时常会看见一个满头灰白的疯女人，低着头，在大街小巷里踽踽独行，嘴里模糊不清地重复着一句挥之不去的英文："You shall pay for what you have done…"

发音虽不准确，但意思已经表述清楚了。

二十三

浸透秋雨的国旗

　　一九六八年九月一日，由中央政府支持的旅大市革命委员会正式成立。那一天，沈阳军区司令员陈锡联与毛泽东在东北地区的联络员毛远新一起，出现在全市庆祝大会后的游行队伍当中。市革委会第一号通令随之贴满大街小巷，内容是严厉敦促三派群众组织上缴全部武器，并尽快停止派性斗争，实施革命大联合。

　　在地方驻军的支持下，武斗后期逐渐强势起来的我们的对立派，在所谓大联合的过程中，迅速掌握了全市各企事业单位及大中院校的领导权，报复行动很快便有计划地开始了。市革委会成立的第二天，各区就相继成立了群众专政指挥部。很快，这个在市革委会和部队的支持下可以恣意行使司法权力的群众专政组织，便以其血腥与残暴让市民们领教了无产阶级专政的厉害。

　　中山区群众专政指挥部，设在中山广场上海路五号一座旧银行的建筑物里。具有讽刺意味的是，一个时期以来，这座建筑一直是我们这一派的总司令部。几个月前，在"四·三"事件中被大火烧毁的大连饭店，就坐落在与它一街之隔的天津街路口。所以这里是对立派的上甘岭与奠边府，这里是他们雪耻的地方。

　　在群众专政指挥部成立最初的日子里，每天从清晨到深夜，都有成批的被专政的人犯，从全区各厂矿及企事业单位被押送到这里接受审查。一时间，许多在社会上游荡的无业游民和地痞流氓趋之若鹜，从早到晚守候在上海路五号楼门前，期待着体验那种群众专政的快感。只要戴着"执勤"袖标的基层群专队员将人犯押到这里,这数十号闲人便立刻摩拳擦掌地围拢过来,无论人犯是男是女,是老是少,也无需问清犯的是哪一条国法家规,人们欢呼着拳脚相加合力操练,直到把人犯打得鼻青脸肿,七窍出血方肯放行。当然,这只是进门前的一顿杀威棒,但仅仅如此,已足以让人闻风丧胆,不寒而栗了。

很快,中山区人委的一些机关干部也戴上了"执勤"的红袖标。一时间,铺天盖地的大字报又将办公楼上下贴挂得令人窒息。一些大字报已公开点名批判"现行反革命分子"徐茂纯,罪名是暗中唆使南尖知青回城,疯狂破坏党的上山下乡政策。

我那时感到压力特别大,因为我一直住在教育科的一间办公室里。一年多来,很少见到的那些教育科的机关干部,开始重新回到办公室里上班了,他们全都用饱含敌意的目光斜睨着我,其潜台词无非是:"还不快滚!你这个胆大包天的丧家犬!"

同学们很少再到中山区人委来了。谁都知道,这里已成为是非之地,连王重铭都劝我:"早些回老家避避风头吧。看来,指望区人委分配工作已不太可能了。"

几天之后,一个工商科的部队转业干部趁我没在屋时,偷偷爬梯子从窗户潜入我住的那间办公室,被我几乎当场抓获。我陡然预感到,他们开始在暗中调查我了。

然而,就在我即将离开大连回老家一避的时候,一件事情却鬼使神差地让我执意留下来,并因此经历了一场梦魇般的牢狱之灾。

一年半来,一直陪我住在中山区人委的张德威准备回金州了。他父亲是金州重机厂的一位工程师,全家一直住在金州。回城后,他与初三的女同学张丽艾确定了恋爱关系,所以他一直舍不得离开大连。张德威喜欢下象棋,而且是个高手,即使是对立派的人,只要提出与他对弈,张德威立刻便会视对方为棋友,亲密无间。

九月八日晚上,张德威与我谈了很久,他劝我尽快离开这里,他说自己准备到北京住一段时间,张德威的爷爷是中国著名的钢铁专家,也是北京钢铁学院的教授。

"其实毛宁一直很惦记你。"谈话中,张德威突然谈到了毛宁,这让我很是吃惊。

"你怎么知道?"我诧异地问,心里一阵激动不已。

"前不久,我和张丽艾去星海公园,遇到毛宁了。我问过她,为什么总躲着你,她说,是你一直在躲着她。她说,她始终搞不清楚,你从老家回城后,为什么一直不理她。她知道你这一年多来在大连生活得多么艰难,她知道你的心情一直很糟糕,但每次遇见你,你总是像陌生人一样地回避着她,好像她做了什么对不起你的事情。"

"她真是这样对你说的?"我盯住张德威的眼睛问。

"这我可不敢撒谎。"张德威诚挚地说:"这些天来我一直就想告诉你,可眼下这么乱,我担心你会因此再在这里耽搁下去。"张德威很少严肃地望着我:"赶快离开这里吧,否则我担心他们就要下手了。"

"凭什么?"我理直气壮地:"他们敢来抓我不成?"

"不得不往最坏处想。"张德威神情阴郁地说。

"抓吧,我们可以辩论嘛。"我不服地说。

"辩论?"张德威摇了摇头:"到时候,谁也不会给你辩论的机会。"

那天晚上我彻底失眠了,我开始梳理自己在毛宁身上的失误,我痛悔自己对毛宁的冷漠与不理解,我奇怪自己为什么把别人想得都那么龌龊,把最关心我的人当做路人。

黎明到来的时候,我开始给毛宁写信了。这是一封很长的信,像暴风雨蹂躏后的一片原野,迎着云层后的一抹朝霞,闪动着万点晶莹的泪光。

上班后不久,在中山区人委办公楼一进门正厅的墙壁上,贴出了一张署名"中山区人委教育科部分革命群众"的大字报。标题是《揪出躲藏在南尖知青中间的反革命幕后黑手——唐浩》。我一下子被激怒了。二十三岁了,虽然父亲蒙冤,家庭出身被人为地改写了,但我一直认为自己是中国共产党最忠诚的拥护者,即便在"文化大革命"中,我也一直认为,自己是毛泽东思想最坚定的捍卫者。我无法忍受大字报里的人身攻击,我愤然推开教育科办公室的大门。

"楼下那张大字报是谁写的?"我怒不可遏地直视屋里那些庸庸碌碌的机关干部。

"什么大字报?"一个戴着"执勤"袖标的中年干部一脸茫然地问我。

"那张写我的大字报。"我厉声地问。

"不知道呀。"那中年干部耸了耸肩,从他的眼睛里,我十分清楚,那大字报就是他写的。

"好样的站出来,咱们辩论!"我悻悻地望着他。

"不知道是谁写的。"那中年干部回头问一个女干部："食堂开饭了吗？"

我把牙咬得咯咯响。从事态的进一步发展来看，我当时的举动实可谓嚣张极了。而从今天的角度看，那实在是愚蠢之极。

我揣着给毛宁的那封长信，走出区人委的办公楼。无论如何，我要尽快把这封信寄出去。在斯大林路与世纪街相交的路口处有一家小邮局，我买了四分钱的邮票贴在信封的右上角。我当时的心情是极其复杂的。一年零八个月了，在这座城市里，我渴望着有一个可以尽情倾诉的朋友。而且，我一直从心底里把毛宁当作唯一可以信赖和依恋的人。在这封信里，我清楚地表明了自己对她始终如一的情感，我希望尽快见到她。

那封沉重的信被投入邮筒的瞬间，我清晰地听到了邮筒深处传来了一声叹息。

我重新走进区人委办公楼，看了看墙上的表，时间已近中午，我径直走进后院的小食堂。

食堂里的人不多，我买了两份午餐放到桌上，探头向食堂后的楼上喊："张德威！张德威！"

喊了半天，只见张德威从三楼我们住的那扇窗子里探出头来："什么事？"

"快下来吃饭，我把饭都买好了。"我大声告诉他，心里却有一丝疑惑，因为张德威当时满脸通红，像是刚喝过酒。

张德威下来了，他一边低着头吃饭一边问我："吃完饭后你上楼吗？"

"上楼。"我觉得张德威有些怪怪的："有事吗？"

"没事。"他把房门钥匙递给我，眼睛却一直躲着我。

我先吃完饭后，拿起钥匙朝楼上走去。

楼梯两侧挂满了清理阶级队伍的大字报。正值午休时间，楼梯走廊里几乎不见一个人。

那封刚刚发出的信，毛宁应该在明天上午收到。在信里，我已和毛宁约好，星期天，我一定去她家拜访她的父母。但拐过二楼，我蓦地发现，在通往三楼的楼梯两侧，站满了佩戴"执勤"袖标的中山区人委的群专队员，而教育科那个中年干部，则站在楼梯尽头，冷冷地望着我。

我迟疑了片刻，我知道眼前这一切已意味着什么，但我没有停留，从孩童时就养成的崇拜英雄的精神支撑着我。我尽量挺直了胸膛，从那堵在楼梯口的中年干部身边擦肩而过。

"钥匙呢?"他面无表情地问我。

我把钥匙交给他,身后拥来的群专队员将我紧紧地围在中央,中年干部将我住的那间房门打开了。

"唐浩,我代表中山区人委群众专政组织对你进行搜查,你要放老实一些。"那中年干部随后低喝了一声:"搜!"群专队员立刻煞有介事地忙碌起来。

我从心里看不起这些衣冠楚楚却整天碌碌无为的教育科的机关干部。由于学校都停课了,所以一年半来,在这座地方政府的办公楼里,人们几乎看不见他们的身影。如今,为驱逐一个无家可归的流浪者,他们竟如此兴师动众大动干戈,像是在演一出闹剧。

搜查工作很快就结束了。那中年干部将我的三本日记,两个速写本及一摞《向北京》报纸拢在一起。他看了看手表,走到我面前:"唐浩,这些物品被我们查抄了,你过一下目。"我没理他。

"中山区人委是国家机关,你不便在这里久住。从现在开始,我们将把你送交中山区群众专政指挥部审查处理。你拿好行李和洗漱用品,跟我们走。"

一句话像一声惊雷,差点将我击倒。我狠狠地望着那个中年干部,他回避了我的目光:"走吧。"我鄙视他们,但我没有任何可以逃离的办法,在前后都有人簇拥的阵势下,我被他们押上了大街。

眼前的一切都是恍惚不定的,我的脑子里一片空白,我不敢设想,自己将被送到那声名狼藉的地狱里,但一步一步,我已望见上海路五号门前那一堆等待舐血的流氓们。

中山区人委的那个中年干部,显然也预感到将要发生的事情:"跟紧儿点。"他低声说了一句:"靠墙根儿走。"说着,五六个机关干部将我紧紧裹挟在他们中间。

就在我即将走进上海路五号门前那兴奋的人群时,一辆押着人犯的卡车从远处呼啸而来。

"来了,来了。"人群中发出充满激情的喊声。

卡车停下了,十多个人犯从车上被押了下来。

"摆拳上啊!"人们欢呼着一拥而上,人群中顿时传来一阵拳打脚踢暴行的喧嚣声。

"快点走。"那中年干部回头冲我低喝了一声。我在一片混乱之中,被

377

人拥进了中山区群众专政指挥部的大门。

这是一个举架很高的不大的门厅,狼藉而纷乱。在一张桌子的后面,坐着一个脖子下长着喉结的中年妇女。

"哪个单位的?"那女人将一本厚厚的花名册翻开,开始例行公事。

"中山区人委的。"押送我的中年干部气喘吁吁地说:"昨天已和你们联系好了,人也带来了。"

"谁?"那女人挑起眉头。

"他。"那中年干部回过头来:"你过来。"

我走上前去。

"跪下!!"那女人厉声命令我。我扑通一声便跪下了。

"姓名?"

"唐浩。"

"年龄?"

"二十三岁。"

"犯的是什么罪?"

"我……"我困惑地望着押我到这里来的中年干部。

那中年干部瞪了我一眼:"问你呢?"

"我……"

那女人显然不耐烦了:"来人呐。"

恰在此时,大门被砰然撞开,一个个被打得鼻青脸肿的人犯被拳脚相加地打进门来,门厅里顿时一片混乱。

"都跪下!脸冲墙跪下!"脖子下长着喉结的那个女人显得有些气急败坏。

"你。"她冲我大声喊:"跟我来。"顺手将靠近楼梯的一扇门打开:"进去!"

我从此失去了自由。

那天晚上,我与二十多个鬼魅一样的人犯挤在一间不足八平方米的小屋里,度过了恐怖而漫长的一夜。从楼上不断传来人犯凄厉的惨叫声在时刻提醒着我,你要做好下地狱的心理准备。而且,再一想到那封信,想到毛宁读信时的样子,我的心更像刀割一样痛苦不堪。

我开始反省,追悔莫及地意识到,自己走到今天这一步实可谓自作自受。一个历史反革命分子的孝子贤孙,在"文化大革命"大破大立的日子里，竟然如此忘乎所以地上蹿下跳招摇过市，对于革命群众来说，这绝对算是一件是可忍孰不可忍的事情了。我后悔没听朱妈妈的话："咱们这些人，只能老老实实地夹着尾巴做人。"你也想做毛主席的红卫兵？呸！你也不撒泡尿照照，看看你是个什么东西？！

子夜时分，从楼上传来巨大的撞击声和随之而来的惨叫声。坐在我身旁的一个面色苍白的老人一刻不停地点着头："我说，我说……"从他的耳郭里流出的鲜血，将他的脖子染成猩红。

第二天中午，在滂沱大雨之中，一辆卡车将关押在上海路五号里的所有人犯，都移押到友好广场附近的友好路一二四号一座七层建筑物里，我与其余九个人犯被关进了二号监室。

友好路一二四号是一座新近开辟的临时集中营。很显然，由于一个阶段以来，各单位送来的人犯太多，致使上海路五号人犯爆满，区革委会才另辟新址，以应对大批接受审查的阶级异己分子和"文化大革命"期间的敌对分子。

二号监室是一间阔约十六平方米的北屋。在人犯未到之前，这座楼的所有窗户，几乎都用钢板焊死了。这样既可以防范人犯逃跑，更可以杜绝人犯跳楼自杀。

友好路一二四号的举架很高，走廊很窄，自二楼至四楼走廊两侧的房间里，关押着各色人犯近百名。五楼为刑讯室，六楼为群专队员的宿舍。

在区群专当执勤的群专队员，大多是从各基层群专组织选调来的成建制的脱产人员，他们每隔一个月轮换一次。我被押群专的那些日子里，正是由岭前农场和大连机床附件厂的工人阶级值勤。值勤人员有男有女，但大多是年轻力壮的中青年基干民兵。

移押到友好路一二四号当天下午，刑讯就开始了。被羁押在监室里的人犯，立刻像死一样的沉寂。从天花板上的五楼，传来声嘶力竭的逼供声和惨不忍闻的哀号声，监室里的每个人犯都竖着耳朵尽力分辨着外面的动静。

随着一阵嘈杂，监门被踹开了，一群佩戴"执勤"袖标的专政队员闯了进来："谁叫刘元合？！"

始终躲在角落里的那个头发花白的老人，突然全身抽搐起来，他坐在那里，惊恐地向后使劲："你们还要干什么？"他突然大声抗议："打死我吧，你们打死我吧！"

所有的群专队员一下子都愣住了，他们谁也没想到，这垂死的老东西竟如此嚣张地咆哮监室。只见一个穿白球鞋的年轻人，上前一脚便踹在老人的肚子上，随后，他敏捷地扑上前去，将老人打得晕头转向。紧跟着，另有两个大汉饿虎扑食般地拥上前去，动作纯熟地将老人的双臂反剪起来并使劲提起，老人立刻被压成九十度的弓形。

"打死我吧，打死我吧。"那老人倔强地喘着粗气，很快便被那群壮汉拖走了。

晚饭前，刘元合被架回了二号监室。人们注意到，他左脸的淤血已经成深紫褐色，左眼肿成一条细缝，胸前沾满了大片的血迹。

"还喊不喊了！"小白鞋厉声问。

刘元合跪在那里，迟钝地摇了摇头。

"告诉你，再有下一回，我扒你的皮，信不信？"

老人跪在那里，迟钝地点了点头。

都说猫有九条命，但我可以证明，这里的许多人犯，起码有十条命。

群众专政指挥部的执勤人员，几乎人手一根三角皮带，成了那时这类人员每天必备的典型器具。

所说的三角皮带，其实是用车床上使用的三角橡胶皮带加工而成的一种刑具。它长逾二尺，粗细约三公分，由两条断面为三角形的橡胶皮带合成一股，用细铁丝或细铜丝十分致密地缠绕在一起。其一端留一把柄，之后再甩出一束色彩鲜艳的塑料丝线来持在手中，像冷兵器时代的龙泉宝剑，既威武又飘逸。

由于橡胶本身比较柔软，而致密缠绕的铁丝铜丝又很沉重，所以这种三角带一旦抽起人来，深彻骨髓，一鞭子抽断活人脊柱的事情早有耳闻。

二号监室共关押了九名人犯。刘元合年纪最大，那一年他六十周岁。

时间长了，我渐渐了解了这个身材矮小，每天蜷伏在监室角落里一声不吭的刘元合。

"从山东家来大连那一年，我才十七岁。咱没有文化，也没有其他手艺，就凭力气拉车吧，一拉就拉了一辈子。"

老人捕前是青泥街道一名拉人力车的运输工人，罪名是反动会道门的头目。

"光复前那日子苦呀，咱当苦力的连狗都不如。娶不上媳妇，成不了家，一年一年风里雨里地熬呀，心里苦得没地方说去。后来，在一个工友的介绍下，我入了皈依会，很多拉车的苦力都入了皈依会，那里让人行善，让人吃亏是福，让人盼望来世。可谁也没想到，解放后，政府把皈依会定了反动会道门。我因为介绍过三位工友入会，就成了反动会道门的头目。从一九五一年镇反开始，直到今天也没整明白，一直是历史反革命。"说着，他摇了摇头："哪儿有当一辈子苦力的历史反革命呀，你说呢？"他眼巴巴地望着我。

刘作义是大连工人养老院的会计，出身富农，四十四五岁的人，能说会道的有些张扬。在上海路五号登记注册时，我曾注意到，地上扔着的一个牌子上就写着"现行反革命分子刘作义"。我问他为什么被抓来，他不服地压低声音对我说："报复。我参加了工总司。"显而易见，这刘作义和我一样，也是一个自作自受的革命爱好者。

卢宝元其实只是个大男孩，那一年他十七岁，闲来无事，常和朋友们在街上游荡。一天，伙伴们拉他去附近的岭前农场看热闹。"抓了不少人，就关在临街的一个小红楼里。"于是，他就去了。那是一个黄昏，从小红楼里传来一阵阵刑讯人犯的惨叫声。卢宝元深受刺激，他将拇指和食指含在嘴里，吹了一声嘹亮的口哨。

不料，从小红楼的窗户里，探出几个脑袋来。

"滚！"

与卢宝元一起来的伙伴立刻作鸟兽散了。只剩卢宝元一人站在那里一动不动。他梗起脖子不服地问："怎么了？你让我往哪儿滚？"

当天晚上，卢宝元被岭前农场的群专队员打得鼻青脸肿。第二天一早，便以"为在押人犯通风报信"的罪名，被送进群众专政指挥部。

郭福财是一个劳改释放人员，四十多岁。一九五五年，苏联从旅大地区撤军的日子里，在大连机场当勤杂工的他，伙同两个朋友，盗窃了苏军仓库里的几条毛毯，不久案发。郭福财以反苏偷窃罪名，被判劳改十年，今年夏天刚刚获释。

"释放后，找不到工作，俺爹妈在我服刑期间都去世了，我整天一个人待在家里，哪儿也不敢去。"

"那为什么又把你抓进来了？"我问他。

"不为什么，我是个罪人，罪有应得。"郭福财无条件低头认罪。

车升五是个个子很高的老人，大分头，苍白浮肿的脸上有一股旧知识分子的傲气。从他那里，几乎问不出任何信息来，大家只知道他是历史反革命分子，其他详情无从知晓。

二监室最可怜的，应该是余下的王氏三兄弟了。老大王国忠，十七岁。老二王国诚，十三岁。老三王国义，九岁。三兄弟的母亲和妹妹，被关押在隔壁的三号监室里。一家五口无一幸免。

王家原先住在中山区老虎滩街道，父亲是一个街办工厂的技术工人，三年自然灾害期间，全家被下放到内蒙古科尔沁大草原。父亲因病于前年去世，王家老大又因操作轧草机时，不慎将右手从腕部齐齐轧掉而成了残疾。

王家兄弟的母亲，是一个从小在城里长大的孱弱女人。家里出事后，她实在无力拉扯四个孩子继续生活在内蒙古草原上，于是趁"文化大革命"之机，便带着四个子女返回大连了。为了活命，她一直不停地上访，她希望遇见一个青天大老爷，能可怜这娘儿五个的悲惨处境，还她一个城市户口，关照一下他们的死活。但清队开始后，那女人还是以"坏分子"的罪名，被群专收押了。四个子女既然无人看管，押进来见识一下城里人的冷酷与残暴，看来也是十分必要的。

每天放便时，王氏兄弟三人都会挤在门边，争着从门缝里望一眼母亲和妹妹，三个孩子为此挨了不少打，也流了不少泪。

从被押进中山区群众专政指挥部，我一直没被提审过，侥幸之余，那种焦躁的心情，更让人寝食难安。不久，我被指定为二监室学习小组长，每天除念念报纸社论之外，余下的时间便是等待提审。

一日三餐是从外面送进来的，主食一律是苞米面饼子，早晨是咸菜，中午晚上一人半碗菜汤。

每顿饭前是要请罪的，由一个专政队员将一幅毛主席像挂在事先钉在墙上的钉子上，然后，他会大喝一声："请罪！"人犯们立刻排成前后两排，做九十度低头状，在我的号令下，集体向毛主席请罪。

"向伟大领袖毛主席请罪，向林副主席请罪，向伟大的中国人民解放军请罪。群众专政好，群众专政就是好，叛徒、特务、死不悔改的走资派，谁也跑不了。"之后，按顺序，每个人犯便要大声报出自己所犯的罪行和姓名。

"历史反革命分子车升五也跑不了。"

"坏分子卢宝元也跑不了。"

"坏分子郭福财也跑不了。"

"反军保皇黑干将唐浩也跑不了。"

"现行反革命分子刘作义也跑不了。"

"历史反革命分子刘元合也跑不了。"

"坏分子王国忠也跑不了。"

"坏分子王国诚也跑不了。"

"坏分子王国义也跑不了。"

那毕竟是一个九岁的孩子在请罪。

分饭是一个五十多岁的老群专,人们明显地发现,他舀给那个孩子的菜汤要稠得多。从他的眼睛里,可以看出他的心也在疼。

九月十九日,在我被关押的第十天,吃罢早饭后不久,四个群专队员把二监室的门踢开了。

"谁叫唐浩?"

"我……"我本能地跳了起来,牙齿立刻咯咯地响。

"出来!"我刚刚迈出监门,双臂便被反剪在背后。

"走!"我被他们架着,很快被架进五楼的一间刑讯室。桌子后头,坐着两个机关干部模样的男女。

"坐下!"我被按在一个低矮的凳子上。

"低头!"我立刻将头低在两膝之间,身体禁不住打起颤来。

"姓名?"那男人操着湖北口音。上初中时,我有一个同学是湖北人,我能认出这种方言。

"唐浩。"

"家庭出身?"

"伪官吏。"这是父亲被定历史反革命分子时,组织上给他划定的"政治面貌"。

"你父亲是国民党吗?"

"是。"

"谁是他的入党介绍人?"

"……陈诚。"

一直站在我周围的群专队员一时叹为观止。我心里十分佩服这位预审官的审讯技巧,只这几句提问,便已激起所有在场弟兄们的阶级仇恨了。

"唐浩,你认识王萍吗?"那女人插问了,那是一口纯正的北京话。

"认识。"我开始糊涂了,我究竟是为什么案子被抓进来的呢?王萍是朱嘉禾的母亲，难道这一切又与朱家联系在一起不成？

"你的户口落在她家时，她同意了吗？"那女人继续问。

"同意了。"

"她还说了什么？"

"她劝我不要乱说乱动，她希望我本分做人。"

"她还说了什么？"语气显然已咄咄逼人。

"再就没说什么……"

空中一阵风响，那三角带抽在后背上的刹那间，我首先竟感到如此沉重。但刻骨铭心的疼痛，像触电一样的，随之反应过来，后背顿时像爆炸了一颗燃烧弹。

"干什么？"我本能地抬起头来，那三角带却毫不犹豫地抽在我脸上。我当时不再怕了，我只是愤怒，眼前所有的一切都在旋转，我知道他们肯定是朱妈妈单位的外调人员，他们在逼我陷害朱妈妈。

"王萍在'文化大革命'期间给你布置了什么任务？说！"那男人操着浓重的湖北口音，大声地对我喊。

"没有，她只劝我老实做人……"

身后有人一脚将我踹倒在地上，一把椅子紧跟着压住了我的脑袋，四五个壮汉抡起四五条三角带，同时抽在我的后背和屁股上。天呐！我被一团毒火裹得喘不过气来。

二十三年前，当我来到人间的时候，父亲母亲无论如何也不会想到，二十三年之后，他们的儿子竟遭受如此的折磨与毒打。

十年前，当我神采奕奕地登上旅大市首届少先队员代表大会主席台时，在场的全市一千多名少先队员代表们无论如何也不会想到，十年之后，这个阳光少年会被一群暴徒无辜打昏在刑讯室。

十天前，当毛宁接到我那封情意绵长的信件的时候，她无论如何也不会想到，十天之后，写信的那个深爱她的人，已身陷囹圄。

在之后的十天里，我又遭受了三次同样的毒打。但至今我仍感自豪的是，我没有出卖良心，我没有嫁祸于人，这不能证明我大义凛然，说到底，是我担待不起胡说八道的后果。

刘作义却胡说八道了。一天过完堂后，刘作义回到监室便放声大哭起来。

"我死定了，死定了，天呐，我不该胡说八道呀……"

原来在接连不断的酷刑之后，刘作义终于交代说，他把一支自动步枪，埋在西山水库附近的山里了。

"你真有枪吗？"我急着问他。

"我上哪儿去弄枪呀。"他揪着自己的头发："我实在是让他们打怕了……"

第二天天刚亮，一辆满载士兵的军车，便押着他去西山水库起枪去了。

将近中午的时候，神志不清的刘作义被押了回来。

四天之后，奄奄一息的刘作义被抬走了，他睡过的草甸子被血水泡透，散发着一股令人作呕的尸臭。

郭福财被释放了。羁押期间，这个刑满释放人员始终没有被提审。原因很简单，因为他实在没有任何出格的地方。

卢宝元开始着急了。岭前农场的群专执勤人员撤走后，新换防执勤的机床附件厂的群专队员，搞不清他为什么被押在这里，所以一直没有放他。

"他们把我忘了。"卢宝元绝望了："岭前农场的那些人拍屁股走了，他们把我忘了，天呐，我要在这里押多久呀……"

王氏三兄弟从早到晚无声无息地挤在角落里，每天晚上睡觉前，那个最小的老三都会嘤嘤地哭一会儿。而车升五却一直像一尊塑像一样微闭双眼坐在那里，他被提审的次数最多，并起码被动过三次重刑。

九月二十八日上午放便时，人犯们发现厕所的南窗下，友好广场附近的进步电影院门前，聚了许多看热闹的闲人。

将近中午的时候，友好路一二四号突然喧闹起来。走廊里传来群专队员粗暴的呵斥声和纷乱杂沓的脚步声。

"拉大网了。"卢宝元立刻意识到。

这里说的"拉大网"，即专政机关的全市统一搜捕行动。"文化大革命"期间，这样的行动，每逢年节前必搞数次。

二监室的门随后被踹开了。呼啦一下，七八个倒背双手弯腰低头的人犯被塞了进来。我一眼就认出三天前刚被释放的郭福财，竟又被押回来了，只见他的脸已被打肿，一只耳朵上结着血痂。

二监室一下被塞得拥挤不堪。

"怎么回事？"我悄声问郭福财。

385

"拉大网。"他沮丧地说:"我被放回去后,刮了一回胡子,不想刀片用完后,我随手撕了一块儿旧报纸,把刀片和刮脸刀包在一起放在窗台上。可我根本没注意到,那报纸背面竟印了一幅毛主席的照片。拉大网时,街道干部到我家来检查,他们发现了那包了刮脸刀的报纸,他们硬说我恶毒侮辱毛主席,是现行反革命……"

郭福财的脸刮得很干净,像一张被入殓师整形后的死人的脸。

国庆节到了,这是中华人民共和国建国十九周年的纪念日。关押在友好路一二四号的人犯们的心情都松弛下来了。因为国庆期间,群众专政指挥部的工作人员也要放假了,也就是说,在今后的两天里,友好路一二四号不会再听到受刑人的惨叫声了。

从昨天半夜起,窗外就传来了风雨声。天亮后,雨一直在下,从窗户上的钢板缝隙向外望去,城市沉浸在一片青灰色的雨雾里。无数面浸透秋雨的国旗,沉重地悬挂在乱云飞渡的城市上空,苍凉而萧瑟。

监室里很安静,人们感到难得的松弛。

"起来,不愿做奴隶的人们,把我们的血肉筑成我们新的长城……"

不知谁在唱国歌,声音轻得像有韵律的一种呼吸。我睁大眼睛四处张望,发现那低吟的人竟是车升五。

"中华民族到了最危险的时候,每个人被迫着发出最后的吼声……"车升五像一尊塑像一样端坐在那里,一动不动。

监室的门被推开了,群专队里打人最狠的那个小白鞋和另一个陌生的年轻人,闪身溜进了二监室并随手将门关死了。我立刻注意到,那小白鞋左臂上戴着的执勤袖标不见了,而那年轻人却将一只袖标套在自己的右腕上。

"全体起立!"小白鞋低声喝道。屋子里的所有人犯慌忙爬起身来,像平时饭前请罪一样排成两排,并呈九十度弯腰状。

"动静小点儿。"那小白鞋守在门边,对那年轻人使了个眼色。只见那年轻人晃了晃腰身,只一记直拳,便把站在他面前的车升五仰面击倒在地。

这是一个练过散打的拳师,他出拳凶狠下手果断,站在前排的几个人犯,只三拳两脚,便被他打得鲜血横流地趴在地上。

作者与车升五老先生合影（一九九九年）

我一直深低着头，站在前排的最后一个。当那拳师击打我身边的郭福财时，我早已全身麻木心如死灰。郭福财被打倒在血泊里的那一刻，我痛苦地闭上了眼睛。

头发被狠狠揪住并向上拎起，在我将脸扬起的同时，一记勾拳打在我的左脸上，我本能地弹起身来，胸口又挨了狠狠的一拳。我有些眩晕，鲜血从嘴里喷溅出来，右脸被击打的瞬间，我听见牙齿被打碎的声音……

十分钟之后，施暴者早已疲惫不堪了。当第二监室的所有人犯全都倒在血泊中的时候，拳师往墙上狠狠地吐了口痰。

九岁的王国义被吓傻了，孩子的屎尿全都拉在了裤子里。

一九九九年，在大连建市一百周年的时候，我组织创作了一部大型文献纪录片《大连百年》。在一年多的创作过程中，负责制片工作的姜立敏女士，一直是我最值得信赖的人。

早春的一个傍晚，在即将结束一天拍摄工作的时候，姜立敏给我打来电话："唐老师，您让我找的当年大众书店的负责人，今天终于找到了。"

我感到十分意外："还活着吗？"

"活着，九十三岁了。"

"叫什么名字？"

"车升五。"

我一时愕然。

采访车老的那一天，我亲自赶到他家里。和三十年前一样，他双眼一直微闭着坐在床上，只一头长发剪短了变白了，苍白的脸上平静而祥和。

一九四五年八月日本投降后，我参加了组建和经营大连大众书店的工作。当时，根据中国政府与苏联政府签订的《中苏友好同盟条约》，苏军对大连实行军事管制，而中共大连党组织仍处在一种半公开的状态下，所以由我来主持大众书店工作成了最佳人选。因为光复前我一直在大连经商，无党无派，并有一定的经济基础。

我们先后接收了日本人的大阪屋号书店及鲇川洋行纸店，并于当年十月出版了毛泽东的《论联合政府》。一万多本书，不到十天就卖完了，同时受到新解放区广大群众的热烈欢迎。

一九四六年二月，作家柳青同志从延安到大连，任大众书店主编。同年，柳青同志介绍我参加了中国共产党……

采访结束后，我在车老身边坐下了。午后的阳光洒在那间可以望见大海的卧室里，屋子里显得有些寒凉，车老拥在一床猩红的毛毯里，神态又恢复成一尊沉默的雕像。

"车老，您还认识我吗?"我试探着问他。

车老的双眼睁开了一条缝，他仔细端详着我，良久。

"三十多年了，一九六八年，在中山区群众专政指挥部的看押所里……"我提醒他。

老人的眼睛倏地睁大了："你姓唐?"

我激动地握着他的手，竟说不出一句话来。

二十四
在狼群中间

十月五日夜里,晚饭吃过后不久,我再一次被几个专政队员押到五楼刑讯室。我从来没遇到过夜审,精神几近崩溃。接二连三的酷刑,已使我后背从脖子直到大腿以下早已皮开肉绽。而且,由于上刑时都趴在水泥地上,致使前胸和腹部在鞭笞的重击下早已肿胀不堪,甚至连喝水都难以下咽。

审问我的是两个陌生的军官。

"你叫唐浩吗?"一个山东口音的军官问我。

我浑身抖得几近痉挛,勉强地点了点头。

"你们都出去吧。"那军官挥了挥手,挤在我身后的人手一根三角带的群专队员,随之便都撤了。

那军官站起身来,将门关严后,皱着眉头问我:"挨打了吗?"

我哆嗦着点了点头。

那军官坐回到我身前:"你要理解,这是革命群众对你反革命罪行的愤恨。"

我哆哆地点了点头。

"你抬起头来。"那军官的态度还算平和:"这是你写的日记吗?"他举起三本我写的日记。

"是。"

"这是你画的画吗?"他举起两本我的速写本。

"是。"

"这上面的文章,哪一篇是你写的?"说着,他把《向北京》一式摊在桌子上让我指认,同时递给我一支钢笔:"在你的文章下签字。"

我尽量攥紧钢笔,笔尖却仍在报纸上乱戳,我不知道这将意味着什么,但从面前这两位军人的态度上看,我的案子似乎已结清了。

"你的问题是严重的。"那军官严肃地说:"你需要从思想深处反省自己在'文化大革命'期间所犯下的反革命罪行,争取做一个可以教育好的四类分子子弟。"

我一再虔诚地点着头。

"你在大连有亲属吗?"另一个军人突然插话。

"没有。"我摇了摇头。

审讯很快就结束了。回到二监室后,我绞尽脑汁地分析着刚才那两个军人的所有谈话,揣摩着他们谈话的语气及细微的表情。

郭富财肯定地说:"你结案了,快放了。"

卢宝元随即求我说:"大哥,你出去后,千万到我家去一趟,让我爸到岭前农场说说情,我在这里快疯了。"

而我却一直在想,我怎么和毛宁解释这一切呢?经过这场劫难,毛宁还会理我吗?从现在看来。我确实是冤枉的。一个月了,提审四次全是因为朱妈妈的事情,而在这件事上,无论是朱妈妈还是我,都是清白无辜的呀。

十月七日是周一,晚饭后,我正组织二监室的人犯学习陈永贵同志新近在《人民日报》上发表的文章《做工人阶级最可靠的同盟军》,监门被推开了,几个群专队员闯了进来。

"唐浩,收拾东西,准备走。"

我顿时慌了手脚。就这样放了吗?我在问自己。

"大哥,毛巾。"卢宝元把毛巾递给我时,眼睛里充满了乞求的泪光。

我说不清自己是高兴还是忧虑。我被带到了一楼,在狭窄的传达室里,我又见到了前天晚上审过我的那个山东口音的军官。

"东西都带好了吗?"他面无表情地望着我。

"都带好了。"我惴惴地说。

"走吧。"那军官随后走出楼去。我夹着行李跟在他身后,来到友好路上。

时值中秋,还不到深夜,但大街上的行人已经很少了。身后跟着的两个执勤的群专队员,一路吸着烟沉默不语,而走在前面的那位军官,更连头也不回地径直朝北走去。我一直在问自己,这是要带我到哪儿去呢?从友好路北行,穿过斯大林路,便是中山区人委了。难道要放我回去?可这时候回区人委,人家还能让我进吗?难道是去朱嘉禾家?……

夜风迎面吹来,让人感到一阵透心的寒凉。突然,一种不祥的感觉猛地向我袭来,我浑身一下子僵直了。

前面是一个小广场,穿过广场便是斯大林路,但假如向广场右侧一拐,便是大连市公安局中山分局。难道……

我万分警惕地盯着前面那个军官的背影,内心在不停地祷告:朝前走,一直朝前走,千万别向右拐,千万别……

那军人双手揣在棉军大衣的口袋里,头也不回地朝公安分局走去,我的心顿时像沉入深不可测的冰海里。

交接手续很快就办完了。

"这里也是个思想改造的地方。心理压力不要太大,但要认真反省自己的问题。"说罢,那军官和群专队员便返身离去了。

我被这突如其来的变故所惊骇了。

"低头!"一声厉喝从身后传来,我立刻将身体屈成了弓形。

"走!"

顺着一个涂着朱红油漆的木楼梯,我被带进地下室。长长的走廊里,灯光昏暗,空气温暖而龌龊。走廊尽头,站着一个端着7.62半自动步枪的军人。我夹着行李弯着腰,被带进一间棚顶布满各种管道的大水房里。

"报告所长,犯人押来了。"

"带进来!"屋子里,一个戴着口罩的高个子军官声音洪亮地向我喝道:"站好!"

我心如死灰地站在房屋中间,身后那军人熟练地将我的皮带解下,连同眼镜一起,交给了看守所长。

"从今往后,你是五号犯人。监室内不许相互说话,不许彼此通报案情,遇事要请示看押班长,严格遵守监狱规章。听清了吗?"

"听清了……"

"走!"他带我走过大水房,命我在走廊口的墙边站定。

"抬头!"

我抬头,看见墙上挂着镶在镜框里的监狱规章,旁边有一个古老的挂钟,时针正指八点四十五分。

"念!"

我一字一句地将其念完,大概是十条,内容充满了严惩不贷的警告。

"再念一遍。"我一字一句地又念了一遍监规。

"右拐进监!"所长的语言极其简练,操作起来十分明确。

从走廊口右侧立刻闪出一个军人,他操着浓重的山东口音告诫我:"从今往后,凡进监室,必须大声向看押班长请示,在得到班长准许后方可进监。听明白了吗?"

"明白了。"我大脑里一片空白。身后传来所长低沉的催促:"五号,进监!"

"报告班长,犯人请示进监。"我感到天大的耻辱。

"进!"

我被带到右手的第一个监室门前。

"报告班长,犯人请示进监。"在班长的教练下,我再一次大声请示。

那看押班长用钥匙打开牢门的大锁:"进!"

我夹着行李低头钻进牢房,身后的铁栅栏牢门咣当一声被锁上了。

这是一间不足五平方米的牢房,三个蓬头垢面的老犯一动不动地面对白墙正襟危坐,让人感到毛骨悚然,像是一座可怖的墓穴。

走廊里,班长的脚步声渐渐远去了,监室里的老犯们仍一动不动地坐在那里。从远远的走廊外传来那挂钟沉重的滴答声,整个地下室像一座古墓一样死寂。许久,坐在我前面的老犯最先慢慢地扭过头来,我倒吸了一口凉气,那是一张毫无血色的猫一样的脸,他狞笑着瞥了我一眼,很快便转回身去。

紧接着,坐在我侧前方的那个老犯也慢慢地扭过头来。那是一张须发蓬乱的浮肿的脸,他阴郁地盯着我,我慌忙避开了他的目光。

坐在我身边的是一个莽汉,他脸色红润,一看就知道是结核病患者。

"几号?"他用气声轻轻地问我。

我伸手张开五指。

"什么罪?"他讪笑地继续用气声问我。

我摇了摇头。

"睡觉!"走廊里传来看押班长的大声喝喊,刹那间,周围的空气立刻被搅动起来。我这才意识到,在这座地下牢房里,不知关押了多少鬼魅般的幽灵。

那莽汉指定我睡在牢房最里面靠近便桶的地板上，我知道，那莽汉该就是这间牢房的牢头了。后来我知道，新来的犯人都要睡在靠便桶的地方，这是牢里的规矩。这规矩可能从殖民时代就沿袭下来了，因为日本占领期间，这里就是一座监狱。

莽汉很快就鼾声大作了，睡在我身旁的猫脸也面带讪笑地睡去了，须发蓬乱的那个老犯一直在叹气，在雪亮的灯光下，我直直地睁大眼睛，无法入睡。

困难时期，母亲曾十分欣慰地对我说过："凭你的德行，可以当牧师。"母亲最知道，她的儿子从小就是个善良的人、正直的人、快乐的人。我多么希望这一切只是一场噩梦。但半夜里，当那莽汉跨过老犯站在我身前向便桶里撒尿的时候，当看押班长用枪托砸着铁门，命令猫脸把蒙在脸上的被子褪在胸前时，我十分清醒地意识到，这一切都是真的。

在过去的岁月里，我曾多次看到过成群结队的穿着砖红色破棉袄的囚犯，在武装士兵的看押下，在城市里挖地沟、修公路、干苦力，每个人的后背都印着"犯人"两个刺眼的大字。每当从这些囚犯身旁走过时，人们都会睁大眼睛，仿佛见到一群非人类的另一种生物，充满邪恶、贪婪、残忍和狡诈。而今天，当我与他们近在咫尺地睡在一起，听着他们的鼾声、梦呓和磨牙的声音时，内心的惊恐难以言表。我不知道为何会沦落到这般田地，我不知道在这条通往地狱的路上，自己还将走多远。

五所的三个犯人，一个是犯拦路抢劫罪的九十号，那个患了结核病的牢头。犯强奸少女罪的三十八号，那个胡须蓬乱的阴郁的人。另一个长着一副猫脸的六十四号，是"文化大革命"期间三八广场一带有名的打砸抢小流氓。

"我练过通背。孙瞎子是我师傅，我一个打你们三个，不费吹灰之力。"说着，六十四号晃了晃腰身。

"吹吧。"九十号用气声揶揄他："我一板砖就拍死你，信不？"

"动家伙算赖。"六十四号不以为然地撇了撇嘴："我有把匕首，希特勒盖世太保的，刀把上还镶着纳粹符号呢。"说着，他又做了一个扑杀的动作，但……

"六十四号！站起来！"身材细长声音喑哑的看押班长，不知什么时候突然出现在牢门前。

"报告班长,犯人只想伸展一下身体。"六十四号随口应道。

"九十号,站起来!"九十号也慌忙爬起。

"老实交代,六十四号刚才干什么了?"听口音,看押班长像是辽西人。

"报告班长,六十四号说他练过通背,还说他一个人削我们三个不费吹灰之力。"九十号显得十分诚实。

"没没没……"六十四号满脸堆笑:"报告班长,开、开、开个玩笑,我、我……"

看押班长显然兴奋起来:"六十四号,话可是你说的,我今天倒要领教一下,你一个对三个的通背拳。来,九十号、三十八号、五号,给我往死里削他。"

"报告班长……"六十四号还想辩解,九十号一拳便掏在他的心窝上。

"你真打呀……"又一拳打在六十四号左耳上。

"三十八号、五号,快给我动手,听见没有!"看押班长在厉声命令着。

我看了一眼三十八号,只见他呼地扑了上去,一把抱住六十四号的后腰。我没办法了,二十三岁了,我从来没打过人,但,今天不下手,显然后果更可怕。于是,我照六十四号前胸就是一拳。六十四号抬脚踢在我大腿上,九十号一拳迎面击在他脸上,我也一拳打在他的左腮上。三十八号始终埋着头从身后抱着六十四号,六十四号喘着粗气,嘴里甩出一道血沫子。四条汉子在这间不足五平方米的牢房里如此残忍地格斗,让人不由得联想到两千年前,古罗马角斗士在铁笼子里决斗的场面,假如每人手里再发一把盖世太保的匕首,那肯定会精彩得令人窒息。于是,我又使足气力,将拳头砸在六十四号的鼻子上……

事后,九十号问三十八号为什么不下手。

"兵不血刃。"他喘着粗气哼了一声。

三十八号是一位教师。"我没犯强奸罪,只是,只是猥亵过两个小女孩。"我厌恶地瞪了他一眼。"真的,我绝对没撒谎。"他低下头去辩解着:"只是摸了摸胸……"

中山区公安分局是一座德国风格的建筑。看守所处在半地下,从监室走廊高处的北窗,可以看见一小片飘着白云的天空。看守所的走廊呈丁字形,进门朝右共五间监室,朝左六间监室,每个监室都有一扇面向走廊的坚实的铁栅栏门,铁门中间是一个很小的送饭窗口。

犯人们每天五点必须起床,七点半早饭,十二点午饭,十七点晚饭,二十一点睡觉。其他所有时间里，犯人必须正襟危坐面壁思过。绝不许讲话，更不许有什么其他的举动，否则班长的惩罚是十分严厉的。

看押班长每两小时换一次岗，为了分辨每一个班长，老犯们私下里为他们起了许多外号，由于监室的犯人经常换监，所以许多班长的外号，在各监室之间通用。这一点该是绝对保密的，否则一旦让班长知道，后果是不堪设想的。

第一天带我进监的那个班长的外号叫"大火牙"，这是一个鲁西南口音极重的牙齿焦黄的小伙子。"大火牙"体壮如牛却头脑简单，看守所的老犯常用各种办法愚弄他，而他却并不知情。

操辽西口音让我们自相残杀的看押班长，外号叫"狗眼"。他狡诈、冷酷，在他的岗上，老犯们轻易不敢造次。

"狗眼"的外号源自一个长了一对儿母狗眼的老犯。那老犯晚上睡觉有磨牙的习惯，那班长查岗时总会大喊："闭着狗眼还想咬人！"长此下来，老犯们"即以其人之道，还治其人之身"了。

另一个外号叫"败类"的班长，应该是天津人，他长得帅气，懂哲学，常在岗上与关在八所的一个杀人未遂的老犯谈黑格尔、尼采和巴枯宁。"败类"语言尖刻，说话常用双关语。每次谈话结束时，他总会低喝一声："坐下吧！你这个败类。"长此下来，他便成了"败类"。

在看押班长中，最温和的要算那个外号叫"大皮鞋"的矮个子东北兵了，这是一个相当出色的男高音歌手。"大皮鞋"在岗时，总穿着一双擦得锃亮的黑皮鞋，他均匀踱步悠然自得，对监室里的情况几乎听之任之。而不在岗时，看守所里经常能听到他那精铜般高亢优美的歌声。

看守所的伙食是极差的。早晚两顿，一人一个窝头，一块咸萝卜，中午一人一个窝头，一碗油水很少的菜汤，只每周四的菜汤里会有些粉条。

送饭的班长是一个犯哮喘病的老头和一个操着胶东口音的中年妇女，这是老犯们每天唯一能见到的女性。所以每到送饭时，老犯们都要多看她一眼，更有些流氓犯罪分子，会毫不掩饰地做出各种下流的动作，让人看了既恶心又可笑。当然这一切都是背着班长干的，但为此付出代价的也大有人在。

住在二所的八十五号犯人，是一个穷凶极恶的强奸犯，据他自己炫耀说，他先后强奸了几十个妇女，实可谓罪大恶极。一次分饭时，他竟当着那分饭的女人，做出极其下流的动作，把那女人气得将一瓢开水泼在他身上，之后，又被看押班长双手反铐了两天。

八十五号是一九六九年春节前被处决的。临刑之前一个月，我曾与他关在一个监室里。

由于长期处在一种难以煎熬的饥饿状态下，所以老犯们对窝头都有一种难以言表的情感。所以，吃饭的时候，每个人都尽量做到细嚼慢咽，好让嘴里的食物能更长时间停留在咽下之前的状态里。但看守所却严令犯人的进餐时间不得超过十五分钟，而个别班长，在这问题上又格外与犯人过不去。

一天，正当"狗眼"值班，他强令关在四所的八十二号，把一小半还没吃完的窝头扔到监外，因为吃饭的时间已过了。

"报告班长，犯人嗓子疼，实在咽不下去，求求班长，让我把它吃完了吧。"因在五所，我清楚地听到八十二号在哀求班长。

"咽不下去就扔出来！听见没有？八十二号！扔出来！""狗眼"厉声命令着。

"报告班长，犯人求你了……"

"扔出来！我数三个数，一，二……""狗眼"决绝地喊。

显然，八十二号将没吃完的那块窝头扔出监门了。

"不老实，看你以后再嗓子疼。""狗眼"得意地离开了四所。

八十二号是大连外语学院的大学毕业生，也是我们这一派的一个小头头。大联合的时候，曾被幸运地结合到院革委会里。但福兮祸所伏，在全院师生的一次声讨集会上，他带头喊口号时，竟不慎将"打倒"和"保卫"的对象给喊反了。这种光天化日之下狂呼反动口号的罪行面临的惩处是可想而知的。所以在我进看守所的半个月前，八十二号就已收监了。

扔在监室门前的那块窝头强烈地诱惑和折磨着八十二号，这个能把政治口号喊反的大学生，想来脑子里肯定缺了根弦。他发现"狗眼"一直没再过来，便大着胆子将胳膊悄悄伸到铁栅栏门外……

监室里静极了，深秋的午后，让人感到有些困倦，但老犯们都强挺着坐在那里，因为谁都知道"狗眼"从来不惯毛病。

突然，咣当一声巨响，将全体老犯从缱绻中惊醒，紧跟着从四所传来八十二号痛彻筋骨的惨叫声。

"站起来！""狗眼"厉声喊道。

"完了，完了……"八十二号声音颤抖地号叫着。

"把胳膊伸出来，快！""狗眼"虽仍大声命令着，但声音里却充满不安和焦虑。

"报告班长,犯人的胳膊断了。完了,完了,犯人的胳膊断了……"八十二号的声音倏然喑哑了。

"狗眼"慌了,他急着跑到走廊口的紧急电铃前,通向一楼的木楼梯上,立刻传来急促的脚步声。

进来的是"大火牙"。只见"狗眼"与"大火牙"耳语几句,那"大火牙"就赶到四所门前。

"八十二号,你少给我来这一套。""大火牙"大声命令:"把胳膊伸出来!快!"

"报告班长,犯人的胳膊确实断了。你看,胳膊整个背过来了。"八十二号的声音微弱而艰难。

"糟了!""大火牙"转身往楼上跑去。

半个月后,八十二号从医院回来了,不过他这次只是回来拿行李。祸兮福所倚,八十二号被无罪释放了。

自从引渡到中山分局看守所,便再没有人提审我了。我感到挺奇怪,而且,我不断反省自己,却无论如何都很难将自己列到反革命分子的范畴里。时间长了,我逐渐了解了这里的司法程序,即拘押、预审、结案、批捕,直至量刑宣判。也就是说,不经过预审,我被关押在这里即毫无意义,因为连侦察程序都还不曾启动,诉讼程序更无从谈起了。公安局也打人,但比起群众专政指挥部来,这里还真算是标准的文明单位了。

三十八号最近被提审的比较勤,每次押回所里,他都会长时间坐在那里自言自语:"我不是强奸犯,我没强奸……"

每逢这时,六十四号就会像猫一样扭过头来冲他讪笑:"亏大了,怨谁呀,怨你当初没那个胆儿。"

初冬的一天,清晨放便的时候,轮到"大皮鞋"在水房里站岗,老犯的心情要轻松很多。

所谓放便,就是各所犯人依次从监室出来,在两名武装军人的监视下,将监室里的便桶倒掉,并在水房一侧的水池旁洗脸。这一程序,必须格外抓紧时间,尤其在"大火牙"、"狗眼"当班的时候,老犯们格外紧张,因为只有放便的时候,看押班长才会零距离地接近老犯,所以稍有怠慢,7.62半自动步枪的枪托就会砸在你的后腰上。

然而"大皮鞋"却不然,他当班放便时,老犯们甚至可以洗洗头,只是时间长了，"大皮鞋"顶多会用那优美的男高音嘹亮地喊一声："抓紧时间了，别的监所还要洗呢！"

头天晚上睡觉前，六十四号因打瞌睡让"大火牙"用手铐反铐了一宿，今晨起床时，六十四号的双臂已无法恢复常态了。

"报告班长，我胳膊拧折了。"他哭丧着脸对"大皮鞋"诉苦。

"你站在那里活动活动。""大皮鞋"端着上了刺刀的步枪，一直站在水房的一个角落里。

我和九十号、三十八号洗完脸后，弯着腰大声喊道："报告班长，犯人请示回监。"

六十四号慌忙弯腰跟上我们。

"走！""大皮鞋"用男高音发出命令。四个人依次弯腰向监室跑去。

突然，一件令人意想不到的事情发生了，跑在最前面的三十八号，在接近监室门口的最后一刻，突然将双手端着的便桶往身旁一扔，便顺着走廊向楼梯狂奔而去。这一切来得太突然了，我和九十号、六十四号全都不知所措地愣在那里。

"站住！"随着一声高昂的喝喊，"大皮鞋"哗地拉响了枪栓。

"别开枪呀，班长，别开枪呀……"六十四号竟面如土色地趴在了地上。

"大皮鞋"从六十四号身上跳过，径直追向楼梯。与此同时，从木楼梯上传来一阵殴打怒骂的声音。很快，三十八号就被一伙军警踢下楼来。监室里的"败类"闻讯也提着步枪赶到走廊。

"我冤枉！我冤枉呀！我没有强奸，我确实不是强奸犯。"

七八个看押班长像抬死猪一样将三十八号悬空抬进大水房。"大火牙"举起一把椅子，拼足力气向三十八号劈头砸去。

六十四号从地上爬起来，九十号朝他屁股踹了一脚："看把你吓的。"六十四号浑身筛糠地分辩："我怕班长开枪，走廊这么窄，咱非得当替死鬼不可。"

春节前，三十八号以猥亵少女罪加越狱罪被重判了八年。

秋深了，回头向走廊里的高窗外望去，天空像湖水一样清澈，靠近窗前的一棵杨树的枝干上，叶子已由黄转褐，最终全部落尽了。我刻骨铭心地思念着故乡的亲人，怀念着铁窗外的阳光与自由。没有纸，没有笔，我于心中记下了一首七律。

秋　狱

朝闻晨鸡暮闻钟，正襟危坐苦修行。
一窗红叶惊萧瑟，两鬓白发暗偷生。
北海长涛隔幽燕，南冠短命断辽东。
又听夜雨潇潇落，疑是慈母哭长城。

十二月十六日上午九点左右，我第一次被看押班长喊出监室。一个半月了，难道提审才开始吗？我内心一阵紧张，担心又被扣上一些始料不及的罪名。但我又盼望着这一天，因为我一定要弄清楚，自己究竟缘于何罪被送进监狱？

我被带到大水房，看见所长拎着一根绳子朝我走来。

"要绑我？"我心里既紧张又奇怪。绑我上哪儿去？为什么还要绑呢？我慌忙将棉袄的纽扣系好。所长将绳子递给"败类"，我顺从地将双手背向身后。

"败类"捆人的技术相当纯熟，他先用绳子套住我的双腕，然后，左右上下几道结实的缠绕，我就被五花大绑地捆起来了。

"低头！"

我立刻将身体弯成弓形。

"走！"

顺着昏暗的走廊和朱红色的木楼梯，我被带到公安局一楼的门厅。

四五个身穿棉军大衣，带着"执勤"袖标的陌生人正站在那里等我。

"记住，中午十一点半之前，一定要送回来。"所长严肃地与他们交代。

两个"执勤"队员从左右两侧将我架起，走出分局大门。台阶下，一辆解放牌卡车正停在那里。

我被飞快地架到卡车后面，几个"执勤"队员将卡车后挡板放下，但我双手反绑着无法上车。只见车上两个"执勤"队员下手抓住我的双肩，车下几个人搡着我的后腰，一个旱地拔葱，我双手反绑着被他们扔到了车厢里。

"躺下别动。"一只大脚踩在我的胸上，卡车忽地向前驶去。

空气格外清冽，我躺在卡车厢里，周围站满了穿着棉军大衣的"执勤"队员。一个巨大的问号让我困惑不解。这是上哪儿去？游街？没挂牌子。公判？还没有被逮捕。"中午十一点半之前一定要送回来。"那么，只有两小时的时间,这期间又会做什么呢?

汽车停下了。从马路旁的一座建筑物里,依稀传来一阵参差不齐的口号声:"打倒现行反革命分子唐浩!"

是南尖知青点的同学们!! 我心里一热,这是我最想见的一群人,也是我最怕见的一群人。几年来,在他们面前,我一直是一个清高自负的领袖式人物。而今天,却要以五花大绑的囚犯模样,改写我在同学们当中的形象。

跨门进去,我一眼就看见了坐在人群后面的毛宁。那一天,她穿了一件藏蓝的短风雪棉大衣,苍白的脸,裹在一条浅灰色的腈纶围巾里。

显然,这场批斗会已经进行多时了。我被押进屋里时,中山区人委教育科的徐茂纯以及另一位科长刘炎清,早已做九十度弯腰状站在会场前。我被喝令弯腰低头时,看见地上留着一摊血!

"对走资派徐茂纯、刘炎清的批斗暂时告一段落。"一个穿一身蓝制服的中年人,在会场安静下来后宣布:"下面,我们开始对在押的现行反革命分子唐浩,进行批判!"

卢云霞立刻带领同学们喊起口号来:"打倒现行反革命分子唐浩!""打倒地富分子的孝子贤孙唐浩!""反革命分子唐浩疯狂破坏'文化大革命'罪该万死!""唐浩不投降就让他灭亡!"

一阵此起彼伏的口号声后,王惠传首先发言了。这是一个典型的王惠传式的批判发言,其间充满了苍白的阶级斗争理论和儒家思想的智慧。之后的发言,总的形势是踊跃的,但我心里很清楚,没有一个同学在有意伤害我。我从心里感谢大家,我决定让同学们更多地了解一下我的境遇。

于是,我弯着腰向前走了两步,对坐在前面做记录的于淑凤低声说:"我的腰坏了,我希望……"

于淑凤大骇,她猛地喊道:"你说什么?你大点声说。"

一直站在会场后面的那一身蓝制服的中年人急忙跑上前来:"不许乱说话!你想干什么?"

我弯着腰大声说:"报告班长,犯人的腰被打坏了,犯人希望跪下,然后把腰直一直。"

会场上一片寂然。好一会儿,那一身蓝制服的中年人如梦方醒,他用手轻轻扶起我的肩,直到我彻底将身体挺直,然后低喝了一声:"低头!"

我从心里舒了口长气。

毛宁一直神情黯然地坐在同学中间,在我与她四目相对的时候,她瞬间将目光垂落，再也没抬起来。

在这次杀一儆百的批斗会后不久，南尖的大部分同学便重新背起行李回到了庄河南尖原来的青年点里。与此同时，在毛主席知识青年上山下乡的伟大号召下，成千上万城市青年踏着我们的足迹，散落在祖国辽阔的大地上。

在空虚寂寞的日子里，王重铭和于淑凤结婚了，李天祐和陈毓藻结婚了，刘家仁和郭翠英结婚了，七名女知青和当地社员结婚了，一个生机勃勃的南尖知青点很快就解体了。人们各奔东西，像沙粒一样卷进漫漫的烟尘里，只每年四月二十三日那一天，面对墙上的日历都会喃喃地说："下乡五年了。""下乡十年了。""下乡十五年了……"

把我抓进监狱的目的，其实已经达到了。谁都不愿意被五花大绑地投进监狱里。

元旦前，我从五所被调到一所。

一所有一个劳动犯二十六号，是因掏包被抓进来的。所谓劳动犯，就是罪行较轻的犯人。这些犯人每天会被派到公安局的大楼里，干些倒垃圾、擦玻璃、拖地板的体力劳动。这是一个比"上常熟城办嫁妆"还要好的美差，因为劳动犯不仅可以出去呼吸新鲜空气，活动活动筋骨，而且每天午饭还比一般犯人多吃半个窝头。

在看守所里呆过的老犯，最难熬的就是饥饿。在长时间粮食少营养差的煎熬里，每一个老犯都饿得眼睛发蓝。二十六号是一个技艺高超的扒手，放便的时候，他竟能在武装看押班长的监视下，顺手从大水房角落的篮子里，偷一把咸萝卜。但，时间长了，二十六号的嗓子被鞠得像风匣一样，一喘气就呼呼地响。

当上劳动犯之后，二十六号往往能趁人不备，捡些菜根菜叶，甚至烂苹果和枣核之类的东西。对于这些意外的收获，二十六号从来只独享不给别人。一天，二十六号不知从哪儿捡来几粒烂石榴籽。含在嘴里，他整整嚼了一下午。晚饭前，他把果核吐到掌心上数："一、二、三……"那神态认真得像是在数金币。

当然，二十六号也有慷慨的时候。一天，他带回来一个迎春牌香烟的烟盒来，他扔给我："闻闻吧，香烟味儿。"

我很快就用这烟盒做了一张贺年卡。二十六号十分惊讶，在后来的日子里，他常给我捡些包装纸回来。一九六九年元旦到来的时候，我竟做了六张漂亮的贺年卡。当然，这一切都是在绝对保密的情况下进行的，大家都知道，一旦被班长发现，严惩不贷是必须的。

　　岁末的长夜折磨着所有在押的犯人。太阳落山后，在押犯需在漫长的暗夜中正襟危坐四个半小时，才能盼到睡觉的时刻。这种难挨的死寂，常把人憋得发疯，更何况困倦会像疾病一样，死缠着每一个营养极度缺失的老犯们，而一旦被看押班长发现打瞌睡，惩治是相当严厉的。

　　五所的六十四号有一次坐在那里打瞌睡了。"狗眼"发现后，被带到大水房里让他洗头清醒。六十四号用凉水将头洗湿后，"狗眼"便命令他："打肥皂，打肥皂。"顿时，六十四号满头便是雪白的肥皂沫子。

　　"六十四号！立刻回监。""狗眼"突然命令道。

　　"报告班长，犯人还没……"六十四号哀求着。

　　"滚回监去！""狗眼"厉声命令道。

　　满头肥皂沫子的六十四号被很快押回了监室。

　　"报告班长，犯人请求把头擦干。"六十四号哭丧着脸。

　　"坐好！再喧闹监室，我反铐你一宿。""狗眼"毫不留情。

　　雪白的肥皂泡带着丝丝的声响，顺着六十四号那练过通背拳的细脖子淌了下来。正是滴水成冰的季节，虽说已是深夜，可六十四号却精神得像个疯子。

　　腊月二十三小年那天夜里，在"大皮鞋"的岗上，我实在挺不住了，在不为人知的状态下，我竟然坐在那里睡了过去。

　　我梦见了一片壮丽的大海，蓝色的天空上白云朵朵，一群高傲的仙鹤鸣叫着向远方飞去……

　　晚八点，刚上夜岗的"败类"终于发现了我，他站在监室门外，声音极轻地喊了我两声，我却根本没有听见。

　　三十四号知道不妙了，他轻轻推了我一下，我立刻惊醒了，我不动声色地坐在那里，我知道班长此刻就站在我的身后。

　　"五号……""败类"再一次声音极小地喊我。

　　"报告班长！"我霍然爬起身来，我看见"败类"那双玩世不恭的眼睛。

　　"刚才干什么了？""败类"盯着我，声音压得很低。

　　"报告班长，犯人睡着了。"我不想再做狡辩，便如实招了。

　　"败类"一直在盯着我，我的双腿在轻轻地颤抖。

　　"坐下！""败类"坚定地命令我，他转过身去，对着走廊大声喊道："全体老犯注意了，睡觉！"（比规定的睡觉时间提前一小时）

　　从各监室传来一片细微的欢呼声，我却失眠了。

元旦过后,在漫长的冬夜里,我又吟成一首五绝。

冬　　狱

　　冷梦凝长夜,冻骨裹寒衣。
　　晓见冰窗外,风雪正迷离。

　　没有笔,没有纸,只能默默地记在心里。

　　三十四号,是一所的牢头,他年龄比我大一岁,也是"文化大革命"前的下乡知青。三十四号个子很高,肤色很白,长得十分帅气。他父亲是市公安局的一个处长,可他却因男女关系被抓进了监狱。

　　"全是搞对象,她们都是自愿的,可现在硬说我犯了强奸罪,我真是跳进黄河里也洗不清呀。"

　　"大火牙"对三十四号特别感兴趣,每逢他值睡觉前的那班岗,他会经常将监室走廊的门锁死,然后迈着八字脚来到一所的门前。

　　"三十四号,站起来。""大火牙"一本正经地开始工作了。

　　"老实交代,你一共整了多少女子?"

　　"报告班长,犯人一共搞了十二个女人。"三十四号假装认罪地坦白说。

　　"好,前四个的问题,你已交代完了。来,按照顺序,今天交代第五个。""大火牙"显得很有耐心:"要老实交代,要多谈细节,深挖你灵魂深处的资产阶级思想形成的过程。"

　　于是,在一九六九年的春夜,在大连市中山区公安分局地下室的看守所里,经常有一个人犯,在全监室老犯们鸦雀无声的恭听下,以最淫秽的语言,最生动的描述,最下流的情节,口若悬河地讲述着他所畅想的强奸罪行。我最初的性教育,也随之经历了普及阶段。

　　腊月下旬的一个上午,看守所长来到监室的走廊里:"全体注意了,今天理发。按监室顺序来。这期间要严守监规,不许喧哗。"说罢,他径直来到一所门前;"五号,出监。"我第一个被带到大水房里。

　　"败类"端着一支上了枪刺的半自动步枪,站在大水房一个昏暗的角落里。一个五十上下的男人,穿着一件白大衣,站在耀眼的阳光下。见我走来,他一直死盯着我,眼睛里充满厌恶与困惑。

　　我坐了下来,他将一条白单子轻轻抖开,围在我脖前。这一切倘若在半年前，应该是一件极其平常的事情。但此刻，对于一个在押犯人来说，其奢侈程度不亚于一次太空之旅。

理发师从身旁桌子上拿起一把梳子，开始为我梳头。从未有过的一种感觉，像沐浴在一股滑软的暖泉里。阳光下，围在身上的白单子，散发着诱人的熟麦般的气息。电剃刀顺面颊嗡嗡作响地向上推去，蓬乱肮脏的头发，像麦垛一样坍塌下来。我一直斜睨着理发师那拿剃刀的右手，那是一只极细嫩的手，修长的手指，光润的指甲，挑起的兰花指，让人恍然感到一股强烈的异性的吸引。我微闭双眼深深地呼吸着，我渴望嗅到一丝女人的气息。

元旦过后不久，几乎每天都有人被带到楼上批捕。一直怀有侥幸心理的三十四号，一天也被带上楼了。半小时之后，他万分沮丧地回到监室。

"批捕了。"他看着留在食指上的红印泥，万分沮丧地摇了摇头："还是以强奸罪批捕的，我冤死了，真没想到，这些臭婊子为了洗清自己，全都对我下了死口。"我心里清楚，三十四号案子的某些情节，肯定与事实有出入。

春节前的一个星期天，是召开公判大会的日子。看守所里，老犯们早就吃完了早饭。八点左右，几辆配有高音喇叭的宣传车纷纷自远至近，集聚在区公安分局的大楼前。

随着一阵杂沓的脚步声，裹着严冬的寒气，监室里一下子拥进来许多人。他们喘着粗气，就站在铁栅栏牢门的外面，牢里的老犯们全都以最标准的正襟危坐，展示着模范监狱的优雅风姿。

很快，从走廊里传来一个斩钉截铁的声音："刘茂强，站起来。"竟然直呼真名实姓了。

"你因杀人未遂罪，已被大连市中山区革命委员会公检法领导小组批准逮捕，今天对你实行公判，出监！"

"报告班长，犯人请示出监。"

"走！"

七所的铁门哗啦被打开了，紧接着，一群人来到一所的门前。

"董宽家，站起来。"

三十四号早已穿好棉大衣，戴好棉手套，他霍地从地板上爬起来。

"你因强奸罪，已被大连市中山区革命委员会公检法领导小组批准逮捕，今天对你实行公判，出监！"

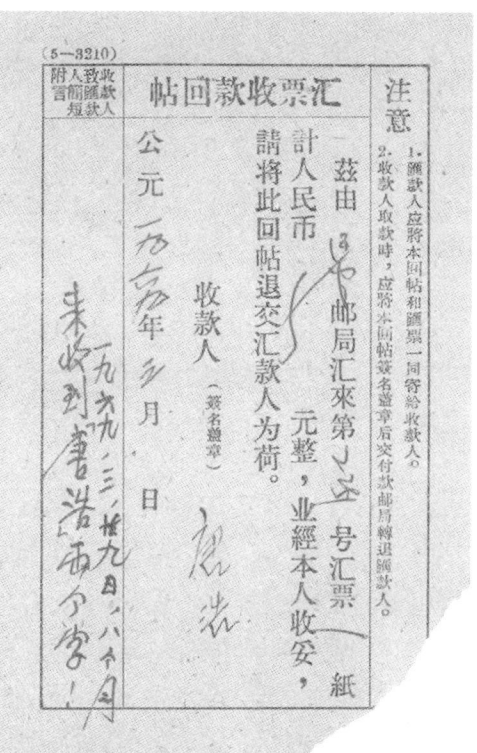

一九六九年元旦期间，作者在旅大市中山区公安分局看守所制作的贺年片及汇票收款回帖

"报告班长，犯人请示出监。"三十四号朗声喊道。

"走！"

一所的铁门哗啦被打开了，一群军警立刻令其脸朝北墙跪下。随后，一个军人像捆猪一样，三缠两绕，就将三十四号五花大绑地捆了起来。

"陈明德，你因入室抢劫罪，已被大连市中山区革命委员会公检法领导小组批准逮捕，今天对你实行公判，出监！"

"蒯同生，你因盗窃及故意纵火罪，已被大连市中山区革命委员会公检法领导小组批准逮捕，今天对你实行公判，出监！"

"王时敏，你因故意杀人罪，已被大连市中山区革命委员会公检法领导小组批准逮捕，今天对你实行公判，出监！"

……

十二个犯人全被押出监后，一声号令，被鱼贯架出监室的走廊，木楼梯上一阵轰鸣。大街上立刻传来宣传车的高音喇叭声："巩固无产阶级文化大革命的胜利成果！""坚决镇压一切反革命及刑事犯罪分子！"此起彼伏的口号声渐渐远去了，监室里一片死寂。

三十四号被判十年有期徒刑。公判大会结束后，他倚在监室的角落里，放声大哭了很长时间。

大凡被判了刑的老犯，看押班长就不太管束他们了，因为两天之后，他们便会被押往劳改大队了，其中很多人要被押往青海，这是他们留在这座城市的最后的日子。

公判大会的当天晚上，三十四号的家属来探监了。半个小时之后，三十四号鼻涕眼泪地回到监室，同时带回了很多好吃的东西。

"报告班长。"三十四号将"狗眼"喊到监所前："报告班长，犯人就要去劳改大队了。这一年多来，同监室的老犯对我帮助很大，我想分些吃的，谢谢同监的老犯们，请班长批准。"

"吃吧。""狗眼"爽然答应了："不过，声音小一点儿，不许说话。"

三十四号坐下了，他先从口袋里掏了一大把糖，分给我和我前面的四十九号，那是一个犯投机倒把罪的朝鲜族人，又分给我了四张肉饼，分给四十九号一张肉饼。

"行了。"三十四号打开一饭盒热气腾腾的饺子："这饺子我就不分了，大家慢慢吃。"

只有二十六号劳改犯什么都没分到。

肉饼是猪肉韭菜馅的，这是我一生中吃得最香的肉饼，那肉丁切得很大，而且都是肥肉，咬在嘴里，如同在天上，在梦里。

只二十六号独自坐在那里，把头深埋在胸前。长长的叹息声，让人感到一阵苦涩，一阵酸楚。

不久的一天，我被带到所长办公室。

"五号，李玉玺是你什么人？"所长一直戴着口罩，眼睛直直地看着我。

"是我母亲。"我回答他。

看守所长转过身去，从桌子上拿起一张汇款单："这里有一张汇款单，是从河北省迁安县寄来的。"他把那汇票收款回帖递给我："你看好，五元钱，签字。"

太长时间了，我在这个世界上早就被蒸发了，没有人有责任通知我的父母，更没有人有义务向他们解释什么。父亲不得不用这种办法试探着找我。在一张至今我仍保留的汇款回执上，父亲留下了接到回执后的两行字："一九六九年三月二十九日，八个月来，收到'唐浩'两个字。"

父母从此确信，失踪了八个月的儿子，一直被囚禁在中山区公安分局的铁窗里。

春天来到这座城市的时候，中国共产党第九次代表大会在北京隆重召开了，这是一次检阅无产阶级"文化大革命"胜利成果的大会。在这次代表大会上，通过了新的党章，在新的党章总纲中确定林彪为毛泽东的接班人，新当选的中央委员和候补委员中，上届委员只有五十三人，占总数不足五分之一。

春节前的公判大会召开后不久，随着中苏边境爆发了战争，看守所里一些未结案的重犯，全被转移到市公安局岭前大狱去了。监室里的犯人一夜之间少了许多。经过重新调整后，我被从一所调到了三所。

三所里只剩下一个因盗窃罪被羁押的五十号犯人了，这是一个形象猥琐瘦弱不堪的中年人。他是去年夏天被拘捕的，当时只穿了一身单衣单裤，而父母因其败坏了家风，拒绝给他任何接济。所以整整一个冬天，他只穿了一件看守所给他的印着"犯人"两个大字的砖红色的破棉袄，用一条破棉毯整日围坐在那里，像一个从水沟里钻出来的老耗子。

三所的气氛十分压抑，因为只有我和五十号两人，而他又终日无声无息拒绝交流，所以从早到晚，监室死一般沉寂。我经常恶狠狠地盯着他，他却奇怪地嘟囔着:"盯着我干什么?"

三月下旬的一天,看守所所长把我叫到大水房:"从今天开始,你做劳动犯。"他指着水槽里的水桶、抹布和拖把:"你先把楼里的窗户擦干净,看押班长会安排你去的地方。"

我心里暗舒了一口长气,因为这其实是在通知我,我不可能被判刑远赴青海劳动改造了。因为凡是劳动犯,都是近期即可结案的轻犯,其处理结果,充其量是劳动教养三年,属人民内部矛盾。我愉快地走上劳动岗位,尽管总有一个看押班长会在我不经意的时候,出现在我的视野里,以提醒我始终处在监视之下。

一冬的雨雪风霜将窗上的玻璃和窗棂锈满厚厚的灰尘。我将窗子慢慢推开,久违了的阳光,将蓬乱的头发烤得暖烘烘的,我贪婪地呼吸着窗外和煦的空气,那空气中飘散着万物复苏的气息,飘散着市井巷陌那熟悉的喧嚣。

  桃花开,李花开,
  田里的青苗长出来。
  我们都是好小孩,
  不把花儿摘,不把青苗踩。

在阳光的辉映下,耳畔一直回荡着童年时代,从新开路小学一年一班的教室里传来的读书声……

中午收工的时候,监室的午饭已开过了。三所的地板上搁着一碗菜汤,一个半窝头。而多出的半个窝头,正是监所对我一上午劳动的报酬。我感到极大的满足,尽管那多出的半个窝头,看上去小得可怜。

一周之后,终于有一天,当我回到三所时,五十号嘟囔着抱怨:"我和炊事班长说了,五号是劳动犯,可他还只给了一个窝头……"

我没理他,我不动声色地将这顿午饭吃完了。

监室外是"大火牙"在值班。此刻,他正在十一所前惩罚两个互相殴斗的老犯,走廊里不断传来驯兽师般的吆喝声。

"五十号!"我从牙缝里挤出几个字:"你在找死呀!?"

"怎么了?五号,我怎么了?……"五十号尖尖的鼻尖上挂着一滴清鼻涕,唇上稀疏的胡子在不断地抖。

411

"从我当劳动犯的头一天起，你就盯上我那半拉窝头了。我一直强忍着，我可怜你这生不如死的小人，可你也别欺人太甚了，我只要把今天的事情告诉班长，班长不把你吃了，算我没说。"我一口气把五十号骂得脸色煞白，只见他猛地翻身跪倒在我的面前，头像捣蒜一样磕在监室的地板上："别，别，我该死，我不是人，你饶了我吧，大人不计小人过，我该死，你饶了我吧……"

从此之后，中午回到监室，总有两个窝头整整齐齐地摆放在那里。我毫不犹豫地当即吃掉，像一头毫无人性的狼。

五月七日早饭吃过不久，监室里正值"败类"值班。

"五号，出监。"身后突然传来看守所长的声音。

"报告班长，犯人请示出监！"我翻身爬起，心一阵狂跳。

"走！""败类"低喝一声，我被带到大水房。

"今天放你出去。"所长开门见山："考虑你年轻，问题交代得比较清楚，政治上就不给你划任何杠杠了。"

我的心脏跳得更厉害了，这一切来得太突然了，让我一时有些难以适应。

"你从这里直接回河北老家，车票我们已买好了，这是你的皮带和眼镜，还有五元钱汇款。"说着，他把这些东西递给我，态度忽然和缓下来："你现在就可以走了。行李先放在这里，你先到派出所销一下户口，到粮站转一下粮食关系，办完这些事后，你回来拿行李。记住，火车下午三点四十分发车，别回来晚了。"

在未经任何审讯即被羁押了七个月之后，我在拘留所的"释放证"上，签下了自己的名字。

推开中山区公安分局的大门，眼前是一片刺眼的阳光。由于长时间蜷在监牢里，双脚走起来已不知深浅，一脚下去，我竟从那高高的台阶上重重地滚落下来。

朱嘉禾家只妹妹小姗一个人在家，屋子里狼藉不堪，很多家具行李都堆在一起。小姗冷冷地望着我："你来干什么?"

"你大哥呢?"我困惑地问。

"早就回南尖了。"

"家里这是怎么了?"

"明天我全家就下放庄河了。"小姗递给我户口本和粮证，眼睛里充满了惊惶和敌意。

派出所门前的这条街，就是七七街，毛宁家就在这条小街的东头。站在七七街上迎着阳光望去，两排茂密的法国梧桐树，将小街覆盖在一片晴绿的阴影里。

我和毛宁的故事，至此，便彻底结束了。

一九九五年十二月，在电视纪录片《归去来兮》播出后不久的一天深夜，我突然接到卢云霞的电话，她说毛宁因突发脑溢血正在医院抢救。我和老伴立刻搭车，赶到友谊医院急救室。

一个很大的冰帽罩在她涨红的脸上，毛宁一直处在深度昏迷之中。

很多同学都闻讯赶来了。在大家的心里，毛宁是一个完美的人。

"毛宁的爱人呢？"我问卢云霞。

"你不知道吗？他们分居两年了。"卢云霞告诉我。

半个月后，毛宁从昏迷中醒来了。但从此她失去了所有的记忆，美好的和哀伤的……

不久，毛宁的丈夫到医院探望她，护士搬来一张凳子，她爱人坐在毛宁身旁，面对自己完全失忆的妻子，痛悔不迭。

许久，当护士再次走进病房时，发现毛宁的丈夫因心脏病突发，俯在妻子的床边，永远地去了……

二〇〇九年早春的一个周末，卢云霞在电话里告诉我，毛宁死了。卢云霞是事后很久才从邻居那里听说的。没有一个同学出席毛宁的追思会，因为在大家的印象里，毛宁很久前就不在了……

当天晚饭后，老伴去星海公园散步了，我独自一人坐在书房里，任黑暗将周围的一切渐渐吞噬……

许久，老伴回来了。她将玄关的灯点亮后，声音暗哑得像在呓语："我替你，给毛宁烧了三刀纸……"说罢，竟失声痛哭起来……

二十五
深　　寒

在经历了八个月的地狱般的羁押之后,我终于踏上了回乡的路。

一九六九年五月八日,当故乡唐庄那些高大杨树的树冠出现在遥远的地平线上的时候,我已心力交瘁得寸步难行了。阳光暖洋洋地照在村西那片坦荡的台地上,田野里到处是正在忙着播种的人们。

"唐浩回来了!"一些认识我的人在远处大声议论着:"他不是让公安局抓起来了吗?"强烈的犯罪感让我无地自容,在远近无数惊讶质疑的目光中,我艰难地向村子里走去。

一辆牛车缓缓地迎面走来,赶车的正是唐庄一队的车老板唐子仪。他认清我后,在不远处跳下车来:"家来了?"他关心地问我。

"二叔……"我勉强地和他打招呼。二叔站下来望着我:"瘦得都脱相了,你爹可因为你把心都揪碎了。"

我从心里悔恨自己两年来因自私和放任所造成的这一切难以挽回的后果,我无颜面对即将见面的父母和妹妹唐华。

"我爹还好吗?"我担心地问。

"还行,庄里的老少爷们儿倒没难为他。"说到这里,唐子仪迟疑了:"只是年前下来的那帮天津学生,往后可要离他们远一点儿,这帮孩子不通人性。"

唐子仪是一个话不多却心中有数的庄稼人,和父亲是一个太爷。

"他大妈,赶紧出来看呐,那不是他大哥家来了?"

母亲听到唐子廷大婶的召唤,跌跌撞撞地跑出车门房。紧跟着,父亲也闻讯从一队社管跑了回来。

我万分惭愧地低下了头。

"回来就好了，回来就好了。"父亲的两鬓早已雪白，但精神却还好。回到屋里，母亲紧张地问我："你的事情最终是怎么处理的?"我把看守所长的那几句话一字不差地告诉了父亲和母亲："考虑我年轻，问题交代得比较清楚，在政治上不给划任何杠杠了，让我回乡以后好好劳动，不要再到处乱跑了。"

父亲显然放心了，他长出了一口气："我担心你真的犯什么罪了，看来，你还没让我在乡亲们跟前抬不起头来。"

母亲告诉我，前一阶段，外调的人到唐庄来过，庄里一时风传，说我在大连当了造反司令，武斗时跟着打砸抢，甚至说我还摊上了人命官司，等等。

我含着泪对父母说："爸，妈，我真不该在你们最需要我的时候，为了自己的前途与追求离开你们。但两年多来，我没做过任何对不起你们和祖宗的事情。我冤枉，是因为他们需要一个人做南尖知青的替罪羊，而我正好成了这替罪羊的最佳人选。"

吃过午饭后，我很快就在温暖的土炕上睡着了。从土炕一侧的灶台旁，传来母亲低沉的祷告："他躺下来就安然地睡了，醒来的时候，也如此平静安然，因为主始终在眷顾着他。主啊，求你宽恕他年轻时的过犯，用你一贯的怜恤和慈爱来看待他。阿门——"

从唐华那里我得知，天津知青进村后，在贫下中农对知青进行阶级教育的最初阶段，他们当中的一部分人，曾对庄里的四类分子进行过激烈的肉体惩罚。

"有一天半夜了，爸才被放回家来，当时鼻子和嘴角都淌着血，问他是谁打的，爸却始终没有说。"

"春节前的一天夜里，几个天津女知青从家里把我带走了。"母亲对我说："那天早晨就下雪，天黑后，街上的积雪已半尺多厚了，我一脚深一脚浅地跟着她们往上坡儿走，我当时心里就想，今天晚上，备不住要遭大难了。"

母亲的心脏和血压一直很不好，而且从解放直到"文化大革命"，母亲还没经历过一次针对自己的政治运动。因此在暴风骤雨面前，母亲是没有任何心理准备的。

在上坡一家土改时的堡垒户家里，几个天津女知青对母亲进行了严厉的讯问，但始终没有动粗。

"是我满口的北京话，让这些姑娘们柔顺下来的。从我开口说话，我就发现，她们原本犀利的目光很快就软了下来。"

半夜时分，母亲被放回家了。走出那家的院子，母亲吃惊地发现，年逾八十的三爷，竟独自一人守在那家门楼前的石墩上，老人蜷在那里一动不动，身上落了一层雪花。

"三叔，您这是……"母亲赶紧俯下身来。

"她们没难为你呀？"三爷懦懦地问。

"没……"母亲鼻子一酸，泪水忽地涌了出来。

"家去……"三爷挣扎着站起身来，在母亲的搀扶下，一步一步地走下高坡。高坡下，村庄静静地沉浸在皂白分明的雪夜里。

惊蛰的头一天，三爷去世了。这个埋头种了一辈子地的冀东农民，临死前只说了一句话："地该化透了……"

很快，不识时务的天津知青，就被唐庄的贫下中农们肃正了。唐庄由来已久的家族势力，面对如此六亲不认的外力冲击，自然难以放纵下去。因此，斗争的矛头很快便转向了天津知青。这期间，这群初生的牛犊吃尽了苦头，一些活跃分子甚至被逼逃往关外，到春耕大忙的时候，这里的一切又都趋于平静了。知青们在各生产队只许老老实实地下地干活，成了接受贫下中农再教育的又一群操着天津口音的城里人。

回到唐庄的第二天，父亲向大队治保主任请了假，陪我去县城洗澡。

借来的两辆自行车，有一辆手闸不好使，父亲坚持自己骑，父亲依然把我当成孩子。

初夏的田野上到处都是忙碌的庄稼人，父亲一路上边与他们打招呼，边与我谈着农事，谈着天气，我知道他是为我在乡亲们面前重新建立起做人的尊严。

县城北街有一家很小的照相馆。我停下车来，望着父亲："我想照张相。"

父亲盯着我的眼睛："现在？"

我点了点头。

我们走进了这家照相馆。

作者结束二百四十天羁押生活后的留影

这是我结束二百四十天羁押生活后的留影，清瘦的脸上，一双忧郁甚至绝望的眼睛，准确表达了我当时的心境，像凡高笔下的自画像。

浴池就在照相馆附近，这是当时县城里唯一的一家公共洗浴场所。我长时间浸在那滚烫的池水里，任整个身体慢慢地融化。

父亲明显地衰老了，原本颀长的身体已略显佝偻，两只胳膊的肌肉已松弛下来。那一年，父亲才五十九岁。

"我给你搓搓后背吧。"从热水池出来，父亲对我说。我坐在浴池边，父亲拿了条毛巾坐在我的身后，替我搓起背来。

在我的记忆里，这是唯一一次父亲给我搓背。他搓得很慢。用力也不大，我知道，他不是在那里替儿子搓背，而是默默地阅读儿子在狼群中所经历的苦难，因为我后背上的伤痕仍历历在目！

一九六九年早春，中苏边境终于爆发了武装冲突。一时间，全国城乡掀起一股声势浩大的备战备荒的热潮。其备战的内容之一，便是继续发扬"人民战争"的光荣传统，开展全民深挖地道的群众运动。

正值春播时节，挖地道的工程自然便交给了庄里的四类分子，因为四类分子每人每年都要出五十多个义务工。至于如此庞大的军事工程的保密问题，人们根本无暇顾及，原因无非是谁也不会相信，苏联大兵真的会打进来。

在挖地道的过程中，我认识了不久前因现行反革命罪从济南前卫歌舞团遣送还乡的唐诚。

唐诚的爷爷早年间曾是一个为人跋扈的讼棍，号称昆先生，有民愤。土改时，唐诚的父亲唐学海于围城前携妻儿逃至北平，从此做些出力的苦差，成了京城底层平民。

北平解放后，十五岁的唐诚便以城市贫民子弟的身份参加了南下工作团。全国解放后，唐诚考进了济南军区前卫歌舞团，成了一名小提琴手。其妻为山东歌舞团的一名歌唱演员，二人生有一女，一家三口其乐融融。

"文化大革命"开始后不久，唐诚的家庭出身问题便被查出，很快前卫歌舞团的群众组织就将快人快语的唐诚揪了出来，并做出开除党籍、开除军籍、戴上现行反革命分子帽子、遣返还乡的严重处分。唐诚的妻子被迫与其离婚。因为在"文化大革命"初期，唐学海和老伴就被北京的红卫兵以逃亡地主的罪名遣返还乡，所以，唐诚返乡后，一家三口立刻被唐庄的世仇置于严厉的监督管制之下。

尽管如此，口无遮拦的唐诚，还是经常因言多语失而被殴打。在唐诚的眼里，打他的那些人都是些愚不可及的农村土流氓，唐诚打心眼里瞧不起农民。

在挖地道的时候，音乐成了我与唐诚相互交流的重要内容。

一九六二年，我曾有机会随朱嘉禾在大连市工人文化宫，度过了一段美好的时光。这期间，在文化宫馆藏的那些国内外的音乐唱片里。捷克作曲家斯梅塔那的交响诗套曲《我的祖国》，成了我最爱听的一部交响乐，尤其是其中套曲的第二首《伏尔塔瓦》，更给我留下了终生的记忆。

躲在黑暗的地道深处，我模仿长笛和双簧管，从伏尔塔瓦源头开始了我的交响诗套曲。

提琴清脆的拨弦和竖琴晶莹的泛音，如浪花飞溅溪水潺潺，在弦乐起伏声中，提琴奏出了雄浑壮美的伏尔塔瓦河的主旋律。河流在喀尔巴阡山寒风呼啸的森林间穿行，一群身着节日盛装的村民在岸边碧绿的草地上，跳着捷克民间的波尔卡，轻松欢快的乐曲在河面上飘散。黄昏到来的时候，岸边传来猎人狩猎的号角声，河床渐渐宽阔了。月夜下，长笛和单簧管伴一群美丽的女妖，在氤氲蒸腾的雾气中翩翩起舞。竖琴和圆号在长音上爬行，提琴的高音旋律与长笛融在一起，在人们面前展现了一幅神话般的场景。黎明到来的时候，伏尔塔瓦开始孕育力量了，在一阵撼人心魄的管乐和定音鼓的催促下，河流进入高山峡谷，主旋律由柔弱的小调转为明朗的大调。一时间，河水汹涌惊涛拍岸一片轰鸣……

在黑暗的地道里，在如豆的油灯下，在给原前卫歌舞团小提琴演奏员唐诚一个人演奏这首交响乐时，我是如此认真，不断变化着模仿各种管弦乐器，同时不断提示着乐曲展现的画面，并用双手指挥着千军万马。

每次收工时，唐诚都会心旷神怡地钻出地道口："演出到此结束，谢谢各位！"没有人能听懂他的疯话，只有我。

自从重回唐庄之后，我的政治面貌被无形中改变了。一九六六年随父亲返乡时，我还是个四类分子子弟，属可以改造的对象，可再次回乡后，在很长的时间里，我竟被打入四类分子的行列，属于被专政的对象了。每天清晨，我必须很早就起来，与父亲一起扫大街。每周我必须和父亲一样，写一份思想汇报和出工记录，交到村治保主任的手里。凡是外出，必须得到村治保主任的批准，包括到夏官营赶集，甚至包括晚上去邻村看露天电影。

被管制的滋味是十分痛苦的，它让你时刻提醒自己，你是人民的罪人。清晨,当一个年轻姑娘将一盆洗脸水泼到我脚下的时候,正在扫大街的我,只能低下头去继续扫街,人格无力顾及,尊严荡然无存。十五年后,当我在电影《芙蓉镇》里,看到秦癫子迈着华尔兹的舞步在芙蓉镇扫大街时,我曾一时癫狂,大闹了一次友好电影院。

沈阳音乐学院在经历一场翻天覆地的红卫兵运动之后,于一九六八年底进入清队阶段。此间,在工宣队的组织下,全院师生被拉练到锦州的知足山下,开始了触及灵魂的思想肃正教育。

因在运动中站错了队,所以,早已成惊弓之鸟的唐宛,此时已几近崩溃。在彻底交代了自己在"文化大革命"中的"反革命罪行"之后,在一次全院师生召开的总结大会上,十九岁的唐宛被定性为反动学生,与其他三名同罪的男生一起被发配到昌图县八面城一个偏僻的辽北山村里,接受贫下中农的监督改造。

四十年后,在二〇〇八年的一次工资普调中,唐宛对自己的工资待遇提出质疑。在市人事局的要求下,唐宛从退休前的大连铁路中学提取了自己的档案。

那是一个很大的牛皮纸档案袋。当唐宛从主管人事档案的一位年轻女教师手里接过自己档案的时候,心脏突然抽搐得难以自持。在去人事局的出租车上,她吞下一大把速效救心丸后,浑身颤抖地将那份让她惶遽了多半辈子的档案,急不可待地抽了出来。此刻,唐宛真想看个究竟,她真想了解一下,在自己的档案里,当年的革命群众到底给她定了多少不可告人的罪状。但眼前的几张薄纸,却大大出乎唐宛的意料。这里除了她简单的自然履历之外,"文化大革命"时期的所有痕迹早已被清检得荡然无存。一句话,压在唐宛心头的只是一场长达四十年的梦魇。

一九六九年七月二十一日,公社在陈官营驻地召开了一次全公社的万人批斗大会。那一天,唐庄大队的四类分子很早就被基干民兵押到批斗大会的会场前,并立刻像鸵鸟一样被命令弯下了腰。那是一次人山人海的批斗会,当全公社十五个自然村的四类分子都被押来后,公社朱秘书开始整理这个阶级敌人的方队了。

"低头!"朱秘书是一个矮个子,他一脸严肃地站在四类分子的队伍前面气急败坏地喊道:"我说你呢,低头!"

我不知道他在喊谁，但我已经尽其全力了。

很快，朱秘书就挤进方队了："你耳朵聋啊?!"他使劲儿地按着我的头："低头！"

我不得不将脑袋低到裤裆下，谁让我身高一米八二呢？

批斗会在一片愤怒声讨的口号声中进行着，七月的骄阳像火一样灼烤着弯在那里的每一个人。一些支撑不住的老人，不断在人群中倒下，汗水顺着下巴滴落在脚下滚烫的黄土地上，眼睛被渍得难以睁开。我斜着看了父亲一眼，父亲一直十分标准地低着头，身上的白衬衫已完全被汗水湿透……

此时此刻，太空中，一支强大的无线电波，正在向全世界传递着一个令人无比激动的声音："休斯敦，休斯敦，我是小鹰号，这里是宁静海，小鹰号准备着陆。"

数分钟之后，阿波罗登月舱在月球表面稳稳地着陆了。尘烟散尽之后，宇航员阿姆斯特朗缓步走下舷梯，月球表面留下了人类的第一行足迹。

一九九八年三月，在休斯敦美国国家宇航局（NASA）巨大的展厅里，在ABC电视台的著名华裔主持人周学明女士的安排下，我采访了华裔宇航员、多次创下太空行走纪录的化学博士焦立中先生。

焦博士的父母都是山东青岛人。我问他："在太空中，当你面对人类繁衍生息的地球时，你有什么感想？"

焦立中感慨地说："从太空中看地球，你会被这个无比美丽的蓝色的星球所震撼，连那些烽火连绵苦难深重的地方，从那么远的距离看也如此壮美，这使我重新思考人生的真谛。面对人类共同居住的家园，你会想到，还有多少国家和地区的人民，如今仍生活在战争、饥饿、恐怖威胁和自然灾害的阴影里。我由衷地希望，所有居住在这个星球上的人们，都能得到公平的待遇，都能生活得更幸福，更有尊严。"

立春比两年前大了许多，当我再次回到唐庄时，立春已正经长成了一个结结实实的大小伙子了。立春的父亲唐桂林，是唐庄一队的副队长。唐桂林为人正直，且善于经营，在他的精心策划下，唐庄一队在我们住的车门房的东屋，办起了方圆二十里之内唯一的一个榨油坊。这在当时来说，应该是一件冒天下之大不韪的事情。因为油坊属于副业，而在"文化大革命"期间，所有副业都属于投机倒把行为。而投机倒把，是可以定罪的。

作者在美国国家宇航中心（NASA）采访华裔宇航员焦立中博士（一九九八年）

"开油坊无论对生产队和社员都是件好事情。"唐桂林坚持说:"生产队可以挣些现金,社员换油更方便了,这样的事情,老百姓是欢迎的。不用怕,出了事,我顶着。"于是,油坊便热火朝天地开张了。

立春是一个叛逆心理很强的小伙子,平日里,他很少听人管教,在上年纪的老辈人的眼里,他是一个桀骜不驯的愣小子。天津知青进村后,也很快就与他们混熟了,他爱听天津人谈自己的城市,他很想知道唐庄以外的事情。

重回唐庄后,立春很快就与我形影不离了。在很长的一段时间里,他都陪我住在生产队饲养员的大炕上。从我这里,立春了解了正在城市里进行的无产阶级"文化大革命",了解了城里发生的武斗与群众专政指挥部的暴行,了解了三十年代苏共布尔什维克党内的斗争,了解了抗战时期国民党军的正面战场,了解了人类征服太空的艰苦历程,了解了电子时代对于人类来说将意味着什么。对于这一切,立春有一种永远新奇的探索欲望,像一块贪婪的海绵。

"大叔,你在大连搞过对象吗?"一天深夜吹灯以后,立春在黑暗中突然问我。

"搞过……"我肯定地告诉他。

"啥样?"他好奇地问我。

"……"我沉默了。

一九六九年十月下旬,在三秋大忙的日子里,一批来自唐山市的"五七"干部下放到了迁安县。唐庄大队又住进了八九个操着唐山口音的城里人,他们当中大多数是市直机关的干部,据说也有报社的领导。显而易见,在过去的一个阶段里,这些都该是在城里挨批斗受整治的一群人,但庄稼人不知内情,在"欢迎'五七'干部进村开展'文化大革命'"的口号声中,庄稼人一直把他们当成是革命的组织者和领导者。这些受宠若惊的"五七"干部自然喜出望外,于是,在他们的鼓惑下,一场围堵资本主义自由化的运动便在乡间开始了。

首当其冲的批判对象,就是走资本主义道路的唐桂林。在"五七"干部一针见血的批判中,唐桂林组织唐庄一队开油坊成了资本主义复辟的典型案例。为此,唐桂林不服,立春替他爹喊冤,唐庄一队除个别社员外,都憋了一肚子气。好在这些"五七"干部在处理唐桂林问题时,都汲取了自己当初在城里挨整时的惨痛教训,所以唐桂林在交上一份深刻检查的报告后,便不了了之了。但油坊却不得不停业了。唐桂林一气之下患了肝病，并从此一蹶不振。

在这个过程中，立春这个根儿红苗儿壮的农村青年，也切身体会到了政治上遭受迫害的冤屈滋味。

深秋时节的开封，一场寒雨过后，满街的梧桐落叶将小城渲染在一片肃杀凋零的冷漠里。

深夜时分，从玉环姨家所住的双龙巷西口不远的一处长年大门紧闭的院子里，驶出一辆灰绿色的军用吉普车，并风驰电掣地朝市郊驶去，紧随其后的是一辆军用救护车，时间是一九六九年十一月十五日二十四点整。

在开封火葬场，早已奉命做好准备的两名工人打开电炉后，便被令其离开炉旁。随后，几名军人将一具包裹严实的尸体推进了焚尸炉。

此前，驻开封某部队政治保卫处处长张金贵，在填写"火化申请单"上注明死者的姓名是刘卫黄。性别：男。年龄：七十一岁。民族：汉。籍贯：湖南。死者职业：无业。死亡原因：病死。骨灰盒编号：123。

共和国主席刘少奇，在遭受长达三年的非人的暴虐之后，命绝中原……

一九六九年的冬天，漫长而格外寒冷。在无尽的长夜里，一股强烈的冲动，一直像魔鬼一样纠缠着我。终于，背着所有的人，我开始提笔着手创作一部自传体小说《仙鹤之歌》。

这是一次极其危险的创作尝试，我深知这将是一部永远不会出版的长篇小说，我同时知道，一旦出事，这将是一次人头落地的努力。但无论如何，我克制不住内心深处熔岩般难以平复的情感。我终于铤而走险了。

这是一部以悲剧结束的知青题材的文学作品。在《写在前面的尾声》中，一个北方荒原上发生的故事，将整部作品笼罩在一团难以挣脱的冷雾里。

……

一百多个囚犯，排成两行不整齐的队伍，在六名武装士兵的看押下，向冷雾弥漫的荒原深处走去。脚下这条莽丛中的小路，就是被这群失去自由的罪人用双脚默默走出来的，被露水打湿的裤子冰凉地贴在腿上，人们像在冰冷的河水里游泳。潮湿的凉风迎面吹来，将如纱的烟雾轻轻地向一边拂去，四周静得出奇。

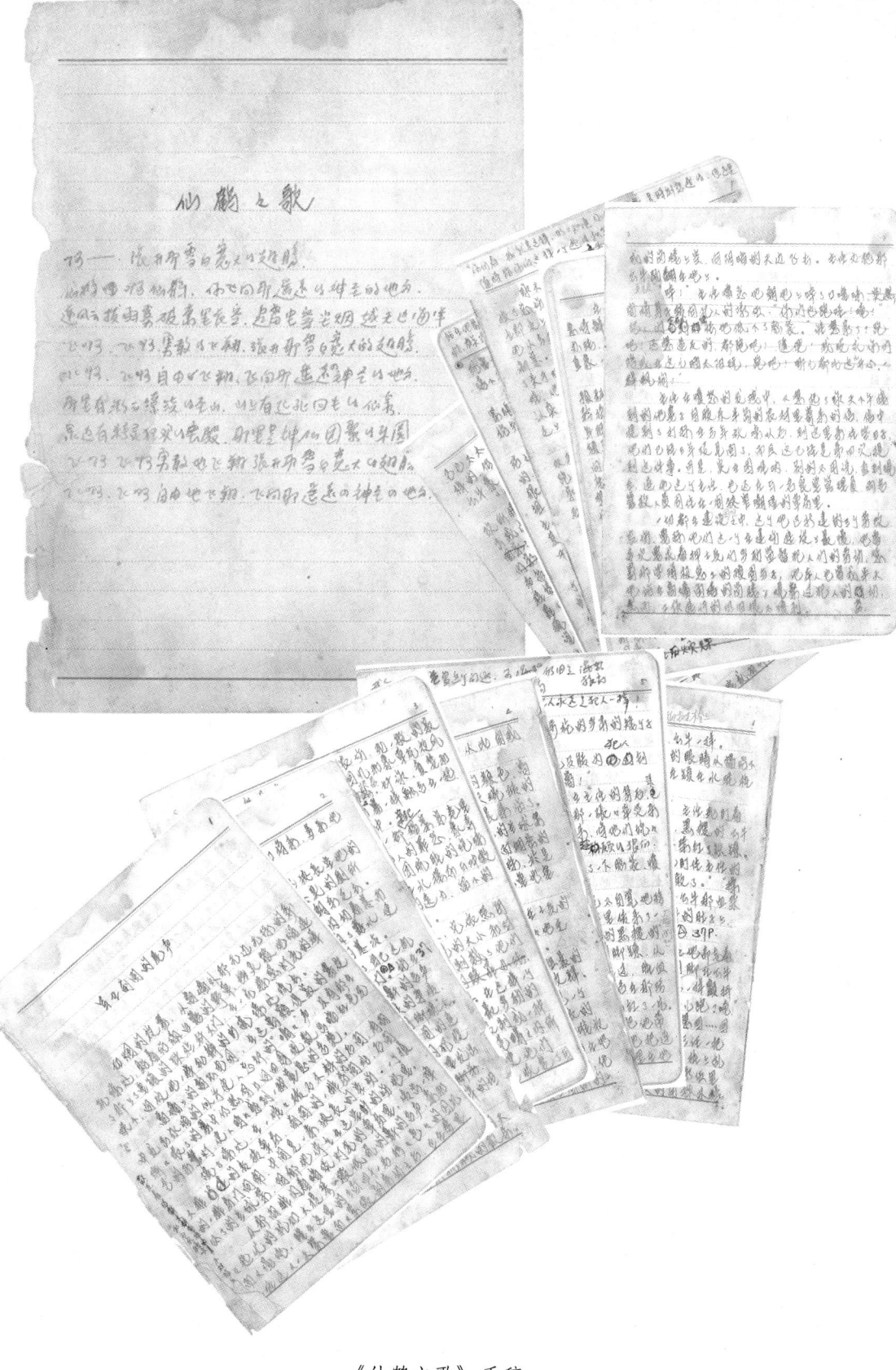

《仙鹤之歌》手稿

突然，头顶上传来一声凄凉的鹤鸣，一只垂下一条细腿的显然是受了伤的仙鹤，艰难地张开那羽毛破碎的宽大的翅膀，垂死地从犯人的头顶掠过，向荒原深处飞去。

队伍里，一个细高身材的瘦弱的青年，像被一个看不见的幽灵吸住似的停下了脚步。此时，年轻的囚犯睁大双眼，神秘地紧盯着那远去的仙鹤，苍白的脸上浮现出一层兴奋的血色。

"啊哈！"沉寂的荒原上突然爆发出一阵疯狂而欢快的干号："起死回生啦！"那精神陡然失常的瘦弱的囚犯，疯魔般地张开双臂，披荆斩棘，向那伤鹤飞去的方向奔去。

"站住！"看押士兵被这突如其来的情况弄懵了。

"站住！你想找死呀！"一个稚气的士兵，摘下肩上的自动步枪追了上去。

走在队伍后面的矮个子班长，气喘吁吁地跑了上来："谁？"

一个士兵边拉枪栓便喊道："七组的政治犯高位！"

"臭混蛋！"班长咬牙切齿地骂了一声："看好队伍！"说罢也追进了莽丛。

"糟透了！"班长的脑壳里像突然塞满了乱麻："臭混蛋们，简直拿我开玩笑。"

"站住！"他狂暴地大喝一声。几只天鹅从附近的荒原丛中惊起，贴着草尖消失在迷蒙的远方。

"又跑了一个！""那疯子躐了！"犯人们兴奋而紧张地相互传递着眼神。

"都老实点！坐下！听见没有！都坐下！"剩下的四个士兵，把枪口对准这群惶恐的犯人厉声命令着。队伍像一条死蛇一样，瘫在两旁野草丛生的小路上。

"站住！站住！"稚气的士兵气急败坏地边追边喊，一连被野草滑了几个趔趄，激起了他满腔怒火："站住！再跑我就开枪了！"

逃亡者仍旧在呼号着狂奔。

脚下到处乱溅着泥泞，四周飘散着充满腐草和烂泥气味的烟雾，一汪汪漾着绿色泡沫的积水，隐现在寒露沉重的荒草丛中，前面便是农场边缘的沼泽地带了。

稚气的士兵感到不妙了。为了躲开那星罗棋布的危险的泥沼，他不得不狼狈地在泥泞中跳来跳去。由于慌乱，他几次险些栽到泥潭里去。他终于困惑了，当他摔倒又从泥泞中爬起来时，他总觉得，那高而瘦弱的逃犯，仿佛是在这瘴烟弥漫的泥沼上飞，那一阵阵令人毛骨悚然的兴奋的尖叫，惊起了一群又一群莽丛深处栖息的野鸟，乱鸟像无数蝙蝠一样从他身前身后啸然飞起，惊散而去。

稚气的士兵，开始感到有一股透心的寒气从脚跟一直冷到后脊梁骨，他浑身不住地打战，牙齿磕碰得"咯咯"直响。

"魔鬼！不死的魔鬼！"

"哒哒……"左边传来两声枪响。

稚气的士兵浑身一震，他猛然刹住了脚，努力克制着浑身的颤抖，慢慢举起了自动步枪。

班长像狂风一样从左边追了过来："朝天打！朝天……"

"哒哒！哒哒哒哒！"弹壳在青烟里向一旁飞去。

张开双臂飞奔的逃犯，像一只中弹的飞鸟，猝然扑倒在荒草丛中。

稚气的士兵那恐怖的心情豁然消失了，他像猎人寻找被打落的野鸭一样，拨开蒿草奔了过去。班长也气急败坏地从左边插了过来。

突然，前面草丛里，倒下的那个逃犯竟又晃晃悠悠地站了起来，洗得发白的上衣的背后，渗出一大片殷红的鲜血。他扭过沾满泥水的苍白的脸，一双清冷的眼睛向逼近了的追逐者扫了一眼："看见了吗？一只仙鹤。"

班长和稚气的士兵被这骇人的情景惊呆了，两个人像木头一样钉在莽丛里，看着这囚犯高而瘦弱的淌着鲜血的身体，慢慢地倒在不远的荒草丛中。

烟雾消散了，一团团破絮般的灰云，被云后出升的太阳染成淡淡的橘色，橘色的碎云之间，显露出碧青的蓝天来。

一群高傲的仙鹤，缓缓舒展着宽大的翅膀，神圣而自由地向那云烟消散的远方飞去……

应该说，正在完成的这部记忆文学作品，早在四十二年前就已经开始酝酿了，只是当时没敢再写下去，因为"一打三反"运动很快就席卷全国了。这是一个在"文化大革命"过程中的整肃运动，据官方统计，在那场中国现代史中几乎被忽略的政治运动中,全国共逮捕现行反革命分子及其破坏"文化大革命"胜利成果的反动分子二十八万四千八百余名,其中九千余人被判死刑,而我确是一个极其侥幸的幸存者。

一九七〇年二月下旬的一天,吃过晚饭后,从斜对门六叔家又传来一阵高亢的唢呐声,六叔唐子余和父亲是一个爷爷的孙子,他身下五个儿子,两个女儿,可谓五男二女的多子之家。大哥唐桂本是唐庄远近闻名的文化人,他唢呐吹得好,二胡也拉得好,通晓乡间的礼乐民俗,老二唐桂满、老三唐桂足也是村里有名的文艺爱好者,所以一到晚上,他家东屋总会聚起一群北街的年轻人,大家吹拉弹唱,谈天论地十分热闹。

人定前,村里的治保主任忽然找到六叔家,他没进东屋,只站在堂屋将立春喊了出去。我当时就坐在靠近屋门的炕头上,对于治保主任的到来,我本能地竖起了耳朵。

"今天晚上公社有统一行动。"治保主任压低声音对立春说:"赶紧通知你们队的基干民兵,后半夜两点到大队集合。"

我脑袋轰的一声,我立刻意识到,一场劫难即将开始了。我无心再待下去,治保主任走后,我立刻回到了车门房。

父亲、母亲和唐华都睡了,我不能将刚听到的消息告诉他们,因为一旦他们知道了,这一宿谁也别睡了。

我将藏在炕席下的那包《仙鹤之歌》的手稿拿了出来,怎么办?最好的办法是一烧了之,但我实在舍不得。一个月了,我已写完了第一章《写在前面的尾声》,这是我有生以来的第一次文学创作,是我用心血完成的唯一的手稿。我开始在屋里寻找藏匿这些手稿的地方,没有,面积不足十二平方米的车门房,将一切昭然若揭。

我悄悄来到院子里,村庄里静极了,一轮满月将院子映成一片银白,我实在找不到一个牢靠的藏匿之处。

突然,我想到了厕所,那是院子东南角的一处露天旱厕,那里有一堵一人多高的矮墙,墙上晒着一捆芝麻秸。我蹑手蹑脚地来到旱厕,将那包手稿压在了芝麻秸下。

我的心一直在怦怦地跳。躺下之后,我几次想爬起来将那手稿烧掉算了,但顽固的侥幸心理像魔鬼一样死缠着我。就这样,我强睁着眼睛熬到困倦不堪的朦胧之中。

蓦然,贴着枕头的耳朵听到了一阵沉重杂沓的脚步声。我霍地侧过头来，用双耳尽量分辨着窗外的声音。

显然窗外来了很多人。我听见有人上房了，轻轻地像几只闹春的野猫。更有人将脸贴在窗纸前，那粗野的喘息声让人毛骨悚然。窗纸被轻轻捅破了，突然一个声音像雷一样炸响在耳畔："唐子清！全家起床！快！"几乎同时，无数手电将窗纸照得雪亮，街门同时被肆无忌惮地踹开了。

酣睡中的父母和唐华一时全懵了，就在他们起床穿衣的同时，屋子里已挤满了男女民兵。

母亲和唐华一直在发抖。公社的武装部长用手电照着父亲的脸："你叫唐子清吗？"

父亲点了点头。

"张嘴！"那武装部长突然命令道："把嘴张开！"

父亲不知所措。那部长上前掐住父亲的两腮："张嘴！"说着，他用手电向父亲张开的嘴里照了半天。我知道，他们是在找可能藏在父亲嘴里的电台发报机！我的心立刻狂跳不止，我已预感到，藏在旱厕墙头的那包手稿，看来是在劫难逃了。

"你，留下。"那武装部长指着父亲："其余的人带走！"说着，两三个早已安排好的民兵押着母亲、唐华和我向上坡走去。

在走出车门房大门的时候，我看见立春站在那里不安地望着我。

在上坡那家土改时期的堡垒户的院子里，村治保主任向被带到这里的全村的四类分子家属宣布了党的政策。

"都听好了，今天的这次抄家，是全县统一部署的联合行动，公社的各级领导全都下来了。作为四类分子的家属，你们应该认清形势，赶紧交代你们以往尚未交代的问题。你们听清了，今天的抄家注定要掘地三尺，一旦搜出违法的东西，到时候别说我们不客气。"

后背早被冷汗浸透了。说不说？我深陷在极度的矛盾之中。看着惊魂未定的母亲和唐华，我无法告诉她们我内心的痛苦。搜出来，我将必死无疑。说出来，我亦在劫难逃。我悔不该昨天夜里的优柔寡断，但现在说什么都晚了，像一条放到了砧板上的活鱼，正在被人刮鳞。

"四叔。"站在我身后的唐桂本大哥慢腾腾地问："我家还有一对胆瓶，算不算？"

"那是'四旧'，回头自己砸了算了。"治保主任板着脸。

"四爷。"一个年轻媳妇在人群中间："我家还有一个铜脸盆，算不算？"

"不算，等仗打起了，再交给国家造枪造炮。"治保主任放下了架子："庄稼院里的三长两短，就别在这儿扯了。"他扯高嗓门儿："交代实质性问题，这可是最后的一次机会。"

我将心一横，牙齿紧紧地咬住了。

天亮许久了，一个民兵从庄里跑来对治保主任说："王部长通知，散了。"

我心里一亮，看来藏在茅厕短墙上的那包手稿竟然没有被发现，我立刻感到浑身瘫软。母亲奇怪地问我："你后背怎么湿透了？"我摇了摇头："没事儿了，咱们回去吧。"

从上坡就能看见，在北街我们住的车门房前，围了许多乡亲们。走近时，我听到人群中传来了同情的叹息声，仅有的几本书，被丢得遍地都是，一个枕头被开膛破肚，里面的荞麦皮撒了一炕。

屋里被翻得狼藉不堪，几床被褥被踩在脚下，脸色苍白的父亲坐在炕沿上直直地望着母亲，眼睛里噙着冷冷的泪光。

"没事了，我做饭了，小华和你哥快收拾一下，待会儿还得下地呢。"母亲立刻朝灶台走去。

我一直惦着我的手稿，待聚在当街的乡亲们全都散去之后，我悄悄溜到旱厕里。

短墙上那捆芝麻秸原封不动地摆放在那里，顺手朝里一摸，心跳立刻停止了。我掀开芝麻秸再看，那用塑料袋装着的小说手稿竟然不见了。我简直快疯了，我十分清楚，我很快就会被五花大绑地押进大牢，我甚至已看到了我死刑判决书中所罗列的十恶不赦的罪状，我看见了刑场周围那些围观的乡亲们，我看见了手持7.62半自动步枪的行刑者，我看见了自己猝然扑倒在一片猩红的血泊中……

"下地走喽！"一队上工的钟声敲响了。唐华下地经过车门房时，着急地对母亲喊："让我哥给唐子仪二叔跟车呢，他怎么还在家呢？"母亲捅了捅我："让你给唐子仪跟车呢，你怎么还躺着呀。"我昏昏沉沉地爬起身来。

"你倒是喝口粥呀。"母亲心疼地望着我。

"吃不下去。"我看了母亲一眼："妈，我走了……"

这些天来，我一直给唐子仪二叔跟车往地里送粪。唐子仪赶的是一辆牛车，正是早春牲口发情的时候，两头纤驴一公一母，一边拉车，一边想入非非。

"婊子养的。"唐子仪动辄甩着鞭子："老实拉车得了，净瞎折腾，整那些用不着的。"

送粪到了河沟北的朱家坟，我想逃了。从这里往北就是郎庄，从郎庄过青龙河就是卢龙县，往北翻过长城就进燕山了。可进山后怎么办？凭我这个一米八二的洋模样，只要通缉令一发，不出半天就会落网。

那就这样等着送死吗？太阳渐渐升高了，解冻后的田野散发着沁人心脾的泥土的芬芳，村庄笼罩在一片淡蓝色的雾霭里。

"为什么还没人来抓我？"我始终找不出一个可以解释的答案，难道他们还需拿出时间来研究那手稿的反动程度？难道公社的武装部长也是一个思想自由化了的文学爱好者？所有的答案都被我毫不犹豫地推翻了，像两头欲火中烧的纤驴，将我所有的狐疑与困惑搅成一团无法理清的乱麻。

在回庄拉粪的路上，迎面遇到了南街的李长顺。唐子仪逗他："来段顺口溜吧，表叔。"

李长顺嘿嘿一笑："来哪一段？"

唐子仪顺口说："八路军胆子大，开火就在彭家洼……"

李长顺接着就有板有眼地跟上了："彭家洼在山中，我与鬼子打冲锋，鬼子目标真不济，机枪支在了谷子地，八路一阵手榴弹崩，刺刀一上就冲锋，鬼子七十五个全杀死，特务个个血染红，剩下一个逃了命，光屁股跑到建昌营。哈哈哈哈！"

李长顺是唐庄七队的生产队长，抗战期间，他曾亲手枪毙了当汉奸的表弟，成了远近闻名的战斗英雄。

"现如今，真不赖，黎民百姓瓜菜代，大干部偷，小干部搂。平等社员喝稀粥。哈哈哈！"

李长顺扬长而去。

像第二次世界大战盟军在诺曼底登陆的那天一样，一九七〇年二月二十一日，是我一生中最漫长的一天，直到太阳落山，家家升起缕缕炊烟时，村庄里依旧平静得像一潭刚刚解冻的湖水，碧绿如浆，深不可测。

人定时，立春来了。

"大叔，你出来一趟。"我骤然紧张起来，我知道，立春将告诉我实情。

唐亨福（立春）摄于一九八三年

"这是啥呀?"在院子里,他从裤兜里掏出我的那包手稿。我一把抢在手里:"怎么在你这儿?"

立春平静地说:"昨天晚上大队让我到南街去抄家,可我担心你家出事,就趁天黑偷着溜到你家里了。我一直站在院子里,生怕我大爷出什么闪失。没想到,南街的管儿头,从你家茅房里出来,手里攥着这包东西。我当时就急了,一把把这个东西抢下来,并警告管儿头不许乱讲,管儿头生来怕我,别说就这么几张纸,就是钱,他也不敢跟我抢。"说完,他嘻嘻地笑了。

月亮升起来了,望着月光下这个稚气未消的小伙子,我心里猛地意识到,立春就是上帝派来救我一劫的使徒。

"写的是啥呀?"立春随口问我。

"一个年轻人的爱情故事。"我说。

"是你自己的故事吧?"他得意地问,我点了点头。

二十多天后,在深入开展的"一打三反"运动中,在全村批斗大会上,七队队长李长顺被基干民兵突然揪上台来。

"打倒现行反革命分子李长顺!"

"李长顺不投降就让他灭亡!"

在震耳欲聋的口号声中,这个一辈子腰杆儿宁折不弯的冀东汉子,情急之下竟尿了裤子。

一九七〇年,对于中国人民来说,应该是一个凶年。年初,在各级革命委员会的有效监督下,全国各族人民度过了一个氛围肃杀的革命化春节(严禁任何节庆活动,所有单位照常上班)。紧跟着,在"一打三反"运动的冲决下,"文化大革命"开始像水银一样,渗透中国社会的底层深处。

三月初的一天黄昏后不久,村治保主任来到车门房窗前:"唐子清听着,你大闺女唐棣,已被原单位定性为现行反革命分子,戴管制分子帽子,开除公职遣返原籍了。"

我急着跑出车门房:"四叔,我姐?……"

"人已押到县里了,让你们明天到县公安局领人去。"

直到天黑之后,父亲和母亲一直坐在炕沿边一动不动,唐华小心地找出油灯,母亲却声音喑哑地说:"别点了……"

黑暗中,一家四口就这样默默地坐着。从母亲那里,传来了强忍的啜泣声。

姐姐唐棣一九六六年大学毕业后恰逢"文化大革命",分配工作的事情便被耽搁下来了。一九六八年夏末,全国大专院校毕业生分配工作重新启动,辽宁财经学院财政系毕业的姐姐被分配至辽宁北部的康平县人民银行,当了一名会计。在我们四个孩子当中,姐姐是唯一一个大学毕业后参加工作的人,父亲对她寄予了很大的希望。然而,由于"文化大革命"期间交友不慎,参加工作后不久的姐姐,便被卷进一团有口难辩的政治无聊当中,几个回合下来,笃实敦厚的姐姐便自己走进了无产阶级专政张开的罗网里。在"一打三反"运动中,康平县人民银行是需要战绩的,对一个无任何背景的新分配下来的大学生开刀,既可毫无顾忌地恣意枉断,又可张扬阶级斗争的重大成果,实可谓事半功倍的一件快事。于是,姐姐遭到了最严厉的惩处,罪名是现行反革命分子。

从县里回来的路上,已被无数次批斗会搞得心力交瘁的姐姐,坐在牛车上一直沉默不语。我赶着牛车,望着远处绵延起伏的燕山山脉,望着紫色群山间跌宕盘亘的万里长城,心情早已木然。

此时此刻北京工人体育场,正在召开的十万人参加的公判大会上,被五花大绑的遇罗克始终倔强地不肯低头。四年前,这个文静的善于思考的北京青年在《中学文革报》创刊号上发表的那篇《出身论》,曾让多少读者的眼前一亮。今天,当他因维护真理公平和正义而付出二十七岁生命代价的时候,遇罗克显得如此坦然。

"一打三反"运动是一场全民参与司法程序的群众运动。在一九七一年春耕大忙的日子里,村子里会经常接到一批一批待决的案例。各小队的男女社员,坐在生产队饲养员的炕头上,由一个识字的年轻人宣读每一个人犯的案情。每宣读完一起,队长唐贵就会大声地问:"咋儿判?"

"枪毙。"

"枪毙。"

"枪毙。"

一旁的会计唐子诚就会代表唐庄一队全体社员的意见记录在案。

不久,六队的唐连杰因被人告密而被捕了,罪名是利用挖地道的机会,以宣讲《封神榜》和《水浒传》等封建糟粕,含沙射影攻击无产阶级"文化大革命"。

在讨论唐连杰的案例时,唐庄的男女社员却都迟疑了。因为唐连杰虽然出身富农,但他一九四八年便报名参加了中国人民解放军,并先后参加过辽沈、平津战役和抗美援朝战争，是一个立过战功的革命军人，而且，都是姓唐的一大家子人，亲戚里道的，真下不去手。

"咋儿判？"唐贵问大家。所有的人都沉默着。

"哎呀，"唐贵有些急了："咱老百姓只是在这儿表个态，真到判案时，法院自有法院的尺度。表个态吧，说。"

"……"人们依旧沉默着。

"说话呀。"唐贵也很为难："怎么判？"

"枪毙！"人群中不知谁嘟囔了一句。

"大点儿声。"唐贵装作没听见。

"枪毙。"

"枪毙。"

窗外，三星都打横了，明天还要赶早下地呢，夜深了，谁也陪不起了。

"那就定枪毙了。"唐贵再一次确认后，如获重释地喊了一句："散会！"

唐连杰最终在河北清河盐场度过了十年的劳改生涯。而当年的告密者，竟然是我的交响乐《伏尔塔瓦》的唯一听众唐诚。

姐姐和我们一起下地了。在盛夏烈火似的骄阳下，父亲、姐姐、唐华和我，同时躬耕在故乡唐庄的土地上。我至今不敢设想父亲当时的心情，我知道，他心里一定会非常难过，并万念俱灰，但从表面上看，父亲始终是乐观的。他一再嘱咐我们，在平日举止言谈中，一定要在乡下人面前做表率，他甚至依旧注意我们的着装，他说："农民会把你们当成模仿的样板，所以穿着要尽量得体，因为你们是城里人。"

姐姐被遣返故乡时虚岁已二十八了，这样年龄的女人，在冀东乡下已寥若辰星了。繁重的体力劳动和接连不断的批斗严重伤害了姐姐的意志，在这种非人的重压下，一些或同情怜悯或乘虚而入的媒人相继找上门来，父亲和母亲陷入极大的痛苦之中。

一些流言开始像野火一样出现在人们的街谈巷议中。"听大队干部说，有人要把唐棣介绍给三队队长的儿子。"消息传到家里，全家人心情沮丧得难以言表。

这里说的三队队长的儿子，是一个离过婚的年逾四十的庄稼汉子，此人一只独眼，性格刚烈，当年入洞房时，就因那女人不从，而用剪刀强行剪断新娘的裤带而闻名乡里。三队队长是一位颇有威严的家族首领，其家族势力在唐庄可直接左右大队的核心领导班子。因此，流言一经传开，一些乡邻便已看到这门亲事的结果了。

但唐庄一队的乡亲们对此却怀有极大的反感。

"这不是乘人之危吗？"

"人家一个大学生，一个黄花大姑娘嫁给他家当媳妇，天下的好事都让他家占了。"

对于所有这些市井议论，父亲保持着出奇的沉默。但有一天，我曾偷听到父母的一段对话，让我看到了父亲沉默的背后。

母亲说："妞子的事情，看来迟早要面对了。"

父亲说："我问过唐棣了，孩子宁死不从。"

母亲问："那咱拗得过他们吗？"

父亲一字一顿地说："只要我豁出老命去，鱼死网破的事情，谅他们不敢做。"

几天后的一个上午，母亲已在灶台前准备午饭，大队党支部书记满脸堆笑地挤进门来。

"烧火呢，大嫂子。"

母亲心头一紧："哟，书记来了，请进，进。"

"我大哥没在家？"书记居然称父亲为大哥，这在母亲看来，肯定是大难临头了。

"没，他这些天病了，去医疗点拿药去了。"

"有病可得看呐。"书记显得格外关心："我大哥上岁数了，冷不丁回家来种地，也真够难为他了。"说着，他坐在炕沿边："大嫂子，我今天来，是想给你们家我大侄女提个亲。"

"你提的可是三队队长家的老大？"父亲推门进来，脸色十分阴沉。

"哎哟，看来大哥早就有思想准备了……"书记赶忙迎了上去。

"听我说。"父亲用手势制止了他："身为唐庄人，你应该清楚，三队队长和我爹是一个太爷的曾孙，他儿子和我闺女辈分不对，又没出五服，当叔的想娶本家的侄女，岂不乱了伦常。况且《婚姻法》中明确指出，禁止近亲婚姻。身为大队的党支部书记，你应该知道这些法理。"

一席话说得书记张口结舌，临走前他丢下一句话："何必发火呢？考虑考虑再说嘛。"

几天之后的一个夜里，父亲、姐姐和我被带到下放干部住的地方。村里的一个电工坐在屋子的一个角落里，当下放干部讯问父亲的时候，那电工竟当胸一拳，将父亲打倒在地上，姐姐哭着扑了过去，那电工还想再打，被下放干部制止了。

父亲终于病倒了。一连几天，他高烧不退，饭菜端上来，他连看都不看一眼。母亲安慰他，可他却一直睁着双眼，喃喃地说："是我害了孩子们，是我害了孩子们……"

姐姐更整日焦躁不堪："再这样逼下去，我到县公安局去，让他们给我判刑吧，多少年我都认了，只要离开唐庄，离开这个是非之地。"

一个秋雨缠绵的夜晚，窗外突然传来了低沉的召唤声："唐棣在家吗？唐棣……"

"谁？"姐姐一惊，脸色变得苍白。

"我是下放干部希林，请你跟我走一趟。"

我认识这个叫希林的下放干部，听说他是《唐山报社》的一位高级编辑。我向姐姐点了点头，姐姐站起身来，望着父亲。

"去吧，他们不坏。"说着，父亲猛地咳嗽起来。

姐姐推开街门的时候，希林已站在街心了，见姐姐出来，他什么也没说，转身便向他们的驻地走去。

踏着遍地的泥泞，姐姐跟在希林的身后，她不知此去将面临着什么，但她已将心一横，准备应付一切险恶了。

屋子里很温暖。土炕上，五六个下放干部正围在一盆红彤彤的炭火前，一个女干部见姐姐进来后，忙倒出炕头的一个位置来："唐棣来了，坐，坐炕上。"姐姐紧张的心情顿时舒缓下来。

"唐棣，今天只问你一个问题。"下放干部的领队老高口气平和地直起身来，眼睛却一直盯在那盆烧红的炭火上。

"听说，大队书记日前到你家给你提亲了？"

姐姐点了点头。

"听说你父亲为此气病了？"

姐姐点了点头。

"那我问你，希望你说实话。"老高抬眼盯着姐姐："你自己同意这门亲事吗？"

围在火盆边的下放干部都抬起头来看着姐姐。

姐姐摇了摇头："我不同意。"

"为什么？"老高继续盯着姐姐问。

"因为，因为……"姐姐突然觉得很焦躁："我刚刚走出大学校门，我还没有为国家作过任何贡献，我不可能就此变成一个农村妇女。即便我有罪，等我赎完罪后，我还希望政府能给我一个重新做人的机会……"说话间，姐姐已泪流满面，泣不成声了。

屋子里静得出奇，只窗外的夜雨仍淅淅沥沥地下着。

许久，老高重新抬起身来："唐棣，今晚的事情不要和任何人再讲了。但请你放心，这桩亲事，不会有人再提了。这一点，我拿我的人格向你保证，至于可能的报复，我们也绝不会听之任之，一句话，只要我们人在唐庄，我们就会尽力让这里的事情公平公正。至于你自己的问题，请你一定相信党，要乐观地接受考验，要相信人民的力量。"

老高是一个身材颀长，气质儒雅的老者，时任唐山市政法系统的一位领导干部。从下放干部屋里出来后，黑暗的泥泞里，姐姐眼前总有一团挥之不去的温暖的火光。

一九七一年早春，在结束了长时间的隔离审查之后，叔叔在恢复自由的第一时间，便携长女唐枚回故乡探亲了。

父亲在得知叔叔回乡省亲的消息后欣喜万分。那一天，父亲趁天还没亮，就用大扫帚把北街从唐庄一队社管到大槐树底下打扫得干干净净。吃罢早饭后，父亲便独自一人站在村头台地上，像当年叔叔等父亲回乡一样，开始了漫长的等待。

台地深处，躁动不安的鹤群望着天空中北归的雁阵，发出了银号般的鸣叫。村北还乡河两岸的柳行，已笼罩在一团鹅黄的雾里。和叔叔已六年未见了，还是一九六五年婶母去世时，父亲为慰问叔叔和孩子们去的天津。这些年来，父亲一直牵挂着叔叔，牵挂着那三个失去母爱的孩子。

远远地，当叔叔和小枚的身影出现在公路尽头的时候，父亲踉跄着向前迎去，他忽然觉得叔叔竟变得如此弱小，单薄的身躯、佝偻的腰背竟像是一个老人，更像是一个孩子。父亲无力地站住了："回来了，子洵回来了。"

叔叔深陷的眼窝和憔悴的脸庞，让父亲感到揪心的悸痛。兄弟二人见面后，只叔叔喊了一声"哥……"便再也无话可说。许久，父亲才转过身去："跟哥回家……"

此时叔叔的心里，蓦然升起一股强烈的依恋感，他紧紧地跟在父亲身边，像当年从前门火车站走向故都北平一样，朝故乡这条既熟悉又陌生的老街走去。

当天晚上，母亲和姐姐、唐华、唐枚在唐子廷大婶的邀请下，到上院西屋住下了。父亲、叔叔和我就睡在了车门房自家的土炕上。

大概是喝了些酒，我已困倦难耐了。

"唐浩先睡吧。"叔叔为父亲端来半盆热水："哥，烫烫脚吧。"父亲顺从地脱了鞋袜。

半夜醒来时，屋子里的油灯早已熄了，昏暗的光线里，我听见了躺在炕上的叔叔与父亲一段令人至今难忘的对话。

"哥，还记得不，在香山慈幼院时，你带我去了一趟颐和园。"叔叔沉浸在少年时代的回忆中。

"记得那是刚过清明的一个星期天，站在十七孔桥边上，你突然说，子洵，脱了，跟哥下去游一回昆明湖。我当时觉得你简直是疯了。我说，哥，哪有这个节气下水的，这水忒凉。可再看你，三下两下就把长衫给脱了，你说，跟哥游一会儿，快！我说不行，我怕凉。你一下子就火了，别忘了，你是个男子汉，坚强点，一咬牙就挺过去了。说着，你不由分说就把我的衣裳给扒了，并一把把我推到冰冷的湖里。"黑暗中传来叔叔咯咯的笑声。

"哥，我这辈子其实挺怕你的。"笑过一阵后，叔叔轻轻地说。

"现在还怕吗？"父亲认真地问。

"现在？"叔叔迟疑地说："还怕……"

"现在还怕什么呢？"黑暗中父亲轻轻地问。

"怕你死了……"

许久，传来父亲喑哑的声音："哥一时半会儿死不了。"

长时间的沉默。

许久，从黑暗中传来父亲的声音："你哥这辈子，想做的事情太多，但做成的事情太少了。不要把你哥看得太重，你哥只是中国历史长卷中的一粒尘沙。当然，这些话是不能对孩子们讲的，在孩子们面前，我始终不忘激励他们，振作精神，脚踏实地地从头做起，因为我最不想看到的，就是他们这一代的沉沦……"

泪水滴落在枕头上，我强忍着，不想让父亲知道我已醒了。

443

"哥，明天我想带小枚给咱娘上坟去。"又一阵长时间的沉默之后叔叔说。

"坟没了……"父亲讷讷地说："运动开始后不久，各家的祖坟就都给扒了……"

外面传来了一声驴叫，随之，远近此起彼伏的驴叫将故乡宁静的子夜，喧嚣得格外凄冷。

一九七一年盛夏歇伏的时候，家住抚宁县四照各庄的张凡去了趟天津。其间，他探望了他的老姑，仰山伯伯的小妹张淑媛，探望了他的大姑父，我的子洵叔叔。

张凡的大姑张淑云，即我的婶母。一九六五年，久病缠身的婶母终于撒手人寰了，撇下了三个幼小的儿女，撇下了我可怜的子洵叔叔。对于张凡的到来，子洵叔叔百感交集。谈话间，这个办事沉稳干练的小伙子，给子洵叔叔留下了很好的印象。在日后给父亲的来信中，子洵叔叔提到了张凡，提到了唐张两家继续联姻的愿望。在子洵叔叔看来，张凡应该是唐华最可以信赖终生的伴侣了。

入秋后不久，张凡托天津老姑买的一辆28飞鸽牌自行车，通过朋友托运到了山海关火车站。一天收工后，张凡骑着那辆旧白山牌自行车，驮着弟弟张颖去山海关提货了。张凡哥儿俩在四照各庄都以吃苦耐劳而闻名乡里，即便去百里外的山海关提货，哥儿俩也不肯耽误出工。

回来的路上，张凡让张颖骑那辆新车，自己骑着旧车跟在身后。

公路两侧无边的稻田沉浸在一片深蓝色的夜雾里。兄弟二人一路说笑着，仿佛这广袤的大地只有他们兄弟两个人。

"哥，你啥时去唐庄相亲呀？"张颖问张凡。

"嘻，等大姑父来信再说吧，还不知道人家是怎么想的呢。"

"唐庄离咱家多远？"张颖问。

"和去山海关差不多吧，从昌黎奔卢龙，过条青龙河才进迁安地界。"张凡的心情一直很好，他不知道大姑父提到的这个唐华是个什么样的人，但听父亲说，大爹张师贤与唐华的父亲唐子清可是一辈子的挚友。

公路尽头，一辆黑色的轿车迎面疾驰而来，雪亮的车灯晃得张颖不得不停下车来，张凡也急着靠向路边。刹那间，那轿车呼啸着风驰电掣地从身边掠过。

"不要命啦！"张颖朝那车后狠狠地吐了口唾沫。转身刚骑上自行车，发现迎面又一辆黑色的大轿车扑面而来,紧跟着,又一辆军用中卡疯也似的冲了过去,车上挤满了全副武装的军人。

"出事了。"张凡望着汽车消失的方向担心地说。

四周的田野又恢复了午夜的静谧。

十五分钟后,一架编号256号的三叉戟客机,从山海关军用机场强行起飞了。一小时四十七分钟之后,在接近蒙古人民共和国的温都尔汗上空时,这架飞机因燃油耗尽迫降失败,机上人员无一生还……

二十六
迁安风物

　　从迁安县城东行十里，地势便缓缓升起，形成了一片坦荡的台地。故乡唐庄的大片耕地，就散落在这片台地上。在这片台地上，无论你站在哪里，只要放眼向南望去，都可以看见夏官营东南不远，那座呈标准圆锥形的团山，以及团山山顶耸立的文峰宝塔。

　　据史书记载，文峰塔始建于明万历年间，塔高七丈有二，塔体为砖土实心构筑，十三层斗拱托檐，钟铃悦耳，挺秀而雄伟。

　　站在文峰塔畔西望滦河，但见河床宽阔，水面平缓，两岸村庄掩映在一片浓绿的杨柳深处。滦河对岸一道青色的山峦，如一条巨龙横卧在冀东的大地上，这便是迁安与滦县相接的龙山。

　　相传每年二月二"龙抬头"那天，太阳从东方升起时，团山上文峰塔的塔影，正映在滦河西岸龙山的龙山头上。这"棒打龙头"的传说，为迁安涂上了一层悲剧色彩，而淳朴善良的迁安人，却乐此不疲地讲述着这个故事，代代相传。

　　春天来到迁安大地的时候，在台地上栖息了一冬的上千只灰鹤便开始躁动了。对着天空中掠过的雁阵，灰鹤们不时挥动着双翅引颈长鸣。终于，在一个阴郁的早晨，巨大的鹤群欢愉地鸣叫着离开了台地。它们在台地和唐庄上空舒缓盘旋一周后，便径直朝燕山深处飞去。

　　南方吹来的暖风，被燕山阻挡在迁安大地上。在这样的季节里，人们经常会看到一股股连天接地的大旋风，在田野河滩和村庄上空肆无忌惮地游荡。旋风所到之处，地面上的枯枝败叶，村庄里的草筐烂席，会被瞬

从文峰塔下远眺滦河龙山

我们队里的年轻人
（右一为立春、右二为银河、右四为作者、右五为唐桂岩）

间卷起并旋转着直向苍穹。迷信的村姑少妇一旦与这旋风遭遇,都会拼命地朝它吐着唾沫,以避邪气。

大地解冻了,四周一片泥泞,在等待播种的季节里,庄稼人开始忙着打坯换炕了。

冀东农民睡的都是土坯砌成的火炕。所以早春时节,人们都要将旧炕拆换一次,拆下的炕土,是庄稼人种地时上好的钾肥。而打坯造炕,便成了早春的第一件农事,也是对我来说很感艰难的一件事。

首先,要将两车黄土,和成适合造坯的泥。这是桩泥水之间的力气活。其中有许多经验和教训。至于打坯,对我这个身高一米八二的城里人来说,更像是一种体罚。我见过立春、银河、唐桂岩、唐桂满打坯,那简直是一种街舞般的享受。他们打的土坯从规整程度上讲,比我差多了。但因此他们反而挖苦我:"你打砖坯盖楼呀。"他们自有他们的道理:"土坯越规整,烧炕时挂得烟灰越少,这样的炕土,肥力自然就小。"看来,庄稼人的经验,是颠扑不破的真理。

冀东地区春天的第一场透雨,大都发生在阳历四月中下旬。那雨是灰绿色的,往往伴着沉闷的雷声,将远处的燕山,渲染在一幅淡淡的水墨长卷里。

从头天夜里开始,队长唐贵和副队长唐桂林,就在生产队驻地忙碌起来了。面对雨情,他们商量着先种哪块地。会计兼仓库保管唐子诚打开尘封了一冬的库房,开始往库房外搬那些早已选好的花生种。

透雨过后的第二天清晨,当南街那几棵高大的响杨树上的黎雀还没叫的时候,村庄上空便竞相响起了十个生产队上工的钟声。

全队的男女老少挤在生产队的院子里,听着唐桂林的调动,掌犁铧的唐子仪、唐桂金和唐明顺各领一个组。其间有牵牲口的孩子,点种的老人或壮年人,掂粪的一群小伙子们,拉簸索的姑娘们及拉磙子的孩子们,每组起码要十几个人。人物齐备之后,一声令下,便浩浩荡荡地向村外出发了。

唐庄的土地,大多属沙壤,极适宜种落花生,因此,除台地上有水浇之便适于种麦之外,村南许多沙坡都是花生地。

铁犁插进潮湿的沙地之后,唐子仪弯下腰去,将棉裤的裤腿重新用绑腿裹紧。

"驾!"他轻喝一声,那头黑犍牛将头一低,大地立刻被犁铧划开一条温暖的浅沟。

唐东汉挎着装满种子的柳斗，低着头紧跟其后。他用右手抓起一把种子，一步一点地，将种子均匀地撒在垄沟里，并随之将种子踩实在脚下。"春雨惊春清谷天，夏满芒夏暑相连……"老人嘴里哼着自己编的小曲，一副悠然自得的神情。

随在点种人的身后，掂粪的四个小伙子，便依次抄起粪箕忙了起来。事先送好的粪，每堆之间十米左右。掂粪的人按粪堆分好四个人的位置，跟在点种人身后，将粪肥均匀地撒到垄沟里。在故乡的日子里，每到种地的时候，我都是掂粪的。这项工作技术性很强，最重要的是，如何把每堆粪，平均准确地撒在垄沟里，这需要经验，需要有责任心，绝不可浑水摸鱼。否则，花生一旦长起来，庄稼人一眼便可看出，哪里下的粪多，哪里下的粪少。

种落花生的日子，是庄稼人最兴奋的日子。因为生产队有一条不成文的规定，即种地期间，社员不可偷花生，但可以吃。没有什么比花生更香的东西了。那丰满干燥的果实，嚼在嘴里，甚至可以品味到巧克力的芳香。

每逢这时，唐桂林就会说："我心口疼时，吃几粒生落花生，就舒服多了。"一个时期以来，唐桂林的脸色一直不好看，有一次，他到地里检查工作时说："我这肚子里胀得忒难受。"他问我："你知道不，这儿是啥部位？"他用手指着右腹。我赶紧摇头："不知道，你上医院看看呗。"回家后，我问母亲，母亲不无忧虑地说："怕是肝脏。"

玉米和高粱出苗后不久，漫长的间苗工作便开始了，这是一件特别遭罪的事情，庄稼人把间苗称为"四棱叠"，一句话，就是跪在地上爬。下地时，人手一把手锄，人们蹲趴在地里，用手锄边锄松垄上的泥土，边薅掉已经长出来的杂草和弱苗。这项工作双腿必须具备相当的柔韧性，对于习惯盘腿上炕的姑娘们来说，困难要小得多，但对于像我和姐姐这样高身材的人来说，简直就是一种酷刑。

当然，为谷子间苗时，则不然。因为谷子间苗的速度通常要比玉米、高粱慢得多，你自可索性坐在地上慢慢地干，那滋味要比跪在地上爬强多了。

在无风的日子里，太阳将大地晒得暖暖地，四周安静得像人迹罕至的山林。

"唐浩,给大伙儿唱个歌吧。"一天,领头的唐桂权大哥实在感到百无聊赖了。

"唱个啥?"我问。

"啥都行,唱个外面的小浪调。"唐桂权眨着眼睛。

"唱一个!唱一个!"身旁的年轻人全都欢呼起来。

我清了清嗓子,陷入了惆怅。

> 在那遥远地方,那里云雾在飘荡。
> 微风轻轻吹来,掀起一片麦浪。
> 在亲爱的故乡,在故乡小河旁
> 我和从前一样时刻怀念着你。
> 我在每日每夜里,时刻在把你盼望。
> 盼望远方……

"唐浩!"身后突然传来姐姐严厉的呵斥声,我回头看去,见她气急败坏地瞪着我:"你想找死呀?!"

"我……"我沮丧地摇了摇头。

"没事呀,姐。"唐华在一旁劝道。在几年的农村生活的锤炼下,唐华已深谙乡村盘根错节的复杂关系,知道何时进退,何时张弛。

"你懂个屁。"姐姐怒斥唐华:"这是苏修的歌。"

"没事呀,大姐。"身旁所有的年轻人都喷怪地望着她。姐姐都气得快哭了:"没事儿,没事儿,一旦出事了,坐牢的是他!"

在阶级斗争的不断打压下,姐姐早已成了惊弓之鸟。

由于体弱,生产队不久就安排父亲当大粪员了。对父亲来说,这其实并不是件坏事,工作时间及劳动强度都由他自己掌握,只需把唐庄一队各家厕所里的粪便掏出来,并挑到生产队驻地后的大粪场即可。

父亲是个极爱整洁的人,这期间,他不但做好了自己的本职工作,还义务将所有社员家的厕所,都收拾得干干净净。此外,一生关心乡村建设的父亲,这期间还经常走街串巷,了解农民的生活疾苦,了解农民及其子女受教育的情况,了解农村赤脚医生的工作情况。父亲曾深有感触地对我说:"我一生关注乡村建设,但最终只是在滦榆地区一个巴掌大小的地方,摆了个样子给大家看。尽管如此,当时我们已排除万难了。相比之下今天共产党改造河山的魄力，实在令人钦佩之至。所有我们想到的事情，他们几乎都在做了，不容易呀，你要知道，五六亿的农民呐。"

一九七二年早春，在县城赶集的时候，我看见一个庄稼汉正沿街叫卖一只灰鹤。那是一只伤鹤，宽大的左翅已被折断，灰色的羽毛狼藉不堪。一群赶集的乡下人围在那里，好奇地逗着它，我毫不犹豫地挤了进去。

"你这鹤咋儿卖？"我问。

"来买主了。"周围的人感兴趣地望着我。

"八块。"乡下人用手比画了一下。

"太贵了，再便宜点，我买了。"我说。

"八块还贵。"那乡下人揣着手："买只母鸡还得四块钱呢，你掂掂这大家伙，还不抵两只母鸡沉。"

"便宜点卖了吧。"大家都希望这笔交易成交了。

"五块，我就抱走，再多我也没钱了。"我看着那乡下人。

他迟疑了："打这家伙不容易呀，我在水渠里蹲了半宿。一枪下去。那鸟枪的火药差点儿崩着我眼睛。"他愤愤地说："拿去吧，反正集快罢了。"

这是一只蛮有重量的大鸟，长长的尖嘴，一双机警的眼睛，那没受伤的右翅扑动着，扇起一股有力的风响。我连抱带轰地赶了二十里土路。好不容易才把它赶回唐庄。

母亲为灰鹤受伤的翅膀绑上了夹板，父亲则时常喂它。并长久地注视着它，那灰鹤通灵性，只要父亲从外面迈进街门，院子里的伤鹤就鸣叫着扇着右翅跑过来，父亲从字典里查到，它的学名叫"鹳"。

迁安城东的庄稼人，几乎都认识一个走村串巷的乡村摄影师，此人叫白景申，徐流口森罗寨人。白师傅个头儿不高，声音沙哑得近乎失声。他通常骑一辆白山牌自行车，车上驮着一台套着黑布的德国产的照相座机。一个沉重的三脚架，还有一卷画着"三潭印月"的背景布。每当农闲，白师傅就会出现在城东各个村子里。这时，村里的大姑娘小媳妇，就会兴奋地相互告之。即将祝寿的老人家里，便会烧火造饭，白师傅的工作，很快便开始了。

这一次，父亲竟意外地请白景申先生，为自己和那只伤鹤留了张合影。

父亲和灰鹤的合影

唐华（右一）和她的伙伴李小与淑文（一九七四年）

从父亲那忧郁的目光中，你能看到他坚定的信念。只是按动快门时，那鹤却低头了，因为地上有只蜘蛛在爬。

父亲一生喜鹤，他欣赏仙鹤那高贵的气质，欣赏群鹤从天空掠过时那壮观的阵容，他把这张与伤鹤的合影，寄给了仰山伯伯和祁伯伯，想必对父亲当时的心境，他们都一目了然。

唐华是个了不起的女孩子，与父母回乡时，她刚过十三周岁，而且从来没到过农村。但几年乡村生活的磨炼，让她很快适应了故乡的一切，每天从早到晚，唐华除下地劳作之外，还帮母亲做了大量的家务。难怪周围的婶子大妈无不夸奖说："小华真是个心灵手巧干活泥腿的好孩子。"听老人说，有的儿女来到世上，是向父母要债来了，有的儿女来到世上，是替父母还债来了。唐华是典型的后一种，她用她一生的奉献，替父母还清了人世间所有的债务。

唐华的悟性好，又不惜体力，从烧火做饭到挑水灌园。从养蚕喂猪到推碾拉磨。从纺线织布到赶集上店，家中所有劳务无不参与，而且毫无怨言。相比之下，我就要消极得多，也被动得多。

多少年之后，我问过唐华，对于我当时的消极与悲观，她是不是有满肚子的牢骚，唐华却笑了："哥！我文化水平低，傻。你文化那么高，想得多，是可以理解的，人生识字忧患始嘛。"说着，她爽朗地笑了。

玉米苗长到半尺高的时候，农村进入三铲三耥季节。这一时节，壮劳力每天下地的工具，就是大锄。冀东的田间管理，较之辽东庄河来说，可要精细得多。玉米田里自间苗后，绝不会再让它长出一棵杂草来，这就需要庄稼人反复地用锄头疏松土壤，除去杂草。当然，在盛夏的阳光下，耪地是需要气力的。而且，稍有不慎，一株茁壮的秧苗便会被飞快的锄尖咔嚓斩断。遇到这种情况，真是心痛得不得了。

在故乡，绝大多数田间的四季农活，都有一个领头人，其称谓是"打头的"。社员们每到田间地头都要休息片刻，之后，"打头的"就会站起来把烟袋一磕，开始一天的劳作。只见他一边用大锄松土除草，一边顺垄前行，三五步后，第二个人始跟进并与前者保持一锄的距离。待一个生产队二十多个青壮劳力，全部以此类推进地之后，你会发现，这雁翅般的阵容竟如此整齐划一。且后者在用大锄替青苗松土除草之后，还需在向前顺锄的瞬间，将前者留下的脚印顺势抹平。"雁阵"过后，松软的大地几近天衣无缝。

初下地时，我被大家安排在阵尾，因为只要被编入阵中，就一定要跟得上全队的节奏。于是我时常被落得很远，时间长了，大伙儿给我起了个外号叫"慢火攻"。当然，这外号最终并未叫开，因为一年之后，我便被排到阵中了。当然，在享受承上启下的荣誉感的同时，我必须从早到晚保持在高强度竞技运动的状态下。在庄西台地上，有一块垄头近四里长的玉米地，每次去那里耪地，我都感到特别艰难。遇到天旱时，地表板结得像块石板。一锄下去，锄刃在石板上只能滑出一道印痕。再下一锄，石板虽被刨开，可往回拉锄却要使出破冰的气力。一天劳作下来，浑身都快散架了。

三遍铲耥之后，时近夏至节气，麦子眼瞅着就变黄了。一年当中，这是许多庄稼人盼望的时刻，也是许多庄稼人最要劲咬牙的时刻。因为麦收可以缓解入春以来口粮日渐趋紧的困难，而抢收小麦，也是一年当中最艰苦的农活之一。

冀东农民收获小麦时不用镰刀而是用手拔，因麦收时，天气大都晴好，地表干旱如铁，所以拔起麦子来，往往真需要咬牙而为之。为鼓励社员的斗志，麦收时节，各队都要组织中老年妇女蒸馒头、烙大饼，加上粉条炖豆腐，挑到田间地头，而为了能吃上这顿免费的午餐，生产队能够下地的男女老少，全都关门闭户，不请自来。一时间，人如潮涌干劲冲天好不热闹。东头儿的狗留午饭时因吃下六个碗口大小的馒头，致使下午干活时，竟捧着大肚子站不起来了，惹得他爷爷一顿臭骂。

滦河两岸是一片散落了许多历史故事的地方，其中神农氏后裔在这里建立的孤竹国，虽然时常被人遗忘，但孤竹国君的两个儿子伯夷和叔齐，却在中国历史的长卷里，留下了"能以国让，仁孰大焉"、"不食周粟，以身殉道"的经典，并被随后形成的儒家学派大力推崇，成了历代名士高风亮节的楷模。春秋时代，齐桓公兵发燕国，即在孤竹地界陷入迷谷。谋士管仲命人牵来几匹老马，方引大军走出困境。而唐王东征时留下的许多传说，更为那次征伐染上了许多的传奇色彩，成了后人茶余饭后乐此不疲消遣与炫耀的内容。

相传太宗李世民亲统帝国军队途经冀东时，曾御封迁安城东三里河为"铜帮铁底饮马河"，故该河夏不漫堤，冬不封冰，成了今天迁安新城景观改造的一道风景。而唐王一时兴起御封的"一年七十二场浇边雨"，更让燕山长城千百年来一直沐浴在大唐帝国的恩泽之中。

所谓一年七十二场浇边雨,其实只是渤海上空的暖湿空气北上时为燕山所阻,冷暖气流形成了锋面。故每年从春至秋,长城(冀东乡民称之为"老边"或"边关墙")降水丰沛当成必然。

盛夏的季节,迁安一带常会出现"夏雨隔牛背"的气象奇观。

在响晴的日子里,随着一阵疾风吹过,如山的积雨云便会像舰队一样,从燕山深处向平原驶来。正在台地上劳作的庄稼人,常会被这突兀而至的阵雨所袭扰。那雨来得急,去得快。当巨大的云影拖着铅灰色的雨脚,向燕山深处退去的时候,人们常会在一幅雨过天晴的画卷中,看到一泓完美的彩虹。那彩虹连天接地气贯长空,而彩虹之后的雨云更巍峨如山气象万千。每当这一时刻,我都会忘记人世间所有的苦闷,并从心底感受到大自然带给我的那份少有的宽慰。

多少年过去了,真想在有生之年,再见一次故乡的彩虹。

久居故乡,我逐渐掌握了冀东地区的天气演变规律,并先后采集了大量流传乡里的气象谚语,诸如"雷阵雨,三后响"、"开门风,关门雨"、"早阴阴,午阴晴,半夜阴不到天明"、"东闪空,西闪风,南闪火门开,北闪有雨来",等等。

一九七二年,在县城新华书店,我又买到一本上海市革命出版小组出版的小册子《看云识天气》,更让我进一步了解了各种层云、积云、层积云,了解了高压脊、低压槽和冷暖锋与静止锋,我开始对天气预报产生了浓厚的兴趣。

在冀东,乡下人常说,只有王八才通晓气象。所以我时常自嘲就是王八。时间久了,面对天边涌来的乌云,常有人问我:"唐浩,你看这云彩有雨没?"我便立刻观察云之形态、云行方向、风行方向,最终给以综合评估并得出结论。实践证明,我所做的天气预报,十之八九是准确的,所以,连平日最不善言笑的唐桂中都笑着肯定了我:"唐浩真是个王八。"

当然,失手的案例也曾给人以深刻的记忆。

一年麦收时,麦场做在了河沟北。一天,红日当头暑热如蒸,刚吃罢午饭,生产队的钟声就响了。队长唐贵站在麦场中央,望着西北天际急速涌来的一团阴云,不无担心地问我:"都说你能看天道,你好好看看,这后响能下不?"

对于唐贵的信任,我诚惶诚恐,我认真分析和判断,最终得出了结论：“下不了，老太爷，这雨应该顺老边向东走了，咱这儿下不了。"

唐贵掏出烟袋舒了口气："我急着敲钟，就担心这天儿不好。"他对跑进场院的社员们说："不用抢场了，唐浩说了，下不了。"

周围一片对"王八"的赞许。

但天有不测风云，忽然，一股凉风从那云底迎面吹来，毛白杨的树叶立刻被疾风翻卷成铅灰色，紧跟着，成群的麻雀便喧叫着从头顶掠过。

"不好！"我大喊一声："老太爷，快抢场吧！"

只听一声雷响，瓢泼大雨瞬间将麦场笼罩在一片水雾里。

"王八蛋操的！"唐贵愤怒地大喝一声："快抄家伙儿，抢场！"众人在一片嬉笑怒骂中狼狈之极。

雨过天晴之后，落汤鸡一样的唐桂中冲我撇了撇嘴："假王八。"

冀东的庄稼人，把气象学上的灾害性天气，统称为"老天爷下来取(qiu)人了"。在迁安，这样的情况大多发生在盛夏和初秋的季节里，而且大都为水患。唐庄地处一片台地与两片倾斜的扇形开阔地之间，还乡河自西绕北经庄东南注入十里之外的青龙河，所以，每当主汛期青龙河水暴涨的时候，还乡河会因泄洪不畅而泛滥，"老天爷下来取人"的事情自然时有发生。在北街老院的门楼上，有一道半人高的清晰的水志，即"发大水那一年"留下的水文印痕。对那次灾情，《迁安县志》自有记录："1959年7月21至22两天里，迁安连降暴雨，最大降水量达480毫米，青龙河洪水最大流量达8630立方米/秒，全县14个公社遭灾，过水农田19万亩，154个中小水库被毁，5600间民房倒塌，死亡37人。"

如今，四十年过去了，那条还乡河早已在唐庄人的社会生活中消逝了，只剩下一条干涸的沙沟和无数与河水有关的传说。美好的与惊悚的。

在大自然面前，人类是如此渺小。

麦子拔完之后，庄稼人便开始歇伏了，一年当中这是农民难得的闲憩时刻。牲口也歇伏了，像大战前夜短暂的沉寂，农村所有的生产力都在这沉寂中积蓄着力量，迎接即将到来的收获季节。

乡下人常说："人无外财不富，马无夜草不肥。"歇伏的时候，牲口大多需夜牧以增加膘情，那也是一件极富诗意的工作。

黄昏的时候，我牵着一匹老马，趟过还乡河，来到河北岸朱家坟的那块坡地上。四周渐渐地暗了下来，不远处的村庄里，灯光寥落，祥和而静谧。

顺着朱家坟与丁家沟之间的一道浅浅的沟壑，我牵着马慢慢地走上高坡，这里灌木丛生，芳草萋萋，溪水潺潺。老马始终低着头，贪婪地吃着坡地上的青草，不时打着舒服的响鼻。远处，从还乡河庄北河套里，传来姑娘们野浴时细碎的笑骂声。

头顶上的夜空广袤而深邃，繁星像无数晶莹的碎宝石，镶嵌在墨玉般的苍穹上。

一天的暑气，渐渐散去，在一丛紫荆前，我坐了下来，长久地倾听那老马不停的咀嚼声，像是在听一个老人讲述那些古老的传说。一只萤火虫，在身边的草丛中忽明忽暗地游憩，我一直在注视着它，它却不曾惊警。

那是一只十分纤巧的昆虫，圆圆的尾巴一翘一翘的，那豆青色的荧光便像呼吸一样地叹息着。我想起了北京江擦胡同二十九号那一到晚上就会有鬼的后园，我想起了大连明泽湖畔那一到秋天便金黄尽染的林荫路，我不知道下一次我将在哪里还能看见萤火虫，我有些畏惧这弱小的生命，因为它们神秘得像游荡的幽灵。

头顶上的银河，缓缓向西倾斜了，一颗流星，拖着长长的冷焰，瞬间消失在浩瀚的宇宙中。不远处的村庄，仿佛沉浸在一泓深沉的湖水里。衣服渐渐地潮了，身下的草叶上开始凝结了露水，一只夜鸟在黑暗中拖着风响飞向远方。

从古松庄方向传来了午夜的驴叫声，嚣张而肆无忌惮。几乎在同一时刻，周围所有村庄的驴都此起彼伏地叫了起来。从原始时代就形成了这种生物奇异的生理反应，在被人类驯化上万年之后，依旧顽强地保留着。保留在夜深人静的时候，保留在相互召唤的告慰中。

当雾气从河面上升起并缓慢地向四周散去的时候，一丝凉风从愈加昏暗的村庄上空吹过。东方的夜空中，升起一颗格外明亮的启明星。我知道天快亮了。

庄稼人都说："三春不如一秋"这里指的是劳动强度。从九月中旬割谷起，一年一度的收获季节便开始了。谷子收完后，继而起花生，接着就是收玉米、刨高粱、摘棉花、收豆子。初霜下来后，全体社员就全力以赴地起白薯了。收获的季节是漫长的，也是艰苦的，作为一个城里长大的年轻人，我从中深刻体会到了"谁知盘中餐，粒粒皆辛苦"的真谛。

开镰前不久，唐桂宝从县城带回一个令人垂涎的消息。县电影院新近来了一部朝鲜彩色宽银幕电影《卖花姑娘》。

"真不骗你，我从来没看过这么让人感动的彩色电影。"唐桂宝毫不掩饰自己的优越感："宽银幕，立体声。只有坐在电影院里，你才能体会到什么是享受。"

我心动了。

庄稼人看电影，就和自古以来看野台子戏一样，虽说是站在露天野地里，心情却是如此愉悦。黄昏收工时，走在回村的路上，人们便会从迎面跑来的孩子们那里，得知电影放映队进村了。

"什么电影？二丫！"

"还是《列宁在十月》。"二丫边跑边兴奋地说。

心情好极了。一身的疲惫，会在那一刻浑然散尽，吃过晚饭后，是人就都坐不住了，村街上传来大姑娘小媳妇相互的催促声。

"紧点儿的，她二嫂子！去晚了没地方了。"

"着啥急呀，我头还没梳完呐。"

"香兰，你四姐呢？"

"臭美的她，还在西屋换袄呢。"

公社电影放映员唐桂雄，是我四叔唐子玉的大小子。此刻的唐子玉会像大当家的一样，背着手，两腮酒红地出现在银幕前。小雄正忙着架机器接电线。他听见他爹在人群里大声抱怨着："都看了八遍了，还放《列宁在十月》。啥时候冲电影公司要点新的来。"小雄没理他。一束强光正照在唐子玉的脸上，惹得大伙儿一阵哄笑。

每当唐庄放电影的时候，父亲都会在银幕后头找个地方坐着看。父亲最爱看的是正片放映前的《新闻简报》。那时的《新闻简报》，几乎每期都有国家领导人接见外宾的内容，这是父亲最关心的事情。一九七二年，当美国总统尼克松与毛泽东握手的画面，出现在大队院子中央那块被南风吹得像风帆一样的银幕上的时候，父亲从心底里感到温暖。

我从来没在电影院里看过宽银幕立体声的电影。

"效果太好了，我身旁哭昏了好几个老娘们儿。"唐桂宝口若悬河地继续说，我已决定去县电影院看电影了

几天前就听唐贵和唐桂岩念叨，庄南的谷子熟透了。也就是说，今年的秋收即将开始了。为了抢在三秋大忙之前把《卖花姑娘》看了，在我的蛊惑下，居然有十多个年轻人决定与我一同前往。

在故乡的大地上（一九七四年）

那一天，当我们趁天黑透之前骑车三十二里地赶到县城电影院的时候，卖票的那位中年妇女告诉我们，只剩下为数不多的夜场票了。

"看这片子的人忒多，不得不加夜场。十一点五十分开演，片子放完得后半夜两点。"那女人打着哈欠似睡非睡地望着我。

我回过头去问唐桂岩："咋儿办？"

唐桂岩哑着嗓子："咋儿办？看！"大家齐声欢呼起来。

扬声器里一个唐山口音的男人不断扯着嗓子提醒大家注意防火，这是我第一次走进迁安县电影院。满地的瓜子皮起码有一指多厚，踩上去像踩在松软的地毯上。一个习惯在长板凳上蹲着的倔小子，让后排几个厉害丫头，硬是拽躺在地上。放映厅里人声鼎沸烟尘蒸腾。

但，当苍凉哀婉的主题音乐从天而降的时候，电影院里霎时便鸦雀无声了……

回村的路上，唐桂岩骑着车子从后面赶上来。

"大哥，回去打个盹儿，明早趁露水去真武庙那块地收谷子。"

我突然想起一件事，那把才从建昌营买来的镰刀，还没开刃呢。

在收获的季节里，场院是一处别具风情的地方。

唐庄一队的场院，大都设在生产队社管后的那片苘麻地里。白露节气过后，苘麻拔光了，唐兴汉大伯和作舟大伯，便奉命开始做场了。那场面是用毛驴拉着碌碡一圈儿一圈儿压实的，之前要先泼些水，撒些麸屑。这样压出的场面既平滑又结实，周遭再用收获下来的玉米秸围合起来，俨然一处刀枪不透的山寨。

随着五谷杂粮相继进入收获季节，留在场院里的人手便逐渐多起来了。玉米花生进场后，连各家的中老年妇女也都来到场院里忙了。每个人都不愿放弃这一体味收获喜悦的机会，因为每一个人都有这一崇高的权利。

愈渐秋深的时候，场院里沉淀的色彩就愈渐浓郁了。金黄的谷子、殷红的高粱、乳白的花生、橙黄的玉米、紫赫的小豆、墨绿的绿豆、雪白的棉花。一堆堆、一垛垛，将原本宽敞的场院，占得满满当当。终于有一天，队长唐贵放话分粮了，场院里的婶子大娘们这才意识到，这一年总算又熬过去了。

在秋收所有的农活当中，刨高粱当属最辛苦的一件农事。在杂交高粱还没推广之前，冀东一带的高粱品种大多只有"将军锤"一种。那庄稼足有一房高，殷红的高粱穗在蓝天白云的映衬下随风摇曳，远远望去，像坡谷间燎起的野火。

刨高粱大都在寒露季节过后。考虑籽粒不至失损，刨高粱大都选在冷露沉重的清晨。刨高粱既不用镰也不用镐，而是用唯冀东乡下独有的一种手镐，那镐头长不过八寸，淬火后锋薄如刃，镐柄长不及二尺，握在手中，常有握一把左轮手枪的感觉。

刨高粱时，人需背垄倒行，用左手揽过高粱进而夹在腋下，右手则挥镐斩断根须，并就势连根从土中拽出。如此下来，左腋下夹持的高粱愈多，悬在头顶饱蘸寒露的高粱穗就愈显沉重，一镐下去更是一阵冷雨淋漓，待左掖晃晃地夹够一捆时，全身早已淋漓尽致了。

当第一场冬雪落在冀东大地的时候，灰鹤回来了。那一天，在去夏官营交公粮的路上，阴暗的天空中传来了一片鹤鸣，那声音像纯净的银号在吹奏，嘹亮而悠远。抬头望去，上百只灰鹤，舒展着宽大的翅膀，正在台地上空缓缓地盘旋着。不久，一只头鹤开始落在地上，随后，疲惫的鹤群便依次降落在刚刚收获过的一片雪野里。

送粮的马车静静地在公路上走着，人们看见鹤群当中的那最先落地的头鹤抬起细长的双腿，庄严地踏着跳跃的节拍，颤颤地亮开宽阔的双翅，翼下雪白的绒羽与翼尖漆黑的翎羽扑闪辉映着，在雪光下簌簌地抖动，它的整个身体里仿佛孕育着一股神奇的力量，那力量使它笔直的颈向身后舒缓着弯去，它终于仰起张开的长喙，冲着苍穹尽情地欢鸣起来。

刹那间，随着一片豪放的羽响，上百只灰鹤几乎同时合着头鹤的节拍，抬起细长的双腿，无数扇开的鹤翅扑打飞舞着，所有的长颈一齐弯曲着仰起来，冲着落雪的天空，发出一阵阵的争鸣。又一大群灰鹤出现在低矮的云层里，台地上羽光迷乱，情景十分壮观。

为了节省口粮，入冬之后，冀东的庄稼人就改吃两顿饭了，作息时间也随着变化了。冬天的农活，主要是围绕积肥展开的，社员们将壕坑里的淤泥挖出来，送到地里，将猪圈里的粪肥起出来，并用心筛成细肥。那时生产队很少用化肥，全靠辛勤的劳作，迎接每年的收获季节。

在冬天的长夜里，唐庄一队的许多男人们，经常愿意挤在生产队饲养员的土炕上熬夜，其情景现在回想起来，还感到温暖。那时没有电视，父老乡亲们又很少有赌博打牌酗酒的恶习，所以多少年来，这里的人们一直遵循传统的孔孟之道，以仁义礼智信自勉，以忠孝廉耻为道德基准，所以亲睦和谐的唐庄一队的父老乡亲始终相处得情同一家。

挤在温热的土炕上,人们听立春讲诸葛亮七擒孟获,听我讲盟军的诺曼底登陆,听唐明顺讲牲口市上经纪人的"袖吞金",听唐子诚讲塔山阻击战时,他是怎么抱着一挺机关枪最后撤出阵地的。窗外云暗风轻,从院子一侧的牲口棚里传来牲畜咀嚼干草的声音,像一部古老的铡草机,沉闷却永不停歇。

故乡的降雪,多集中在腊月和正月里,雪往往是在一夜之间悄然而至的。黎明时分,还躺在被窝里的人们,会发现纸窗上辉映着异样的光亮,推开屋门,随着沁人肺腑的清冽,但能看见整个村庄已被厚厚的白雪覆盖了。放眼向北望去,邻村古松庄的那棵挺立着的千年古松,竟于黑白之间分外昭然。

那年腊月,听说河东供销社来了新棉花,我便去了趟卢龙。临出门前,就已经天低云暗东风趋紧,母亲劝我别去了,可我喜欢在雪中漫步,我期盼在大雪之中体味孤独。

果然,当我步行十五里山路来到青龙河滩的时候,风停了,继而鹅毛大雪静静地飘下来,我感到异常兴奋。

"燕山雪花大如席,纷纷吹落轩辕台。"那该是我平生见过的最大的一场骤雪。站在冰封的青龙河滩,我突然产生了一种视觉上的差错。我分明看见这漫天的雪花,于瞬间静止不动了。而脚下苍茫的大地,河对岸永平府的古城,远处通往冷口的峡谷,燕山群峦之上的长城,竟在雪花静停的背景下,无声地升腾着。当然,这一切只存在于瞬息之间,待你定睛再看时,才发现好大的一场雪啊!!

年关近了,在迁安的腊月大集上,一种特殊的民间手工艺品,常把那色调灰黄的集市点缀得姹紫嫣红,这就是被当地人称之为"花盆儿"的迁安剪纸。

这是一种用很薄的迁安细粉莲纸剪成的地方剪纸。一套大多为四张,内容无非以祈福为传统主题,像"连年有余"、"桃榴佛柿"、"琴棋书画"、"梅兰竹菊"等等。

迁安剪纸需经制板、制样、闷纸、撒粉、刻花、染色等六道工序,过程复杂。迁安剪纸最大的特点在于其艳丽的色彩,据说那颜料均为矿物质的品色,鲜艳无比,卖"花盆儿"的妇人和孩子们常将剪纸样子贴在一块块墨染的纸板上。其浮华在庄重的映衬下,能让人深切地感受到年的氛围。卖"花盆儿"的人,大都集中在城东那条正街上,许多红袄绿裤的大姑娘小媳妇挤在那里,流连忘返。远远看去,半条小街春色盎然。

一九七三年的腊月大集上,县城东的那条正街上,临时搭建的一趟席棚,将昔日的"花盆儿"集市挤兑到南关猪市去了,谁也不知道那席棚是谁搭的,但全县的庄稼人都在口口相传:"省里有人在县城收胆瓶,平均十块钱一对儿,去晚了就没戏了。"一时间,许多家里有胆瓶的庄稼人,不禁都动了心。

大家说的胆瓶,大都是乡下女子的嫁妆。多少年来,即便再清贫的农家,板柜上摆一对儿祖传的胆瓶,看上去也显得殷实多了。庄稼院里的胆瓶,虽不及紫禁城里那些内务府造办处的精美,但也不乏让人叹为观止的传世宝贝。唐桂恒大哥家的那一对儿珊瑚红珐琅彩花鸟胆瓶,如果留到今天进嘉士德拍卖,说不定也能卖出个天价来。

站在长长的堆满各色古瓶的席棚前,看着那一个个面容憔悴的庄稼汉子,将一对对家传的宝贝,神情迟疑地放在账房桌子上,看着收购者挑剔而贪婪的眼神,看着递过来那十几张一元钱的人民币,我的心在一阵阵的悸痛。

唐桂恒的那一对儿胆瓶卖了十八块,那些日子他母亲的心脏病犯了,他急需这笔钱救命,多少年后,听业内人士说,那次收购乃天津某文物机构所为,他们打算把收来的大部分胆瓶出口到国外换外汇,而了解市场的外国商人正准备将这些古瓶加工成台灯,为那些附庸风雅的洋人的卧室添些东方情调。

就民间风物而言,故乡迁安有别于圣贤辈出的齐鲁大地。也不同于吴侬软语的江浙水乡。沧海桑田,这昔日黄帝的故都,不知何时,竟成了老马识途的迷谷,成了打死苍龙不偿命的一道风景。一九七五年我亲手处理的那个巨大的龙骨,更为迁安风物,平添了一个令人啼笑皆非的故事。

那年早春,唐子忠三叔在村西台地边缘刨猪圈土时,竟意外挖到了一个簸箕大小的"龙骨"。虽然在前几年挖地道时,也常有人从这儿的地层深处挖到过一些古脊椎动物的化石,但相比之下,唐子忠今天却挖到一个令人惊叹的庞然大物。

然而,对于这个意外的收获,唐子忠却为难了。原因由来已久,在乡下,大凡从地里挖出的这些难以表述的怪物,庄稼人都称其为龙骨。而既然沾了龙的边儿,这物件就庄严了,庄严得成了犯忌之物,成了人们敬而远之的神明。三叔当年参过军。目睹过血流成河，因此顾忌已经不多了，但三婶却不然，作为一个大门不出二门不迈的乡下女人，天下所有的忌讳无不了然在心。所以虽说意外得到了，但三叔却绝不敢将这龙骨带回家去。万难之时，我冒天下之大不韪，收留了三叔的龙骨，而且凭借多年来博览群书的经验，我断定这是一个大型脊椎动物的下颌骨。

没有处理化石所用的石膏，我就拉了一车黄土，在自家房前的月台上，做了一个很大的泥墩，将那化石稳稳地放在上面。一时间，村中老少，甚至邻村过往的人们，都闻讯前来瞻仰这龙骨的风采。大家惊叹之余都会评估一下它的价值，一句话，值大钱了。

三叔成了我家的常客，每每进门前，他都要站在月台上仔细端量着这得而复失的珍宝，目光里饱含着一丝幽怨。

"你说，这物件是啥？"三叔问我。

"我琢磨着，这是一个古生物的下颌骨。"我说着，用手轻轻抠着化石上的沙砾："您看，这是一对儿白齿。"

"旧尺？"三叔困惑地问我。

"就是大牙。"我张开嘴巴，用沾着沙子的手指，在自个儿的下牙床上戳了戳。

唐子忠瞪圆了眼睛，呆了："这是真骨头变的？"

"当然。"

"啥牲口这蠢大？"

"很难说。"

三叔瞥了我一眼，我知道，三叔在怀疑我隐瞒了什么。

"唐浩，你是城里人，知道得多，你说，这龙骨可值钱？"三叔终于憋不住了。

"当然！"我毫不犹豫地说："咱住家过日子留着没用，可对国家来说，就很难估计它的科学价值了。"

"你想咋办？"三叔问我。

"怎么办。"我故意拿捏着："先给科学院写封信吧。"

寄给中国科学院古脊椎动物与古人类研究所的信，几天之后就发出去了，由于从初中开始，我就对考古发掘产生了浓厚的兴趣，所以那封信写得很专业。我详细描述了化石出土的位置，土层的地质结构，距地表的深度及与河流的关系。同时，随信寄了一张我手绘的化石的正视图、侧视图和俯视图,并标明了尺寸。

一个多月之后的一天下午,家住邻村野河峪的一位在县文化馆工作的年轻人,回家路过唐庄时,找到我家。在欣赏过那"龙骨"的尊容之后,他掏出了中国科学院的回信。回信中,专家肯定了我的判断,那龙骨原来是一个古象的下颌骨。信中说,这对于研究冀东地区古地理及古气象的变迁,提供了一项十分重要的考古依据。信中还说,由于他们目前人手不够,故责成迁安县文化馆将其收回并妥善保管。

"我还有别的事儿。"那文化馆的小伙子,推着自行车朝闻风赶来的人群外挤去:"明儿个劳你把这化石送到县里去。就找我,具体报酬,到时候再说。"说完,便蹬车走了。

一九八五年,我写的短篇小说《龙骨》,发表在八月份出版的《杜鹃》文学月刊上,小说的尾声,就是依照当年三叔的真实故事而写的,只是多了些黑色幽默的联想,多了些演义出来的情节。

······

寅时,老胥穿衣下炕了,他已想好了。今儿个头宗要事,就是从县里捎一捆烧纸回来,眼瞅着清明快到了,今年他一定陪媳妇回一趟戏台吴庄,在老丈人孙瞎子的坟前烧回纸。孙瞎子活着的时候曾给老胥算过命,说姑爷五十岁之后,会因一笔意外之财而富甲一方。

卯时,剃头的麻五,看见老胥赶着辆小驴车奔县了,那龙骨拿棉被裹着,牢牢地揽在车匣子里。

辰时,队长央告大伙儿,谁也别再去庄西挖龙骨了,该种春麦了。庄稼人还得指着地活着。

巳时,周老旗抄着手,蹲在梯田坎下的日头窝里:"咱凡人不能和老胥比,孙瞎子眼不瞎,这是人家老胥本身的造化。"

午时,狗留妈端过来一小瓢挑好的豌豆种:"他胥婶,该种豌豆了。"

未时,唐老师把一封信交给乡邮员,他建议县文化馆,在农村对集的时候,是否搞个"古生物化石特展"?他毛遂自荐,愿为此提供点儿文字说明。

申时,老胥媳妇把当院规整得干净利落,晚饭早焖在锅里了,上趟街,现赊了半斤猪肉。

酉时，龙爪村的人们开始惶恐了，来回六十里地，早该回来了，莫不是……大伙儿都唠叨说，老胥临走时，应带俩民兵去。

戌时，七八个民兵，打着手电，跟队长顺着官道朝县里迎去，在离龙爪村六里地的那片洼地边上，终于看见了那辆小驴车。那驴的套夹板和肚带全开了，胡乱地挂在驴脖子上，缠在蹄腿上，老胥蜷在车匣子里睡了。随着如雷的鼾声，半张的嘴里，喷出一股股熏人的酒气。

"胥叔！胥叔！"

老胥勉强睁开了挂满血丝的眼睛。

"胥叔你……你的钱呐?！"

"钱？"老胥欠起身来。苦笑着摇了摇头。

"统共就给了一块钱的误工补贴，喏——"他抹了抹嘴："全让我喝了。"

四周一片沉寂，从洼地深处，传来几声夜鸟的鸣啼。

今天，当你走进二〇〇九年落成的迁安市地志博物馆的大厅时，迎面就会被一头完整的古象化石所吸引，这个距今一万二千年的古象化石，一九九七年出土自彭店子乡杨家坡村。而唐子忠三叔无偿赠给县文化馆的那个古象下颌骨的化石，早已在一九七六年唐山大地震时，被埋在了县文化馆倒塌的废墟里……

二十七

在饥渴的洞穴里

我曾在一九八二年九月号的《海燕》文学月刊上,发表过一篇散文《真的故事》。那是一九七二年冬天,我在故乡亲身经历的一件事情。

那一天,我跟唐桂金二哥去长城脚下的建昌营赶集,家里的柴火眼瞅着就快烧完了。

"买些山柴吧。"母亲嘱咐我:"千万要挑一挑。别买些湿柴回来。"

三十二里的路在雪后泥泞不堪,等我们赶到建昌营村外河滩边的柴火市时,集市已经散了。正着急上火时,河滩远处,出现了一个担柴老汉。

"这柴卖吗?"我急着迎了上去。

老汉一下子将柴担撂到地上,勉强伸直了腰:"卖。"

"多少钱一斤?"我盯着他。

那是一个身材瘦小的老汉,他如释重负地缓了口气:"随行市走吧。六块一百斤。"

"便宜点行吗?"我觉得贵了。

"不能再便宜了。"他十分为难地摇了摇头:"大雪封山了。你看。"他抬了抬那泥水湿到膝盖的大腿:"不急等钱花,谁受这份罪呀。"

望着地上的这担山柴,我无言以对。

一头母猪,从附近猪市上逃来,尖叫着,拱进被一群女人孩子围得风雨不透的红卫兵文艺宣传阵地里,阵地里传出一片哄骂声。

"一共多少斤?"我转过脸来问老汉。

"不多,顶多不过一百四十斤。"他欠了欠身。似乎露出一丝微笑:

"我一看你就知道是个外乡人,你别不识货,喏。"他随手折断一根柴枝:"上哪儿买这么干的柴啊。"

"跟我来。"我决定买下这担柴了。

沉重的山柴,把那根中间箍了一段驴皮的长扁担压成了一张弓。把身材瘦小的老汉也压成了一张弓。由于年迈,他已失去山里汉子挑起重担来那刚劲潇洒的活力。两只穿着一双破胶鞋的脚,在鹅卵石滩上每迈一步,两膝便难以支撑地微微颤抖。他一边走,一边不停地倒着肩。每当那沉重的扁担,从这肩越过伸长的后脖颈,倒到那肩的时候,他都紧皱眉头,咧咧嘴,满脸痛苦的皱纹,全被扯到右眼角下面。

跟在他身后,我慢慢地走着,雪后刺骨的北风,顺着峡谷从燕山深处吹来,不时卷起一片弥天的烟雪,把河对岸顺着陡崖一直盘亘到峰峦上的长城,渲染在一幅冷漠萧瑟的画卷里。

我们终于来到我赶来的大车旁。

"这柴怎么卖的?"唐桂金二哥问。

老汉瞥了他一眼,嘴里含糊地嘟囔着,背过身去。

"六块一百斤。"我不安地问二哥:"贵不?"

"六块?!"二哥跳下车来,用脚踹了踹那捆山柴:"你呀你,纯粹是个冤大头。"他指着他刚买来的半车柴:"我才买的,大行大市,四块八!"

老汉低下头偷着瞥了我一眼,立在那担山柴旁不动了,我注视着他那酱紫色淌满汗水的脸,心里禁不住颤抖起来。

"过秤吧。"我轻轻地说。

老汉从绝望中抬起头来,他满腹狐疑地盯着我,似乎想问什么,却又没有勇气问。

"六块一百斤,过秤吧。"我帮他解开了绳索。

一百八十五斤。

老汉蹲在地上,用干柴枝算着账,薄棉袄的肩头,露出一团汗水浸透的灰棉花。

我从口袋里掏出钱来:"你家在哪儿住?"

老汉盯着地上的算草,漫不经心地:"抱榆槐。"

"怎么走?"

他看了我一眼:"出长城往山里走,离这儿三十多里地。"

我的心猛地一缩,胸口像塞满了这河滩上的鹅卵石。一个抻长了脖子，佝着脊梁，肩着一担沉重山柴的身影，浮现在燕山深处那银灰的雪夜里，浮现在长城脚下那坎坷崎岖的山道上……

老汉慢慢地站起身来，眼睛盯着地上的算草。

"十一块一，对不？"

我没吱声，数了十五元钱递给他，他接过钱，飞快地数了数，便赶忙向内衣口袋里寻着零钱："找你，找你三块九，对不？"我默默地注视着他，他不安地抬起头来："对不？"

"把钱收起来吧，你该往回赶路了。"

"这……"他惊愕地张了张嘴，眼神里充满疑惑和不解。

我含着泪，向他默默地点了点头。

回家的路上，唐桂金二哥骂了我一道："你别看他点头哈腰地就差给你磕头了，可回到庄里，他会逢人就说，我今天捡了个大便宜，我碰着一个戴眼镜的冤大头了。"

第二天收工，刚走进家门，母亲就埋怨我："我就觉得这担柴沉得不对劲儿，你自己看看。"说着她把我叫到灶台前。

那捆捆绑得结实的山柴已经被母亲拆散了，一块沉重的长城青砖，呈现在我的眼前……

这就是让我终生同情而又怜悯的中国农民，这就是我故乡的父老乡亲，艰辛使他们耗尽一生的气力，贫穷让他们变得愚昧而狡黠。那块二十五斤重的长城砖，我一直收藏着，直到最后遗失在大地震的废墟里。

刚进阳历三月，家里的粮食就基本告罄了，那时农民的口粮不分男女老少一年一个人是三百六十斤毛粮，这个数字，对于现在中午只吃一个汉堡就对付了的年轻人来说，实在是难以理喻的，但谁又能体会到终年见不到星点油水的上辈子人，对粮食的欲望能有多么的强烈。

比起其他社员户来说，我们家的粮食格外紧张，由于母亲是退休职工，仍享受城镇粮食供应。而她每月供应的二十六斤粮食，又会因种类繁多反而零打碎敲了。一家四口大人，消耗三个人的毛粮，亏空越来越大，粮食危机越来越突出，越来越让人忧心忡忡了。为此，母亲经常急得火烧眉毛。那些家里孩子多，有余粮的人家基本被我们借遍了。这种寅吃卯粮的办法，使粮食变成了愈加沉重的债务。无法摆脱，更无法解决。只能吃了这一顿，不去想下一顿了。

张凡来了，一家人显得很悲壮

一年春天种地时，家里终于断粮了。

一大早，母亲就急着上当街赊了块豆腐，用酱油拌了拌，逼着我全吃了。之后，我冒着雨，来回走了三十里地，从卢龙县大横河的集市上买回一口袋白薯干。晚饭的时候，一天粒米未进的全家人，煮了一锅白薯面汤，母亲却没吃："我烧心得厉害，吃不下……"

我再也忍不住了："解放二十五年了，当初拼着性命帮他们打天下的庄稼人，今天还在饥饿中挣扎……"

父亲一直沉默地坐在角落里，我拼命地发泄着心中的郁闷，要知道，民以食为天呐！

终于，父亲站起身了，他目光凝重地直视着我，一字一顿地开口了："你没有资格说这些话，因为你太浅薄了，你不了解旧中国农民的生活状况，你没有权利在这里妄加评论。"

我从心里感到一阵强烈的震撼，我彻底困惑了……

上秋的时候，立春相亲了。那姑娘是坎下烟台吴庄人。唐桂林对这门亲事挺满意，不久，彩礼就下了。

下彩礼，是冀东农村婚俗的一部分，也是男方在确认了这门亲事之后对女方家的一种承诺。老一辈的"四色礼"，即米、面、酒、肉各九斤，俟至二十世纪七十年代，老的规矩遂被自行车、缝纫机、板柜和布料所破了。一时间，结婚成了许多清贫家庭的一大难事。

当然，唐桂林是个有身份的人，他不仅应允了女方提出的所有要求，还让立春的继母把二十块钱当做"填箱"塞到姑娘的口袋里。但结婚的日子暂时未定。唐桂林说了，立春和那姑娘还小，婚事尚不宜早办，当然，即成了实在亲戚，两家逢年过节就该走动了，唐桂林在礼数上是毫不含糊的。

这一年立春十七岁，那姑娘十五岁。

不久，四照各庄的张凡也来了。骑一辆崭新的飞鸽牌加重自行车，驮了一麻袋留守营的上好大米。小伙子落落大方的气质，引来唐庄姑娘们无数羡慕的目光，唐华从心里感到欣慰。

张凡是我家回乡后来访的第一位客人，又是仰山伯伯的亲侄子。所以父亲一时很兴奋。酒桌上，他回忆起自昌黎汇文到燕京大学再到抗战八年，自己与仰山伯伯一路风尘的往事，不禁感慨万分。张凡是个懂事的小伙子，他希望有朝一日，父亲还能再去昌黎看看母校，他告诉父亲，汇文中学一切如故，就连徐爷爷工作过的"维亨楼"至今也还完好无损。

从张凡的眼神里可以看出，这门亲事可以定下了。

在冀东乡下，男孩刚过十八岁，家境殷实的人家就开始张罗着说媳妇了。所以像我这样年近三十的大龄青年基本上就算是废弃了。那时唐庄一队有两个废弃玩意儿。一个是因成分太高，且上无片瓦下无插针之地的我；另一个要算是唐桂臣的三弟田儿了。唐桂田与我同龄，浑身瘦得顺风倒，细长的脖子上挺着一个大脑袋，因起小儿坐下了病，说起话来含糊不清。

"田儿啊，你吃饭了吗？"你要问他。

"奴呢。"他准这样回答你，意思就是"没呢。"

田儿的大哥唐桂臣拖家带口的，家境并不富足，田儿又一副残疾模样，所以让唐桂臣给他家老三盖房娶妻，确实是勉为其难。

"田儿，你就是给你哥拉帮套的。"你要是这样对他说，他准回答你："奴呢。"

田儿不止一次地跟我说，意思大概就是，"大哥呀，咱俩做伴吧，咱们都是和尚。"

我一时难以接受这一现实。我？唐浩？一米八二的身高，高中毕业的文化程度，公理公道地说，田儿跟我都不应该在一个档次上。然而，现实就是如此残酷。我和田儿确实都命中注定要打一辈子光棍了。

"除非你们也盖房。"上屋唐子廷家大婶也在替我着急："三间房盖完了，就冲你家唐浩的条件，水沟眼子都得堵上，免得媒婆往家里钻。"姐姐把大婶的主意告诉了父亲和母亲，母亲开始暗中盘算积蓄了。

在党和国家组织发动的政治运动面前，作为老百姓，谁都不会有先见之明，更没有颠覆性的预见。所以当时所有被放逐的人，都很现实，所以盖房娶亲传宗接代对于我来说，应该是一件义无反顾的事情。

姐姐却不然："我一辈子就这样了，我陪父母养老送终。"对于个人的生活问题，姐姐早已心冷似铁了。

盖三间房所需的款项，对于当时家里来说，可谓天文数字。

"一点一点来，攒出点钱来就买根檩子，攒出点钱来就买几根椽子，咱们也用愚公移山的办法。"父亲安慰我们说。

从此，在通往燕山深处的长城关口，在通往建昌营、冷口、徐流口、潘庄的乡间小道上，乡下人常能看见一个戴眼镜的高个子年轻人，吃力地推着一辆独轮车，车上或捆着两根杨木檩子，或捆着十几根松木椽子，像蚂蚁在搬家。其间消耗了宝贵的所有用白薯干换来的体力，消耗了宝贵的青春岁月。

生产队的日子，越来越艰难了。除了秋收后分来的粮食，社员很少能见到现钱。为此，在"五七"干部撤走后不久，趁入冬农闲之时，在唐桂林的主使下，唐庄的油坊重新开业了，我被安排在了油坊里。

油坊掌舵的唐桂岩，是个特别能吃苦的庄稼后生。唐桂岩出身富农，性格坚毅，柔中带刚，是那种面对天坍地陷也面不改色的冀东硬汉。在唐庄男女社员中口碑很好。

在油坊干活的一共五个人，其中除田儿负责赶驴压碾之外，其他四人，都忙碌在三层笼屉的大铁锅和古老的榨机旁。

每天凌晨时分，唐桂岩就把大伙儿轰醒了，众人七手八脚，将头天夜里田儿碾好的花生米倒到大锅上的笼屉里之后，唐桂权大哥就拉响了大风箱。

"……四更里，月平西，女儿床上泪啼啼。有心偷把裹脚解，母亲知道万不依……"

唐桂权也是条汉子，他唱得有板有眼，灶火将他那张胡子拉碴的脸，一闪一闪地映得通红。

我从家里拿来的一只马蹄表，一直放在灶台旁的短墙上。装包的时辰一到，雾气蒸腾的油坊里，顿时欢声骤停人影绰乱，四个人在唐桂岩的指挥下忙得不可开交。

装包完毕。紧跟着，众人便抬起那九十斤重的铁绞杠，喊着号子，齐心协力地拼起命来。瞬间，伴随着一阵浓腻的醇香，油桶里便传来了哗哗的油流声，沉重而美妙。

在我们拼命的时候，田儿在炕上和衣而睡了。由于身体孱弱，他睡得无声无息。午饭过后，田儿就要下炕干活了，从那时起，他要在碾道里一直干到第二天天亮。

正是牲口发情的季节，队长嘱咐过田儿，叫驴和草驴不得合在一块使，否则发起情来，就乱了套了。

一天半夜，我被碾道里的一阵骚乱惊醒了。那天我睡在炕梢上，与碾道只一道秫秸扎就的隔墙。我听见碾道里驴蹄腾踏和喘息的声音，而碾声却停了。

准是田儿睡着了。我隔着秫秸的缝隙，朝碾道里看去。一个令人惊诧的场面，让我窒息了。只见昏暗狭窄的碾道里，一头发情的叫驴不顾身后拖拽着的沉重的石碾，正发疯般地骑在前面那头草驴的身上发泄，交媾中的两头牲口，一个吐着白沫，一个喘着粗气。油灯下，田儿那双一贯冷漠的眼睛里，燃烧着无所顾忌的欲火……

一九七二年完场之后，立春就撺掇大队成立了唐庄毛泽东思想业余文艺宣传队。立春任队长。我自然成了编剧、导演和艺术总监。对于启用一个身世复杂之人，大队从一开始就采取了默许的态度。

当唐庄大队那空旷的会议室里，挤进一群兴奋的大姑娘和小伙子的时候，唐桂本大哥当仁不让地宣布了他的演出计划。根据这一计划，我先后创作了好几个表演唱。其中《四大妈退彩礼》、《姐妹劈山引来龙》等，一经创作完成，即被唐华带领的姑娘和唐桂满带领的小伙子们，排练成十分像样儿的表演唱。其中唐桂义和银河的表演，令人暗暗吃惊。我真没想到，在远离城市文明的故乡，在点着油灯的大队会议室里，竟然有如此精彩的编舞及表演。

唐桂本充分肯定了我创作的节目。这些由我创作的歌词，填在我以往所熟悉的辽宁影调及东北二人转的旋律里，很快就在乡间流行起来，并让孤陋寡闻的乡亲们，感到耳目一新。在我的提议下，唐诚也被我们邀请过来了。这个见过世面的前卫歌舞团的专业提琴演奏员，同样给这支乡村文艺宣传队带来许多更新的东西。俟至腊月正月，唐庄大队毛泽东思想文艺宣传队，已经排练好一台可以支撑近两个小时的文艺演出了。大队党支部的干部们为此大为满意。

一天，全体大队领导成员，突然造访宣传队排练节目的会议室。我立刻躲进人群背后的角落里。

"唐诚，听说你唱得挺好，来，给我们来一段。"大队书记那天看来喝了些酒，两腮红扑扑的，情绪也很饱满。

"不行不行。"唐诚连忙摆手。"我只是个拉琴的，我哪里唱过。"唐诚拼命地摇着头。

"让你唱你就唱，别敬酒不吃吃罚酒。"书记的脸色一下子阴沉下来，屋子里立刻鸦雀无声。

唐诚知道君命难违了，他往前走了两步，清了清嗓子："我来段样板戏《红灯记》。"

人们一下子静了下来。

"狱警传，似狼嚎，我迈步出监。"高亢的唱腔，有板有眼的戏文，让屋子里所有的人为之一震。"休看我戴铁镣，裹铁链，锁住我的双脚与双手，锁不住我雄心壮志冲云天……"

"好！"所有在场的人都忍不住叫起好来。书记满意地摇了摇头："可惜呀，可惜没办法让你登台上场，你比县剧团唱得都好。"说着，他们披着军大衣一干人等，心满意足地走了。

"唐诚大叔，你不要命了。"散场后，我悄悄地问唐诚。

"咋了。"唐诚惊怪地问我。

"你咋选了那么一段，"我责怪他："你一张嘴，我冷汗都吓出来了。"

"咋了，样板戏呀，这还能挑出错来？"唐诚仍丈二和尚摸不着头脑，我一时哭笑不得。

一九七二年夏天，一支工程兵部队，整建制地从甘肃嘉峪关调到唐山地区，其随军家属一并落户在当地。一些初中毕业的子女，随之在迁安插队了。在唐庄大队接收的八九个青年当中，一个叫宋小玲的女孩，分到了唐庄一队。据说这是一个团级干部的女儿，高高的个子，两条翘起的短辫。一身合体的黄军装，看上去既干练又清纯。

宋小玲自小有一身舞蹈范儿，跳起舞来轻盈活泼。举手投足柔美细腻，一进宣传队，很快就取代了唐华，成为舞蹈的台柱子。宋小玲从甘肃带来的一些舞蹈节目，更为唐庄宣传队注入了新鲜的血液，为此，唐桂本大哥和我都兴奋不已。

立春从一开始就很关注宋小玲，每当排练的时候，这个从来在女人面前一脸严肃的宣传队长，也会安静下来。坐在唐桂本身旁，目不转睛地注视着她。

终于，在一个早春的日子里，在生产队饲养员的土炕上，立春向我谈出了一个任何人听了都会为之大骇的秘密。

"大叔，我……"立春一反以往有话直说的性格，我奇怪地看着他。

"我和宋小玲谈恋爱了。"

像是听到我国第一颗原子弹试验成功的消息，我一下子坐了起来："你说啥？"

"真的，这件事就你知道，你说，能成吗？"立春像孩子一样望着我。

我沉默了。

许久，我清醒过来了："宋小玲同意了？"我问。

"是她追的我。"立春不好意思地说。

"她家里同意吗?"我问。

"她没敢告诉家里。"立春局促地说。

"那烟台吴庄你媳妇呢?"我问。

在冀东乡下,只要男方下了"四色礼",女方就已归男方了。

"……"立春沉默了。

"你爹呢?"

立春摇了摇头。

"你们谈多久了?"我问。

"半个月了。"立春谨慎地说。

"立春,不管咋的,婚姻大事可不是儿戏。"我开始语重心长地说:"你要考虑周到,不到一切水到渠成之时,万不可一时冲动,大胆造次。"

"你千万别多想。"立春低着头:"我们只是常在一块儿谈谈宣传队的事,谈谈嘉峪关,别的事情,绝没有做。"

"你觉得很幸福的,是吗?"我望着立春。

立春的脸红得像喝醉了酒。

秘密,在我和立春之间一直坚守着,这期间,我发现宋小玲的脸上也多了些红润,田间地头,经常能听到她的歌声。我心里很清楚,宋小玲也觉得很幸福。

大半年的时间就这样过去了。这期间,在立春的强烈反对下,逢年过节的时候,唐桂林家再也没到烟台吴庄接过媳妇,村子里开始有人说三道四了。

入秋后,唐桂林的肝病日渐沉重了,在县医院拒绝为他继续治疗的情况下,乡亲们将弥留之际的唐桂林抬回家。一盏灯将熄了。望着这躺在炕上一生刚毅洒脱的冀东汉子,我从心里感到难过。

回家的当天晚上,唐桂林把唐桂岩叫到炕前,"往后队上的事情,就要靠你了。"腹水让他每说一句话,都要大口喘着粗气:"还是要抓副业,还是要让老百姓见到钱,只要一心替庄稼人着想,天塌下来,砸死也值个儿。"说完,他又直直地望着我:"立春平日最听你的话,记住,立春和宋小玲的事成不了,你们谁都瞒着我,可我什么都知道。"

在家族长辈的共同商议下,第二天一大早,我就和唐桂岩骑着自行车,赶到坎下烟台吴庄了。

亲家知道唐桂林快不行了。

"早就听说了,可人家立春在庄里和那个团长闺女搞上了。咱就是知道亲家病了,也没法儿登门呀。"亲家母抱怨着说。

唐桂岩立刻哀求道:"亲家母千万别听庄里老娘们儿瞎嚼舌头。这些都是没有的事。立春原本想亲自登门接侄儿媳妇,可我大哥就差一口气了,他实在离不开呀。"

媳妇跟我们进门前,乡亲们就把唐桂林扶着靠在了被垛上。媳妇进门后只一声:"爹。"唐桂林就溘然长逝了。

八个月之后,宋小玲选调离开了唐庄。一年之后,立春和媳妇结婚了。

二〇〇一年我回唐庄时,立春已儿孙满堂了。但吃饭的时候,按当地的乡俗,即便做了奶奶的媳妇,依然上不了桌。

"吃啊,大叔,筷子别闲着。"立春媳妇屋里屋外地忙碌着。

望着老妻的背影,立春万分感慨地说:"我这个老伴呀,一辈子净跟着我受累了。"

唐桂林去世后,唐桂岩当上了副队长。在他的坚持下,唐庄一队准备立刻买马添车,到唐山搞副业去。完场后不久,唐桂岩便与曾做过牲口贩子的唐明顺,赶了一辈子大车的唐桂金到口外买牲口去了。

在冀东乡下,唯骡子和马,才被称作大牲口。在唐庄,自打公社化后,原本各队都有的大牲口,逐渐都病老吃肉了。从困难时期起,全庄十个生产队就没有一头大牲口了。二十世纪七十年代,自从唐山钢铁厂开始允许农村大车参与厂内石灰石矿运输以来。邻村已有许多有大牲口的生产队,都派车去唐山拉脚搞运输了。要知道,这可是一把一利索的现金交易啊。

买牲口的人走了许多天了,唐庄一队的社员们都忧心忡忡的。临走前,唐明顺说平泉的牲口市大,价钱也便宜。但几天后他们打来电话,说平泉的牲口市让官家给封了。电话说他们往北去了,说不少人都去围场买牲口了。可围场在哪里呢?我找来地图找了半天,找到了靠近内蒙古的那个圆点。

入冬以来的第一场寒潮,将响杨树上最后的几片枯叶吹落了,放眼朝北望去，燕山深处的主峰都山上已白雪皑皑。

唐明顺家的大婶和唐桂金家的二嫂沉不住气了，纷纷跑到队长唐贵家打听男人的下落，大家的心里都万分牵挂着三个离家远行的亲人。

十多天过去了。一天，唐贵的大闺女从大队跑来了："爹，唐桂岩来电话了。"

唐贵急着跑出社管："到哪儿了？他们。"

"到大崔庄了，明儿个后晌就到家了。"大闺女说。

唐贵一屁股坐在门槛上："可回来了……"

第二天下午，全队的男女老少早早就聚在了生产队社管的院子里，唐明顺那八十多岁的老爹也让人搀扶着来了："兔崽子，还不知买回个啥牲口。"

我心里激动不已，此刻我突然意识到，我的心早已与我的父老乡亲如此紧密地贴在了一起。

本来我以为，人们从电影里才能见到的场面，会如此热烈地呈现在眼前。然而，生活却如此质朴，像门前那尊风化了的石狮子，沉默而肃然。

最先看见买马人的是孩子们："来了！来了！"女人们拥出社管的院子，朝村北默默地望去。

三个风餐露宿千里远行的买马人回来了，骑在马上的唐明顺，老远就跳下马来，人群中没有任何语言。三个蓬头垢面，风尘仆仆的爷们儿，牵着牲口迎着乡亲们无声地走来，两眼熬成血红的唐桂岩，把那匹草黄色的疲惫的公马，径直牵到一直蹲在院子当中的唐贵的面前："你看中不？"

唐贵站起来了，作舟大伯站起来了，唐兴汉大伯站起来了。唐明顺的父亲步履蹒跚地接过缰绳，他溜了一圈，"不赖，喂点儿草料看看牙口。"

唐明顺赶紧解释："下牙有点儿牙漏，我看过了，能治好。咱带的钱忒少，能买到这样的马，着实不易了。"

"中！"唐贵转过身去："唐桂金，这马交给你了，歇两天，上唐山拉脚去！"

一九七二年三月下旬，在唐庄一队全队社员的合力帮衬下。在村中央沙沟南沿儿，我们盖起了三间平房。从此结束了六年多寄人篱下的生活，有了自己家不大但可以种菜的院子，有了可以喂猪的猪圈，有了自己遮风挡雨的家。

作者与父母在新房前合影（一九七四年）

平反之后的姐姐（一九七四年于沈阳）

搬家那一天，父亲曾平静地对我说："就把这里当成起点吧，一切从头开始，再用几代人的努力，争取回到原来的位置上。"

我顿时感到无比悲凉。

春节过后不久，唐宛抱着一岁多的儿子宁宁回家探亲了。这些年来，唐宛从身体到精神都遭遇了巨大的磨难，望着过早就做了母亲的爱女，父亲和母亲喜在脸上却疼在心里。唐宛很少谈及自己经历的苦难，但每个人的心里都很清楚，这个当年曾被作曲家李劫夫称作"小白菜"的沈阳音乐附中合唱团的领唱小姑娘，已在荒漠中跋涉得太久了。

那天晚上，看着唐宛搂着儿子，在故乡温暖的火炕上沉入梦乡，父亲躲在西屋失声痛哭了。

一九七二年的春天是忙碌的，也是充满希望的。我们在自家的院子里，划出了小径，培成了菜畦，并先后栽下了黄瓜、角瓜、茄子、辣椒、芸豆，甚至种了很难出芽的冬瓜。为了弄好这菜园子，我从县新华书店买来了上海人民出版社出版的《怎样种蔬菜》。我将书中上海地区的季节时令，换算成迁安地区的蔬菜栽培时间表，一时间我家的小院，成了众目睽睽的新大陆。

"你瞎胡闹呀，那西红柿栽得忒密了，接一棵薅一棵吧。"唐兴汉大伯撇着嘴不屑地说。

"茄子哪能这时候栽，你看吧，非蔫巴了不可。"唐子信四叔摇了摇头，走了。

所有从院子一旁经过的视察者，都善意地对我提出了忠告，可一意孤行的我，却迎来了超乎寻常的大丰收。

盖房，让我家债台高筑，在沉重的经济压力下。姐姐一直严把全家的财务支出。这个财经学院财政系的毕业生，管起家来，令人毛骨悚然。为此，我与姐姐经常吵架，我不能不读书。赶集时，我不能不去新华书店，没有书看，我几乎快疯了。而买书，也确实花掉了许多钱。幸亏那时的出版物少得可怜。而且有些书籍，让我一边看，一边哭笑不得。其中郭沫若先生一九七一年出版的那本《李白与杜甫》，就是一部令人啼笑皆非的奇文。

但好书还是有的。这期间，我读了赫胥黎的《天演论》、弗·梅林的《马克思传》、罗素的《西方哲学史》、《各国概况》、《十万个为什么》，等等。从村里供销社的废品收购点淘来了《康熙字典》、《汉魏六朝诗选》、《牛虻》、《子夜》、《革命烈士诗抄》等一大批宝贝。

姐姐终于怒不可遏了,在生产队出工的时候,她用白薯篓子将我买的所有书籍全都抬到社管的院子里。

"让大伙儿看看吧,看看你唐浩统共糟践了多少钱!"姐姐边哭边控诉。

几乎所有在场的乡亲们,都同声谴责我的无道,我成了人人喊打的过街老鼠。

在郁闷的日子里,种完地后,姐姐终于从公社请下了长假。因为姐姐属于管制分子,大队无权批假,而公社书记刘宝才听完姐姐的陈述后,同意她回原单位上访,以解决自己的政治前途问题。

在沈阳辽宁省信访办公室里,一个四十多岁的女同志,在听完姐姐的陈述后,十分同情地对她说:"你的问题,应该回原单位解决。假如原单位不给解决,你马上回省里找我。我替你平反!"

姐姐随后去了康平。在县人民银行,一个当初参与处理姐姐问题的革委会领导,见到姐姐后竟惊讶地说:"唐棣回来了?太巧了,我们正准备去你老家呢。你的问题单位已做重新处理了,一句话,你平反了。"

姐姐站在那里泪流满面。

事后,一位一直同情姐姐的老同志,悄悄对姐姐说:"林彪的事情传出来后,很多运动中的问题,中央也在重新评估。回来吧,你的生活应该重新开始。"

姐姐平反的消息,让六年来一直深陷沉闷的家庭氛围,像打开了一扇阳光明媚的天窗,父亲蹲在黄瓜架前,望着那一根根鲜嫩的黄瓜,高兴地说:"我始终相信,共产党迟早会认识自己过失的,包括我的问题在内,早晚会有人重新评价我的一生。当然,这需要时间。中国太大,问题太多,真正坐下来解决问题的人太少了。"

在姐姐即将重新回到工作岗位的那些天里,父亲写下了他一生中唯一留下的一首五律。

    农村风光好,物阜而民康。
    白雪融四野,丽日照八方。
    北河冰解冻,西山鸟还乡。
    妙哉飞禽智,斯人乐未央。

姐姐平反的消息，强烈地刺激了唐诚。一天上午，唐诚终于跑了。他没和任何人请假，因为他知道任何人也不会给他批假的。

一个月之后，唐诚回来了，在擅自出逃的罪名下，他所在十队的部分社员将他一顿苦打。

又一个月之后，两位英俊的年轻军官走进大队办公室，代表中国人民解放军前卫歌舞团，宣读了对唐诚同志的平反决定。

"乱套了。"送走那两位军官，大队书记困惑地蹲在大队空旷的院子里："今天说你是黑的，明天又说你是白的。再这么折腾下去，老百姓真的要疯了。"他狠狠地朝地上吐了口痰："告诉十队的人，唐诚恢复党籍、恢复军籍了！"

像万花筒一样，一九七二年里发生的许多事情，真让人眼花缭乱应接不暇。而唐子廷大婶当初的预言，也着实开始应验了。

从下乡南尖开始，到一九七二年，我已经在农村呆了七年了，对于自己的前途，我已不抱任何幻想。我与姐姐、唐诚不一样，人家是国家干部，是有人管的人。而我，自从离开青年点后，连自己的知青身份都已丢失了，况且这里是河北省，这里没有责任关照我，我已成了没有任何背景的冀东农民了。尽管父亲曾安慰母亲说："唐浩的问题，还需等一等。"但既然你难以回避残酷的现实，你还需等待什么呢？

随着年龄的增长，这些年来，像每天对口粮的渴望一样，我近乎失常地渴望有一个女人，有一个自己的家。在我的心里，择偶标准已跌破底线了。只要是一个女人就行，我渴望女人。

腊月里的一天晚上，在大队宣传队排练的会议室门前。二队队长唐子良二叔叫住了我。

"唐浩，今年多大了？"

"虚岁二十八了。"我已预感到什么了，心怦怦地跳了起来。

"可也不小了，"子良二叔摇了摇头，"可该说媳妇了。"

"听这话，二叔想给我兄弟保媒了？"一旁的唐桂本大哥接过话茬问。

"是有这么个意思，只是那人岁数大了一点儿。"唐子良闪烁其词。

"多大？"唐桂本开始替我感兴趣了。

"比你兄弟大九岁。今年虚岁三十七了。"唐子良的眼睛一直盯着我，我却有些失望。

"不是别人,你二婶娘家的亲外甥女,丈夫死了,没孩子。"二叔的眼睛一直在盯着我:"人没说的,炕上地里挑不出毛病来,就是命苦。"

唐桂本望着我:"见见面吧,女子大点儿会疼人……"

"中。"我自作主张地答应了。

听说要去相亲,立春便跟定了我。唐子良一溜小跑地走在前面,唐桂本大哥和立春跟在我身后,我们一直朝庄西走,唐子良家新盖的五间平房在村西陈官营道旁。

走进堂屋,唐子良二叔就大声朝东屋喊:"唐浩来了。"说着他推开东屋的门。我一眼就看见一盏油灯下,两个老妇人正坐在炕上做一床棉被。其中一个我认识,是子良二婶,不用说,另一个满头花白的老妇人就是她了。我心里一沉。

那妇人显得有些慌乱,她急着爬到炕边,用脚在黑暗中趿摸着地上的鞋。随后,便倒背着双手,倚在板柜前站定了。

这是冀东婚俗中"对面相看"的标准程序。依照这一程序,我也被唐桂本大哥,推到那女人对面的炕边坐下,之后,我便再也没有勇气将头抬起来了。

"哎呀,真是稀客呀。"二婶乐得合不拢嘴,她把旱烟笸箩推了过来:"抽着,你二叔才买来的贵州烟。"

屋子里一时沉静下来,还是二婶打破了尴尬:"其实呀,你们家和我们不远,你二叔他爹和你爷,是一个太爷的孙子呢。"二婶怕冷落了唐桂本大哥和立春:"抽烟呀,别闲着,嘻嘻,自从唐浩回来后,你看咱庄宣传队搞的在县里都出名了,是不?"

唐桂本大哥笑着点了点头。

"还是有学问呀。当年子清大哥也是上过大学当过大官的人呐。"我真佩服二婶的口才:"你妈更是的,退了休了,还吃官粮,拿工资。你家小华更不用说了,什么时候在街上看着,老远就笑着和我打招呼……"

我脑子里一片空白。二叔新买的贵州烟忒冲,吸了两口我就把烟掐了。又坐了几分钟,唐桂本大哥终于站起身来了:"二婶,宣传队那边,人快齐了。"

二婶即刻下炕:"中,回吧。"她瞅着我:"长得忒高了,这小子。你身高多少?"

"一米八二。"我嘟囔着。

那女人迈出东屋门后，就站在堂屋不动了。二叔二婶一直将我们送出院门。

"回头拿张照片来，让人家娘家妈也过过目。"二婶嘱咐我。

从二叔家到庄里，中间要过一个叫"鬼市"的壕坑。那是一个无风的夜晚，一轮满月高悬在结了冰的壕坑上空，从村庄里传来宣传队高亢的唢呐声。三个人默默地沿月光下一条银色的小路向前走着。突然，走在前面的唐桂本无奈仰天长叹了一声："唉……"

姐姐走后不久的一天，在收工的路上，唐子廷大婶家的双河从身后撵上了我："大哥，你兄弟媳妇想给你提回亲。"

我站住了："啥人？"

"半坡营她娘家妈的一个干闺女。"我的心怦怦直跳。"回家说去。"我急着将双河请到家里。

"那姑娘多大了？"母亲关心地问。

"十九。"双河懦懦地说："听我媳妇说，长得可俊俏了，家里活计也干得好，是半坡营公认的头排子闺女。"

"人家不挑你大哥的岁数？"母亲问。

"挑啥呀，能嫁到咱家来，该是她的福分。不过，有件事，我可要说在前头。"双河吸了口烟，神情有些拘谨："定下来了，就得抓紧把人娶过来，按咱这儿的规矩，那孩子不能生在娘家。"

"啥孩子？"我急着问。

"那闺女在庄里让人搞大肚子了。"双河终于讲出了实情，但他立刻加以补救："我和你兄弟媳妇商量了，你们要不愿意要这个孩子，正好给唐桂中大哥，桂中大哥结婚六年没孩子，这孩子他准要。这可是件两全其美的事情呀。"

我迅速地结束了这次谈话。

双河走后，气得我中午饭都没吃。母亲劝我："不再提这事就得了，何必自己伤身体。"可我却一直憋屈着："妈的，这不埋汰人吗？"

从此我开始困惑了，我开始怀疑自己思维和心理是不是出了问题，想女人时，只要是个母的就可以接受，可一旦女人来了，那从青春期便开始形成的择偶标准却丝毫没有让步的可能。

此时此刻，在遥远的辽宁省庄河县步云山的群山深处，在旅大市卫生学校的女生宿舍里，护理专业一年级学员郑淑玲，正在好朋友姜曼华的帮助下，用废报纸将白天才从集市上买来的鸡蛋包好，放在旅行袋里。

庄河鸡蛋是红皮的，八个一斤，个头不亚于鸭蛋。明天就放寒假了，这是郑淑玲考进卫校后的第一个假期。

郑淑玲，祖籍天津葛沽，其父郑国忠年轻时至辽宁营口学会计，遂成家立业娶妻生子。郑淑玲在家里是长女，一九六八年初中毕业后，插队到大连瓦房店镇郊公社八里滚大队。一九七四年通过层层筛选，考入旅大市卫生学校步云山分校。

由于身下还有五个弟妹，所以郑淑玲从小就是母亲的得力帮手，在兄弟姐妹之间享有威望。她知道母亲喜欢吃梨，因此，白天在集市上，她特意还买了五斤步云山特产的香水梨。

同寝室的另一个好朋友姜淑贤回来了："还忙活呐。"她拿起一个香水梨："味道真香啊。"姜曼华嗔怪地瞪了她一眼："去！馋猫。"

三个姑娘开心地笑了。

七年之后，我与郑淑玲相识并很快结婚了。那一年我三十五岁，她二十九岁。在去营口拜见岳父岳母的火车上，我想起了斯切潘·施企巴乔夫《爱情诗》中那饱含哲理的诗句。

……
无论经历了多少时日，
无论走过多少街区，
我要一次次感谢那些道路，
是它们引导我与你相遇。

二十八
回黄转绿

一九七三年初秋的一天下午，已经退休赋闲在家的三舅，忽然接到中央乐团指挥李德伦的电话，说有件急事需三舅帮忙。

"李先生，这是一次重要的外事活动，团里马上派车去接您。"说罢，电话就挂了。

"外事活动？"三舅立刻想到了日前抵京的美国费城交响乐团。

由于工作关系，更因为都住在和平里中央乐团宿舍区里，三舅与中央乐团许多著名的音乐家、演奏家都相交甚密。几天前，他就听说美国费城交响乐团要来华演出，他几次求住在楼上的小提琴演奏家杨秉荪帮他搞一张门票，但杨秉荪却无能为力："入场人员是要政审的，李先生，您别自找麻烦了。"

负责接三舅的是中央乐团办公室的一位领导，他发现三舅一身西装革履的样子，颇感意外："李先生，您这是……"

"既然是外事活动，就要讲究一点。"三舅站在穿衣镜前："中国人还挺像样儿，是吧？"

"可……"显然那位领导有些沉不住气了："李先生，我看您还是换套中山装吧，要不然……"他分明感到十分为难："求求您了，我给您作揖了。"

三舅生气了："一件西服，就把你们吓成这个样子。"说着，他从衣柜里取出那套洗得发白的中山装："你坐下等着吧，我得把它熨平了。"

这是自一九四九年中美断交之后，美国民间团体的一次破冰之旅，也

495

是继一九七一年早春美国总统尼克松访华之后，中美之间第一次重大的文化交流活动。当一切准备工作就绪的时候，费城交响乐团的竖琴演奏家却遇到了难题。

竖琴，是一种交响乐队不可或缺的大型弹拨乐器，有四十七条长度不同的琴弦。竖琴的调音是一项十分复杂的工序，演奏者必须对演出场地、空气的湿度有所掌握，而且由于演出场地的不同，舞台前后的湿度也会有所变化。时值初秋，北京开始进入干燥季节，作为演出场地的劳动人民文化宫，其演出条件又难尽人意，对这些问题，费城交响乐团的竖琴演奏家均始料未及。为确保演出成功，该团艺术总监尤金·奥曼迪先生提出，请求中方派一位音律专家协助调音。消息传到总理办公室，周恩来总理当即表示："请北京乐器厂的李信征嘛。"在"文化大革命"前，三舅曾两次见过周总理。

"为什么不到人民大会堂演出？"见面后，三舅第一句话就把李德伦问愣了。

"您可来了。"李德伦握着三舅的手："您知道这儿过去叫什么地方吗？"

"过去？"三舅不解地："过去叫太庙。"

"对喽。"李德伦压低声音说："既然进了太庙，就请您多磕头少说话。"李德伦盯着三舅："听见没？"

演出如期开始了。当舞台上响起莫扎特第三十五号交响曲时，坐在边幕后面的三舅的耳朵里，听到的只是竖琴演奏家那准确的音符和精彩的爬音。

一九七五年春节过后，我去了趟抚宁四照各庄，见到了张凡的父母，了解了唐华未来将终身生活的环境。

四照各庄距京沈铁路留守营站仅三里之遥，这里以生产优质水稻为主，较之唐庄，生活要富庶许多。

张凡的父亲张师哲是仰山伯伯的四弟，因叔叔与婶母的联姻，我便称之为四舅。和仰山伯伯一样，四舅是一位豁达坦荡的人。而四舅妈的贤德与隐忍，让张凡家在村子里始终具有一定的尊严。但作为一名被管制分子，出身经营地主的四舅，其身心所遭受的压抑，也难以隐晦于言谈话语之中，让人不禁替唐华今后的人生氛围产生忧虑。

在做客四舅家的日子里，我感受到一种强烈的同情与亲情交织在一起的情感，在被压抑的岁月里，这种情感积郁了许多共同语言，积郁了许多于含蓄之中点滴入微的亲情与温暖，积郁了许多对平等公正的渴望与梦想。

此间，我留下的两首诗成了四照各庄一行的两幅素描。

五律·初进四照各庄

夜半人声寂，循引入张宅。
青阶映月碧，朱门迎客开。
满园疏影暗，一隅冰窗白。
推门喊舅妈，阖家忙伙柴。

七绝·与师哲四舅共勉

窗上冰花烂漫开，灯下醉语畅开怀。
喜逢莫提伤心事，旧雨不来今雨来。

仰山伯伯在读过我写的这两首诗后，十分感慨地回信说："看来张唐两家的故事，还远没有说完……"

一九七五年四月的一天，清晨起来，父亲突然感到左半身不好使了，母亲立刻为他做了检查，并很快得出了结论："坏了，你爸患脑溢血了。"

我当即找到了大队，提出送父亲去天津看病。可是大队治保主任却一口回绝了："不中。四类分子管制期间不能乱动。庄里有赤脚医生，怎么，信不过呀？"我只好作罢。

患病后的父亲，说起话来开始吃力了，但精神却未就此低沉。母亲求他尽量静养，除此之外别无办法。

养病中的父亲，依然十分关心国家大事。每天上午，他必须要做的，就是拄着拐杖到大队供销社，取他订阅的《唐山劳动日报》，风雨不误。

"你想没想过，为什么现在稳当多了。"父亲问我。我摇了摇头。父亲拿着报纸让我看："看没看见，邓小平复出后，并没有继续坚持以阶级斗争为纲，而是提出以学习无产阶级专政理论，促进安定团结，把国民经济搞上去三项指示为纲。所以时局很快就稳定了。尤其像铁路运输系统，这几年来，一直在内斗。邓小平上来后，重头治理了那里的混乱状态。现在你看，基本稳定了。"他将报纸递给我："看来邓小平的确是一个有办法的人，而当今中国，缺的就是这样的人。"

四月末的一天，父亲从大队取来报纸。刚进院子就对母亲喊："仰山来信了！"拆开大信封。除长信一封之外，仰山伯伯还寄来了一本自己油印的诗集。其中收录了自一九三五年至今，仰山伯伯创作的六十六首诗词。但万没有想到，诗集中的最后一首，竟暴露了一年多来，我们一直瞒着父亲的一件大事。这首古乐府诗的标题是《悼亡弟·代素心作》。

"子洵死了？！"父亲如天塌一般地望着母亲，母亲潸然泪下。

叔叔自杀的消息，我们是在一九七四年十月得知的，堂妹小枚打到大队的电话意外地让唐华接到了。但为了不让父亲知道这个实在让他难以接受的现实，母亲当即与我们商定，暂时千万不能告诉父亲。同时母亲命我即刻赶往天津，协助三个尚小的弟妹处理叔叔的后事，对父亲则谎称二舅病了。

自从参加了宣传队的工作之后，大队开始对我宽松了许多。第二天中午，我就赶到了天津，而叔叔的后事，弟妹们已基本处理完了。

"文化大革命"以来，叔叔一直是斗争的对象。这让原本孤傲的叔叔，自尊心遭受了极大的伤害。

九月二十八日，一直卧病在家的叔叔，在接到街道居民委命他第二天上街清扫大街以迎接建国二十五周年的通知后，用一片手术刀将颈动脉割断了。不大的两个房间里，到处喷溅着触目惊心的猩红！我真难以想象，在选择死亡的最后时刻，一向病恹的叔叔，为什么能用如此惊心动魄的壮烈，了结自己的生命。他像一位剑客，更像一位血荐轩辕的义士。

叔叔去世时，堂妹唐枚已下乡山西陵川，二妹唐楠刚进玻璃仪器厂当学徒。正念初三的弟弟唐栋在叔叔死后，即辍学参加了工作，当了一名泥瓦工。

我到了天津后，帮弟妹三人了断了与继母的关系。临回唐庄前，望着这三个从此失去父母的孤儿，心里像刀割一样难受。当时我最大的心愿，就是想请三个弟妹吃顿饭。为此我不得不跑到宿纬路与中山路交叉路口的一家信托商店。将当年吴雷川先生送给父亲的那块怀表给卖了。

"大哥走后，你们千万要振作起来。"饭桌前，我已找不到更多安慰他们的话："叔叔和婶母的亡灵，会在天上一直注视你们的，望你们好自为之……"三个弟妹掩泣不语。

父亲的心碎了,在得知叔叔早已去世的消息之后,父亲拄着拐杖,跌跌撞撞地走遍了唐庄的大街小巷。他逢人就哭着说:"子洵先我而去了,子洵先我而去矣……"

面对此情此景,了解他们兄弟之间情谊的父老乡亲无不为之动容……

父亲一下子衰老了,他从此不修边幅,任自己衰老下去。

姐姐回康平后,很快就汇了四百元钱给家里,这是她平反后补发的工资。姐姐几乎全部寄了回来,替我们还盖房时拉下的饥荒。

立春与天津知青一直走得很近,他经常跑到他们的宿舍里,一呆就是半宿。他愿意听这些乐观的城里人讲外面的世界,讲挤无轨电车,讲足球,讲抡着板儿砖打群架。在庄里老一辈庄稼人的眼里,立春是一个叛逆者!

"还惦着娶人家团长的闺女,怎么样,白忙乎一场吧。"对于这些市井微词,立春全然不往心里去。他开始习惯用城里人的眼光看农民了,他发现了农民身上的许多弱点。

在立春的感召下,天津知青开始主动与我家接触了。而且一经接触,我们之间很快就找到了共同语言。最先走进我们家的,是杨宝庆和严志。杨宝庆性格沉稳,说起话来娓娓从容,严志却更显灵透一些。天津的俚语方言,让他运用得惟妙惟肖。

这些年来,对天津知青我一直心存戒备,可一旦交往起来,我立刻有了回到知青点的感觉。对他们的喜怒哀乐,我都十分熟悉。很快,我们就成了知心朋友。

在男生的带动下,不久,天津女知青也登门拜会母亲了。她们大多以看病为借口,并很快在这里找到了家的感觉。这期间,倪斯敏曾多次要拜母亲为干妈,母亲却以基督徒为借口,婉言谢绝了。

在唐庄的这些年,经常有一些生病的婶子大娘、父老乡亲找母亲看病。在大连,母亲虽一直做的护理工作,但对于农村的常见病、多发病,母亲的诊疗经验要远远超过当地的赤脚医生。尤其在大连期间,母亲曾专攻过中医针灸,这对笃信中医的乡下人来说。更增添了一层传奇的色彩。所以,时间一长,登门求医者络绎不绝。母亲愿意为乡下人做这些事情,她认为这是上帝赐予自己的荣耀。

"文化大革命"期间,大批城里人上山下乡,将城市文明潜移默化地传向农村，使原本长期处于封闭状态下的农民，看到了人类生存的另一片天空。应该承认，这一大规模的文化冲击，为今天轰轰烈烈的农村城市化进程，奠定了广泛的社会与群众基础。

歇伏前就听说，天津女知青晒在院子里的一个乳罩让人偷走了。"臭流氓！"庄稼人都认为干这种勾当的人忒下作。在乡下，城里女人那稀罕物件儿让多少庄稼汉子魂牵梦绕。

一个月后的一天，南街的两个悍妇因些琐事吵起来了，并很快拳脚相加地扭作一团，引来满街看客。

这是一对儿宿敌。从历次战绩来看，那瘦悍妇根本不是胖悍妇的对手，去年腊月的那次交手中，胖悍妇愣是把那瘦悍妇拦腰扔进了猪圈。

"不服？再不服给你塞到茅房里，让你吃屎！"

正是晌午头上，南街的老爷们儿刚从地里回来就遇见了这出好戏，众人围而观之，不忍散去。

突然，被揪住头发的瘦悍妇拧住了胖悍妇的一只耳朵，就在胖悍妇撒手的一瞬间，那瘦悍妇猛然发力，竟将胖悍妇上身的家织布小褂当胸扯开，围观的老爷们儿一片哗然。慌乱中，瘦悍妇趁机拉住胖悍妇一条袖口致命地一扯，只见那胖悍妇就地转了半圈，一对儿丰腴的乳房裹在绷紧的乳罩里，像魔术一样幻化在正午的阳光下。

此役结束了俩悍妇经年持久的战争状态，那个胖悍妇从此温顺下来，变成一个丰乳肥臀的小女人。

听说天津女知青回城后，还和那小女人有书信往来，她们后来成了朋友。

五月初的一天，已被文化馆选进县宣传队的唐桂义从城里回来了："唐浩大哥，县文化馆美术组的张老师，让你明天去一趟。"

"叫我干什么？"我感到十分意外。

"县里正组织美术作品，准备参加今年秋天的全国美术展览。我和张老师提到你了，张老师很高兴，他让你明天务必去一趟。"我从心里感谢唐桂义。

新建起的县文化馆，在中街与北关大街交叉的路口上。美术组的张德生老师，正指导一群从基层抽调上来的业余美术工作者，在一个半圆形的美术教室里画画。张老师是一个个子矮小的中年人，他态度和蔼地问我："听唐桂义说，你也学过画？"

我笑了："业余的，业余的。"

作者与张凡在北戴河海滨（一九七七年）

在唐庄插队的天津知识青年

"是这样，"张老师认真地说："今年全国美展的体裁是年画，上级要求发动基层的创作力量，更多地参与这次全国美展。"他指着周围正在专心作画的学员："这些都是常与我们联系的基层美术爱好者，抽上来已十多天了，你如果觉得时间还来得及的话，可以在家里先画一幅草图，十天之内交上来。一旦通过了，我会去唐庄为你请创作假的。"

告别前，张老师陪我看了学员们夹在画板上的作品。我已成竹在胸。

回到庄里，我便向队长唐贵请了十天的假。当时正是备耕的季节，闲人本来就多，所以唐贵当即就答应了。

在以往学画的时候，我是排斥年画创作的。在大连群众艺术馆学画期间，我见过姜建章老师创作的年画，但由于排斥，没有更多地请教。我准备按油画创作的程序，先画一张素描草图。至于着色，无非是工笔重彩而已。

我将几张图画纸，按2∶1.5米的比例拼贴在西屋的墙上。在从县里回来的路上，我就已经想好了，画一幅社员喜交公粮的场面，题目是《超交了三万斤》。

听说我要参加全国美展，立春、唐桂岩以及天津知青们当天晚上就挤了一屋子。

"没问题，大哥，到了你露把刷子的时候了。"严志的话，听起来就像说相声一样。

这是我第一次搞大型美术创作，手头的参考资料又少得可怜。但十年农村的生活早已将我与农民及农村生活紧密地融在了一起。每年秋后去夏官营粮库交公粮时的情景，十分清晰地浮现在眼前。

很快，一个年轻泼辣的女会计，出现在画面中央，一个上了些年纪的生产队长正全神贯注地望着会计手中的算盘。周围交公粮的男女社员们，脸上露着惊喜的神情。人群中一个小伙子用爱慕的眼光望着女会计的脸。一只从庄里跟来的花狗，翘着尾巴，在女会计的脚下欢快地叫着。画面反映生产队女会计结账的瞬间，情节生动，人物形象质朴，难怪张德生见到画稿后说："很像画家刘继卤的人物绘画风格。"

《超交了三万斤》立刻成了迁安县送交唐山市评选的唯一一幅作品。很快，评选的结果就出来了。作为唐山地区送交河北省评选的几幅美术作品，《超交了三万斤》已送往张家口。河北省美术家协会的专家评选会将在那里召开，我不动声色地静候佳音。

一周之后，在县文化馆馆长的办公室里，馆长刘烨召见了我。坐在一旁的，除张德生老师外，还有一位据说是县文化局的官员。

刘烨馆长首先向我表示祝贺，在河北省评选会上，《超交了三万斤》与另外一幅作品最终通过了专家审评，被定选为河北省参加一九七五年全国美术展的参展作品。刘馆长通知我，后天，也就是五月二十三日去遵化县文化馆报到，在那里，我将用一个月的时间完成作品。

我当时的心情是可以理解的，但"刘馆长，以往我没画过年画，对如何着色确实没有把握……"

"这些你不必担心，在今后这一个月里，省里会派专业画家陪你们完成作品。一切顾虑都可打消，放心去就是了。"刘烨馆长是一位很有气质的舞蹈家，她参加过抗美援朝战争，在迁安是一位颇受尊敬的文化工作者。

"有一点，你需要注意。"坐在刘馆长身边，一直沉默不语的那位文化局的官员插话了："你的情况，我们基本了解了。在向省里推荐时，我们就将你的家庭出身改成了中农，你本人的成分也改成了回乡青年。所以，去了以后千万不能说漏了。对于你来说，平时少说话就行了。要把这次参展，当作是县里交给你的任务，你必须圆满完成，不要辜负县里对你的厚望。"我心里稍有不悦，但这毕竟对我没有造成伤害。换句话说，人家也是为我好。我郑重地点了点头，并再次表示了感谢。

走出县文化馆，张德生握住我的手："你比我画得好，真的。"他诚恳地说。

从县里骑车回唐庄的路上，我心花怒放。那天恰是我三十岁生日。母亲说了，今天晚上给我炖肉吃。

知道我要参加全国美展的消息之后，屋子里顿时挤满了乡亲们。"唐浩大哥，你啥时候去北京呀？"

"唐浩大叔，县文化馆这回备不住要召你去了。"

"唐浩，这下，你该熬出头了。"

天津知青几乎倾巢出动了，连倪斯敏和王家骅这些平日与我交往不多的女生，也都来给母亲道喜了。在应接不暇的应酬中，一件事情却一直潜藏在我心里。那就是该怎么向队长唐贵开口，请下一个月的长假。

知道我正是那天过生日。杨宝庆和严志，立刻去大队供销社买来了白酒，尽管天津知青当时上面临选调回城的困扰，杨宝庆和严志为了回城名额,正明争暗斗得不可开交。

父亲一直坐在东屋的炕上,平静而深得慰藉。"机会总会留给那些有准备的人。"听着西屋的喧闹,父亲只对母亲说了一句话。

第二天一早,我就去唐贵家请假了。

唐贵正在吃早饭,一家人围在炕桌前狼吞虎咽着。我把县里的意思和唐贵说完了:"一个月,画完我就回来。"我眼巴巴地望着唐贵。

"不中。"唐贵断然否决。

"老太爷,"唐贵辈分大,我开始求他了:"就一个月,能争取到这次机会,实在太难了,就请您给我一个月假吧。"

"不中。"唐贵再次重申:"眼瞅着就要种花生了,你走了,谁掂粪?"他显然不愿意和我再纠缠,旋即翻身下炕,摆出一副送客的架势。

"老太爷……"我脑子里一片空白。

"下地走了!"唐贵丢下我径直朝屋外走去。我几乎快崩溃了。

母亲听说唐贵这里出了问题,万分着急:"我去,看在我顶着大雨,深更半夜给他大闺女接生的情分上,唐贵备不住会给我面子。"

母亲赶到生产队时,唐贵正忙着给全队社员分配活计。"小华她妈,你来了也没用。"唐贵先声夺人,劈面就说:"唐浩这次就别想了,不为别的,就因为他眼里从来就没有我这个老太爷!"

我困惑了。

"你说,你昨天啥时候回来的?"唐贵盯着我。"日头还没落山你就从县里回来了,可你大酒一喝乌烟瘴气的就是半夜,你把我放在眼里了吗?"我恍然大悟,唐贵挑理了。

"老太爷,当时家里那么多人,我实在……"

"少废话,下地走了。"说着,他头也不回地下地了。一队所有乡亲们都远远瞪着他的背影,却怒不敢言。

几天之后,大队党支部副书记唐子夏在地里找到我。

"县里来人了,叫你去呢。"

"我不去。"我的拧劲儿上来了。

唐子夏从我手里夺过粪筐:"赶紧的,人家在大队等着呢。"说着,他替我掂起粪来。

一进大队的院子,我就看见唐贵正蹲在大队办公室的门外,看我来了,他狠狠瞪了我一眼。

505

张德生老师和另一位从未见过的两腮铁青的中年人,坐在大队的办公室里。见我走进屋来,张德生立刻站了起来。

"这事怪我了。"他开口就自我检讨:"怪我没能亲自过来,把这假给请了。"说着,他盯着我:"遵化那边儿来几次电话催了,再不去就怕来不及了。我刚才跟大队干部替你把假请下来了,明天一早,你就去吧。听见没?"

几天来,我一直沉浸在极度沮丧的情绪里,望着屋子里那一个个眉头紧蹙、满脸阴沉的大队干部,望着蹲在门前生闷气的唐贵,我满腹委屈地对张德生说:"谢谢你了,张老师。我刚从地里回来,大队干部正在那儿替我掂粪呢,眼下正种地,一个萝卜一个坑,我得回去了。"

说着,我凛然转身朝门外走去。

"回来!"背后传来一声炸雷般的怒喝。我转回身来,见那位一直一言不发的两腮铁青的中年人,正横眉怒目地瞪着我:"你想干啥呀?你想拿巴谁呀?你也不想想你是谁!呸!别给你脸不要脸!赶紧去遵化就得了!"

泪水一下子模糊了我的双眼,我扭头大步朝外走去。

"回来!回来!"背后传来那人气急败坏的喊声,我的脑子里一片空白。

事后,母亲埋怨我不该感情用事,父亲却语重心长地说:"无论什么时候,都不能得意忘形,福祸相依的道理,你应该是懂的。这次错过了机会,虽然可惜,但教训是值得一生汲取的。"

唐庄插队的部队家属子弟听说这个结果后,一直想找茬收拾唐贵,立春听说后及时制止了他们。

虽说功败垂成,但这件事在大队干部当中也引起了反响,连一向盛气凌人的大队书记都在背后对人说:"你还别说,这唐浩还真是条汉子!"看来福祸之间还真是相依相存。

歇伏的时候,大队推荐我到公社去帮忙了。当时陈官营公社正在进行一件以往从未做过的工作,即着手调查全公社的土地状况。负责这项工作的人,就是当年在公社万人批斗会上,把我喊成"特殊人物"让我使劲儿低头的秘书朱亦春。

在朱秘书的办公室里,这个身材矮小办事干练的公社实力派人物,向野外调查小组布置了任务。野外调查小组共三人,组长老李是郎庄人,也是公社在职的水利干事。组员小杨是任庄人,公社在职的协理员。另一个便是我。负责在调查结束后,绘出一幅全公社十三个自然村的土地现状图来。

朱秘书再三强调,这件工作必须在秋收前完成。说完他漫不经心地埋怨我："何必生那么大的气，头一低，眼一闭，先把那画画完了再说呗。"几句话说得我目瞪口呆，原来他认出我了，而且，我的事他都知道。

父亲对我新接受的工作表现了前所未有的热情。"当年晏阳初在定县搞乡村建设规划时，野外调查就是一项不可忽视的工作。作为一级地方政府，陈官营公社必须清楚地了解所辖土地的基本情况，从这一点看来，陈官营公社的父母官们，确实是一群脚踏实地做事的人。"

调查工作是从全公社正北方向的古松庄大队开始的。所有的调查工作，都要徒步进行，每到一个村庄，当地的生产队长便引着我们走遍该队的所有地块。我则用我的速写本，将所走过的自然地块凭以往积累的透视及目测经验一一画出来。同时标明其面积、土质、垄向、水浇及水土流失情况等。在长达两个月的野外徒步调查中，我们头顶烈日，走遍了全公社四万零七百二十亩的所有自然地块，掌握了大量的第一手资料。八月下旬，当我们在郎庄调查到最西地界时，我发现两个月前去过的古松庄的那片土地已近在咫尺。

在之后的日子里，我独自一人，在公社礼堂的大会议桌上，依照速写本上所绘的各村素材，绘制了一幅巨大的《陈官营公社土地现状图》。让我都感到意外的是，一年之后，一个偶然的机会，我见到了一幅国家正式出版的《迁安县行政地图》，对比其中的陈官营部分，我那山寨版竟惊人地准确。

在一九七五年深秋将近的日子里，唐庄大队毛泽东思想业余文艺宣传队取得了令人刮目相看的成绩。在连续三次的县文艺会演和批林批孔文艺汇报演出中，唐庄大队宣传队的演出节目，几乎占了整场演出的半壁江山。由于上场太频，演员们几乎没有换衣服的时间。我创作的小歌剧《一条扁担》被评为全县一等奖。一时间宣传队员精神振奋，这些不曾见过市面的庄稼后生，住进了县政府招待所，登上了县礼堂灯火辉煌的大舞台，赢得了台下观众暴风雨般的掌声。唐华一直是唐庄宣传队的台柱子，无论是小合唱、表演唱，还是歌剧和舞蹈，唐华举手投足一招一式都给人留下了深刻美好的印象，以至于日后赶集时，无论在夏官营，还是在县城里都时常被人认出而受到赞扬。

唐桂本更有一种前所未有的成就感，然而，在公开场合下，我始终不便抛头露面，在意识形态领域里，作为一个前科累累的四类分子子弟，我一直保持低调，更有自知之明。望着舞台上那些充满活力的背影，躲在幕后的我，从心里感到极大的满足和慰藉。

立春一直是唐庄文艺宣传队的组织者，也是我工作中最坚强的支持者，有立春在身旁，我才能够如此尊严地活着。

在小歌剧《一条扁担》获大奖之后不久，村子里来了一位文质彬彬的年轻人。那天上午，村团支书唐桂善将立春与我找到大队。他拿着那年轻人的介绍信："这位是县委宣传部派来的周文彬同志。"那年轻人站起身来，与我和立春握了握手，那人的手绵软得像个女人。

"周文彬同志是下来对咱宣传队工作搞调研的，周老师说了，县里不但要认真总结唐庄文艺宣传队的经验，还责成他写一篇稿子作为内参，上报到省委宣传部去。"

我和立春立刻诚惶诚恐。

"下去走走吧。"唐桂善说："中午和晚上在大队吃饭，周老师今晚就住下了，看看你们的排练。"

立春受宠若惊地望着我。

"周老师请。"我恭恭敬敬地陪他走出大队，身后传来唐桂善的叮嘱："谦虚点儿，人家见过大世面！"

周文彬与我一见如故，他与我有很多共同的语言，当他知道我爱读书，并有一些藏书后，恳切地提出要到我家坐坐。

父亲和母亲十分客气地接待了他，下地回来的唐桂本大哥听到招呼后也赶了过来，周文彬十分认真地翻阅着我的藏书。临走前，他懦懦地提出，想借我三本书回去看看，其中包括长江文艺出版社出版的那本《文学分类的基础知识》，我当即让他将书拿走。

"两个月悉数奉还。"周文彬兴奋得满脸通红。

当天晚上，周文彬观看了我们的排练。他一直沉默地坐在那里，神情却特别专注认真。

半个月之后，唐桂义从县文化馆赶回唐庄："那周文彬写的调研报告我看了，他说长期以来，唐庄大队毛泽东思想业余文艺宣传队一直被一个神秘人物暗中操纵着。村里的党团支部都对他言听计从，这个表面上战功显赫的农村基层文化阵地，正面临着被阶级敌人夺走战旗的危险！"

"婊子养的，呸！"立春非常的愤怒。我与唐桂本大哥大骇。

然而，担心追查的事情并没有发生。初冬时节，公社团委书记高少良找到我，向我布置了新的任务，即在郎庄组织一个大型的阶级教育展览。

几天之后，高少良带我进驻青龙河西岸的郎庄大队。在这里，见到了从

晚年的父亲（一九七五年）

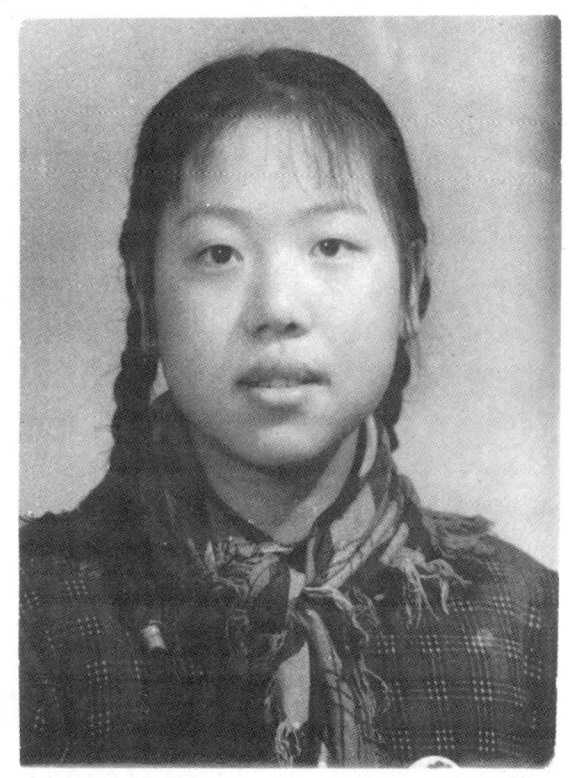

下乡十周后的唐华

二〇〇一年作者受聘为迁安市人民政府经济顾问

任庄调来的业余美术爱好者任凤楼,以及在寺前大队插队的知识青年郭廉旭。

任凤楼长我九岁,是一个十分自负的民间艺人。他善于绘制山水镜画以及刻制"花盆儿"与皮影,在城东地面上很有威望。

小郭是一个孩子气十足的青年美术爱好者,他聪明好学,见面之后就要拜我为师,搞得我一时受宠若惊。

高少良是公社一名年轻干部。据说,"文化大革命"初期曾在迁安高中当过红卫兵的小头目。高少良待人亲和,办事认真。他希望我们深入采访,早些拿出布展的方案来。"唐浩是筹办这个展览的负责人。"高少良明白无误地向大家宣布。

郎庄大队是陈官营公社最大的自然村。由于地处丘陵,可耕地较少,土改前贫苦农民相对集中。因此,在世代荣辱贵贱的不断分化中,阶级矛盾相对尖锐些。导致"文化大革命"期间,许多陈年往事,在忆苦思甜的主题下被不断戏剧化、极致化。采访中,一些当年的贫苦农民,依然会声泪俱下地诉说着当年的屈辱与仇恨。

我想起父亲对我的告诫:"你不了解旧中国贫苦农民的境遇,你没有资格对今天的现实妄加评论。"我知道,父亲说的是有一定道理的。

我用了一个星期的时间,临摹了一幅巨大的画家王式廓的素描名作《血衣》,放在展览入口的墙壁上。当年土改斗争时,控诉恶霸地主激烈的场面,将郎庄大队阶级教育展览,推到了极致。展览获得了巨大的成功,在全公社小队以上的干部集体参观了这一展览之后,县里也闻风组织了许多基层干部分批前往郎庄,接受生动深刻的阶级教育。

这一年年底,一个"批邓反击右倾翻案的政治运动"又席卷全国,父亲的病,开始明显地加重了。

二〇〇一年春节过后不久,我被迁安市政府正式聘请为经济顾问。在受聘仪式的当天晚上,市委书记姚自敏,市长刘桂东及市五大班子的领导,在一家装修讲究的酒店里请我吃饭。席间,姚书记再次代表市委市政府,向我介绍了迁安这些年来的进步与成就。

"中等城市,钢铁迁安",姚书记解释了他对迁安长远发展的构想。姚自敏是一个富于想象力的十分务实的迁安父母官。

秘书听见有人在敲门,他起身迎了上去,一个满面酒红的中年人出现在门口。

"听说唐浩老师来了……"走进门来，那中年人很快就认出了我，他急着走过来和我握手，那手依然绵软得像个女人。

"不认识了呀？唐老师，我是周文彬呀。"说着，他急着从西装口袋里摸出名片。"哎呀，一晃这么多年了，没想到在这儿遇到您了。"

我向姚书记介绍说，这是我当年认识的一位朋友。姚书记坐在那里，接受了周文彬的敬酒。

"幸会，姚书记。我现在在唐山经济开发区工作，今后少不了要请姚书记多多关照。"

临走时，周文彬像突然想起了一件事情："哎呀，唐老师还有两本书在我那儿呢。"

"三本。"我认真地更正了他。

回到座位上，我谈起了一九七五年深秋时节的那件往事。

"早知道这样，刚才就不该让他进来。"姚书记狠狠地说。

二十九
大 地 震

在郎庄布展最后的日子里，我们迎来了一九七六年。

一月一日，《人民日报》、《红旗》杂志和《解放军报》发表了元旦社论《世上无难事，只要肯登攀》。在这篇充满火药味的社论中，发表了毛泽东的最新指示："安定团结不是不要阶级斗争，阶级斗争是纲，其余都是目。"文章提出要保卫和发展无产阶级"文化大革命"的成果，要继续搞好斗、批、改。

一月九日，清晨起床后，房东大嫂就把刚烧好的热水倒在洗脸盆里，替我端到了屋外的月台上。天气冷极了，虽然没有风，但凛冽静止的空气，立刻将身上的毛衣毛裤打透了。高少良也下炕了，近来他牙疼得彻夜难眠，人也瘦了许多。

村庄里安静得很，只有当街传来卖豆腐的梆子声。

忽然，从大队的高音喇叭里，传来一阵肃穆的哀乐声。高少良似乎预料到了将要发生的事情："听……"

广播里传来周恩来总理逝世的消息。

房东大婶扔下手里的柴火。她推开西屋的门："赶紧起来，快点……"

西屋传来房东大哥郎德林困倦的埋怨声："干啥呀你，一大早晨就催命似的。"

"快起来，周总理过世了……"

"什么？！……"

郎德林急着跑出西屋，人们站在月台上，一时不知该如何是好。

那一天，在唐庄的大街小巷，满头白发的父亲，拄着拐杖，跌跌撞撞地逢人便说："周总理去世了，周总理去世了……"这是唐庄的父老乡亲，在不到一年的时间里，见到父亲的又一次沿街哭诉。

"这老爷子快疯了。"人们哀怜地说。

从郎庄撤出后，我依然回到了唐庄一队，一切又都一如既往了。

一个周六的下午，唐桂宝从河西回来了。唐桂宝是田儿的二哥。参军时做过卫生员。复员后，一直在地方医院当医生。他每次回家都愿意找我谈天说地。从他那里，可以听到许多有关方面的小道消息。

那天晚上，在生产队饲养员的土炕上，唐桂宝压低声音，说到了近来发生在北京的许多令人难以相信的事情。江青、张春桥等正在策划批周。北京的许多单位，接到不许给周恩来设灵堂的通知。

"看来，下一个批判对象，该是周总理了。"唐桂宝分析着，眼睛里闪着灼灼的火光。

清明过后几天的一个黄昏，一家人正在东屋吃晚饭，从大队方向的高音喇叭里传来一阵令人不安的广播声。

"又闹什么呢？"我端着粥碗来到院子里。

声音一下子清晰了："……九点以后，人民大会堂门口围了一万多人。广场上人最多时，估计近十万人……这伙反革命分子把矛头指向伟大领袖毛主席，指向以毛主席为首的党中央，吹捧邓小平反革命的修正主义路线，更加暴露了他们要在中国搞修正主义、复辟资本主义的罪恶目的……"

我尽量强耐着内心勃然激起的狂乱，跑回到屋里："北京十多万人上街了！"我浑身激动得颤抖："老百姓不干了！他们出动军警开始抓人了！他们真对悼念周总理的人下手了！"我语无伦次地嚷着，父亲一直在困惑地望着我。

"大叔，听广播了没有？"立春也从家里跑来了："老百姓不干了！"他激动得声音也有些发抖。

在后来的几天里，我一直密切关注着报纸和新闻，并从中分析事态的进展。终于，这场发生在清明节前后的群众运动被无情地镇压了，而我的心情却难以平静下来。我知道，地火迟早是要爆发的。我从心里钦佩那些为真理和正义而舍生取义的人们。

严志接到调令了，他将分配到唐山市所辖的一个小城里。看来天津一时是回不去了。那天晚上，严志拎着一瓶绿豆酒到我家来告别，我彻底喝醉了。

"不在沉默中爆发，就在沉默中灭亡。"我大声呐喊着："我要到天安门广场自焚去，我要让他们知道，老百姓不干了！不干了！不干了！！"

严志的脸被吓白了，混乱之中，他夺门而逃。

唐华扑通一声给我跪下了："哥呀，你就给这个家留条命吧。"说着，她放声大哭。

立春扑到炕上，他抱起一床棉被，一下子将我死死闷在了炕头角落里。

"不干了！不干了……"

第二天晚上，还是在那炕上，我对立春说："你差点儿给我闷死。"他没好气地白了我一眼："闷死你我偿命，可要让外人听见了，你就没命了。"

我从心里感谢这个上帝派来的使徒。

不久，父亲失语了。又一次脑溢血，让他彻底瘫在了炕上。望着他那双渐渐失去意识的眼睛，我心如刀绞。我知道，老人将不久人世了，我从心里替父亲鸣冤不平。

一九七六年，该是我离开城市到乡下务农的第十一个年头了。从一九六五年到庄河插队至今，我已从一个二十出头的城市青年，彻底蜕变成一个几近中年的冀东农民了。与此同时，作为这个年龄段的一个男人的所有生理诉求，更无可厚非地凸显出来。在先后回绝了几次实在不靠谱儿的提亲之后，我像一只饥渴的雄性哺乳动物，开始了自己的寻觅。

唐庄是一个唐氏家族十分庞大的村庄，我家所在北街的三个生产队中，大多唐姓都存在着盘根错节的家族关系。因此，我虽与这些生产队的姑娘们大都熟悉，却因血缘关系太近而不可能再生非分之想，而其他七个生产队虽同属一个自然村，也因人民公社的体制所限，平素基本断无往来。即便在唐庄大队毛泽东思想宣传队里，出自南街和上坡的女队员也寥若晨星且名花有主。于是，不知从何时起，我开始在故乡坊间的街谈巷议中，将目光移向了南街七队一个沉默的女人。

唐清华小我一岁，曾是迁安高中一九六六年的应届毕业生。其父唐祥与我父亲同毕业于昌黎汇文中学，解放后一直在迁安高中任英语教员。"文化大革命"初期即被红卫兵遣返还乡，其女唐清华遂以回乡青年身份，成了唐庄七队的一名社员。唐祥家族本姓汤，早年迁至唐庄后，为尽快容入唐庄社会，遂改汤为唐，成了唐氏家族中的另一分支。

唐清华是一个品貌端庄、性格内向的姑娘。在唐庄的女子当中，她的冷凝孤傲的气质别具一格。因此，虽年逾三十，却在婚姻问题上谨慎独行，成了唐庄唯一一位众说纷纭的大龄剩女。所以，每当从她家院前经过，我总希望能见到她的身影。时间长了，自然也成了我心中一个扑朔迷离的情结。

一天中午下地回来，我惊讶地发现，唐清华的母亲正坐在东屋的炕上与母亲唠嗑。原来老人一直身染风寒，此来求母亲针灸祛病。我与她寒暄，老人对我赞不绝口，那些话，我听在心里如春蚕破茧，飘飘然也。

此后，唐清华的母亲多次来我家针灸，她女儿的故事也时常被母亲挂在嘴边。我正是在这一期间，读了克鲁普斯卡娅的那本《列宁回忆录》。

初夏的一个黄昏，七队的天津女知青王家骅来我家串门，母亲便和她谈到了唐清华。

"谁说不是呢，眼瞅着三十出头了，就是挑。"王家骅是个快人快语的姑娘。

趁母亲不在屋，在弗拉基米尔·依里奇的鼓舞下，我竟毅然鼓足了勇气："家骅，大哥求你办件事。"

"嘛事？"王家骅心不在焉地问我。

"你找机会对唐清华说，我想娶她。"我十分钦佩当初列宁向克鲁普斯卡娅求婚时的果断与直言。

王家骅愣在那里了，她睁大眼睛盯着我，突然大笑起来："大哥，我看真行。你们两家门当户对的，备不住……"她转而冷静下来："这就看缘分了，不知唐清华心里是怎么想的。"说着，她摇了摇头："那姑娘的心思太重，看不透。"

三天之后，王家骅带来了对方的回音："我和清华姐说了，唐清华当时脸就红了，她想了半天说，她妈才去世不到一个月，她现在不便谈这件事。一句话，她没同意，也没拒绝。"我突然感到自己十分唐突，因为唐祥老伴儿前不久去世，我是知道的。

几天之后，在去夏官营赶集的路上，我竟意外与唐清华遇上了。

那天临近中午的时候，我突然有急事要去夏官营。从唐庄去夏官营有一条小路，即张沟古道，那是村庄以南黄土沟壑间的一条土路。那天烈日当头,走进张沟道后,深深的沟堑立刻将原野上噪耳的蝉鸣远远地隔断了。四周一片耀眼的阳光,张沟道里静极了。

突然,我发现唐清华正骑着一辆自行车,独自迎面向我驶来,我顿时感到万分尴尬并无路可逃。如若以往,我完全可以与她擦肩而过形同陌路,但今天则不然,因为她已知道"我想娶她"了。我脑子里一片空白,脚步却无法停歇下来。

自行车驶近了,我甚至听到了那车子倒链的声音,我知道唐清华也在尴尬中。

突然,在距我十米左右的地方,她翻身下车了。我惶惶然向路边躲闪,想给她让出路来,她却分明问了我一句:"去赶集呀?"

我顿时魂飞魄散:"……大姑……赶集回来啦?"当此之时,我竟没忘了与她的非血缘辈分。

就在唐清华与我擦肩而过的时候,我分明又听到了一句叮嘱:"紧点走吧,集快散了。"我应了一声,转身便仓皇逃窜了。

地里的麦子眼瞅着变黄了。唐兴汉大伯和作舟大伯,又开始在河沟北为生产队做麦场了。一天,唐贵突然问我:"唐浩呀,这回轮到你去开平拉脚了,你能去不?"

"能。"我毫不迟疑地说。

"那咱可把丑话说头里,半道不许滚回来。"唐贵严肃地警告我:"谁半道回来,扣全年的工分。"我啥话也没说。

唐庄一队自从买回一匹辕马后,一直坚持着在唐山拉脚。赶车由唐桂金、唐桂福两个月轮一次。跟车的依照生产队的花名册依次轮班,每轮一次一个月,当月就能拿到现金六十元。当然,谁都知道,上唐山拉脚是一件苦差事。苦在哪里,谁也没讲过。在庄稼人眼里,再苦的事,也是人干的事,既然是人干的事,那干就是了。

六月二十六日一早,我就把那辆从唐山回来装草料的大车装好了。看着我爬到马车那高高的草垛上,正在街上卖豆片的唐子洪三叔虎着脸喊了起来:"唐浩,你下来!"

"干啥呀?"我奇怪地问。

"下来!你受不了那罪!"三叔急了。

"放心吧,三叔。这么多年了,什么罪我没挺过来。"我将草帽戴在了头上:"放心吧三叔,一个月后见……"

"这小子，非半道滚回来不可。"三叔无奈地摇了摇头。

马车摇摇晃晃地上路了，唐桂金二哥坐在车辕上："你可想好了，现在回去还不晚。"

坐在草垛上，我大喊一声："驾！"

开平是唐山市的一个行政区，东距唐山市中心九公里。开平五街大车店，坐落在铁路北一处较为偏僻的市区角落里。偌大的院子里，四排低矮的工棚居中而立，周围便是一大圈低矮的牲口棚。

走进工棚，我便呆住了。两排相对的大炕，中间堆满了煤堆。一间不大的工棚里，塞满了赤身露体的庄稼人。正是黄昏时分，刚烧过的火炕上，轻烟四起。烟雾中，有人大声咳嗽着："婊子养的，这炕塌了好几天了，店家也不过来修修。"

唐桂金在工棚门外的空地上，用三块砖头支起了锅灶。

"吃点儿啥？"他翻着眼问，我呆呆地摇了摇头。

"牲口饮水了吗？"他问我。

"饮了。"我说。

"从现在起，每隔两钟头，就过去给牲口添些草料，直到后半夜一点。听见了吗？"

"听见了。"我说。

"最后一次添草，多给点儿豆饼，尤其那匹马，咱可指着它挣钱呢。"

"知道了。"我说。

唐桂金早早就脱光睡了，冀东乡下不分男女都有裸睡的习惯。我坐在那里，望着满炕那一个个精赤白条的男人的躯体，久久难眠。

不时有人在睡梦里轰着蚊子。一个浑身脏臭的汉子，迈过煤堆从工棚深处走了出来，站在门边哗哗地撒起尿来，嘴里还不停地嘟囔着："婊子养的，又下了。"

屋子里开始漏雨了，一些人醒了，一些人依然还睡着。朦胧中，我突然感到腿上沉沉的，像有什么东西在爬。我霍地翻过身来，只见一只硕大的耗子，正漫不经心地从我大腿上爬过，我感到一阵恶心。

"咱可把丑话说头里，半道不许滚回来。"我想起了唐贵的警告。

"这小子非半道滚回来不可。"我想了唐子洪三叔那无可奈何的忠告。

"我能滚回去吗？"我在认真地问自己。

不，我绝不让人看笑话，我下定决心在这里熬了。

第二天天刚放亮，唐桂金就醒了。工棚外的雨小了。唐桂金蹲在当院那三块砖头边扇了半天，一锅玉米粥总算是做熟了。草草吃过早饭，我们就套车上路了。

盛夏的原野一片碧绿，雨停了，四周一片乳白色的雾气在渐渐升腾的暑气中慢慢向远处散去。当大车来到石灰石塘子的时候，那里已是大车百辆了。

唐桂金陡然精神起来，他拉着辕马的笼头，大声吆喝着："倒！倒！倒！"那马不情愿地咬着嚼子，马车艰难地倒进众车的空当儿里。

"装车！"唐桂金对我喊了一声，顺手将那大铁锹插进脚下的石灰石堆里。

我急了，四周几乎没有下脚的地方。我举着铁锹，几锹下去双手便磨出几个蚕豆大小的血泡来，锹柄立刻被染红了。

这是一场冷兵器时代短兵相接的鏖战，听不见人声，但闻刀枪斧钺不绝于耳，一片杀气全然在心矣。

当满满一车的石灰石料，从众车夹缝当中被辕马吃力地拽出来时，唐桂金的脸色变得苍白了。

"怎么样？"唐桂金赶着大车上了公路。

"还行，就是手上打泡了。"我说。

"不能硬往石头缝里戳，要使寸劲儿，一锹一锹地掂。"二哥这才告诉我其中的门道。

走上马家沟矿前的大道，放眼望去，上百辆拉石灰石料的大车正浩浩荡荡地向唐山进发。石灰石是炼钢时不可或缺的添加材料，当时唐山钢铁公司雇了无数大车替他们拉脚。每天上午从开平拉石灰石到唐山钢厂，后晌再在唐山装煤，拉回开平。所以，上午拉脚的人们是一群白鬼，下午又变成了一群黑鬼。长此下去，赶车的和跟车的就变成一群色彩独特的灰鬼了。

我更是这群灰鬼当中一个另类。一个满脸络腮胡子戴着一副白框眼镜，穿一件已成灰色的老头衫，一条灰色的短裤，光脚穿一双灰色的胶鞋。坐在装满石灰石的车上，望着公路上那些骑着自行车赶去工厂上班的青年男女，我觉得他们浑身光洁可鉴，觉得他们如此优雅帅气、美满幸福。他们当中，没有人会多瞅我一眼，在他们的眼里，我是一个全然不曾存在的人。

一九七六年盛夏的雨,好像从来就没停过。每天晚上我就是顶着这样的雨,光着脚趟过漂着驴粪的满院子的积水,一遍又一遍地从工棚跑到牲口棚里,给那几头驴马添草添料。终于,我患上了痢疾。每天腹泻不止。几天下来,站起身来就打晃儿。但没有人跟车是不可想象的。我像亡灵一样在恍惚中熬过了一个多星期,最终还是把病魔赶跑了。

从唐山往开平拉的都是上等的好煤。头一天卸车时,唐桂金就悄悄对我说:"别卸得太干净,剩点底子,回去烧炕。"于是,卸车时我们就多了个心眼儿,甚至当遇到无人看管时,唐桂金竟然卸了多半车就扬鞭而去。这时我才明白,原来堆在大车店工棚那两铺大炕过道里的煤,都是这样攒起来的。不过,车老板们都早已定下了规矩,这些煤都归车老板个人所有。所以两个月下来,当车老板轮换时,每个人起码能拉回家一车好煤。

唐桂金二哥是一个身材不高膂力过人的中年汉子。平日里虽沉默寡言,但在唐庄一队却和唐桂林一样,是一个举足轻重的人物。我家自还乡后,所遇难事大多请他帮忙,十几年来有求必应。唐桂金是中国农民的中坚分子,他身上继承了中国几千年传袭下来的以农为本的正统思想,自尊心极强。在他们面前,医巫乐师百工之人皆当俯视。所以,在乡十几年,我对这位二哥一直心存敬畏,在他身边做事,尤其谨而慎之。

一天中午,我随二哥在唐山东郊一家小吃店吃午饭。二哥排在我前头。趁他等着找零钱的时候,我将一毛钱纸币放到那肮脏油腻的柜台上,那几天痢疾刚刚见好,我打算买一个馒头,一碗鸡蛋汤。

柜台后是一个老眼昏花的男人。他把找给二哥的零钱撂到柜台上之后,漫不经心地瞥了我一眼:"你要啥?"

"一个馒头,一碗鸡蛋汤。"

就在这一瞬间,一件意想不到的事情发生了,只见二哥当着我的面,随手将我那一毛钱与找给他的零钱一并抄走了。

"钱呢?"那男人盯着我。

"给你了。"我一下子懵了。

"在哪儿呢?"那男人有些意外。

"你收抽屉里了。"我一口咬定,并决心一口咬定下去。

"多少钱?"他拉开抽屉,神情有些惘然。

"一块钱。你该找我九毛。"我坚定地说。同时,心底的罪恶感竟毫不犹豫地选择了得寸进尺。

抽屉里有好几张一元钞票。那男人彻底糊涂了："找你、找你九毛。对吧？"他那双眼睛像野猫一样疑睨着我。我显得有些不耐烦了："快点吧，后晌还干活呢。"

那男人不情愿地点给我九毛钱。

吃饭的时候，二哥压着嗓子对我说："你便宜了。"

我其实很生气："你也便宜了。"

二哥笑了。

雨一直在下。一天，大雨中我们提前收工了。我向唐桂金请了假，想到唐山新华书店去一趟。

公共汽车把我拉进了唐山市区。在一个十字路口，当我向站在马路边的一个中年妇女打听新华书店在哪个方向时，她回过头来，蓦地倒吸了一口凉气，没等回答我，转身就慌里慌张地跑了。我知道，回家后她一定面色苍白地对她丈夫说："刚才在路上，我遇到了一个打听路的灰鬼。"

七月六日，在从开平去唐山的马路上，人们听到了朱德委员长逝世的消息。

"今年怎么了。"唐桂金二哥不无忧虑地说："等着吧，今年备不住还得出大事。"

说这话的时候，大车经过了唐山市自来水公司。此刻，在这个公司的化验室里，化验员已连续多日发现水氡含量的峰值已越来越高。除此之外，土地电也从平日最高的四十微安，升到了微电表顶头的一百微安！所有这些反常的现象，让国家地震局深感不安。七月中旬，就在我走进唐山市新华书店的时候，在唐山二中召开的现场会上，一些地震专家已明确预测到，唐山地区于七月底八月初将发生七级以上大地震。然而因为种种原因，这一次成功的预测竟被瞒报了。

在唐山新华书店，我意外购得一本新出版的达尔文的《物种起源》。

这天晚上，疲惫了一天的脚夫大都睡了，因为还要给牲口添最后一遍料，所以，我倚在炕边，开始读这部物竞天择的名著。

……一种植物或动物，当它到了新的地方，跻身在新的斗争者中间，尽管气候和以前生长的地方完全一样，但生活条件的基本情况通常已起了变化。所以要使它在新安家的土地上生存，同时，个体平均数得以增加，必须应用新的改进的方法，不能再取它本土所曾用的方法了,因为我们必须使它在这一群不同的斗争者和敌害当中占有一些优势。

　　这样的幻想,固然是好的,但是对任何一个例子,我们似乎又不知道该怎样去实行。所以,仅这一点便应使我们相信,人类对于一切生物的相互关系实在知道得太少了……

　　突然,从对面炕上传来一阵哭诉声:"我钱丢了,谁拿我钱了?"丢钱的是个乐亭跟车的,在我们这号工棚里,这是个最瘦小的年轻人。

　　睡在他身边那赶车的壮汉闻讯爬起身来:"多少钱,丢了多少钱?"

　　"两块六。"那瘦小子哭咧咧地说:"才刚出去洗头时,我把钱压在铺盖卷底下了,没想到一转眼……"

　　那赶车的壮汉霍地爬起来了,他全身赤裸地站在炕上,暴露在裆下的生殖器显得格外粗陋和野蛮:"都别睡了!全都给我起来!"

　　拉脚的乐亭人很少,所以那赶车的壮汉,一直认为大伙儿都欺负他们,而他本人又是个身高马大的壮汉,所以总觉得格外窝囊。这一回他可得理了:"谁拿的赶紧给我招出来,要不然,让我查到,非抽死你不可。"那壮汉嚣张地喊。

　　两铺炕上的精赤白条们都不情愿地蠕动起来。

　　二哥头都没抬,他拍了一下落在屁股上的蚊子:"咋了?想三堂会审啊?"

　　那壮汉冲着二哥喊:"你起来不?"

　　"不起来,咋的?"二哥岿然不动。

　　"不起来就是你偷的。"那壮汉忽地从对面炕上窜过来,可没等他脚跟站稳,只见二哥翻身坐起,就势一个黑狗钻裆,一下就把那壮汉凭空扛起来了。

　　"放下我,听见没有,放下我!"那壮汉像一头被缚的豹子。

　　二哥在炕上旋着脚步悠了两圈:"去你的!"一声怒喝,将那壮汉仰面朝天地摔在两炕之间的煤堆里。那壮汉狼狈极了,他爬起来还要再打,被二哥一顿乱踹,终于躺在煤堆里不动了。

　　"找着了。"在二哥与那壮汉格斗的时候,躲在炕上的瘦小子突然喊了起来:"找着了。"

　　"在哪儿找着的?"有人问。

"我忘了，我揣在裤兜里了，忘了。"说着他将钱重新收好："二叔呀，找着了。"他对仍躺在煤堆里的壮汉说。

"去你妈的。"浑身煤渣的壮汉抹了把嘴角的血痕，没再理他。

一个月地狱般的苦役，在一天天的算计中，终于熬出头了。

七月二十五日傍晚，当春平赶着草料车，吆喝着走进开平五街大车店的院子里时，我眼睛竟然激动地湿润了。

唐庄二队的唐子立也赶着一辆装满草料的马车，紧随其后地跟了进来。

"咋样？"唐子立问我"听说活儿不轻？"

"还行。"我故作轻松地说："二队也想搞副业了？"

"这不都让钱亏的嘛，抛家舍业的，谁愿意受这份儿罪呀。"唐子立一边卸牲口一边慢腾腾地说。

两天之后，唐子立和许多老鼠一起，被压死在我睡过的大炕上。

麦收季节已经过去了，回到唐庄后，恬静的空气让人感受到了难得的安逸。

七月二十七日晚饭过后，老云降临了。唐桂岩站在社管的房上喊："一队的社员同志们，到社管来收粮食吧，要下雨了。"社管的房顶上晒了许多刚刚收获的麦子。今夏雨水多，粮食入库前，一定要先晒干了。

那是一个闷热得让人喘不过气的黄昏，空气纹丝不动，连平日噪耳的蝉鸣，都消失得无影无踪了，低空中飘浮着无数挥之不去的蜻蜓。收完麦子的乡亲们，谁也没心思回家睡觉。大家坐在房顶上，像今天人们坐在桑拿房里。

唐子仪怎么也没法儿把牲口撵进牲口棚里去。

"别撵了。"唐贵冲他喊："棚里太闷了，不进算了。"

半夜时分，我才回到家中。院子里两把躺椅相靠支在屋檐下，这是父母乘凉时留在那里的。我悄悄走进西屋，实在太困了。

刚才在社管忙活时，唐贵通知大伙儿，明天上午停工，全体社员到公社参加"批邓反击右倾翻案风动员大会"去。我心里一阵烦躁，因为在这种万人大会的现场，我一直找不到自己的位置。站在贫下中农的队伍当中，我有些心虚，站在四类分子的队伍当中，我又不甘心，唉……

岩浆在地层深处积蓄着惊人的能量，巨大的地壳开始从地下十六公里处缓慢地崩塌了。

凌晨三点四十分，我便醒了。在开平拉脚这一个月里，因为要起早喂牲口，所以生物钟准时唤醒了我。我翻身下炕，想去当院的厕所，却发现下雨了。我心里一阵宽慰,在农村,只要下雨,所有事情都要放弃,看来头午的动员大会开不成了。

回到西屋,我又躺下了。村庄里静得像飘浮在太空中。

隐约听见从村庄西方传来一阵汽车发动的引擎声。我感到很奇怪,因为那时在家乡很难见到一辆汽车。但紧接着,睡在身下的土炕就晃动起来,我知道又地震了。

迁安历史上就是一个老震区,所以有感觉的地震并不稀罕……但突然咚的一声巨响,一股只有地球才能产生的力量,从地层深处垂直向上强震起来。咚!咚!连着数声巨响,我已经从炕上被掀翻到地下。

不好!我从地上爬起,大地像拉抽匣一样开始纵横错位。我连滚带爬地跑到堂屋,昏暗的堂屋里一切都在倒塌坠落,我扑到东屋门前,母亲竟在唐华的搀扶下把门打开了。

"快救爸去!"唐华发疯似的喊。母亲却紧抓住我的胳膊不松手:"来不及了,别救了……"

我和唐华把母亲扶到屋外了,四周一片轰鸣,整个大地像簸箕一样随意颠簸,沉重的房梁屋栋之间,传来恐怖的断裂声。我挣脱母亲,毅然向摇摇欲坠的东屋扑去。

后山墙轰然倒塌了,巨大的气浪将前窗玻璃喷飞后,屋子里瞬间亮了许多。我看见父亲已经坐了起来,见我进屋,他本能地将右手伸向了我,而他身边那坚实的山墙竟像面团儿一样,随时将要倾倒塌落。

我使出全身力气,将父亲从炕里拖到身边并背了起来。耳畔一片令人心悸的瓦砾惊涛声,整个地壳似翻江倒海般肆意震荡,我知道这一回死定了,因为背起父亲之后,我几乎寸步难行。脚下的大地似乎由无数无序摇荡的浪板所组成,父亲紧紧地抱住我,我心一横,与父亲一起死,看来是命中注定的了……

从东屋跌至堂屋,堂屋的后墙随之倒塌并砸在了脚下。我一手死拽着父亲的胳膊,腾出左手在昏暗中想找到一个支撑点,我摸到了东屋的灶台,但没想到磨砖对缝的灶台竟成了一堆砖头。

脚下的大地在做最后的抽搐,恍惚间,我呼吸到了一股清新的田野的气息。当落在脸上的一滴雨水将我惊醒时,我猝然跌坐在潮湿的地上。身后轰然一声闷响,回头望去,三间盖起不到四年的新房,顷刻之间灰飞烟灭了……

五百年前，意大利画家拉斐尔笔下《波尔官的火警》，
与地震时我家的情景竟惊人的相似

在一次成功的地震预测之后，在前后不到十八秒的强震当中，华北冀东一带共有二十四万人罹难，十六万人重伤，国家和人民生命财产所遭受的巨大损失无法估量。

大地终于沉寂下来了，四周一片令人毛骨悚然的安静。不知何处，似有一面矮墙仍在塌落，那声音清晰得似乎近在咫尺。

许久，终于听到人声了，声音从北街传来，求救声里掺杂着哭声。

我急着将昨天夜里放在院子的两把躺椅合靠在一起，并把父亲背到那里坐下。从倒塌的猪圈外传来唐华痛惜的喊声：″妈！咱家猪没了。″

院墙全都塌了，从东院那片长势茁壮的茄子地里，传来东院四婶惊魂未定的声音：″丢不了，小华，天亮能找到。″四婶一直不敢站起身来，和许多冀东妇女一样，大家都习惯了裸睡。

″过去了，别怕了。″我让母亲也坐下了。″小华，在这儿照顾爸妈，我得去北街救人了。″

″哥，你别走……″唐华急了。

″我研究过地震，不会再有强震了。″我不容分说跑出家门。迎面正好遇见唐子元从北街跑来，去南街看他闺女去。

″完了！全倒了！完了……″他一路哭号着从我身边跑过，我一把抓住唐子元的手：″大叔，你可要记住，越是这种时候，咱越别乱说乱动，听见了吗？″

唐子元如梦初醒：″听见了，听见了……″

唐子元也是一个地主出身的被管制分子。

北街房倒屋塌一片狼藉。在生产队社管的院子里，唐桂岩独自一人正从倒塌的牲口棚往外拖牲口。我没有停下，因为救人要紧，听说唐子奇新房塌了，我径直朝他家跑去。

一丝不挂的唐子奇，在他家完全倒塌的房顶上跳着干号：″啊哈哈哈，啊哈哈哈……″不知道他究竟是哭还是笑。

全身赤裸的唐子奇大婶被压在了血泊中。看来唐子奇大婶是与丈夫一起逃出屋的，只大婶脚下不利落，摔倒之后，被落架的房顶死死压住了双膝以下。由于新房地基很高，所以唐子奇大婶是仰面悬空被压在那里，只头部抵在地面上，乱发中露出半张像死人一样毫无血色的脸。

″快救杨锁去，救杨锁去……″在被废墟掩埋的六口人中，幼子杨锁是唐子奇夫妇的心疙瘩。

这是一处五间一扯的焦子房。倒塌后的房顶只裂了几道口子，看来没有工具是断然不行的。我拼命往回跑。

"唐桂岩，唐桂岩！"我朝社管大声地喊着："快上唐子奇大叔家去救人，快去救人呐！"

唐桂岩的耳朵早就急聋了，直到跟前，他才回过头来："谁？"

"唐子奇大叔，一家六口都埋进去了。"

待我们拿着工具重新跑到唐子奇家时，低矮的屋顶上已站满了人。

不知谁扯了块门帘子将大婶的身体盖上了，那如注的鲜血，立刻就将门帘染红。

四十分钟之后，大婶被挖出来了，临死前她声音微弱地一直还在喊杨锁的名字。

营救是成功的，除了唐子奇的岳母和他活泼爽朗的二闺女凤兰外，包括杨锁在内的其他四个孩子都被救出来了。中午，当我疲惫不堪地走进家门时，母亲看见我两只胳膊和十根手指全像被血染过，我却浑然不觉疼痛。

天，真地塌下来了，阳光下，望着被摧毁的废墟，我欲哭无泪却又似乎看到了一线生机。我有一肚子话想说给立春听，但立春去娄子山修水库了。我感到一种未有过的孤独。

在地震后的第一时间里，唐庄党支部没有发挥任何作用。但从地震当天下午起，大队开始组织各队民兵，将所有可以找到的炕席、塑料布、帆布等集中起来。在学堂南面的坡地上，搭起了两趟长长的遮雨棚。随后，通知所有村民，在安全允许的情况下，尽一切力量把埋在废墟中的粮食挖出来。除此之外，便一切听天由命了。

黄昏前的又一次强烈余震，让人们彻底领略了大地的威力。一时间，全村百姓便都惊魂未定地集中在了大队搭建的遮雨棚里。

"要死就死在一块儿吧。人生地不熟的，好做个伴儿。"唐子廷大婶抱着全家的细软，与母亲一起朝沙坡走去。

天空阴暗得像一个巨大的磨盘，压在人们的头顶。我将父母安排在最后一排遮雨棚的最东头后，回家将一把躺椅也搬来了。

天黑之后，随着沉闷的雷声，暴雨从低垂的云层间倾泻下来。遮雨棚里顿时漏雨如注。在几盏摇曳的马灯下，几百村民呼儿唤母乱作一团，其状惨不忍睹。

唐山大地震二十周年后，作者参加中央电视台组织的联合采访时，在唐山地震纪念碑前留影（一九九六年）

不久，大队党支部书记来了。他声音沙哑地通知大家，据预报，今天晚上可能还有更大的余震，全体社员以公社鸣枪为号，九声枪响之后，一律向地势最高的地方奔逃。顿时，遮雨棚里一阵惊恐。

我悄悄安慰母亲："别听他的，他们连地震常识的宣传材料都没看过。"

母亲听罢，让我住嘴。她喃喃地似自言自语，"上帝眷顾所有善良的人，当大地塌陷，地火喷发的世界末日到来的时候，上帝会对你说，无论是生是死，上帝都不会抛弃你们。"

雨越下越大了，我坐在躺椅上，将一块别人给的塑料布盖在脸上。后背在雨水的溅击下已完全湿透，蒙着的塑料布，在沉重的暴雨中紧紧地糊在脸上，令人感到一阵阵窒息般的恐怖。

子夜时分，从陈官营公社方向，传来了第一声枪响，骚乱不堪的遮雨棚里，人们顿时沉静下来。"一枪……"

又一声枪响，人们屏住呼吸："两枪。"很长时间之后，人们听见了第三声枪响。

我简直哭笑不得，我想，出这种主意的人，一定是疯人院里寂寞患者，为了结束寂寞，他打算把所有的人都逼进疯人院。

透过雷鸣和雨声，人类最具耐心的我的父老乡亲们，终于听到了第九声枪响。刹那间，像一瓢冷水泼在沸腾的油锅里，遮雨棚里的人们顿时哭爹喊娘一片惊叫，并即刻像一阵狂风般夺路逃出席棚。

"像牲口一样地活着吧！"我对母亲说："咱们谁也别动，天塌不下来。"

几只手电，透过雨雾向这里扫来。村治保主任带着几个民兵开始对遮雨棚进行检查。他们将呼呼大睡的梅连春叫醒。

"找死啊！！"治保主任冲着梅连春使劲儿地喊。

"吃饭了？"梅连春打着岔说。

"唐子清，你们为啥还躲在这儿？"治保主任随后将手电指向我们。

"四叔，我爸太不方便了，我们就不动了吧……"我忙着解释。

"不行，谁也不许留在这里！"治保主任把手一挥："快走！"

万般无奈之际，我背着父亲，唐华搀着母亲，顶着瓢泼的夜雨，一步一步朝学堂南的沙坡上走去。

全村的男女老少都挤坐在这里，像挤在古罗马竞技场边的看台上。放眼望去，脚下的村庄像沉入海底的亚特兰蒂斯古城，遥远而陌生。

震后第二天，我找到大队书记，希望将父亲转到天津或北京治疗。但书记却一口回绝了,"告诉你唐浩,都什么时候了,你别乘机找事儿,听见没有?!"我彻底绝望了。

震后第七天,唐桂岩带着一队的青年突击队员率先下地了。在村北那块苗壮的玉米地里,正在追肥的人们听见头顶由远及近传来一阵引擎的轰鸣。当一架深绿色的直升机从空中掠过的时候,年轻人无不欢呼雀跃。唐桂权大哥冲着直升机大声喊:"扔点儿粮食吧,扔点衣服吧!"

此刻国务院副总理陈永贵正坐在飞机里,他问坐在身旁的谢静宜,唐山在哪个方向。谢静宜大声地对他说,正西偏南。

地震后不久,我就被调往公社负责调查水利设施的受损情况。这又是一次野外的徒步调查,通过一个多月的现场勘查发现,这场地震让陈官营公社最重要的水利灌溉设施东方红电灌站受损严重,一些干渠与支渠全被摧毁,全公社一百零五口机井全部报废,这对当年的冬小麦播种无疑带来了巨大的影响。

入秋之后,青纱帐相继被放倒了,无数雪白的孤坟一样的沙丘,暴露在萧瑟的原野里,这是大地震时,地下水喷发时所留下的沉积物。在李官营庄南的干渠上视察时,我简直被眼前的景象惊呆了,在这条外径宽达十二米的笔直的干渠上,竟然有一段长达三十米的渠体,整段向南挪移了将近八米,而且没留下任何被破坏的痕迹,只是干渠两旁碗口粗的柳树,往北稍显倾斜了些。在大自然的这些荒谬绝伦的杰作面前,人类只能目瞪口呆。

在掌握了这些情况之后,公社决定,立即从各大队抽调民兵,组成公社青年突击队。尽快将东方红电灌站受损的干渠和支渠修复。而我也一直留在公社,任这一工程的施工员。

这期间,一些抗震救灾的物资,开始运到了。第一批救灾物资是震后十二天开始发放的。每人七块比如今的一元钱硬币稍大一些的小饼干。在物资发放现场,大队长唐明臣沙哑着嗓子,带领大家高呼万岁,万万岁!可望着饼干包装箱上印着的"旅大罐头食品厂生产"的字样,我却忍不住一下子泪眼模糊。

第二批救灾物资是之后一周发放的。每户一包火柴,一包蜡烛。入冬的时候,第三批救灾物资更隆重地进村了。那是一些城里人捐赠的旧衣服,一些衣服的口袋里还塞着孩子们写的慰问信,信中希望我们自力更生,奋发图强。当然,革命的人道主义并不是无限的,上级明确指示四类分子不在分配之列。对于他们的子女，应视具体表现而定。我和唐华因表现尚佳，得布票二十一尺，棉花票八两，仅此而已。至于房屋及人员伤亡及口粮等重大损失，国家就爱莫能助了。因此，七年之后我回唐庄探亲时，个别房屋被毁的贫困户，依旧住在低矮的抗震棚里。这一切与近年汶川地震、青海地震的灾民安置相比，真可谓霄壤之别。

二〇一〇年七月，冯小刚先生的电影《唐山大地震》开始在全国院线公映。一时间，我接到许多朋友的电话。

"看《唐山大地震》了吗？"他们都关心地问我。

"没有。"我说。

"太惨了，我劝您还是别看了。"朋友们善意地建议。

"……"我一时无语。

我开始注意电视里播放的《唐山大地震》的拍摄花絮了，我甚至注意互联网上关于这部影片的所有信息，并一反常态地向周围所有看过这部片子的同事打探剧情，我在为自己积蓄勇气和预应悲情的力量。

终于，一天下班前，我给老伴打电话："今天晚上，我请你看电影。"

"什么电影？"电话里老伴显然有些紧张。

"《唐山大地震》。"我说。

"你准备好了吗？"老伴试探着问我。

"准备好了……"我说。

影院里的灯光暗了下来，当熟悉的一九七六年的唐山街道，在巨大的宽银幕上迎面扑来的时候，我的心骤然狂跳不已。我怕被老伴发现，黑暗中我摸出速效救心丸，抖抖地倒出一堆，悄悄放进嘴里。我看见成千上万只蜻蜓重新飘浮在我的周围，感到一阵阵强烈的窒息。

灾难重现在眼前，周围一片啜泣声，而我却渐渐平静下来了。

应该承认，这是一部十分优秀的电影作品。但冯小刚先生万万不会想到，作为一名唐山大地震的幸存者，真正让我浑身颤抖的却是一组千军万马的过场镜头。

雨云低垂的天空中一片轰鸣，无数直升机从头顶呼啸掠过直指汶川。残断的公路上，各种现代化大型设备及抢险车辆风驰电掣，成千上万来自全国的解放军战士、医疗救援队员和志愿者一路风尘昼夜兼程。当一面唐山救援突击队的旗帜，从一彪人马前一闪而过的时候，我终于再也忍不住失声痛哭了!

　　我为我祖国的强大而感动,我为时代的进步而感动,我为我纯朴善良的父老乡亲所感动。

　　唐山人从来把恩情记在心里,尽管他们曾遭遇过巨大的牺牲,而得到补偿的却微乎其微。在平常的时日里,他们平凡地生活,日复一日地打发着岁月,但在国家危难的时刻,他们却从骨子里油然生发出一种强大的使命感,并因此结成一股力挽狂澜的精神力量。

　　暑热终于退去了。由于雨量充沛,破败的院子里,茄豆瓜菜的长势出奇得好。生产队开始帮倒房及危房户搭抗震棚了。灾难过去了,人们还得生活下去。

　　九月九日下午,我到公社抗震指挥部,索取东方红电灌站从任庄到陈官营的干渠资料。在这里,我遇到了高少良。多半年没见面了,见面之后倍感亲切。高少良嘴里的那颗坏牙地震前就拔掉了,因此看上去胖了许多。

　　"你父亲怎么样?"他关心地问我。

　　"没有任何意识,像傻子一样。"我伤心地说。

　　"没向大队提出到外地去就医吗?"高少良问。

　　"提了,而且地震后又提了,可大队还是不放人。"我望着他说。

　　高少良避开了我的目光:"婊子养的。"他低声骂了一句。

　　来电话了,高少良顺手接过电话:"好,好。"他急着向帐篷外喊:"朱秘书,县委的电话,让刘书记亲自接。"

　　刘书记跑进来了,高少良将电话递给他,便和我退到军用帐篷的角落里。

　　"什么?!! 是,是。"接电话的刘书记,不知为什么脸色突然变得很难看,他放下电话后立刻喊来朱秘书,神情严肃地对他说:"通知下午四点前,所有能回公社的机关干部,全部回来听广播,中央有重要消息要传达。"朱秘书点头离去。"通知延边医疗队的全体人员和参与抗震救灾工作的临时工作人员,一并参加。"刘书记追出去又补充了一句。

　　"知道了。"朱秘书跑进了广播站的播音室。

　　高少良看了看手表,时间是午后三点三十七分。

长城徐流口（作者绘于一九七六年）

公社的抗震救灾指挥部就设在公社的院子里，这是一个野战部队营指挥机关使用的帐篷。四点快到时，所有能回来的公社干部，全都急着赶回来了。

公社广播员小张，早就把扩音器调好了。

四点整，从扩音器里传来了这一年人们经常听到的哀乐声。

七分钟之后，美联社东京分社向全世界发出第一条快讯：

"毛泽东逝世。"

十分钟之后，合众国际社东京分部向全世界发出又一条快讯：

"中国共产党主席毛泽东今天逝世了。广播说，毛是在星期四（九日），北京时间上午零点十分病逝的。"

天又塌了。延边医疗队的医生护士们最先哭了，紧接着，偌大的军用帐篷里，一片啜泣声。我有些惘然，我不知道这将意味着什么。散会之后，我拼命地往家跑，今天生产队为我们家搭抗震棚，等我赶回村子时，唐桂岩正指挥着大伙儿往棚顶上大泥呢。

"毛主席逝世了。"跑过沙沟，我压低嗓音喊。

"听说了。"大伙儿望着我，想听我多说点什么。

"毛主席没了……"我仓皇地望着乡亲们。

当天晚上，立春和唐桂岩将我喊到沙沟边上一个废弃的小抗震棚里。摸着黑儿，我们一直谈到很晚。

在之后的日子里，中国沉默了。从地震废墟扒出来的半导体收音机里，每天只能听到播音员那苍凉哀悼的声音，国家在国丧中。

二十多天后的一个清晨，收音机里忽然传来了歌声。那声音显得十分空灵并充满无限缅怀的深情。

> 太阳最红，毛主席最亲，
> 您的光辉思想永远照我心。
> 春风最暖，毛主席最亲，
> 您的革命路线永远指航程
> 您的功绩比天高，
> 您的恩情比海深。
> 幸福的太阳永不落，
> 您永远和我们心连心。

……

歌声中，我终于意识到，一个时代到此结束了。

转眼就是秋天了，那天我向唐桂岩请了假，和立春、唐桂义、银河登上了徐流口长城。

仲秋时节，深如瀚海的燕山山脉已由满目青翠褪成了黛紫，雄浑苍古的万里长城，从山海关方向一路向西，在徐流口关隘前跌宕蜿蜒之后，依着山势直插大沙河畔的冷口雄关。明朝开国元勋徐达督修的这段长城，将秦汉时代用黑石砌垒的古墙，或包容其中，或弃之其外。那烽火台虽经近五百年风雨侵蚀，却依然耸立在群山之巅。站在长城上，浩荡的山风，从燕山深处呼啸着吹来。在湛蓝的天空中，一架北京至沈阳的民航班机，喷着银白色的尾气从头顶滑过。

在一处两山围合成巨大夹角的峡谷上，我试着将一块巨石掀起，但力量不够。立春跑过来问我想干啥？我说帮我一把，我想把它掀下去。银河谨慎地朝下望了望："来，帮大哥一把。"四个人齐心合力，那块巨石终于被掀翻了。

开始它只是顺山势不情愿地滚动着，几经颠簸之后，在一段陡坡上，巨石倏地变得轻松起来。很快，沉重的巨石竟飞速地弹向空中。在它狂野的撞击下，积郁在峡谷里的一川鹅卵石，顷刻间被它的轰然巨响搅动起来。它们相互撞击并相互鼓舞着，一时间，尘烟冲天，响声如雷，整个峡谷被搅得一片欢腾！

当天下午，在回唐庄的路上，从青山院中学的校园里，传来一阵欢快的鞭炮声。醒目的大标语贴在学校的外墙上："热烈庆祝粉碎江青、张春桥、王洪文、姚文元篡党夺权阴谋的伟大胜利。"我猛地将自行车刹住，简直不敢相信自己的眼睛。立春激动地望着我："大叔，晚上到我家喝酒去。"

四个人，将车子蹬得像飞一样。

三十

回城的路

大凡经历过自一九七六年至一九七九年这段历史时期的人们，假如还有兴趣仔细回忆的话，大都会留下一个天宇渐开却又十分缓慢的记忆。当然，这也从侧面说明党中央对十年"文化大革命"拨乱反正的困惑与艰难。

在"四人帮"被粉碎之后的一个阶段里，作为与外界基本隔绝的庄稼人，对国家政局的前景毫不知情。但不知为什么，大家的心情却莫名其妙地释然了。原本始终坚持的以阶级斗争为纲的思想，在没有任何上级指示的情况下，已悄然缓解了。这当然是民意所至，但民意之后的勇敢，如今想来，也确实令人钦佩。

在为迎接一九七七年所准备的晚会上，唐庄大队毛泽东思想业余文艺宣传队排练了许多新节目，像当时正风行的男女对唱《夫妻学文化》、女声独唱《绣金匾》、小歌剧《兄妹开荒》等，让很多中国人恍若置身在共产党建立政权的最初岁月里。

一天，新上任的村支部书记唐桂善走进排练节目的会议室。

"唐桂本大哥，我看这段相声不错。"说着，他把一张《人民日报》递给我们："我想让你和唐浩大哥来演，效果肯定不错。"

"我？"我顿时慌了，"不行不行，我还是别上台了，影响不好，影响不好。"我急忙推脱。

"有啥不好的？"唐桂善竟一下子火了："出了事我兜着。再说了，'四人帮'都倒了，还怕啥呀？！"他撂下报纸就走了。

这是发表在《人民日报》副刊上的一段讽刺和批判"四人帮"的相声。天呐，拿不久前还一人之下国人之上的这些"无产阶级革命家"开涮，我顿时觉得这简直是在摸老虎屁股。在风云变幻的那个时代，谁也不知道那老虎还能不能活过来呀。

立春却感到特别开心："大叔呀，这么多年了，这回要看你上台了，哈哈！"

"还笑呢，弄不好，这可是要掉脑袋的事情。"我板着脸说。

演出取得了意想不到的成功，在台下不断报以热烈的掌声中，我真的感受到了"民心不可违"这句千古箴言。

父亲已完全不能自理了。为此，唐华从早到晚，从洗脸到喂饭，辅助翻身，几乎一刻都不得闲。因为担心长褥疮，母亲特地为父亲做了两床褥垫，在低矮的抗震棚里，在失去意识、失去语言功能的残酷现实中，父亲正艰难地在人生的最后岁月里爬行。

我用几个通宵达旦的夜晚，以母亲的名义给大连港务局党委写了一封长长的申诉书。其中逐条澄清和解释了他们当初给父亲定下的罪状，我希望大连港能来人，探望一下这个为大连港的职工教育鞠躬尽瘁，并即将死而后已的我的父亲。

一九七七年二月二十二日，《人民日报》发表了社论《党的知识分子政策不容践踏》。二十七天之后，父亲溘然长逝，终年六十七岁。

那一天正值春分，白天与夜晚恰恰相平。

一年前，病中的父亲就嘱咐过我："死后要火化，不去地富坟。"父亲在灵魂深处，一直抗拒着将他打入反革命阵营的粗暴与荒谬。

唐桂金二哥赶着马车，与我一起送父亲上路了。当时迁安尚无殡仪馆，我只能将父亲的遗体送到邻县卢龙下寨去火化。

这是一条古老的乡村土路，半个世纪之前，父亲就是踏着这条由两道车辙碾压出的土路走出唐庄，走向昌黎汇文中学的。如今五十年过去了，当年路旁无意长出的小树，如今已长成高大挺拔的白杨，而当年那个对山外的世界充满好奇与探索期冀的孩子，如今已含冤作古了……

马车顺着盘山路，辗转来到赵店子村南的山坡上。强劲的西风顺着滦河两岸那片无垠的原野迎面吹来。驾车的辕马在大风中艰难地将头垂下，蓬乱的马鬃在风中像一团野火。

父亲去世后,我们与母亲在迁安县照相馆留下这张合影,以示纪念(一九七七年)

与唐栋合影（一九七七年）

一九七八年是我在城乡之间十分尴尬的一年

我们的抗震棚（作者绘于一九七八年）

作者与皮口宋家学校的老师们（一九七八年）

突然，一阵强风将裹在父亲身上的棉被忽地掀开了。我心里一惊，惶惶然望着父亲那张苍白而平静的脸，二哥却哇的一声哭了："我大叔想他妈了……"

山下的赵店子就是奶奶的娘家。我将被子重新替父亲掖好，抱着父亲僵硬的身体，放声大哭起来。

当天晚上，在抗震棚里，在父亲的灵前，我留下了一首挽诗：

> 燕山春冷雪纷纷，西风浩荡送狂魂，
> 皂马灵车泪如雨，青龙冰水冷似针。
> 归根不忘天下事，落叶惊惶故乡人，
> 莫叹园中荡如洗，门前新柳又一轮。

十天之后，接仰山伯伯唁信，附挽诗一首：

哭素心

> 一纸惊凶信，斯人竟不存！语音犹在耳，笑颜永消沉。三载怜瘫卧，十年甘隐沦。遭逢莫须有，行止自清贞。弱岁家声坠，英年国难深。扶伤行楚岸，育幼滞巴村。傲气凌权贵，癫情重友伦。齐眉骄梦崇，立雪景程门。连港忻酬志，都城乐举樽。后期淹岁月，往路悔风尘。改造心期党，服从敢惜身，鹳庭留影瘦，鲤牍寄情真。东海波将定，燕山讣遽闻。弥留传默示，嘱意写《招魂》。应命才虽劣，心盟礼自尊。无言唯顺意，落笔泪纷纷！

七月近歇伏的时候，我带着上访材料去了趟北京。在国务院信访办公室驻地外的大街上，我被成百上千从全国各地赶来上访的人们震撼了。为向党中央诉一声苦，多少人在这里风餐露宿，为向党中央喊一声冤，多少人在这里沿街乞讨！这是十年"文化大革命"留下的沉重罪孽，是政府在百姓面前的严重失职！

回来的路上，我特意去天津探望了我的堂兄妹们。唐枚已于前不久离开了山西陵川知青点。目前正在天津托人找工作。唐楠依旧在玻璃器皿厂工作。唯小弟唐栋正请假在家里复习功课。我困惑地问他："你只念到初中，现在就想考大学，行吗?"唐栋的态度十分坚决："大哥你放心，大学的校门，我是进定了。"

春节过后，唐栋走进了天津财经学院工业管理系。作为恢复高考后的第一批大学生，直到今天，唐栋依然勤奋工作在天津化工局即渤海化工集团公司自己的岗位上。二〇〇八年，唐栋加入中国共产党。这一年，他已五十二岁。

一九七九年八月，当抚宁四照各庄周边一望无际的水稻正在悄然抽穗的时候，为信守当年许诺张家的婚约，唐华出嫁了。从十三岁随父亲被遣返原籍，此时，我这个最小的妹妹已长大成人了。唐华对这个家庭所付出的努力，是无法用语言表述的。在她的身上，完美地体现了中国妇女隐忍负重的所有美德。十二年之后，当唐华恢复了城市户口，与张凡一起将家安置在秦皇岛市时，她已百病缠身，甚至经常难以自理。但每当在电话里通话时，她依旧语速缓慢地安慰我说："我挺知足的了，现在好多了，哥，你别惦着我。"

十月中旬，在唐宛的再三邀请下，母亲决定回大连长住了。地震之后，唐宛一直希望母亲到大连去，实因父亲需人照顾，母亲一直没离开过唐庄。这一次，唐宛不但希望母亲留在大连，而且答应尽一切力量，争取让我也离开唐庄。

火车经过留守营时，张凡陪唐华已在车站月台上等候多时了。唐华告诉母亲，自己已怀孕了。母亲抱着唐华，哭得像泪人一样。

几个月前，唐宛带着两个孩子从瓦房店调回大连，被安置在铁路分局牧场，当了一名挤奶工。这个当年音乐学院钢琴专业的高才生，为了回城，如今也不得不接受"对牛弹琴"这个令人啼笑皆非的现实。

在唐宛那个十六平方米的家里，扛在肩上的大包小卷简直无法放下。老少三代六口人，如何挤在这里，我一时感到很为难。

妹夫谭成河长唐宛十岁，长我六岁，是大连航务三处的一名船员。对于母亲和我的到来，妹夫表示同情和欢迎，但我深知这种寄人篱下的日子，绝非长久之计。

为了给这狭小的空间减少压力，我几乎天天跑到市工人文化宫的图书室里打发时间。

十一月二十日，《人民文学》发表了刘心武的短篇小说《班主任》。这部反映"文化大革命"期间，人性被扭曲之后内心深刻反省的文学作品，冲破了十年来"文化大革命"文学创作的藩篱，重新回到了现实主义中，此小说一经出版，立刻引起了全社会的巨大反响。

但中国的出路，对于老百姓来说仍是迷雾一团。十一月二十八日，《人民日报》发表文章，仍然告诫全体公民，要继续加强对阶级敌人的专政。而十二月四日，该报又发表了题为《牢牢掌握无产阶级专政的"刀把子"，批判林彪"四人帮"彻底砸烂公检法的罪行》的文章，现在才明白当时党中央内部新旧两派的势力正在激烈的博弈之中。

年底前的一天，拿着一摞厚厚的申诉材料，在时隔八年之后，我再一次走进大连市中山区公安分局那座德国风格的官邸建筑。传达室里，一位老警察得知我来意后，指着头顶："信访办公室在三楼，左手，第二个房间。"

我向楼梯走去时，禁不住向通往地下室的那段楼梯深处望了一眼。我想起了三十四号说的那段话。

"不知怎么回事，那木楼梯让我联想到《复活》里的玛斯洛娃·喀秋莎。她光着脚，穿一身亚麻色的连衣裙，披着绣花的大披肩，手里揣着一个烛台。那烛光摇曳着，将她的身影，投在弯曲的木楼梯上……"

三十四号被判刑十年，不知他此刻身在何处？是否还在服刑？

信访办公室一位姓朱的上了些年纪的女人接待了我。在听完我的陈述之后，她十分感慨地摇了摇头。

"请你给我们一点儿时间。一周之后，你再来找我，我们一定会给你一个说法，还你一个公道。"

一周之后，还是在那间办公室里。那位姓朱的女同志无可奈何地对我说："我们查遍了一九六八年至一九六九年期间，中山区公安分局所有接案的文件与档案，但找不到关于你的任何痕迹。我们分析你应该是群众专政指挥部寄放在我们这里的代押人员。而群众专政指挥部现在已被定性为非法组织，'文化大革命'期间他们犯下的罪行，目前正在清算之中。"

我怅然若失地望着她："这么说，是我做了一场噩梦。"

一月初，在北京图书馆率先开放一大批"文化大革命"禁书消息的鼓舞下，市工人文化宫很快就将许多长期封存的国内外文学名著全都拿上书架。我像一条即将晒干的鱼，终于嗅到了海洋的气息。

在此期间，我还会长时间地坐在唐宛家的电唱机前，欣赏久违的贝多芬、李斯特、柴可夫斯基和肖邦的音乐作品。当柏林交响乐团演奏的斯梅塔那的《伏尔塔瓦》，从妹夫自己组装的音响里静静流淌下喀尔巴阡山的时候，我立刻被送回了唐庄村西台地深处的地道里，青灯如豆，一泻千里。

二月初，我返回唐庄了。对于我来说，这是我人生中一段十分尴尬的时刻。谁都知道我即将离开这里了，谁都知道我已在大连找到了落脚的地方。但只有立春知道，在城里我仍然找不到一个能收容我的地方。而我又不愿意将这一结果，告诉那些真诚地祝我一路平安的乡亲们。

那座风雨飘摇中的抗震棚，依然顽强地屹立在一片废墟里。立春担心我孤寂，硬是将我收留在他家。而立春媳妇也日复一日地，像对待一位长辈一样伺候着我。

天气渐渐地暖了，北河沟两岸柳树的枝条，已由鹅黄转成了新绿，一场透雨过后，播种的季节又不期而至了。

"唐浩大哥呀，下地走了。"一天，当唐桂岩来到立春家，居然喊我下地的时候，我不得不再一次地面对现实了。

一架木犁插进泥土里，在播种者的身后，我又认真地掂起粪来。失去知青身份的我，又身处外省异乡，我十分清楚自己被遗弃的后果是什么。台地上的灰鹤，一夜之间全都北飞了，取而代之的，是一片忙于播种春麦的人们。农民没有更长更远的期盼，他们只希望今年能风调雨顺，五谷丰登。

黄昏时分，站在故乡荒疏的院子里，内心一片茫然，我不知道时局还将如何变化，但有一点可以预期，那就是我不会永远被遗弃在这里。天津知青已全部回城了，一直飘忽不定的唐清华的身影，此时也似一缕青烟，从我的心中渐渐散去。在命运抉择的严峻时刻，人类要比动物多些理性与矜持。

三月底，接到了唐宛发来的电报，在妹夫堂兄的帮助下，旅大市新金县皮口公社的刘书记，答应以知识青年的身份接收我。

我是在刘书记的办公室里见到他的。

"妈呀，我以为是一个小孩。没想到来了个大老爷们儿！"刘书记握着我的手幽默地问我："你多大岁数了？"

"虚岁三十四了。"

"哎呀……"刘书记显然犯难了："给你放到青年点儿里去，我真有些于心不忍呀。"

正说着，一个患哮喘病的大胖子敲门进来。

"刘书记，考试的事情全都安排好了，明天上午八点半，两个考场准时开考。"那大胖子满脸是汗，他拿起水壶倒了一杯水，一口气全喝光了。

"咦，"刘书记突然转过身来："你初中毕业还是高中毕业？"

"我?"我如实说:"一九六五年高中毕业。"

"太好了!"刘书记一拍脑门儿:"老杨,给他补报个名。"说着他指着我说:"明天一早,给我考试去。"

"考试?"我一时让他搅糊涂了:"什么考试?"

刘书记认真地说:"明天,全公社在职的所有民办教师,包括社会上想当老师的人,一律参加考试,重新聘用。你来巧了,要真能考上,我也少费心思了。"

"不行呀。"我犯愁了,"我毕业快十三年了,况且,况且一天也没复习过。"

"你哪一科在行?"老杨问我:"文科还是理科?"

"文科。"我懦懦地说。

"妥。"老杨又喝了一杯水:"你就报文科,不考数学,只考语文、政治、地理、历史。"他掏出一个小本子:"你叫什么名来?"

"唐浩。"刘书记替我答应了:"大唐朝的唐,浩浩荡荡的浩。"

第二天,语文考试进行到多一半时,公社文教助理老杨和几个公社干部骑着自行车,赶到果木园子小学考场视察工作。在院子里,他看见刚从考场走出来的我。

"看来,强拉鸭子上架,也真难为你了。"他理解地点了点头"答不上来吧?"他问我。

"答完了。"我十分自信地对他说。

五月一日,榜下来了。我以全公社第二名的成绩,被公社录用,成了离皮口镇最近的宋家学校的一名民办教师。

宋家学校是一所戴帽小学,即一所七年制学校。学生从这里毕业后,即升入高中,我被分在六年级当语文老师。我的身份,从一个四类分子子弟,摇身一变成了人民教师,成了一个备受老师尊重和学生爱戴的人。巨大的反差,让我一时受宠若惊,当老师们问我在故乡教没教过书时,我竟撒谎说教过。

沈道明和他爱人王春红老师的家,就住在学校附近的宋家村里。很快,我就成了他家的常客,每到星期天,沈家夫妇都要多烧几个好菜款待我。在教学上,他们更随时提醒我应该注意的事情,我和他们相处得像一家人一样。

在农村,七年级的学生已经是一群大姑娘小伙子了。对于我这样一个新来的，操一口纯正北京话的语文老师，他们产生了极大的兴趣。我不懂教书的规矩，但我凭学生时代的记忆，结合我对课文的理解，使那些最讨厌语文课的学生都渐渐爱上了语文。

转眼间，我在宋家学校已工作两个月了，但此时，我的户口及粮食关系依然在故乡唐庄。经历过那个时代的人都知道，户口关系虽然暂时并不太重要，但粮食关系办不下来，没有口粮，就等于掐断了我继续活下去的基本生活条件。

这时，曾在唐庄插队的天津知青倪斯敏，在得知我面临的窘况之后，先后给我寄了三十多斤粮票，还从微薄的工资里，拿出些钱来接济我。我从心里珍惜在唐庄的日子里与天津知青结下的友情。

自从我离开唐庄后，立春便沉陷在无法诉说的孤独之中。十三年了，立春早就养成了与我交流的习惯，成了我在故乡这些年来唯一能推心置腹的谈话对手。如今，我的突然离开，那些操一口津腔的天津知青也相继走光了，立春变得六神无主。在农村，立春再也找不到一个与他谈些土地之外话题的人了。巨大的城乡之间的差异，使他的自尊心受到了严重的伤害。立春抑郁了。他开始用赌博来消磨时光，并将一生沉浸在赌博的幻想里。

五月二十二日，我的户口正式落在了辽宁省新金县皮口公社宋家大队，这里离大连的直线距离不到一百公里了。

六月二日，沈阳音乐学院的两名工作人员登门造访唐宛，并见到了母亲。他们向母亲当面宣读了学院党委关于撤销一九六八年将唐宛定为反动学生的错误决定。谈话时，两位同志主动提出准备为唐宛联系有关文化机构重新分配工作，却被唐宛婉言谢绝了。因为自幼胆小怕事的唐宛，早已对文艺界产生了畏惧感："当个挤奶工挺好的，"她反而安慰那两个老师："真的，可以常分些牛肉吃。"

不久，宋家学校开展了电化教学活动。我用自制的宽银幕幻灯片给学生们讲述了柯岩同志的长诗《周总理你在哪里？》，并先后几次到普兰店举行全县公开课。一时间，我竟成了宋家学校一名成绩斐然的佼佼者。

沈老师夫妇开始忙着给我找对象了。不久，一个在县高中教数学的大龄女教师，进入了他们的视野。

"咱哪儿也不去了。"王春红老师正忙着在厨房里给我炖肉："上哪儿也不抵皮口好，咱在这里自己种菜自己养猪，码头上又有活蹦乱跳的应时海鲜，神仙一样地过日子。回大连有啥好的，地无一垄，房无一间，即便是去了，你不觉得也是一个愁吗？"

话是这样说，但每天黄昏时，站在学校身后的高坡上向西南望去，一座淡蓝色的山峦的剪影，映在雾霭淡青遥远的天边。我知道，那就是金州城东的大黑山。我还知道，翻过那座山，在山下海湾的对岸，就是我心中的城市，我的大连。

七月二十日，我以监考员的身份走进了一九七八年大专院校招生考试的考场。那是恢复高考之后的第一次夏季招生考试。考场上，学生年龄参差不齐，一些貌似家庭妇女和本分农民的中年人甚至也坐在了考场里。在监考第一天的日记里，我留下了一首短诗《一个考生的素描》。

刮脸刀在两鬓刮了又刮，
进考场更显那青青的面颊。
准考证端放在桌子的右上角，
啊——这是个三十岁的成年人了！
是谁束缚了他雏鹰的双翅，
是谁夺去了他最美好的年华。
浓眉紧拧，落笔大浪淘沙。
这形象不正是最悲壮的笔伐！

一场场的考试在进行，一张张的考卷摆在眼前。我开始后悔没有报名了，我深知凭我的实力，这些卷子答好是完全有可能的。我后悔自己失去了一次接受高等教育的机会。

地理课考试再有二十分钟将结束了。突然，文科第二考场的监考老师，陪一个高大的戴眼镜的男生走出考场。

"唐老师，这个学生要去厕所。"说着，他对那学生说："去吧。"那学生慌忙穿过操场，向公共厕所跑去。

"大便小便？"我紧跟在他后面。

"小便……"

我放慢了脚步，我真不习惯去厕所里监视他。

"谁去厕所了？"正在这时，负责皮口一中的总监考老师发现了。

"文科第二考场的。"我急忙答道。

"跟上去。"总监考低声命令我，"看着！"

我急忙追了上去。

公共厕所在离教室很远的操场斜对过，走进厕所，我发现那学生居然不见了。我警惕起来，开始踮着脚尖向深处走去。

在最后一个大便池前，我看见那男生连裤子都没脱地蹲在那里，正紧张地翻看着一本地图册。

"你在干什么？"我冷冷地问他。

他险些坐进粪池里："老师，我错了，你饶了我吧。我……"

"站起来。"我很生气："把地图册给我。"我命令他。

"老师，我错了，我……"他将地图册藏在背后。

"给我！"我厉声喊道。

他顺从地递给我了。

"走！"我压低声音。

"老师，您饶了我吧。我再也不敢了……"

我们来到耀眼的阳光下。

那学生不再纠缠我了，我跟在他身后，将那本地图册掖进了裤兜里，不知为什么，我决定不举报他。

在以往的几门考试中，我注意过这个戴着白框眼镜的男同学，他应该是个下乡知青，他前几门考得都很好，人也斯文得像个女孩子。

走到操场中央的时候，望着他瘦弱的背影，不知什么原因，我猛地赶上一步。

"哪一道题？"我从身后悄悄地问他。

他没有回头："那道十五分的大题。"

果不其然，许多同学都难在了这道大题上。

那是一道计算南美洲布伊诺斯艾利斯与中美洲基多、北美洲华盛顿三座城市的季节变化与昼夜长度的问题。我从小就善于应对这样的地理题，在考卷发下的第一时间里，我就已经算出了标准答案。我紧走两步，与他并肩同行了。

总监考老师就站在文科二考场的教室门前。

我轻轻地将答案告诉了那男生。

打铃前，我从后门进入考场，那男生看了我一眼，将卷子交给了监考老师。

那个男生后来考上了沈阳中医学院，榜发下来后，他与一群知青点的同学，找到了宋家学校。在海边的海鹰饭店，我们全喝得醉如烂泥，因为天下知青本就是一家人。

一九七八年最后的几天，天气异常寒冷。接连几个晚上坐在学校堆满木料的那间温暖的厢房的火炕上，我读完了日本美术史学家板垣鹰穗编写的《近代美术史潮论》。

十二月十八日深夜，从操场远处传来了人声："唐浩！唐浩！"我急忙打开厢房的门。妹夫谭成河围着一条大围脖，穿着一件棉军大衣，满身寒气地挤进门来："咱妈落实政策了，恢复公职了，为了让你回城，咱妈提出退休了。"他一口气把这消息告诉我了。

"什么？"对我来说这一切来得太突然。"这么说，我要回城了？！"

整整十四年了，我的个人成分早已从"学生"被改造成了"农民"，而今天，当这一切瞬间结束的时候，我脑子里却一片空白。我坐回到炕上，只问了一句："现在几点了？"问得妹夫有些懵。

宋家学校的全体老师为我举行了欢送会。会后，沈道明老师把女儿小凌最心爱的那只大白鹅杀了。在为我饯行的酒桌上，沈老师说："别忘了我们……"王老师说："别忘了皮口……"我眼睛湿润了，我告诉他们，在来皮口之前，我根本就没有教过书。王老师却说："知道，老师们全知道。"

"你们是怎么知道的？"我惊讶地问。

"因为你连什么是教案都不懂。"王春红老师宽容地望着我。

我再次被宋家学校这群默默耕耘的乡村教师感动了。

回城的路如此漫长，一九七八年十二月二十二日的日记上，我留下了难以言表的感慨。

列车呼啸着向大连飞驰，辽阔的平原丘陵在落日的余晖中向远方退去。南尖起伏的稻浪，故乡雄伟的长城，皮口无边的海洋，汇成一幅巨大的历史画卷，永远铭刻在自己心中那青黑色的大理石上，而这座青黑色的大理石，便是我整个青年时代的纪念碑。

当列车即将驶进大连的时候，北京灯火辉煌的人民大会堂里，一个决定中国前途与命运的重要时刻即将到来。在一片雷鸣般的掌声中，中国共产党第十一届三中全会，拉开了中国改革开放的序幕。一个新时代开始了。

三十一

人到中年

关景惠是大连市结核医院总务科科长，平日里他总是婆婆妈妈的，一点儿架子也没有。

"怎么办呢？和你一块儿接班来的，都是二十出头的大姑娘和小伙子，你一个大老爷们儿了，让我分配你干点啥？"

他望着我苦笑地说："你母亲可是我最敬重的老大姐呀。"

几天之后，和我一起接班的姑娘们都进病房当了护理员，小伙子们有的当了电工，有的学了木匠，有的进了锅炉房。这些年轻人大都是"文化大革命"期间的初中毕业生，说实话，他们在学校里基本上没学到什么。

"你可是老高三毕业生。"关景惠说："我和王书记商量过了，暂时就当个杂役工吧。"说着，他推开二楼窗户，指着医院后院荒地上的一片果树："你在农村有经验，就先把院子里这六十多棵苹果树收拾一下吧。"

王书记也站起身来："就你的年龄，想到医疗第一线是不可能的了，既然如此，就在后勤安下心来好好干吧，其实医院后勤工作，也是十分重要的。"

我欣然接受了这份工作。

虽然依旧要与土地打交道，手里的工具依旧是锹镐之类的农具，但这与以往十四年来农村生活的性质却彻底不一样了。一个月后，我领到了人生中的第一次工资，人民币三十二块五角钱。

工余的时间里，我经常与学电工的王辉、学木匠的彭健在一起闲谈。而医院里那些穿着隔离服的医生和护士们，却一直高傲地离我们很远。

王辉和彭健的母亲都是医院的老护士，也是母亲的老同事。王辉性格开朗，人缘很好，是一个随叫随到热心肠的人；彭健性格内向孤僻，平日里不太主动与人交流，但我们三个却一直相处得很好。

　　时值"拨乱反正"的最初阶段，大批"文化大革命"期间被下放农村的干部与专业人员纷纷落实政策回城了。一时间，医院很难解决大家的住房问题，投亲靠友几乎是解决问题的唯一办法。所以母亲一直住在唐宛家。在征得关景惠科长的同意后，我住进了医院办公楼的男单身宿舍，与女单身宿舍仅一墙之隔。从此，医院就成为我终日厮守的家了。

　　自一九七九年春天起，轰轰烈烈的城市知识青年上山下乡运动终于结束了，一时间，大批依旧留在农村的老知青们纷纷拥回城里，一些在乡下早已和农民成家立业的年轻人，为了回城，不得不妻离子散，其间不知留下了多少孽债和扯不断理还乱的情思、怨悔。

　　像战争时期的伤兵一样，当这些满身风尘受尽生活磨难的老知青，重新回到这座原本就属于他们的城市时，却发现自己已成了一群一无所有的几乎被社会遗弃的人。知青的回归，使许多原本开始平静的家庭又平添了无尽的忧虑，找不到工作，得不到慰藉，看不到自己的前途究竟在哪里。怨恨之下，一些人开始自暴自弃，他们经常寻衅滋事，横行市井，或强抢豪夺，群殴成风，社会秩序被他们搞得十分混乱。

　　同样在这段时日里，一股强劲的新鲜空气，吹进了已被禁锢了许久的沉闷的社会生活中来。几十年来，始终一身蓝制服的年轻人开始模仿日本电影《追捕》中的逃犯杜丘，将衣领全都竖了起来。模仿矢村警长将鬓角留长，将头发卷起。几乎在同一时间，一个形状像饭盒子一样的"三洋"牌的卡式录音机，开始出现在一些最时尚、最舍得挥霍、最有进货渠道的年轻人手里。录音机的出现，让人们终于听到了外面世界的声音，一时间，一种节奏疯狂、旋律诡异的音乐，伴着离经叛道的舞蹈，出现在行为举止一向整齐划一，正统了三十几年的中国人的社会生活当中。"迪斯科"的出现，似一声新时代的号角，在以它为主旋律的二十世纪七十年代的最后一年，无数禁区都被触及了，许多坚固的基石开始松动了。在人们强烈的求新求变的时代洪流中，另一种声音也随之接踵而来了。

　　一九七九年六月号的《大众电影》杂志上，刊登了一篇新疆生产建设兵团某团宣传干事问英杰同志的文章。对该刊刊登的外国电影《水晶鞋与玫瑰花》中的接吻剧照，提出措辞激烈的指责："……你们在干什么？难道我们的社会主义中国,当前最需要的是拥抱和接吻吗?"问英杰对此难以容忍到愤怒的程度:"你们已堕落到这种和资产阶级杂志没有区别的程度!"

然而,时代却真的变了,变得连问英杰这样的檄文,也得不到一丝反响,人们不屑与他争论,更多的人对这种争论已不再感兴趣了。

隔着一道锁死的门,从女单身宿舍里,不时传来姑娘们"妹妹找哥泪花流"的歌声。周六的晚上,两个宿舍的青年男女还相约到红星电影院去看重新公映的黑白译制片《王子复仇记》,看根据唐伯虎点秋香的恋爱故事改编的香港电影《三笑》。在一九七九年初夏的日子里,人们感受到了空前的轻松与和顺。

在财务科领工资。满脸络腮胡子的隋科长突然问我:"唐浩,你三十几了?"

"三十四周岁。"我将工资揣进口袋里。

"哎呀,可也不小了。"隋科长是母亲的老同事,看来他也替我着急了:"有对象没有?"

"刚回城,还没有呢。"我顺口说着,眼睛却期待地望着他。

"咱实事求是地说,论条件,在城里找对象你可是有点难度了。"

隋科长说话很直接:"给你介绍个棠梨沟的农村姑娘,行不?"他盯着我问。

"我……"我一时不知如何应对。

从财务科出来,我心情沮丧得很。没想到人虽然回城了。可在城市里,像我这样一个没有房子,没有家产,年龄大,工资低的医院杂役工,难道还能像小说和电影里所描写的那样,通过一次浪漫的恋爱过程,找到与自己白头到老的意中人吗?我开始绝望了。

王辉理解我的苦恼:"别着急,慢慢来吧。"王辉虽然年龄不大,但在许多事情面前,他却显得十分成熟。

住在隔壁女单身宿舍的郑淑玲,从我搬进男宿舍的那一天起,就听说了关于我的一些事。她知道母亲是医院里一位德高望重的老护士长,也知道了我家在"文化大革命"期间的遭遇。从大连卫生学校毕业后,她被分配到这座医院里,最初在手术室当护士,现在转到住院部病房工作。

郑淑玲性格内向,几年来,虽然有些同事给她介绍过对象,但或短暂相处后,觉得不合适,更多的却连看都没看过。

"真不知道，你想找个什么样的。"朋友周清常常埋怨她。而远在营口她的父母及姨舅叔婶更是干着急使不上劲儿。

我开始注意她了，只因为她的沉默。我把我的心思说给王辉听了，王辉听罢摇了摇头："够呛。"在我们的眼睛里，身穿隔离服的这些医生与护士，总是如此高傲，像一个个难以接近的公主。

几个月后，"文化大革命"期间支援"三线"建设的几十位原结核医院的医护人员，浩浩荡荡地自内蒙古昭乌达盟返回大连了。当这些拖家带口从塞上高原归来的老职工与医院的老同事重逢的时候，大家相拥无言，泪流满面。

因为市里拨下了一部分安置费用，所以医院决定倚着医院的南大墙，建两大排简易住宅，以便安置这些从内蒙古回来的同志。不久，在分房的时候，考虑母亲的困难，医院也分给母亲一间半简易房。终于，我和母亲在这座城市里又有了一个家。

在我写的那份为父亲申诉的上访材料上交三案办公室后，父亲的历史问题很快就引起大连港有关单位的重视。头年夏天，当我找到港务局三案办公室询问上访回音时，三案办公室的负责人老向同志握着我的手说："你写的材料，我们办公室所有的人都看过了，很多人都落泪了。你放心，唐子清同志的历史问题，我们有责任，也一定会把它搞清楚。"

六月下旬的一天，接到老向的电话后，我与母亲在海港三案办公室，终于见到了中共大连港务管理局委员会《关于撤销唐子清反革命分子的决定》。那一天，天空阴郁骤雨滂沱，站在三案办公室窗前，望着港口防波堤上，那座于雨雾中傲然挺立的暗红色的灯塔，母亲喃喃地说："你爸知道了……"

我们是乘有轨电车离开码头的，母亲一直坐在那里，没有再回头望一眼雨后阳光下那座巨大的建筑。

一九七九年夏天，在中山广场的工业展览馆里，大连有关部委局举办了一次轻工业博览会，那是一次空前绝后的轻工业品展览会。前来参观的人们从早到晚络绎不绝，那人头攒动的拥挤场面，是主办者始料不及的。

在这次博览会上，主办方向全市人民展示了各种型号的黑白电视机、录音机、音响设备、半导体收音机、各种漂亮的落地灯、电风扇、搪瓷制品、塑料制品，令人眼花缭乱的各色花布、针织运动衣、各种毛料服装、呢子大衣、三接头皮鞋、各种人造革、高跟鞋、大衣柜、高低柜、写字台、沙发、弹簧床、自行车、手表，人们甚至见到了在外国电影里才能看到的单门电冰箱和单缸洗衣机。通过这次展览，人们看到了未来，看到了梦想中的世界。人们甚至开始通过黑市，拼命收集着工业券，因为想买到这些现代化的商品，首先要搞到大量的工业券。否则只能望洋兴叹。

进入夏天后，总务科关科长给我安排了新的工作，到住院部开水房给患者烧开水。

"这是一个需要认真负责对待的工作。"关景惠再三嘱咐我："许多住院患者都对开水房的前一阶段工作有意见。很多次水还没开，烧水的人就说开了，害得患者连茶叶都沏不开。意见直接反映到院里。经过科里认真研究，决定让你去做这件事情，怎么样？"

我没有犹豫就答应了。

锅炉房就在住院部的院子里。一个一人高的红铜大水炉，耸立在开水房的角落里，另一边就是一张单人床。开水房里堆着大块煤，排出的炉灰需不断清理到开水房外，每天晚上要装到铁斗车上，拉到太平间附近的堆放场去。

开水房的工作只配了一个人，每天四点半起床，六点钟开始向患者供水，直到晚上九点。虽不算累，但从早到晚几乎寸步难离。周日休息时，另有一位杂役工替我一天，只有这时，我才能了无牵挂地干些自己的事情。

关景惠到开水房来，他表扬了我上任之后的工作："老患者给你起了个外号，叫'唐开水'。他们说，自从你到开水房后，他们才真的喝上了开水。"临走时他说："找不到更合适的人。"他递给我一根烟："其实这开水房的工作，真应该两个人倒着班干。"

偶尔，郑淑玲也到开水房打水。

"水开了吗？"她问我。

"开了。"我说。

滚烫的开水，哗哗灌进暖壶里，两只暖壶灌满后，她转身便拎着走了。不知为什么，我很欣赏她的沉默。

大连海港的三案平反工作，做得既主动又扎实。很快，在桃源街，母亲得到了一处三十平方米的公房。面积虽然小了些，但厨房、卫生间一应齐备。更让母亲感到宽慰的是，一九五一年，与父亲一起从北京到大连支教的杨荷亭阿姨，也住在这幢宿舍楼里。

母亲与杨姨早在贵阳就认识。杨姨是一个性格豪爽、意志坚韧的女性。她早年丧夫，自己一人将独子带大，在工作中她认真负责兢兢业业，却因仗义执言说了些真话，反右时被打成右派。这些年来，杨姨受尽磨难，但她始终乐观豁达，没有丝毫委屈与抱怨。

"你杨姨其实是一个坚定的革命左派，却被当成了右派，真是天下最大的滑稽。"母亲最替杨姨抱不平。

在杨姨的引见下，母亲不久又结识了住在桃源街的另一位阿姨，那就是当年在贵阳中国红十字会救护总队工作过的郭庆兰女士。郭阿姨是抗战期间印度援华医疗队的国际主义战士柯棣华医生的遗孀。三个抗战时的老同志坐在一起，抚今追昔不禁感慨万千。郭阿姨与柯棣华唯一的儿子，"文化大革命"期间死于一次医疗事故，但老人依旧恬静地活着，像贵阳图云关山上一棵挺拔的香樟树。

回城不久，母亲就在中山广场的玉光街基督教会重新找到了心灵的皈依。在寇牧师的支持下，母亲将那里的唱诗班，从单声齐唱逐渐发展成混声合唱。这是一件十分困难的工作，母亲把很大的精力，放在了和声的训练工作上。同时吸引了更多声乐条件较好的年轻人，加入到唱诗班的行列。

新的唱诗班，为玉光街教会增添了无限的活力。在梦幻般的天籁之音的陶醉中，一些年老的教友，坐在虔诚的人群中间，安详地睡着了……

一九七九年的夏天，和男女单身宿舍住在同一个走廊的老中医李大夫，落实政策之后，在南山公园附近分到一套房子。李大夫搬家的那天，住在男女单身宿舍的年轻人，几乎倾巢出动了。李大夫的老伴平日里与大家相处得很融洽，尤其那些父母不在身边的姑娘们，更舍不得老太太离开这里。

李大夫搬走的那个周末，李大娘给我来了个电话。她让我周日与王辉再过去一次，她新家的电表出了些麻烦，想让王辉帮忙修一修。

晚饭是王辉掌的勺。李大娘那一天很高兴，她拿出一瓶多年的西凤酒："搬家时怎么也没留住你们，今天陪老头子喝一杯。"

酒过三巡之后，李大娘突然笑着问我："唐浩，咱医院的闺女，你就没看上谁？"

我摇了摇头："我这条件，看上谁也白费。"

王辉却认真地替我招了："三病房的郑护士，唐大哥跟我说了。"

563

李大娘惊讶地望着我:"没想到,你的要求还挺高。"
一周之后,李大娘打电话告诉我:"我和小郑谈了。"老太太喜形于色地:"人家答应和你先处处再说。"说着,她认真地叮嘱我:"好好处吧。你的条件,人家也不是不知道,既然人家愿意跟你处,你就主动点儿。知道不?"

当天晚上,在宿舍的公共水房里,我就和郑淑玲意外地遭遇了。当我端着一盆脏衣服走进水房时,发现她正一个人站在水池前洗衣服。这一次可与以往不同了,我脑袋顿时有些懵,想退出身来,却已来不及了。

"洗衣服呀。"郑淑玲也显得有些拘谨,她将洗衣盆挪到一边,给我腾了个地方。

水房里静得可怕,只我们两个人在那里闷着头洗自己的衣服。我真想对她说:"李大娘已经和我说了……"但,无论如何,我没有这个胆量。许久,郑淑玲将她的洗衣板递给我,问:"用我帮你不?"

"不用不用……"我慌忙谢绝了她:"没多少,就洗完了……"说话间,我早已汗流浃背了。

周六黄昏后,我正在开水房忙碌着,穿着隔离服的郑淑玲拎着两只空水瓶推门进来了。

"今晚夜班?"我赶忙抬起身来:"等一会儿,水还没太开。"说着,我打开炉门,向里望了望,炉火把我的脸烤得滚烫。

"累不?"突然,她问我。

"不累。"我没好意思抬头:"就是成天囚在这里,想干点什么都脱不开身。"

"你还想干点什么呢?"她像是在质问我。

"其实,也没什么大事。"我觉得自己笨透了。

她瞥了我一眼,将水壶灌满后,扭头便走了。

第二天一大早,我就跑到李大娘家诉起苦来。李大娘听罢,眼泪都笑出来了:"三十大几的人了,笨不笨死了你!"说着,她就给郑淑玲打了电话:"他笨你也笨呀。"老太太笑弯了腰:"一对儿木头疙瘩。"

一小时之后,李大娘家的门被敲响了。门开处,郑淑玲满脸通红地站在那里,她嗔怪地瞪了我一眼:"我一猜,就是你告的状……"

一九七九年年底,我与郑淑玲结婚了。这桩婚事在结核医院引起了轩然大波。

与夫人的订婚照（一九七九年）

"小郑疯了吧，嫁给一个烧开水的杂役工。"绝大多数的护士小姐们，对郑淑玲挑战世俗的这一决定深感困惑，唯外科主任孙皂夫大夫对她说："唐浩是我看着长大的，他有良好的家庭教育，他本人又经历过那么多的苦难，嫁给他是对的。他是你一辈子可以信赖和依靠的人。"郑淑玲记住了这些话，我也用一生的努力证明了孙大夫对我的信任。

婚后不久的一个傍晚，天低云暗，开水炉上的温度计始终在八十度上下徘徊，我心急如焚。

这些年来，开水房一直用的是回风灶，所以一到气压低的时候，灶里倒烟得厉害，想把一大炉水烧开是很难的事。

"该买台鼓风机了。"关科长说过几次了，但鼓风机却迟迟没有买来。

正当我焦头烂额的时候，一个陌生的年轻女人钻进开水房里。

"你是郑淑玲的对象吗？"那女人满嘴普兰店口音，她把两只空暖壶放在炉前一张落满尘埃的桌子上，眼睛却挑剔地盯着我。

"是……"我蹲在炉前，想尽量把炉膛里的煤焦钩松些。

那女人摇了摇头："你今年多大岁数了？"

我感到有些莫名其妙："你是……"

"我和小郑是卫校的同学。"那女人冷冷地说："假如我没记错的话，小郑属兔，今年二十九。"

我分明感到来者不善，于是站起身来，同样冷冷地说："我属鸡，今年三十五。"

"这么大岁数了，还在给患者烧开水。"那女人冷笑着："小郑是怎么让你搞到手的？"

我感到奇耻大辱。我真想对她大喊一声："放你妈的狗屁！！"但我却忍了。我为她把那两只水壶灌满。

"这水还没开呢……"那女人急着喊。

"将就着喝吧！！"我大吼了一声。

事后我才知道，淑玲的这个同学毕业后一直在普兰店第二结核医院工作，此次来市里实习，顺便路见不平拔刀相助了一回，也算尽了一下同学的情谊。

当然，事实是无法回避的，我和郑淑玲婚后的生活，从一开始就深陷于艰苦的环境里。结核医院简易房的棚顶是油毡纸加石棉瓦铺就的，隆冬季节，屋子里真可谓滴水成冰。这里没有火炕，屋里的取暖，全凭一只蜂窝煤炉子。当淑玲的同事们张罗着结伴到家里来看新房时，我的自尊心受到了很大的伤害。我知道自己没有给淑玲应该得到的东西。我从心里希望这些护士小姐们嘴下留情。

简易房像荒原上一个原始人类的部落，由于大多数都是内蒙古的返城移民，所以他们十分团结和融洽。很快，一个叫张言芝的老护士的儿子引起我的注意，这个孩子叫廖刚，特别喜欢画画，他母亲让他把自己的素描习作拿给我看，他母亲早就知道我喜欢画画。

廖刚的素描画得很不错，在内蒙古时，他接受了最初的专业训练，但还很稚嫩。

"努力吧，廖刚。明年你可以试着报考鲁迅美术学院。"我鼓励他。

廖刚的脸像女孩子一样红了，他懦懦地问："我行吗？不行吧？"

几年后，廖刚考上了鲁迅美术学院。现在已是大连工业大学的副校长了。荒冷的山脉及孤独的牧民成了廖刚一生艺术创作的主题。二〇〇六年，在纪念红军长征七十周年的全国美展上，廖刚以一幅水彩画《红军走过的路》，荣获铜奖。

回城之后，我与美术渐行渐远了，在西方众多美术流派的冲击下，二十世纪八十年代初，中国的美术工作者经历了炼狱般的自我肢解。一时间，野兽派、立体派、未来派、象征派、荒诞派、表现派及超现实主义、达达主义、新客观现实派、抽象表现主义等林林总总的西方美术流派，让中国的青年画家们陷入一场深刻的探索与思考之中。而自幼便崇尚现实主义，受俄罗斯巡回展览画派与法国乡村画派长久熏陶的我，对于这些离经叛道的艺术争鸣深感无聊。我放弃了继续画画的愿望，与此同时，另一种尝试开始强烈地怂恿自己，我终于想写点东西了。

二十世纪八十年代初的中国，在思想解放的洪流中，无数文学爱好者，几乎在同一时刻，都生发了写点什么的想法，一大批文学青年纷纷拿起笔来，将十年来积郁在心里的辛酸、苦难和反思付诸笔墨。一时间，各种纯文学刊物如雨后春笋应运而生。其随众之汹涌，让作家王蒙都不得不撰文，提醒青年朋友们不要拥挤在文学这条崎岖的小路上。尽管如此，张贤亮、张抗抗、张洁、张承志、梁晓声、蒋子龙、王安忆、陈建功、叶文玲、李国文、铁凝等一大批优秀作家的出现，还是让无数文学青年称道不已乐此不疲。更有一些思想活跃的文学青年，开始对中国的民主政治建设产生了浓厚的兴趣。

一个偶然的机会，我结识了一个叫黄寿鹏的某建筑公司的青年钢筋工。黄寿鹏是个思想有些偏激的"愤青"，他聪明好学，对哲学和文学都很有想法。黄寿鹏性格张扬，有领袖欲，这样的年轻人，在二十世纪八十年代初的思想活跃时期是异常躁动的。他们痛恨"四人帮"的倒行逆施，关心国家的前途。但由于激进，他们往往不顾国情，希望中国的问题能够一蹴而就。他们把中国的一切问题，都归咎到国家体制上。这种只能给中国带来灾难性后果的解决办法，是当时一批激进分子的共识。

终于，黄寿鹏与其他四位年轻人，在随之掀起的清除资产阶级精神污染的运动中，被公安机关拘捕了，其罪名是反革命集团罪。

我一直很关心黄寿鹏这个案子的进展，虽然十年动乱让我内心深处仍有余悸，但我仍出席了黄寿鹏案的法庭辩论。

这又是一个令人心痛的司法程序。因为在法庭调查中，人们才知道，所谓反革命集团的五名成员中，有三位青年根本不认识黄寿鹏，旁听席上一片哗然。一向哗众取宠的黄寿鹏更以一通咄咄逼人的反问，搞得审判长十分狼狈。当然，罪还是要判的。黄寿鹏以主谋身份被判有期徒刑十年。他当庭提出上诉。二十天之后，再次开庭时，法庭改以扰乱社会治安罪提请公诉。二审下来，黄寿鹏以扰乱社会治安罪被改判有期徒刑一年半。其时他已被羁押一年零九个月了。几天之后，黄寿鹏便满面红光地恢复了自由。

坦白地说，黄寿鹏赶上了一个中国司法建设拨乱反正的好时代，他的问题如若发生在几年前，掉脑袋的可能都是很大的。但从问题的另一个侧面来看，黄寿鹏的问题又给我们敲响了警钟。在中国漫长的社会进程中，如何教导年轻人，认识中国了解中国，进而改造中国建设中国，是一件十分重要的社会问题。黄寿鹏虽被释放了，但他却从此消沉，并产生了强烈的报复心理。在二十世纪八十年代末的政治风波中，他又一次走上街头。幸而我知道后与他彻夜长谈，向他耐心地说清了产生这场风波的国际背景，并以自己的亲身经历，提出中国不能再乱下去的肺腑之言。黄寿鹏亢奋的情绪开始冷却下来，几天之后，他登门致谢，表示今后一定要更多地做客观冷静的思考。

青年人的思想工作，需要一大批关心他们、理解他们的人去做，这是一项需要耐心应对的极其复杂的工作，是一件于青年人，于国家有百利而无一害的工作。国家需要一批高素质、高水平的人去做这些事情。因为，国家需要进步与和谐。

下岗之后,黄寿鹏与父母一起开了个家庭饺子馆。近些年来,我们之间很少见面了,但我知道,在未取得律师资格证书的情况下,黄寿鹏一直在帮别人打官司。

七十年代末,在政治空气逐渐趋于缓和的大背景下,中国南方珠江三角洲一带,一股声势浩大的逃港风波平地而起。上百万不堪贫困的内地流民,开始利用各种途径非法越境进入香港。就在这期间,我从王辉那里听到了一个地名——深圳。

一九八〇年春节前不久的一天黄昏,王辉在开水房里找到了我。

"有空吗?"他问我,眼睛里闪着异样的光。

"什么事?"我朝炉膛里望了望,扔下手里的铁锹。

"我要走了。"王辉扫了一眼窗外,声音谨慎地说。

"上哪儿去?"我奇怪地问。

"香港。"他用眼睛盯着我。

"什么?"我大吃一惊:"你疯了?"

"……"王辉一直死死地盯着我。

"从哪儿过去?"我尽量平静下来,悄悄问他。

"深圳。"他坚定地说。

"你爸妈知道你要走吗?"我关心地问。

"不知道。"他的目光显然虚弱下来。

"人生地不熟的,连话都听不懂,你快别胡闹了。"我断然否定了他。

"闯闯看吧。"王辉望着炉膛里的火光:"好在我还年轻。"

三天之后,在海港客运站,排在队伍里即将登轮南下的王辉,被闻讯赶来的父母拦在了检票口前。

王辉的母亲在众目睽睽下给儿子跪下了……

就在这一年的五月,国务院将深圳列为经济特区,大批渴望富庶生活的流民,成了特区建设的第一代先民。

一九八〇年盛夏,儿子出生了。当我气喘吁吁地从妇产医院赶回家时,一直守候在街口的母亲,听到母子平安的消息后,长嘘了一口气:"这是你父亲的阴德呀。"母亲一生笃信基督。但作为一个中国教徒,当此之时,竟也脱口说出一句佛家的感慨来。

第二天上午,当我从护士小姐的手中把包裹成一根棍儿一样的儿子接过来的时候，内心的激动难以言表。儿子一直显得很疲倦，淑玲问我："叫个什么名呢？"我说："就叫呢喃吧。"

劳燕分飞了三十五年，其间沐浴过阳光也历尽了风雨。如今，在我们衔泥构筑的巢穴里，又多了一个弱小的生命。一粒家庭繁衍的种子。面对儿子那张稚嫩得有些皱巴的小脸，我清醒地意识到，这应该就是结束中国五千年传统文化束缚的一代人。如今，当他们已过而立之年的时候，在中国人的辞典里，又多了一个新的词汇"八零后"，这是一个时代的缩写，这是最先挺立起的未来中国的脊梁。

在结核医院低矮的简易房里，小呢喃睁开眼睛后，首先被放在桌子上的一台刚刚买来的星海牌十二寸黑白电视机所吸引。那时的大连电视台只有一个频道，节目播出的时间为周一、三、五、日，每晚不到三小时。

每逢电视播出的时候，住在简易房的邻居们，就会准时聚集在我家的窗前。时值盛夏，淑玲将窗户大开："看吧看吧，今天播《无名英雄》第七集。"

我家的那台星海牌黑白电视机，是简易房全体部落人家的第一台电视机。秋深的时候，窗子不能再打开了，挤在窗外看电视的人们也逐渐稀落了。几个月的时间里，几乎家家都买了电视机。都是星海牌的，都是十二英寸的。而就在这一年冬天，全国人民通过电视看到了江青、张春桥、姚文元、王洪文等一群曾在中国政治舞台上呼风唤雨不可一世的跳梁小丑，在中华人民共和国最高人民法院的特别法庭上，受到了人民的正义审判。

一九八一年初春的一天，刚吃过午饭，医院传达室的王师傅就冲着我喊："唐浩，刚才有人在找你。"

我问："人呢？"

他说："骑辆自行车进院子了。"

我撒腿往院子里追去，老远的，就看见一个熟悉的背影。

"嘉禾！"

朱嘉禾翻身下车，我们紧紧地拥抱在一起。

当天晚上，在机车俱乐部，在银川市歌舞团巡回演出的现场，在观众暴风雨般的掌声之后，我又听见了久违了的《流浪者之歌》。

一九六九年，费尽周折的朱嘉禾在离开庄河之后，被银川市歌舞团招安，直到一九八三年，朱嘉禾一直行吟在阿拉善荒漠与祁连山之间的这座穆斯林小城。

571

一九八四年，朱嘉禾终于考上了中央音乐学院干部专修班，与音乐家孟卫东、指挥家郑健、歌唱家关牧村、王秀芬一起完成学业。

一九九一年，朱嘉禾被兰州军区战斗歌舞团特招入伍。二〇〇五年退休前，他已成为一名正军级国家一级作曲家，并享受国家政府津贴。机会终究留给了有准备的人，朱嘉禾实现了自己一生的梦想。

一九八一年夏天，总务科将我调到洗衣房，做了洗衣工。在整日满地肥皂水的洗衣房里，我见了我的师傅老刘和两位能干的大婶。

洗衣房的正中间，是一台庞大的卧式工业洗衣机。每天上午，从各病房科室送来的医护人员的隔离服，住院患者的病号服及各种被服，像山一样分类堆放在洗衣房里。刘师傅开始不紧不慢地工作了。作为洗衣房里最年轻的生力军，我自然要多出一把力。我们将如山的脏衣服，塞进那台工业洗衣机里，刘师傅开始添加洗涤液，之后，电门一推，一片轰鸣声。

那是一台功率很大的工业洗衣机，顶多三锅，成山的衣被便全被它吞噬并洗净了。天气渐渐地暖了，晾在绳子上的雪白的衣被，在阳光耀眼的照射下，散发出像小麦纯熟后飘过的味道，心里一阵阵竟感受到庄稼人收获前的陶醉与满足。

"和小郑过得还行吗？"工作间歇的时候，刘师傅卷上一袋旱烟，坐在阳光下关心地问我。

"还行。"我也点上一根烟。

"人家没嫌弃你？"刘师傅漫不经心地问。

"没。"我说。但心里总觉得不是滋味。

十五年前，我所在的家庭，在这座城市里，一直拥有自己的位置。而十五年之后的今天，作为一家之主，自己已沦为城市社会的底层。一个医院里的杂役，一个穿着高腰水鞋，每天与大叔大婶们忙着洗衣服的非技术工种的工人。我深知自己当下的境况，我更知道自己对家庭应负担的责任。这一年夏天，在蒸笼一样的简易房里，我开始提笔进入文学创作了。

那是一篇以父亲为背景的短篇小说，一位被红卫兵遣返原籍的老教师，在规劝辍学儿童返校读书的时候，在顽童们提出要他驯服一头公牛的时候，毅然走向死亡的悲壮故事。

小说的结尾是这样写的：

太阳偏西了，当洁白松软的河滩即将吸尽他全部血液的时候，唐子清似乎苏醒了，一件褴褛不堪的孩子的小褂，丢在他身边不远的河滩上。四周静得出奇。脑后，从河对岸台地上的小学堂里，隐约飘来了孩子们的读书声：

一加一等二！

二加一等三！

三加一等四……

在钟声的奏鸣下，在孩子们的读书声里，唐子清俯在这温暖的河滩上，终于安静地睡了……

这是一篇用血泪写成的短篇小说，小说的题目是《沙滩上的梦》。

早就读过《海燕》文学月刊，那是一本大连市文联领导下的纯文学杂志。今天，当我推开当年北洋军阀孙传芳的私人官邸的大门，顺着吱吱作响的木楼梯，走上堆满书刊杂志的二楼走廊时，心情既紧张又兴奋。

院子里高大的银杏树，将浓密的树影洒在偌大的房间里。只一位老者，坐在满桌的稿件后面认真地阅读着来稿。

"这儿是《海燕》编辑部吗？"我轻轻地问。

"找谁？"那老者从老花镜的上边望着我。

我走进门来："我写了一篇稿子，想让老师看看。"我毕恭毕敬地说。

"进来，把门关好。"那老者一直望着我："坐。"

我坐在了他的对面。

"您贵姓？"我惴惴地问。

"张琳。"他望着我："稿子带来了吗？"

"带来了。"我从书包里掏出书写工整的手稿："写得不好。请张老师……"

他接过稿子，认真地翻了两页。

"你来得不巧，近来有一个笔会，编辑们都去组稿了。这里只剩我一个人看家。"说话时，他目光一直盯在稿子上："你可以先看些书报杂志。这篇稿子不长，我很快就看完了。"说着他站起身来，为我倒了杯水："你叫……"

"唐浩。"他点了点头，坐下后便一动不动地看起稿来。

张琳，青年时代即被打成右派分子。先后在厂矿和乡村被劳动管制二十多年。落实政策后，方才回城。

我一直在注意张琳的表情，他读得很认真。甚至用一支铅笔轻轻地在稿件上开始批注。我很高兴能碰见这样的老师，我开始有一种成功的预感。

阳光从细高的窗户外渐渐斜去。张琳终于抬起头来。"唐子清是你的父亲?"他问我，眼睛是湿润的。

"是。"我点头回答。

"老人还在吗?"他继续问我。

"不在了。"我回答。

沉默，许久，张琳站起身来："是不是有一肚子的话要说?"

"是。"我点头望着他。

"写吧。"他拍拍我的肩"把想说的话都写出来吧。"

他转身拿起了那份稿子："这份稿子就留在我这里吧。我是《海燕》杂志社的主编，我希望还能看到你的作品。"

走出南山街十号那座绿阴浓郁的庭院，我被迎面西斜的阳光刺得睁不开双眼。

据说，当天晚上，张琳就赶到那个业余作者创作的笔会上，一进门，他就兴奋地对大家说："我又发现了一位作者!"

"两年，顶多三年。"当天晚上我就对淑玲发誓："这个家庭将重新赢得在这座城市中的位置。"

淑玲只沉默地望着我，怀里的呢喃却咯咯地笑了。

之后，在短短半个月的时间里，我先后完成了短篇小说《长城冷暖》和《一颗修补的心》的创作，并相继送到张琳老师的手里。张琳老师让一位经验丰富的女老师，做我的责任编辑。石砚老师是个上些年纪的老文化工作者，她和蔼可亲，认真负责。我与她像师生一样无话不谈。

时间一天天地过去了，但稿子却迟迟不见发表。我不好意思一再追问，只是每天晚上将蜂窝煤炉子压好后，便披着一条毛毯坐在写字台前埋头创作。

简易房里冷得出奇，后墙上挂满了冰霜。蜂窝煤炉烧红时，那冰霜开始融化，后墙下一片积水的泥地上，甚至长出了几棵耐寒的小草。

一九八一年腊月的一天，接到编辑部的电话，我匆匆赶到南山街十号。

还是在那个编辑部里，张琳表情阴郁地接待了我。

"首先我要自我检讨。"坐下后，张琳将我三篇小说的手稿拿在手里："是我处理晚了。我原来已经和编辑们商定好了，准备一连三期，将你这三篇小说发表在月刊的头条。目的是推出你这样一位文学新人。但由于稿件压得太多，这一计划迟迟未能实施。令人意想不到的是，前不久，新上任主持文联工作的吴斌同志，在看过你这三篇作品之后，特意来编辑部了一趟。他告诉我们，近来中央有文件，'伤痕文学'作品不要再发了。考虑你写的这三篇小说，都是典型的伤痕文学，吴斌同志再三强调，为了保护作者，这三篇只能退稿……"

望着张琳老师那双无奈的眼睛，我接过了稿子。像接到一份癌症确诊证明，我当时恨死了吴斌。

人生的道路就是这样，像初秋的云一样变幻莫测。回到家里，我发誓不再写小说了："一群胆小怕事的官员，一群鸡蛋里挑骨头的政客！"

淑玲只沉默地望着我，怀里的呢喃却咯咯地笑了。

不久，我和这位从未谋面的吴斌同志成了挚友。再后来，他做过我的电视嘉宾，回忆过他们那一代人经历过的风雨历程。

然而，《海燕》文学月刊社却一刻没有忘记我。这期间，在编辑部组织的与国内知名作家联谊的各种活动中，我先后与包括冯牧、丁玲、姚雪垠、李陀、陈建功、茹志鹃、王安忆、张抗抗、李国文等在内的二十几位作家进行了讨论与交流。并与以邓刚、素素、杨道立、孙慧芬为首的大连作家群结成了紧密的联系。我先后参加了多次大连业余作家的笔会，但作品却一直写不出来。

一九八二年春天，因肠道不适，小呢喃住院了。在儿童医院二一八号病房，我与同室的另三位孩子的父母相处了四天。

出院结账时，我问淑玲花了多少钱，淑玲点了点收据："二十七块五。"

"没关系，这笔钱我很快就挣回来了。"我很有把握地说。

这一年七月《海燕》杂志刊登了我的处女作《二一八病房》。这篇小说不仅为我赢得了九十二元稿费，而且被评为当年《海燕》杂志优秀短篇小说。从此，我正式踏上了文学创作的道路。而我的本职工作，也由一名杂役工，升为结核医院的伙食采购员。

我刚升任食堂采购员的第一天就遇到了麻烦。

那天清晨，我换了一套灰色的涤卡制服，趁天还未亮，就赶到位于泉涌街的蔬菜团购供应点。初夏的小街上行人寥落，淡淡的晨雾中，十几个附近单位的伙食采购员渐渐汇集在了一起。由于是刚入道儿，我和他们并不熟悉，所以我开始故作谦恭地与他们搭讪。很快，我就认识了其中的辽宁师范学院的采购员，一个虎背熊腰的东北汉子。大连铁道学院的采购员，一个戴深度眼镜的刀削脸。大连汽修厂的采购员，一个身材瘦小的瘸子。我求各方老大多多关照，大家勾肩搭背好不仗义。

突然，小街深处传来一声鞭响。霎时，聚在一起的人们像同时听到了总攻的信号，轰地一下便朝菜车奔去，那场面活像一群狮子扑向一头受伤的角斗马。

这是一场闪电般的无声的抢掠。马车上成筐成垛的时令蔬菜，几乎在绳子解开的第一时间，便被蜂拥而至的采购员们瓜分了，各方老大动作之敏捷，出手之果断，争夺之无情，让人目瞪口呆。其中仅有的两捆香菜被刀削脸以饿虎扑食之势抢到手里，清香的气息顿时挥洒着弥漫在安静的小街上。

一分钟后，像发起进攻时一样突然，掠夺骤然停息了。但见气喘吁吁的各位老大，每个人都抢到了十几筐青菜，而我于慌乱中只抢到两筐辣椒，我一下子傻眼了，要知道，医院里还有六七百张嘴等着开中午饭呢！

幸亏道里还留下一条不成文的规矩，即各自为战互通有无。在我的再三央求下，刀削脸用两筐西红柿换了我一筐辣椒，东北大汉在抽了我一根红梅烟后，给了我一筐角瓜。瘸子最仗义，他把抢到手的四筐茄子硬是匀给了我两筐："我老丈人在你们医院住院呢。"他帮我把菜筐搬到一起："肺癌。没几天活头了。"

刀削脸两捆香菜的性价比极高，他轻易从各位老大那里换来五大筐时令蔬菜。

一周之后，瘸子的老丈人去世了。不久，我也从食堂调到医院总务科改作物资采购员了。

八十年代初，虽然改革开放已经开始几年了，但国家的经济形势依然十分困难。那时候的物资采购员，整天就像三孙子一样，出没在物资商场、金属材料仓库与木材公司销售科里。在计划经济依然故我的这一时期，卖方市场仍是大爷。采购员们每天进各家销售科的第一个动作，就是先递上一根烟，然后再笑脸相陪地谈需求。一时间，大小销售人员的办公桌上，时常一摆就是十几根烟，看上去既奇特又滑稽。

由于国家经济建设纷纷上马，计划经济下，物资紧张的矛盾日渐尖锐，一种叫"对缝儿"的黑市交易一时风行全国。连街头的妇女，退休的老人，一时间都在寻机加入"对缝儿"的行列。而那时最紧缺的莫过于麻袋、钢筋、煤炭、木材，甚至运输急需的列车车皮。行业腐败的问题日渐形成，那些一旦成功"对缝儿"的投机分子，挖到了资本积累的第一桶金。

辽宁地区一直是计划经济的重灾区，辽宁地区的副食供应也一直很差。春节前夕，最让人关注的，就是贴在供销合作社门前节日期间供应通告了。现在想来，那真是一份份令后人无法想象的告示。其间不仅包含猪肉、冻鱼、白菜、萝卜，甚至连豆腐、白糖、碱面、肥皂、味素、蜡烛、火柴都一并包括其中。所有这些商品都需凭票定量供应。个别人家不慎将副食品券弄丢了，家中必如丧考妣大恸失声。

一九八三年秋，我与作家邓刚同船前往京唐。船到塘沽码头，人们下船后的第一件事情，就是挤进道旁的副食品商店，先买半斤熟肉或几个猪蹄沿街饕餮，令当地人嗤之以鼻。

八十年代初，中国人民曾度过一段短暂却充满朝气及进取精神的黄金岁月。在"把'文革'十年的损失夺回来"的全社会的共同呼唤下，成千上万各行各业的中青年男女，纷纷或考上大学或拥进电大、夜大、工人大学、函授大学，等等，成人再教育的各种机构一时如雨后春笋铺天盖地，成为社会时尚的唯一主旋律。一九八四年四月，我接到了辽宁文学院的录取通知书，成为这个文学创作机构第一批作家班的学员。消息传来，母亲感到十分欣慰。

文学院的学制为两年脱产，校址在沈阳。不言而喻，在今后的两年里，家中所有的负担，都将落在淑玲一人的肩上。

我问她："去不去？"

她瞪了我一眼："这还用问？"

那是一个思想裂变的时代，三十多名全省各市推荐上来的在当地风头正旺的业余作者云集沈阳。其裂变程度可想而知。一群风流倜傥的中青年男女，开口萨特、尼采，闭口加西亚·马尔克斯、艾特玛托夫。人手一本或《百年孤独》，或《第二十二条军规》的人们，大谈其意识流和黑色幽默。如果你不会背诵顾城的"黑夜给了我黑色的眼睛，我却用它寻找光明"、北岛的"卑鄙是卑鄙者的通行证，高尚是高尚者的墓志铭"，那简直就没有资格与我们坐在一起谈文学。在性解放的五彩旗帜下，在"文人无德"的口号声中，部分有妇之夫和有夫之妇，在红杏出墙的那条小路上，"伸出你的舌苔或空空荡荡"地缠绵悱恻。而我却利用这一难得的创作机会，先后发表了反映现实生活的《四姐星》、《鹤翅》、《龙骨》、《冷口》等多部中短篇小说。并于一九八五年初，加入中国作家协会辽宁分会，成为名副其实的一名业余作家。

在文学院的两年学习期间，我们系统进修了大学中文系本科所应修完的全部课程。而大量的业余时间，也成了学员们各自为之奋斗的自由天地。

在我刚进文学院时，朋友邓刚的一篇散文《唐浩这个人》发表在一九八四年四月十七日《辽宁日报》的副刊上。散文的结尾处，邓刚写道："……前两天，文学院的一位同志来信告诉我：唐浩现在雄心勃发！气势极盛，来文学院不到两个月，已经完成了两个短篇，还有一个中篇正在构思……我想，唐浩此时大概又在仙鹤起舞般地构思了，愿他飞得高。"

就在我列出七八篇中短篇小说创作计划，准备为之一搏时，那年秋天，《海燕》杂志社的沙仁昌老师来文学院组稿，他的一句话，彻底改变了我的人生轨迹。我知道了，大连电视台正在招募电视剧的责任编辑。

一生仙居在丹东凤凰山下的林和平，一直是我在文学院期间唯一的谈话对手。在之后几十年的创作生涯中，林和平创作了诸如《继父》、《女人一辈子》、《人活一张脸》、《血色残阳》、《风和日丽》、《小姨多鹤》等一大批深受国内观众喜爱的电视作品，我则成了他多部作品的责任编辑。

在文学院期间，我和林和平性情相投追求相似，文学内外无话不谈，可谓可以倾吐肺腑之言的挚友。在我不在文学院的日子里，我的来往信件全部由林和平收存。文学院几次搬家，林和平忠诚地替我整理好行李书籍。长此下去，同学们给他起了个绰号"唐办主任"。

"老唐，你得为文学院毕业之后的下一步考虑了。"林和平小我八岁。说起话来却颇有老成持重之感："能在结核医院当一辈子采购员吗？"

"我该如何？"我问和平。

"回去，托人找关系去电视台。"他断然地说。

"找谁呀？我谁也不认识。"我为难了。

"找沙仁昌去，他会有办法。"林和平绝不白给。

第二天中午，我就请假回大连了。

沙仁昌老师见到我后一愣："你怎么回来了？"

"是你让我回来的。"我开玩笑说。

当他得知我想去电视台工作后，眉头立刻皱了起来："难呐，你想想看，你都这么大岁数了，又是工人编制。"说着，他摇了摇头："除非找董部长，让他帮你说句话。"

"董部长？"我一时犯难了，"他在哪儿办公我都不知道。"

"走！"沙老师回身锁上门："我带你去！"

这里说的董志正部长，是市委宣传部主持工作的副部长。这是一位表情严肃、作风硬朗的党的文化宣传中级领导，我去辽宁文学院，就是经他同意推荐的。

在市委宣传部董部长的办公室里，沙仁昌只说了一句话就走了："董部长，唐浩从文学院回来向您汇报来了。"

"坐坐坐！"董部长请我坐下，开始向我询问文学院的学习情况，我一一作答，却如坐针毡。

所有该说的都说完了，屋子里陡然静了下来。

"董部长，今天我回来，还有一件事情想求您。"我鼓足勇气，终于道出了此行的目的。

"什么事？"董部长望着我。我把我的请求向董部长说了。

"没有问题。"董部长听罢当即表示："回去好好把书念好，文章写好。毕业后，我推荐你去电视台。"

我为难了："董部长，从现在到毕业，还有一年半呢，我担心到时候，电视台的名额早就满了。"

"你想？……"董部长问我。

"文学院我照常念着，但人事关系，是不是先……"

董部长沉思片刻："你等一下。"说着，他从抽屉里拿出一沓稿纸，开始低头疾书，我激动地望着他。

"这封信交给电视台的康心原台长。"他把那封信摊在我面前："如若有问题，再来找我。"说罢他起身："你今年多大了？"他问我。

"四十周岁。"我诚恳地说。

"去吧，如若有问题，随时来找我。"他又重复了一遍。

那是一封很长的推荐信，在信里，董部长提到近年来我在文学创作中的成绩，同时着重提到我的工人编制问题。他写道："至于工人编制问题，时间长了，自会适机解决，不必多虑。"一句话，董部长把所有预料中的困难都替我想到了。

该上山了。

我早就知道电视台在市中心绿山上，但来到山前，我却一时不知路在何方。我找到发射塔正下方的地震台，我决心从这里沿小路登到绿山峰顶去。

巍峨的白云从初秋湛蓝的天空中飘过，巨大的云影，在城市的街道和广场上缓缓地移动。远处一艘白色的远洋货轮，刚刚绕过防波堤，驶向浩瀚的海洋。山风在呼啸，身上的汗水，在山风的吹拂下，显得凉爽而惬意。我一路艰难地攀登着，终于一步一步地走向了山顶。

身旁不远处，就是电视台边界的铁丝网，向下看去，原来山后坡上有一条蜿蜒的公路，一路扶摇直奔电视台办公区。

我披荆斩棘费了很大的周折，才走到公路上。

突然，我感到莫名其妙的紧张。我知道一起写小说的高满堂，一年前已经调到了这里，我与高满堂只在文联组织的一些座谈会上见过几面，彼此却陌生得甚至没有打过招呼。"文人相轻"毕竟是一句至理名言。我真不希望见到任何一个熟人，好在正是中午吃饭的时候，我加快步伐，心却冷静下来了。

最后一道弯路渐渐变直了，放眼望去，只见一个人正站在公路的尽头，于阳光下悠闲地散步。

"老唐，你怎么溜达到这儿来了?"高满堂老远就认出了我。

我笑着叹了口气。

三十二

昨天的故事有你也有我

一九九八年二月下旬，我率大连电视台《访美杂谈》摄制组访问了美国。四十天的采访工作即将结束的时候，在旧金山唐人街，忽然听见从街边一间商铺里，传来熟悉的歌声。

> 星星还是那个星星呦，月亮那个还是那个月亮
> 山也还是那座山呦，梁也还是那道梁……

我停下脚步，看着眼前的各国游客，看着一家家华人商铺里那琳琅满目散发着浓郁东方色彩的工艺品和土特产时，心里充满了自豪感。

二十世纪八十年代中叶的大连电视台电视剧部，是由一群忠诚于电视剧创作事业的年轻人所组成的。三个责任编辑，除我以外，李隆恩和高满堂早我一年进台。李隆恩长我两岁，北京人，其弟，即北京人艺著名的剧作家李隆云先生。高满堂，小我九岁。一年前，还是一位年轻气盛的中学语文教员。调进电视台后，当年就写了一部单本剧《荒岛琴声》，播出后反响还不错。青年导演石学海，是一位铁道兵转业的文艺干部。导演陈雨田"文化大革命"前就是一位长影演员剧团的演员，后调旅大市话剧团。陈导年龄稍大些，是一位外柔内刚的六十年代的电影工作者。制片主任陈克则是一位社会交际广泛、工作能力极强的美术工作者。对运动镜头和光影几近痴迷的摄像师李汝健，多年之后，成了中国电视纪录片创作的佼佼者。而三十年笔耕不辍的高满堂更以《大工匠》、《闯关东》、《家有九凤》、《北风那个吹》、《我的

娜塔莎》等优秀作品，成为当今国内电视剧创作的一面旗帜。

负责电视剧生产的副台长孙建业是一位恢复高考后的第一批大学生。他才华横溢，文艺基础扎实，虽是一位台级领导，却每日必到电视剧部与我们一起侃大山谈创作，没有半点领导架子。

"之所以先后调进三位责任编辑，就是力争从剧本抓起。因为这一行里有句名言，即'一剧之本'。有了好剧本，才能拍出好作品。这一点，就拜托三位了。"孙建业说罢举起酒杯："来，为了大连电视台的电视事业，干杯！"

那天，在高满堂家，我们一直喝到深夜。高满堂当时住在车家村的一处简易房里，那是一片十分狼藉的棚户区。由于公共厕所离他家起码也有一里地，而且没有电灯，所以如厕时大家不得不拿着手电，骑着自行车一路前往，正赶上是开春解冻的季节，一路虽泥泞不堪，心情却少有的痛快。

不久，陈雨田交给李隆恩和我一篇孙少山新近发表的短篇小说《八百米深处》。

"试着把它改成电视剧。"陈雨田微笑的眼光里，含着少许的怀疑。

那是一篇反映地震之后，五个被埋在地层深处的矿工顽强求生的文学作品。我和李隆恩讨论了几天之后，老李让我执笔，开始了我的第一部剧本创作。

一周之后，剧本交给了陈雨田。不久，听孙建业说："陈导看过后，只说了一句话：'这小子会写电视剧。'"

电视剧《八百米深处》是在阜新矿务局拍摄的。这期间，我亲身体验了电视剧创作的全过程，体验了这中间的艰辛与快乐。《八百米深处》的成功，完成了我从纯文学创作到电视剧本创作的转型。因此，我也不无遗憾地告别了文坛，开始了我一生中最终确定的事业。那一年，我已经四十周岁了。

八十年代的中国，正处在一个新旧时代隔断的十分躁动的历史时期。由于传统思想的束缚，许多在今天看来理所当然的事，在当时依然犹抱琵琶半掩面。

最早的市场经济是从夜市开始的。每天华灯初上的时候，许多摊贩便推着货车扛着包裹，从城市的四面八方像山间溪流一样，汇向天津街商店即将打烊的街道上。在这里，人们看到了浙江的皮鞋、广州的服装、上海的搪瓷脸盆、北京的尼龙丝袜，甚至可以买到号称进口的太阳镜、呼啦圈，买到日本的录音机、美国的牛仔裤。在工商和治安部门多次制止无效的情况下，市政府公开表示允许小商品自由进入市场。而且，从原来的夜市，扩大成了半永久式的摊亭。那些南北闯荡的个体商贩，从此有了自己名正言顺的社会地位，而个中的艰辛，只有他们自己心里最清楚。

几年下来，从街谈巷议中得知。就在这些不顾个人体面与尊严，成天扯破嗓子招揽生意的个体户里，有人竟已资产过万了。人们震惊的同时，一个让人羡慕的名词从此诞生了，那就是"万元户"。要知道，市五金交电那时出售的一辆罗马尼亚小轿车，也不过才四千多块钱呀。

直到这时，八十年代的人们才开始懂得了一个颠扑不破的真理，那就是"劳动最光荣"，劳动会赢得财富，劳动会赢得人们的尊敬。

于是，依旧在结核医院电工班的王辉，又琢磨如何赢得财富了。

王辉有一手烹饪的好手艺。一个晴朗的周日，王辉与检验科新来的检验师龚岩，从一早就开始忙碌了。他们从早市采购了鲜菜、蘑菇和牛肉，然后，精心做起了王辉最拿手的咖喱饭。为了这一事业，不久前，王辉已托朋友买了两千个一次性饭盒和两千双一次性筷子。

将近中午的时候，大汗淋漓的王辉和龚岩在一番精心梳理之后，终于推着自行车上路了。之前两个人就算过了，除去成本，五十盒咖喱饭起码能挣一百块钱，即便二一添作五平分，这也是一个人一个月的工资啊。

正是吃午饭的时候，在海港客运站人头攒动的候客大厅里，王辉不顾个人体面和尊严，扯着嗓子开始叫卖了。

坐在那里等船的山东老客，奇怪地看着他们。半天，从怀里掏出个饼子，啃了起来。王辉和龚岩彻底崩溃了，加上包括城管警察在内的无数人的驱逐，王辉终于沉不住气了："快走，去老虎滩公园，去晚了，饭口儿赶不上了。"

两人蹬着车子便朝老虎滩赶去。那时，山屏街一带正在修路，待两个人筋疲力尽地赶到老虎滩公园的时候，海滩上的游人已零落可数了。

"可惜了，这顿饭。"王辉愤愤地说。

晚饭前，王辉给我家送来了八盒咖喱饭。平心而论，那是我一生中吃过的最香的咖喱饭。

一晃二十七年过去了，直到今天，王辉那一千九百五十个一次性饭盒和一千九百五十双一次性筷子，仍堆放在大连市第五人民医院一间废弃的库房里。那饭盒幸亏不是可降解的环保餐具，否则，这么多年了，放在那潮湿阴暗的库房里，说不定早就化为灰烬了。

改革开放其实是一场真正意义的革命，它不但改造了山河，强盛了国家，也让每一个中国人，从心灵深处得以升华和历练。前所未有的社会变革，让早已习惯了传统的革命化的清贫生活的中国人，承受了巨大的心理压力。像初学游泳的人们，面对无边的海洋。

一九八七年秋天，《辽宁日报》一篇通讯，让我产生了创作冲动。在征得孙建业的同意后，这年十月初，我踏上了北去辽宁清源县的火车，开始了一次心情抑郁的采访。

清源县二道河村是抚顺东隅一个毗邻吉林的小村庄。时值仲秋，一望无际的长白山余脉五彩斑斓层林尽染，收获后的稻田里，一群群白鹭已鸣叫着开始起程朝温暖的南方飞去。在这里我采访了"养鸭大王"杨智玉的遗孀，采访了杨智玉生前好友刘长城。

这是一个至今仍令人思考的故事，也是我至今不愿意再去回顾的往事。故事的主人公叫杨智玉，清源县二道沟村一个土生土长的青年农民。

杨智玉出身贫寒，初中毕业后，曾在抚顺当过临时工。改革开放初期，在当地鞭炮厂、长石矿、红砖厂等乡办企业当过采购员，一时走南闯北成了一个见过世面的乡下人。

八十年代初，杨智玉与妻子开起了豆腐房。这期间，一心寻找脱贫致富之路的杨智玉，每年都从订阅的大量报纸中收集信息。同时他自费考察过铁岭的养鸡场、吉林的多种经营、黑龙江的甜叶菊种植技术等。

一九八一年，杨智玉决定饲养康鸭。他与妻子起早贪黑，托土坯，推河沙，盖鸭舍。但一连几次，种鸭的出蛋率极低，养种鸭的计划也就此泡汤了。恰恰在这时，《辽宁日报》上的一则广告吸引了他。在他的争取下，清源县畜牧局和县多种经营办帮他从黑山县购得迪鸭一百四十只。杨智玉养鸭的事业从此便轰轰烈烈地开始了。

为了摆脱中间人从中赚取暴利，杨智玉把现金绑在老闺女的身上，拉着孩子去了广州。在那里，他用十八元一只的单价，一次购得幼鸭三千二百四十只，租了六辆长途货车，经过八天七夜的长途跋涉，硬是将幼鸭运回了清源。回家一算，扣去所有成本，这一趟杨智玉获利十万元。

清源的迪鸭被炒作成了神话，一时间辽宁、吉林、黑龙江的客户，疯如潮涌。县里乡里走后门购迪鸭的白条子如雪片飞向杨智玉的鸭舍。有一段时间，杨智玉垄断了整个东北地区的迪鸭市场。成了全国闻名的养鸭大王。

辽宁省清源县二道河子村（作者绘于一九八六年）

杨智玉是一个十分仗义的人。出名之后，他首先想到的是敬老院的老人们、学校的孩子们和依旧贫困的乡亲们。他给敬老院送去了大彩电，给每个五保户一百元钱，同时承诺投资小学校舍建设，进而负责全村的农业税赋。

在获得大批订单之后，这一年的十二月，杨智玉再一次携货款奔赴广州。这一次他订了两千只大鸭。为避免一路风寒出现不必要的损失，这个长白山里挖参种粮的庄稼人，在沈阳空军的支持下，竟创下了租直升机运送迪鸭的全国先例。

一九八五年十二月二十八日，当一架草绿色的军用直升机，在三堆篝火的引导下，轰然降落在村东收获过的稻田里的时候，闻风赶来的方圆几十里地的乡亲们，无不欢呼雀跃，声震云霄。

然而，噩梦却偏偏从这一时刻开始了。

吉林省某农场预先订下的一万只鸭的合同，几次去电不见回复。在同一时间里，几乎所有订鸭的人都悄悄撕毁了合同，一直与杨智玉合作的伙伴，也将所有的债务都推到杨智玉身上一走了之。此刻，杨智玉才知道，在高速发展的信息时代，很多买主都已甩开自己，自谋种鸭了。况且迪鸭因终端市场不大，导致更大的矛盾随之暴露无遗。杨智玉没有学过经济学，他不清楚垄断是如何形成的，更不懂得垄断是如何被打破的。在连买饲料都拿不出钱的困窘下，杨智玉不得不挥泪大甩卖了。此刻，人间冷暖瞬间变化，债主盈门，朋友反目，银行贷款全部冻结，让杨智玉彻底绝望了。

一九八六年七月二十六日，这个为摆脱贫困，勇于在市场经济的惊涛骇浪里奋力搏击的东北汉子，在给儿子剃完头后，怀揣着县人大代表的证书，在清源火车站，迎着一列呼啸而来的火车，结束了自己三十四岁的年轻生命。噩耗传来，住在蛤蟆塘的一位老人，连夜赶到二道沟村，一进杨智玉家的院子，老人就拍着大腿痛心疾首地哭着说："瞎了！瞎了！这个庄稼院的好后生！"

二道沟村应该是一个发展多种经营的好地方，这里丘陵起伏，水源丰沛，空气纯净，森林覆盖面积很大。无论是种植还是养殖，都应该是一个理想的好地方。只养鸭却很难成规模，原因很简单：东北人更愿意吃鸡。

在这个悲壮的故事中，杨智玉没有错，乡亲们也没有错，媒体的记者没有错，一直支持他的县里有关方面的负责人也没有错。错就错在中国农民还没有在市场经济的海洋里学会戏水；错就错在我们忽略了改革开放过程的凶险与化解凶险的冷静与理性。

孙建业听我汇报了杨智玉的故事后，颇有感慨："这个题材，电视剧创作不了，但从前到后，倒是一部难得的纪录片的题材。"

一九八七年，从入冬开始，孙建业就给我们三个剧本编辑布置了任务。大连电视台决定要拍一部长篇电视剧。因为随着电视事业的发展，单本剧无论从内容还是影响上，都很难再把作品与收视率提升到一个新的高度。

"搞一个长篇，最好是现实题材的作品。"孙建业说："从目前的趋势来看，单本剧已经过时了。"

于是，我走进新华书店，在长篇小说的柜台前，一连三个下午，读起小说来。

由于是常客，新华书店的售货员都认识我，他们甚至让我自己走到书架前选书。那时候的书店，读者和书籍之间是有一道柜台的。

三个下午结束后，我买了包括鲁彦州的《古塔上的风铃》，马识途的《京华夜谭》等四部长篇小说，其中就包括韩志君的《命运四重奏》。

春节即将到了，猫在简易房的蜂窝煤炉前，读完了第三个长篇。说实在话，三部作品都不适合拍电视剧，起码大连电视台一个阶段之内都无法接触这样的作品。我拿起了贵州出版社出版的那本《命运四重奏》。我之所以买这本书，只是因为这是一部反映农村现实题材的作品。我从心里还是希望用我们的努力，塑造几个农民的形象，因为几年前我自己曾经是个农民。

太阳偏西的时候小说读完了，我锁上家门，一口气跑到离家最近的一个邮电局，开始给长影厂的导演贺米生打长途。去年我们与贺导合作拍摄的七集电视剧《远方有绿灯》，被观众认定是一部令人荡气回肠的电视作品。之所以给贺导打电话，是因为作者在小说结尾处留下了"写于长影小白楼"的文字。我去过长影小白楼，那是长影厂接待各地编导人员的招待所。

在电话里，贺米生不但确认作者韩志君即长影厂的专业编剧，同时告诉我，韩志君已请假去了天津。春节马上就到了，韩志君每年要去天津探望岳父，贺米生和韩志君很熟悉。

从邮局出来，我一口气跑上绿山，我把《命运四重奏》交给孙建业："一宿看完，明天上班后再说。"

第二天，在上山的班车上，孙建业就按捺不住心里的兴奋："干吧，老唐，一定要把这个作品抓到手。今年咱们的电视剧就看这部了。"

农历正月初九，我和电视剧部主任及导演陈雨田便奔赴长春了。在长影小白楼，我们见到了小说作者韩志君。

"真没想到。"韩志君握着我的手:"这书在新华书店的书架上已经放了两年,今天竟然被大连台发现了。"但情况却发生了变化。"真不巧,你们还是晚了一步,春节期间,北影厂的一位朋友找到我,我已经答应给北影了。"

我一听就急了:"志君,贺米生导演可以作证,我节前就找你了。无论如何也要有个先来后到吧。"我开始展开外交攻略:"再说了,就目前来看,这部小说的体量,应该是一部十二集的电视连续剧。而一部电影,是断然不能全篇展现的。"我进而向他交代了大连台的优厚条件:"十二集,稿费六千元,怎么样?这绝不比北影厂一部电影少。"

韩志君笑了:"不是钱的问题,这样吧,你们等一下,我找个电话和北影厂的朋友商量一下。"说罢,他便出去了。

"你也真敢做主。"电视剧部主任有点埋怨我:"稿费六千元,台里能批吗?"

"先把本子拿下来再说,稿费的问题,我找孙台长谈。"我讨厌这种患得患失的态度。

不一会儿,韩志君回来了。"妥了。"他显得很高兴:"北影放弃了。"我高兴得将桌子一拍:"妥了,什么时候交稿?"我问。"我手里还有一部电影没写完。"韩志君算了算时间,"五月底交稿,怎么样?"

"妥!!"大家都很高兴。

不过,在整个谈话中,我发现韩志君始终回避与陈雨田导演交流。中午吃饭的时候,韩志君偷着对我埋怨说:"你们也是,本子还没定下来呢,导演就先来了,我希望这电视剧由我们厂的导演导。长影有很多长于拍摄农村题材的好导演。"

我开始求他了:"陈导也是老长影的嘛,再说了,电影和电视剧的拍摄手法不尽相同。陈导拍了很多很有影响的电视剧。交给他,你就放心吧。"

韩志君还是摇了摇头。

事实证明,韩志君的担心是多余的,陈雨田很好地诠释了这部作品,他没有辜负大家的期望。

一九八八年九月上旬,电视剧《篱笆·女人和狗》在瓦房店如期开机了。我被派进剧组,协助制片主任陈克料理日常工作。因为该剧是大连电视台自建台以来生产的第一部长篇电视剧,所以台里特别重视。台长李宝侠、副台长孙建业多次深入剧组指导工作,剧组全体演职员始终保持在一股团结、紧张的工作氛围里。

《篱笆·女人和狗》的制作后期，在决定由谁作曲的时候，陈雨田提到了因《亚洲雄风》和《我热恋的故乡》崭露头角的大连籍作曲家徐沛东。

一个初春的傍晚，台长李宝侠、导演陈雨田和我，在解放军440军医学校招待所一间狭小的客房里，见到了从北京赶来交稿的徐沛东夫妇。

徐沛东是一位充满激情的青年作曲家，刚刚坐定，他就从提包里掏出一摞日前谱好的曲子，随后便自己打着拍子唱了起来：

星星还是那个星星哟，月亮还是那个月亮。
山也还是那个山哟，梁也还是那道梁……

对于自己的作品，徐沛东一直赞不绝口。他爱人更用一种欣赏的目光望着他。我们全都陶醉在这高亢淳朴的旋律里……

一九八八年七月，由于国家开放了部分商品的零售价格，致使市场物价指数急速攀升。一时间，社会上骤然卷起一股来势汹汹的抢购风潮。人们像潮水一样涌向商店，将烟、酒、火柴、肥皂、洗衣粉、毛线、铝锅、毛毯、洗衣机、金饰品等一抢而空。甚至连市场上长期滞销的商品也不放过。我那时正在《篱笆·女人和狗》剧组。在淑玲的授意下，我也挤进瓦房店百货商场的人山人海里，抢购了一口双喜牌高压锅。

突发而至的抢购风潮，让人们掏尽腰包进而挤兑银行。到了八月初，全国社会商品零售总额达到 636.2 亿元，同比增长了 38.6%。

在严峻的经济形势面前，中央迅速作出了反应。扭转物价涨幅过大的趋势。同时，新中国成立四十年来始终不变的物价与工资改革也从此拉开了序幕。在从计划经济过渡到市场经济这一艰难的过程中，中国正悄然发生着历史性的变革。而更深层次的经济调整已经涉及到老百姓的切身利益，社会不安定因素随之不可避免地增长，中国的改革开放进入了举步维艰的痛苦阶段。

与此同时，国际上，东欧许多社会主义国家，相继在寻求改革的道路上遇到了前所未有的挑战，世界格局经历了自第二次世界大战结束以来最严重的分化。

一九八九年春天，在国际部的一再争取下，我离开电视剧部，开始了纪录片的创作生涯。这是我事业的终极目标，因为我一直对真实的人物事件感兴趣。这一年我与张汉东合作完成了四集电视纪录片《海南丢》。

《海南丢》是一部记述半个多世纪以来山东移民背井离乡开发东北的电视作品。从某种意义上讲，是之后高满堂创作的电视连续剧《闯关东》的纪录片版。作品以其翔实的历史资料，生动的人物情节，准确的镜头语言，带有抢救意义的当事者采访。开创了大连电视台纪录片创作的先河。我在这一过程中，也体验到了前所未有的成就感。

　　一九八九年十月，应德意志联邦共和国艾伯特基金会的邀请，我与张汉东在台长李宝侠的率领下，对这个遥远而陌生的西方资本主义大国进行了为期二十天的电视采访。这是我第一次出国访问，当我们通过首都国际机场安检站，踏上长长的自动扶梯时，一时百感交集。

　　第一次出国的人，大都留下过许多令人尴尬的回忆，尤其在二十世纪八十年代末。在国门将开的那个历史时刻，走在欧洲那些享誉世界的著名城市的大街上，中国人显得格外与众不同。

　　为了出国，我在普照街露天市场花九十元钱买了一套深蓝色的化纤西装，花五分钱买了一个银色的领带夹。要知道，当时我一个月的工资仅仅四十七元五毛。由于裤子太短，走起路来，脚上那双白袜子显得特别醒目。进商场更是一件难堪的事情，面对眼前琳琅满目的商品，我们只能备受煎熬地浏览。即便挑些力所能及的小玩意儿，也要默默地在马克与人民币之间反复兑算。

　　写到这里，我忽然想起当年故乡的唐桂臣大哥在将儿子建华狠揍一顿之后说的那句话："从小就不该让他知道，大米这玩意儿能吃。长大了，他就不会追着在你屁股后嚷着要吃大米饭了。"我老家大米奇缺，很多庄稼人一年到头吃不上几顿大米饭。

　　如今，唐桂臣大哥早就过世了。儿子建华这些年来一直在京城闯荡。他南下山东倒腾樱桃，西去新疆倒腾葡萄。在北京买了房子，娶了个河南的媳妇，日子过得让许多唐庄的年轻人都很羡慕。日前听说建华的闺女也考上大学了，那孩子可能不知道，父亲小的时候，因闹着吃口大米饭，曾被爷爷痛打过。

　　还是在一九七九年，一直担任唐庄一队生产队长的唐桂岩，向大队提出了辞呈。坚持二十年半军事化管理的人民公社体制，在二十世纪七十年代末已经举步维艰。在外面世界的吸引下，大批农民纷纷将目光移向能够挣到现金的城镇。生产队出工的社员越来越少了。不久大队终于出面干预了。大队提出所有社员不分男女老幼，一个月必须出满三十天工。无故旷工者严惩不贷。命令一经公布，矛盾一下子集中在生产队长的身上，因此唐桂岩提出不干了。

八十年代第一个春天来到了冀东大地，当生产队开始种春麦的时候，唐桂岩背着木匠工具，跟村里的唐学义去口外宽城了，那时宽城县城里，很多人家都忙着打家具。唐桂岩他们因手艺好人又厚道，一时雇主盈门，财源滚滚而至。

"那是我有生以来，心情最舒畅的时候。"直到今天，唐桂岩还十分留恋在宽城的那些日子："东家都抢着请我们去干活。一天三顿饭，大米饭馒头花卷换着样儿做，每家都给我们预备了小苹果和酸梨，大前门香烟管够抽。一家刚干完，就能见着现金。而且，宽城的活儿还没干完，宝坻又有人喊我们去。那时我一天能挣到六块钱，一个月就比生产队一年挣得多。"

可一年多下来，一直在家的唐桂岩媳妇却累病了。整日里喂猪看狗家里地里地忙活，唐桂岩媳妇的肾病犯了，浑身肿得吓人。没办法，唐桂岩不得不回家，和立春、唐桂恒联手承包了十亩大队废弃地和一个池塘，干起了养鱼和栽葡萄的副业。

"头年栽下葡萄秧，第二年就结果了。"唐桂岩兴奋地回忆说："品种好，是县科协给我们推广的巨峰葡萄。果粒大而匀，味道好极了。连着三年，一到下葡萄时，县里的水果商都抢着买咱的葡萄。当然，成本也太高了，为了整治这十亩废弃地，我们贷了两千块钱的款。但鱼塘赔了，赔了一千六百多块。几年后，葡萄也因粗肥失调，果实开始退化，一九八四年一场大风雨将地里的葡萄秧全毁了。雨停后，我媳妇跑到地里，望着落了一地的烂葡萄，放声大哭起来。"

但唐桂岩是条硬汉，他从来没被困难吓倒过。不久，他又联络十二户唐庄的父老乡亲，凑了十四万块钱，在村庄西头那片挖出过龙骨的土坎子下面，建起了机制砖厂。但由于技术上不去，出窑的成本太高，五年下来，终以负债十一万的结果，转包给了别人。

"总而言之，咱们缺少管理经验，也缺乏后续资金，一件事干起来后，一分钱流动资金也没有。一旦见不到眼前利益，大伙儿的心就散了。人心一散，问题就多，庄稼人的这些毛病。你也不是不知道。"唐桂岩说到这里苦笑了。我会意地点了点头。

一九九六年盛夏歇伏的时候，东牛山发现铁矿了。唐桂岩和几个乡里人合伙投资在那里建了一个矿石球磨厂。

"我当时还在砖厂干活，球磨厂开工后不久，问题一时太多，股东们就把我找去了。你也知道，对于工业上的事，你兄弟从来没接触过，可我在厂子里一连观察了四五天，还是发现了一些问题。不久，我就向厂方建议，将进厂拉球磨矿石的车价压低。原因是当初定得太高了，从成本分配上看，实在不合理。但这一下子，车主们都不干了，要知道，他们大都是东牛山附近的庄稼人。车价压低后，他们都撤了。一时磨好的矿粉运不出厂，厂方一下子急了。我连夜到坎下各庄招募新车主，很快，生产正常了，运输成本也降下来了。不久我又提议裁减工人，狠抓三班交接过程中的工作效率。工厂每天出矿粉从原先的十吨，猛增到后来的六十吨。股东们所投的九十万元资金，当年就挣回来了。大伙儿都高兴得合不拢嘴。"

　　我在唐庄的那些年里，唐桂岩一直还把我当城里人，可如今离开唐庄三十年了，每次见面谈起往事，唐桂岩还一直把我当成是农民。

　　"咱庄稼院里的事情，你也不是不知道。"唐桂岩继续往下说："从小到大没见过钱，这一回球磨厂可见着钱了。一些股东就进舞厅下饭店，心思都放在了吃喝玩乐上。厂子很快就被搅散了，大家一场空欢喜，到头来还欠了六万多块钱饥荒。"

　　铁矿散伙了，砖厂也因缺少后续资金最终兑给了别人。唐桂岩凭自己仅剩下的最后一副精赤白条的筋骨，远走北京房山煤矿，钻进了伸手不见五指的矿井里。

　　二〇〇〇年，迁安的采矿业，赢来了万马奔腾的黄金时代。不久，河西菜园镇一家矿粉球磨厂的老板，派人来请唐桂岩出山。在那里，他埋头苦干了八年，直到媳妇因脑溢血瘫在炕上，这个忍辱负重百折不挠的冀东汉子，才不得不重新回到唐庄的土地上，这一年，唐桂岩已经五十九岁了。

　　"晚了。"回忆起往事，唐桂岩无限感慨地说："要是中国早十年走上正道，大哥，即便是白手起家，我不干成个企业才怪呢。"

　　唐桂岩的这话，我坚信不疑。

　　和唐桂岩不同的是，同样是农民，唐华的丈夫张凡却尝试着走了另一条路。这条路的目标从一开始就十分明确，即走进城市。

　　初中毕业之后，张凡一直以四类分子子弟的身份在乡务农。在四照各庄的村民当中，张凡素以能吃大苦耐大劳而赢得赞誉。不仅如此，自幼深受孔孟礼教影响的张凡，又因诚实守信、热心聪慧深得父老乡亲的信任。

　　改革开放后不久，自幼就对摄影感兴趣的张凡，凭一架海鸥牌135照相机,成了远近闻名的乡村照相师。在近十年的苦心经营中,张凡的足迹遍及抚宁、昌黎、北戴河、山海关,成了当地学校及企事业机关甚至包括乡村农民在内的备受欢迎的游走行商。

一九九三年,张凡受其姐夫的委托,在北京珠市口东大街做了三年的饭店经理。其间,一直关注资本运营的张凡,先后在秦皇岛市投资买下四个大小不同的门市店面及一套住宅,唐华和两个孩子遂离开四照各庄搬进城里。

一九九六年春天,张凡在秦皇岛市郊从当地人手里租下十亩闲置土地,租期为二十年。随后,他与弟弟张颖以惊人的毅力与常人难以付出的代价,自己动手亲力亲为,办起了一座私人奶牛场。这期间,由于刻苦钻研,张凡从选择良种奶牛到饲养奶牛、销售牛奶,样样精通,成了业内专家。

当然,养殖业的高风险也很难保证张凡的事业一帆风顺。二〇〇七年河北省的三聚氰胺事件之后,民营奶牛场遭受了灭顶之灾。在许多牛场相继破产的情况下,张凡率先加入伊利集团的集体化养殖的序列里,使原本无章可循的养殖私企变成了现代化养殖集团的一部分。当然,始终低迷的牛奶市场,也让张凡饱受了入不敷出的煎熬。

"唐华跟我这辈子太不容易了,我还有最后一个心愿,就是在昌黎的黄金海岸买一处院落。眼下在城里也住了二十多年了,如今都这把年纪了,我还希望能把日子过得更安逸、更清净一些。"

张凡的太爷张策安,自幼家境贫寒。他十三岁独闯奉天,从底层做起,因超人的聪慧与练达的气魄,最终成了奉系金融机构官银号的财务总监。张凡的爷爷即仰山伯伯的父亲张占臣子承父业,遂在北洋政府开办的兴业银行中独当一面主持工作。张凡投身实业和资本运营是必然的。

"假如再早十年,假如再让我多读几年书,我还会在资本运营方面,干得更大些更好些。"张凡不无遗憾地说。

张凡的这句话,我也坚信不疑。

二十世纪七十年代初,在我与唐桂本大哥沿唐庄街头写大标语字的时候,一个学龄前的孩子,曾长时间跟在我们身后羡慕不已。他问爷爷写在他家门口的那些大字怎样念,爷爷唐明伦一字一顿地念给他听:"阶、级、斗、争、是、纲,纲、举、目、张。"他问爷爷这话是什么意思,爷爷挥了挥手:"扯淡!"

回到家里,唐明伦万分感慨:"让唐子清这样一家文化人回乡种地,天理难容呀!"在唐明伦的心里,父亲是冀东学子的骄傲,是唐庄年轻人学习的楷模。特别是父亲通过勤工俭学完成学业,并把叔叔也带出农村的那些故事，曾深深激励着这个逐渐长大的孩子。一九八四年，这孩子以优异的成绩考上了河北工业大学无机化学专业。大学毕业后，与恋人一起自愿报名去了新疆克拉玛依独山子石油公司，做了一名普通的技术人员。

一九九九年，唐恒然的名字出现在中国科学院人才引进的人事档案里，同年，唐恒然被任命中科院下属大连凯飞化学股份有限公司副总经理，负责研发高效低毒农药。

二〇〇三年，三十七岁的唐恒然离开中科院，自己创建大连瑞克科技有限公司，主持国家新能源催化剂工程实验室工作，承担国家战略科研项目，成为新时代国家科技发展的领军人物。

"我从小就有一个梦想，希望自己能成为一个德才兼备受人尊重的人。我一直把我大爷当做自己人生奋斗的榜样，我坚信知识改变命运这一颠扑不破的真理。我更感谢这一知识改变命运的时代。"

唐恒然如是说。

三十年的改革开放，让中国人承受了前所未有的心理压力，迎接了一个又一个接踵而来的困难与挑战。中国特色的社会主义道路，只有中国人能走下去，因为在世界上，没有一个国家的百姓能如此忍辱负重坚韧不拔。

一九九二年十月，在经历了两次不幸婚姻之后，姐姐从辽宁银行学校病退，带着十岁的女儿，不远万里闯到深圳，在大学同学王兆秀开办的会计师事务所，做了一名注册会计师。由于长时间疾病和婚姻家庭的困扰，姐姐此时已身心疲惫不堪。

两年之后，王兆秀因经济问题锒铛入狱，姐姐仍坚持工作并于一九九四年，通过国家评审取得中国注册会计师证书，同时取得高级会计师职称。

二〇〇八年，姐姐与合伙人创办深圳诚至信会计师事务所，成为该所所长。这一年，姐姐已年过六十五岁，从电话里，我仍能感到她无所畏惧勇于进取的奋斗精神。

在简易房蜗居的日子里，我和淑玲一直过得很艰苦。简易房里没有上下水和卫生间，全部生活空间在一个巨大的工业垃圾场上。在医院里，淑玲是一位很受大家尊敬的白衣天使，但一墙之隔回到家里，她就必须立刻抖擞精神，在蜂窝煤、劈柴、煤油炉、酸菜缸、脏衣服、肥皂水、漫天的风沙、遍地的泥泞、对门儿老太豢养的鸡群及无处摆放的锅碗瓢盆间博弈。几乎所有的家务劳动，她都当仁不让地独揽在身，因为她始终认为，这一切都是她应尽的责任与家庭主妇的本分。

八十年代，我们的收入很微薄，那时淑玲的工资略高于我，两个人一个月的收入不足百元。记得一年初夏，西瓜上市了，一天下班后，淑玲买回来一牙儿西瓜。她给儿子洗了手和脸，换了干净衣服之后，将那一牙儿西瓜递给了小呢喃，简易房里顿时安静下来，空气里飘散着一股袭人的清香。

"甜不？"淑玲问儿子。

"……"儿子兴奋在饕餮之中，顾不上回答。

"妈妈问你话呢！"我提醒儿子。

"甜……"儿子的脸上沾着好几粒西瓜籽。

终于，那牙儿西瓜被儿子吃光了，那船儿一样的西瓜皮被儿子轻轻放在了盘子里。望着瓜皮上残留的红色，淑玲说："你啃了吧。"

我说："你啃了吧。"两人争执了半天，最终还是我啃了，啃得瓜皮像纸一样薄。

一九九〇年，大连电视台在解放广场附近给我分了一套五十六平方米的新房，我安装了一部电话，换了一台金凤牌彩色电视机，还买了一台将军牌电冰箱，一台三菱空调机，买了一套罗马尼亚进口家具。这是回城十一年来，第一次住进楼房，第一次有了自己的厨房和卫生间。那一年我四十五岁，淑玲三十九岁，儿子唐天石上小学三年级。

一九九一年仲秋时节，一直住在唐宛家的母亲已明显衰弱了。因长年的高血压和心脏病，她每天都必须服用大量的药物，这位虔诚的基督徒的生命已渐近尾声。尽管如此，在秋日阳光的照耀下，母亲照例每天坐在钢琴旁，一边弹琴一边唱她童年在燕郊时，美国传教士包姑娘教她的那首歌：

> 好大的西北风啊，吹到一个村庄里。
> 看见人家的窗户，一个个都关上了。
> 大的大，小的小，围着火炉讲故事，
> 推开门来走进去，它说我也讲一个。

从性格上说，母亲应该是一个懦弱的人，但由于她一生坚守自己的信仰，才能在硝烟弥漫的战火中，在十年浩劫的灾难中，以超乎常人的隐忍和坚韧，呵护着一家老小破碎的心灵。

在唐庄最困难的日子里，我曾怀疑过她的信仰。

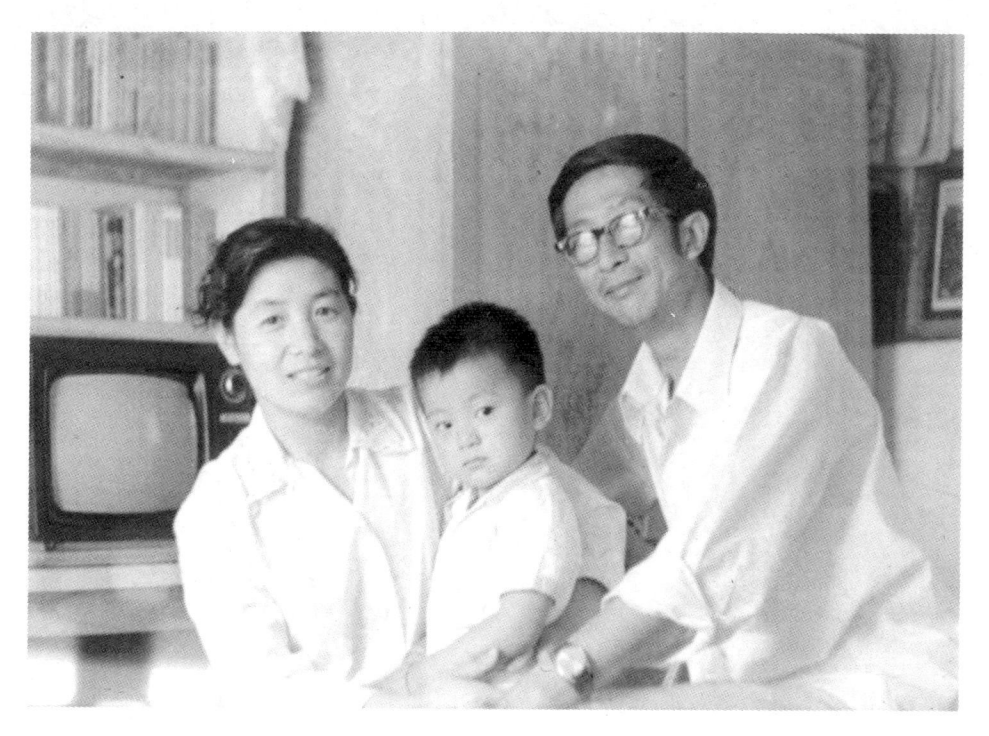

二十世纪八十年代初我们在简易房里

去世前三天,母亲仍在练琴(一九九一年)

作者在俄罗斯莫斯科红场（一九九二年）

作者在美国华盛顿国会山前（一九九八年）

"您不是常说，上帝是万能的吗？可为什么上帝不睁开眼睛，替天下这些受苦受难的人伸张正义呢？"

母亲却平静地说："上帝不会去制止罪恶，因为上帝迟早要惩罚罪恶。"话语中充满哲理和审判者的尊严。

自从重新回到城市后，母亲每天睡觉前，都要用相当长的一段时间来祈祷。她在为她的孩子们祈祷，她在为中国的未来祈祷。

十月十四日深夜，母亲在平静中睡去了。在最后的日子里，母亲曾担心地问过我："我和你姥姥姥爷，已经快七十年没见面了，不知在天堂的路上，我还能不能找到他们。"

我想，母亲一定会找到姥姥姥爷的。在天堂的入口处，姥姥和姥爷正站在云端，盼着见到他们最值得骄傲的二女儿，他们最值得心疼的二女儿，他们的上帝的女儿。

一九九七年元旦的那天晚上，北京降下了小雪。一位九十七岁高龄的养老金领取者，在看完中央电视台的《新闻联播》之后，躺在沙发上继续饶有兴致地收看着一部大型文献纪录片。

"那边走过来的人是谁呀？"老人指着电视荧屏眯着眼睛问身旁一位护理人员。

"那是您啊。"护理人员大声地说："您看清楚了吗？"

因为听力差，那位护理人员便贴着老人的耳朵，按照电视里的解说词，一句一句地大声重复着。在这部纪录片里，人们称他是中国改革开放和现代化建设的总设计师，是"一国两制"理论的创始人，是废除领导干部终身制的践行者，是中国特色社会主义理论的创立者。

元宵节的前两天，老人与世长辞了。

几天之后的一个清晨，当一辆饰有黄黑两色绸带的白色灵车驶上长安街时，在十里长街送行的人群当中，一群年轻人眼含热泪地擎起一个条幅："再道一声——小平您好！"

三十三

生死相依我苦恋着你

我从来没有机会和父亲讨论世界观的问题，但是，当这篇记忆文学渐进尾声的时候，我认为有必要提及这一问题了。这些年来，我一直把父亲当做一个课题去研究，因此，为父亲找到他一生追求的信仰，应该是一个难以回避的问题。

二十世纪七十年代初，偶然一次机会，我从唐子仪二叔的长子唐桂喜处，借来一本由人民出版社一九五八年再版的苏联哲学家罗森塔尔与尤金编著的《简明哲学辞典》。唐桂喜是当地的一位小学教员："送给你吧，我看不懂。"我如获至宝，并一直珍藏至今。

父亲是一位坚定的社会主义者，这是我当年阅读这部哲学辞典时就得出的结论。因为，从他青年时代所致力的乡村建设事业及乡村教育工作中，不难看出他对剥削制度的厌恶，对生产资料公有制的拥护，他尤其提倡劳动者的合作和社会各阶层的互助，主张实现"各尽所能，按劳分配"的分配原则。当然，在没有接受共产党的理论教育之前，父亲的信仰中也包含了许多空想社会主义的成分。但实践让他认识到了，空想社会主义在中国是没有出路的，只有社会主义才能救中国。

一九九二年深秋，我有机会随大连市新闻采访团，对北方邻居俄罗斯进行了为期二十四天的工作访问，这是一次典型的俄罗斯之旅。在迷蒙秋雨与茫茫初雪的伴随下，我们访问了俄罗斯滨海边疆区的首府符拉迪沃斯托克，访问了莫斯科和圣彼得堡。

初冬时节的莫斯科，让人感到格外肃穆与庄严，当最后一场秋雨终于停歇下来的时候，遍地金黄的落叶再一次提醒人们，又一个严冬即将到来。这是一天中最寒冷的时刻，天刚破晓，摄制组便来到了正在结冰的红场。

斯巴斯克塔楼上的红星，依然闪烁着宝石般的光芒，而克里姆林宫顶那飘扬了七十四年的镰刀斧头的红旗，已于一年前换成了俄罗斯传统的三色旗。在红场一侧的古姆商场的后面，无数年龄不同的俄罗斯男女，默默地站在不宽的街道两侧，他们的手里或拎着一件裘皮大衣、一架高倍望远镜，脚下或放着一只银茶炊、一个麋鹿角，向来自世界各国的游客兜售。小街上出奇的安静，所有卖东西的俄国人都低垂着目光，不论是满头银发的老人，还是目光忧郁的中年妇女，甚至那些将头发染成蓝色的年轻人。

俄罗斯是一个崇尚自尊、品节高贵的民族，辽阔的国土和高纬度的严寒，造就了他们英雄主义与悲剧情结融为一体的民族性格。而正是这个民族的无产者，在二十世纪初叶，完成了一次全部政权归属工农兵代表苏维埃的无产阶级的伟大壮举，一个强大的苏维埃社会主义联盟共和国，曾让全世界被压迫被奴役的人们为之骄傲。社会主义的苏联，曾给了人们崇高理想的空间，同时焕发了为追求这一理想而涌动的忘我的劳动热情。

然而，历史是无情的。在经历了巨大的社会变革之后，俄罗斯终于又回到了俄罗斯的位置上，像普希金笔下《渔夫和金鱼的故事》。

在结束了红场的拍摄之后，我瞻仰了列宁墓。随着来自世界各国凭吊者的长长的队伍，在暗红色花岗岩的灵柩深处，全世界第一个社会主义国家的缔造者、社会主义的伟大实践者列宁，像一具蜡像一样，静静地安卧在水晶棺里……

一九九八年二月下旬，我率大连电视台新闻采访组对大洋彼岸的美国，进行了为期四十天的电视采访。站在纽约世贸中心一百一十层顶楼的观景平台上放眼望去，曼哈顿鳞次栉比的摩天大楼、华尔街、第五大道及时报广场、东河对岸的哈莱姆黑人区、哈德逊河西岸的庄园与别墅、纽约湾的自由女神像尽收眼底。

访美期间，正值联合国对伊拉克武器核查危机临界一触即发的关键时刻。在白宫门前，一位接受采访的女高中生对我们说："我们美国是世界上最强大的国家，我们想做什么就做什么，谁也限制不了我们。"而一位在白宫外负责执勤的美国大兵却说："没有人愿意去那里打仗，包括我在内。"

美国是一个充分民主并彰显个性的国家，访美期间，正值美国的地方选举。在休斯敦街头，我们看见两个十多岁的小男孩，手里擎着一块印刷精美的宣传牌站在路边，那宣传牌上写着："选我们的父亲吧，他是个能干的卡车司机，他的名字叫文森特·麦克纳恩。"

在华盛顿阿灵顿国家公墓，我们见到三个年轻人，正在细雨中凭吊第一次海湾战争中阵亡的父亲。仪仗兵小心地迈着猫步，生怕惊动地下的亡灵。当号手吹响熄灯号的时候，三个年轻人的眼睛里都饱含着泪水。

美国不是天堂也不是地狱，美国有许多值得我们学习的地方，但美国也同时有许多美国自己的问题。

二〇〇一年九月十一日上午九点三分，一架被劫持的美国联合航空公司175号班机，继美国航空公司11号班机撞入世贸中心北楼十八分钟后，撞进我们曾登顶的南楼。五十分钟之后，两座燃烧的巨厦相继崩塌，纽约曼哈顿岛上这令美国人无比骄傲与自豪的伟大的建筑物，顷刻之间灰飞烟灭。继冷战之后，美国与世界各国政治势力之间，进入了又一次重新洗牌的格局。

访美期间，在旧金山，我见到了三舅妈杨英贞和表姐李望一、表姐夫刘大康和他们的孩子们。

二十世纪八十年代末，表姐一家应德国和英国两所大学的邀请，去那里举办家庭音乐会，之后便去美国定居了。三舅从听说我计划访美，先后来过多次电话。但老人家却在我赴美的前一个半月，去了天国。

三舅去世之后，在旧金山当地教会为他举行的追思会上，大家谈到了三舅的许多有趣的往事，会场上不时传来人们由衷的感叹和发自肺腑的笑声。三舅是个一辈子童心未泯，为这个世界留下许多快乐回忆的人。

先后在杭州乐团和中央乐团担任竖琴演奏师的表姐，与一直在中国歌剧舞剧院任男中音的表姐夫，在美国同时参加了基督教会。目前，都和姥爷一样成了虔诚的基督教布道人。

在旧金山他们很讲究的家里，三舅妈和表姐陪我从深夜聊到第二天天大亮。三舅妈十分关心国内的医疗改革问题："农村缺医少药的问题解决了吗？"三舅妈的目光，变得十分尖锐。

"没有。"我没有必要撒谎。

但十年之后，陕西省神木县医改方案的出台，告慰了三舅妈的在天之灵。在县财政强大的支持下，通过大量细致的调研工作，包括组织大批相关人员到欧洲日本等高福利国家考察。在精准匹配县医疗资源的前提下，陕西省神木县率先在全国提出农村免费医疗的医改方案。当然，目前这一方案只能在财政收入相当可观的个别地区实施。但包括迁安在内，在"新农村合作医疗"的贯彻实施下，全国农村人口的医疗卫生条件已得到了根本的改变。以故乡唐庄的唐桂岩媳妇为例，四年前她因脑溢血先后几次住院治疗，共花费用五千多元。但"新农村合作医疗"只让唐桂岩自己付了一千元，前提是唐桂岩与媳妇每人每年交了十五元参加合作医疗的基本金。

同样可以告慰父亲在天之灵的是，父亲从青年时代就立志致力的乡村建设及乡村教育事业，在改革开放的今天，终于在全国范围内得以实施。而且规模之大，范围之广，是父亲甚至包括乡建先驱晏阳初先生始料未及的。

二〇〇三年，在晏阳初先生当年开展乡村建设试验的河北省定县，经济学家、中国经济体制改革研究会常务理事温铁军先生创办了晏阳初乡村建设学院。同年创办乡村建设中心。二〇〇四年，温铁军开始在全国进行农民组织化和新乡村建设的实验。同年八月，温铁军创办了中国人民大学农村与农业发展学院。在温铁军看来，假如资源不足的国情矛盾不能缓和，中国乡村建设问题就会始终是一个长期的问题。

一九九九年十二月三十一日，在大学一年级读书的儿子，黄昏前从沈阳赶回大连了。儿子买来一束鲜红的玫瑰："我要和你们一起迎接千禧年。"喜出望外的老伴，赶忙将那束鲜花插在一只精致的玻璃花瓶里："你回来得正好，陪你爸喝杯酒吧。"

那是一瓶歌词作家张黎先生送给我的一九八三年的茅台酒，电视剧《篱笆·女人和狗》播出后，我与张先生成了好朋友。

儿子不胜酒力，当年我在南尖知青点插队时像他这样的年龄，已能喝半斤白酒了。那白酒是地瓜干做的，一口下去直热辣到胸腔里，喘口粗气，全是生地瓜味。就在那一年夏天，我还学会了抽烟。烟叶是房东大哥自己种的，颜色有些发绿，吸上一口，颇有草原燎荒的感觉。

将近午夜的时候，我们一家三口乘有轨电车来到星海广场。

"搭辆车吧。"老伴劝我。因为从这里到人民广场，起码还有四站地。

"不，"我早就计划好了："咱们一起走，走进一个新世纪！"

宽阔的中山路上，华灯辉映树影婆娑。我默默前行，心里却如江海奔腾，云卷云舒。

同行的人越来越多了，人们像山间的溪流，从沿街的胡同岔口汇入这条贯穿城市东西的主干道上。中山路渐渐人头攒动，红旗招展。许多年轻人大声欢呼着，那激动的神情，让人情不自禁地意识到，一个由全人类共同用汗水和鲜血浇灌的二十世纪，即将成为历史的背影。

世纪钟声终于被敲响了,广场上成千上万兴奋的人们,合着钟声齐声呼喊着:"十!九!八!七!六!五!四!三!二!一!!"

升腾的焰火,霎时将城市的夜空染成一片耀眼的霓虹。我看见一只萤火虫在眼前倏然一现,瞬间便消失在漫天的火树银花之中……

二〇〇六年初秋的一天,晚饭时,在大连电视台公共频道工作的儿子无意中说了一句:"台里正在选拔长征队员呢,很多记者都报名了。"

那一年,为了纪念红军长征七十周年,国内许多新闻媒体都展开了宣传报道活动。中央电视台的崔永元甚至组织几十位志愿者,徒步重走了长征路。为此,我无时不在关注着这支队伍,并从心里佩服他们。

我立刻打电话给新闻中心负责这次活动的李常林申请报名,常林在电话里很为难:"唐老师,这次活动虽然以汽车代步,但两万五千里的长途跋涉,其艰苦程度是可想而知的。况且,您已经退休了,您已经不在我们选拔的范围里了……"我打断了他:"常林,无论如何,你要把我的意愿转达编委会,拜托了,就这一次。"

一周之后,李常林在电话里通知我,在台编委会讨论的十六名长征队员大名单当中,我是第一个被通过的。

"让老唐去吧,他是有准备的,让他去是对的。"局长周大新首肯了我。

"不过,唐老,让您来是做主持人的。"李常林在电话里突然提出了条件。

"那可不行。"我断然回绝了:"我从来没做过主持人,我还是当编导吧,记者也行。"

"唐老,编导和记者的名单都确定了,这次活动共分三个报道组,您是第三报道组的主持人。"李常林郑重地对我宣布。

我义无反顾地答应了。

姐姐在得知我上路的消息后,急着从深圳打来电话:"你们怎么不拦住他,他疯了。"

老伴在电话里无可奈何地说:"谁能拦住他呀,你也不是不知道他。"

在之后的两个月的时间里,我们从江西于都出发,沿着当年红军长征的路线,突破重围,血战湘江,兵克遵义,四渡赤水,巧渡金沙,飞夺泸定,爬雪山,过草地,直到陕北吴起。所到之处,放眼青山碧水,耳畔依旧,潇潇风雨雷鸣。

作者在川西松潘草地（二〇〇六年）

一个秋雨初停的午后,我们来到了位于川黔交界的娄山关。斜阳从破碎的云层后倾泻下来,将万仞插天中通一线的千年古隘染成一片金色。我看见一个车队从峡谷间缓缓驶来,停在娄山关前那座顶天立地的诗碑下,一位头发花白的妇人,被众人簇拥着走下车来。她长久地凝望着花岗岩上镌刻的毛泽东如走龙蛇的诗句,四周群山肃穆,松涛如海。

西风烈,
长空雁叫霜晨月。
霜晨月
马蹄声碎
喇叭声咽。
雄关漫道真如铁,
而今迈步从头越。
从头越,
苍山如海,
残阳如血。

当年,当戎马倥偬的毛泽东写下这篇悲壮词章的时候,绝不会想到,七十年之后,他的长女李敏会站在这里与他对话。

面对此情此景,我不禁潸然……

在成都平原南部边缘,在雅安附近的318国道与成雅高速交汇的公路旁,我又被一组塑像所震撼,那是一组茶马古道的群雕。

崎岖的山道上,一支疲惫不堪的马帮在艰难地跋涉。他们当中有身强力壮的汉子,有腰背佝偻的老人,有正在给婴儿哺乳的母亲,有脸庞稚嫩的少年。每个人的手里都拿着一个探路的木棍,每个人的背后都背负着沉重的茶砖。走在最前面的藏族向导,望着远方平地直立的二郎山,二郎山则高耸在一片迷蒙的云雾里。

这是中华民族的写照,这是华夏儿女在五千年历史长河中辗转跋涉的缩影,正如美国前国家安全事务顾问布热津斯基所说:"中国,是由那些敢于翻越千山万水的人们,以牺牲精神和勇气统一起来的。"而隐忍、坚定、百折不挠正是中华民族不朽的特质,是中华民族走向复兴之路的最根本的精神依托。

二〇〇六年十月二十日，经过两个月的长途跋涉之后，在纪念红军长征胜利七十周年的日子里，我随大连电视台长征报道组，沿303省道从延安方向接近了当年中央红军两万五千里长征的终点吴起。

　　湛蓝的天空上飘着巍峨的白云，巨大的云影在黄土高原的丘陵沟壑间缓缓移动，远处山梁上传来那高亢苍凉的信天游。

　　到达吴起的当天晚上，在中共吴起县委县政府为我们举行的欢迎晚餐会上，吴起县委宣传部长向我们介绍了吴起近年来的发展成就。

　　自二十世纪九十年代起，由于吴起地区探明发现了丰富的石油及天然气储量，这个位于毛乌素沙漠边缘，一向以"陕北的西藏"而著称的贫困地区，如今已被评为"中国最具区域带动中小城市百强"。一夜骤富的吴起县，为保证本地区社会经济的持续发展，率先提出把今天的石油资源迅速转换成未来的人力资源的战略口号，决定从学前幼儿教育直到高中教育，实现全部免费。并以年薪九万元到十五万元的优厚待遇，从全国吸纳招募二十名优秀教师，以提高和带动本地区的师资力量。

　　与此同时，吴起县又积极与全国二十所职业技术院校签订培训协议，提出凡四十五岁以下初中毕业以上文化程度的在乡农民，只要报名，就能免费入校接受诸如计算机应用、汽车维修、农机驾驶、美容美发、厨师等技能培训。这个以提高人口素质的治本之策已在吴起产生和将要产生不可估量的深远影响。

　　"吴起县今天之所以富甲一方，说到底是吴起十三万百姓几十年来艰苦奋斗的结果，把这笔宝贵的公共财政收入，用在实现教育公平与普及这方面来，是吴起县委领导班子多年来一直坚守的共识。"吴起县委宣传部长如是说。

　　入夜，站在吴起县委招待所的阳台上，望着远处山梁上那一排排灯火通明的采油井架，回想两个月来亲身重温的这一悲壮历程，不禁彻夜难眠。

　　一九四九年十月一日，在中华人民共和国的开国大典上，共和国的缔造者毛泽东曾在天安门城楼上，面对从炮火硝烟中走过来的三军将士，面对从苦难泥泞中跋涉过来的黎民百姓高呼："人民万岁！"

　　六十多年过去了，这几乎是一代人生命历程的全部时空。回顾共和国与我们共同走过的岁月，每一个中国人，都难免抚今追昔百感交集。我们曾仰视过久雨初停后那绚丽的彩虹，我们曾不遗余力地奉献过自己宝贵的青春，我们曾隐忍过贫困与饥馑的磨难，我们更曾深陷过十年浩劫的血雨

二〇一一年春，全家人在瑞士旅行

腥风。改革开放三十年，让全体国民从心底承受了空前的挑战与历练，虽逐渐分享到了汗水浇灌的成果，但长期以来，在经济体制改革过程中日渐凸显的贫富差异、各级政府官员当中日益弥漫的腐败风气、严重的官本位思想与官僚主义作风，使官员与百姓之间出现了明显的情感隔阂。人们深感忧虑并清醒地意识到，在这艘通往蔚蓝色的巨轮的航道上，仍布满了暗礁和险滩。人们呼唤党和国家政治体制的深层次改革，人民渴望国家长治久安风正帆悬。

二〇〇七年初夏，退休多年的唐宛在大连海事大学报告厅举办了一场个人独唱音乐会，这是她一生的夙愿。这一年她已年近六十。

这是一场用毕生心血浇灌的独唱音乐会。其间选定的曲目，有母亲教给我们的歌，有父亲最爱听的歌，有阳光下童年的回忆，有苦难中的企盼与向往。在全场热烈的掌声中，唐宛用一首《共和国之恋》将音乐会推向高潮。

　　在爱里，
　　在情里，
　　痛苦幸福我呼唤着你；
　　在歌里，
　　在梦里，
　　生死相依我苦恋着你。
　　纵然是凄风冷雨，
　　我也不会离你而去。
　　当世界向你微笑，
　　我就在你的泪光里。
　　……
　　纵然是仆倒在地，
　　一颗心依然举着你。
　　晨曦中你拔地而起，
　　我就在你的形象里。

清晨，在离我住所不远处的黑石礁海滨广场的沙滩上，几艘渔船借着涨潮靠向岸边。一群从海上回来的渔民，从船舱里卸下头天夜里捕来的鱼

613

虾。正在海边晨练的城里人，立刻向渔船围拢上去。站在船尾穿着一身肥大橡胶水裤的中年妇女，笑着冲着人群大声喊："慢点抢啊，船上还有虾爬子呢，全是活的！"说着，她扑通一声跳到船下："老四，先把那几筐黄鱼卸下来！"

海滨沙滩旁的街道上，停着一辆猩红色的宝马跑车。一位慵懒的少妇，穿着一身淡粉色的真丝睡衣，沐浴在清爽的海风中。在她面前，两只尖吻的纯种苏格兰牧羊犬，正互相追逐嬉戏，腹下的长毛在风中飘扬着，显得如此富贵与浮华。

黑石礁广场中央，一位白须老者手持一支两尺多长的巨笔，蘸着海水，在花岗岩石板铺就的地面上秀起了书法。

"永和九年，岁在癸丑，暮春之初，会于会稽山阴之兰亭，修禊事也……"

我十分钦佩这老者的功力，他写字时双目微闭如在梦中，下笔张弛有序宛若太极。

"……是日也，天朗气清，惠风和畅，仰观宇宙之大，俯察品类之盛，所以游目骋怀，足以极视听之娱，信可乐也……"

风，从太平洋上空吹来，阳光从云间倾泻在辽阔的海面上，那海一片翠蓝，一片碧绿，一片殷红。

老者终于一边行书，一边低诵起一千五百年前，晋代大文人王羲之的这首名篇来："……夫人之相与，俯仰一世，或取诸怀抱，晤言一室之内；或因寄所托，放浪形骸之外。虽取舍万殊，静躁不同，当其欣于所遇，暂得于己，快然自足，不知老之将至。及其所之既倦，情随事迁，感慨系之矣。向之所欣，俯仰之间，已为陈迹，犹不能不以之兴怀。况修短随化，终期于尽。古人云：死生亦大矣。岂不痛哉！……"

风，将花岗岩上书写的字迹转瞬之间吹成斑驳，我猛然抬头向篇首望去，褐色的花岗岩石板上，已了无水痕……

二〇一〇年五月二十日凌晨
于知心园

参考书目

1. 普特南·威尔：《庚子使馆被围记》，上海书店出版社。
2. 《津京蒙难记》，中国文史出版社。
3. 程栋：《与列国开战》，天津教育出版社。
4. 王树增：《1901 一个帝国的背影》，海南出版社。
5. 《迁安民俗文化》，作家出版社。
6. 赵田：《古城瀚海》，中国文史出版社。
7. 邓云乡：《文化古城旧事》，河北教育出版社。
8. 丁晓平：《记者之王，埃德加·斯诺在中国》，新世界出版社。
9. 武际良：《海伦·斯诺与中国》，人民出版社。
10. 陈晓卿、李继锋、朱乐贤：《一个时代的侧影》，广西师范大学出版社。
11. 《民族之魂》，珠海出版社。
12. 《二十世纪中国全纪录》，北岳文艺出版社。
13. 彭尼·凯恩：《中国的大饥荒》，中国社会科学出版社。
14. 张庆洲：《唐山警示录》，上海人民出版社。
15. 武文胜、艾琳：《中国民生六十年》，五洲传播出版社。
16. 孟雷：《从晏阳初到温铁军》，华夏出版社。
17. 罗德里克·麦克法夸尔、费正清：《剑桥中华民国史》，中国社会科学出版社。
18. 罗德里克·麦克法夸尔、费正清：《剑桥中华人民共和国史》，中国社会科学出版社。
19. 马克·科兰斯基：《1968撞击世界的年代》，三联出版社。
20. 李玉环：《往事记忆》。
21. 张玉法：《中华民国史稿》，联经出版事业股份有限公司。

后　记

曲水流觞忆百年。

这是一个中国普通家庭充满悲怆与传奇的原生态记录。这是一部由三代人的记忆汇总而成的长篇记忆文学。

一个家族，就像是织机前一团可以无限延伸的彩线，亿万条彩线编织成经纬，就是一幅中华民族生生不息的长轴画卷。织机永不停歇，画卷万世延展。

四十四年前就酝酿完成的这部作品，今天终于即将和读者见面了，当此之时，心情却忽然忐忑起来。我在不断地问自己，这本书将会给读者、尤其是年轻的读者们，带来什么样的启示或感受。虽然我尽量用客观的、负责任的态度来还原历史。但我同时很清楚，世界观的不同，在面对同一个历史事件时，得出的结论是截然不同的。

在过去近两年的时间里，为完成这部记忆文学的创作，我有机会沿着祖辈、父辈和自己曾经走过的路，重新跋涉了一回。这一过程虽然十分艰苦，但站在今天的角度回望历史，内心却充满了温暖和希望。

二〇〇八年五月，儿子唐天石结婚了。在持续四年的办公室恋情之后，祖籍山东文登的大连姑娘王晓敏走进唐氏家族，与儿子一起，担负起这个家族继续沿袭的使命。儿子结婚的第二天晚上，我便沉下心来，开始认真整理这些年来一直收集的素材，并从那时开始，用两年的时间，实现了这个多少年来一直埋在我心头的夙愿。

我为自己喝彩。

一代代的前辈在我之前相继走下历史舞台，今天，在我们这一代人即将退出历史舞台的时候，我想再次告诫我的孩子们：要切切实实地了解中国的过去，要实事求是地面对中国的未来。

中国的事情还需要几代人殚精竭虑的努力，才能最终走上民主富强的道路。在尊重人权的前提下，任何急于求成的做法，都会给这个多灾多难的国家带来更大的损毁。记住吧，这是一代负责任的中国人，用他们一生的探索和磨难求得的真理。

感谢这期间所有帮助过我的人。

感谢我的同事、大连天歌传媒的责任编辑曲枋廷女士，是她在两年多的时间里，义务承担起这部书稿的全部打字和初审工作。作为这本书的第一位读者，她的意见为我的修改，提供了最准确的依据。

感谢我的老朋友、画家李颖明先生，他为这部作品所作的装帧设计令我颇感意外却又如此熟悉。我熟悉身后那片无边的原野，那是祖辈几代人终生厮守的故乡，也是父亲一生关注的地方。

感谢中国社会科学出版社的王磊和张小颐同志，感谢该社的编审李炳青女士，是他们的努力，才使这部作品得以付梓出版。

翻阅我的藏书，从每一本扉页的钤印上，都可清楚地分辨出该书购买的时代。其中钤印《瓦砾惊涛》，为一九七六年从唐山大地震的废墟中挖出的残卷、钤印《久雨初停》，为改革开放初期所购的杂书、钤印《漫卷诗书》，为工作调入电视台后收藏的更多的社科及文艺类作品。退休后，我又托朋友用寿山石修了一方印：《祥云渐合》。

这将是《百年家国》扉页上唯一可留的印痕……

我真的还想再活一百年。

唐　浩
壬辰年小雪于大连